Anaïs Nin wurde 1903 in Neuilly bei Paris als Tochter des spanischen Musikers und Komponisten Joaquín Nin geboren. Später verließ der von ihr abgöttisch verehrte Vater die Familie, was sie nie ganz verwunden hat. Als Elfjährige kam sie in die USA. Schon früh begann sie, ein Tagebuch zu schreiben. Mit fünfzehn Jahren verließ sie die Schule und versuchte, sich als Autodidakt in Bibliotheken weiterzubilden. In den zwanziger Jahren heiratete sie Hugh Guiler und ließ sich in Louveciennes bei Paris nieder. Seit 1931 war Anaïs Nin mit Henry Miller befreundet. Beide haben sich künstlerisch stark beeinflußt. Im Frühjahr 1966 wurden die ersten Proben aus ihren Tagebüchern veröffentlicht, die aber schon lange vorher als bedeutsamste Confessio des Jahrhunderts galten. Anaïs Nin starb 1977 in Los Angeles.

Von Anaïs Nin sind außerdem erschienen:

Henry, June und ich (Band 3252)
Briefe der Leidenschaft 1932–1953 (zs. mit Henry Miller, Band 3159)
Das Kindertagebuch 1914–1919 (Band 60204)

Dieses Buch wurde auf chlor- und säurefreiem Papier gedruckt.

Vollständige Taschenbuchausgabe Oktober 1995
Droemersche Verlagsanstalt Th. Knaur Nachf., München

Titel der Originalausgabe *»Journal d'enfance (1919–1920)«*

Originalverlag Éditions Stock
Umschlaggestaltung:
Umschlagabbildung:
Druck und Bindung: Ebner Ulm
Printed in Germany
ISBN 3-426-60204-0

2 4 5 3 1

Anaïs Nin

Das Kindertagebuch 1919–1920

Aus dem Französischen von
Irène Kuhn

Knaur

Vorbemerkung der Übersetzerin

Juni 1919. Anaïs lebt nun schon fast fünf Jahre in New York. Als Kind war sie in diese Stadt gekommen, doch mittlerweile ist sie kein Kind mehr.

Den Gebrauch ihrer Muttersprache beschränkt sie in zunehmendem Maße auf ihr Tagebuch: Die Eintragungen spiegeln den Wandel ihres Bewußtseins wider, und somit auch die zunehmende Entfremdung von der französischen und die Verinnerlichung der amerikanischen Sprache. Anglizismen besetzen und erobern immer mehr die Sprachfelder.

Diese zunehmende Dominanz des Englischen läßt den Leser die Konflikte erahnen, unter denen sich Anaïs von ihrer Muttersprache und -kultur allmählich abnabelt und in die Neue Welt hineinwächst.

Diese sprachliche Entfremdung und Verwandlung spürbar zu machen, war in der hier vorliegenden Übersetzung das wichtigste und schwierigste Anliegen.

I. K.
April 1981

1919

Freitag, 13. Juni 1919

158 West 75th St. in New York

Vor zwei Stunden habe ich ein Heft zugemacht und es in den Bücherschrank zwischen einen *Don Quichotte* und eine *romance* von Walter Scott gestellt. Ich habe nicht geglaubt, daß ich heute noch einmal schreiben würde oder zumindest dachte ich, daß ich nicht mehr über mich schreiben würde, aber die Versuchung war stärker als ich. In diesen zwei Stunden war ich damit beschäftigt, mehrere meiner Tagebücher wiederzulesen. Angefangen mit demjenigen, das ich 1914 begonnen hatte auf dem Schiff, das mich weit weg von Spanien führen sollte, bis zu den Zeilen, die ich vor zwei Stunden geschrieben habe. Noch nie habe ich innerhalb von zwei Stunden eine solche Fülle von Eindrücken erlebt. Zunächst einmal konnte ich die entsetzliche Schrift und die grauenvolle Rechtschreibung kaum entziffern. Aber ich war ja erst elf Jahre alt. Trotzdem konnte ich meinen Charakter entziffern, und mit Hilfe meines Gedächtnisses konnte ich mit gespanntem Interesse die Veränderungen verfolgen, welche die Ereignisse in meinem Charakter bewirkten. Ich komme in New York an, fest entschlossen, diese Stadt zu hassen, ahnungslos, schüchtern, naiv wie ein Bauernmädchen. Langsam wurde ich erwachsen, schrieb über Dinge, die ich mir damals nicht erklären konnte, die ich heute verstehe. Ich bin unglücklich und glücklich. Um mich herum spielt sich die natürliche und unaufhaltsame Tragödie des Lebens ab. Mein Charakter entwickelt sich, meine Schrift verändert sich, meine Rechtschreibung wird etwas besser, meine Gedanken werden klar und deutlich. Ich bin weder naiv noch schüchtern und weniger ahnungslos. Mit sechzehn Jahren bin ich so sehr verändert, daß ich jetzt, wenn ich meine Gefühle analysiere, verstehe, daß das elfjährige kleine Mädchen und sein Charakter nur in den Heften des Tagebuches existieren.

Diese Veränderung, die doch so menschlich ist, stellt sich mir aber wie ein Abgrund dar, vor dem mir schwindlig wird. Es ist ein großes Geheimnis der Natur, das mich sprachlos macht. Sogar jetzt, in diesem Augenblick, stehe ich womöglich auf der Schwelle zu einer neuen Veränderung, auf der Schwelle zu einem anderen Wesen, das dem jetzigen hinzugefügt wird oder dasjenige ersetzen wird, das ich ablege, wie man einen alten, abgetragenen, abgenutzten Mantel ablegt. Da gibt es viel Stoff zum Nachdenken! Von meiner Geburt an und bis zu fünf, sechs Jahren war ich wahrscheinlich ein Baby. Von da an und bis zu zehn Jahren ein kleines Mädchen. Von zehn bis dreizehn oder vierzehn weiß ich es nicht. In dieser Zeit kannte ich mich nicht. Ich hätte ein kleines Mädchen sein sollen, aber die Veränderung war außerordentlich feinsinnig und bereitete mich auf eine große Wendung vor, die zwischen vierzehn und fünfzehn stattfand: ich wurde ein Mädchen. Über das, was folgt, bin ich sicherer, wie man eben über ein Bild, das uns recht nahe ist, sicher ist. Als ich am 21. Februar sechzehn Jahre alt wurde, wurde ich auch ein junges Mädchen. Ich bin es noch. Was wird mir die Zukunft bescheren? Die Gefühle einer jungen Frau, einer reifen Frau, einer alten Frau, die plötzlich im Grab münden wie die Flüsse im Meer.

So viele Masken, so viele Veränderungen, so viele Vorbereitungen, um dem Vergessen zu unterliegen?

Wir sind alle, jeder von uns, ein Buch ohne Nachwort, ein unvollendetes Buch, dessen Urheber sich das Recht nimmt, es zu beenden, wann es ihm beliebt, weil er es ja auch angefangen hat! Aus diesem Grund vielleicht bleiben die modernen Bücher immer öfter unvollendet, unbestimmt und vage im Ziel und im Zweck ihres Daseins, weil die Menschen anfangen zu verstehen, daß *sie* unfähig sind, das Ende von allem zu schreiben, da sie es nicht kennen und immer erfinden müßten.

Vielleicht ist das auch der Grund, weshalb einige Philosophen gesagt haben, daß das Leben der Anfang von etwas Größerem sei. Gewiß, wenn ich mich derart vom Thema entfernt habe, so hat das zu bedeuten, daß ich in eine Gegend reise, die keine Stationen kennt. Denn diese Reise mache ich zwischen den beiden Horizonten meiner Ideen. Weißt Du wenigstens, warum ich sage: zwischen den *beiden* Horizonten meiner Ideen? Der Horizont, den ich vor mir habe und den meine Ideen nicht durchbrechen können, das ist die Zukunft. Der Horizont, den ich hinter mir habe und den meine Ideen ebenfalls nicht überwinden können, das ist die Vergangenheit.

Ich glaube nicht, daß die Gegenwart ein Horizont ist; in der Gegenwart gibt es keine Ideen, sondern nur Schicksal, Instinkt und andere natürliche Gründe. Nur die Zukunft und die Vergangenheit eignen sich für die Träume, die Gedanken, die Philosophie, die Gott uns geschenkt hat, um uns über unsere Unwissenheit zu trösten.

14. Juni
Auch wenn ich heute ungeduldig bin, muß ich der Reihe nach erzählen. Gestern also, am Nachmittag, nachdem ich meine sehr ernsten Überlegungen an einem Stück, ohne Pause, niedergeschrieben hatte, habe ich bis zum Abendessen gelesen. Mama kam spät und war äußerst müde, aber sie sagte, sie würde mitkommen, um mir Freude zu machen, da sie sowieso schon angezogen sei. Nach dem Essen habe ich mich also angezogen, mit den Sachen, die ich schon lange mit größter Sorgfalt vorbereitet hatte. Ich drehte mir lange Locken, legte etwas Rouge auf, denn ich war blaß, aber ich möchte nicht, daß Du glaubst, ich würde mich gerne anmalen, außer wenn es nötig ist. Später half ich Emilia, mehrere Flaschen Sarsaparilla und Ginger Ale heraufzutragen. Außerdem mußte ich Gläser und Löffel in einen kleinen Koffer tun, zusätzlich drei Kuchen.
Um halb neun waren wir bei ihr. Alle Leute trafen nach und nach ein, und als sie aufhörten zu kommen, waren wir: Mama, Marraine, Emilia, Mademoiselle Cholet und ihr Vater, eine junge Dame, Madame Madriguera, Paquita, Monsieur Diaz und Enric. Ich zähle nicht. Zuerst sah es so aus, als würden wir uns furchtbar langweilen, später langweilte man sich dann auch ein bißchen, und zum Schluß taten alle so, als ob sie sich überhaupt nicht langweilen würden. Das ist immer so in Gesellschaft. Man hänselte Emilia; man machte und redete dummes Zeug, man tanzte Tango, *Waltz,* man sang falsch, man aß und trank – kurz, wir machten alles, was komische Narren tun könnten. Mama, die zu mir gesagt hatte, sie befürchte einzuschlafen, war die komischste von allen, zusammen mit Rafael Diaz. Um elf Uhr brachen wir langsam auf. Emilia spielte einen »Hochzeitsmarsch«, und zum Spaß bildeten alle Hochzeitspaare: Mama und Monsieur Diaz, die Emilia zu trennen versuchte; Enric wollte mit mir gehen, aber Mama brachte uns noch mehr zum Lachen, indem sie uns trennte.
Das kleine Auto von Enric stand vor der Tür, und da Paquita und Madame Madriguera lieber zu Fuß gingen, lud uns Enric

ein, eine kleine Runde zu drehen in seinem Automobil. Er setzte sich vorne hin auf den Platz des Fahrers, und ich saß neben ihm. Mama und Marraine waren hinten. Zuerst brachte Enric Mama nach Hause, weil sie müde war, und danach hat er uns noch ein paar Minuten am Riverside entlanggefahren. Am liebsten hätte ich gar nicht geredet, denn diese Spazierfahrt unter dem Sternenhimmel bezauberte und faszinierte mich. Aber ab und zu redete ich doch; dabei paßte ich sehr auf meine Art, Spanisch zu sprechen, auf, die mich nur dann beschämt, wenn ich mit Enric rede. Es war der lustigste Augenblick des Abends. Aber er endete sehr bald.

Da war noch eine ganz kleine Sache, die ich zu schreiben vergessen habe, weil ich mich so darüber gefreut habe, auch wenn es nicht wahr ist. Ich will es auf Spanisch schreiben, denn Enric hat es gesagt.

»Eres guapa, ya!« [»Du bist wirklich hübsch!«]

Aber es gibt nur zwei Leute, die das glauben, und auch nur aus Liebenswürdigkeit. Denn Enric ist sehr nett zu allen Leuten.

Jetzt überspringe ich die Einzelheiten meines gestörten Schlafs, des Aufstehens, des Frühstücks, der Pflege meines Gartens und des Violinsolos, das aus dem Zimmer in der letzten Etage drang und meine Arbeit begleitete, Mamas Pläne und ihre Verwirklichung; die Versammlung der Familie Nin in der staubigen *subway,* in einem rostigen Wagen, die Ankunft in Edgemere, den Lunch in einem bescheidenen Hotel, und mit meiner detaillierten Schilderung beginne ich erst an dem Punkt wieder, wo wir uns alle gemeinsam im Bungalow befinden.

Die alten Möbel sind weg, die am Tag, als wir zum erstenmal hierher kamen, überall herumstanden, und jetzt kann ich sehr gut die wahren Ausmaße des Hauses einschätzen. Die genaue Beschreibung werde ich später machen. Unsere eigenen Möbel kommen heute abend, also werden wir darauf warten und die Nacht hier verbringen. Mama hat sich um Gas, Wasser und Strom gekümmert, und wir sind im Bungalow geblieben. Wir drei sind dann auf »Erkundungstour« gegangen. Als Mama um vier Uhr zurückkam, hat sie uns zum Strand geschickt, damit Thorvald und Joaquinito baden können. Also schreibe ich dies alles, indem ich im Sand sitze; dabei unterbreche ich mich oft und schaue auf, denn ich muß Joaquinito im Auge behalten, um zu sehen, ob er keine Dummheiten macht. Jetzt sind die beiden

wieder aus dem Wasser zurück und lassen sich in der Sonne trocknen, um sich darauf vorzubereiten, wieder nach Hause zu gehen. Also verlasse ich Dich nun vorläufig. Ach, welche göttliche Eingebung hat mich dazu bewogen, Dich mitzunehmen! Mit Dir bin ich nie allein, mit Dir langweile ich mich nie. Außerdem gibt es Dinge, die ich für ein paar Minuten vergessen kann, wenn ich sie einmal aufgeschrieben habe.
Halb sieben. Wir haben soeben »diniert« (?). Mit einer Flasche Milch, Kuchen und Sandwiches.
Im übrigen haben wir eine Entdeckung gemacht, die wir schon vorausahnten: die Umgebung ist voller Juden. Wir haben Juden rechts, links, gegenüber und hinter uns. Aber wir haben vor, uns trotzdem zu amüsieren, und wir sind mit unserem Häuschen sehr zufrieden. Die Möbel kommen noch nicht; Gas und Strom gibt es erst am Montag. Mama hat Kerzen und Streichhölzer gekauft, billiges Besteck, eine Seife, ein Handtuch für zehn Cents und andere lebensnotwendige Dinge. Ich frage mich, ob Monsita nicht vergessen wird, mir den Kamm und die Bürste mitzuschicken, denn meine Haare sind sehr zerzaust. Wir haben auch keine Zahnbürste. Außerdem glaube ich, daß die Tinte meines Füllfederhalters zu Ende geht, und unsere Lage ist wirklich sehr originell. Trotzdem werde ich so viel wie möglich schreiben.
Sieben Uhr. Mama hat soeben entdeckt, daß sie nicht viel Geld dabei hat, also bleibt uns nichts anderes übrig, als auf alles zu verzichten. Es herrscht Kriegszustand!
Zwanzig nach sieben. Ein böses Grammophon quietscht und kreischt ganz in unserer Nähe, viel zu nahe, und ich bete, daß es nicht zu sehr quietscht und kreischt.
Acht Uhr. Es gibt nur einen ganz alten Sessel im Haus, der aufgrund seiner Gebrechen zurückgeblieben ist; jeder von uns darf der Reihe nach mal darauf Platz nehmen. Ich will es nicht gestehen, aber ich bin sehr müde.
Halb neun. Ich habe meine Müdigkeit beiseite gelegt und bin mit Thorvald über den Sand und durch das hohe Gras marschiert um die *bay* [Bucht] herum. Es ist wunderschön. Im Augenblick geht die Sonne unter, und zum erstenmal seit langem können meine Blicke über eine Gegend streifen, die den Horizont berührt, ohne Schornsteine und ohne Häuser. Nur Bäume, Sandflächen, Gras, Wasser und der regenbogenfarbene Himmel! Die Möbel

kommen noch immer nicht! Und meine Tinte geht auch nicht zu Ende.
Acht Uhr fünfundvierzig. Wir sitzen alle auf der überdachten Terrasse, die sich hinten an unserem Häuschen befindet. Es ist so kühl, daß wir unsere Capes anziehen müssen. Thorvald legt zum Spaß ein kleines Feuer an und Joaquinito versucht es zu löschen. Das ist einer seiner Charakterzüge. Ich bin völlig verwundert über die Beständigkeit meiner Tinte. Also nutze ich es aus. Aber nicht die Tinte, sondern das Licht wird mir bald abgehen; ich füge mich meinem Schicksal und schweige.
Zehn Uhr fünfundvierzig. Welch merkwürdiges Durcheinander. Nachdem wir vergeblich auf die Möbel gewartet haben, ist Mama im Bungalow geblieben (sie wird auf einem uralten Bett schlafen, das zufällig noch da herumstand), und Thorvald, Joaquinito und ich befinden uns im Zug, der uns nach New York zurückbringt. Also schreibe ich nun im Zug, was man an meiner Schrift durchaus erkennen kann. Der arme Joaquinito ist halb eingeschlafen, den Kopf an meine Schulter gelehnt, Thorvald auch. Gute Nacht. Ich muß ihren Schlaf bewachen.

15. Juni
Sobald wir um Mitternacht zu Hause waren, stellte sich heraus, daß der Möbelwagen deshalb nicht angekommen war, weil sie das Haus nicht finden konnten. Sie hatten den ganzen Nachmittag gesucht und waren um elf schließlich zurückgefahren. Allgemeine Verzweiflung. Aber heute wird alles in Ordnung gehen. Mama kommt zurück, die Möbel werden ein zweites Mal nach Edgemere gefahren, Thorvald fährt mit, um den Fahrern den Weg zu zeigen, und Marraine und ich werden die Möbel in Empfang nehmen.

16. *Juni*
Alles ging wie am Schnürchen. Die Möbel sind im Häuschen Nummer vier, Delmar Court on 43rd St., Edgemere, Long Island, aufgestellt. Wir haben die Nacht dort verbracht. Das Frühstück bestand aus Keksen und Milch, das Mittagessen aus Keksen, Käse und Milch, das Abendessen aus Keksen, Sandwiches und Erdbeeren. Zwischen dem Frühstück usw. sind wir am Strand und an der Bucht entlang spazieren gegangen. Nun schreibe ich in New York, es ist vier Uhr und ein wunderschöner

Nachmittag. Mein Garten war etwas trocken, aber noch in ganz gutem Zustand, und meine Vögel waren sehr fröhlich. Ich sitze im Garten und schreibe, dabei höre ich Enrics Geige und Paquitas Klavier, und daran erkenne ich zwangsläufig, daß ich wirklich in New York bin und nicht am Meer. Aber im Augenblick zögere ich, eine Entscheidung zu treffen, welches von beiden ich lieber mag, denn dort gibt es keine Musik; dafür gibt es dort aber das Meer, das so schön, so wunderbar ist. Es fehlt mir sehr wenig zum Schreiben*, aber ich kann mich von meinem Garten nicht trennen. Also werde ich Dich aufgeschlagen auf meinem Schoß liegen lassen, damit ich schreiben kann, wann immer ich Lust dazu habe, und gleichzeitig die Musik hören kann.

Zehn Minuten später. Nichts zu sagen, die Musik ist zu schön!

Fünfzehn Minuten später. Nach und nach geht die Sonne weg aus meinem Garten, und ich werde das gleiche tun, weil ich außer Träumen noch andere Dinge zu tun habe – ich meine Lesen.

P.S. Sieben Uhr. Ich wurde beim Lesen unterbrochen, aber auf unendlich angenehme Art. Enric hat mir vorgeschlagen, mir beizubringen, wie man Auto fährt, und wir sind durch den Park gefahren. Es ist ganz einfach.

Er sagt, ich könnte sein Auto schon nach vier oder fünf weiteren Versuchen fahren. Es tut mir leid, daß ich ihm soviel Mühe gemacht habe, er war jedoch sehr geduldig und sehr mutig, denn tausendmal war ich nahe daran, ernsthafte Unfälle zu verursachen.

17. Juni

Ich habe bei Madrigueras geholfen, den Tee zu servieren: ein junger Amerikaner aus ihrem Freundeskreis war bei ihnen zu Besuch. Ach, wie dumm das war, mitten im Sommer vor einer Tasse heißem Tee zu sitzen und einer sich dahinschleppenden Unterhaltung zuzuhören, die man kaum ertragen kann. Danach haben wir den Gast in Enrics Auto nach Hause gefahren. Diesmal saß Marraine vorn; Paquita, der junge Mann und ich saßen hinten.

---

* Die Bedeutung dieses Satzes ist im Französischen unklar. Vermutlich meint Anaïs: »Es fällt mir im Augenblick nicht leicht zu schreiben.« D. Ü.

18. Juni
Tante Anaïs und ihre Kinder sind gekommen. Cuca, die ich doch schon so lange kennenlernen wollte, war dabei, aber da wir sie nur an der Landungsstelle gesehen haben, konnten wir nicht einmal zusammen sprechen. Tante Lolita ist auch gekommen.

19. Juni
Halb zwei. In einer halben Stunde werde ich mit Paquita reiten gehen. Ich bin halb angezogen und schreibe, weil es die einzige Möglichkeit ist, Ruhe zu bewahren.
Ich habe noch einmal angefangen zu schreiben, weil Paquita noch nicht fertig ist. Ich habe soeben erfahren, daß Enric nicht mit uns kommt, und langsam fürchte ich, daß ich nicht sehr viel Spaß haben werde, weil die vier Herren zu alt sind, und außerdem kenne ich sie kaum. Ich bin trotzdem angezogen, und da Mama nicht zu Hause ist, hat Marraine das Urteil über meine Kleidung ausgesprochen: »Gut.« Sie sind da!
Acht Uhr. Nach einem schönen Ausritt auf einem lieben, aber ungestümen Pferd namens Dandy – weiß und grau – haben wir ein Taxi genommen und sind in die untere Stadt gefahren, um für Paquita etwas zu besorgen. Zum Abendessen waren wir wieder zurück. Ich habe soeben Enric wiedergesehen. Er möchte, daß ich ihm Französisch-Unterricht gebe, aber Mama sagt, daß sie das übernehmen wird. Allgemeines Gelächter! Er sagt, er hätte endlich seinen Paß bekommen und würde bald abreisen.
Heute morgen ging ich zur Kommunion, aber trotz größter Mühe war ich heute unfähig, mich auf Besinnlichkeit einzustimmen. Diesmal gestehe ich, daß ich überhaupt nichts verstehe. Gedanken beunruhigen mich, die nichts als Eitelkeit und Leichtsinn bedeuten und die mich zuvor noch nie bewegt haben. Ich bin an der Schwelle eines neuen Lebensabschnittes angelangt, glaube ich. Aber welcher? Das junge Mädchen, das ich derzeit bin, ist im Begriff, eine junge Frau zu werden, aber das kann ich nicht sein, solange es noch so viele Dinge gibt, die ich nicht weiß. Aus unerklärlichen Gründen jedoch ziehe ich meinem ewigen Zopf meinen Knoten vor, und meine Kleider trage ich jetzt immer ein bißchen länger. Aber Mama beobachtet mich und macht sich über mich lustig; indem sie mich ab und zu auf meine sechzehn Jahre aufmerksam macht, vertreibt sie mir für einige Augenblicke diesen mondänen Anfall. Und dabei glaubte

ich, ich würde immer ernst, verschlossen, sogar verdrießlich bleiben! Ich dachte, ich sei Komplimenten gegenüber gleichgültig, die ich übrigens durchaus nicht verdiene (und die man mir auch nie macht); ich dachte, ich würde mir niemals hübsche Kleider wünschen und mich niemals darum kümmern, mein langes, trauriges Gesicht zu verschönern. Willst Du wissen, was ich in den letzten Tagen bin? Ernst? Ich singe den ganzen Tag. Verschlossen? Oder verdrießlich? Ich plappere wie ein alter Papagei, auch wenn ich so klug wie ein Käse daherrede. Gleichgültig gegenüber Komplimenten? Das kann ich noch nicht sagen, ich weiß nicht so richtig, ob es die Komplimente gibt, die ich aus den Büchern kenne. Mich nicht für Kleider interessieren? Schau Dir die Liste meiner *wardrobe* an [meiner Garderobe]. Mein Gesicht verschönern? Das ist allerdings beim besten Willen nicht möglich. Oh, mein geliebtes Tagebuch!
Aber ich gerate auf Irrwege! Man sagt, ich hätte zu wenig Vertrauen in mich selbst, aber wenn man wüßte, was »mich selbst« bedeutet! Da kann man doch gleich einem auf Sand gebauten Glashaus vertrauen, das dem Wind und dem Wasser ausgesetzt ist. Da kann man gleich einer Vorstellung der Menschheit vertrauen, einer etwas übertriebenen Nachahmung der Charaktere der Menschen. Das alles ist »mich selbst«! Wenn ich also mein Vertrauen auf diese Weise einsetze, so würde die Zukunft meine Hoffnungen, mein Glaube, meine Illusionen einfach wegfegen und mein Glashaus ganz leicht vernichten. Demzufolge werde ich mein Vertrauen lieber für meinen Schatten aufbewahren, für den Tag, an dem ich *Ihn* finden werde. Vor langer Zeit stellte ich mir meinen Schatten gern als eine starke, *stern,* strenge Figur vor, voller Weisheit, mit ehrwürdigen grauen Schläfen und stählernen Augen. Nun stelle ich ihn mir gern sehr jung, sehr verrückt vor, natürlich nicht sehr weise, aber mit viel Talent und auch – Gute Nacht!

20. Juni
Ich habe einen großen Teil des Vormittags damit verbracht, eine ganze Serie von Büchern zu lesen, Dumas' *Vicomte de Bragelonne,* die Enric mir geliehen hat. Ich habe mich auch um meinen Garten, meine Blumentöpfe und meine Vögel gekümmert. Ich habe meine Bücher abgestaubt und bin ziemlich lange, ohne etwas zu tun – nur denken – an meinem Fenster gestanden.

Ana Maria und Graziella, meine beiden kleinen Kusinen, haben uns besucht und wollten, daß ich mit ihnen ins Hotel gehe; aber der Ausritt hat mich furchtbar müde gemacht, und ich hatte nicht mehr den Mut. Aber das ist nicht der einzige Grund. Ich habe immer ein schlechtes Gewissen, wenn ich vormittags das Haus verlasse, denn es ist der schwierigste Abschnitt des Tages, wenn es andauernd an der Tür klingelt und das Telephon uns wie ein böser Teufel plagt. Und wenn ich zu Hause bin, kann ich mich um beides kümmern, während es, wenn ich weggehe, eine zusätzliche Aufgabe für die übrige Familie bedeutet, und mehr denn je möchte ich versuchen, nicht immer nutzlos zu sein. Jetzt fällt mir gerade etwas ein. Ich gehe, aber komme gleich wieder zurück, wenn meine Idee verwirklicht ist.

26. Juni
Meine neuen Hefte habe ich immer mit Freude angefangen, aber diesmal ist das umgekehrt: Ich habe sogar lange gezögert, bevor ich angefangen habe, und der Grund meiner Betrübnis ist folgender: Unlängst hat mir Mama ein hübsches Tagebuch geschenkt, das so aussieht wie ein richtiges Buch, und ich habe mich beeilt, das andere Heft vollzuschreiben, um das neue anzufangen. In wenigen Tagen schrieb ich vieles hinein. Nie hatte ich soviel geschrieben jeden Tag. Es waren Seiten des Nachdenkens, Beschreibungen des in Edgemere in unserem kleinen Häuschen verbrachten Tages; Zeilen, die ich unter dem Zauber der Geigenklänge aus dem letzten Stock geschrieben hatte, und viele andere, für andere Leute völlig unwichtige Dinge, die für mich aber von großer Bedeutung waren. Und neulich schrieb ich ein paar Worte, bevor ich zum Reiten ging, ich ließ mein Tagebuch auf Mamas Schreibtisch, und als ich zurückkam ... war es spurlos verschwunden. Der ganze Bücherschrank, meine Schränke usw. wurden durchwühlt. Aber mein Tagebuch ist auf immer und ewig entflogen. Ich habe es eine Woche lang gesucht, jeden Tag war ich dabei mutloser, und heute habe ich zwischen den Büchern dieses häßliche Heft entdeckt und beschlossen, neu anzufangen und zu versuchen, das andere zu vergessen. Ich werde versuchen, es so vollkommen wie das andere zu machen: ich war ihm ganz treu gewesen und hatte jeden Tag etwas hineingeschrieben. Aber Dich kann ich nicht so leicht mitnehmen, das andere konnte ich ganz einfach in

meine Tasche stecken; so viele spontane Seiten kann ich Dir nicht versprechen, wie ich sie in das kleine Buch geschrieben habe.
Seit meiner letzten Eintragung habe ich mehrere Dinge getan, an die ich mich zu erinnern versuchen werde. Am Tag, nach dem ich reiten war, bin ich mit Mama, Thorvald, Joaquinito und Tante Lolita in Edgemere gewesen. Wir haben dort den Samstag und den Sonntag verbracht. Sonntag nachmittag sind Marraine und Tante Anaïs aufgetaucht mit allen meinen kleinen Kusinen und Proviant für ein Picknick. Ich bin mit dem Auto mit ihnen nach New York zurückgefahren, und Mama und die übrige Familie sind später mit dem Zug zurückgekommen.
Nach einem gemeinsam verbrachten Abend haben uns Madame Madriguera und Enric zu einer Spazierfahrt mit dem Chevrolet eingeladen. Monsieur Macaya war auch dabei, und er hat sich mit den beiden Damen nach hinten gesetzt. Enric und ich waren vorn. Die Fahrt dauerte bis elf. Zuerst fuhren wir durch den Park und danach am Riverside entlang. Am Riverside waren wir bis zum *Inspiration Point*, von dem Enric hartnäckig behauptete, es sei eine poetische Stelle. Während der ganzen Fahrt war die Unterhaltung sehr lustig. Einmal zeigte mir Enric sogar einen kleinen goldenen Ring, den er trug, und sagte mir mit ganz ernsthafter Miene, das sei das Zeichen, daß er in Spanien eine Verlobte habe; ich habe ihm zwar geglaubt, fragte ihn aber in aller Seelenruhe nach Einzelheiten. Da fing er an zu lachen und sagte, diesen Streich würde er immer wieder allen möglichen Leuten spielen, um zu sehen, ob eines Tages jemand in Ohnmacht fällt. Indessen gab mir Mama ihren Ehering, und ich steckte ihn mir an den Finger. Da sagte ich ihm, ich hätte auch einen Verlobten. Er wurde ganz ernst und glaubte es oder tat so, als würde er es glauben, und er wollte dann den eingravierten Namen sehen. Als wir am *Inspiration Point* ankamen, zündete er ein Streichholz an und konnte feststellen, daß es Mamas Ring war. Auf dem Rückweg hat Monsieur Macaya das Auto gefahren.
Am Dienstag vormittag war ich wieder einmal reiten. Wir haben in einem Restaurant zu Mittag gegessen, und zum erstenmal habe ich *claret* und italienischen *bermu* probiert. Ich war sehr verlegen, als man mich fragte, ob ich eine »halbe Tasse« wolle, und ich habe verneint, ohne die geringste Ahnung zu haben, was

es sein könnte. Ich frage mich noch immer, was Monsieur J. de Alba, Monsieur Nacher, Paquita, Madame Madriguera und Enric wohl von mir gedacht haben. Ich hatte immer geglaubt, daß ich mit meinen Büchern gegen solche Dummheiten in Gesellschaft gewappnet sei, aber meine Freunde haben mir in diesem Fall nichts genutzt. Da es der Johannistag war, hatten wir am selben Abend ein kleines Treffen zu Ehren von Juan de Alba, Juana Culmell und Juan Macaya, dem Bruder von Monsieur Macaya, der bei der Autofahrt dabei war. Übrigens hatte ich den Eindruck, daß Juan Macaya ein sehr netter junger Mann ist.
Wir haben gelärmt, getanzt, Musik gemacht usw. Enric hat Geige gespielt, Paquita und Emilia Klavier. Cuca war auch dabei und hatte angeblich sehr viel Spaß. Alle sagen, sie hätten enorm viel Spaß gehabt. Man muß es wohl glauben.
Ich hatte jedoch einen Nin'schen Anfall. Alles kam mir wie eine schwere Last vor. Übrigens hat mir Tante Lolita diesbezüglich ein Stück ihrer Philosophie geschenkt: Man soll sich vom Leben nicht mehr erhoffen als das, was es uns bringt. Also verstehe ich auch, daß ich mich auf dem Holzweg befinde. Vor lauter Lesen habe ich mir eine eigene Welt, ein Ideal, geschaffen. Auch wenn ich noch so sehr glaube, ich sei überhaupt nicht romantisch, so muß ich doch gestehen, daß ich es zu sehr bin. Aus meiner Umgebung greife ich eine Person nach der anderen heraus und mache sie zu Helden. Sobald ich diese Menschen dann kenne, gleichen sie eher den schlimmsten Charakteren meiner Bücher als sonstwas.
Man hat immer zu Recht gesagt, daß Vergleiche fatal seien, und ich vergleiche ständig. Selbst jetzt im Augenblick bin ich zutiefst betrübt. Ich habe soeben eine Entdeckung gemacht. Mit meiner Phantasie, die so voller Romanzen ist, suche ich das reale Bild einer Illusion. Ich glaubte, es gefunden zu haben. Den Namen brauche ich wohl kaum zu nennen. Er hatte, so glaubte ich, alle Tugenden meiner allerliebsten Helden, die Tugenden, nach denen ich immer suche. Er hat Talent, Güte; er ist jung, begeisterungsfähig, schön usw. usw. Ich wollte ihn schon in ein Buch stecken. Unmöglich! Er ist so menschlich, daß er allen anderen gleicht. Schließlich gibt es vielleicht gar keine vollkommenen Helden mehr, und ich sollte alle Hoffnung aufgeben, ihn zu finden. Ich werde nicht mehr so viele Bücher lesen, ich werde Leute lesen! Aber ach, welch ein Gegensatz!

Ich habe wieder angefangen zu schreiben, weil mir klar ist, daß ich manchmal zynische, pessimistische Dinge schreibe; Dinge, die ich nicht schreiben dürfte, wenn ich etwas gescheiter und nicht so schwierig wäre. Aber einzig und allein Frau Natur und mein künstlerisches Temperament sind schuld daran! Draußen hat es heute geregnet, und meine Laune litt darunter, aber manchmal scheint draußen auch die Sonne und in meinem Innern toben Stürme. Mein künstlerisches Temperament ist schuld an meinen wechselhaften Launen, und ich bitte Dich, nicht allzu schlecht von mir zu denken, das liegt nämlich in der Familie. Siehst Du, je älter ich werde – und nun habe ich schon sechzehn Jahre auf dem Buckel – desto mehr Dinge verstehe ich, an die ich zuvor nie gedacht hatte. Und als ich heute über meine unerklärlichen Launen und über das Ergebnis davon nachdachte, wurde ich von einer glänzenden Idee erleuchtet. Mein Charakter ist eine treue Wiedergabe von Papas Charakter. Mit dem einzigen Unterschied, daß sein Charakter selbst in seiner Schwäche edel, selbst mit seinen Fehlern wunderbar ist; durch die vielen Lehrerwechsel gleicht mein Charakter hingegen dem eines unerzogenen Kindes und wird von der weiblichen Schwäche regiert anstatt von der männlichen Festigkeit. Aber ich versuche so oft, vernünftig zu sein, fröhlich zu sein, der Welt ins Gesicht zu sehen, anstatt sie von einem Sandhügel aus mit Sand in den Augen anzusehen und mit Ideen, die so zahlreich, mit einem Hauch so leicht zu zerstreuen, so durchsichtig, leicht und unnütz sind wie der Sand selbst.
In einem Buch, das ich gelesen habe, hieß es, daß die Feder so mächtig ist wie ein Säbel und daß jeder, der sich ihrer wie einer Waffe bedient, es lernt, lieber einsam und in der Dunkelheit der Nacht zu kämpfen. Vielleicht bin ich aus diesem Grund heute abend aus dem Zimmer geflüchtet, wo meine Familie versammelt ist und lacht und redet; ich mußte weit weg von dem Wohnzimmer der Familie Madriguera, in dem ich deutlich die Vibrationen von Enrics Stimme mitten im Stimmengewirr der Gäste hören konnte, weit weg von dem in Regen gehüllten Garten; in die Küche bin ich geflüchtet zu dem Küchenungeziefer, eine düstere Lampe spendet mir trauriges Licht, und die einzige angenehme sinnliche Wahrnehmung ist der zarte Duft, in den ich immer meine Hände zu tauchen pflege.
Es gibt Regeln der Literatur über die Art, wie das Geschriebene

sinngemäß aufeinander folgen muß; aber hier will ich einmal betonen, daß ich mein Tagebuch gegen alle Regeln der Welt führe. Deshalb wechsle ich jetzt plötzlich das Thema, denn es ermüdet mich, über meinen häßlichen Charakter nachzudenken.

Wenn ich Menschen studiere, mache ich Entdeckungen, ebenso wie wenn ich Tiere oder Pflanzen studiere. So gab es eine Person, die sich wie manche Blumen durch keinen besonderen Duft verrät und die sich mir nie als Studienobjekt angeboten hat; und nun habe ich sie entdeckt in ihrer Schönheit, ihrem Wert. Es ist Monsita, unser Hausmädchen, das die *prejudices* [Vorurteile] umgekrempelt und völlig vernichtet hat, die ich niemals gegen andere Rassen zu haben glaubte. Es macht mir soviel Spaß, mir ihre ernsten Ansichten anzuhören über alle Bücher, die sie gelesen hat, über die Leute, die sie kennt, daß ich nicht umhin kann, obwohl ihre Hautfarbe eine andere ist als meine, sie zu respektieren, in ihr einen edlen Charakter und eine große Intelligenz zu bewundern, die man nur sehr selten findet, selbst innerhalb der Rasse der weißen Menschen – unter denen es so viele Gauner gibt – die sich aber zur stärksten Rasse hat entwickeln können, weil sie in der Überzahl ist. Und nun beobachte ich sie. Eines der Dinge, die ich am lustigsten finde, das ist ihre Wut, die blitzschnell in ihr aufsteigt und sich wieder legt; ich bin fasziniert von ihren stürmischen Worten des Zorns, die wie starke Stromstöße wirken; vom Stolz und der Würde, die in ihren geringsten Gesten liegen, und von der Gerechtigkeit* ihrer Argumente, selbst der einfachsten. Sie ist einer der glanzvollsten Beweise dafür, daß die Arbeit edel macht, denn keinerlei Abhängigkeit kann diesen Menschen erniedrigen; wage es doch einer, gegenüber einer Hausangestellten, die bessere Manieren hat als eine Dame der Gesellschaft, wage es doch einer noch in unserem Zeitalter der modernen Freiheit, eine soziale und moralische Schranke aufzustellen zwischen der edlen Arbeit und dem abscheulichen Müßiggang einer sogenannten Aristokratie. Aber Monsita ist darin einzigartig, und an sie denke ich, während ich dies schreibe; aber bei den anderen, da denke ich überhaupt nicht mehr an die Gleichheit, da steigt mir der ganze

---

* Vermutlich hat Anaïs »justice» (Gerechtigkeit) und »justesse« (Richtigkeit) verwechselt und meint hier »Richtigkeit«. D. Ü.

Hochmut, der Stolz, der überhebliche Familienruhm in den Kopf, die ich von meinen Nin'schen Vorfahren geerbt habe; das ist wie ein sehr subtiles Gift, denn dann verurteile ich wiederum die Angleichung, die nach und nach zwischen allen Ständen entsteht und die diejenigen, die auf ihren Namen so stolz sind, auf den Horizont derjenigen herabzieht, die keinen Namen haben oder ihn längst verloren haben. Eine Maus hat meinen Wortschwall unterbrochen. Sie hat keine Angst vor mir, denn sie hat es sich soeben auf dem Tisch gemütlich gemacht, um an einem Stück trockenem Brot zu knabbern; dabei beobachtet sie mich von der Seite, und ich kann ihre häßliche graue Farbe nach Herzenslust betrachten, ihren langen Schwanz, ihre winzig kleinen Zähne, ihre schlaue Schnauze, ihre spitzen Ohren. Aber unter diesem prosaischen und platonischen Einfluß ist es mir unmöglich zu schreiben. Im übrigen seufzt die alte Uhr, stirbt langsam dahin, während sie ihre jämmerliche Geschichte der Zeit vor sich hin murmelt, denn es ist gleich zehn, und ich frage mich soeben, warum die Uhren nicht stehen bleiben, um sich nachts auszuruhen. Das wäre für sie und für uns gerechter, denn wir würden, während wir schlafen, nicht älter. Außerdem muß doch das eintönige Geräusch der Millionen von Uhren, die es auf Erden gibt, den lieben Gott und die Engel stören, wenn die ganze übrige Welt eingeschlafen ist. Die Maus geht mit gutem Beispiel voran: sie geht schlafen. Ich kehre zurück in mein Nest, zu meiner Familie. Zum Glück können wir in Frieden leben, ohne uns vor Mausefallen mit Käse drin zu fürchten, aber weiß Gott mit welchen anderen teuflischen Maschinen man uns einfängt, ohne daß wir es wissen.
Arme Maus! Wir armen Menschen!

27. Juni
Ein Mensch, der viel Zeit zu verlieren hätte und neugierig genug wäre, der hätte sich auf den höchsten Häuserturm oder das höchste Gebäude New Yorks setzen können und hätte folgendes Schauspiel erlebt: mehrere Millionen Regenschirme in Bewegung, Autos, Straßenbahnen, Wagen, alles triefend naß, und alle Dächer durch den Regenguß strahlend vor Sauberkeit. Hin und wieder auch die von der Menschenmenge nicht so stark frequentierten Straßen, die in Spiegel verwandelt sind und wodurch mehr oder weniger breite Bäche fließen.

Inmitten der Menge der Regenschirme, die sich gegenseitig fremd waren, befanden sich zwei Regenschirme, deren Herren Du kennst. Diese beiden Regenschirme hatten bereits um neun Uhr früh ihr Haus verlassen und beschützten eher schlecht als recht der eine Mama und ihre Schwester Anaïs, der andere Cuca und meine Wenigkeit.

Sie spazierten mit großer Geschwindigkeit auf der 5th Avenue, und jedesmal, wenn sie in die Nähe eines großen Kaufhauses kamen, wurden sie zugeklappt, und die vier Personen darunter schritten mit einem zufriedenen Seufzer zwischen die Verkaufstische, welche tausend Waren darboten. Und so weiter von Geschäft zu Geschäft. Einmal fanden die beiden Regenschirme eine halbe Stunde Ruhe unter einem Tisch, während über ihnen ein Mittagessen konsumiert wurde. Nach und nach wurde ihre Aufgabe immer schwieriger, denn zusätzlich zum schlechten Beschützen von modischen Hüten mußten die Herren Regenschirme auch noch Dutzende von Paketen verschiedener Größen vor dem Regen sichern. Da schließlich ihre Dienste vollkommen unbefriedigend waren, wurden sie zugemacht und in die Ecke eines Taxis gestellt. Dieses Taxi transportierte einen der Regenschirme in das Hotel Netherlands und den anderen in die 158 West 75. Letzterer hatte trotz der äußerst unangenehmen und beschämenden Stellung, in der er sich befand, um sich seines feuchten Mantels zu entledigen, großen Spaß, indem er nämlich mit seinen beiden Herren die erworbenen Gegenstände betrachtete. Ein rosa Ballkleid mit viel Tüll und einer großen Rose in der Taille, ein dunkelblaues Taftkleid mit trichter- oder glockenförmigen Ärmeln, eine entzückende schwarze Samtjacke, zwei Blusen, eine aus Georgette und die andere aus rosa Voile, einen rosafarbenen Seidenrock (passend zu den Blusen und der Jacke), Seidenstrümpfe und ... ich denke, das war's, nein, ich meine, das ist alles, was der Regenschirm gesehen hat. Wenn der Regenschirm neugierig gewesen wäre, hätte er erfahren, daß Mama für diese unerklärlichen Frivolitäten, die nur zu einem verwöhnten Mädchen passen, die märchenhafte Summe von hundertdreizehn Dollar fünfundsiebzig ausgegeben hat. Und das Erstaunliche ist, daß es ihr keineswegs leid tut; sie tröstet sich, indem sie sagt, daß die Summe, mit der ich nun so eingekleidet bin, daß ich mit Tante Anaïs ein – zwei Wochen in den Bergen verbringen und anschließend ein–zwei Jahre in New

York leben kann, gerade genügt, um für Cuca ein einziges Kleid zu kaufen. So ist das eben mit dem menschlichen Trost! Da ich aber nicht glaube, daß ein Regenschirm auf diese Weise nachdenken kann, verdufte ich (will sagen, ich stelle den Regenschirm wieder auf seinen Platz). Nachdem er sich entnäßt hat, nimmt er seinen Platz im Schirmständer wieder ein. Aber draußen fällt noch immer der Regen, so wie Geld aus den Taschen der Reichen fällt und Tränen aus den Augen der Bedürftigen und der pessimistischen Philosophen fallen. (Letzteres bin ich. Ich weine auf diese Weise – wenn ich weine.)

Hier muß ich aber ein persönliches Wort einwerfen, denn der Regenschirm weiß nichts von dem, was geschieht, wenn das Wetter schön ist. Ich fahre am Dienstag nach Lake Placid. Diese Ausgabe diente dem Zweck, meinen Koffer zu füllen, denn meine Schränke sind nahezu leer. Ich gehe nur kurze Zeit hin; Tante Anaïs sagt, ich gehe hin, um dicker zu werden, Cuca, um mich zu amüsieren, Mama, um dicker zu werden und mich zu amüsieren, und ich behalte mir eine Meinung bis auf weiteres vor.

Soeben bringt mich Mama völlig in Verwirrung: Sie erinnert mich an den Verlust meines Tagebuches und macht Anspielungen, es könnte ja ein Streich von Enric sein! Weißt Du, er ist dafür bekannt, zu allem in der Lage zu sein, genau wie Joaquinito. Aber wenn das wahr wäre, dann wäre ich zum erstenmal wirklich böse auf ihn, aber vor allem, ach, es wäre zum Verzweifeln! Wenn er es gelesen hat! Denn er liest und versteht Französisch sehr gut. Aber wie kann ich das erfahren? Ich glaube nicht einmal, daß er weiß, daß es mein Tagebuch überhaupt gibt, weder mein Tagebuch noch mich! Und ich, ich hätte auch nie bemerkt, daß es ihn gibt, wenn seine Zaubergeige nicht wäre!

P.S. Ich habe vergessen, den regenschirmischen Zuschauer von seinem Aussichtsturm herunterzunehmen. Der Arme hat sich bestimmt einen furchtbaren Schnupfen geholt und wenig Weisheit für seine Mühe. Aber das kann jedem passieren!

28. Juni

Gestern war für Thorvald und Joaquinito bis zum Herbst die Schule zu Ende, aber in meiner weiblichen Selbstsucht hat mich diese Tatsache überhaupt nicht berührt, so sehr war ich mit meiner Garderobe beschäftigt. Sie sind jedoch recht fröhlich, die

beiden! Das zwingt mich dazu, mich an jene fernen Tage zu erinnern, als auch ich noch mit großer Fröhlichkeit und Zufriedenheit den Ferienbeginn feierte. Zur Zeit ist mein ganzes Leben wie ewige Ferien. Es gibt Augenblicke, in denen ich daran denke, wie unnütz ich bin; dann habe ich Tränen in den Augen und Verzweiflung im Herzen. Umsonst warte ich auf eine literarische Erleuchtung, auf eine Idee für ein Buch, wodurch ich Schlag auf Schlag reich würde, um Mama eine Freude zu machen, und Mitglied der Académie française würde, zu meiner eigenen Befriedigung. Aber ich warte jeden Tag mit meinem Buch, und es kommt nicht. Ich habe oft schon angefangen, ohne zu zögern, habe ich geschrieben und bin schnell vorangekommen, solange, bis die Geschichte in der Tragödie oder der Komödie einer Leidenschaft, der Liebe, mündete. Wenn ich da einmal angelangt bin, zögere ich; ich komme durcheinander, höre auf zu schreiben und weine. Wie, ach wie nur soll ich eine Empfindung beschreiben, die ich nicht kenne; eine Wissenschaft, die für mich unbekannt ist, unerklärlich und so unwirklich? Ich, die ich unendlich lange Kapitel über den Charakter der Kinder und der Erwachsenen vor der Heirat oder der Witwer und Witwen schreiben kann, über die Vögel, die Tiere, über Erdkunde, Reisen, Entdeckungen, Erfindungen usw. usw., ich stehe einem unlösbaren Problem gegenüber, wenn ich ein bißchen Liebe in meine Erzählungen einbringen will, denn ohne diese Liebe, scheint mir, würde sie kein Mensch lesen. Aber ich kann doch nicht einfach die Dinge nachahmen, die Dumas oder George Sand oder Pierre Loti oder James Allen oder Scott über dieses Thema schreiben, das sie so gründlich zu beherrschen scheinen. Aber wenn ich warte, werde ich mein Buch erst mit vierzig schreiben oder gar nicht womöglich, wer weiß?
Meine Familie war immer sehr geduldig mit meiner Neigung zur Literatur, wie alle Familien, die hoffen, den Ruhm in ihre Reihen einkehren zu lassen, und die noch nicht sicher wissen, wen dieser Ruhm treffen wird. Inzwischen hält es Joaquinito nicht mehr für nötig, mich einen Dichter zu nennen, und Thorvald auch nicht, weil ich mich so sehr verändert habe seit der Zeit, als Mama sich um die Flickerei und ich mich um die Schreiberei kümmerte (damals hatten sie Respekt vor mir), aber heute stopfe ich Strümpfe und flicke Hemden und schreibe nur mehr in Hefte hinein, die sie nicht lesen können. Und Mama, die keinen

konkreten Beweis meiner Fortschritte hat, ordnet mich schon nicht mehr als Dichterin oder Autorin ein, die eines Tages berühmt sein wird, sondern als heiratsfähige Tochter: Das ist natürlicher und prosaischer. Gebe Gott, bevor sie diesbezüglich den letzen Versuch unternimmt und dabei scheitert..., daß ich einen Platz finde an einem Schreibtisch voller Papiere, und eine Feder in der Hand halte zum Schreiben – nicht meines ersten Buches, sondern meines zwanzigsten, und dann bin ich längst ein Mitglied der Académie usw.

Wenn es möglich wäre, beim Schreiben außer Atem zu geraten, müßte ich jetzt einen Augenblick keuchend innehalten.

Es ist die Zukunft, die ich voraussehe. Und was für eine Zukunft! Kommt Zeit, kommt Rat ... sollte die Fliege sagen, die bereits am Fliegenfänger klebt.

Ich habe soeben bemerkt, daß meine Vögel um so mehr singen, je mehr ich schreibe, und ich bin schon fast völlig taub. Aber es ist angenehm, vom Singen zweier Kanarienvögel taub zu werden. Sowas passiert nicht jedem. Das ist Luxus!

Heute morgen habe ich meine Zeit damit verbracht, meine Wäsche herzurichten. Ich habe genäht, gewaschen, gebügelt, geflickt. Ich habe sogar einen Koffer aus dem Keller geholt; den, den ich mitnehmen werde. Er ist nicht sehr groß, aber ich hoffe, daß ich genügend Sachen habe, um ihn zu füllen! Es ist klar, daß Du mich begleitest, aber in einem Extra-Köfferchen, einem ganz kleinen Köfferchen mit meinem Nachthemd und meiner Zahnbürste. Reisen ist nie sehr gemütlich, und Du darfst Dich nicht beklagen. Du solltest recht stolz sein, eine Woche in die Berge zu fahren, wo es viele Millionäre gibt, unter denen ich mir auf Anraten Mamas und Marraines unbedingt einen Mann suchen soll. Ich habe viele hübsche Kleider, aber mein Gesicht kann ich nicht ändern.

Ich habe gerade noch entdeckt, daß meine Bohnen soweit sind, daß man sie essen kann, auch meine Radieschen sind soweit. Nun gehe ich also und überlasse meinen Garten der Pflege von Frau Natur und der Köchin. Die eine verkörpert die Willkür, die andere die Faulheit. Ich hoffe, daß mein Garten mit den beiden zurechtkommt, aber er ist sehr fügsam.

Du fragst Dich vermutlich, aus welchem Grund ich an einem Tag so viel schreibe. Ich bin alleine, ganz alleine hier in unserem großen Zimmer, weil Mama, Thorvald und Joaquinito nach

Edgemere gefahren sind, um den Samstag und den Sonntag dort zu verbringen. Ich bin nicht mitgefahren, weil ich so viele Dinge vorzubereiten hatte. Es ist vier Uhr, und ich habe alles erledigt, was ich heute tun kann, und da macht es mir Spaß, so zu plaudern; es ist wirklich der einzige Augenblick, mit Dir, wo es mir Spaß macht, so zu plaudern, wo ich doch so wenig rede, und dies mit so wenig Charme. Manchmal habe ich versucht, die Freude zu ergründen, die ich aus meinem Tagebuch schöpfe, und ich habe mir die Frage gestellt, ob das nicht ein unerhörter Egoismus ist, da ich ja pausenlos nur von mir rede. Das ist es vielleicht auch, aber andererseits ist der wahre Grund der, daß mir klar ist, wie gut Du mir tust. Diese ganze Ansammlung von Büchern, die einen wachsenden Haufen von Jahren darstellt, dient mir als Sieb. Es ist nicht ein Sieb wie jene, die man in der Küche für die Suppe benutzt, aber es ist ein seelisches Sieb, das nicht ohne Reiz ist. Alles, was ich sage, was ich denke, was ich tue, fließt langsam durch dieses Sieb und breitet sich ohne künstlerische Zubereitung auf Deinen Seiten aus. Und da betrachte ich diese Dinge dann; ich stelle fest, daß sich alles auf dem Weg durch das Sieb verbessert, geläutert, geklärt hat. Ich erinnere mich an Dinge, die ich nicht getan habe, um nicht der Scham ausgesetzt zu sein, sie niederschreiben zu müssen, aber wenn ich sie getan habe, sehe ich sie, wie sie dastehen, unumwunden ausgebreitet mit der ganzen Wahrheitsliebe, die eigentlich *nicht* meinem Charakter entspricht, aber zu der *Du* mich zu zwingen weißt. Also ist es gar nicht Egoismus, es ist *auch* eine Art, mich selbst zu beherrschen, um die Lektionen zu lernen, die das Leben uns vorschreibt, so wie man vom Arzt Rhizinusöl oder ein anderes Abführmittel verordnet bekommt! »Es tut gut!« sagt der Doktor. Und wir Menschen, wir schneiden eine feierliche Grimasse und akzeptieren die seltsame Theorie.

29. Juni

Ich war sehr erstaunt und sehr betrübt gestern abend, als ich mich alleine in das große Eichenbett legte. Ich hatte mir schweigend die Haare gebürstet, was ich nie erlebt habe, als wir zusammen waren. Aber ich habe entdeckt, daß ich mit erstaunlicher Leichtigkeit ein Buch schreiben kann, wenn ich, so wie jetzt, mehrere Tage alleine bleibe. Gestern abend war ich schon in Stimmung, aber ich hatte Mama versprochen, um halb zehn ins Bett zu gehen; man behauptet zwar, Blaustrümpfe würden ihre Versprechen niemals halten, aber ich bin doch dabei geblieben. Da mir Mama aber nicht befohlen hatte, um neun Uhr dreißig zu schlafen, habe ich so lange nachgedacht, bis unsere Uhr Mitternacht geseufzt hat.

Heute morgen bin ich um acht Uhr aufgestanden und zur Kommunion gegangen. Aber ich leide an einem Anfall von religiöser Abkühlung, und das ist noch nicht vorüber.

Tante Lolita, Marraine und ich haben alleine zu Mittag gegessen. Um zwei ist Tante Anaïs mit Cuca und Ana Maria gekommen. Wir haben Rita Allie im Hotel Majestic besucht. Sie war so schön wie eh und je, aber sehr verändert. Wir kamen auch auf das Theater und das Ballett zu sprechen, Themen, die sie früher nie interessiert haben, aber das liegt vielleicht daran, daß sie erwachsener wird, wie ich auch. Eines Tages aber werde ich ihre Schönheit in eine Erzählung hineintun, so wie ich auch Monsitas Zorn, Joaquinitos Schelmenstreiche, Thorvalds Naschsucht und vieles andere der Reihe nach verewigen werde, wie ich diese Dinge entdecke.

Wir haben soeben zu Abend gegessen, kalt, und Marraine und Tante Lolita lesen die Tageszeitungen. Ich nutze den klaren Abend, um zu schreiben, denn ich fühle mich sehr einsam, nicht wirklich, aber im Geist.

Ich habe heute erfahren, daß Marraine unzählige Details über das Leben von Papa und Mama kennt von vor langer Zeit, als sie noch glücklich waren. Das wird mir sehr nützlich sein, wenn ich einmal anfange, »Mamas Memoiren« zu schreiben, denn Mama selbst geht nie weiter als bis zur Geschichte der Liebeserklärung, trotz meines brennenden Interesses; ich fange an zu glauben, daß der beste Teil der Liebe eben diese Liebeserklärung sein muß, und das bringt das bißchen, was ich über diese Tragödie wußte, an der alle Welt teilnimmt, vollkommen in Aufruhr. Ich habe geglaubt, daß das, was *nachher* kommt, nach der Liebeserklärung, das Wichtige ist. Wie könnte ich mitten in einer solchen Veränderung ein Buch schreiben? Aber eines ist sicher: Die Liebe der Dichter und Schriftsteller, die Liebe, von der die Bücher voll sind, das ist *eine* Sache, und die Liebe im wirklichen Leben ist eine ganz andere. Noch kenne ich den Unterschied nicht, aber eines Tages werde ich ihn erfahren. *Ich* werde das Publikum nicht auf diese Weise betrügen, auch nicht, um es

glücklich zu machen; ich werde ein Buch schreiben, so wie das Leben sich in meinen Augen zeigt; und so wird die Generation, die dieses Buch lesen wird, fürs Leben vorbereitet sein, wenn sie es fertig gelesen hat, während ich hingegen den Büchern, da ich sie für Lehrmeister halte, die Möglichkeit gegeben habe, mir die Seele mit Poesie, das Herz mit *romance* und die Augen mit Illusionen zu füllen, und nun muß ich erst anfangen, leben zu lernen, nachdem ich mich von ihnen trenne; es ist alles anders, vollkommen anders als in den Büchern; ich habe zwar die Poesie und meine Romantik noch nicht verloren, aber zumindest habe ich viele Illusionen verloren. Mit denen, die mir übrigbleiben, werde ich versuchen zu leben.
P.S. Mit diesen Tintenklecksen habe ich nicht die Absicht, eine künstlerische Wirkung zu erzielen, es hat auch nichts damit zu tun, daß ich unruhig bin; sie haben eine ganz einfache Ursache: ich schreibe mit einer entsetzlichen Feder. Reine Zerstreuung! Jetzt lege ich mich in das breite Eichenbett und werde ein bißchen denken. Es gibt eine Sache, die ich so gern wissen möchte: Wo ich doch so ehrlich bin mit Dir, könntest Du mir doch ebenso ehrlich meine Frage ganz lieb beantworten: Ach, sag mir doch, bin ich wirklich, wirklich . . . häßlich?

30. Juni
Ich habe den ganzen Tag in den Geschäften verbracht und bin völlig erschöpft. Aber wenn ich meine Einkäufe betrachte, vergesse ich meine Müdigkeit: ein Paar Schuhe aus weißem Satin mit *Louis-XV-Absätzen*, ein Paar Tennis-Schuhe, einen hübschen Kamm, Haarnadeln, Taschentücher, ein *Tam-O-Shanter* [Baskenmütze] aus schwarzem Samt und blaue Pantoffeln. Mein Koffer ist fast fertig gepackt, aber ich schlafe schon beinahe.

1. Juli, noch immer in New York
Mein Reisekoffer wurde eben abgeholt. Ich bin soviel durch das ganze Haus gerannt, daß Marraine und Tante Lolita behaupten, ich sehe aus wie eine Braut am Vorabend ihrer Hochzeit. Mein kleiner Koffer ist auch fertig, alles ist drin außer Dir. Gestern hat mir Marraine eine Tasche gekauft, die man *Vanity-Case* nennt. Da habe ich Puder und Rouge und meinen Schmuck drin, außerdem einen Füllfederhalter und ein duftendes Taschentuch. Bis jetzt hatte ich noch keine Zeit, an die Dinge und die

Menschen zu denken, die mir während dieser Wochen fehlen werden. Ich bin ja weder lange noch sehr weit weg, aber immerhin! Alle mußten mir versprechen, daß sie mir schreiben. Mama wird mir am allermeisten fehlen. Danach Thorvald und Joaquinito. Meine Vögel auch und mein Garten, Monsita, das Wohnzimmerfenster und der kleine Sessel, in den ich mich nie hineinsetze, wie es sich gehört, dann Marraine, die gleich nach Thorvald und Joaquinito kommt, und zum Schluß, auch in der gleichen Kategorie wie meine Vögel, Enric Madriguera. Er fliegt am 9. Juli davon und kommt im September zurück. Gestern abend habe ich ihm seine Bücher mit einer kleinen Nachricht an die Stelle gelegt, wo wir die Briefe hinterlassen, weil ich dachte, daß ich ihn nicht mehr sehen würde, aber heute morgen hat er im Vorbeigehen geklingelt, als ich gerade telephonierte. Das wird seine letzte Geste gewesen sein, denn im September wird er mich vergessen haben und ich ihn.
Ich habe einen Brief von Papa bekommen, der mich nachdenklich gemacht hat. Unter anderem sagte er über Thorvalds und Joaquinitos Vergessen: »Sie werden es bereuen, einem Vater gegenüber so wenig höflich gewesen zu sein, welcher ihnen gegenüber *keinerlei Schuld* hat. Ich unterstreiche diese beiden Worte, um sie stärker zu betonen. Vergiß sie nicht.«
Für mich ist das kein Problem, diese Worte. Es hat mir zwar nie jemand etwas gesagt, aber ich habe die stumme Tragödie verstanden, die meine Eltern getrennt hat. Es ist kein Problem, es ist ein unsagbares Unglück, das mir das Herz zerbricht. Dieser Teil des Lebens ist es, den ich nicht verstehe.
Ich werde die Antwort auf diesen Brief sehr hinauszögern.
Ich verlasse Dich, um Dich für die Reise fertig zu machen. Es ist furchtbar heiß, aber mein Koffer hat ein Loch. Gute Reise!

2. Juli, im Zug
Es ist so früh, daß die Sonne noch nicht aufgegangen ist. Ich schreibe in einem kleinen Bett, das sich in einer Kabine befindet, und über mir ist Cucas Bett. Aber erzählen wir doch lieber der Reihe nach! Gestern um sieben habe ich Mama verlassen, die mich zum großen Bahnhof, dem Grand Central, begleitet hat. Als ich mich im Zug befand, hat sich die Familie verabschiedet. In unser Zimmer sind Bernabecito und Eduardo gekommen. Wir haben fröhlich miteinander geplaudert, bis es Zeit war zum

Schlafen. Wir haben sogar darüber diskutiert, was zuerst da war, das Huhn oder das Ei, und dabei haben wir eine Büchse Kirschen und *ice-cream* gegessen. Ich fange an, meine Vettern ein bißchen besser zu kennen, aber ihre Beschreibung hebe ich mir für später auf. Zu diesem Zeitpunkt war es stickig heiß.
Um neun Uhr zwanzig hat uns ein Neger die Betten gemacht, und wir haben uns hingelegt. Ich war einverstanden mit dem unteren Bett bzw. ich hatte es sogar ausgesucht wegen der Aussicht, die ich mir von der Nähe der beiden Fenster versprach. Cuca hatte viel Mühe, in ihr Bett hinaufzuklettern, aber wurde durch die erfrischende Nähe eines elektrischen Ventilators belohnt. Da ich aber ständig Freudenschreie ausstieß über den schönen Fluß, die Brücken, die Bäume, kletterte Cuca wieder herunter, um bei mir zu schlafen. Zunächst haben wir die natürliche Stellung ausprobiert, aber als Cuca feststellte, daß es ihr zu heiß war, weil das eine Fenster, das am nächsten bei meinem Gesicht war, geschlossen war, legte sie ihre Kopfkissen ans Fußende und ließ sich auf diese Weise nieder. Aber durch das offene Fenster flog soviel schwarzer Staub herein, daß sie förmlich ihre Gesichtsfarbe änderte, und wenn sie zumachte, war ihr zu heiß; daraufhin kletterte sie mühsam wieder hinauf und schlief ein, glaube ich. Zuvor aber hatten wir genügend Zeit gehabt, uns zu unterhalten, und da wir schon Vertrauen zueinander gefaßt hatten, wurde auch das unvermeidliche Thema der »Männer« in unserem Alter angeschnitten. Cuca hat mir anvertraut, daß sie von all ihren Freunden einen bevorzugt. Ich lasse mich dazu hinreißen, ihr zu gestehen, daß ich von allen, einschließlich Monsieur Walker, Enric Madriguera am liebsten mag. Und dabei habe ich gestern völlig vergessen, mich von ihm zu verabschieden, aber ich war so aufgeregt!
Danach begann eine schlaflose Nacht. Sonst schlafe ich doch immer so gut und träume so friedlich, aber ich habe die ganze Nacht nicht geschlafen. Ich sah die Sterne und den Mond und während der übrigen Nacht Telegraphenstangen, Bäume usw. Manchmal war ich zwar wach, aber begann zu träumen, und da gab es dann einen heftigen Ruck, Glockengebimmel, das Geräusch eines rauchenden Schornsteins, der platzt, und der Zug hielt auf einem Bahnhof. Eine dieser Stationen war Newburg, aber die anderen vier oder fünf kannte ich nicht. Nach und nach verschwanden die Sterne, alle außer einem. Ich sah, wie es

Tag wurde, und mit dem Tag brach auch eine winterliche Kälte ein. Jetzt erst beginnt die Sonne langsam den Dunst zu durchbrechen, der über den kleinen Bergen und Seen hängt. Es gibt Pinien und Pappeln in großen Mengen, Gras, P . . .?

Elf Uhr, im cottage

Eine plötzliche Unterbrechung, wieder ein starker Ruck, und schon ruft man uns, wir sollten uns fertig machen. In wenigen Minuten waren wir angezogen und standen bereit, zitternd vor *Kälte*. Einen Augenblick später hielt der Zug in Lake Placid. Wir wurden von zwei Autos erwartet. In einer Viertelstunde waren wir im Haus. Wir gingen frühstücken im Club, und als wir zurückkamen, bekam jeder sein Zimmer. Cuca und ich haben eines der schönsten: groß, weiß, einfach möbliert; die Fenster bieten einen Ausblick, der der mächtigsten Fürsten würdig ist. Es gibt Berge, Täler, Felder voller Blumen und wilder Erdbeeren. Ein schöner See, in dem sich Tannen und kleine Häuschen widerspiegeln, heißt Mirror Lake. Alles ist prachtvolle Natur: Lauter herrliche, unvergleichliche Anblicke! In kürzester Zeit habe ich Blumensträuße gepflückt, wie ich sie bisher nur in meinen schönsten Träumen gepflückt hatte, es gibt Margeriten, blaue Glöckchen, kleine goldene Blümchen, wilde Rosen, Maiglöckchen und zartlilafarbene Blumen.

Ganz nah beim Haus gibt es ein Nest mit vier kleinen Eiern drin, und merkwürdigerweise ist es nicht auf einem Baum, sondern ganz einfach im Gras.

Selbst das Haus ist eine Augenweide. Alles ist weiß und neu. Wir warten auf die großen Koffer, um uns umzuziehen, und während Cuca badet, schreibe ich.

Aber der Tag hat eben erst angefangen, den Rest werde ich später schreiben.

5. Juli

Es ist ungefähr sechs Uhr. Ich bin als erste aufgestanden, und dabei habe ich mich sehr bemüht, Cuca nicht zu wecken. Ich habe mich frisiert und meinen hellblauen Kimono angezogen, und nun habe ich mich beeilt, zu meinem Tagebuch zu greifen. Seit dem Tag meiner Ankunft hier habe ich keine Minute Zeit verloren, aber es war mir wirklich unmöglich zu schreiben. Ich wußte aber, daß Du Dich freuen würdest zu erfahren, daß ich

mich gerade verändere: Ich habe eine gesunde Farbe, und mein Gesicht verrät sehr deutlich, welcher Art von Beschäftigungen ich nachgehe.
Die Spaziergänge, die wir gemeinsam unternehmen, im allgemeinen Cuca, Anaïs (meine Kusine), Graziella, Eduardo und ich, dauern lange, lange Stunden. Ohne zu befürchten, wir könnten unsere alten Kleider und alten Schuhe ruinieren, sind wir auf einen Berg gestiegen, haben die ganze Gegend um Lake Placid erwandert, sind über die Hochebenen marschiert, um die kleinen Seen herum und durch die Tannenwälder. Wer kann beschreiben, wie schön es ist, auf einen Berg zu steigen? Die Unruhe bei gefährlichen Stellen, die Freude darüber, die reine Luft und den Tannenduft einzuatmen, die allgemeine Fröhlichkeit, wenn jeder vorn sein will! Im allgemeinen ging Eduardo als erster und brachte (wie Thorvald) Stimmung in die Gruppe mit seinem unaufhörlichen Lachen und seinen komischen Bemerkungen. Und beim Abstieg, wenn man sich an den Felsen abgleiten läßt, wenn man den Fuß in ein Loch setzt, wenn man mit beiden Händen nach Ästen und Blättern greift, die sofort brechen! Und auch der Durst im Gebirge, die Suche nach Wasser, die Entdeckung eines Hauses und die Freude dann, wenn man ein Glas frisches Wasser zu Gesicht bekommt. Auf dem See waren wir rudern. Das Wasser war klar, und obwohl der See tief ist, sieht man den Grund ganz deutlich. Das kleine Boot gleitet langsam über diese spiegelnde Fläche, während sich die Augen an den Bergen und den Tannen um den See herum erfreuen. Ich habe ein Zigeunerlager gesehen, und demnächst werde ich sie mir einmal aus der Nähe betrachten, damit sie mir die Zukunft voraussagen.
Vorgestern waren wir bei einer Tanzveranstaltung im Club, aber da wir niemanden kannten, haben wir nicht getanzt. Nur einmal habe ich getanzt mit einem Freund aus einer kubanischen Familie, die Cuca sehr gut kennt. Aber die Musik war sehr gut und sie erinnerte mich an meine »Dancing School« und meine kleinen Tanzabende bei Frances und ihren Freundinnen. Ich hatte große Lust zu tanzen, da staunst Du sicher.
Gestern abend haben wir uns ein venezianisches Fest auf dem See angeschaut. Alle Boote waren mit Laternen und mehreren Flaggen, Blumen und Bändern geschmückt. In der Nacht hat man nur die Laternen gesehen, die sich im See spiegelten, und

der Reiz dieser Laternen war unwiderstehlich. Da es der 4. Juli war, der Tag der Unabhängigkeit, gab es dann auch mehrere bunte Feuerwerke. Das letzte war wie tausend bunte Sterne, die sich ausbreiteten wie ein Gold- und Silberregen, der lauter Funken sprühte. Ein Automobil des Clubs brachte uns nach Hause, und auch diese Spazierfahrt machte mir viel Freude. Das ist die einzige Möglichkeit, wieder nach Hause zu kommen, weil die Wege so dunkel sind.
Wir essen immer im Club an einem großen Tisch, weil wir ja neun Personen sind. Da haben wir immer viel Spaß mit der Grammatik des Menüs. Genug für heute.

6. Juli
Wir haben die Messe in der Dorfkirche besucht. Es regnete sehr stark, und die Temperatur wechselte deutlich von einer sommerlichen Hitze zu einer winterlichen Kälte über. Sogar jetzt, während ich schreibe, sind meine Hände wie zwei Eisblöcke. Gestern abend waren Cuca, Eduardo und ich im Mondschein rudern. Eine sehr schöne Naturerscheinung machte aus dem kleinen Ausflug eine wahre Zauberfahrt. Wolken hatten sich über den Bergen angesammelt und bedeckten sie zur Hälfte, und aus den Feldern und dem See stieg Dunst auf – vermutlich durch den Kontrast zwischen Wärme und Kälte verursacht. Wir glitten also über den See unter diesen märchenhaften Wolken und glaubten zu träumen. Ich tauchte die Hand in das lauwarme Wasser, und alles bezauberte mich. Wir sind nur deshalb zurückgekehrt, weil das Boot sich langsam mit Wasser füllte.
Etwas anderes, was mich sehr glücklich macht, abgesehen von diesen ganzen wunderbaren Dingen, das ist Cucas Freundschaft. Es ist eine Freundschaft, die viel Wert und viele Reize hat, denn diejenige, die sie mir schenkt, ist ein großartiges Mädchen.
Gestern waren wir in der Bücherei des Clubs und haben uns mehrere Bücher geholt. Cuca wird *La neuvaine de Colette* [Colettes Andachtsübung] lesen, was ich ihr empfohlen habe, und ich *Lorna Doone* von Blackmore.
Meine Hände sind so eiskalt, daß ich nicht mehr schreiben kann.

7. Juli
Die Freuden folgen aufeinander wie die Stunden, und die Stunden reichen nicht aus für die Freuden.

Ich spiele Tennis oder vielmehr lerne ich Tennisspielen. Das macht mir Spaß.
Es ist noch immer kalt. Ich trage immer meine Serge-Kleider und mein *Tam-O-Shanter,* worüber Cuca und ihre Schwestern sehr lachen, weil ich ihn allen meinen anderen Hüten vorziehe. Wir haben eine kubanische Familie kennengelernt, die mir großen Spaß machte, über die ich aber auch viel nachdenken mußte. Die richtige Mischung macht die Pille aus. Sie reden alle wie ein Wasserfall, und anfangs machte mir das Angst, da ich nichts verstehen konnte; später habe ich dann allein und mit Cuca über den Inhalt ihrer Unterhaltung gelacht.
Abends gingen wir ins Kino, und da haben wir sie getroffen. Wir machen auch häufig Bootsfahrten, und wie ich es Mama schreibe, sind sie so reich an Poesie und Zauber der Natur, da wir so nahe an den Wolken sind (ohne Dächer und ohne Schornsteine) und wir den herrlichen und so mystischen Sonnenaufgang und Sonnenuntergang sehen können! Was braucht ein Dichter mehr?

8. Juli
Mein Tag endet nie, wenn ich ins Bett gehe, er fängt noch einmal an. In der Stille der frierenden Nacht, im Zimmer, das vom zaghaften Strahl jenes Mondes erleuchtet wird, den Pierrot besingt,* steigt aus zwei weißen Betten, die nur von einem schmalen Stück Fußboden und ein wenig Luft getrennt sind, ein schwaches Flüstern, zwei leise Stimmen. Das Flüstern beginnt, wenn das Licht ausgeht, und endet, wenn die Flüsternden einschlafen. Es werden Geheimnisse ausgetauscht. Diese Art von Geheimnissen, die ich zuvor nie mitgeteilt habe, die ich nie nötig hatte mitzuteilen. Sie kommen aus den Herzen zweier junger Mädchen, die mit den gleichen Illusionen leben, mit wenig Ernst und ein bißchen *romance.* Aber Cuca hat viel gesunden Menschenverstand. Und falls Du je von Deiner Schublade aus das Flüstern vernimmst, dann weißt Du, daß ich gerade etwas lerne, was Cuca mich, ohne es zu wissen, lehrt.
Etwas ganz Außerordentliches: Da ich großes Vertrauen zu Cuca habe und weiß, daß mir ihre Meinung wohltut, habe ich sie

---

* Anaïs bezieht sich auf das französische Kinderlied: *»Au clair de la luna, mon ami Pierrot . . .«.* D. Ü.

ein paar Seiten aus meinem Tagebuch lesen lassen. Nach außen hin war ich fröhlich, aber in Wirklichkeit war ich sehr ängstlich, und als sie mir gesagt hat, daß sie es mag, war ich sehr zufrieden. Sieben Uhr. Es hat den ganzen Tag geregnet, und die ganze Landschaft hat ein neues Gesicht bekommen, das auch seine Reize hat. Da wir den ganzen Tag zu Hause geblieben sind, habe ich Taschentücher gewaschen und geschrieben. Ich will Dir eine Dummheit erzählen, die ich gemacht habe und an die ich oft denke. Seitdem ich hier bin – entweder aus einer Laune heraus oder wegen meines unerklärlichen Temperaments – habe ich mehr als einmal an den Geiger gedacht, den ich in New York zurückgelassen habe und der am 9. Juli nach Spanien abgereist ist. Ich wollte ihm eine Postkarte schicken, nur eine Karte, da ich dachte, er würde sich vielleicht ein ganz kleines bißchen freuen, weil ich ja vergessen hatte, mich zu verabschieden. Aber den Mut dazu hatte ich erst am Tag seiner Abreise, aber ich hatte die Übersicht über die Zeit verloren und ich glaubte, es sei der Tag davor – also habe ich die Karte geschickt, aber zu spät. Jetzt ist er weg. Weg bis September, und es tut mir unendlich leid. Das wird niemand lesen, denn nur mein Tagebuch kann das verstehen – wird es immer verstehen: das Zartgefühl, die Zerbrechlichkeit, zugleich aber die Ehrlichkeit meiner Klein-Mädchen-Romantik, die ich nicht überwinden kann . . . und will.

8. Juli
Heute haben wir alle unser Mittagessen in einen kleinen Kasten gepackt und sind auf den Berg gestiegen mit diesem Kasten* auf dem Rücken. Als wir dann mitten drin angekommen waren, über tausend Umwege und komische Turnübungen zwischen den Felsen und den Abgründen im Kleinformat, haben wir uns getrennt, immer zwei und zwei, zum Essen. Cuca und ich haben eine hübsche Kuhle gefunden zwischen den Felsen und den Bäumen und haben zusammen gegessen. Es war ein sehr fröhliches Picknick.

14. Juli
Ich konnte mein stummes Versprechen, jeden Tag zu schreiben, nicht einhalten, weil es mir unmöglich war. Ich habe sogar

* Vermutlich meint Anaïs einen »Beutel«. D. Ü.

Mühe, von Zeit zu Zeit eine verrückte Beschreibung meiner Beschäftigungen an Mama zu schreiben, und dies, weil ich manchmal sehr traurig bin, wenn ich spüre, wieviele Meilen uns trennen.

Seit dem 8. Juli habe ich vieles getan. Aber es ist mehr oder weniger eine Wiederholung der Vergnügen, die ich bereits erlebt habe. Samstag abend waren wir tanzen. Ich habe mit Bernabecito getanzt, der gesagt hat, daß ich gut tanze, und mit Monsieur Brucon, einem Freund von Cuca. Auch mit Eduardo, der wie Monsieur Walker und Enric Madriguera tanzt. Wir haben viel Spaß miteinander, Eduardo und ich. Unser Geschmack ist sehr ähnlich, und der Einfluß, den wir gegenseitig auf uns ausüben, ist wirklich komisch, denn jeder von uns sieht im andern die Wiedergabe seiner Narrheiten und seines schrullig phantasievollen Charakters. Er liest ein Buch, und siehe da, ich habe es schon gelesen; ich sage etwas, er wollte es gerade sagen; er sagt etwas, ich hatte es schon gesagt; er wird romantisch (im Mondschein) und ich auch; er schreibt einen Aufsatz und ich auch; er will eine kleine Theateraufführung machen, und das ist genau, was ich mag; ich bin hingerissen von einer Musik, er ist in seine Träume versunken; er ist begeistert, ich bin es mehr noch als er; er macht verrückte Zukunftspläne, und ich mache ihm Mut dazu und ahme ihn nach; ich will originell sein, er auch. Und auf diese Weise könnte ich mehrere Seiten vollschreiben. Und neben soviel Verrücktem, das aus dem Zusammentreffen von zwei künstlerischen Charakteren entsteht, gibt es ein gutmütiges, wunderbares Lächeln, so voller Mitleid für die beiden Übergeschnappten, so voller gesundem Menschenverstand und Geduld – es ist Cucas Lächeln. Von uns dreien ist sie die beste, und ihr wird die Zukunft jenes Glück bescheren, das sie denjenigen schenkt, die sorgfältig zu planen wissen. Eduardo sagt, er will sein Geld vergraben und flüchten, um Schauspieler zu werden. Er will ein Leben voller Abenteuer. Aber in diesem Punkt bin ich anders. Ich habe kein Geld, das ich vergraben könnte, und ich habe keinerlei Fluchtbedürfnisse. Außerdem will ich ein Blaustrumpf sein und die Figuren der Schauspieler schaffen, anstatt selber Schauspielerin zu werden.

Heute schreibe ich so viel, weil es in Strömen regnet. Wir sind alle im Wohnzimmer, ein Feuer brennt im großen Kamin, und da nicht alle andauernd stumm bleiben können, wird vermutlich

die Unterhaltung schuld daran sein, daß meine Art zu schreiben etwas unordentlich ist – aber was soll's, in meinem Tagebuch ist das nicht so schlimm!
Zunächst einmal muß ich einen Brief abschreiben, den ich an Papa geschrieben habe, als Antwort auf den Brief, der mich vor meiner Abreise etwas verwirrt hatte.

»Geliebter Papa,
Deinen Brief habe ich inmitten einer großen Unordnung bekommen, die meiner Reise in die Berge vorausging, und erst mehrere Tage, nachdem ich hier ankam, bin ich nun in der Lage, Dir zu antworten. Was Du von Großvater erzählst, betrübt mich sehr, und ich denke oft mit Bedauern an ihn. Die einzige Erinnerung, die ich an ihn habe, ist ein ehrwürdiges, strenges, zurückhaltendes und feierliches Bild!
Wenn mich jedoch ein Abschnitt Deines Briefes betrübt, was soll ich dann beim Lesen des nächsten sagen? Eine unendliche Traurigkeit befällt mich, eine Traurigkeit, an der die Wunde lediglich wieder aufbricht, die Wunde eines Herzens, mit welchem das Schicksal bereits zu spielen begonnen hat. Du beklagst Dich. Und worüber? O mein geliebter Papa, wenn Du im Augenblick Deine beiden Söhne sehen könntest, so würdest Du verstehen, warum *sie*, mit ihrem Schweigen, nur vollkommen natürlich reagieren. Ich, ich habe die Erinnerung an Dich, ich liebe Dich mehr, als andere Mädchen ihren Vater lieben, ich bin alt genug, um zu verstehen, um meiner Neigung und der Stimme meines Herzens zu folgen; alt genug auch, um zu leiden und mich in das Leiden der anderen hineinzuversetzen.
Von meinen Brüdern ist der eine ein Kind, das kaum schreiben kann, das sich nicht oder kaum an Dich erinnert, das einen unverbesserlichen Egoismus geerbt hat und nur diejenigen lieben kann, die sich ihm widmen, und nicht, weil es seine Pflicht ist. Der andere ist ein praktischer kleiner Mann, der diejenigen respektiert, die er liebt; der nur Leute lieben kann, die es für ihn wirklich gibt, die er sieht, nicht aber das Angedenken eines Vaters, an den er sich auch ganz wenig erinnert; der nicht leidet und nicht versteht, daß jemand für etwas leiden muß, was er nicht versteht.
Keiner von beiden hat je an Dich als an ein Problem des Lebens gedacht, Du bist ihr Vater. Das genügt. Glaubst Du, sie hätten

nie darüber nachgedacht, ob Du Unrecht hast oder nicht? Ihr Schweigen hat nichts damit zu tun, daß der kleinere noch nicht sehr gut schreiben kann und der größere nicht gern schreibt, denn wenn Mama uns für ein paar Tage allein läßt, schreiben beide sehr viel, manchmal sogar so oft, daß Mama gar nicht dazu kommt zu antworten. Siehst Du, es hängt alles von Dir ab, Du mußt ihre Liebe erobern, und wenn sie Dich lieben, werden sie Dir auch schreiben, nicht aus Höflichkeit, was ein abscheulicher Grund wäre, sondern aus einem inneren Bedürfnis, mit größter Freude, so wie sie an Mama schreiben. Wenn die Dinge, die ich hier schreibe, Dich traurig machen, so verzeih mir; was Du gesagt hast, forderte eine sehr direkte Erklärung. Du sagst, Deine Gesundheit sei ausgezeichnet, also hast Du Zeit, Dir Dein zerstörtes Glück neu aufzubauen.
Nie werde ich Dir meine Liebe aufkündigen; auf Dein Mädelchen kannst Du zählen, und später, wenn sie lernen werden, was sie vergessen haben, auch auf Deine Söhne.
Es ist eine lange Antwort auf Deine wenigen Worte geworden, aber es ist alles, was ich Dir zu sagen habe.
Und nun bist Du sicherlich neugierig zu erfahren, wie und warum ich hier bin.
Tante Anaïs, usw. usw.
Ich befinde mich also mitten in einem Wirbel von Vergnügungen, usw. usw.
Die ganze Liebe Deiner Linotte* ANAÏS.«

Ich habe soeben einen Brief von Mama bekommen. Im selben Umschlag befindet sich, mit Bleistift geschrieben und kunstvoll verziert, ein Brief von Antolinita, meiner kleinen Kusine. Tante Antolina hat einen Bungalow in der Nähe von unserem gemietet, und Antolinita erwartet mich voller Ungeduld. Wieviele Ereignisse in diesen wenigen Monaten. Und dabei hat für mich der Sommer gerade erst begonnen!
Tante Anaïs war gestern und heute ernsthaft krank, und Cuca,

* Anaïs nennt sich hier selbst zum erstenmal »Linotte« (wörtlich: Hänfling). Das Wort ist im Ausdruck »tête de linotte« gebräuchlich, ein mildes, eher liebevolles Schimpfwort (im Deutschen etwa »Spatzenhirn, Strohkopf«) für jemanden, der zerstreut ist, oberflächlich, unfähig, sich zu konzentrieren oder der ständig etwas verliert. D. Ü.

Tante Lolita und ich pflegen sie. Übrigens, Tante Lolita ist aus folgendem Grund zu uns gekommen: Bernabecito hat ein Automobil hergefahren, das mein Onkel Sanchez gekauft hatte, und in diesem Auto sind auch Tante Lolita, die eine Woche hier verbringen, und Marraine, die mich abholen will, gekommen. Aber Tante Anaïs hat beschlossen, daß ich mit Tante Lolita zurückfahren werde, und Marraine ist wieder abgereist. So ist das!

Es regnet noch immer. Wir sind nur zum Frühstück und zum Lunch rausgegangen. Diesem Ereignis kann man den Titel »Spaziergang zweier Regenschirme« geben.

Das hat nicht zu bedeuten, daß wir nur vier sind, sondern daß Tante Lolita und Tante Anaïs einen haben, Cuca und ich den anderen, und Eduardo spaziert wie ein nasses Huhn* vom einen zum andern. Den übrigen Familienmitgliedern wird das Essen vom Hotel aus geschickt, und sie essen zu Hause.

Nachdem ich nun soviel geschrieben habe, glaube ich, daß es nichts mehr zu erzählen gibt. Oh, doch! Da es die Sache ist, an die ich die ganze Zeit gedacht habe, die wichtigste, schreibe ich ein P.S.

P.S. Mit mir geschieht etwas Unerklärliches. Ich dachte, ich sei frei von einer so kindischen Laune. Als ich in New York war, in meinem Garten oder in meinem Zimmer, und eine laut klingende Geige mich dazu zwang, an den Geiger zu denken, da dachte ich nicht an ihn, so wie ich jetzt an ihn denke. Ich dachte mir, es sei die Geige, die verzaubert ist. Und jetzt denke ich unwillkürlich Tag und Nacht, zu jeder Stunde, an den Geiger, ohne es zu wollen, ohne daß es eine Geige gibt, die mich an ihn erinnert. Und wenn ich an ihn denke, bin ich mal froh, mal traurig. Froh darüber, daß es so viele Dinge gibt, die ich über ihn zu denken habe, und traurig, daß er weg ist. Ist es etwa doch der Geiger, der verzaubert ist? Und was geschieht mit mir? Ich bin sicher, daß er seit langem nicht mehr an mich denkt, daß er sich gar nicht an die Zeit erinnert, als er mich von seinem Fenster aus sehen konnte, oder an das, was er an meinem sechzehnten Geburtstag gemacht hat, an den Tanzabend nach Emilia Quinteros Konzert, an den Marsch des Brautpaares am Abend des

---

* »Poule mouillée« (nasses Huhn) bedeutet auch »Feigling«. D. Ü.

kleinen Treffens, an die Spazierfahrten mit dem Automobil, vor allem an die Fahrt zum Riverside, an die Ausritte ... Ach, mein Gott!
Cuca hat gerade versucht, dies hier zu lesen. Was würde sie sagen? Nie mehr würde sie mit mir reden oder meine Freundin sein wollen, wenn sie wüßte, was ich schreibe. Sie würde es nicht verstehen – das liegt daran, daß ich so viele Bücher gelesen habe. Aber ich würde ja so gern wissen, ob die Bücher genauso auf ihn wirken wie auf mich ...
Und noch etwas, was ich überhaupt nicht verstehe. Immer, wenn ich an ihn denke, denke ich zugleich an meine Kanarienvögel und an meinen Garten. Wenn ich bei Mondschein eine Bootsfahrt mache, habe ich Sehnsucht nach meinen Kanarienvögeln, meinem Garten und Enric. Zu welcher Kategorie gehört er? *Das* habe ich noch nie in einem Buch gelesen!
Vielleicht werde ich verstehen, was dies alles bedeutet, wenn ich einmal alt bin, ganz alt, und nur deshalb schreibe ich es auf. Um es eines Tages zu verstehen! Am liebsten wäre ich jetzt schon alt!
Ich bin *homesick,* sehr *homesick.* [Ich habe Heimweh.] Vielleicht, weil es regnet.
Tante Anaïs ist noch immer krank, und Cuca ist sehr besorgt, denn sie ist die kleine Mama einer sehr großen Familie. Und da irre ich umher wie eine verlorene Seele. Ich wünsche mir von ganzem Herzen, wieder einmal zu Hause sein zu können. Ich wußte, daß es mir passieren würde, aber nicht so stark. Heute abend werde ich beim Einschlafen sicher weinen, weiß Gott, wie *homesick* ich bin!
Anstatt untätig zu sein, schreibe ich. Ich habe recht wenig zu erzählen, aber das Schreiben tröstet mich sehr. Vor wenigen Minuten sind wir vom Abendessen zurückgekommen, aber anstatt irgendwo hinzugehen, wie wir es jeden Abend tun, sind wir ganz schnell zurückgekommen.
Cuca hat mir soeben mein Tagebuch weggenommen und diese Seite gelesen. Sie sagt, es sei ihre Schuld, daß ich *homesick* bin, und möchte, daß ich ihr verzeihe. Um ihr eine Freude zu machen, bin ich eben nicht mehr *homesick.*

15. Juli
Tante Anaïs geht es noch immer nicht besser; da aber das Wetter schön ist, waren wir oft draußen. Cuca ist traurig. Zuerst habe

ich das getan, was alle dummen Leute tun, ich habe nach einem Grund gesucht, aber nach einigem Überlegen habe ich kapiert, daß ich nicht allein bin mit meinen »Anfällen«. Und zufällig haben wir beide in einem Buch eine sehr reine Beschreibung dessen gefunden, wofür uns die Gründe unbekannt waren. Hier ist sie:

THE LOST WORLD
von Henry van Dyke

»Es gibt eine Traurigkeit der Jugend, zu der die Erwachsenen keinen Zugang haben. Sie erscheint ihnen unwirklich und unbegründet. Sie ist jedoch noch bitterer und schwerwiegender als die Traurigkeit des Alters. Sie enthält ein Gift des nachtragenden Grolls, ein Fieber des wütenden Staunens darüber, daß die Welt so bald enttäuscht und daß das Leben so schnell nach Mißerfolg aussieht. Sie ist vielleicht schwer zu erklären, aber sie beinhaltet um so mehr Erschöpfung und Sehnsucht, weil derjenige, der auf diese Weise bedrückt ist, das undeutliche Gefühl hat, daß es der Vernunft und der Natur zuwiderläuft, von der Fröhlichkeit der Freunde abgeschnitten zu sein, lebensmüde zu sein, noch ehe das Leben begonnen hat.
Hermas war in die tiefsten Tiefen dieses seltsamen Selbstmitleids gefallen. Er stimmte mit seiner Umwelt nicht überein.«

16. Juli
Zwischen soviel realistischer Schönheit und soviel Erinnerungen an gewisse vergangene Tage, die ich aus meinem Gedächtnis nicht vertreiben kann, mußte es ja sein, daß meine Gedanken sich einem anderen Licht zuwenden und ein neues Thema anschneiden. Hat das mit dem Alter zu tun? Mit dem Zauber des Neuen? Bin ich von der Natur völlig vergiftet? Ach, ich kenne mich leider selbst nicht mehr. Alles, was mich umgibt, spricht eine Sprache, die mir unbekannt ist: es ist das gleiche unerklärliche, geheimnisvolle Lied, wovon die Bücher und die alten Leute reden. Und ich höre zu und denke nach und verstehe nicht. Alles verwandelt sich in Musik, manchmal in feierliche, großartige, manchmal in leichte, märchenhafte.
So fiel mir neulich während eines *musicals* ein Vergleich ein, und kaum war ich draußen, schrieb ich ihn auf einen Telegrammumschlag. Hier ist er:

»Love must be like music, intoxicating, gay at times and infinitely sad at others. Perhaps after having drunk of music and love, one could lay down and die.«

[»Liebe muß wie Musik sein, berauschend, manchmal fröhlich, manchmal unendlich traurig. Vielleicht könnte man sich, wenn man sich an Musik und Liebe berauscht hat, einfach hinlegen und sterben.«]

Geliebtes Tagebuch, Du weißt sehr wohl, daß ich Dir nie von *romance* erzählt habe – da ich glaubte, ich sei ein sehr weiser Philosoph, ein viel zu ernstes Mädchen: das Ergebnis einer plötzlichen Verwandlung von einem kleinen Mädchen in eine alte Frau. Ich glaubte, meine Ideen seien über eine Wahnvorstellung erhaben, die nur ein wenig Rosa und ein wenig Gold bedeutet im feierlichen Rahmen des Lebens. Und das alles hat mich verlassen wie eine feuchte, düstere Wolke, die mich von der Sonne trennte. Nun stehe ich den Spiegelungen der Sonne gegenüber, und allein meine Jugend trennt mich von der Sonne selbst. Ja, Großer Gott, ich bin nur ein sechzehnjähriges Mädchen, allen anderen gleich, denjenigen, denen ich mit Verachtung begegnete, mit bitterem Hohn . . . früher. Es ist der Zauber der Natur . . . es wird vorübergehen. Das Rosa und das Gold glänzen nur kurze Zeit, wenn man sie mit den dunklen Farben vergleicht, die wie alle wahrscheinlichen Dinge lange währen; die anderen hingegen leben so lange wie die Illusionen der Träume – einen Tag nur wie die Schmetterlinge.

17. Juli

Es gibt zwar Augenblicke, in denen ich sehr *homesick* und melancholisch bin, aber es gibt auch andere, in denen ich mich wirklich sehr amüsiere. Heute haben wir alles mögliche getan. Abends gibt es wunderschöne Konzerte, die vollkommen mit meiner Umgebung übereinstimmen.

18. Juli

Freunde von Cuca, die Familie Bruzon, haben uns, sie und mich, zu einer Spazierfahrt im Automobil mitgenommen. Sie dauerte von vier bis sieben. Es war wie die Besichtigung einer Bildergalerie in einem Museum, aber tausendmal schöner. Im Hintergrund gab es Berge, die mit dunklen Wäldern bekleidet waren. Und überall um uns herum mit Blumen übersäte Felder,

Häuschen, die mit Glyzinien und anderen Kletterpflanzen bewachsen waren, Felder, die unter der Ernte golden erschienen, und hin und wieder ließen sich Heuschober gemächlich in der Sonne trocknen. Der Weg sah aus wie eine Berg- und Talbahn und führte mal durch Ebenen, Täler oder dunkle Wälder mit ihren majestätischen Bäumen, die dem Himmel entgegenwachsen. Ich sah, was ich bisher nur auf Bildern und in der Malerei gesehen hatte: kleine Herden von Kühen mit ihren kleinen Glöckchen um den Hals, Hühner und Korn. Ich war begeistert, wahnsinnig vor Freude, als plötzlich etwas schrecklich Platonisches, etwas unvermeidlich Dummes geschah: Das Auto hatte kein *gazoline* [Benzin] mehr. Es war wie eine kalte Dusche auf meine Phantasie, und nachdem wir lange in der Sonne auf das *gazoline* gewartet hatten, sind wir mit einer Geschwindigkeit von vierzig Meilen in der Stunde zurückgefahren. Eines der Dinge, die wir gesehen haben, war Upper Saranac Lake, ein See, der neun Meilen lang ist. Er breitete sich mitten im Gebirge aus wie ein großer, langer Fluß, der so blau ist wie der Himmel und die goldenen Sonnenstrahlen widerspiegelt.
Heute morgen, sehr früh, ist Bernabecito mit Thorvald, meinem anderen Vetter, aus New York gekommen, jetzt sind wir also vollzählig. Nun haben wir auch ein Automobil, und es ist sehr komisch zu sehen, wie wir uns alle hineinzwängen, um überall hinzufahren.

19. Juli
Der Ort, an dem ich schreibe, verdient ein wenig Aufmerksamkeit. Stell' Dir einen großen See vor, ein blauer Spiegel förmlich, und um uns herum die Berge und die Wälder; eine Stille, die nur hin und wieder vom leisen Rudergeräusch der anderen *canoes* [Bóote], die vorbeigleiten, unterbrochen wird. Hier schreibe ich im Schatten eines großen Baumes, dessen Äste zum See hin gewachsen sind, in einem zerbrechlichen kleinen, grünen Boot, und Cuca liest ein dickes Buch. Ich sehe den Grund des Sees mit Steinen und Blättern; öfter schaue ich auf, um Cuca ein wenig anzusehen, denn ein dünner Sonnenstrahl hat sich zwischen den Ästen eingeschlichen und läßt ihr Haar aufleuchten, das ganz voll Licht ist. Aber es gibt noch andere Dinge zu sehen. Durch einen unsichtbaren Spalt dringt ganz langsam etwas Wasser unten in das Boot. Dabei fällt mir ein, daß auf diese Weise die

Schmeicheleien und die Verleumdungen in unsere Herzen dringen. Noch etwas, was ich schreiben will, was mir gestern während der Spazierfahrt eingefallen ist: die Vorsicht der älteren Leute, die Unvorsichtigkeit der jungen Leute. Zwei ältere Damen fürchteten sich vor der Geschwindigkeit des Automobils, drei junge Leute wollten noch schneller fahren. Es sieht so aus, als hätten die älteren Leute Angst vor dem Ende des Großen Spazierganges und wünschten, daß die Zeit nicht so schnell vergeht, denn sie sind dem Ende recht nahe; die jungen Leute hingegen stürzen sich in jedes Abenteuer ohne Furcht und ohne Zögern, mit der Begeisterung der Jugend. Welch ein Unterschied! Welch ein Gegensatz! Es gibt nur eins, was beiden gemeinsam fehlen kann: das *gazoline* – oder das Leben! In diesem Fall müssen beide stehen bleiben. Das ist unvermeidlich!
Drei Uhr. Als wir den See verlassen hatten, gingen wir zum Lunch und anschließend nach Hause. Ich habe mir in den vergangenen Tagen einen furchtbaren Schnupfen geholt, der mich am Atmen hindert, und ich kann auch nicht mit meiner natürlichen Stimme sprechen. Wir warten, bis es Zeit wird zu baden – vier Uhr. Zu diesem Zeitpunkt beginnt eine äußerst komische Prozession, und danach ist die ganze Familie mit der unübertrefflichen Eleganz der Sauberkeit zum Abendessen bereit. Heute abend haben wir vor, tanzen zu gehen.
Cuca hat Kopfschmerzen und hat sich auf ihr Bett gelegt, während Ana Maria lachend von einem Bett zum anderen springt und dabei Freudenschreie ausstößt. Übrigens ist Ana Maria mit ihren sechs Jahren ein kleiner Engel, ähnlich wie Joaquinito. Wenn ich sie hier beschreiben würde, könnte ich ihr Porträt später nur mit Freuden wieder lesen. Sie ist ein echtes kubanisches Püppchen. Das erste, was man an ihr bemerkt, das sind ihre glänzenden Augen, zwei große schwarze Augen mit dem gleichen Licht, das auch Joaquinitos Augen aufleuchten läßt: die Intelligenz, die kindliche List, die Unschuld und fast immer das Glück. Sie hat eine kleine Stupsnase, einen rosigen Mund wie ein kleines Herz, kleine Perlenzähne, goldenes Haar; kurz, sie ist ein kleines Mädchen, das so hübsch ist wie ein Engel. Sie ist sehr lebhaft, ihre Bewegungen sind entzückend, und sie hat Launen, die niemand übersehen kann.
Da Du Ana Maria kennst, darfst Du aber auch alle meine Vettern und Kusinen kennenlernen. Da gibt es Graziella, die zwölf Jahre

alt ist, ein liebes kleines Mädchen mit allen Unarten ihres Alters. Dann gibt es Anaïs, die ich noch nicht ergründen kann, deren Oberfläche ihrer Familie jedoch viel Sorgen macht: Sie legt einen außerordentlichen Egoismus an den Tag. Sie verbirgt ihr Lachen, ihre Gefühle und läßt nur ihre Launen erkennen. Ich möchte sie immer nehmen und einfach umdrehen, denn ich bin sicher, daß sich alles Gute an ihr auf dem Grund befindet. Dann gibt es noch Eduardo, den ich Dir schon ein bißchen beschrieben habe und den ich als eine männliche Linotte ansehe. Und Thorvald und Bernabecito, die zwei Prachtexemplare von wohlerzogenen, anständigen, vollkommenen jungen Leuten sind.
Gewiß, ich hätte mit Cuca anfangen sollen. Aber ich wage es kaum, die Dinge zu schreiben, die ich im Kopf habe, wenn ich daran denke, daß sie mein Tagebuch womöglich nehmen und es ohne meine Erlaubnis lesen könnte: sie würde mir vielleicht glauben und vor Hochmut zugrundegehen. Weit weg von hier, dort in meinem Bungalow, werde ich Dir Cuca vorstellen mit Hilfe meiner unauslöschlichen Erinnerungen. Hier genügt es zu sagen, wenn ich Cuca umdrehen würde, dann würde ich immer noch einem genau so perfekten, idealen Charakter gegenüberstehen.
Vier Uhr rückt näher. Aber ich fühle mich gar nicht gut, weder gesundheitlich noch in meinem Herzen. Mit unendlicher Zärtlichkeit und der Traurigkeit der Trennung sehe ich immer meine kleine Familie im kleinen Bungalow vor mir. Mit einer anderen Art von Zärtlichkeit, die immer wie eine Musik über mich kommt, denke ich an die sonnigen Tage in 158 W. 75th St. und an das, was es nicht geben wird, wenn ich zurückkomme. Warum erkennen wir denn die Freude immer erst dann, wenn sie weg ist? Und warum muß die Erinnerung an glückliche Tage immer traurig sein? Wenn ich mit mir schimpfe, ist es nur noch schlimmer. Also schreibe ich, damit es vorübergeht, weil ich weiß, daß Du und ich uns verstehen. Im September wird es ja wieder da sein, aber wird alles genau so sein wie zuvor?
Ich habe gerade ein dünnes Büchlein gelesen, welches das Tagebuch einer kleinen Japanerin enthält. Es ist eine *romance*. Es gibt eine ganz kleine Ähnlichkeit zwischen ihren Gedanken und meinen, und aus Sympathie habe ich fast geweint – was mir niemals passieren würde, wenn meine geistige Verfassung nicht zu diesen Dingen hin tendieren würde. Wie kommt es nur, daß

ich den Mut habe, sowas zu schreiben? Aber jetzt fühle ich mich sehr wohl, befreit von der Last meiner Gedanken, könnte man sagen.

20. Juli
Alles ist Stille. Von Zeit zu Zeit nur huste ich, und dieses Husten tut mir sehr weh. Ich bin mit Anaïs, die auch erkältet ist, allein im Haus, aber das Wetter draußen ist wunderschön. Da ich mich krank fühle, fühle ich mich auch traurig, aber es gelingt mir nicht, meine Gedanken mit meiner Umgebung in Einklang zu bringen.
Gestern nach dem Essen habe ich mich so schlecht gefühlt, daß ich nicht zum Tanzen ging. Alle sind weggegangen, und nur Anaïs und ich sind zu Hause geblieben. Wir haben gelesen und uns Tee gekocht. Und heute morgen sind alle zur Messe gegangen. Es würde mir nichts ausmachen, krank zu sein, wenn ich zu Hause wäre, aber hier tut es mir sehr leid. Ich fürchte so sehr, daß ich anderen Mühe bereite und daß mein Besuch zu einer Last anstatt zu einer Freude wird. Es gibt Dinge, die uns der liebe Gott schickt, die unerklärlich sind. Und natürlich vermehrt dies alles ein bißchen mein *homesickness* [Heimweh]. Das erkläre ich Cuca, und ich glaube, daß ich bald abreisen werde. Ach, ich denke mit einer solchen Zärtlichkeit an das Häuschen am Meer! Ich versuche erfolglos, meine Melancholie etwas aufzurütteln. Jetzt höre ich gerade, daß alle zurückkommen. Sie lachen so laut, daß ich lächeln muß.
Drei Uhr. Man kann sagen, und zu Recht, daß die Empfindungen sich wie das Wetter ändern. Sobald Cuca hier war, spürte ich augenblicklich die Wirkung ihres klaren Blickes. Jetzt bin ich fröhlich, und dabei regnet es draußen. Wir waren beim Lunch und sind danach etwas spazieren gegangen. Jetzt warten wir, bis es vier Uhr wird, dann gehen wir rudern. Der Sonntag verläuft sehr ruhig hier, da alle Vergnügungen für die Öffentlichkeit geschlossen sind, und es gibt wenig Dinge, die man noch tun kann.
Cuca und ich sitzen in einem kleinen Pavillon, und da er nach allen Seiten offen ist, haben wir einen Ausblick auf alle Berge und Ebenen. Eine unendlich reine Luft macht diese erfreuliche Lage vollkommen.
Von hier aus höre ich Thorvalds Mandoline, die er so gut spielt.

Er spielt *Madelon, I told My Love to Stars, Won't You Help me Out, Hindustan, Beautiful Ohio, How Are You Going to Keep Them Down on the Farm* usw. usw. . . . Ich weiß jetzt, warum man sagt, Vergleiche seien ungut, vor allem, wenn ich eine Mandoline und ihre Tanzmusik mit einer Geige und ihrer Musik und ihren Etüden vergleiche.
Cuca hat soeben ihre Beschäftigung unterbrochen und mir gesagt, sie hätte mit Tante Anaïs über meine Reise gesprochen und ihr erzählt, ich wolle am Dienstag allein fahren. Ach, der *thrill* [das aufregende Erlebnis] einer langen, einsamen Reise! Aber hier ist alles recht prosaisch, und weiß Gott, wann mein Bedürfnis nach einem Großen Abenteuer befriedigt sein wird. Aber dieses Bedürfnis bewahre ich mir mit ein paar kleinen Details: zum Beispiel immer die Gefahr wählen und sie überall suchen.
Vier Uhr. Wir gehen rudern.
Zehn Uhr. Zurück von einem Spaziergang im Mondschein mit Cuca und Eduardo.

21. Juli
Soweit habe ich gestern abend geschrieben, während sich Cuca zum Schlafengehen fertig machte, und ich glaube, ich mache immer meine Eintragungen, selbst wenn ich nichts zu sagen habe, aus Notwendigkeit. Um zu vergessen, daß ich mich einsam fühle. Es ist absolut wahr, daß ich mich an diese drei Wochen in Lake Placid erinnern werde als an die lustigsten Ferien, die ich seit langer, langer Zeit verbracht habe. Ich habe aber auch erfahren, welch große Bedeutung ich meiner kleinen Familie beimesse und wie sehr ich leide ohne sie. O ja, es ist die Abwesenheit, die uns die Augen öffnet!
Gestern abend setzte das Flüstern wieder ein, nachdem wir uns ins Bett gelegt hatten. Aber das Finale der Sinfonie hat sich geändert – im allgemeinen holte uns der Schlaf ein, und wir sagten ganz einfach »Gute Nacht«, aber gestern abend haben wir uns geküßt und versprochen, immer Freundinnen zu bleiben. Ich kann mich an keine Freundschaft erinnern, die sich so schnell und mit soviel Offenheit entwickelt hat. Cuca sagt, sie habe sich immer davor gefürchtet, mich kennenzulernen, weil Marraine soviel von meinen guten Eigenschaften gesprochen hatte; dabei war es mir genau so ergangen, und das Ergebnis war nicht etwa

ein Fiasko, sondern außerordentlich lustige und menschliche Entdeckungen. In Cuca habe ich alles gefunden, was ich zu finden wünschte, und nach diesen drei Wochen verstehe ich sie viel besser, als Marraine sie je verstehen wird. Und ich hoffe von ganzem Herzen, daß Cuca mir meine Neigungen und meine Launen verzeihen wird, die von den ihrigen so verschieden sind, so, wie die Temperamente der Vernünftigen und der Narren verschieden sind.

Ich habe gestern an Mama geschrieben und erwarte ein Telegramm, um zu erfahren, ob ich abreise. Es tut mir leid abzureisen, aber ich weiß, daß ich einfach abreisen *muß*. Ich habe ein Geheimnis, ich, ein Geheimnis, von dem ich möchte, daß Du es weißt. Erinnerst Du Dich an diesen seltsamen Schmerz in der Seite, den ich vor langer Zeit mal verspürte und worüber Dr. Murray etwas beunruhigt war?

Manchmal ist er wiedergekommen, aber niemand wußte es. Es lohnt sich nicht, daß sich Mama Sorgen macht wegen etwas so Unwichtigem, und jetzt ist er wiedergekommen, sehr stark, und ich allein weiß es. Aber ich will hier nicht krank sein, wo ich sowieso schon *homesick* bin, und ich möchte meinen Verwandten keine Umstände machen, weder Tante Anaïs, die so lieb ist, noch Cuca, die es verdient, viel, viel Spaß zu haben, ohne daß sich ihr irgend etwas in den Weg stellt.

Ich schreibe im Wohnzimmer: Cuca, Thorvald und Eduardo lesen. Soeben habe ich lächelnd den Zustand wahrgenommen, in den man Dich versetzt hat: Cuca und Eduardo haben öfter versucht, Dich zu lesen, um mich zu ärgern, aber es ist ihnen nicht gelungen. Das Ergebnis ist nur, daß Du nicht sehr schön aussiehst. Deine vier Ecken sind leicht abgenutzt, Deine Seiten sehen nicht mehr sehr frisch aus. Aber was soll's? Immer wenn wir eine Bootsfahrt machen, träumt Cuca von einem Schloß am palmenbewachsenen Ufer eines Flusses. Sie wird braune Pferde und Kühe haben. Und dann beschreibe ich ihr das wunderschöne Schloß meiner Träume am Ozean, mit goldenen Sanddünen und Tannenwäldern. Ich werde schwarze und weiße Pferde haben und keine Kühe, weil ich vor ihnen große Angst habe. Es gibt mehrere Dinge, die ich nicht zu sagen wage: zum Beispiel diese unvermeidliche Geige, die meine Träume stets begleitet, die Kanarienvögel in goldenen Käfigen, kleine weiße Katzen mit blauen Augen, die Zimmer voller Bücher und mein Schlafzim-

mer, das ganz himmelblau sein wird, die Möbel und alles, mit großen Fenstern zum Meer hinaus. Der Wald wird mein Garten sein. Und mein Schatten wird bei mir sein, jener Schatten, der mit mir in mein Tagebuch schreiben wird, und auch die Kinder, die ich adoptieren werde, die schwarze Locken und schwarze Augen haben, die Französisch und Katalanisch sprechen werden. Es wird ein Mädchen geben, das ich mit Joaquinitos Sohn verheiraten werde, falls er ein Künstler ist, und einen Sohn, den ich mit Thorvalds Tochter verheiraten werde, die über viel gesunden Menschenverstand verfügen wird, davon bin ich überzeugt. Aber wozu dieses Träumen? Bin ich denn ein solches Kind, daß ich noch Luftschlösser auf einem Sandhügel baue?
Es hat den ganzen Tag geregnet, also haben wir natürlich kaum etwas getan. Nach dem Lunch haben wir Thorvald und Bernabé begleitet und ihnen beim Billardspielen zugeschaut.
Cuca war betrübt, weil ich unbeherrscht war und mich ein bißchen über die Kubaner lustig gemacht habe. Jetzt tut es mir unendlich leid, aber ich traue mich nicht, es ihr zu sagen. Wir haben uns in unser Zimmer zurückgezogen, und sie liest. Es regnet noch. Ana Maria wurde gerade gebadet, und nun geht sie in ihrem kleinen himmelblauen Kimono spazieren und zwitschert. Das erinnert mich an Joaquinito, wenn er nach dem Bad ausgezogen durch die Wohnung marschiert, und kein Mensch kann ihn dazu bewegen, sich anzuziehen.
Es regnet noch immer. Ich glaube, ich werde mich nie mehr über die Kubaner lustig machen. Das ist nicht sehr nett. Ich denke auch, daß ich keine große Lust hätte, in den Himmel zu kommen, denn schon drei Leute haben mir gesagt: »Auf Wiedersehen, ich nehme an, daß wir uns im Himmel wiedersehen . . .« Die dritte Person war ein recht unangenehmes Kindermädchen von Ana Maria, das heute morgen weggegangen ist. Leider war sie Französin; auf diese Landsmännin war ich beileibe nicht sehr stolz!
Es wird lange regnen. Ich gebe es auf, nur so zu meinem eigenen Spaß zu schreiben, denn es ist vielleicht eine übertriebene Laune.
Zehn Uhr. Zeit, schlafen zu gehen. Wir haben gerade alle, die ganze Familie, über die »Tagebücher« der Leute diskutiert, und alle finden, sie könnten nicht absolut ehrlich sein. Dabei ist mein Tagebuch das Ehrlichste, was es von mir gibt, nicht wahr?

22. Juli
Es regnet auch heute. Wir sind nicht sehr aktiv. Ich warte geduldig auf das Telegramm.
Heute abend waren wir alle im Wohnzimmer versammelt, und Tante Lolita hat die Unterhaltung auf das unermüdliche Thema gelenkt: die jungen Mädchen und die Liebe. Sie hat viele wirklich traurige Dinge gesagt, die mich recht nachdenklich gestimmt haben. Sie sagt nur die grausame Wahrheit, nehme ich an, aber ich weigere mich, daran zu glauben ... ich werde mich weigern bis zu dem Tag, an dem ich selbst davon überzeugt bin.

23. Juli, Lake Placid
Ich bin aufgewacht und ... lag in Mamas Armen! Sie selbst war die Antwort auf meinen Brief. Geliebte Mama, wenn Du wüßtest, wie schnell meine ganze Sehnsucht verflogen ist, als ich Dich sah, dann würdest Du verstehen, was Du mir bedeutest. Sie hat den Tag mit uns verbracht, und ich reise heute abend mit ihr ab. Ich eile, meine Koffer zu packen.

24. Juli, Edgemere
Vom Ufer eines Sees und vom Gebirge bist Du zum Meer gereist in einen Bungalow und ich mit Dir!
Gestern abend um acht Uhr zehn hat die finstere Eisenbahn den Bahnhof von Lake Placid verlassen und ihre lange Reise angetreten; ich habe meine Vettern und Cuca zurückgelassen, die bis zum letzten Augenblick mit mir zusammen waren. Seitdem läßt mich das Bild Cucas nicht mehr los, ich bin so traurig über unsere Trennung.
Anstatt in einer Kabine für Millionäre zu reisen, saßen Mama und ich ganz einfach in einer Ecke des Zuges. Ich sah mit geheimer Freude dem Augenblick entgegen, in dem ich in mein Tagebuch schreiben würde, und als es soweit war, beeilte ich mich, meinen Füllfederhalter herauszunehmen, um ein paar Worte zu schreiben, als plötzlich ... keine Tinte mehr drin war (genau wie damals mit dem *gazoline*). Große Verzweiflung! Ich suche nach einem Bleistift – kein Bleistift! Daraufhin seufze ich und gebe es auf – es blieb mir nichts anderes übrig.
Das Merkwürdige ist, daß ich keine schlaflose Nacht verbracht habe, ganz im Gegenteil. Ich habe angefangen, aus den Tiefen meines Kopfkissens die Sterne zu betrachten, mit weit aufgeris-

senen Augen, aber Mama, die im selben Bett schlief, hat mir befohlen, den Vorhang zuzuziehen und ... zu schlafen. Es wäre zwar hübscher gewesen, die Sterne zu betrachten, aber schließlich war es vernünftiger zu schlafen.

Sehr früh, ungefähr um sieben, ist der Zug in New York angekommen, im staubigen New York, das ich drei Wochen zuvor, drei Monate, drei Jahre vielleicht, verlassen hatte. Abgesehen davon, daß ich große Lust hatte, alle Leute auf der Straße anzuhalten und ihnen zuzurufen: »Ich war in Lake Placid!« verspürte ich keinerlei Emotion, die der Beschreibung wert gewesen wäre. Aber wie sollte man auch eine Emotion beschreiben, die von der Angst gebändigt wird, man könnte in ein *asylum* [Irrenanstalt] gesteckt werden?

Mir wurde aber wirklich eng ums Herz, als ich vor meinem alten Haus stand, das ist keine Lüge. Nicht das Haus hatte sich verändert, sondern ich, und dies ganz eindeutig. Zunächst einmal gab es niemanden, der mir aus dem zweiten Stock entgegenpfiff, als ich eintrat. Als ich mich dann im Haus befand, war alles still. Kein Lachen, keine Geige. Keiner lief die Treppe herunter. Zweimal kamen Leute herein, während ich im Wohnzimmer war, und das Geräusch ihres Schlüssels im Schloß, das vertraute Geräusch, dem immer das Eintreten eines Schattens folgte, den ich schon vor der Tür spürte, ließ mich zusammenschrecken, und ich mußte mir die Hand ans Herz legen.

Unwillkürlich lief ich hinauf in den letzten Stock; ich ging in das kleine Zimmer hinein und bemerkte traurig die Spuren eines Nachfolgers – nicht eines Geigers, sondern einer *alten Jungfer!* Ein Hohn!

Auf dem Kaminsims im Wohnzimmer steht ein neues Bild. Es ist ein Porträt von Enric, mit gekreuzten Armen, den Kopf leicht nach hinten zurückgeworfen: er sieht sehr edel, sehr jung, sehr schön und sehr fern aus.

Und das Beste behalte ich für den Schluß, das Traurigste. Es ist ein kleiner Zettel, den er Mama geschrieben hat, und da steht etwas für mich drauf: Lies es, denn ich kann es schon auswendig. Der Zettel ist schon ein wenig abgegriffen, weil ich ihn den ganzen Tag in meiner Tasche mit mir herumgetragen habe.

Niemand weiß etwas. Alle glauben, ich sei krank, vielleicht wegen meines Schnupfens. Und ich, das kannst Du mir glauben, ich verstehe nichts, überhaupt nichts!

Was Tante Lolita sagte, verfolgt mich: »Wenn sie sechzehn Jahre alt sind, machen die jungen Mädchen aus einem Abwesenden oft ein Ideal!«
Sie hat hinzugefügt, man solle es nicht tun. Da ich es aber doch tue, ohne es zu wollen, wie kann ich es vermeiden, daß es mir eng wird ums Herz oder daß es schneller schlägt oder aufhört zu schlagen?
Da ich in den ungeheueren Egoismus der Träume eingehüllt bin, kann ich hier nicht die einfacheren, fröhlicheren, prosaischeren Dinge des Lebens aufschreiben. Ich behalte das für morgen.
Mein Tagebuch wird unter meinem Kopfkissen schlafen, mit dem Zettel, aber ich verreise ins Land der Märchen ...

25. Juli
Heute hat eine Reihe von unerträglichen Tagen angefangen. Tante Antolina ist hier, sie hat einen Bungalow ganz, ganz in der Nähe von unserem, und Charlie und Antolinita verbringen den Tag mit Thorvald und Joaquinito. Sie haben viel zu tun, viele wilde kleine Freunde, und alle zusammen schreien, lachen und spielen den ganzen Tag. Es sind Kinder, aber ich gehe ihnen aus dem Weg, wo es nur geht, denn ich habe keine Lust zu spielen.
Eine meiner Hauptbeschäftigungen ist die Fliegenjagd. Ich gebe ihnen Namen – Miss Hart und andere – ich jage sie sorgfältig und zack! zerdrücke ich sie mit einem zufriedenen Seufzer der Erleichterung, zum Wohl der Menschheit.
Aber ich träume mehr als alles andere und lerne, ins Wasser zu tauchen.

26. Juli
Gestern nachmittag waren wir alle zum Essen im Bungalow von Tante Antolina versammelt, als Mama aus New York kam; Mama, deren Abwesenheit mich hier ebenso *homesick* machte wie in Lake Placid.
Heute, kurz nach dem Frühstück, waren wir baden in der *bay*. Mittags wären wir fast verhungert; wir haben gegessen wie die Wölfe. Später waren wir am Strand und haben mit den großen Wellen gespielt.
Aber den ganzen Tag lang bin ich den Leuten aus dem Weg gegangen, und eine unerklärliche Sehnsucht ließ mich ständig nach Einsamkeit suchen. Ich nehme an, es ist nur eine Laune.

Also habe ich einen großen Teil des Tages in einer Hängematte liegend verbracht und habe meine Träume in der sanften Seebrise gewiegt. Meine Träume!
Einmal habe ich sehr gelacht, als ich nach dem Baden im Sand in der Sonne lag und ganz zerstreut Enrics Namen in den Sand gemalt habe; Mama hat mich dabei ertappt.
Im allgemeinen, wenn sich Mama über etwas lustig macht, was ich tue, genügt es mir, aber ist es nicht merkwürdig, daß Mama sich lustig gemacht hat, einen Augenblick wegging, wiederkam und mich ein zweitesmal dabei ertappte? Diesmal bin ich gelaufen wie eine Wahnsinnige und habe mich in die Wellen gestürzt: Es tat mir richtig leid, daß ich nicht auf dem Meeresgrund einschlafen konnte und an nichts mehr denken mußte!
Inmitten von soviel Narrheiten, soviel Launen, habe ich vergessen, Dir zu erzählen, daß Mama mein »Tagebuch« hinter ihrem Schreibtisch wiedergefunden hat, während ich in Lake Placid war. In diesem Augenblick wäre es mir lieber gewesen, daß es jemand geklaut hätte, wie Mama glaubte; es wäre nicht so platonisch gewesen! Sobald ich nun mit diesem Heft hier fertig bin, werde ich mit Freuden wieder in das andere schreiben.
Während ich schreibe, muß ich immer wieder an Lake Placid und an die vielen Vergnügungen denken, denn aus einem kleinen Kissen voller Tannen strömt ein wundervoller Duft. Zugleich muß ich aber die ganze Unterhaltung zwischen Mama und Marraine mithören, selbst dann, wenn ich in Mamas Zimmer bin*, vermutlich sind die Wände aus Holz. Es gibt noch andere mehr oder weniger unangenehme Geräusche, ein weinendes Baby, ein Grammophon, ein Pianola, einen Hund usw. . . ., und ich frage mich, wie ich in einer solchen Umgebung ein Buch schreiben soll und bin traurig. Ich bin wirklich in der Lage eines Dichters, der auf die dumme Idee gekommen ist zu heiraten und nun von einer riesigen, sehr lästigen Familie behindert wird. Außerdem sind wir in Tuchfühlung mit Juden, und überall gibt es Kinder, die mit Joaquinito und Thorvald befreundet sind, aber ich weigere mich, sie überhaupt kennenzulernen. Ein einziger kleiner Junge, der mir sehr gefällt, ist unser kleiner Nachbar Arthur. Er ist ein kleiner Ire, glaube ich, mit blauen Augen und einem unwiderstehlichen Lächeln. Er ist nach Thor-

* Der Satz ist unvollständig im Original. D. Ü.

vald der erste, der dazu fähig ist, mich zum Lächeln zu bringen, ohne daß ich es will; dazu braucht er mich nur anzuschauen, die Freude in seinen Augen und das Ansteckende seines Lächelns genügen. Ich war fast mit mir selbst böse heute, zumal ich mich so widerspenstig, so ernst und einsam fühlte.
Etwas hat mich noch trauriger gemacht: der starke Regen, der die Ruhe eines wunderschönen Tages unterbrochen hat, und ich schreibe noch immer, um zu sehen, ob es vergeht, wie das so oft der Fall war.
Ich habe Cuca versprochen, ihr sehr bald und viel zu schreiben, aber nur ein richtig fröhlicher Brief würde ihr Freude machen, und dazu bin ich jetzt nicht imstande.
Thorvald und Joaquinito verbringen den Tag recht weit weg vom Bungalow. Sie fischen und verkaufen ihre Fische und schwimmen auch sehr viel. Thorvald sieht selbst schon aus wie ein Fisch, aber Joaquinito hat noch ein bißchen Angst, und mit der Ähnlichkeit haut es noch nicht so ganz hin. Sie tauchen nur auf, wenn es Zeit ist zum Mittag- oder zum Abendessen und haben ewig Hunger.
Mit meinem Schnupfen geht es mir besser, außer daß er sich auf die Brust verlagert hat, und Mama ist sehr besorgt. Den ganzen Tag macht die Familie verwunderte Bemerkungen über meine Bohnenstangendürre, als hätten sie gerade erst etwas entdeckt, was sowieso chronisch ist.

27. Juli
Das häufige Baden im Meer hat mich sehr schwach gemacht, und Mama pflegt mich wie ein kleines Baby. Nach und nach werde ich wieder zu Kräften kommen.
Ich schwimme wenig, aber ich habe überhaupt keine Angst, so daß ich mich vom Strand und von den Leuten entferne. Ich bin sehr gern allein mit den Wellen, mitten in der Gefahr. Mama ist ganz zufrieden, aber sehr müde, weil der Bungalow alle fünf Minuten voll Sand ist, und der Appetit, den wir vom Baden bekommen, erfordert viel Kochen. Was mich hier in der Umgebung noch sehr verwirrt, das ist der Lärm. Sogar jetzt in diesem Augenblick kommen alle denkbaren Geräusche aus den anderen Bungalows herüber, während es hier nur den Gesang der Kanarienvögel und Joaquinitos Pfeifen gibt.
Ich habe noch immer meinen Anfall von widerspenstiger Unge-

selligkeit und ich gebe mir sehr viel Mühe, um von Zeit zu Zeit zu lächeln. Aber ich habe nichts in den Sand geschrieben.
Joaquinito spielt die ganze Zeit mit dem kleinen Arthur, und Thorvald und Charlie haben Alfonso Bermudez durch ganz Edgemere geführt, damit ihm sein Besuch bei Tante Antolina Spaß macht. Seine Gegenwart hat mich an meinen sechzehnten Geburtstag erinnert!
Ich habe es eilig, dieses Heft zu Ende zu schreiben, um wieder in mein kleines Buch zu schreiben, aber ich habe kaum die Kraft, ein ganz klein wenig für mein Vergnügen zu schreiben, und außerdem verlangt Mama, daß ich um neun ins Bett gehe, weil sie glaubt, ich sei krank. Man behauptet, meine Augen seien größer denn je und sehr glänzend, als ob ich Fieber hätte. Ich bin ratlos.
Ich denke gerade an Cuca, und ich will es lieber hier einmal zu Papier bringen: Ich habe festgestellt, daß sie mir fehlt und daß ich sie sehr mag.

28. Juli
In der Nacht sind wir alle aufgewacht wegen eines schrecklichen Gewitters; es war, als wolle es unseren Bungalow von der Stelle reißen. Der Wind trug einen starken Geruch von Salzwasser herbei, und abgesehen von den Blitzen, dem Donner, dem bebenden Haus ermangelte das nicht einer gewissen Aufregung, denn man hätte glauben können, wir seien mitten im Ozean.
Heute morgen ist Mama sehr früh aufgestanden, hat ganz leise gefrühstückt und ist dann wegen ihrer Arbeit nach New York gefahren. Den ganzen Tag haben Thorvald und Joaquinito gespielt. Mama ist um halb sechs zurückgekommen; sie ist baden gegangen und hat dann mit uns gegessen. Wir haben vor, diese Art Leben den ganzen Sommer über zu führen. Nur den Samstag und den Sonntag wird Mama ganz mit uns verbringen.

Es ist Mittag. Mama ist schon lange weg, und ich habe entdeckt, daß sie sich freuen würde, wenn ich ihr das Frühstück mache. Thorvald, Charlie und andere Jungen sind fischen gegangen und werden gleich im Boot zu Mittag essen. Joaquinito spielt mit Arthur. Ich war soeben mit Antolinita in der *bay* baden, und jetzt sitze ich in einem alten Sessel und schreibe, während meine Haare in der Sonne trocknen.

Die Menge Salzwasser, die ich geschluckt habe, während ich das Tauchen lernte, ist unglaublich, aber deswegen vergeht mir der Hunger nicht. Im übrigen schwimme ich ein bißchen besser und ein bißchen länger. Bevor wir Edgemere wieder verlassen, will ich über die *bay* schwimmen, weil Thorvald es schon mehr als einmal gemacht hat.
Gestern hat Mama ein Bild von mir beim Reiten mitgebracht, das ihr Enric gegeben hatte vor seiner Abreise; das hat mich wieder einmal an vieles erinnert, und ich bin wieder in meine Träumerei verfallen. Aber selbst ich, bei dem geringen Humor, über den ich verfüge, mußte lächeln, als alle geglaubt haben, ich hätte schon wieder einen Schnupfen; kaum war mein Anfall wieder da, schon erteilten sie mir alle weise Ratschläge.
Tante Edelmira hat mir einen langen Brief geschrieben, den ich sofort beantworten werde, wenn ich wieder in meinem natürlichen Zustand bin.
Ich war mit Antolinita in Far Rockaway, und wir sind zusammen ins Kino gegangen. Als wir zurückkamen, war Mama wieder zu Hause, und wir haben zu Abend gegessen. Danach bin ich lange in der ganzen Umgebung spazierengegangen. Und nun bin ich sehr müde und fühle mich elend. Es ist eine unerklärliche Sache, die Wirkung, die mein Geist auf meine Gesundheit hat; umsonst bemühe ich mich, gesund zu werden, alle Gedanken aus meinem Kopf zu vertreiben, um ihn so leer zu bewahren wie die Köpfe all dieser anderen Leute, die immer so fröhlich sind. Neulich dachte ich, ich wäre gern ein Vogel anstelle eines jungen Mädchens, weil ihre Art, sich zu lieben, mir viel lieber ist als die der Menschen. Sie singen sich den ganzen Tag was vor und streiten nie. Wie beispielhaft!
Aber eine Kranke muß früh ins Bett gehen, um gut zu schlafen – *ich* gehe ins Bett, um zu überlegen, zu denken, zu träumen und um tagsüber wieder das gleiche zu tun. Mir ist die Nacht lieber, weil man tagsüber reden und lachen muß, manchmal sogar spielen – spielen, mit sechzehn Jahren!

30. Juli
Es hat sich kaum etwas verändert, und ich schreibe nur zu meinem Vergnügen, wie ich es so oft tue.
Ein Arbeiter streicht gerade unser Häuschen an. Fast alles ist grün, außer den Fenstern, die ganz weiß und sauber sind. Im

Augenblick sieht es wirklich wie ein Puppenhäuschen aus. Um es innen zu verändern, brauche ich nur jeden Tag zu kehren und Staub zu wischen. Unser Geschirr ist besonders komisch. Stell' Dir vor, wir haben nur zwei Löffel für die Suppe und auch nur zwei Teller für die Suppe, so daß Mama, Marraine und ich die Suppe mit einem Teelöffel aus einer Tasse essen. Wir besitzen vier Teller, der fünfte ist nur die Hälfte eines Tellers. Die Gläser sind komplett, aber den Kaffee machen wir in einer kleinen Teekanne. Mama wird später Sachen kaufen; im Augenblick braucht sie nicht unbedingt Geld auszugeben.
Meine Kanarienvögel sind äußerst glücklich hier, und einer von ihnen singt andauernd. Neulich hat Joaquinito, was weiß ich woher, eine häßliche kleine schwarze Katze mit grünen Augen mitgebracht, und als ich sie auf dem Käfig meines Kanarienvogels entdeckt habe, bat ich Thorvald, sie wegzubringen. Heute hat Thorvald sie also unter seinem *sweater* [Pullover] versteckt, als Joaquinito sie gerade mal für einen Augenblick losgelassen hatte, und hat sie weit weg von hier ausgesetzt. Joaquinito hat sehr geweint, und ich war bereit, sie wieder zu holen, aber Thorvald war mutiger und hat sich geweigert.

31. Juli
Ein Höllenlärm, ein paar Teller und Kochtöpfe fallen auf den Boden, ein Tisch wird umgeworfen, Stühle fliegen durch die Luft, Fensterscheiben zerspringen, das Haus zittert, und unter den Trümmern ertönt die unveränderte, ruhige Stimme irgendeines Familienmitgliedes:
»Ich habe eine Fliege getötet!«
Das ist das Bungalow-Leben. Krieg!

1. August, Edgemere
Gestern hat Mama gesagt, das Leben öde sie an, mich dann natürlich auch. Es ist überhaupt nicht lustig, wenn einen das Leben anödet; vor allem, wenn nichts geschieht, was dieses Gefühl ändert.
Der Grund ist sehr langwierig, und seitdem ich alles verstanden habe, weiß ich, daß es daran liegt, daß ich sechzehn bin und anfange, das Leben zu verstehen. Weißt Du, wann man das Leben versteht? Nachdem man alle Dinge entdeckt hat, die das Leben ausmachen: Verlogenheit und Egoismus, und nachdem

man seinen Glauben an wirkliche Menschen verloren hat. So einfach ist das!
Marraine ist schuld. An dieser Stelle will ich, daß Du Marraine kennenlernst. Ohne schlechtes Gewissen, obwohl sie fast neben mir sitzt, werde ich hier die reine Wahrheit aufschreiben. Aber es ist nicht leicht, und ich weiß nicht, wo ich anfangen soll.
Marraine ist Mamas Schwester, und den Titel Marraine hat sie erhalten am Tag, als sie mich zur Taufe in ihren Armen hielt. Daran erinnere ich mich nicht, ich weiß es nur vom Hörensagen. Als ich sehr klein war, gab es innerhalb meiner ganzen großen Familie vier Erwachsene, die für mein Glück außerordentlich wichtig waren: Mama, Papa, Großmama und Marraine. Sie verwöhnten mich, hegten und pflegten mich, und ich wuchs auf und wurde von ihnen behütet. Aber nach und nach haben sich Großmama und später auch Marraine von uns entfernt, wie sich alle Menschen auf Erden entfernen, vom Schicksal getrennt. Von Großmama hörte ich fast nichts mehr, bis ich sie wiedersah während meiner Reise nach Spanien, aber Marraine schrieb mir immer Briefe und schickte mir Geschenke, wie das Patinnen in den Märchen tun. Ich behielt Erinnerungen an sie, die durch die Abwesenheit nicht getrübt wurden. Ich glaubte, sie sei vollkommen, wie ich das so oft von Leuten glaubte. Als ich klein war, betete ich immer, meine Haare mögen aschblond, meine Augen blau wie ihre werden; ich wollte groß und schlank wie sie werden, ich wollte wie sie in Havanna in einem kleinen Häuschen am Meer leben, ohne Mann und ohne Kinder, und den ganzen Tag nähen und lesen. Marraine war mein Vorbild für die Zukunft. Die schönsten Puppen, die ich bekam, waren von ihr, und mein Ehrgeiz damals, als ich mit diesen Puppen spielte, war vergleichbar mit den Vorstellungen einer Puppe über ihr Puppenhaus.
Aber nicht nur als verwöhntes Kind bin ich Marraine dankbar. Als ich in der Welt erwachte, konnte ich ihre selbstlose Anhänglichkeit erkennen, als Mama sie brauchte, und ihre Opferbereitschaft für unser Wohlergehen. Ich mochte sie also zunächst wegen ihrer Geschenke, dann wegen ihrer Güte Mama gegenüber, später wegen aller nützlichen Dinge, die sie mir zeigte, wenn Mama meine Hilfe brauchte, und noch später wegen der Illusion über die Marraine von früher, die ich bemüht war, aufrechtzuerhalten.

Meine Tanten und Kusinen griffen Marraine immer an, zerstörten meine Illusionen, und ich verteidigte sie, ich weinte und glaubte schließlich immer, daß meine Tanten und meine Kusinen sehr böse seien, aber daß Marraine immer ... Marraine blieb. Und heute ... die Feder ist mir aus der Hand gefallen, ich habe nicht den Mut ... Ich habe soeben die Vergangenheit geschildert, die so schön war, und die Gegenwart scheint mir nicht würdig, damit verglichen zu werden. Du mußt jedoch wissen, warum Mama und mich das Leben anödet: Marraine ist keine gute Fee mehr, sie ist eine Frau, ganz einfach eine Frau wie alle anderen Frauen. Sie hat genauso viele Fehler wie alle anderen Leute; alles, was Tante Antolina und Tante Anaïs über sie gesagt haben, ach, das ist leider wahr! Gewiß, Mama wußte das alles die ganze Zeit, und deshalb widert es sie schon lange an, aber sie sagte mir nie etwas. Mama sieht jetzt aber langsam ein, daß ich groß genug bin, um zu verstehen. Marraine macht uns also das Leben schwer, unter anderem damit, daß sie sich ständig bei Thorvald und Joaquinito einmischt. Mama kommt müde von ihrer Arbeit zurück, und anstatt Frieden und Ruhe zu finden, wird sie mit einer Lawine von Geschichten über Streitigkeiten mit Charlie, Streitigkeiten mit Antolinita und vielen anderen, genauso unangenehmen Dingen empfangen, die mich fürchterlich empören. Mama ärgert sich, ist gegen Marraine aufgebracht, Marraine wird gegen Mama böse; Joaquinito bekommt Schimpfe, ist gegen Thorvald aufgebracht. Thorvald schmollt, Mama geht traurig, fast krank, ins Bett. Marraine schließt sich in ihrem Zimmer ein, sie, die an allem schuld ist, Thorvald und Joaquinito gehen weinend ins Bett, und mich ödet das Leben an. Das ist noch nicht alles. Darüber redet man dann eine Woche lang nach kubanischer Manier, das heißt, indem man alles übertreibt und ein Drama daraus macht. Es ist gemein!
Wieder einmal ist eines meiner Luftschlösser zusammengebrochen, vernichtet. Es bleiben mir nur noch ein paar wenige übrig, und an dem Tag, an dem ich gar keine mehr habe, werde ich einschlafen in den Wellen. Aber zum Glück gibt es eines, das nichts zerstören kann, das schönste von allen: mein Glaube an Mama. Und dieses Schloß ist schön standhaft, weil es mehr ist als eine Illusion; es ist eine wirkliche, unveränderliche Wahrheit!

2. August
Marraine ist weggefahren. Die ganze Familie hat sich beruhigt, wie wenn das Gewitter vorbei ist. Joaquinito ist krank, vermutlich Verdauungsstörungen, aber heute ist Mama bei uns, und alles ist gut.

3. August
Zehn-Uhr-Messe. Meinen Anfall habe ich noch immer, aber nach und nach werde ich warm mit Thorvalds Freunden und lege meine muffige Art ab. Aber es ist sehr schwierig zu verwirklichen. Ich komme gerade von einer kleinen Tanzveranstaltung bei Antolinita zurück, ich habe es kaum eine halbe Stunde ausgehalten. Ich weiß, daß sie sich alle fragen, warum ich so wenig gesellig bin; ich kann selbst kaum meine Gefühle erklären, ich weiß nur, daß ich traurig bin.

4. August
Mama ist um acht Uhr weggefahren. Ich habe das Frühstück gemacht, die Teller* abgewaschen, die Betten gemacht, meine Vögel gepflegt, genäht, gebügelt, gewaschen, den Lunch gemacht, wieder die Teller abgewaschen und gestrickt. Ich komme vom Baden und liege in der Hängematte, damit meine Haare trocknen. Jedesmal, wenn ich mein Tagebuch aufschlage, fällt ein mit Bleistift beschriebenes Zettelchen heraus, und jedesmal lese ich es wieder. Ich weiß nicht, ob Du genau verstehst, warum, aber es macht mir Freude; ich bin so gern allein am Strand und singe alles, was mir durch den Kopf geht, aus dem gleichen Grund, um das gleiche zu empfinden.
Ich wollte gerade noch ein bißchen schreiben, um meine Launen etwas zu erklären, da fielen mir aber meine Aufgaben als Köchin ein, und von da an hatte ich andere Dinge zu tun. Lucy, eine der kleinen Freundinnen von Antolinita, hat alle anderen Kinder zu sich nach Hause zum Tanzen eingeladen, aber ich bin geflüchtet . . . Ich werde es Dir mitteilen, sobald ich wieder ich selbst bin, aber ich flehe Dich an, sei mir nicht böse, sei nicht ungeduldig, denn es ist nur mein üblicher »Anfall«, der ein bißchen län-

* Die Anglizismen werden immer zahlreicher. Anaïs schreibt »les plats«, eigentlich also Schüsseln oder Platten (englisch: plates, Teller). D. Ü.

ger dauert als sonst. Und Du weißt ja, daß ich in diesem Fall nie sehr nett bin.
Ich habe entdeckt, daß ich nicht gerade mit großer Freude koche. Es ist viel schöner, Bücher zu ordnen anstatt Teller und Bestecke, und das Fett im Geschirr ist unerträglich. Die Kochtöpfe bringen mich zur Verzweiflung; Thorvald und Joaquinito haben eine halbe Stunde über meine Grimassen gelacht, als ich heute Töpfe putzte. Jetzt verstehe ich, warum alle Leute an den Hausfraueneigenschaften der Blaustrümpfe zweifeln.

5. August
Elf Uhr dreißig. Es regnet. Alles stimmt vollkommen mit meinen Gedanken überein. Ich habe für heute vormittag alle meine Hausfrauenpflichten erledigt, und nun schreibe ich, während ich darauf warte, mit dem Lunch von vorn anzufangen. Ich bin vollkommen allein im Häuschen, das ich gerade gründlich gefegt habe, weil Thorvald beim Fischen, Joaquinito beim Spielen und Mama beim Arbeiten ist.
Antolinita ist mehrmals hergekommen und wollte mich zum Baden abholen, aber ich hatte soviel zu tun, daß ich nicht mitgehen konnte.
Ich habe gerade mein Tagebuch nachgelesen, wie ich es oft tue, und ich finde, daß ich früher viel besser geschrieben habe, vor ein paar Wochen. Ich nehme an, es liegt an meiner momentanen Verfassung, und ich frage mich, warum ich mich so verändert habe. Manchmal denke ich, es hat mit den Dingen zu tun, die ich in der letzten Zeit gelernt habe und die mich so ernst machen, aber sei immer ein bißchen geduldig, bald werde ich wieder ich selbst sein. Vielleicht, sobald es aufgehört hat zu regnen.
Eben habe ich noch einen anderen Grund entdeckt für meine Art, mein Tagebuch zu schreiben: Ich bin für den Haushalt verantwortlich, und andauernd muß ich von meinem Stuhl aufspringen und nachsehen, ob der Reis anbrennt oder ob die Kartoffeln gar sind, und dabei gelingt es mir natürlich nicht, die Themen anzuschneiden, die ich zuvor behandelte, verstehst Du. Ich muß mich um so viele prosaische Dinge kümmern, das Menü zum Beispiel usw. . . . da fliegen die anderen Ideen, die unnützen Ideen der Dichter, einfach weg; offenbar sind sie wütend darüber, mit anderen, praktischen Ideen in einem Kopf zusammen sein zu müssen, in einem Kopf, der zuvor ihr alleiniges

Revier war. Siehst Du, es ist schon Zeit, den Tisch zu decken, und ich muß gehen.

Der Tag ist zu Ende, das heißt die Küche ist ordentlich aufgeräumt, die Teller vom Abendessen sind abgewaschen, und es gibt nichts mehr zu tun. Ich bin furchtbar müde, die Hände tun mir weh vom Fegen, aber ich bin sehr zufrieden, denn über das saubere Haus hat sich Mama gefreut. Leider verstehe ich, obwohl Mama nie etwas sagt, daß sie immer meine Kocherei befürchtet, und deshalb sorgt sie für alles, sobald sie hier ankommt. Ich bin sehr traurig, wenn ich sehe, wie sie müde nach Hause kommt und gleich wieder anfängt zu arbeiten. Wir haben uns vorgenommen, bald ein Dienstmädchen einzustellen.

Mama hat vor, den ganzen September und vielleicht auch den Oktober dazubleiben trotz der Kälte, weil das Leben in 158 West 75th St. unerträglich wäre, wenn sich die ganze Familie dort versammeln würde. Thorvald würde wie üblich in New York zur Schule gehen, aber Joaquinito könnte in Far Rockaway zur Schule gehen. Wir werden sehen.

Es hat aufgehört zu regnen, aber die Sonne ist den ganzen Tag nicht herausgekommen; also darf ich heute melancholisch sein, und da ich weiterhin »verwildert« bin, wie Mama sagt, höre ich auf zu schreiben. Vergiß mich ein paar Stunden lang, ich werde versuchen, beim nächstenmal fröhlicher zu sein.

6. August

Guten Tag! Heute habe ich soviele gute Vorsätze gefaßt wie am Neujahrstag: ich werde ganz lieb, ganz fröhlich sein, ich werde den Leuten nicht aus dem Weg gehen, ich werde den ganzen Tag lächeln und singen, wenn ich alleine bin, und wenn es auch noch immer regnet, bin ich glücklich, sehr zufrieden und – ach, wie schwer es ist, fröhlich zu erscheinen! Verzeihung, oh, Verzeihung, aber es ist unmöglich! Gib mir noch ein paar Tage, und ich werde wieder brav wie zuvor.

Heute morgen, nachdem Mama weg war, habe ich das Frühstück serviert und die Teller abgewaschen. Danach habe ich viele Strümpfe gestopft, die Betten gemacht, den Lunch bereitet, Geschirr abgewaschen, und das war's. Thorvald und Joaquinito haben den Tag draußen verbracht, trotz Regen, und ich gehe jetzt zum Baden mit Antolinita und Joaquinito.

Heute waren die Wellen so hoch, wie ich es noch nie gesehen

hatte, und ich konnte überhaupt nicht schwimmen. Alle Kinder waren da, meine beiden Brüder, Antolinita und Charlie, drei kleine Freundinnen und ungefähr vier kleine Freunde von allen. Nach dem Baden haben wir uns mit Sand beworfen, haben Ball gespielt und sind viel gelaufen. Wir haben alle sehr lange gebraucht, um wieder nach Hause zu gehen; vor dem Haus dessen, der die Truppe verläßt, reden wir immer ein paar Minuten lang. Wir reden nur von dem Fest, das Antolinita am Freitag geben wird, um ihre bevorstehende Abreise zu feiern. Wenn ich einen Augenblick allein gewesen wäre am Strand, hätte ich mich damit vergnügen können, die seltsamen Gruppen von Badegästen zu beobachten, die den Strand bevölkern und überall herumschlendern, aber alle glauben, ich sei noch ein Kind, und finden es normal, daß ich mit ihnen spiele und wie sie spiele. Das ist nicht sehr schwierig, wenn ich viel lachen kann, aber manchmal möchte ich plötzlich wegfliegen, weit, weit weg.

Wir warten alle drei ungeduldig auf das Abendessen; das Baden macht uns immer sehr hungrig.

Es ist recht angenehm zu sehen, wie friedlich es nach der Arbeit des Tages ist. Wenn Mama keine Einkäufe mehr machen muß, wenn Thorvald keine Lust mehr hat zu spielen, wenn Joaquinito vom vielen Laufen müde ist, wenn mein Geschirr blitzblank ist, setzen wir uns alle um die Hängematte herum, in der Mama hin- und herschaukelt, um frische Luft zu atmen. Wir sind gerade wieder ins Haus gegangen nach einer Dreiviertelstunde eines stillen Vergnügens, denn es hat wieder angefangen zu regnen. Mama hat sich dann ins Bett gelegt, sie war furchtbar müde, und Thorvald, Joaquinito und ich haben in der Küche angefangen zu tanzen, zu den Klängen des Grammophons von nebenan. Es gab die ganze Musik meiner Tanzschule, und ich konnte ihnen ein wenig Unterricht geben, aber Thorvald konnte mir einen neuen Tanz vorführen, worauf er sehr stolz ist.

Über eine sehr unbedeutende Sache mußte ich schmunzeln; zum Tanzen hatte ich ein Paar ganz alte, abgenutzte Schuhe an, die ich nur noch trage, um ihr Leben zu beenden. Diese häßlichen kleinen Schuhe waren früher hübsche kleine Schuhe aus weißem Leder mit einem kleinen Pompon aus Crêpe Georgette; ich trug sie nur zu einem blauen Tanzkleid, und außerdem steckte ich mir das Haar immer in Locken zusammen, worauf ich recht stolz war. Diese Schuhe also wurden erst an jenem Abend endgültig zugrunde gerichtet, als ich bei Emilia mit Enric tanzte. Das Schicksal von Tanzschuhen ist letztlich doch sehr interessant, sehr originell.

7. August, Edgemere

Anbei eine Zeichnung von unserem Häuschen und ein Grundriß von innen. *Ich* habe sie gemacht, also urteile nicht so streng über mein Malertalent.

Ich verbringe den Tag mit einer blauen Schürze über meinem Kleid und einem Besen in der Hand. Thorvald ist fischen gegangen und Joaquinito spielt mit seinen kleinen Freunden ums Haus herum.

Das Frühstücksgeschirr habe ich schon abgewaschen, meine Vögel wurden versorgt, die Betten sind gemacht, also kann ich ein paar Minuten schreiben, solange es noch nicht Zeit ist, mich um das Mittagessen zu kümmern.

Gestern hat mir Mama einen *sweater* mitgebracht, den Tante Edelmira für mich gestrickt hat; er ist sehr hübsch, der einzige Fehler meiner Ansicht nach ist die Farbe; er ist rosa, ein sehr helles Rosa, und das ist die Farbe, die ich überhaupt nicht mag. Als ich mit Mama darüber sprach, habe ich sie nach ihrer

Lieblingsfarbe gefragt, und sie hat mir gesagt, es ist Blau, so wie bei mir.
Ich habe mich gerade sehr amüsiert: Da ich allein war, habe ich angefangen, einen Walzer zu singen, den ich sehr gerne mag, und als ich fertig war, hat jemand ganz lange geklatscht, und ich weiß nicht, wer es war. Ich wage es nicht, weiterzusingen, aber nachher tue ich's wieder, weil ich heute sehr glücklich bin. Zwar regnet es draußen, es regnet in Strömen, aber mein Anfall ist

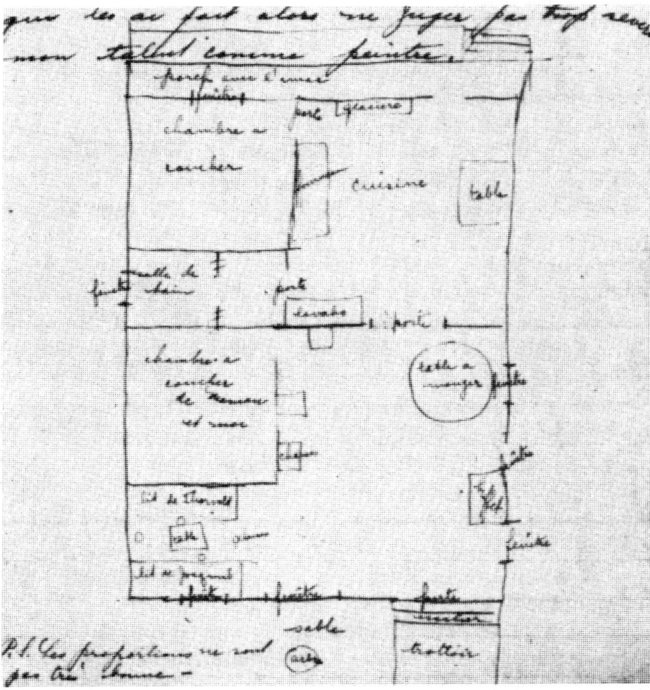

vorbei. Obwohl ich ganz allein bin im Häuschen, habe ich wie Enric ständig ein Lächeln auf den Lippen, und die Gründe hierfür sind immer meine eigenen Gedanken. Meine Kanarienvögel singen mit einem Grammophon um die Wette, und ich unterbreche meine Beschäftigung, um durch das ganze Häus-

chen zu tanzen, eine unsichtbare Person reißt mich mit – wie ich es dort in der 158 auch tat, wenn die Drehorgel vorbeikam.
Hier in dieser Gegend gibt es viele Hausierer. Sie machen mir fast Angst, denn sie sehen alle so grob und schwerfällig aus, vor allem ihre Stimmen sind gräßlich, wenn sie lauthals die Namen ihrer Waren ausschreien. Es gibt auch Wagen voller Obst und Gemüse, einen Mann mit Körben voller Fische, einen Mann mit Eis; ein anderer bringt Brot, ebenfalls in einem Korb, und schließlich gibt es noch den Briefträger mit seiner kleinen Pfeife und seinem Bündel Briefe. Mama gibt mir jeden Tag einen Dollar, und ich besorge die Einkäufe; nach und nach lerne ich es, schlechte Ware mutig abzuweisen, und ich lerne auch, gute Ware auszusuchen.
Außer diesen Dingen gibt es noch andere Beschäftigungen. Was mich zum Beispiel sehr fasziniert, das ist das Aussehen der Fischer: Es sind große, von der Sonne gebräunte, bärtige Männer, ihre Augen sind fast immer von der Farbe des Meeres, sie tragen Hemden aus grobem Stoff und große Stiefel.
Am Strand gibt es Frauen, die genauso aussehen wie auf den Bildern in New York, die für Badeanzüge werben; es gibt viele braungebrannte, mit Sommersprossen übersäte Kinder, die weder Schuhe noch Strümpfe tragen, manchmal nicht einmal ein Hemd, mit Hosen, die wie ein Sieb aussehen, oder kleine Mädchen, die alte Kleider tragen und deren Haare vom vielen Herumjagen und Spielen völlig zerzaust sind; dann gibt es diejenigen, die das Leben der Badenden retten, große, auch braungebrannte Männer im Badeanzug, die immer das Meer beobachten und bereit sind, sich beim ersten Hilferuf ins Wasser zu stürzen. Und viele andere. Mama, die immer nach Zerstreuungen für mich sucht, die immer befürchtet, ich bräuchte Feste und Kinobesuche, um mich nicht zu langweilen, Mama müßte einmal sehen, was mir hier für Zerstreuungen geboten werden beim einfachen Beobachten und Studieren all dessen, was ich sehe; wie die Leute, die ihr Leben mit einem Mikroskop verbringen und Pflanzen beobachten. Auf diese Weise langweile ich mich nie, denn es gibt ja so viele Dinge, um die meine Überlegungen kreisen, meine Ideen spazierengehen können; so viele Dinge, mit denen ich mich in Gedanken gründlich befassen kann und die meine Philosophie erklären kann.
Nichts Einfacheres, als sich zu vergnügen!

Und siehe da, während ich schreibe, hört es auf zu regnen, und die Sonne schaut heraus. Das muß am Glück der Optimisten liegen! Der liebe Gott und die Engel lächeln denjenigen entgegen, die lächeln wollen!
Zehn Uhr dreißig. Der Konditor ist gerade vorbeigekommen, und ich habe ihm zwei Brote und einen Kuchen abgekauft. Mein Menü ist schon geplant, und ich glaube, ich werde es in die Tat umsetzen. Manchmal wäre es mir lieb, wenn Du ein Mensch wärst, Du würdest mich besser kennen, ich könnte Dir meine Kochkünste vorführen; aber vielleicht ist es besser, daß Du nicht kosten kannst, was ich koche – auf diese Weise wirst Du Deine gute Meinung von meinem Talent immer aufrecht erhalten, denn sonst wäre ich sehr betrübt, wenn ich zusehen müßte, wie Du eine Grimasse schneidest wie jene, die ich mache, wenn ich die Kochtöpfe scheuere.
Die Sonne verschwindet wieder, aber was soll's, ich habe sie ja im Herzen!
Gestern habe ich wieder einmal einen Namen in den Sand geschrieben, aber ich beginne langsam, meine *romance* ein wenig zu vergessen, zumindest denke ich nicht mehr so daran wie vorher, wie die kleine Japanerin, deren Geschichte mich fast zum Weinen gebracht hat! Manchmal frage ich mich, ob dies das Schicksal all meiner Illusionen sein wird!
Aber weinen wir nicht, solange die Sonne scheint!
Die Kartoffeln sind aufgestellt. Das sind die Beschäftigungen, die meine Melancholie vertreiben, nehme ich an. Thorvald ist mit etwa fünfzig Fischen zurückgekommen. Arme kleine Fischlein! Sie liegen da mit offenen Augen, tot, und duften nach Salzwasser! Und Thorvald wagt es, mich zu fragen, ob ich sie ausnehmen könnte! Ich? Soll er mich doch gleich um den Mond bitten! Wir werden keine essen können, aber ich habe nicht den Mut, sie zu schuppen und auszunehmen. Thorvald wird sie verkaufen. Das ist doch nicht gerecht, nachdem ich ein hübsches Gedicht über die Fische geschrieben habe, daß das Schicksal von mir verlangt, ich solle einer so entsetzlichen, so wenig poetischen Beschäftigung nachgehen und Fische ausnehmen!
Das ist das Schicksal der Dichter. Ich nehme an, ich hätte sie ausnehmen und zu allem Unheil auch noch essen sollen. Wie schändlich! Und die Sonne scheint trotzdem noch!
Zum Glück ist es mir noch nie eingefallen, ein Gedicht über die

Fliegen zu schreiben, denn poetisch oder nicht, angenehm oder nicht, ich muß sie trotzdem töten, zum Wohl der ganzen Familie und für meine eigene Bequemlichkeit, sogar während ich schreibe. Ich bin sehr froh, daß ich nicht als Fliege geboren bin, wenn ich auch manchmal gern ein Kanarienvogel werden möchte, das ist was ganz anderes!
Jetzt werde ich den Kohl aufs Feuer setzen.
Nicht nur, weil ich es eilig habe, diese Seiten vollzuschreiben, um in das kleine Buch schreiben zu können, fange ich noch einmal an zu schreiben, sondern auch, weil ich etwas zu erzählen habe.
Joaquinito hat sich ein Modellierspiel gekauft, und da er mir ein dickes Stück von der Masse geborgt hat, habe ich angefangen, Köpfe zu machen. Ich habe lange gearbeitet, und Joaquinito hat in meinem Werk eine gewisse Ähnlichkeit mit Mama erkannt; danach habe ich noch länger gearbeitet, manchmal hielt ich dabei inne und befragte mein Gedächtnis; schließlich stelle ich mein Werk auf den Tisch, und Thorvald und Joaquinito rufen beide voller Bewunderung:
»Enric Madriguera!«
Und es stimmte. Die kleine Statue vor mir war von perfekter Ähnlichkeit; das Beste, was ich je gemacht hatte mit diesem Spiel. Ich hätte viel darum gegeben, es nicht wieder zerstören zu müssen, um es lange aufzubewahren, aber Joaquinito, der nichts kapiert und nicht sehr großzügig ist, hat die Büste genommen und sie zerknetet, um ihr eine andere Form zu geben. Aus dem gleichen Material hat er eine Birne gemacht, und ich wurde ganz nachdenklich, als ich sah, wie schnell dieses bißchen Modelliermasse seinen Reiz für mich verlor.
Gestern hat mir Mama auch gezeigt, wie man ein katalanisches Gericht macht, und als sie fertig war, hat sie gesagt:
»Das wird sehr gut schmecken.«
Ich antwortete: «Alles Katalanische ist gut.«
Mama hat gelacht. Mama lacht immer, wenn ich von Heirat, von meinen Zukunftsplänen und von den Katalanen rede. Manchmal glaube ich, daß Mama früher, als sie so alt war wie ich, vielleicht die gleichen Dinge wie ich gedacht hat über diese drei Sachen, und vielleicht weiß sie, daß es nach einiger Zeit vorübergeht.

8. August
Ich habe nur noch zweieinhalb Seiten vollzuschreiben; ich glaube, ich werde es heute schaffen. Ich könnte ja auch sehr groß schreiben und ein paar Zeilen auslassen, aber ich will dieses Heft treu und sorgfältig zu Ende schreiben.
Heute ist Mama bei uns geblieben, um sich auszuruhen, und wir sind alle sehr froh darüber. Es ist immer dasselbe, wenn Mama bei uns ist, ist alles in Ordnung.
Wir gehen alle zum Ozean zum Baden. Das Wetter ist wunderschön, aber es weht ein starker Wind, und das Häuschen bebt ein bißchen. Heute morgen habe ich ein altes kleines Boot gesehen, das mit Geranien bepflanzt war; diese ausgefallene Idee für einen Blumentopf schien mir hervorragend. Ich hätte ganz gern gesehen, daß man das Boot übers Wasser gleiten läßt, um zu sehen, wie es wirkt, aber alle haben gelacht, und diese Idee habe ich mir für später aufgehoben, wenn ich einmal mein Schloß am Meer haben werde.
P.S. Etwas später. Gestern abend sind wir um elf von der kleinen Feier bei Antolinita zurückgekommen. Wir haben viel getanzt. Was mich betrifft, so habe ich viel mit Thorvald getanzt, ein bißchen mit Ernesto, einem kubanischen Freund von Charlie, und ein bißchen weniger mit Alfonso Bermudez. Nach dem Tanzen haben wir *ice-cream* und Kuchen gegessen. Hauptsächlich danach haben wir uns sehr amüsiert. Wir haben ein Spiel gespielt, das *»spin the bottle«* heißt. Alle sitzen im Kreis, und jemand nimmt eine Flasche, die man herumgehen läßt. Je nachdem, zu welcher Person hin die Flasche gerichtet ist, wenn sie aufhört, herumzugehen, darf derjenige, der die Flasche gerade hat herumgehen lassen, diese Person küssen. Wir haben lange gespielt und viel gelacht; jeder ist drangekommen, und einer der komischsten Fälle ist, wenn ein Junge einen anderen Jungen küssen muß. Thorvald mußte häufig Letty küssen, ein kleines Mädchen, das er sehr bewundert, und Charlie tat dasselbe mit Ethel, dem Mädchen, das er am liebsten mag. Charlie und Ernesto mußten mich mehrere Male küssen, und das erinnerte mich an meinen Geburtstag; ich hätte mir sehr gewünscht, Enric sei da, gestern abend.

9. August
Heute bin ich in bewundernswerter Stimmung. Es war Groß-putz-Tag, und während ich arbeitete, habe ich die ganze Zeit gesungen. Ich schlug den Takt auf den Matratzen und den Kissen mit einem Stock. Jetzt ist das Häuschen ganz sauber, alles sieht hübsch aus und ich bin voll von der Freude, die mir jene tiefe Befriedigung der Arbeitenden gibt, wenn sie sich ausruhen.

10. August
Es gibt die Messe mit der Predigt: das erinnert mich an den gestrigen Hausputz. Der Pfarrer hat gesagt: »Ein sehr reicher und sehr mächtiger Mann baute sich weit weg von der Stadt ein wunderschönes Haus, und eines Tages beschloß er, dort auch zu leben. Da schickte er seine ganzen Bediensteten, seine Köche, seine Soldaten, seine Zimmerleute, seine Tapezierer usw. auf den Weg, um unterwegs an einer Stelle ein Hotel zu errichten, wo er vorbeikommen würde; denn er wollte würdig bewirtet werden, da, wo er eine Nacht verbringen würde. Nach der Reise, als er in seinem schönen Haus ankam, war natürlich niemand da, um ihn zu empfangen.
Das Hotel ist das Diesseits; das schöne Haus ist der Himmel; der hohe Herr, das sind wir. Wir opfern unser Leben für eine ›Nacht‹ auf Erden, und der Himmel geht uns verloren.«

Ich habe seitdem viel nachgedacht, und wenn es mir möglich ist, ernster zu werden, so ist das bereits vollbracht, denn ich habe wieder etwas gelernt.
Während ich das geschrieben habe, sind die Nudeln in aller Ruhe verbrannt. Was kann in einer Nacht nicht alles passieren!

11. August
Ich schreibe im anderen Heft weiter. Danke und adieu, geliebtes Tagebuch.
DEINE LINOTTE

Montag, 11. August 1919, Edgemere
Die zwei Monate, in denen ich nicht hier hineingeschrieben habe, die gibt es in einem anderen Heft. Ich hatte Dich diese ganze Zeit verloren, und wenige Tage, nachdem ich Dich wiedergefunden hatte, schrieb ich das andere Heft zu Ende, und hier bin ich nun.

Es ist acht Uhr und ein paar Minuten; ich schreibe in einem Zug, denn ich fahre mit Mama und Joaquinito nach New York, um Einkäufe zu machen. Der Zug ist sehr voll, und ich kann kaum schreiben, weil er so rüttelt. Dies schreibe ich nur, damit Du weißt, daß ich sehr froh bin, Dich wiederzusehen.

12. August

Gestern habe ich Dich den ganzen Tag in meiner Tasche spazierengeführt, ohne schreiben zu können. Am Vormittag habe ich mit Joaquinito Einkäufe gemacht, und wir sind mit dem Bus zurückgefahren. Die Fahrt, die nur zehn Cents kostet, hat uns riesige Freude gemacht, weil wir beide zusammen versuchten festzustellen, welcher von uns die komischste Sache auf der Straße entdecken würde, die man aus der erhöhten Stellung im Bus so gut sehen kann. Und es gab viele lächerliche Leute und viele komische Ereignisse, worüber wir auf dem ganzen Weg lachen mußten. Als wir dann wieder zu Hause ankamen, haben wir mit Tante Antolina und Antolinita geluncht, die in Zukunft in der 158 wohnen werden, bis sie wieder nach Havanna abreisen. Charlie ist für einige Tage bei uns in Edgemere geblieben.
Am Nachmittag war ich im Kino in der 77. Straße, wo wir früher mit Antolinita und Joaquinito so oft waren. Indessen war Mama beim Arbeiten. Sie ist um fünf Uhr aus den Geschäften zurückgekommen, und wir sind alle drei wieder weggegangen, um den Fünf-Uhr-Achtzehn-Zug zu erreichen. Erst als wir wieder in Edgemere am Strand waren, merkten wir alle, was für ein Glück wir haben, den Sommer hier verbringen zu können anstatt in New York, wo es heute so stickig heiß war. Thorvald hatte sehr gut gekocht und die Betten gemacht, wie nur ein Junge Betten machen kann. Es war lustig!
Mit meiner blauen Schürze verkleidet habe ich heute meine häusliche Arbeit wieder aufgenommen. Bei ihrer Rückkehr hat Mama das Haus sauber, die Kinder zufrieden über ihren Appetit, nur *einen* angebrannten Kochtopf und alles in Ordnung vorgefunden. Außerdem habe ich ein paar Stunden am Meer verbracht, teils unter einem Sonnenschirm, teils in den Wellen, die mich dazu gezwungen haben, viel Wasser zu schlucken.
Als Mama zurückkam, hat sie mir eine Überraschung mitgebracht: eine Postkarte. Kannst Du erraten, von wem? Von Enric

Madriguera. Er will sich darüber lustig machen, daß ich so wenig Katalanisch kann, und schreibt mir nur drei Worte: *»Molts records d'Enric.«*, so wie ich es auf meiner Karte geschrieben hatte. Mit dem einzigen Unterschied, daß er es schreiben kann, während ich Fehler gemacht habe. Es war aber sehr nett von ihm, und ich habe mich sehr darüber gefreut. Im Juli sagte ich, daß ich Enric bis September vergessen habe und er mich, und nun ist schon fast Mitte August, und er erinnert sich noch an mich und ich mich an ihn. Ich habe nur noch so wenige Tage Zeit, um ihn zu vergessen, daß es fast unmöglich ist. Hier nebenan gibt es ein Grammophon, das ein Stück von Schubert spielt, das Enric sehr oft spielte, und wenn ich das Stück höre, denke ich natürlich an die Geige, und ganz langsam denke ich dann auch an Enric. Ich weiß nicht so recht, warum ich ihn vergessen wollte, aber ich vermute deshalb, weil ich vor langer Zeit, in Lake Placid, zu viel an ihn gedacht habe. Und ich weiß, wenn Mama das wüßte, dann würde sie mich Linotte nennen usw.

Hier wäre es angebracht, nach und nach meine Untersuchung über das männliche Geschlecht zu vervollständigen; zu schreiben, daß Mama sagt, die Männer seien sehr egoistisch. Gewiß, wenn ich alles ernst nähme, was Mama über die Männer denkt, dann würde ich eine Suffragette und eine alte Jungfer werden. was mich aber sehr irritiert, wenn Mama so etwas sagt, ist die Tatsache, daß sie, wenn ich sie dann frage, ob sie es nicht bereut, geheiratet zu haben, immer mit ruhiger Überzeugung antwortet: »Nein.«

Ich muß gestehen, daß es mit sechzehn Jahren Dinge gibt, die absolut unerklärlich sind und die man versuchen muß zu verstehen.

Zwei Minuten später. Thorvald und Joaquinito waren eigens im Kino, um den berühmten Charlie Chaplin zu sehen, einen Schauspieler in der Art von Max Linder, den alle Kinder nachahmen, wenn sie ihn gesehen haben, zum großen Entsetzen ihrer Eltern. Da hat sich Mama, die sehr müde ist, hingelegt und hat mir erlaubt, weiterzuschreiben, weil ich mucksmäuschenstill bin beim Schreiben, und sie weiß, daß ich mich dabei *entspanne*.

Gerade ist mir Antolinita eingefallen, die nach New York zurückmußte, als sie sich hier gerade so sehr amüsierte, weil ihre Mama sich hier zu sehr langweilte. Sie ist ein echtes armes kleines reiches Mädchen: Nun wird sie in New York lange, traurige, langweilige Stunden verbringen, weil sie sich allein nicht beschäftigen kann. Ich denke auch an Cuca, die mir sehr wenig schreibt, weil sie sich dort so sehr amüsiert. Und an Frances, die mir aus einem bescheidenen kleinen Dorf in den Bergen der Catskills einen Brief geschrieben hat, der von Ruhe und Freude nur so überquillt. Bobby Foster, die kleine rothaarige Pfadfinderin, die ich früher so oft sah, schreibt mir auch hin und wieder, Karten, wie Thorvald sie schreiben könnte.

Und plötzlich ziehen alle meine kleinen Freundinnen aus der Schule, alle Leute, die ich ein bißchen kenne, in einer langen Prozession in meinem Gedächtnis vorüber. Ich sehe sie alle, wie ich sie früher sah, auf den Schulbänken um mich herum, und vor allem kommen sie mir alle zufrieden vor, und ich fühle mich sehr weit von ihnen entfernt, nicht durch die Zugstrecke getrennt, sondern durch einen Abgrund an Einsamkeit, den ich mir selber grabe. Ich fühle mich sehr weit entfernt, sehr verschieden von ihnen. Ich fühle mich glücklich darüber, daß ich weit weg von allen bin, fast allein, ich, die ich mich mit mir nie langweile; ich verstehe, daß ich sie nicht brauche, um glücklich zu sein, und daß alle meine Freundinnen wirklich nur angenehme Erinnerungen bedeuten, die ich in der Wirklichkeit nicht wieder finden möchte. Woher kommt diese seelische Einsamkeit? Dieses Glück, weit entfernt von allen Vergnügungen? Diese vollkommene Zufriedenheit mit meinem Schicksal?

Wenn Mama von einem Haus spricht, das sie kaufen möchte, kann ich ihr sagen – und dabei sage ich die reine Wahrheit – daß es mir nichts ausmacht, absolut nichts, in welcher Gegend oder in welchem Land sie das Haus haben möchte. Es ist mir alles egal; solange ich Mama und meine kleinen Brüder bei mir habe, bin ich glücklich. Wenn ich Anfälle habe, so hat das damit zu tun, daß meine Illusionen manchmal zu plötzlich zerschmelzen, und ich leide darunter; manchmal scheint mein Glaube an die Schönheiten des Lebens mich verlassen zu wollen, aber sonst bin ich vollkommen zufrieden.

Wenn meine Freundinnen weit weg von mir sind, dann liebe ich sie mehr. Aber sie fehlen mir nicht. Ich vermute, daß diese Art Kälte auch ein Fehler der Nin ist, aber mir allein gehört diese allerhöchste Zufriedenheit in der Einsamkeit der Familie, mir und Mama.

Vielleicht liegt es daran, daß wir viel über das Leben wissen, Mama und ich, und daß wir alt und ernst werden. Wir wissen, das Glück eines eigenen Häuschens zu schätzen, ebenso tausend andere Dinge, die in den Augen der Leute, die so was nicht verstehen, nichts bedeuten, und solche Leute gibt es leider viele. Um Mama zu gehorchen, lege ich meine Feder weg. Gute Nacht!

LINOTTE.

13. August, acht Uhr

Wieder eine Postkarte mit drei Worten: »*Molts records d'Enric.*« Vermutlich lacht er jedesmal, wenn er die gleichen Worte schreibt, wenn er an mein miserables Katalanisch denkt, und ich, ich lache, wenn ich diese Worte bekomme. Trotzdem hätte ich gern, daß er etwas anderes schreibt. Es sind Ansichtskarten aus Paris, und bald wird er zurückkommen, glaube ich. Es ist sehr seltsam, aber als Mama mir die Ansichtskarte kurz vor dem Abendessen brachte, ist mir der Appetit vergangen. Ich frage mich, ob ich noch weitere Karten bekommen werde.

Neun Uhr. Joaquinito und ich haben gerade *spin the bottle* gespielt, und dabei haben wir die kleinen Mädchen und die kleinen Jungen durch Stühle und einen Tisch ersetzt. Wir haben uns totgelacht.

Joaquinito ist derjenige von meinen Brüdern, durch den ich am meisten leide, aber manchmal bringt uns die Ähnlichkeit unserer Charaktere einander auch näher und verbindet uns viel mehr als jeder andere Grund. Er hat die gleiche Art, an den geringsten Einzelheiten Spaß zu finden, Freude an erfundenen Dingen zu haben, und ich glaube, daß wir beide zusammen, nur mit unserer Phantasie, uns viel mehr amüsieren als jedes andere Kind auf der Welt mit dem schönsten Spielzeug, das es überhaupt gibt. Das ist eine Kunst, der es an Reizen nicht mangelt, und Gott weiß, daß ich in meinen frommen Augenblicken dem Himmel immer dafür danke, daß er mir diese Gabe geschenkt hat.

Zwischen Charlie und mir haben die langen Unterhaltungen über die Bücher wieder begonnen, genau wie früher, und heute, während ich mich um das Abendessen bemühte, habe ich die Geschichte von *Quatre-vingt-treize* [Dreiundneunzig] von Victor Hugo von A bis Z erfahren und außerdem noch eine Erzählung von Blackmore. Wir haben beschlossen, daß die

Erzählungen von Maupassant entsetzlich sind, die von Gaboriau annehmbar, die über Sherlock Holmes von Conan Doyle ziemlich gut – damit kann man ein paar angenehme Augenblicke verbringen – und noch mehrere andere Dinge. Ich finde nicht, daß Charlie den gleichen Geschmack hat wie ich, aber ich mag die Diskussionen mit ihm sehr gern, weil er sehr vernünftig ist. Über sein Gedächtnis kann ich nur staunen: Er erinnert sich sehr gut an die Bücher, die er gelesen hat, und er hat so viele gelesen wie ich. Ich erinnere mich auch sehr gut an alles (aber ich wußte es bis heute nicht), nur nicht mit soviel Genauigkeit bei den historischen Daten.

Papa hat mir nur eine Postkarte geschickt. Er erwartet Emilia Quintero mit großer Ungeduld, um »lebendige« Nachrichten von uns zu hören. Manchmal bereue ich es, daß ich ihm so ehrlich gesagt habe, warum Thorvald und Joaquinito ihm nicht schreiben, aber Papa mußte die Wahrheit erfahren, auch wenn sie traurig ist.

Heute ist Mama um sechs zurückgekommen, und das Abendessen war fast fertig. Ich glaube, sie hat sich darüber gefreut. Ich habe auch das Haus gefegt, aber ich bin nicht sehr mutig; es gibt Augenblicke, wo ich mit Freuden aufhören würde, weil mir die Hände vom Besen weh tun, aber ich höre nie auf. Die Kochtöpfe bringen mich weiterhin zur Verzweiflung, aber ich lerne viele wichtige Dinge, die ich sehr nötig hatte zu lernen. Da ich mich um das Haus kümmere, erkenne ich nach und nach den Wert der Ordnung. Sie ist sogar genauso wichtig wie die Sauberkeit. Im Laufe des Tages gibt es manche Gelegenheit, geduldig und ausdauernd, sorgfältig und praktisch zu sein. Ich bin im Begriff, mich zu reformieren, mich ganz offensichtlich zu verändern, und Mama ist hoch erfreut zu sehen, mit welchem Ehrgeiz ich mich um unser Häuschen bemühe. Mama wußte nicht, daß ich genügend Energie habe, um meine mangelnde Kraft zu ersetzen; sie wußte nicht, daß mein praktischer Sinn nur auf eine Gelegenheit wartete, um sich bemerkbar zu machen; sie wußte nicht, daß ich durchaus in der Lage bin, tagelang nicht zu träumen, fast nicht zu schreiben und überhaupt nicht zu lesen. Im Krieg erwacht der Held!

Aber ich wäre gern nützlicher. Auf das Buch, das nie zustandekommt, warte ich noch; ich träume jeden Abend, daß ich Mitglied der Académie française werde, umsonst. Ich habe

genügend Charaktere, um eine ganze Bibliothek vollzuschreiben, aber meine Erfahrung genügt nicht einmal für zwei Kapitel. Kommt Zeit, kommt Rat.
Wenn ich keine Postkarten aus Paris bekäme, wenn ich nicht kochen würde, wenn es nicht so viele Grammophone und so viele Babies hier in der Nähe gäbe, wäre mein Buch schon angefangen, vielleicht. Aber ich verlange zuviel; ich werde versuchen, trotz aller Hürden zu schreiben.
Gute Nacht!

Donnerstag, 14. August 1919
Nummer 4, Delmar Court, 43rd St., Edgemere
Zehn Uhr. Ich werde mein Buch anfangen.
Neun Uhr dreißig. Zuviele Dinge zu tun heute, um meine Zeit mit Schreiben zu verlieren. Nun kann ich endlich sagen, daß ich den ganzen Tag nützlich war. Nicht eine Minute der Träumerei, nicht eine Sekunde der Faulheit. Die Ergebnisse meiner Arbeit waren verblüffend; Mama war so glücklich, als hätte ich einen Preis fürs Aufsatzschreiben bekommen. Es lohnt sich nicht, hier alles aufzuschreiben, was ich getan habe; es sind Dinge, die alle Mädchen der Welt seit langem tun können, die aber für mich erst den Beginn einer neuen Karriere bedeuten. So!
Ich bin zufrieden, glücklich, froh über mich selbst, erstaunt darüber, daß ich soviel Freude daran finde, zu etwas nützlich zu sein, und tausendmal belohnt durch Mamas Güte, die allerdings meine Fehler nicht sieht und immer bereit ist, mir Mut zu machen. Ich bin gewiß müde, aber das ist ein Geheimnis zwischen Dir und mir, obwohl ich ahne, daß Mama es weiß wegen meiner Augen, die mich immer verraten.
Thorvald, Charlie und Joaquinito waren heute am Strand, trotz Nebel und Wind, um von einem Schiffbruch ein *cargo* [eine Ladung] Kokosnüsse aufzusammeln, die die Flut hergetrieben hatte. Nachdem sie sie aufgelesen hatten, haben sie sie verkauft, so wie sie die Fische und die Krebse verkaufen, und im Augenblick sind sie sogar damit beschäftigt, nachzuzählen, wieviel Kokosnüsse übrigbleiben und wieviel Geld sie haben.
Ich weiß nicht, was die Nachbarn denken werden, aber ich singe den ganzen Tag und bringe meinen Jubel auf die gleiche Art wie mein Kanarienvogel zum Ausdruck. Und wenn Mama müde aus New York zurückkommt, den Kopf voller Sorgen über die

Geschichten von 158 W. 75, wo sich alle streiten, wenn sie in ihr sauberes Häuschen kommt und sich an den Tisch setzt, dann versuchen drei Kinder und ich sie aufzumuntern mit unglaublichen Märchen über Joaquinitos Mut und Artigkeit, über alles, was Thorvald mir geholfen hat; und selbst, wenn sie weiß, daß Joaquinito sicher nicht sehr brav war und Thorvald mir bestimmt nicht viel geholfen hat, so genügen doch diese fröhlichen, wohltuenden Lügen, dieser seelische und physische Stimmungswechsel, dieser Frieden nach dem täglichen Kampf, um Mama die gute Laune und ihre Sanftmut vergangener Tage wiederzugeben; sie genügen für unser aller Glück. Eine Entspannung ist auf Mamas ganzem Gesicht erkennbar, ihr Kopf ruht sich aus, sie vergißt völlig alle anderen Sorgen. Jemand, der das Leid nie erfahren hat, kann diese wunderbare Rührung nicht nachempfinden, wenn Mama weggegangen ist.
Das ist alles, was ich darüber schreiben kann.
Zwanzig vor zehn. Charlie schlendert um den Tisch herum, an dem ich schreibe. Er hat mich schon mehrmals mit echter Neugierde gefragt, ob ich etwas über ihn schreibe, und mit dem Mut des Kriegers in seiner eisernen Rüstung werde ich vor ihm alles über ihn schreiben, was ich will, ohne daß er es lesen kann. Alles, was ich über ihn sagen kann, ist Gutes. Er ist das Gegenteil von einem Ignoranten, er ist sehr lieb, sehr ruhig, sehr höflich vor allem. Stell' Dir einen Jungen vor, der an die Bequemlichkeiten der Wohlhabenden gewöhnt ist, der aber jeden Morgen sein Bett macht, weil er weiß, daß ich es sonst machen müßte; der mir immer hilft, den Tisch zu decken und abzuräumen, und der tausend andere freundliche Dinge tut, die selbst mein Bruder Thorvald zu tun vergißt. Charlie vergißt nie, mich für alles, was ich koche, zu loben, während Thorvald sich immer darüber lustig macht und nur eine Sorge hat, ob ich wohl auch genügend gekocht habe.
Obwohl sie sehr lieb sind, haben meine beiden Brüder den Egoismus der Nins geerbt: Sie haben mich daran gewöhnt, daß ich sie ein wenig verwöhne, während sie mich keineswegs verwöhnen, denn sie denken immer an ihre Bequemlichkeit und an ihr Glück; sie vergessen manchmal, daß ich ihre Schwester bin, und glauben, ich sei ihre zweite Mama, deren einzige Pflicht es ist, sie zu pflegen. Wo ich es doch unendlich bezaubernd finde, verwöhnt zu werden; wo ich so glücklich bin, wenn

jemand ein bißchen an mich denkt oder mich ein bißchen nett findet; ich beklage mich ein wenig über ihren Egoismus, und dann antwortet Mama eben, alle Männer seien Egoisten und Faulpelze. Auch wenn mich das nicht tröstet, ist es eine Art Entschuldigung für alle Fehler meiner beiden Brüderchen, die ich mit Freuden akzeptiere. Aber Charlie ist so nett, daß es mir viel Freude macht, und ich bin froh, daß er noch eine Woche bei uns bleibt.
Das würde er gerne lesen, aber es macht nichts, ich lasse ihn nicht. Sonst würde ich das Vertrauen in mein Tagebuch verlieren.

15. August, Edgemere
Ich war mit dem Frühstück, den Betten und dem Putzen fertig und wartete, daß das Mittagessen gar wird; ich war gerade dabei, die überdachte Terrasse zu kehren, als plötzlich eine Zigeunerin erschien. Es war eine ziemlich alte Frau mit Runzeln im Gesicht, ihre stark glänzenden Augen waren von einem verwaschenen Tuch umrahmt. Beim Gehen schüttelte sie ihren weiten Rock und mehrere Unterröcke, und das sah so ähnlich aus wie eine Krinoline. Ich höre auf zu fegen und schaue ihr zu, wie sie bei den Nachbarn bettelt. Wahrscheinlich sah sie die Neugier in meinen Augen: Sie kam zu mir her und fragte, ob sie mir aus der Hand lesen solle. Es war unwiderstehlich, ich nickte zustimmend mit dem Kopf, und sofort kam sie auf die Terrasse. Ich stellte meinen Besen beiseite und nahm die fünfundzwanzig Cents heraus, die sie haben wollte, legte sie auf meine Hand, und da begann sie mit einer Reihe von seltsamen Tricks. Mit dem Geld machte sie Zauberzeichen, und dann ließ sie es lautlos in ihre Tasche gleiten. Dann sagte sie mir, ich sollte mir einen Wunsch ausdenken; ich tat es, aber ich schäme mich, diesen Wunsch hier aufzuschreiben – nein, wo ich Dir doch immer alles sage, werde ich Dir auch die Tollheit sagen, die ich mir wünschte im ersten Augenblick des Staunens: ich wünschte mir, daß Enric sehr schnell zurückkommen möge.
Dann sagte sie mir folgendes: zunächst einmal würde ich immer gesund sein, ich würde sehr alt werden, und dann gebe es jemand, der gerade eine Reise macht, dessen baldige Rückkehr ich mir wünsche: dieser Mensch würde auch sehr bald zurückkommen. Sie sagte, daß ich dreimal heiraten würde, das erstemal

aus Liebe, einen jungen Mann, der in geschäftlichen Angelegenheiten ebenso ungeschickt ist wie ich, der ebenso romantisch ist wie ich, daß diese erste Heirat ein Fiasko sein würde, aber nach der Scheidung würde ich einen jungen, aber sehr reichen Mann heiraten, der immer sehr erfolgreiche Geschäfte machen würde, der mich sehr glücklich machen und mich jene Tage der Armut vergessen lassen würde, in denen ich nur von der Liebe gelebt hätte. Von der dritten Heirat behauptete die Zigeunerin, sehr wenig zu wissen, aber es sei ein greisenhafter Millionär von neunundsiebzig Jahren. Vom ersten Mann sagte sie, sie sei sich des Anfangsbuchstabens seines Vornamens sehr gewiß, aber nicht sehr des Nachnamens; sie wüßte nur, daß er Ausländer sei. Dann wünschte sie mir noch viel Glück und ließ mich stehen. Ich war erstaunt, verwirrt, perplex und aufgewühlt über diese Geschichten, worüber Mama dann den ganzen Abend gelacht hat.

Ich hatte sie beim Wort genommen; ich fragte mich, wo diese Frau soviel Zauberei her hat, ich dachte den ganzen Tag nur an dieses Ereignis; das Ganze war schließlich nur eine gute Lehre, um mich von meiner Naivität und meiner Leichtgläubigkeit zu heilen; zweitens auch, weil Mama mir verboten hatte, da sie mich ja so gut kennt, eine Wahrsagerin zu befragen, und ich war ungehorsam.

Der Besen lag in einer Ecke; der Wind, der die Blätter vom Baum herabschüttelte, die schöne Sonne, die sich in der *bay* widerspiegelte, das Geschrei der Babies und der Grammophone, Joaquinitos Stimme, der nach seinem Lunch verlangte, der Geruch von verbranntem Brot, der aus der Küche drang, all das brachte mich erst wieder zurück in die Wirklichkeit: das Leben voller Kochtöpfe, Besen und blauer Schürzen von Edgemere.

Oh, diese Zigeunerin! Dabei dachte ich immer, daß Betrügern diese Eigenschaft im Gesicht geschrieben steht; wie soll ich denn wissen, daß ich mich in acht nehmen muß?

Es gab ein starkes Gewitter nach diesem schönen Tag, es donnert und gießt, der Regen rauscht gewaltig. Das ist ein kleines Zeichen der Übereinstimmung mit dem seelischen Konflikt, der in meinem Kopf rumort als Ergebnis einer neuen Erfahrung mit der Welt und ihren seltsamen Wesen. Aber ich sage: ein ganz kleines Zeichen nur, weil das Gewitter etwas Grandioses, Feierliches ist, während meine Gedanken über diese Lehre

lächerlich, ja sogar komisch sind. Ich bin bei bester Laune und lächle die ganze Zeit, während ich eines meiner Abenteuer aufschreibe in jener Nacht, wovon die Predigt neulich am Sonntag handelte.
Thorvald und Charlie sind zu ihren Freunden gegangen, und Mama erlaubt mir zu schreiben, bis sie zurückkommen.
Heute abend nach dem Essen hat sich Mama in die Hängematte gelegt, und ich sitze ihr zu Füßen und stricke, ohne hinzuschauen, weil es schon ziemlich dunkel ist. Wir haben Zukunftspläne gemacht. Mamas Traum, der mir ebenso lieb ist wie ihr, das ist ein eigenes Haus, und wenn Mama ihr Geschäft in 158 W. 75 für drei- oder viertausend Dollar verkauft, kann sie mit einer Hypothek ein Häuschen in Kew kaufen!
»Und mit welchen Möbeln wirst Du es einrichten?« – so rede ich.
Mama, energisch, mit Augen, die von ihren Visionen leuchten: »Alles wäre neu, nach meinem Geschmack. Du wirst dein kleines weißes Zimmer bekommen und ich meines, eine Bibliothek nach deinem Geschmack, eine Küche, auch ganz weiß. Wir werden ein Automobil haben, um in die Stadt zu fahren, du wirst deine kleinen Freundinnen empfangen und in New York ins Theater gehen. Willst du?«
»Und ob ich es will. Es gibt nichts Schöneres auf der Welt als das Häuschen. Und außerdem ist es nur gerecht, daß du nicht immer an die Zukunft denken mußt, daß du dir mit dem Ertrag deiner Arbeit das Glück leisten kannst, dir deinen Lebenswunsch zu erfüllen. Thorvald wird größer, er wird bald arbeiten können, er ist ja so gut erzogen und hat einen so prächtigen Charakter.«
»Aber glaubst du nicht, Mädchen, daß ein Haus kaufen auch an die Zukunft denken bedeutet? Thorvald ist übrigens zu jung und wird mich erst ersetzen können, wenn er einundzwanzig ist. Ich gebe nicht alles Geld, das ich verdiene, zum Leben aus; wir haben *Liberty Bonds, War Stamps,* den Bungalow und Geld auf der Bank.«
Und da haben Mama und ich – Mama in der Hängematte liegend – weiter Zukunftspläne gemacht, während die Sonne unterging, Thorvald spielte und ich strickte. Der Mensch denkt und Gott lenkt!
Aber der Reiz des Denkens bleibt so menschlich, so wunderbar, auch wenn Gott im nachhinein lenkt.

Während ich dies alles geschrieben habe, wurde das Gewitter immer stärker, und danach hatten wir kein Licht mehr, da die Blitzschläge mit ungeheuerlicher Kraft aufeinanderfolgten. Mama lag im Bett, und ich ging mit Joaquinito tastend in sein Zimmer; wir haben uns aufs Bett gesetzt, ganz still, ganz ruhig, wahrscheinlich erschrocken, ohne die innere Erregung genau ermessen zu können, die uns bewegte. Schließlich ließ das Gewitter ein bißchen nach, es gab wieder Licht, und somit war der Normalzustand in der Familie wieder hergestellt. Genau in diesem Augenblick kommen Thorvald und Charlie, naß bis auf die Haut, von ihrem Besuch zurück, und ich habe wieder zu schreiben aufgehört, um ihre Geschichte von den überfluteten Straßen, den Leuten, die ohne Schuhe und Strümpfe gingen, zu hören und auch die Geschichte, wie die Mutter eines der Mädchen angefangen hatte, vor allen Kindern während des Gewitters den Rosenkranz zu beten, und als sie sich auf die Brust schlug, mit geschlossenen Augen unzusammenhängende Worte murmelnd, sagten protestantische Jungen, die überhaupt nichts verstanden: *»What is the matter with her, is she crazy?«*

16. August

Heute war ich krank. Aber obwohl ich wirklich krank war, habe ich mich gepflegt, als wäre ich es nur halb, und versucht, Mama so viel wie möglich zu helfen: Ich behauptete, daß alle Anzeichen, die Mama so gut kennt, nur mit dem Baden von heute morgen zu tun hätten, was mich sehr ermüdet hatte.

Aber wenn es nichts mehr zu tun gab, legte ich mich in die Hängematte vor dem Haus und strickte. Ich habe den ganzen Nachmittag so verbracht. Einmal habe ich sehr gelacht. Ich träumte, was ich seit mehreren Tagen nicht getan hatte, und mein Strickzeug lag am Boden vor der Hängematte. Plötzlich hörte ich, wie Thorvald im Wohnzimmer auf amerikanisch fluchte, was nicht ganz so häßlich ist wie im Französischen, und zum Schluß meinte er:

»Wer zum Teufel hat mir diese Strümpfe gestopft?«

Erstaunt antwortete ich: »Ich, warum?«

»Warum? Ich kann sie überhaupt nicht mehr anziehen« (er schaute auf die Strümpfe), »das ist ja entsetzlich, die sind wie Pappe. Ich wußte ja, daß du es warst. Mama hätte es wenigstens richtig gemacht!«

Da rief ich Mama und fragte sie: »Glaubst du nicht auch, daß es sehr schwierig ist, die großen, großen Löcher, die Thorvald macht, zu stopfen und daß du es selbst auch nicht besser könntest?«
Um mich zu trösten, antwortete Mama: »Ja, mein Mädchen!«
»Aha«, sagte Thorvald spöttisch, »jedesmal, wenn Dein Mann ein Loch in seine Socken machen wird, muß er also neue kaufen. Du wirst ja eine fabelhafte Ehefrau sein; dein Mann tut mir jetzt schon leid.«
Und ich antwortete: »Ich werde ihm aber verbieten, Löcher zu machen!«
Daraufhin versetzte Mama lachend: »Du weißt ja, Thorvald, daß die Zigeunerin gesagt hat, sie würde dreimal heiraten!«
»Ach so, jedesmal, wenn du ihnen ein Paar Socken wie diese hier präsentierst, werden sie sich umbringen. Ich nehme an, du wirst aus diesem Grund dreimal heiraten müssen.«
Dies alles habe ich geschrieben: *erstens,* um Dir zu zeigen, was Thorvald von mir hält; *zweitens,* damit Du weißt, wie ich Strümpfe stopfe (sehr schlecht, ich gebe es zu).
Und heute entdeckt Thorvald, der immer mehr Dinge an der Suppe auszusetzen hat (wie zum Beispiel zu wenig Salz, zu wenig Geschmack, zuviel Zwiebeln, zu heiß usw.), daß nicht ich, sondern Mama sie gemacht hat. Es passiert auch, daß Mama eine *sehr* schlecht abgewaschene Tasse entdeckt und glaubt, ich sei es gewesen; dann entdeckt sie, daß Thorvald das Frühstücksgeschirr gespült hat.
Diese Art Leben sollten die reichen Leute, die sich langweilen, einmal führen. Wir langweilen uns nie.
Heute abend ging es mir wieder gut, oder fast, und da haben Mama und ich wieder geplaudert wie gestern abend. Ich habe über meine Reise nach Havanna geredet.
Mama sagt, sie wird mich mitnehmen, wenn ich achtzehn bin, damit meine Verwandten mich kennenlernen; sie wird mich in die große kubanische Gesellschaft einführen, in der Mama so viel Erfolg hatte. Da frage ich sie, wie man in der Gesellschaft zurechtkommt, wenn man sehr häßlich und nicht reich ist. Mama sagt, das Geld ändert überhaupt nichts, und ich soll mich darum bemühen, ganz einfach *ich selbst* zu sein, weil ich hinzufügte, daß ich nicht so lebhaft bin und sehr verschieden von den Kubanerinnen.

Und dann habe ich noch etwas anderes probiert. Ich habe Mama in aller Ruhe gefragt, falls ich innerhalb von zwei Jahren mit meiner Feder Erfolg habe, soviel zumindest, daß sich eine Karriere anbahnt, ob sie mich dann in Kuba in die Gesellschaft einführt – die ich schon von vornherein nicht mag – um mich zu verheiraten. Wie immer rückt Mama alles mit ihrer Art Logik zurecht: in die Gesellschaft eingeführt zu werden bedeutet nicht, daß ich heiraten soll.

Es ist klar, es ist einfach, es ist dumm, aber wahr. Also reden wir nicht mehr davon, da Mama sagt, innerhalb von zwei Jahren könne ich niemals genügend Fortschritte machen, um von einer Karriere zu sprechen. Und Mama zwinkert mit den Augen. Wer kann schon mit Mama, wie ich bereits gesagt habe, über die Katalanen, die Zukunftswünsche oder das Heiraten ernsthaft reden? Es ist unmöglich.

Ich schreibe noch immer, weil mich Mama noch nicht zum Schlafengehen gerufen hat, und Thorvald und Charlie sind noch draußen.

Aber egal, ausnahmsweise will ich nun wirklich nicht mehr schreiben, weil die jüdischen Babies und die Grammophone zuviel Lärm machen. Bei den Nachbarn höre ich alle Leute tanzen, und der Kontrast zwischen ihrer lauten Fröhlichkeit und der friedlichen Ruhe, die bei uns herrscht, ist sehr komisch.

Sonntag, 17. August 1919

Als wir heute morgen von der Zehn-Uhr-Messe zurückkamen, stellten wir fest, daß Mama während unserer kurzen Abwesenheit das ganze Häuschen geputzt hatte. Es hat mich sehr geärgert, zu wissen, daß Mama an dem einzigen Tag, an dem sie sich ausruhen kann, sich so angestrengt hatte, aber über das Haus, das so sauber, sooo sauber ist (weil Mama *alles* kann und sie macht *alles gut*), freue ich mich maßlos. Danach konnte sie aber den ganzen Tag fast nichts tun, weil ich ihr überall folgte und bei allem half; dabei bettelte ich andauernd, sie soll sich doch ausruhen und die Zeitung oder etwas anderes lesen. Das ging so weit, daß sie mich nicht mehr los wurde, und als sie bügeln wollte, sagte sie mir, ich solle mich in die Hängematte legen, sie würde sofort nachkommen. Da marschierte ich los mit meinem Strickzeug. Aber nach fünf Sekunden war ich wieder zurück und habe Mama erwischt. Wir haben sehr gelacht, weil es so

merkwürdig war zu sehen, daß Mama versuchte, mich zu betrügen, und ich mich nicht betrügen lassen wollte.
Jetzt ist es neun Uhr, und Mama liegt seit einer halben Stunde im Bett. Sie sagt, daß sie sich so wohl fühlt, glücklich und zufrieden. Sie hat mir gerade das Essen für morgen vorbereitet und mir erklärt, was ich nähen und flicken kann. Ich habe gerade einen Schal für Joaquinito fertiggestrickt, und Mama sagt, Joaquinito sollte sich ein Beispiel an mir nehmen, weil ich sehr »brav« bin. Und ich bin so froh, so unendlich froh.
Joaquinito will es so machen wie ich: Er hat angefangen, Tagebuch zu schreiben. Es ist ein Tagebuch so ungefähr wie die Tagebücher aller Leute, mit lauter Tatsachen. Ich erkläre ihm, er sollte ein bißchen wie ich schreiben, was er so denkt, aber er hat geantwortet:
»Zuviel Arbeit!«
Er schreibt englisch. Das ist normal, er kann nicht französisch schreiben, und an den Tagen, an denen ich keine Lust zu schreiben habe, was mir nie passiert, werde ich hier nur Joaquinitos Zeilen abschreiben, und Du wirst selbst über den Sinn eines Tagebuches urteilen können, das ein zehnjähriges Kind schreibt.
Heute schreibt er zum Beispiel folgendermaßen:
»Sun. 17, 1919, Aug.
This morning I went to church with my sister and Arthur. In church in the seat in front of ours was a little girl about five or six years which made us laugh during the service, once I stopped as I turned around the little girl was laughing and so I giggled like a fool.
After lunch we had a game of baseball and our side won by the score of 5 to 3 or 4. I don't know exactly the score.«
[»Heute morgen bin ich mit meiner Schwester und Arthur in die Kirche gegangen. In der Kirche war in der Bank vor uns ein kleines Mädchen von fünf oder sechs Jahren, über das wir sehr lachen mußten während des Gottesdienstes; einmal hatte ich aufgehört und kuckte auf die andere Seite, aber das Mädchen lachte, und ich bekam einen Lachkrampf wie ein Blöder.
Nach dem Mittagessen haben wir Baseball gespielt, und unsere Mannschaft hat mit 5 zu 3 oder 4 gewonnen, genau weiß ich es nicht mehr.«]
Gestern hat er geschrieben:
»After dinner I and Arthur and other friend of mine went to the

open air movies, in the middle of an interesting story it began to rain: we went out and got our rain checks and went home.« [»Nach dem Essen bin ich mit Arthur und einem anderen Freund ins Freilicht-Kino gegangen; mitten in einer interessanten Geschichte hat es angefangen zu regnen: wir sind rausgegangen, haben unsere Regen-Tickets genommen und sind wieder nach Hause gegangen.«]

Montag, 18. August 1919
Eine Ansichtskarte an Anaïs Sanchez, an Graziella, an Nuna Chase. Ein langer Brief an Emilia.
An mich selbst.
Dieser Regen! Seit ich die Augen aufgemacht habe, höre ich das eintönige Plätschern des Wassers. Mama hatte große Schwierigkeiten zu reisen, weil die Zugstrecken unter Wasser standen, ebenso die Straßen. Sie ist erst um sieben heute abend zurückgekommen. Zum Glück war das Abendessen fertig. Ich finde es sehr lustig, wenn Mama versucht, mir Erklärungen zu geben, wenn ich etwas wirklich ganz schlecht gemacht habe; dabei versucht sie dann aber, nur ganz liebe Worte zu finden, und ich muß ihr dabei helfen!
Ich habe ein kleines Notizbuch, in das ich jeden Tag die Ausgaben eintrage, und jeden Abend halten Mama und ich eine Sitzung ab über die Ausgaben. Neulich habe ich einen Nachtisch serviert, der achtunddreißig Cents gekostet hat, ohne das Gas und ein halbes Dutzend Pfirsiche zu berechnen, und Mama hat mir gezeigt, wie man einen ebenso guten Nachtisch für fünfzehn Cents machen kann, wenn man die Marmelade nicht rechnet. Das ist einfach! Ein wenig gesunder Menschenverstand (den ich für Algebra nie besessen habe), und das genügt schon!
Heute abend ist alles so ruhig wie üblich. Man hört nur die Heuschrecken und ein paar Juden, die sich darüber unterhalten, wie schwierig es durch den Regen und den Streik war, nach Edgemere zu kommen.
Alle Leute wundern sich ein bißchen, wieviel Zeilen ich jeden Tag schreibe, und ich habe gerade festgestellt, daß ich jeden Tag mehr schreibe. Ich vermute, daß meine Erfahrungen mit zunehmendem Alter immer mehr werden, aber ich bemerke auch, daß ich jeden Tag lieber schreibe.
Heute habe ich die erfreuliche Entdeckung gemacht, daß es in

dem langen, auf spanisch geschriebenen Brief an Emilia nicht einen einzigen Fehler gab; im Englischen fühle ich mich sehr sicher, also gibt es nur im Französischen Schwierigkeiten. Aber um nichts auf der Welt werde ich aufhören, es für mich allein zu studieren und es in der einzigen Sache, die ich schreibe, zu verwenden: in meinem Tagebuch.
Was mir ungeheuer viel Spaß macht, das ist Joaquinitos Tagebuch, und ich werde immer die Minuten nutzen, die mir abends ganz allein gehören, um es regelmäßig, so wie er es schreibt, abzuschreiben, weil er es bestimmt eines Tages anläßlich eines seiner häufigen Wutanfälle, die ihn zur Vernichtung treiben, zerreißen oder zum Fenster hinausschmeißen wird. Ein besonderer Anreiz sind die Rechtschreibfehler; ich schreibe alles so ab, wie er es geschrieben hat:

»Mond. 18, 1919, Aug.
When I wake up my mother was dressing to go to the city. I dressed and ate, then I said goodbye to my mother and she went to catch train that was leaving at 8.15. My cousin Charles went with her.
Then I called Aruther (Arthur) to play cards with me we played many amsuing (amusing) games, for it has been raining all morning and I have not been able to go out.
After lunch it cleared up and so we had a game of baseball. At 6 o'clock I went to meet my mother at the station, instead of coming in a train she had to come in a truck the strick (strike) was the cause of this.
I wrote a letter to my piano teacher and to an old friend of mine.«

[»Als ich aufwachte, zog sich Mama an, um in die Stadt zu gehen. Ich habe mich angezogen, habe gefrühstückt, dann habe ich Mama Auf Wiedersehen gesagt, und sie ist weggegangen, um ihren Zug um acht Uhr fünfzehn zu erreichen. Mein Vetter Charles ist mit ihr gegangen.
Danach habe ich Arthur angerufen, um mit ihm Karten zu spielen; wir haben viele lustige Spiele gespielt, denn es hat den ganzen Vormittag geregnet, und ich konnte nicht hinausgehen.
Nach dem Mittagessen wurde das Wetter besser, und wir haben Baseball gespielt. Um sechs habe ich Mama am Bahnhof abgeholt, anstatt mit dem Zug zu kommen, hatte sie in einem Lkw reisen müssen, der Streik war der Grund.

Ich habe an meine Klavierlehrerin und an einen alten Freund geschrieben.«]
Keine Ansichtskarte! Ich würde gerne wieder eine bekommen, selbst mit »Molts records!«. Ich weiß nicht, warum.

19. August, Edgemere
Heute morgen haben wir wie üblich gefrühstückt, als Mama weggegangen war, aber das Besondere an diesem Frühstück war eine lange Diskussion zwischen Thorvald, Charlie und mir, die bis zum Schluß der Geschirrspülerei dauerte. Es fing an mit den Politikern, den Emigranten und ging bis zu Einzelnen. Ich will nicht noch einmal von vorne anfangen und werde deshalb nur die Fakten aufschreiben: Charlie sagt, ich wolle wie alle Idealisten die Welt reformieren. Thorvald ißt und sagt nicht viel, und ich, ich denke, daß Charlie so realistisch wie nur möglich ist.
Ich sprach von den Armen, und da hat er mir eine häßliche Sache erzählt: ihr Mangel an Dankbarkeit. Er erzählt, daß seine Mutter über Beziehungen einmal einem Gefangenen Familienanschluß ermöglicht hat, sie hat seinem Sohn eine Erziehung zukommen lassen, hat die Mutter zu sich genommen, und während sie auf Reisen war, hat diese Frau ihr Dutzende von Dingen im Haus gestohlen. Da sage ich Charlie, daß für diese Frau die Barmherzigkeit zu spät gekommen war und daß das Unglück sie abgehärtet und für die Dankbarkeit unempfindlich gemacht hatte, aber daß dies nicht immer der Fall sei. Und Charlie führte hartnäckig seine grausame und häßliche Theorie fort, die so schrecklich menschlich und wahr ist; aber ich ändere meine Theorie nicht, die nach Charlies Meinung »keine Logik, nur Mitleid und Empfindsamkeit mit viel zu viel Ideal« in sich hat. Das sind seine Worte.
Er hat mich nicht überzeugt, und ich ihn auch nicht, aber er hat in meinem Kopf eine große Verwirrung gestiftet, denn seine Art zu denken ist die der weisen alten Leute, die durch die vielen Jahre der Erfahrung runzelig geworden sind. Sollte er etwa zufällig recht haben?
Außer den Kochtöpfen habe ich heute noch den Herd geputzt, und ich war von Kopf bis Fuß schwarz vor Dreck. Und meine Hände!
Das Traurigste an der ganzen Geschichte ist, daß es nur einen ganz kleinen Unterschied gab, als ich fertig war. Gewiß, ich

hatte nicht die Hoffnung, daß der Herd von Schwarz auf Weiß übergehen würde, weil diese dreckige Farbe nun mal seine Farbe ist, aber ich dachte, er würde richtig glänzen.
Beim Essen fehlte Salz im Reis und im Kraut, aber zum Ausgleich waren die Kartoffeln und der Nachtisch gut. Heute abend hat Mama mich gerade über das morgige Menü unterrichtet; sie sagte mir, sie sei zufrieden mit mir und erzählte mir, aus welchen Gründen sie aus 158 W. 75 flüchtet. Das sind Geschichten, wie sie Charlie vermutlich mag, es ist das unerträgliche Leben, das die Pessimisten entdeckt haben, es ist die häßliche Seite der Nacht, es ist die Art von Ereignissen, die die Träume vernichten, es sind die Dinge, die zu glauben ich mich weigere. Wozu sie aufschreiben? Das würde bedeuten, über die armen Leute Schlechtes reden, die womöglich bessere Menschen sind als ich, und über die ich nicht urteilen kann, aber deren Handeln meine Wut und meine Entrüstung verursachen, weil es meiner geliebten Mama soviel Sorgen und Kopfzerbrechen macht. Ich werde vielleicht noch schlimmer sein als sie, aber zumindest störe ich Mamas Frieden nicht.
Joaquinito schreibt:
»Today Aruther has left me but I'm glad to say he will be back next Sunday. After my breakfast I went to see a ballgame witch at the end the score was 3 to 7 my brothers side lost.
Afterwards I found an old boat that was floating in a big pond I took a long branch and got the boat and then got in I pushed myself out then I paddled around the pond till my sister called me in for lunch was ready. When I finished my lunch I went to a boy's house and got some other boy's and had a game of baseball in witch my side won by 6 to 9.
Then my mother came home and we had supper after supper I played cards with another boy when we got tired of cards we played broadjumping; my mother called me in then I wrote, then went to bed.«
[»Heute hat mich Arthur verlassen, aber zum Glück kommt er nächsten Sonntag wieder. Nach dem Frühstück habe ich mir ein Baseballspiel angeschaut, das mit 3 zu 7 ausgegangen ist; die Mannschaft meines Bruders hat verloren.
Danach habe ich ein altes Boot entdeckt, das auf einem großen Teich schwamm; ich habe einen langen Ast genommen, habe das Boot herangezogen, bin hineingestiegen, habe mich vom Ufer

abgestoßen und bin auf dem Teich gepaddelt, bis meine Schwester gerufen hat, weil das Mittagessen fertig war. Nach dem Essen bin ich zu einem Jungen gegangen und habe noch ein paar andere Jungen geholt und wir haben Baseball gespielt; meine Mannschaft hat mit 6 zu 9 gewonnen.
Danach ist meine Mutter nach Hause gekommen, und wir haben zu Abend gegessen; danach habe ich mit einem Jungen Karten gespielt. Als wir keine Lust mehr hatten, haben wir Weitsprung ohne Anlauf gespielt, meine Mutter rief mich, dann habe ich geschrieben, dann bin ich ins Bett gegangen.«]

Eines der Dinge, die für Joaquinito sehr typisch sind, das ist die Geschwindigkeit, mit der er alles erledigt. Den ganzen Tag läuft er ununterbrochen und rastlos von einer Beschäftigung zur anderen, und danach, wenn er schreibt, tut er das genauso, ohne abzusetzen, um einen Punkt oder ein Komma zwischen seine Sätze einzubringen; genauso handelt er, und alle die ineinander verstrickten Worte erinnern an die Art, wie er die Dinge tut. Die Rechtschreibfehler sind so schlimm wie meine, und solange seine Eintragungen so kurz und bündig und so lustig sind, werde ich sie sorgfältig abschreiben. Wenn er mit Schreiben fertig ist, will er immer wissen, was ich über dieses oder jenes denke, und es macht mich ganz glücklich zu wissen, daß er immer an mich als einen Blaustrumpf denkt. Und außerdem fragt er immer, ob er so viel wie ich geschrieben hat. So viel wie ich? Ich hoffe nicht, er ist zu klein, um so viel Erfahrung wie ich zu haben.

20. August
Zehn Uhr. Angesichts einer Sintflut von Strümpfen, die zu stopfen sind, habe ich doch noch genügend Mut, um mir das Tagebuchschreiben so lange zu verwehren, bis ich fertig bin.
Drei Uhr. Von zehn bis zur Mittagessenszeit habe ich gestopft. Und nun liegen alle Strümpfe ordentlich auf Mamas Bett, damit sie sie begutachtet. Die lange Schlange reicht vom Fußende des Bettes bis zum Kopfende.
Und ich frage mich noch, warum Thorvald und Joaquinito so große Löcher in ihre Strümpfe reißen. Mamas Strümpfe sind alle recht alt, recht abgetragen, weil Mama nie an sich selbst denken will, während meine fast alle neu sind und fast alle aus Seide. Allein die Strümpfe könnten die Familie schildern.

Heute morgen, nach dem Frühstück und den Betten, habe ich die Herbstblätter zusammengefegt, die bereits von den Bäumen auf den goldenen Sand fallen. Herbst! Das ist die Melancholie der Natur; man könnte glauben, es seien Tränen und Seufzer, eine wunderbare Elegie, die die Herzen der Dichter berührt. Alle Reize des Herbstes stimmen mit den letzten Zeilen des Liebeslieds überein, wenn die Liebe dahinstirbt und welkt; auch mit dem Alter und seiner sanften Traurigkeit stimmen sie überein, und alles spricht mit mir die Sprache der Traurigkeit ... Die dürren Blätter meines Herzens ...
Heute morgen, als ich harkte, glaubte ich, meine dahingerafften Illusionen zu verletzen. Sie waren so zahlreich! Sie waren wirklich wie meine Illusionen, diese goldenen, purpurfarbenen, rostroten Blätter, die der Wind vertrieb, die gerade erst ihr Nest verlassen hatten und gleich sterben sollten ... So viele Blätter! So viele Illusionen! So viele grausame Metallharken, um sie wegzuschaffen!
Aber es bleiben noch immer welche übrig. Sieh' die Bäume, die noch immer voller Blätter sind! Sieh', wie die Sonne scheint! Hör' die Stimmen des Sommers, die noch sehr nahe klingen! Erst wenn alle goldenen Blätter weg sind, werde ich mit dem Herbstwind weinen können, weinen, so wie die Dichter und auch die Blätter weinen.
Nach dem Herbst wird dann der Winter kommen, ein richtiges, nie endenwollendes Gedicht, soviel Schönheit, die wir nicht verdienen!
Von dieser feurigen Begeisterung wurde ich inmitten einer Träumerei auf der Hängematte ergriffen, und ich glaubte, unfähig zu sein, den Eindruck dieses Augenblicks aufzuschreiben, aber nun, nachdem ich es getan habe, mußte ich einen Augenblick innehalten und träumen: Ich wurde von meinen eigenen Worten mitgerissen.
Ich schreibe noch immer auf der Hängematte. Schon lange sind alle Nachbarn mit viel Lärm und Trara zum Strand gegangen, eine große Stille liegt über allen Häuschen. In unserem Häuschen ist es zwar immer ruhig, aber heute ist es mucksmäuschenstill, weil Thorvald, Joaquinito und Charlie auch am Strand sind. Ich bin froh, daß ich alleine bin: Ich fühle mich als die Herrin des Hauses, allein mit den Bäumen, der *bay*, dem Himmel, den Ideen, einer Feder und meinem Tagebuch.

Ich habe meine Haare in der Sonne gelöst, und nun tanzen sie ununterbrochen hin und her im Wind. Manchmal fallen sie auf mein Tagebuch und bedecken das, was ich schreibe, aber ich rühre mich nicht, ich betrachte sie nur, denn ich wußte nicht, daß meine Haare so golden, so voller Licht und so lang waren. Ich kümmere mich zum erstenmal darum . . .
Aber innerhalb weniger Minuten verändert sich nun das Wetter. Ich sehe dunkle Wolken vor der *bay* aufsteigen, und manchmal ist die Sonne ein paar Minuten lang wie ausgelöscht, und dann leuchtet sie wieder auf mit weniger Glanz. Ich frage mich, ob ein Gewitter kommt, und das läßt mich darüber nachdenken, daß alles so wechselhaft ist, nicht nur die Menschen.
Zum Glück wird Mama nicht naß, auch wenn es regnet, denn Thorvald und Joaquinito werden sie am Bahnhof mit einem Regenschirm abholen. Und bis sie hier ankommt, wird das Abendessen fertig sein. Ich muß jetzt unterbrechen, damit das auch zutrifft.
Neun Uhr. Heute ist Mama etwas zufriedener zurückgekommen, die Familienkräche haben sich ziemlich gelegt, und außerdem hat sie die gute Nachricht erhalten, daß Onkel Thorvald demnächst kommt. Sobald Mama hier war, ist sie baden gegangen, und danach haben wir gegessen. An den Kartoffeln und den gelben Rüben fehlte Salz, das Fleisch war nicht ganz gar, und der Nachtisch, von Thorvald und Charlie ausgesucht, ein bißchen zu sehr ihrem schlechten Bubengeschmack entsprechend. Aber Mama behauptete trotzdem, daß ich ein Meisterkoch sei, weil es mir nämlich gelungen war, eine weiße Sauce zu machen.
Nach diesem Essen, das durch häufiges Bitten um den Salzstreuer, durch Komplimente (?) von Thorvald und durch Mamas Verteidigung gestört wurde, sind die Jungen weggegangen, und Mama und ich haben uns auf der Hängematte niedergelassen. Mama, um sich auszuruhen, ich, um sie zu unterhalten. Wenn ich mir je Mühe gebe, mein Gespräch unterhaltsam zu gestalten, es zu einer Freude für Mama zu machen, dann tue ich das in diesem Moment. Und es gelingt mir auch wunderbar. Ich bin fröhlich, alle paar Minuten komme ich auf ein neues Thema zu sprechen, und ich rede, rede, rede so lange, bis Mama gelöster wird, ihren Kummer und ihre Sorgen vergißt. So!
Heute wollte mir Charlie unbedingt weismachen, daß ich nicht einen einzigen Menschen auf der Welt finden werde wie den

Vikar in *Les Misérables* [Die Elenden] von Victor Hugo, und ich bin fast ärgerlich geworden. Soviel Realismus in einem so jungen Menschen, das ist entsetzlich. Wo ich das absolute Gegenteil von ihm bin! Einmal habe ich ihn gefragt, ob er denn bei aller Grausamkeit seiner Auffassungen wohl dasselbe von der Ehe hält wie Mama, und er versicherte mir, *das sei so!*
Ich wußte vor Entsetzen nicht, welchen Namen ich ihm geben sollte; ich tat so, als sei ich verstimmt, aber ich war ernsthaft verblüfft. Woran kann er denn noch glauben?
Mama macht sich zwar ein bißchen über die Ehe lustig, aber zum Glück ist sie der Ansicht, daß es Hunderte von Menschen gibt wie den Vikar, was ganz energisch meine Ansicht und meine Überzeugung ist; und wenn ich ihm, Charles, eines Tages meinen idealen Mann vorstellen werde, dann wird er ihn sehen, er wird *uns* sehen, wie wir Tausenden von Armen zu Hilfe kommen, ohne uns deshalb Dankbarkeit zu erhoffen: wir werden allen »Elenden« eine Chance geben, so glücklich zu sein wie wir. Dann werden wir sehen, ob die gute Behandlung und das Glück nicht alle vom Unglück abgehärteten Herzen aufzuweichen vermögen.
Ich frage mich, ob es viele Menschen gibt, die keinerlei Illusionen haben. Wie *unglücklich* sie sein müssen!
Es wird vernünftige Leute geben, die mich eine »Verrückte« nennen, aber meine Träume werde ich nie gegen ihre Vernunft eintauschen, auch nicht meine Idealvorstellungen vom Leben gegen ihre endlose Kette von Tatsachen, die vielleicht auf allzu stupide Weise wahr sind, aber allzu häßlich, oder gegen ihre unbarmherzige Meinung über unsere arme Welt.
Joaquinito schreibt:
»Today I got up, got dressed then had my breakfast I went to see a baseball game here was the score. L.L. 2/0/1/0/2 T./2/0/1/0/0/1. The L.L. team won my brother is in this team and so is my cousin Charles. I was called in for lunch after I went to the Ocean to bathe when I came back I went into the Bay.
A little while latter I went home got dressed and went to meet my mother, when my mother came home we had supper. I went to a old house and some other boys had a game of tag. I got on the top of the roof the boy who was it came up behind me and said ›Woo!!‹ I was so exiced (excited) that this is what happened.«
[»Heute bin ich aufgestanden, habe mich angezogen, dann habe

ich gefrühstückt und habe mir ein Baseballspiel angeschaut; hier sind die Ergebnisse: ... Die L.L.-Mannschaft hat gewonnen; mein Bruder ist in dieser Mannschaft und ebenso mein Vetter Charles. Ich wurde zum Mittagessen gerufen, danach bin ich zum Ozean zum Baden gegangen, und als ich zurückkam, ging ich in die Bucht.
Etwas später bin ich nach Hause gegangen, ich habe mich angezogen, habe Mama abgeholt, als Mama ankam, haben wir zu Abend gegessen. Ich bin in ein altes Haus gegangen, und ein paar andere Jungen spielten Fangen. Ich bin aufs Dach geklettert, und der, der dran war, kam hinter mir her und rief ›Huh!!‹ Ich war so erschrocken, daß folgendes passierte:«
(Hier folgt eine unverständliche Zeichnung, die viel zu kunstvoll ist, um nachgemalt zu werden.)
Ich habe Joaquinito die Sache mit den Punkten und den Kommas gesagt, aber er behauptet, das sei zuviel Arbeit. Aus diesem Grund sagt Mama, Joaquinito würde nie etwas richtig machen oder zu Ende bringen. Das ist typisch Nin.

21. August
Eines Tages sprach ich mit Mama über die Vergangenheit, und wie üblich war ich es, die Fragen stellte, und Mama antwortete. Ich wollte wissen, ob es noch etwas gibt, nachdem man geliebt worden ist, wofür es sich lohnt zu leben. Ob es eine andere große Sache gibt, wonach man sich sehnen kann, und Mama hat mir die beiden wichtigen Dinge genannt, die sie sich immer wünscht: Gesundheit und Erfolg. Nur als sie jung war, war die Liebe das Wichtigste.
Ich wollte wissen, was Mama vom letzteren, vom Erfolg hält, aber Mama sagt, daß sie nie daran denkt. Das ist mir eben wieder eingefallen, weil ich gerade wieder in der Hängematte liege wie gestern, mit offenem Haar, meine Feder in der Hand, und seit längerer Zeit schon träume ich von der Liebe zu den Büchern und vergesse dabei zu schreiben. Das muß am Zauber der Stille, der Einsamkeit liegen ...
Wenn der Wind kommt, fangen die Bäume an zu tremolieren und neigen sich unter seinem gewaltigen Hauch, und die Blätter fallen ... der Boden ist bedeckt davon. Meine Vögel singen, und genau wie in Lake Placid verspüre ich den wunderbaren Eindruck, daß dies ganze Flüstern um mich herum, diese ganzen

unendlichen Geräusche, Stimmen sind, Stimmen, die mit mir reden und die ich verstehe. Sie erinnern mich an die Erzählungen der Bücher, an die Helden und die Heldinnen . . . und ich frage mich, warum, ach warum es einen so großen Unterschied gibt zwischen dem, was ich gelesen habe und dem, was ich sehe! Die Stimmen reden und wecken meine Träume. Ich träume vom Prinzen, der mich abholen wird, und nun denke ich plötzlich auch an das, was Mama sagt. Und dann höre ich auf zu schreiben und denke nach, aber ich kann nicht mehr träumen. Ach, wie gern möchte ich die Wahrheit kennen, wissen, ob die Leute recht haben, die mir sagen, das Leben sei grausam, oder ob die Bücher mich betrügen, die behaupten, das Leben sei so, wie ich es glaube!

Die Leute, die die Antwort auf meine Frage schon zu kennen scheinen, haben alle Falten im Gesicht, graue Haare, Traurigkeit in den Augen, und man kann sie mit dem Herbst nach dem Sommer vergleichen. Sollten das die Ergebnisse der Großen Entdeckung sein, die Verwüstungen der Weisheit und der Erfahrung? Wo bleibt dann die Antwort auf meine Frage? Die Bücher lügen also; es sind die Leute wie Charles, die recht haben.

Aber ich werde trotzdem so tun als ob, auch wenn mir manchmal Zweifel kommen; meine Märchenwelt mit den Prinzen und den Prinzessinnen, den Leuten wie der Vikar, wird es immer geben . . . in meinem Herzen.

Und wenn die Falten kommen und die Haare, anstatt wie heute zu leuchten, grau werden, wenn die Traurigkeit sich auf die Augen legt, wenn der Prinz schon gekommen ist, den ich geliebt und längst werde vergessen haben wie Mama, wenn ich nichts mehr zu wünschen habe außer zwei in meinen Augen so unwichtige Dinge wie die Gesundheit und das Geld, dann, was soll's? Dann werde ich ja alle Erinnerungen haben!

Noch immer fallen die Blätter, die Sonne verschwindet, und an ihrer Stelle stehen die Wolken am Himmel, die das Gewitter ankündigen, der Sand flüchtet mit den vom Wind fortgetragenen Blättern, alles verändert sich, aber nichts kann die Landschaft in meinem Herzen verändern.

Ich lasse meine Hängematte schaukeln, mit der Begeisterung eines Dichters, der die Beschreibung seines Paradieses vollendet hat, ohne Sorgen . . .

Und ich warte auf meinen Prinzen, auch wenn die ganze Welt behauptet, daß es ihn nicht gibt!
Neun Uhr. Ich gestehe, daß ich wirklich eine kleine Linotte sein muß oder so etwas Ähnliches. Kannst Du mir das glauben? Sobald Mama kommt, laufe ich ihr entgegen; ich lasse mir kaum Zeit, sie zu umarmen, sofort frage ich: »Hast du eine Postkarte für mich?«
Und Mama antwortet immer: nein. Es tut mir so leid, keine zu bekommen, daß ich mich darüber schäme. Mama glaubt, daß ich Postkarten von Eleanor oder von Frances erwarte, aber sie kann nie die Wahrheit erraten. Mit der Zeit glaube ich, daß mir das gerade deshalb passiert, weil ich die Enric vergessen wollte.
Beim Abendessen heute war der Reis etwas versalzen, am Fleisch war zu wenig Salz, und den Mais habe ich in Salzwasser gekocht, was zur Folge hatte, daß er gelb und ein bißchen zu hart wurde. Oh, das Salz! Das ist eine geheimnisvolle Sache! Aber zum Nachtisch gab es schönes Obst, und trotz allem waren alle zufrieden. Charles sagt, wenn er einmal groß ist, wird der beste Koch von Havanna in seinen Diensten stehen, und ich habe ihm gesagt, daß er damit wahrscheinlich bezwecke, die früheren Tage zu vergessen, als er das essen mußte, was ich kochte, aber er sagte nein.
Als das Geschirr gespült war und die Jungen wie jeden Abend draußen waren, hat sich Mama wieder in die Hängematte gelegt, und um Mama zu gefallen und auch ein bißchen zu meiner eigenen Freude habe ich mein blaues Organdy-Kleid angezogen, mit dem ich so oft in der Tanzschule war; ich habe mir ein blaues Band *à la romaine* ins Haar gebunden, so wie ich das auch für die Tanzschule tue. In dieser Aufmachung habe ich wie jeden Abend mit Mama geredet. Dieses Bedürfnis, mich anzuziehen, kann ich nur damit erklären, daß ich so viele Stunden in meiner häßlichen, so furchtbar häßlichen blauen Schürze verbringe! Ach ja, ich bin wirklich eine Linotte!
Aber trotzdem, Mama sagt, daß ich ihr viel werde helfen können, wenn wir wieder in New York zurück sind. Ich glaube, daß wir Edgemere bald verlassen müssen, denn Mama wird zuviel zu tun haben, um jeden Tag hier heraus zu fahren, und sie will mich nicht allein lassen, auch wenn ich ihr erkläre, daß ich schon groß bin. Ich möchte ganz gern wissen, in welchem Alter man »groß« ist!

Ich habe mich gerade damit beschäftigt, Joaquinito zu beobachten, der mir gegenübersitzt. Er hat gerade sein Tagebuch aufgeschlagen, und nun strengt er sich furchtbar an – den Kopf auf seine Hände gestützt, den Bleistift zwischen den Zähnen – sich daran zu erinnern, was er nach dem Frühstück getan hat. Er hat mich eben gefragt, und da ich es nicht weiß, seufzt er nun tief und sagt: »Dann muß ich eben erfinden!«
Aber nein, nun erinnert er sich und fängt an, ganz, ganz schnell zu schreiben; er macht eine Pause, lediglich um zu fragen, wie man »Einladung« und »akzeptieren« schreibt.
Er steckt den Bleistift in den Mund, um blasser zu schreiben, und dieser Kleine-Jungen-Trick ist für mich so komisch! Was würdest Du sagen, wenn ich halb mit Tinte und halb mit Spucke schreiben würde? Schrecklich!
Er ist fast fertig und fragt mich wie üblich, ob er soviel geschrieben hat wie ich, und ich antworte: »Fast!«
Indessen sagt Mama alle zwei Minuten: »Joaquinito, geh' ins Bett.« Joaquinito rührt sich nicht vom Fleck und antwortet: »Noch eine Minute!«
Manchmal dauert das eineinhalb Stunden, jeden Abend. Joaquinito ist sehr ungehorsam, abgesehen von den anderen Dingen. Wenn ich hier jedoch Joaquinitos Unarten aufschreibe, so muß ich Dir auch sagen, daß Thorvald sich nach dem Essen, kaum ist er vom Tisch aufgestanden, die Taschen vollstopft mit Bananen, Brot und Bonbons, die er einen Augenblick später aufißt unter dem Vorwand, er habe »Hunger«! Ach, die Männer!
Ich stelle gerade fest, daß ich innerhalb von acht Tagen sechsundvierzig Seiten geschrieben habe. Aber diese Seiten sind ja so klein, und Mama ruft mich nie vor halb zehn, wenn sie nicht sogar vorher einschläft, und dann gehe ich gegen zehn ins Bett, wenn Thorvald und Charles von ihrem Besuch zurückkommen.

22. August
Oh, rate, rate mal, was ich bekommen habe! Einen Brief von Enric mit *»Molts records d'Enric«* und seiner Adresse.
Ich habe für Mama so viele Überraschungen vorbereitet, daß ich am Fuß der Hängematte saß, nicht um zu reden, sondern weil ich nicht mehr stehen konnte, zumindest glaubte ich das, als Mama sich erinnerte, daß sie einen Brief für mich hatte, und während ich ihn holen ging, dachte ich, er sei vermutlich von

Frances oder von Eleanor, aber wegen der seltsamen Art, wie mein Herz schlug, *wußte* ich, daß er von Enric war. Als ich ihn geöffnet und zweimal gelesen hatte, weil ich die Schrift nicht gleich erkannte, war ich überhaupt nicht mehr müde, nicht die Spur!

Mit dem Brief in der Tasche habe ich meinen Platz am Fuße der Hängematte wieder eingenommen: Ich war durch etwas Unerklärliches verändert. Und wo ich nun die Adresse habe, werde ich ihm, glaube ich, antworten, um ihn zu bitten, seine »Molts records« zu ändern, weil ich jetzt schon ohne Fehler schreiben kann.

Ich habe alle Dinge, die ich über den Haushalt, das Abendessen, das Putzen und die blaue Schürze schreiben wollte, vergessen. Im Augenblick kommt mir das alles so uninteressant vor.

Ich weiß nicht, ob ich morgen wie jeden Abend schreiben kann, weil Belica Tallet kommt, um den Samstag und den Sonntag hier mit uns zu verbringen, und am Abend werde ich wahrscheinlich mit ihr ins Kino gehen. Mama hat uns das beim Abendessen angekündigt, zusammen mit Elsie de Solas Besuch am Sonntagnachmittag, und zum Spaß habe ich gesagt: »Ein Unglück kommt selten allein!«

Neulich habe ich bei Tisch auch eine Art Sprichwort erfunden, und alle haben geglaubt, ich hätte es irgendwo gelesen; darüber hatte ich große Lust zu lachen.

Es ging um die *profiteers* [Profitmacher], und ich habe gesagt: *»Every man is safe according to his size.«* [Jedermann ist seiner Größe entsprechend in Sicherheit.] Damit will ich Dir zeigen, daß ich noch immer gut gelaunt bin. Vielleicht wird sich mein Charakter zum Guten verändern, und ich bin sicher, daß die ganze Familie entzückt sein würde. Heute habe ich angefangen, Mama die Sache zu erzählen über das Glück der Leute, die arbeiten, und Mama hat den Satz mit einem Lächeln beendet. Das Glück ist wirklich ansteckend.

Mama sagt, wir würden von hier weggehen, wenn ich es will, ich soll ihr sofort sagen, wenn ich mich langweile, und ich gebe ihr immer die gleiche Antwort: »Ich werde den ganzen Winter hierbleiben und langweilen tu' ich mich nie.«

Joaquinito schreibt:

»I had breakfast and went to Far Rockaway with my sister and bought a hammer and a pair of hinges, we came back and had

lunch, I went to the Ocean and when I came back my mother came home.«
[Nach dem Frühstück war ich mit meiner Schwester in Far Rockaway und habe einen Hammer und zwei Scharniere gekauft, wir kamen wieder nach Hause und haben gegessen. Ich bin zum Ozean gegangen, und als ich zurückkam, kam meine Mutter nach Hause.]
(Hier hört Joaquinito auf, weil es ihn *langweilt* zu schreiben, er will lieber Karten spielen.)
Du hast die Ehre, meinen Brief aufzubewahren, es ist eine meiner erfreulichen Erfahrungen . . .

Montag, 25. August, Edgemere
Ich kann nicht richtig erklären, was mit mir los ist, aber ich habe meine Begeisterung, meine Energie, meine Fröhlichkeit verloren. Das kommt alles davon, weil ich nicht sehr viel Mut habe letzten Endes, und ich kann nicht lange »weise« sein.
Nein, heute hatte ich nicht genügend Mut, um während der Arbeit zu singen oder zu lachen. Wenn man bedenkt, daß es in einem so kleinen Häuschen so wenig Arbeit gibt! Und trotzdem bin ich so furchtbar müde, daß ich deshalb traurig bin. Weil Mama es nicht weiß, will ich ein bißchen hier hineinschreiben, damit es vorübergeht. Ich weiß, daß ich meine Erschöpfung nach und nach vergessen werde, wenn Du mir erlaubst, so zu schreiben, ohne darauf aufzupassen, was ich sage.
Es ist erst acht Uhr, und ich will noch nicht ins Bett gehen; das wäre ein Geständnis, und Mama würde sich Sorgen machen.
Der Samstag ist so verlaufen, wie ich dachte. Ich habe mich völlig darauf konzentriert, Belica zu zerstreuen, die so nett ist und die ich so gern mag. Am Nachmittag waren wir am Strand mit Tante Antolina, Marraine und Antolinita, die ebenfalls den Tag hier verbracht hat. Aber meine Tante ist sehr bald wieder weggefahren, während Belica und ich im Kino von Far Rockaway waren. Zuerst haben wir eine kleine Freundin von Belica in einem Kloster besucht, und sie hat mir unglaublich viel über ihr *homesickness* und ihre untröstlichen Tränen erzählt, weil sie sich so allein fühlt. Sie sagte, sie hätte Angst, im Kloster krank zu werden, weil sie dann in einem Zimmer allein bleiben müßte und der Wind nachts um die Fenster pfeift. Während sie sprach, konnte ich in ihren Augen die wirkliche Traurigkeit, die Schüch-

ternheit, die Furcht vor der Einsamkeit und ihre Träume lesen. Während Belica mit einer Nonne sprach, erzählte sie mir, wie sehr sie sich danach sehnt, aus dem Kloster herauszukommen, um das Leben kennenzulernen und »vor allem, vor allem«, sagte sie, »die *romance*, die Liebe ...« Noch nie war ich so beeindruckt von einem neuen Aspekt im Wesen der jungen Mädchen, der mir absolut unbekannt war, und ich war ziemlich entrüstet.
Am Sonntag sind Elsie de Sola und ihre Mutter gekommen und nach dem Abendessen wieder gegangen. Elsie hat sich sehr verändert, und zwar zum Positiven. Mir scheint, daß sich alle jungen Mädchen verändern, und immer zum Positiven. Es ist ihr gelungen, meine Aufmerksamkeit wieder zu wecken, die während ihres Gespräches wirklich sehr weit abgeglitten war, als sie mir erzählte, daß sie gerne reitet. Ihr Besuch hat unser – Mamas und mein – goldenes Vorhaben über das Häuschen in Kew sehr gefördert, weil sie dort leben.
Sehr früh heute morgen, zusammen mit Mama, ist Belica wieder gegangen. Und nun ist nach dem Lunch auch Charlie gegangen; er wird nur ab und zu wiederkommen, so wie Antolinita. Also sind wir jetzt nur noch vier. Mama ist Papa und Mama zugleich, Thorvald und Joaquinito sind die Kinder, und ich bin das Mädchen für alles. Jetzt verstehe ich auch, warum die Dienstmädchen nicht viel zu lachen haben, wenn es Besuch gibt: Sie sind zu erschöpft.
Einmal, habe ich Dir gesagt, werde ich hier alle meine Fehler aufschreiben (ich habe ja so viele!), aber damit es nicht eintönig wird, werde ich sie mit den Komplimenten vermischen, die ich bekomme, wenn ich welche bekomme. Daran erkennst Du, daß ich manchmal gute Ideen habe, weil die Komplimente meist nur aus reiner Höflichkeit gemacht werden, und ich glaube nie daran, also kann ich gar nicht hochmütig sein, selbst wenn ich es versuche.
Elsie hat gesagt, sie hätte den ganzen Tag meine Hände beobachtet und ... ach, verflixt! Das ist so schwierig zu erklären, aber ich versuch's. Also, angeblich gibt es eine Tante von Papa, deren Hand nach dem Tod durch einen Bildhauer der Nachwelt erhalten blieb. Und Großvater hat sehr schöne Hände und Papa auch; »Nin«-Hände; und nun habe ich das Glück, ohne es zu wissen und ohne es zu wollen, die Hand oder besser, die Hände der Nin, geerbt zu haben. So ist das mit dem Erben!

Als sich die Unterhaltung erst einmal auf die Vorfahren eingespielt hatte, wollte sie kein Ende mehr nehmen, und ich habe erfahren, daß ich meine mandelförmigen Augen auch von den Nin geerbt habe usw. usw. Das heißt soviel wie: die Bewegungen, die Gangart, den Ausdruck.

Ich möchte so gerne wissen, was ich von Mama geerbt habe, aber ich fürchte, das ist zuviel verlangt, denn Mama war so schön, so schön, und ich muß mich mit einer sehr realen Ähnlichkeit begnügen: Ich bin nur die Tochter von ... von *katalanischen* Vorfahren.

O Wunder! Jetzt habe ich gelächelt ... und wie die Sonne nach dem Regen wiederkehrt, so bin ich wieder froh und habe meine Müdigkeit vergessen. Es ist wirklich komisch zu sehen, wie Anaïs Nin Anaïs Nin zerstreuen kann, wo doch keine von beiden auch nur die geringste Spur von Humor hat!

Ach, geliebtes Tagebuch, wenn Du diesen Reiz und diese Macht, die Du auf mich ausübst, immer bewahren könntest, dann würde ich nie erfahren, was Langeweile oder Einsamkeit bedeuten, und so könnte ich immer guter Laune bleiben.

Es ist schon Viertel vor neun, und Mama schläft ganz ruhig, aber ich will noch nicht ins Bett gehen!

Ich habe mich soeben an meine letzte Unterhaltung mit Charlie heute morgen erinnert, immer über das gleiche Thema, das wir nicht abschließen können. Es ist wirklich lustig, gemeinsam mit Charlie Gedanken auf den Grund zu gehen, denn er unterzieht sie immer den scharfen Röntgenstrahlen seiner Logik. Einmal hat er mir aber gesagt, anläßlich eines anderen Gespräches, er verstehe nicht, wie ein schöner Mann eine häßliche Frau oder umgekehrt heiraten könne, ein ungebildeter Mann eine gescheite Frau usw. Aus den tiefsten Tiefen meines Kopfs, aus einer Stelle, von der ich vermutlich noch nie etwas herausgeholt hatte, da ich noch nie an Heirat, nur an die Liebe gedacht hatte, kramte ich meine Antwort hervor: Ich sagte ihm, daß ich glaube, daß man in der Ehe fast immer den Gegensatz sucht; es ist sehr natürlich, daß man etwas sucht, was man selbst nicht hat, ob das nun gut ist oder schlecht.

Aber für mich selbst, in meinem tiefsten Innern wußte ich, daß dies nicht die Überzeugung ist, nach der ich leben werde. Was ich gesagt habe, bedeutet nicht, daß ich einen sehr schönen Mann haben will, weil ich häßlich bin, denn das zählt für mich

überhaupt nicht, aber ich möchte gern, daß er mir in seinem literarischen Talent und seiner Intelligenz überlegen ist und vor allem, daß er ein Idealist ist, daß er mein Träumen duldet, daß er das andere Leben verstehen kann, das so schön ist, von dem so viele Leute sich weigern zu glauben, daß es dem realen Leben gleich ist; und ich möchte, daß er viel Glauben in die armen Leute dieser armen kleinen Welt hat!
Ach, ich sage immer so viel Torheiten, wenn ich von meinem Schatten rede. Gute Nacht!

26. August
Ich bin mit Thorvald am Strand. Es ist ungefähr zwei Uhr, und wir haben vor, den Nachmittag hier zu verbringen. Zu Hause ist eine große, dicke Frau, die die Wäsche gewaschen hat und das Häuschen gründlich putzt, da konnte ich in aller Ruhe weggehen, denn bis ich zurückkomme, ist alles ganz sauber. Da Thorvald mit anderen Jungen spielen gegangen ist, bin ich allein; ich bin ganz froh, daß ich mit meinem Tagebuch hierher gekommen bin. Es sind sehr wenig Leute am Strand, und ich sitze gemütlich in der Sonne mit offenen Haaren und habe große Lust zu träumen.
Der Brief und die Karte von Enric wären beinah auf Nimmerwiedersehen weggeflogen, aber ich habe sie rechtzeitig wieder eingefangen. Alles um mich herum fliegt weg, der Wind wird immer stärker. In meinem Tagebuch sammelt sich Sand an, und alle Schatten des Strandes flüchten, während jede Familie hinterherläuft. Aber nun ziehen plötzlich Wolken am Himmel auf, und ich warte nur noch auf Thorvald, um vor dem Regen wegzugehen. Der Strand leert sich immer mehr.
Ich bin allein mit dem Sand und dem grauen Meer. Der Himmel ist sehr, sehr dunkel, ich würde am liebsten immer hier bleiben. Alles erscheint mir so schön!

28. August
Gestern war ich in New York. Mama hat mich allein in die Geschäfte gehen lassen, und ich habe mir einen kleinen schwarzen Samthut ausgesucht, passend zu meiner Jacke. Ein Paar ganz einfache schwarze Schuhe, und das ist alles. Mittags habe ich mit Charlie und Antolinita im Haus 158 gegessen, das mir furchtbar trostlos und sehr verändert vorkam. Meine Kusine wollte, daß

ich über Nacht dableibe, damit wir am anderen Tag reiten gehen könnten, aber ich wollte so sehr, so sehr aus dem dunklen, seltsamen Haus flüchten in das sonnige kleine Häuschen am Meer, daß ich gleich auf dem Weg zurück vom »Hippodrome«, wo wir alle drei waren, Mama aufgesucht habe, und wir haben uns beeilt, um rechtzeitig zum Zug zu kommen. Antolinita glaubte, sie könnte mich mit diesem Gedanken reizen, aber das Reiten war genau das, wozu ich am allerwenigsten Lust hatte, entweder aus Laune oder aus Linotterei (abgewandelt von Linotte!).
Als wir zurück waren, haben wir schnell das Abendessen zubereitet; es gab keine Zwischenfälle, außer daß sich Thorvald auf ein Dutzend Eier gesetzt hat. Thorvald hatte die Betten gemacht; fast alles falsch herum und alles war in großer Unordnung. Aber von einem Jungen kann man nicht mehr erwarten, wie Mama immer sagt.
Heute ist Thorvald an der Reihe und geht in die Stadt, um sich auf die Schule vorzubereiten, die bald, zu bald wieder anfangen wird. Wir haben trotzdem beschlossen, den September hier zu verbringen, und danach werden wir sehen.
Ich war so zufrieden und fröhlich mit meinen neuen Schuhen und meinem neuen Hut, daß ich ein schlechtes Gewissen hatte und Mama gefragt habe, ob ich zu »extravagant« sei. Mama sagte, »meine Extravaganz würde sie außerordentlich beunruhigen«. Aber sie hat das auf so witzige Art gesagt und danach hinzugefügt, ich sei eine Linotte, daß ich glaube, daß Mama nicht der Ansicht ist, ich sei zu extravagant. Ich hätte es sowieso wissen sollen, daß Mama mir nie glaubt, wenn ich ihr die Wahrheit sage, also hätte ich gar nicht fragen sollen.
Meine heutigen Beschäftigungen waren nicht sehr ausgefallen. Aber ich habe hübsche weiße Muscheln in meinen Sandgarten getan und an Cuca geschrieben. Hier kann ich es ja schreiben mit dem Vertrauen, das diese Seiten immer in mir wachrufen: ich habe entdeckt, daß ich nicht gern, aber auch gar nicht gern an Cuca schreibe. Wenn ich an Cuca schreibe, sehe ich sie vor mir, beeindruckend durch Vernunft und gesunden Menschenverstand und so anders; und ich bin so sicher, daß sie nichts von den Dingen und den Gedanken versteht, die mein ganzes Leben ausmachen!
Dann bemühe ich mich halt und schreibe etwas künstliche

Briefe, von denen sich Frances, wenn sie sie zu Gesicht bekäme, niemals vorstellen könnte, daß sie meiner Feder entsprungen sind. Und wenn ich an Frances schreibe, höre ich nur auf, um Papier zu sparen oder vielmehr, um sie nicht zu ermüden. Cuca wird die Welt der Phantasie nie erkennen können, das ist zu hoch für sie; wieviele Dinge bleiben ihr für immer fremd!
Vielleicht sieht es auch Charles nicht; ich glaube aber, daß ihm die Bücher diese Tore geöffnet haben und er ist eingetreten, aber er glaubt nicht daran, und das ist genauso traurig, wie wenn man es niemals sieht ...
Wir haben ein außerordentliches Dessert gehabt, vier köstliche kleine Törtchen, die man dänisches Gebäck nennt. Bevor wir sie gegessen haben, beschlossen wir zum Spaß, was uns daran am liebsten ist: Thorvald die einsame rote Kirsche, die den *pie* verzierte, Joaquinito die süßen Rosinen, Mama die Heidelbeermarmelade in der Mitte. Für mich blieb das Törtchen an und für sich und die Sauce: aber mir ist die »Schönheit« des Desserts tausendmal lieber als der Geschmack. Natürlich haben alle gelacht. Manchmal lacht meine ganze Familie über Dinge, die ich ganz ernst meine. Es ist so komisch, wie sie sich täuschen. Ich erzählte, wie ein armes Mädchen aus meiner Klasse es fertigbrachte, fünf Cents, die man ihr gegeben hatte, auszugeben, ohne sie je zurückzuzahlen. Zuerst bat sie zum Beispiel mich darum, am anderen Tag bat sie Eleanor darum, um sie mir zurückzuzahlen, am Tag danach Dorothy, um die Schulden bei Eleanor loszuwerden, und auf diese Weise machte sie die Runde in der Klasse. Wenn dann kein Mädchen mehr übrig war, verschwand sie so lange, bis die unglückliche Letzte vergessen hatte, daß sie ihr fünf Cents geborgt hatte. Alle fingen an zu lachen, aber schließlich war das ja eine traurige Geschichte ... für das Mädchen, das zuletzt an der Reihe war!
Oh, mein geliebtes Tagebuch, das Beste behalte ich für die letzte Seite. Vorsicht! Ich werde wieder einmal die Eintönigkeit der Laster und der Tugenden durchbrechen. Eines Abends sprach ich mit Mama über die drei Dinge, worüber sie immer lacht (siehe weiter hinten), und ich sagte unter anderem zu Mama, daß ich häßlich bin usw. Da zwinkerte Mama, lächelte und sagte einige Minuten lang gar nichts; dann meinte sie: »Mädelchen, du bist überhaupt nicht häßlich, es wird immer besser mit dir, du wirst immer hübscher!«

Das sind Mamas Worte. Aber sie zählen nicht, weil sich Mama immer täuscht, wenn sie von mir spricht. Ich glaube, sie sagt immer das, was sie gerne hätte, daß ich es bin oder sage oder weiß. Das ist ganz anders, ganz, ganz anders!
Diese Seite zählt nicht, also – auswischen, auswischen!
Ich vermute, ich sollte Dir erzählen, was ich im »Hippodrome« gesehen habe: die tanzenden Elefanten, eine Szene, wo alle Feen, Helden und Heldinnen aus den großen, großen Büchern hervorkommen, die Lieder und die Tänze; die Clowns und die Pferde, die so geschickt sind; die Goldene Stadt mit lauter goldenen Kulissen und in Gold gekleideten Leuten, mit einem großen See in der Mitte, auf dem viele kleine Schiffe schwimmen, und andere sehr phantastische, sehr hübsche Dinge. Immer, wenn ich ins Theater gehe, habe ich eine unwiderstehliche Lust, Schauspielerin zu werden. Aber ich vermute, daß dies geschieht,

weil ich eine Linotte bin, dann tröste ich mich, sobald ich nach Hause komme, indem ich alle Dinge, die ich gesehen habe, nachmache. Joaquinito ist immer ein sehr begeisterter Zuschauer, der ganz allein so laut applaudiert wie ein Riesenpublikum. Das ist sehr nett von ihm.
Genug mit den Torheiten für heute! Gute Nacht!

31. August 1919
Am Freitag abend hat mich Mama ins Bett gesteckt, weil ich

wirklich krank war, und ich habe Mama die Geschichte mit dem Schmerz in der rechten Seite erzählt. Danach hatte ich eine sehr, sehr schlechte Nacht, in der ich ständig mit offenen Augen dalag, und der Schmerz war immer da. Aber am anderen Morgen beim Aufstehen war ich wieder gesund.

Es war Mamas Namenstag. Und da ich Freitag trotz Kranksein das Häuschen gründlich geputzt hatte, konnte Mama sich nicht überanstrengen. Es war ein entzückender Tag. Während ich eine Geschichte schrieb, hat Mama Meringen und Schwimmende Inseln* gemacht. Thorvald und Joaquinito sind erst zum Abendessen gekommen und hatten viele lustige Geschichten zu erzählen. Am Abend waren wir dann im Kino bis halb zehn, und da hat es angefangen zu regnen. Ich habe mich sehr gefreut, ins Kino zu gehen, allein deshalb, weil ich meinen kleinen schwarzen Samthut mit der gestickten roten Rose und meine schwarze Jacke anziehen konnte, was wunderhübsch zusammenpaßt und mir so gut steht. Dies ist ein Beweis meiner Extravaganz.

Da ich keinen eigenen Cent hatte, habe ich für Mama zum Namenstag ein Täschchen gemacht, um die *clothespins* [Wäscheklammern] reinzutun. Ich habe etwas Komisches draufgezeichnet, und um mich zu trösten, hat Mama es hübsch und vor allem nützlich gefunden.

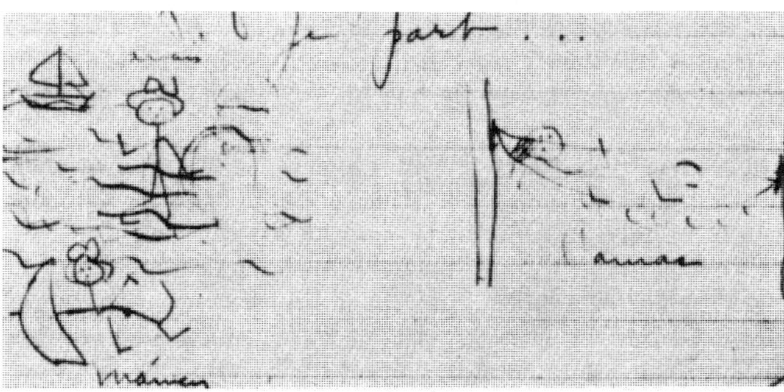

Heute waren wir alle zusammen in der Kirche. Mama schien sehr nachdenklich und besorgt. Auf dem Rückweg hat sie uns gesagt,

---

* Klassiker unter den französischen Desserts: Eierschneebällchen in Vanillesauce. D. Ü.

sie hätte versprochen, eine kleine Kirche in Kew Gardens zu bauen, wenn sie im Oktober das gute Geschäft macht, mit dem sie rechnet. Nach dem Lunch waren wir am Strand; die Wellen waren so hoch und demzufolge das Baden so angenehm, daß wir erst zum Abendessen zurückgekommen sind.
Wochentags essen wir in der Küche, aber da heute Sonntag ist, haben wir das Eßzimmer benützt. Entweder wegen des ruhigen, geordneten Lebens, das wir führen, oder wegen unseres Charakters sind wir immer guter Laune.
Ich wußte schon immer, daß Thorvald einen ganz amerikanischen, nicht zu unterdrückenden Sinn für Humor hat und Joaquinito auch ein bißchen; Mama konnte ihn nie finden, diesen Sinn für Humor, wenn sie keine Zeit hatte, aber ich? Es ist undenkbar, unerhört! Ich bin wirklich komisch!

Mama und ich gehen ins Kino, sie holt mich in ein paar Minuten ab. Sie ist gerade Grundstücke besichtigen gegangen; sie will ein Häuschen nach ihrem Geschmack bauen, etwas einsam und so nah wie möglich an der *bay*.
Ich gehe . . .

Montag, 1. September 1919
Es ist ein Nationalfeiertag heute, und Mama ist bei uns geblieben. Wir haben den Haushalt gemacht.
Joaquinito zeichnet tausendmal besser als ich, aber manchmal zeichne ich auch besser als das hier. Ich erlaube Dir, mich auszulachen.
Gestern nachmittag habe ich eine kurze Geschichte geschrieben. Plötzlich kommen mir viele Ideen, völlig unerwartet; ich habe sie mit Freuden aufgenommen, denn sie kommen nicht oft. Als die Geschichte fertig war, habe ich mich damit beschäftigt, sie sorgfältig abzuschreiben. Am Abend bin ich eingeschlafen und habe geträumt, ich hätte sie zu einem Verleger gebracht, vor dem ich sehr Angst hatte und der mir sagte, das sei nicht das Beste, wozu ich fähig sei. Und nun hat mich dieser Traum heute so verfolgt, daß ich eine neue Geschichte geschrieben habe, eine viel bessere. Ich bin ein ganz klein wenig entmutigt, weil ich eher wie ein Kind schreibe, nicht wie eine Dame, und davon komme ich noch nicht los.
Ich habe nur ein Ziel: Sobald ich nach New York komme,

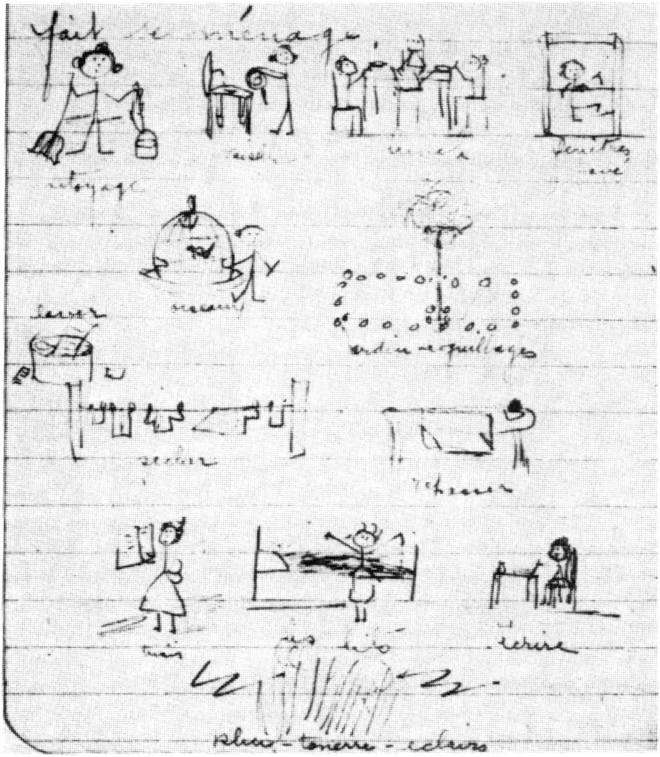

schreibe ich meine Geschichte mit der Maschine, und dann werde ich meine ganze Feinfühligkeit und vor allem meine Angst, mich lächerlich zu machen, beiseite legen und wirklich diesen furchtbaren Verleger aufsuchen. Ach, ich muß unbedingt Mama helfen! Ich sehe schon im voraus, wie diese hohen Herren, die so vieles wissen, sarkastisch lächeln werden, wenn sie meine Erzählungen lesen; ich sehe schon, wie ich vor Scham im Erdboden versinken möchte. Aber nein, was soll's, ich werde es trotzdem versuchen. Vielleicht werden sie meine sechzehn Jahre berücksichtigen, vielleicht werden sie verstehen, warum ich meine Geschichten so gerne verkaufen möchte, sei es auch nur für zehn Cents. Ich werde mir den Monat, den wir hier noch

verbringen werden, zunutze machen und schreiben, immer besser schreiben, immer, immer besser.
Es ist merkwürdig, wie plötzlich dieser echte Ehrgeiz aufgeflammt ist; seit langem habe ich nur noch Tagebuch geschrieben; die Hoffnung, eines Tages eine Autorin zu werden, hatte ich mehr oder weniger aufgegeben. Vor allem war ich über mein Französisch so traurig, aber nun habe ich das Englische zur Verfügung, ich kann es besser schreiben als jede andere Sprache! Außerdem befinde ich mich hier im riesigen Land der tausend Möglichkeiten, ich kann es zumindest versuchen. Welche Begeisterung verbindet sich mit diesem ehrgeizigen Traum, welche Hoffnungen!
Ich habe nie Unterricht genommen, um Geschichten schreiben zu lernen, ich war nicht viel in der Schule; ja, ich bin manchmal recht entmutigt; es gibt Dinge, die mich an meiner Karriere zweifeln lassen, aber dann gibt es auch wieder diese unerklärliche Sache, mit der ich geboren wurde: man lernt nicht zu schreiben, es entsteht, und nach und nach wird die Erfahrung, die ich sammle, mir alles beibringen, was mir fehlt.
Aber es gibt eine Sache, die mich sehr nachdenklich macht. Wenn ich meinen Brüdern vorlese, was ich geschrieben habe, dann machen sie sich lustig darüber; Mama hört gar nicht richtig zu und ihre Begeisterung ist höchst zweifelhaft, ich weiß nicht, was ich denken soll; ich werde nach vorn streben und nur mit meiner eigenen *confidence* [Selbstvertrauen] rechnen müssen; was soll ich also tun, ich habe überhaupt keine eigene *confidence*! Vor allem gibt es so große Unterschiede zwischen Frances' und meinen Geschichten! Im Vergleich zu ihr bin ich sehr schwach. Ich könnte genauso gut Gedichte schreiben mit meinen Geschichten, sie sind so lyrisch und nur erfunden. Und wenn ich etwas schreibe mit der Absicht, die Leser zu belustigen, da versteht es keiner und alle bleiben ganz ernst.
Was hältst Du davon?
Es ist traurig, aber wahr: wenn ich kein guter Blaustrumpf werde, muß ich womöglich heiraten, weil ich nichts anderes kann. Wenn ich daran denke, daß ich eines Tages meinen Unterhalt selbst verdienen muß, sehe ich mich so klein, so winzig klein und schwach.
Ich habe einmal gelesen, daß die Leute, die der Welt entfliehen, es aus Verbitterung, Gleichgültigkeit oder Empfindsamkeit tun.

Ich habe zu viele Illusionen, um verbittert zu sein; gleichgültig bin ich nur, wenn ich meinen Anfall habe, also hat mein Abstand mit der letzten Sache zu tun. Deshalb also flüchte ich vor dem Leben, ein wenig. Nicht aus mangelndem Mut, aus Angst vor dem Leiden, überhaupt nicht, aber es gibt so viele kleine Einzelheiten, die meine Empfindsamkeit immer aufwühlen, und die gibt es nur im wirklichen Leben, im harten, unverständlichen, egoistischen Leben, das ich manchmal ganz aus der Nähe erfahre trotz der Festung von Idealen, die ich mir gebaut habe. Immer wenn ich Dir in dieser Stimmung etwas vom Heiraten erzähle, dann deshalb, weil die Ehe in meinen Augen etwas Großartiges, Ideales ist; mir kommt es vor, als bedeute es, daß ich das Allerbeste an mir dem Schutz, dem Edelmut, der Größe eines Mannes übergebe. Es ist ein sicherer Schutz vor dem Sturm, eine Vereinigung, die unseren Glauben an das Glück festigt. Wenn dieser Glaube manchmal verwelkt oder traurig ist, dann deshalb, weil der Mann oder die Frau das nicht verstanden haben, es nicht verstehen.
Dies ist noch eines meiner Luftschlösser ... das aber nie zusammenbrechen wird.

Trotzdem vergleiche ich immer meine Blaustrumpf-Karriere mit einem Sieg und das Heiraten mit einer Niederlage. Es wäre so schön, so wunderbar, wenn ich mich für mein eigenes Glück

nicht auf einen Mann verlassen müßte! Mama hat von dem männlichen Geschlecht eine so schlechte Meinung, und selbst bei meinen Brüdern lohnt sich eine Studie des ungeheuerlichsten Egoismus, obwohl sie auch Vorzüge haben.
Oh, ich habe eine neue Idee über meinen Schatten. Er könnte ein großer Schriftsteller sein, und ich würde ihm ein bißchen helfen bei den phantastischen, poetischen, erfundenen Kapiteln; ja, ich werde ihm helfen, wenn er über die Illusionen schreibt, über die Dichter und den Herbst, die Vögel, die Blumen, das Meer, wenn er gegen die Regierung schreibt, um die armen Gefangenen in Schutz zu nehmen, die Armen. Vielleicht wäre es besser, wenn ich das Buch selber schreibe, und er korrigiert es. Nein. Vielleicht würde ich mich ärgern letzten Endes, und es ist besser, wenn mein Mann ein Schuhmacher oder ein Islandfischer ist. Aber werden solche Männer Walter Scott genauso mögen wie ich? Vielleicht würden sie einschlafen, wenn ich ihnen meine Gedichte vorlese. Und dann ärgere ich mich auch!
Ach, was erzähle ich für dummes Zeug! Wenn ich an einer gewissen Art von Männern heftig Kritik übe, dann passiert mir das gleiche wie meinem Großvater und Mama, die beide immer über die Katalanen geschimpft haben, aber beide Katalanen geheiratet haben.
Zum Glück schimpfe *ich* nie über sie, also wird es mir nie passieren.
Aber warum schreibe ich denn so viel, wo ich letztlich doch ein Blaustrumpf sein werde?

Ich habe soeben eine vernünftige Entscheidung getroffen: ich werde nur noch eine Seite pro Tag schreiben bzw. soviel, bis ich die Tage, an denen ich nicht schreibe, wieder einhole. Es wird schwieriger sein, mich an diese Genauigkeit zu gewöhnen, nachdem ich immer soviel Zeit hatte, alles zu schreiben, was mir durch den Kopf ging, wo ich immer so viele Seiten am Tag vergeuden konnte, wie ich wollte. Das ist doch wirklich übertrieben!
Aber schau zum Beispiel heute abend, ich war mir selbst ausgeliefert und mußte einen Zeitvertreib finden; im ganzen Haus gibt es nur ein ganz kleines Buch zu lesen, *Othello* von Shakespeare, und ich habe es schon drei- oder viermal gelesen. Da setze ich mich halt hin und schreibe, schreibe, schreibe, so

lange, bis es Zeit ist, ins Bett zu gehen. Da fragt mich Mama, ob ich mich langweile, und ich antworte immer das gleiche, und mit Recht: »Oh, nein, ich habe viel, viel Spaß!«
Thorvald und Joaquinito führen ein ganz anderes Leben. Den armen Kindern bleiben nur noch ein paar Tage Zeit, um in Freude zu leben, denn bald beginnt die Schule, und sie genießen es noch. Um halb zehn fällt es ihnen noch nicht einmal ein, schlafen zu gehen. Mama hat Kopfschmerzen und ruht sich aus. Im übrigen regnet es. Und siehe da, unwillkürlich werde ich traurig. Alles ist so ruhig, so einsam ... Der Regen macht immer sehr viel aus, bei meiner Fröhlichkeit. Aber was soll's?
Vor ein paar Tagen habe ich etwas auf Englisch gelesen: eine kleine Geschichte, in der eine Frau vorkam, die viele böse Dinge sagte, und danach tat es ihr immer gleich leid und sie *did not mean them* [sie meinte es nicht so]. Da sagte ihr Mann, daß sie diese Dinge in ihrer Wut sagte, auch wenn sie sie nicht sagen wollte, und wenigstens einen Augenblick glaubte sie daran, sie sage sie, um ihm weh zu tun usw. usw.
Das ist auch ein typischer Zug der Familie Nin. Die Sätze, die in Wut ausgesprochen werden und denjenigen so sehr verletzen, an den sie gerichtet sind – danach tut es einem leid, aber man kann es nicht mehr ändern. Ich schreibe das, denn auf diese Weise wirst Du die Nins besser kennen, und sie haben alle einen sehr speziellen Charakter.
Gute Nacht.

5. September 1919
Wenn in diesem Augenblick jemand zu mir käme und mich nach einem Mittel fragen würde, um glücklich zu sein, dann würde ich antworten: »Flüchten Sie tausend Meilen weit von all Ihren Tanten und Verwandten!«
Merkst Du, wieviele Tage ich nicht geschrieben habe? Nur für den ersten habe ich eine vernünftige Entschuldigung, ich fühlte mich nicht wohl, ich fühle mich in der letzten Zeit fast keinen Tag wohl; aber am Tag danach war ich mit Mama, Thorvald und Joaquinito in New York. Da habe ich den Donnerstag übersprungen, weil ich fürchtete, unter dem Schock zu schreiben, den ich da erlitten hatte; andauernd die Luftschlösser, die zusammenbrechen, immer zusammenbrechen. Ich war im Begriff, auch heute noch zu überspringen, weil ich noch immer

nachdenklich und besorgt bin, aber dann habe ich schließlich gedacht, daß es sich nicht lohnt, unbewußt auf eine Meinungsänderung zu warten, die sich nie einstellen wird. Das beste wäre, überhaupt nichts zu schreiben; es würde bedeuten, unbeabsichtigt die Wahrheit zu sagen, und manchmal ist die Wahrheit ein grausames Urteil über die Fehler des Nächsten. Aber schließlich ist das *mein* Tagebuch. Mama und meine Brüder sind darin vertreten, sowie alle Leute, die ich mag, die in dem Dorf meiner Illusionen ein mehr oder minder großes Haus bewohnen. Was die anderen betrifft, so bewahre ich sie nur auf für meine Bücher; ein schönes Kapitel über das Gewühl der Tanten, Vettern und Patinnen. Diese armen Leute haben zwar *mir* nichts getan, aber sie wollen über Mama herrschen, Mama belästigen sie, Mama machen sie Sorgen, Mama strengen sie an, und die Hälfte davon würde schon genügen, um sie in meinen Augen zu Verbrechern zu machen.
Mama hat immer zu Recht gesagt, ich würde alles übertreiben. Aber meine Übertreibung gleicht eher der Begeisterung oder der tiefen Verzweiflung des Philosophen nach einer wunderbaren oder einer schrecklichen Entdeckung.
Reden wir nicht mehr davon.

Heute geht es mir auch nicht gut, aber das hat mich nicht daran gehindert, für Mamas Ankunft mit Tante Lolita und Onkel Thorvald (das sind die absoluten Ausnahmen zur Regel des »Glücks«) Vorbereitungen zu treffen. Der Garten wurde geharkt und die Muscheln neu zurechtgemacht. Das ganze Haus glänzt vor Ordnung und Sauberkeit. Ihr zukünftiges Zimmer sieht aus wie eine Puppenstube. Ich weiß gar nicht, warum es so auf mich wirkt.
Mama wollte mich zum Arzt mitnehmen, weil ich nie etwas zu Mittag esse, und wenn Mama abends da ist, esse ich so wenig wie möglich. Aber ich habe mit ihr geschmust, ich habe gebettelt und versprochen, gesund zu werden, da bin ich hier geblieben. Das ist bestimmt keine seelische Krankheit wie zuvor. Es stimmt zwar, daß ich besorgt bin, wenn Mama besorgt ist, aber es stört das Glück nur sehr wenig, das ich zur Zeit empfinde. Es gibt Augenblicke, in denen es nichts auf der Welt gibt, was ich mir noch wünschen könnte! Und das ist ein unerhörtes Gefühl. Meine ehrgeizigen Zukunftspläne trüben solche Augenblicke

nie, ich denke einfach, ich bin noch nicht alt genug, sie zu verwirklichen, und damit hat sich's.

Geliebtes Tagebuch, Du hast sicher schon bemerkt, daß ich viele recht verrückte und recht übertriebene Launen habe. Und sie werden immer befriedigt, früher oder später, manchmal auf äußerst originelle Weise.
Schon lange wollte ich gern einen Hund haben, einen schönen, großen Hund. Aber Mama sagte, daß Brüder (Joaquinito) und Hunde nicht zusammenpassen.
Nun habe ich aber alle Hunde der Nachbarschaft versammelt, die armen Tiere, denen niemand zu fressen gibt, und ich füttere sie mit den Resten unseres Essens, manchmal mit meinem Abendessen. (Einfach das Fleisch übriglassen und hinterher um Erlaubnis bitten, es dem Hund zu geben.) Sie sind dem Gesetz der Dankbarkeit alle ganz treu, im Gegensatz zu den Menschen, und vier große Hunde verschiedener Farbe folgen mir überall hin, sei es auf den Markt oder zum Strand. Da ich aber meist zu Hause bleibe und häkelnd in der Hängematte liege, setzen sie sich um mich herum, und manchmal schlafen sie in der Sonne ein. Vier Hunde!
Indessen singen meine Vögel lauthals. Zwei Launen, die wunderbar belohnt werden, nicht wahr?
Seit gestern und heute mache ich mir einen seidenen Sweater, der die Farbe des Meeres hat, wenn es eher blau ist, und es fehlt nur der Anblick der weißen Seide für den Schaum auf den Wellen, dann könnte ich glauben, ich häkle mit den Wellen! Und da meine Phantasie leicht entzündbar ist oder vielmehr immer entzündet ist, erscheint mir das Bild ganz entzückend. Während ich meinen Träumereien nachhing, kam mir der Gedanke, ich könnte diesen Sweater behalten und ihn erst an jenem Tag anziehen, wenn ...
Nein, das ist wieder eine Laune, die ich erst aufschreibe an dem Tag, an dem sie vollbracht ist. Dann kannst Du mir nur noch verzeihen.
Ich habe vergessen zu sagen, daß Joaquinito heute Geburtstag hat, er ist elf Jahre alt, und doch kann ich ihn mir nur vorstellen als eine ständige Plage, als einen Berg von Selbstsucht und Launen. Vielleicht ist Joaquinitos einziger Vorzug sein Talent, in meinen Augen, und selbst diese Hoffnung schmilzt mit dem

Beweis eines absoluten Mangels an Beharrlichkeit. Zur Feier des Tages wird Mama vermutlich einen Kuchen mit elf Kerzen mitbringen. Aber es ist erst vier Uhr, und ich weiß noch nicht, was wir danach tun werden.

Ich habe eine entzückende Art entdeckt, Geschirr zu spülen, wenn ich viel Zeit habe, wenn ich fröhlich bin und wenn niemand in der Küche ist, der sich lustig macht über mich. Während ich die Teller wasche, singe ich, und während ich sie abtrockne, rede ich mit ihnen und erzähle ihnen Geschichten. Danach müssen die Bestecke vor den Tellern eine Verbeugung machen, während ich sie aufräume, und ich brauche wohl nicht zu erklären, daß ich tanzend durch die ganze Küche wirble. Wenn alles fertig ist, mache ich eine tiefe Verbeugung wie eine Schauspielerin nach ihrem Auftritt, und ich lösche die Lichter meines Küchentheaters. Das ist verrückt, aber dann vergesse ich, daß ich in der Küche bin, und das Geschirr und das Besteck kommen mir vor wie lauter kleine Feen, für die ich die Mutter bin.

Manchmal denke ich, daß ich an die Feen glaube, weil ich sie mir so gut vorstellen kann und sie im ganzen Haus erahne. Immer, wenn wir Streit haben, glaube ich, eine traurige kleine Prozession von Feen zu sehen, die mit gesenktem Kopf das Häuschen verlassen und erst dann wiederkommen, wenn wir wieder froh sind.

Jetzt kommt mein Onkel!

Neun Uhr. Onkel Thorvald ist so, wie ich mich an ihn erinnerte, sehr, sehr lieb. Mama sagt, er ist Großpapa wie aus dem Gesicht geschnitten, und dabei denke ich, daß Mama wohl sehr stolz auf ihren Vater war.

Wir haben sehr fröhlich zusammen zu Abend gegessen; zum Nachtisch gab es Joaquinitos Geburtstagskuchen. Der kleine Teufel wurde ganz hübsch verwöhnt von allen, das ganze Haus ist voll von Spielzeug und Bonbons. Er ist so glücklich, daß es ihm sogar gelungen ist, brav zu sein.

Danach sind sie alle ins Kino gegangen, und Mama und ich sind hier geblieben, um zu häkeln und zu plaudern. Mama ist zu müde, um ins Kino zu gehen, und ich bleibe immer absichtlich bei Mama, natürlich ohne daß sie es weiß.

6. September
Heute nachmittag ist die Familie abgereist. Mama und ich haben sie zum Bahnhof begleitet, und danach waren wir am Ozean zum Baden. Als wir zurückkamen, hat uns Belica ganz unerwartet besucht; sie wird den Sonntag mit uns verbringen. Ich bin immer sehr glücklich, Belica zu sehen; sie ist sehr lieb, und in ihrer Energie und ihrer Zielstrebigkeit ist sie Mama sehr ähnlich. Zur Unterhaltung gehen wir heute mit ihr ins Kino, und wahrscheinlich werde ich morgen aus Zeitmangel nicht schreiben können. Aber ich weiß schon auswendig, was wir Sonntag alles tun werden: wir gehen in die Kirche, lesen die Zeitung, bummeln, essen zu Mittag, bummeln, essen zu Abend, bummeln wieder und dann gehen wir ins Bett.
Er ist sehr interessant, der Sonntag.

8. September
Da Mama über mein Kranksein, meine Appetit- und Schlaflosigkeit wirklich besorgt war, hat sie mich mitgenommen in die Stadt. In aller Frühe sind wir alle gemeinsam zum Zug gegangen, und Belica hat uns am Bahnhof in New York verlassen. Der Besuch beim Arzt hat lange gedauert und war mühsam. Er hat mich gründlich untersucht, denn er glaubte, ich sei lungen- oder leberkrank. Als er fertig war, sagte er, ich hätte nichts Schlimmes: ich würde mein Essen nicht richtig aufnehmen, weil ich zu nervös und unruhig sei. Er hat auch gesagt, daß der Schmerz in der Seite jedesmal auftreten würde, wenn ich mir zu große Sorgen mache, weil ich nicht sehr kräftig bin.
Nach dem Arzt haben wir Mrs. Murray besucht, die gesagt hat, Jack trage schon lange Hosen, und der Gedanke erschien mir so komisch, daß ich den Rest des Tages oft an Jack gedacht habe. Ach, ich vergesse ja etwas! Bevor wir zum Arzt gingen, waren wir zu Hause, und ich habe das dicke Bündel Briefe auf Mamas Schreibtisch untersucht. Dabei fand ich einen kleinen blauen Umschlag für mich. Diesmal habe ich die Schrift erkannt. Es war ein Telegramm von Enric mit den drei äußerst *originellen* Worten, Du kennst sie so gut wie ich. Er schreibt immer seine Adresse dazu, aber Mama hat gesagt, ich solle nicht antworten; also warte ich, bis er wieder da ist, um mich über ihn lustig zu machen.

Ich habe bei Eleanor angerufen, die in der Schule war, und bei Frances, die auch nicht zu Hause war. Danach waren wir in einem chinesischen Restaurant essen, wo der Reis so gemacht wird, wie ich ihn mache: ohne Salz. Joaquinito und ich sind in die untere Stadt gegangen, und ich habe mir eine Kamera gekauft. Danach haben wir uns an der Tür von Mc Creery's mit Mama getroffen und sind nach Edgemere zurückgefahren, wo Thorvald schon seit ungefähr drei Stunden war.
Am Abend haben wir etwas Neues gegessen, heiße *tamales* und einen famosen Schinken (natürlich nicht einen ganzen). Beides waren Geschenke der Frau des Präsidenten von Kuba, die Mama als eine ihrer Kundinnen besucht hatte.
Um Dir zu zeigen, wie wenig Mama auf ihr Äußeres achtet, mußt Du wissen, daß sie heute wegen des Besuches bei der Präsidentin zum erstenmal festgestellt hat, daß sie sich schon lange keine neuen Handschuhe mehr gekauft hatte!
Aber dieser Besuch in der Stadt macht mich mehr denn je auf die Schönheit unserer Ferien aufmerksam. Gestern war gerade einer der heißesten Tage des ganzen Sommers. Ab morgen gehen Thorvald und Joaquinito wieder zur Schule. Zuerst wollte mich Mama nicht allein lassen, aber es ist mir gelungen, sie zu beruhigen, indem ich sie zum Lachen brachte: *Mein* Hund weicht keinen Schritt von meiner Seite, und er ist sehr groß und sehr stark, wenn man ihm genügend zu fressen gibt.

9. September 1919
Heute morgen habe ich Thorvald sehr früh weggehen sehen mit seinen Büchern unterm Arm; ich habe Mama weggehen sehen mit ihrer kleinen schwarzen Ledertasche voller Geschäftspapiere; ich habe Joaquinito weggehen sehen mit seiner Mütze über den Augen, seinen zusammengebundenen Büchern und seinem Pausenbrot, und ich bin als letzte, als einzig Faule der Familie hier zurückgeblieben!
Aber ich habe keine Minute Zeit verloren, vor allem um Mamas würdig zu sein, und jetzt erst höre ich auf, sehr, sehr hart zu arbeiten. Mama hatte mir verboten, gründlich zu putzen, weil ich mich nicht »anstrengen« soll, aber manchmal muß ich einfach ungehorsam sein. Deshalb sagt Mama, ich hätte einen *besonderen Dickkopf* (Mama sagt *mir* das, aber anderen Leuten sagt sie es eleganter, sie sagt, ich sei sehr willensstark!).

Ich habe mir ein ganz, ganz kleines Mittagessen gemacht anstatt gar nichts, weil Mama gesagt hat, sie würde mich fragen, was ich gegessen habe.
Thorvald ist gerade aus seiner Schule zurückgekommen mit der guten Nachricht, daß morgen ein Feiertag sei, und ich bin glücklich, daß ich saubergemacht habe, weil sich Mama auf diese Weise vergnügen und ausruhen kann. Joaquinito ist auch zurückgekommen. Der Haufen Bücher erinnert mich an Wadleigh, und ich denke mit unendlicher Freude daran, daß ich es nicht eine Sekunde bereut habe, weggeblieben zu sein.
Neulich habe ich gelesen, daß es drei Gründe gibt, der Welt zu entfliehen: Verbitterung, Gleichgültigkeit oder Empfindsamkeit. Ich habe zu viele Illusionen, um verbittert zu sein, zuviel Mitleid und zuviel Sympathie, um gleichgültig zu sein, aber ich weiß, daß ich äußerst empfindsam bin. Manchmal habe ich den Eindruck, daß ich die Welt falsch herum sehe und daß mich deshalb Millionen von Dingen verwirren, empören, schockieren, die auf andere Leute nicht die geringste Wirkung haben.
So scheint zum Beispiel meine Vorstellung von der Religion bisher die Kehrseite einer anderen Sache zu sein, die ich nicht kenne. Religion ist für mich ganz einfach Schönheit. Das sind mal Kirchenlieder, mal Weihrauch, eine Glocke, Lichter, die anderen knienden Leute, goldene Statuen, Sonnenstrahlen auf den regenbogenfarbenen Kirchenfenstern oder die Stille der Gewölbe, wenn die Kirche leer ist, die kleine rote Flamme, die Tag und Nacht brennt, die Geheimnisse, die mich rühren, mich auf unbeschreibliche Weise aufwühlen und die meine Vorstellung von der Religion ausmachen. Ich richte mein Gebet vielmehr an das, was mir in der Kirche als das Schönste erscheint als an den Altar selbst, und was die Ideen der anderen Leute betrifft, so habe ich irgendwie den Eindruck, daß sie die Religion für eine Pflicht halten, für einen Besuch – wobei man auf Holzbänke niederkniet – oder für ein Mittel, sehr unbarmherzige, nicht sehr großzügige Handlungen wieder gutzumachen. Es gibt auch welche, die sagen, es sei ein Trost, ein *comfort* [Trost, Stärkung], und es gibt welche, die nie daran denken, die alles aus Gewohnheit machen.
Und was ich vor allem nicht verstehe, das sind die Leute, die die Worte aus einem Gebetbuch ablesen. Haben sie denn nie versucht, mit Gott zu reden, nachzudenken?

Letzten Sonntag hat mich Mama gefragt, warum ich denn mein Gebetbuch oder meinen Rosenkranz nicht mitnehme, und beinahe hätte ich es ihr erklärt, aber ich habe dann doch nur geantwortet, was die Frage erforderte. In Wirklichkeit war ich während der Messe nur damit beschäftigt, über die hübschen Kletterpflanzen nachzudenken, die durch die offenen Fenster in die Kirche hereinwucherten, oder deren Schatten sich hinter den verschlossenen Fenstern hin- und herbewegte. Ich war so vertieft in die Schönheit der Szene, in meine Gedanken über die höchste Kunst des Schöpfers des Universums, daß ich während der ganzen Messe nicht ein einziges Mal »gebetet« habe.
Ob Gott aber wohl das Gebet verstanden hat, das zum Ausdruck kam durch meine tiefe Bewunderung für etwas Schönes, das ihm gehört wie alle anderen schönen Dinge der ganzen Welt? Du siehst also, vielleicht sehe ich die Religion völlig falsch, ich weiß es nicht, aber selbst wenn das der Fall ist, dann ist doch die verkehrte Seite der Dinge die schönere! Ich habe soeben die Antwort auf die Frage entdeckt, welches Mittel es gibt, um glücklich zu sein: »Die Welt umstülpen auf die verkehrte Seite!«

Emilia Quintero schreibt mir einen äußerst langen und interessanten Brief. Sie hat Papa noch nicht gesehen, weil er nicht in Paris war, als sie schließlich dort eintraf. Sie ist sehr stolz auf einen Brief, den sie von ihm bekommen hat. Sie ist entrüstet über ihre Entdeckung, daß nämlich das Haus des berühmten Molière an einen *Metzger* vermietet sei. Sie hat das Grab *ihres allerliebsten Chopin* besucht und da ein paar Lorbeerblätter als Erinnerung gepflückt. Emilia hat auch Thorvalds Geigenlehrer getroffen, und sie erzählt, er habe von seinem Gönner eine Überraschung bekommen: eine wunderbare neue Geige. Ihr Brief kommt mir so lang vor wie ihre Gespräche und ebenso interessant. Das ist wieder so ein Fall von einem Menschen, dessen Verdienste und Wert ich erst dann erkenne, wenn er weit weg ist. Aber daß ich Emilia gern mag, wußte ich schon immer.
So viele Seiten! Aber das werde ich bald gutmachen, wenn ich nur noch sehr wenig schreiben kann. Ich nutze die Gelegenheit. Vier Uhr dreißig. Wenn ich etwas geschrieben habe, denke ich hinterher manchmal ein wenig darüber nach, und diesmal wollte ich dann Illustrationen zu meinen Überlegungen machen. Ich bin zweifelsohne eine große Künstlerin! Haha! (So lache ich nie.)

Ich bin nicht sonderlich pessimistisch, aber es ist sehr, sehr dumm, daß genau an dem Tag, nachdem ich einen Photoapparat gekauft habe – da ich außer einer unvernünftigen Ungeduld auch die Liebe zum Photographieren geerbt habe – nicht ein einziger Sonnenstrahl weit und breit zu sehen ist. Zu allem Unheil ist es sehr kalt, im Gegensatz zur stickigen Hitze von gestern.

11. September

Während Mama und ich den Lunch zubereitet haben, ist gestern Antolinita mit ihrer französischen Gouvernante gekommen. Wir haben alle zusammen den Tag am Strand verbracht, und ich habe sehr schöne Muscheln und sternenförmige Fische mitgebracht und außerdem verrostete acht Cents, die ich beim Graben im Sand gefunden habe. Thorvald hat sechsundzwanzig Cents ausgegraben und Joaquinito dreizehn. Ich weiß nicht, wer entdeckt hat, daß man verlorenes Geld findet, wenn man im Sand gräbt, aber gestern nachmittag haben wir alle danach gesucht. Es ist merkwürdig zu untersuchen, was für Dinge die Leute im Sand am häufigsten verlieren: sehr viel Geld, Dutzende von Haarnadeln und Ringen. Eine Dame hat einen Ring gefunden mit drei echten Opalen, eine andere hat einen Ehering gefunden. Das war ein großes Vergnügen.
Am Abend hat Antolinita den Fünf-Uhr-Zug verpaßt, und da der nächste erst sehr spät in New York ankommt, hat Tante Antolina erlaubt, als ich telephonierte, daß Baby die Nacht bei uns verbringt. Heute morgen ist sie mit Mama wieder weggefahren, und ich bin mit Sport, einem meiner Hunde, wieder einmal allein hiergeblieben.
Es ist halb fünf, und ich bin jetzt erst mit meiner Arbeit fertig geworden. Ich habe die Möbel umgestellt, und somit hat sich vieles verändert; nun warte ich ungeduldig auf Mamas Rückkehr, um festzustellen, ob meine Idee gut war. Eine meiner größten Freuden besteht darin zu sehen, daß Mama mit mir zufrieden und stolz auf mein Werk ist; den lieben langen Tag tue ich für »sie« Millionen von Dingen. Zum Spaß sagt Mama, daß ich fünfzehn Dollar in der Woche verdiene; ebenfalls zum Spaß sage ich aber, daß ich hundert ausgebe.
Fünf Uhr. Neulich hatten Joaquinito und Thorvald grob und rüpelhaft geredet, und nachdem sie weg waren, habe ich mit Mama darüber gesprochen.

»Habe ich denn diese fast übertriebene Vorliebe für gute Manieren, für eine feine Sprache, kurz, alle Vorzüge eines *born gentleman* [eines geborenen Gentleman], von Papa geerbt?«
»Mein Mädelchen, nach außen hin sah dein Vater wie ein Fürst aus, seine Manieren waren so edel wie nur möglich, aber zu Hause, im Kreise der Familie, war er eher grob – viel zu katalanisch, auf jeden Fall ganz anders. Das heißt also, daß er nicht ein geborener *gentleman* war, sondern er hat sich nach und nach der Gesellschaft angepaßt und ein gutes Benehmen angewöhnt.«
»Aber woher kommt dann bei mir die ›gute Familie‹ und mein aristokratisches Blut?«
Da erklärte mir Mama, daß die Nin eine Familie waren – sehr *comme il faut*, und da ich einwendete, wie schlecht manchmal Großpapas Geschmack war und seine *cursi** Handlungen, fügte Mama hinzu, das sei nur *espagnolada* gewesen. Daß sogar der König von Spanien »gemein« sei, weil das in diesem Lande sozusagen angeboren ist, im Charakter der Leute verankert. Daraufhin hatte ich nichts mehr zu sagen. Soeben war wieder ein Luftschloß in meinem Herzen zusammengebrochen: die Illusion, ich hätte von Papa vollkommenen Adel in mir; ich hatte ihn immer als einen wahrhaft aristokratischen Fürsten angesehen, von dem ich die Liebe zum Anstand und zur Perfektion der Sprache geerbt hatte.

13. September
Mehr denn je glaube ich fest daran, daß meine beste Freundin und Wegbegleiterin Mama ist.
Heute haben wir Belica erwartet, aber sie ist nicht gekommen; da haben Mama und ich den ganzen Tag zusammen verbracht, wir zwei alleine, weil Thorvald und Joaquinito draußen spielen waren. Während wir vormittags den Haushalt gemacht haben, redete Mama mit mir, und ich erinnerte mich an ein Mädchen, das ich in der Schulzeit kannte: es sagte, die Unterhaltung mit ihrer Mutter *langweile* sie. Ich war zutiefst beglückt, als ich mich daran erinnerte: Welch ein Gegensatz, wenn ich meine Mutter mit allen anderen Müttern der Welt vergleiche!
Am Nachmittag gingen wir zum Baden, danach waren wir

---

* *cursi:* vermutlich von »to curse«, fluchen. D. Ü.

einkaufen und haben wie zwei Schulmädchen zwei rote Äpfelchen gegessen, die mit Karamel überzogen und auf ein kleines Holzstäbchen gesteckt waren.
Zum Abendessen hat Mama kleine Maistörtchen gemacht, und ich habe ihr dabei nur zugeschaut. Nach dem Abendessen hat sich Mama in den Sessel des Hauses gesetzt, weil es draußen frisch war, und hat angefangen, an ihrem orchideenfarbenen Sweater zu häkeln; ab und zu hat sie mir auch geholfen, meinen fertig zu machen. Ja, er ist fertig! Als ich ihn vor dem Spiegel angezogen habe, stand er mir so gut, daß ich vergessen habe, daß ich häßlich bin. Aber als Mama sagte, ich solle ihn morgen anziehen, habe ich nicht den Mut gehabt, ihr zu sagen, an welchem Tag ich ihn zum erstenmal anziehen wollte, und ich habe ja gesagt.

14. September
Belica ist nicht aufgetaucht.
Wir waren alle gemeinsam in der Kirche. Es war einer der schönsten Tage, die wir diesen Sommer erlebt haben, und nun konnte ich schließlich die Photos machen, die ich so gerne machen wollte. Zwölf Bilder sind schon beim Entwickeln und sechs sind fast fertig. Für eines der Bilder bin ich aus Zerstreuung mit Schuhen und Strümpfen ins Wasser getreten. Nach langem Bitten hat sich Mama ein einziges Mal photographieren lassen, sie weigert sich immer. Ich habe auch Joaquinito erlaubt, mich mit dem Sweater zu photographieren, den ich den ganzen Tag anhatte.
Mama hat zum Lunch und zum Abendessen köstliche Desserts gemacht; sie hat sich außerordentlich bemüht, um uns wahre Kunstgegenstände zum Essen zu servieren. Das ist eines ihrer besonderen Vergnügen.
Ich habe die Photos am Strand gemacht, dabei habe ich massives Fieber bekommen. Heute abend machen Thorvald und Joaquinito ihre Hausaufgaben, während Mama häkelt.

16. September
Es sind mehrere Tage vergangen, seit ich beim Arzt war; er hat gesagt, ich mache mir zuviele Sorgen usw. und sei deshalb krank. Ich glaube, daß der wahre Grund meine armen Brüder sind. Gestern abend, als alles ruhig war und alle im Bett lagen, habe

ich, bis ich einschlief, so viele Tränen vergossen, daß mein Kopfkissen und meine Haare ganz naß waren. Ich habe mich dazu gezwungen, nicht zu schreiben, da ich mich vor den gar nicht netten Dingen fürchte, die ich schreibe, wenn ich verärgert bin. Inzwischen sind soviele Stunden vergangen, und nun sehe ich die Dinge etwas klarer und bin vernünftiger.
Die Sache ist so: Ihre Hänseleien gehen mir furchtbar auf die Nerven, und sie verstehen mich nie; wenn ich ihnen helfen will, werden sie wütend, weil ich mich »einmische«. Sie sagen mir immer so entsetzlich boshafte Dinge, die beweisen, daß sie gar nicht denken, was sie sagen, aber ich muß trotzdem sehr darunter leiden. Wenn ich weine, tröstet mich Mama, erklärt mir mit unendlicher Sanftmut, daß sie nur Kinder sind, die einen zwar quälen, aber nicht aus Bosheit. Daraufhin fangen Thorvald und Joaquinito an zu plärren, ich bräuchte ja nur zu weinen, schon »glaubt Mama alle Lügen«.
Erst heute bin ich dazu in der Lage, ihre Hänseleien und ihre bösen Worte in einem anderen Licht zu sehen: Es sind einfach Kinder, kleine Jungen noch. Ich werde mich zwar hüten, es ihnen zu sagen, aber ich verzeihe ihnen aus tiefstem Herzen. Vielleicht werde ich alle Abende vergessen, an denen ich mit Tränen in den Augen eingeschlafen bin, wenn sie einmal groß und . . . brav sind.

Heute morgen, als Joaquinito und die ganze Familie weg waren, ging ich nach Far Rockaway zum Einkaufen und um die zwölf Photos abzuholen, die wunderschön geworden sind! Als ich zurückkam, fand ich die einzige Nachbarin, die noch hier ist, damit beschäftigt, verzweifelt nach mir zu suchen, weil sie glaubte, es sei mir etwas passiert. Edgemere ist fast leer. Seit dem 1. September wurden die Häuschen und die Geschäfte nach und nach geschlossen. Die Züge halten viel weiter weg und nur noch hin und wieder. Der Strand ist immer fast leer, und die Straße, die sonst voller schreiender Kinder war, voller Kinderwagen und Autos, scheint jetzt sehr einsam; um so besser!
Die Tage sind kürzer und kälter, es gibt oft Nebel und Wind, das Meer ist immer sehr kalt und unfreundlich. Es ist wunderschön! Manchmal taucht die Sonne erst kurz vor dem Untergehen auf und scheint sich selbst in ihrer Pracht übertreffen zu wollen, um die verlorene Zeit nachzuholen.

Der Haushalt ist gemacht. Die einzige Handarbeit, die ich im Augenblick zu tun habe, ist, an einem *Tam-O-Shanter* aus der gleichen Seide wie mein Sweater zu häkeln und ein Paar Strümpfe zu stopfen. Aber ich schreibe lieber.
Einmal habe ich mir eine schwarze Schleife umgebunden; das ist etwas, was ich übertrieben gern oder mit leidenschaftlicher Begeisterung mag. Mama sagt, daß Papa nie etwas anderes getragen habe als eine schwarze Schleife anstelle einer Krawatte. Das war für mich eine so lustige Entdeckung und eine so vertretbare Ausrede für meine übermäßige Liebe zur schwarzen Schleife, daß ich entzückt war! Von mir aus kann sich die ganze Welt über mich lustig machen, sogar Cuca, aber wenn Papa eine schwarze Künstlerschleife tragen kann und sie liebt, dann bin ich stolz, daß ich seinen Geschmack schätzen und dasselbe tun kann!!!
Es leben die Künstlerkrawatten!
Nach der schwarzen Schleife kommt gleich der *Tam-O-Shanter* aus schwarzem Samt in der Rangordnung meiner Vorlieben, und danach meine schwarze Samtjacke, weil alle drei Dinge künstlerisch sind, aber was ich danach mag, das habe ich vermutlich von Mama geerbt, denn Seidenstrümpfe sind weder künstlerisch noch männlich. Und mein Sweater? Das macht nichts.
Ooooh! Jetzt bin ich schon bei der sechzehnten Seite im September, und ich kann nur eine Seite pro Tag schreiben! Also aufgepaßt! Ich muß meine Schrift überwachen und ein paar Tage lang zu schreiben vergessen, um hinterher das ungestüme Tier aus seinem Käfig herauszulassen. Ich habe gerade noch Platz genug, um aufzuschreiben, daß Mama gesagt hat, wir würden den gesamten zweiten Stock bewohnen, die beiden Millionärszimmer, wenn wir wieder nach New York zurückkommen! Außerdem noch, daß Antolinita am 26. September wegfährt, während Tante Lolita und Onkel Thorvald den Winter hier verbringen werden. Dann . . . Kein Platz mehr! Ich bin untröstlich. (Ich hatte sowieso nichts mehr zu erzählen.)

17. September

Mama hat gesagt, ich würde mehr Geld verdienen, wenn ich ihr bei ihren Geschäften helfe, als beim Geschichten-Schreiben. Ich akzeptiere die erste Idee und bewahre die zweite. Beide sind gut. Ich wollte *experiments* mit meinem Photoapparat machen und habe eine Aufnahme der schönen Sonne gemacht; ich dachte schon, ich würde ein wunderschönes Bild sehen mit der goldenen Kugel, den blauen Wolken und den weißen Wolken, die soviel Ähnlichkeit mit dem Schnee haben. Aber mit wissenschaftlicher Genauigkeit hat die Familie prompt das klägliche Ergebnis meines *experiments* erklärt; dabei lächelten sie auf eine Weise, die sagen wollte: *»Tête de Linotte!«* [Strohkopf]

18. September
Heute morgen war es kalt, aber die Sonne verwandelte alles in ein schönes Lächeln, sogar die Kälte war angenehm. Bald nach dem Frühstück habe ich also das Häuschen verlassen und mit meiner Kamera und Sport, meinem Hund, einen schönen Spaziergang gemacht. Als Vorwand redete ich mir ein, es gebe ein paar Bilder abzuholen (die noch nicht fertig waren), aber ich fühlte mich so glücklich wie ein Kind, das die Schule geschwänzt hat. In der Nähe des Schlosses, das wir immer auf der anderen Seite der *bay* sehen, habe ich geträumt, weil ich sehr gern ein solches Schloß haben möchte. Aber später im Laufe des Tages tat mir meine Faulheit leid; da habe ich so lange Handtücher gewaschen, bis mir die Hände weh taten. (Oh, ja, sehr weh!)

19. September
Morgen ist Samstag. Das weiß zwar jeder, aber ich betone es, weil das bedeutet, daß ich im Häuschen Großputz gemacht habe, damit Mama es nicht zu tun braucht. Es ist ja so leicht zu machen, aber ich habe keinen Mut, ach, so wenig Mut, daß ich mich gleich in die Falten der Hängematte vergraben habe, kaum war ich fertig: Ich habe meine Blicke auf die Wolken geheftet und nichts mehr getan, wo ich doch sonst nie zwei Minuten müßig bin, außer wenn ich träume (und das mache ich nicht absichtlich). Heute abend gehen wir ins Kino. Thorvald ist in New York geblieben, er geht zu einer Versammlung der *boy scouts,* ich meine der Pfadfinder.

20. September
Gestern haben wir Thorvald am späten Abend erwartet, aber heute morgen war sein Bett leer. Da bin ich ins Dorf gegangen und habe Monsita angerufen, aber Thorvald hatte die Nacht auch dort nicht verbracht. In diesem Augenblick wurde mir klar,

welchen Platz mein Bruder in meinem Herzen einnimmt, wo ich doch glaubte, ich würde ihn nicht mehr lieben, weil er mich mit seinen Hänseleien immer zum Weinen bringt. In der Zeit, als ich die Telephonnummer seines Freundes Jack suchte, kam mir ein grauenvoller Zweifel über die Gründe seiner Abwesenheit, und ich wünschte nur eines: seine Rückkehr, auch wenn er mich den ganzen Rest meines Lebens hänseln würde! Zum Glück war es ein Fehlalarm, und Mama und ich haben diese Augenblicke der furchtbaren Angst vergessen, als wir erfuhren, daß er bei Jack geschlafen hatte, weil er heute mit ihm spazieren gehen wollte. Er hatte angerufen, aber wir waren im Kino. Man erfährt vieles an einem Tag! Ich habe bestimmt schon ein weißes Haar!

21. September
Die Frau Präsidentin von Kuba hat Mama eine große Schachtel Pralinen geschenkt. Joaquinito verlangt immer »eine Familie«: eine sehr, sehr dicke Praline, das ist der Papa, eine andere dicke, das ist die Mama, und eine Handvoll kleine, das sind die Kinder. Er traut sich nicht, Tanten und Kusinen zu nehmen, weil er eine Magenverstimmung bekäme wie von den echten Tanten und Kusinen. Das ist nicht sehr liebenswürdig, ich habe es auch nur zum Spaß gesagt. Wenn Thorvald in die Pralinen eintaucht, dann taucht er wortlos. Das ist Thorvald. Ich tauche nicht, ich wähle, probiere, und dann gebe ich sie Thorvald heimlich. Das ist meine Art, nach und nach zivilisierter zu werden.
Im Kino haben wir über folgende Späße gelacht: Ein Mann bleibt vor einem Schaufenster stehen, in dem zwei menschliche Skelette ausgestellt sind. Ein sehr großes Skelett, und das andere ist ein kleines Skelett. Da geht der neugierige Fußgänger in das Geschäft und fragt: »Wer sind diese Skelette?« Die Antwort lautet: »Das große, das ist das Skelett von George Washington, und das kleine, das ist auch der große Mann, als er noch klein war.« Dann war noch die Geschichte eines Ministers*, den ein kleines Mädchen fragt:
»Ist Gott überall?«
»Ja, überall«, antwortet der Minister.
»Ist er auch in diesem Zimmer?«

---

* Vermutlich ein weiterer Anglizismus; mit dem französischen »ministre« meint Anaïs wahrscheinlich einen Geistlichen (englisch: »minister«). D. Ü.

»Ja, er ist in diesem Zimmer.«
»Ist er auch im Keller?«
»Ja, er ist auch im Keller.«
»Und auf dem Dachboden?«
»Selbstverständlich ist er auch auf dem Dachboden.«
»Dann sind Sie ein Lügner, weil wir keinen Dachboden haben!«
Ich muß ein viel größeres Tagebuch kaufen, denn ich habe nicht genug Platz! Ich habe immer so große Lust zu schreiben!

23. September
Keine Grenze mehr für die tägliche Zeilenzahl. Mama sagt, ich kann mir ein Dutzend »Tagebücher« kaufen, wenn ich will. Noch nicht.
Als ich am Sonntag mit Schreiben fertig war und mir meine blaue Schürze umgebunden hatte, um Mama beim Lunch zu helfen, ist Ramón Ortega, eine Freundin von Mama, gekommen. Schon kündigte der Duft vom Fleisch und vom gelben Reis die Essenszeit an, und ich hatte gerade ganz einfach für fünf Personen gedeckt, als Tante Antolina mit dem Automobil ankam mit Felo, Antolinita, Charles und den beiden jungen Bermudez-Buben, außerdem noch mit einer großen Kiste Proviant.
Der Lunch war ein Bolschewiken-Bankett wegen des Lärms und der Gefräßigkeit. Danach sind alle zum Spielen auseinander gegangen, während Mama und ich das Geschirr gespült haben. Aber das war nicht schlimm, denn Mama kann das ganz schnell, und bei ihr genügt ein Tropfen Wasser, um die Teller zum Glänzen zu bringen! Im übrigen wird jede Beschäftigung angenehm, der ich in Gegenwart von Mama nachgehe, selbst Strümpfe stopfen oder gewisse Besuche empfangen, Hauptsache, Mama ist da! Dies alles zum Thema Geschirr.
Später gingen wir alle zum Strand. Ich hatte entsetzliche Kopfschmerzen und sah alles in einem sehr merkwürdigen Licht. Alle sahen so uninteressant, so dumm aus. Ethel, ein eitles kleines Frauenzimmer von vierzehn Jahren, fesselte meine Aufmerksamkeit. Nie hatte ich mich um sie gekümmert, aber jetzt in diesem Augenblick erinnere ich mich deutlich, daß ich mich gefragt habe, ob ich sie je nachahmen könnte. Die Vorstellung war so komisch, daß ich sie minutenlang regungslos anschaute, und zwar mit jenem Lächeln, das Mama mein »Philosophenlä-

cheln« nennt. Als die ganze Gesellschaft schön naß war und genügend Salzwasser geschluckt hatte, beschlossen wir, nach Hause zu gehen, um uns zu trocknen. Als alle angezogen waren, machten sie sich wieder über das Essen her. Wenn mich in diesem Augenblick jemand gefragt hätte, warum die Leute leben, ich hätte geantwortet: um zu baden und zu essen!

Zum Glück sind meine Kopfschmerzen verflogen, bevor meine Verwandten wieder weggefahren sind, so konnte ich den Leuten etwas netter entgegentreten. Während ich mich frisierte, steckte Felo den Kopf zur Tür herein und rief erstaunt, ich sei gerade beim *componiendome* [sich schön machen] (spanisch oder kubanisch). Ich habe das lustig gefunden, und wir haben sehr gelacht miteinander.

Da sagte mir Tante Antolina, Rafael Bermudez, der kleine Spanier, der mir zum Namenstag Rosen gebracht hatte, habe mir zu Liebe seinen neuen Anzug angezogen, und ich hatte es gar nicht bemerkt. Auch das fand ich sehr lustig! Ich mache mich über niemanden lustig, ich schreibe nur wie üblich. Aber schließlich sind alle wieder weggegangen, und ich konnte sagen wie in den Büchern: »Eine große Stille folgte auf den Lärm, die Lichter erloschen, und nur die Nacht wachte weiterhin.«

Montag habe ich nicht geschrieben, weil ich über die Welt empört war.

Dabei hatte ich den ganzen Tag gearbeitet; das Haus strahlte vor Sauberkeit, gewaschene Wäsche hing an den Leinen, das Essen stand bereit, gesalzen und appetitlich, so daß Mama hätte kommen und über den restlichen Abend zufrieden sein können. Aber sie ist mit den »Familiensorgen« zurückgekommen, vor denen ich mich so fürchte. Während des Essens haben wir nichts gesagt, denn wir wollten unsere stillschweigende Abmachung einhalten: das Essen ist heilig und muß in Ruhe verlaufen. Aber danach hat sich Mama zum Häkeln hingesetzt, ich habe die Arme um meine Knie und das Kinn zwischen die beiden Knie gelegt: das ist meine Stellung zum Zuhören.

Über unfreundliche, unbarmherzige Dinge will ich so wenig wie möglich in mein Tagebuch schreiben, ich habe soviel Mitleid mit den Menschen um mich herum, die unglücklich sind, weil sie materialistisch eingestellt sind; da ich aber ein stummes Versprechen eingegangen bin, Dir die ganze Welt so zu zeigen, wie sie mir begegnet, schreibe ich einfach ohne Umschweife.

Das menschliche Wesen ist ein geheimnisvolles Gemisch aus Lastern und Tugenden. Mit sechzehn Jahren habe ich Entdekkungen gemacht, und bis zu meinem Tode werde ich immer wieder welche machen, weil das Geheimnis bodenlos ist. Bis dato habe ich immer eine Tugend entdeckt und zugleich einen Fehler. Aber in meiner Traumwelt allein werden die Laster von den Tugenden vertrieben; im wirklichen Leben scheinen die Laster leider stärker zu sein!
Mama hat tapfer gekämpft im Leben, um für ihre drei Kinder und sich selbst aufzukommen. Sie hat reiche Schwestern, die ihr zu Beginn ihres Kampfes Geld geliehen oder geschenkt haben; schließlich war keine auf dieses Geld angewiesen, und Mama war ja auch ihre Schwester. Ihr Leben hätten sie opfern müssen, wenn es notwendig gewesen wäre, nur weil Mama ihre Schwester war. Aber die menschliche Natur ist so beschaffen, daß das Schenken oder Leihen von Geld an Mama als eine Handlung betrachtet wird, *die der Dankbarkeit würdig ist.* Frag' Marraine, wem Mama ihr Fortkommen zu verdanken hat. Die Antwort wird lauten: »Mir!« Stell' Tante Antolina dieselbe Frage, die Antwort wird dieselbe sein. Also zählt weder Mamas Arbeit noch ihre Tatkraft, ihr Mut, ihre Ausdauer, ihr Glaube. Genau in dem Augenblick, wo Mama nun beginnt, ihre Geschäfte zu erweitern, ohne einen Augenblick aufzuhören, tapfer zu arbeiten, sagt ihr Tante Antolina, sie sollte Marraine das Haus 158 *schenken,* das Geschäft also, das ihr zu essen und die Miete einbringt, das soll sie ihr *schenken, aus Dankbarkeit für alles, was Marraine für sie getan hat.* Tante Antolina stellt sich ihrerseits als Mamas Wohltäterin hin.
Dankbarkeit? Wird nicht die Dankbarkeit *getötet* durch die Wiederholung der geleisteten Gunstbeweise? Und Mama leidet. Gestern abend hat sie mir davon erzählt, sie war göttlich in ihrer Empörung. Ja, eines Tages würde sie *alle Gunstbezeigungen* zurückzahlen, aber die Dankbarkeit, die gibt es nicht mehr. Nach und nach schwand ihre Empörung, der Kampf war zu stark, aber dann drangen alle ihre Worte in mein Herz hinein, und ich war es, die entsetzlich litt. Auch meine Dankbarkeit ist entschwunden, in Zukunft werde ich nur noch das tun, was auch Mama tun wird, nämlich meine *Pflicht,* nur noch die Pflicht. Dann wird es heißen, Gleiches mit Gleichem zu vergelten: Geld mit Geld, Gefälligkeit mit Gefälligkeit. Kein Gefühl mehr als

Lohn für Gefälligkeiten, keine Dankbarkeit mehr für Geld. Das Herz ertrinkt in der furchtbaren Wirklichkeit. Ach, das menschliche Wesen, die Menschen, die Gutes tun um der *Dankbarkeit* willen! Ist das wahr? Ist das möglich? Soviel Zynismus, so unendlich viel Wirklichkeit?
Das ist vielleicht übertrieben, ich übertreibe immer alles und ich weiß es auch. Wenn Mama heute glücklich nach Hause kommt und mir über Marraine etwas Nettes erzählt, über Tante Antolina etwas Liebes, dann kann ich sagen: »Ich kann alles vergessen und verzeihen, egal was, egal wem, egal wann, überall und unter jeder Bedingung.« Wer kann die Kraft eines so vollkommenen Gesetzes brechen? Wer kann mit einer solchen Maxime wie die Pflicht leiden? Der Schmerz entsteht, wenn man zögert zu verzeihen, wenn man nicht vergißt, wenn man nie vergißt!
Gestern abend während der Unterhaltung hat Mama an meinem *Tam-O-Shanter* aus schwarzer Seide gehäkelt. Als sie es weglegen wollte, hat sie gesehen, daß sie sich vertan hatte. Da hat sie das ganze stillschweigend wieder aufgetrennt. Als sie ins Bett ging, hat sie mir über die Haare gestreichelt und mit einer etwas fremden, sehr sanften, sehr ruhigen, sehr traurigen Stimme gesagt: »So verbringt man das Leben, meine kleine Philosophin, man häkelt und trennt das Gehäkelte wieder auf!« Es war herrlich! Ich habe Mama angeschaut und versuchte von ihrem Gesicht abzulesen, wie sie das Leben akzeptiert; die Antwort kam: mit einem Lächeln!
In der Nacht hat es einen Sturm gegeben. Mama und ich haben lange Zeit wach gelegen; jeder glaubte, der andere würde schlafen, aber als wir die Wahrheit entdeckten, wurde uns klar, daß es eigentlich nicht der Sturm war, der uns wach hielt, sondern die Sorgen, die Angst vor der anderen Art von Sturm: vor dem seelischen, menschlichen Sturm!
Am Morgen war alles vorüber. Außer dem Sand, der noch etwas feucht war, gab es nichts mehr, was an den Regen in der Nacht erinnerte. Die Sonne strahlte sogar . . . Ich bin sicher, daß Mama das gleiche wie ich dachte; das Ende eines jeden Sturmes heißt: Nach dem Regen kommt Sonnenschein, in der *Natur* und auch im Leben. Hoffnung? Ja, Hoffnung und Vergessen, Verzeihung und noch mehr Hoffnung, das ist das Geheimnis des Sonnenscheins.
Ich habe gesagt, daß heute morgen die Sonne schien, aber

inzwischen – es ist ungefähr vier – hat sie sich hinter einer dicken Wolke versteckt, und ein heftiger Regen hat sich über die Dächer, die Straße und die Bäume ergossen. Je mehr es regnete, desto mehr schrieb ich, als ob jeder Regentropfen mir ein Wort gebracht hätte.
Aber nun werde ich die anderen Wassertropfen und die Worte im All entschwinden lassen und wieder zu meinem Besen greifen, den ich beiseite gelegt hatte, um »ein paar Zeilen« zu schreiben. Nur siebzehn Seiten! Wenn ich doch nur ein Buch so leicht schreiben könnte, wie ich in mein Tagebuch schreibe! Ich wäre Millionärin, und wir bräuchten kein Geschirr mehr zu spülen!

24. September
Nur noch drei Tage, die wir in Edgemere verbringen werden. Noch nie in meinem ganzen Leben ist ein Sommer so schnell und so gut vorübergegangen. Morgen kommen Madame de Sola und ihre Tochter Elsie, die nach unserer Abreise ein paar Wochen im Bungalow verbringen werden, während ihr neues Haus in Kew Gardens fertig gebaut wird.
Als ich heute den Haushalt machte, dachte ich, daß ich demnächst nicht mehr Mamas »Dienstmädchen« sein könnte und daß ich eine neue Möglichkeit ausfindig machen muß, ihr zu helfen. Mama ärgert sich oft über mich und sagt, ich sei ungehorsam, wenn ich Wäsche wasche, die Thorvald und Joaquinito brauchen. Dann versuche ich Spaß zu machen und sage, daß man vom Fegen festere und stärkere Arme bekommt und daß das Waschen die Fingernägel reinigt, und außerdem, sage ich Mama immer, muß ich lernen, alles zu tun, um meinem zukünftigen Mann nützlich zu sein, weil er ja sehr arm sein wird!
Jeden Tag macht Mama eine lange Liste der Dinge, die sie mir verbietet zu tun, und jeden Tag mache ich ein wenig von allem. Merkwürdigerweise wird mein Gewissen von dieser Art Ungehorsam keineswegs getrübt.
Ich habe mir die Zeit genommen, *Kidnapped*, das sehr schöne Buch von Stevenson, zu lesen. Ich würde gern ein paar Seiten meines Tagebuches mit dieser angenehmen Sprache vollschreiben, mit *»nae, nae, my lass, ye kenn, that is no lee ye are telling naow . . .«*

Über ein Dienstmädchen von Haus 158, das Mama einfach, ohne ein Wort zu sagen, davongelaufen ist, meinte Mama ärgerlich: »*The world is rotten!*« [»Die Welt ist faul!«] Lächelnd habe ich geantwortet: »Nicht die Welt ist ›*rotten*‹, sondern die Leute!« Mama hat gesagt, ich hätte recht. Von allen Leuten höre ich, wie sie soviel Schlechtes über die Welt und die Menschen sagen, daß ich schon daran gewöhnt bin, aber ich glaube kein Wort von dem, was ich Mama gesagt habe: Ich mag die arme kleine Menschheit und diese komische kleine Welt sehr, ich mag die armen Leute, und ich kann ihr Leiden und ihre Freude nachempfinden; ich glaube, daß das Gefühl, das in meinem Herzen überwiegt, wenn ich nicht melancholisch bin, die Zärtlichkeit ist und das Mitleid für die ganze Welt.
Das hindert mich nicht daran, Angst vor ihr zu haben.
Thorvald hat mich soeben empört, und es hat eine heftige Diskussion stattgefunden*, in der er schließlich eingesehen hat, daß er ein *Esel* ist. Eines der Bücher, die er in der Schule durchnimmt, ist die wunderschöne Erzählung von George Eliot, *Silas Marner;* ich hatte das Glück, dieses Buch für zehn Cents kaufen zu können, und ich bin überzeugt, daß ich einen Schatz entdeckt hatte. Da zeigt er mir nun das Buch und behauptet seelenruhig, der Autor sei eine Lehrerin seiner Schule. Auswendig habe ich ihm das Leben von George Eliot erzählt, ich habe ihm sein Bild gezeigt mit einer sehr, sehr altmodischen Frisur, ich habe ihm mit großer Empörung erklärt, daß er ein Esel sei. Starrköpfig wie ein wirklicher Esel wollte er dann zum Schluß doch das letzte Wort haben und sagte albern: »Aber sie haben trotzdem den gleichen Namen!«
Ach, Thorvald! Es würde mich nicht wundern, wenn ich eines Tages von dir zu hören bekäme, daß Walter Scott dein Erdkundelehrer gewesen sei oder schlimmer noch, dein Mathematiklehrer, oder daß Charles Dickens den Jungen deiner Schule Gebäck zu $ 07 verkaufte. Thorvald weiß nie, ob Othello ein Buch geschrieben hat, das *Shakespeare* heißt oder umgekehrt. Ein schlecht geschriebenes Buch interessiert ihn tausendmal mehr, wenn es von drei oder vier Jungen seiner Art handelt – von *rough necks* [Rowdies], wie man auf amerikanisch sagt – als ein gut

---

* Anglizismus: Anaïs schreibt »prendre place« (Platz nehmen), aus dem Englischen »to take place« (stattfinden). D. Ü.

geschriebenes Buch über Napoleon zum Beispiel. Es ist abscheulich!

25. September
Es ist ein Uhr. Ich habe gerade meinen Lunch gegessen, ein Ei, ein Butterbrot und eine Orange. Und ich habe absolut nichts mehr zu tun im Haus, außer lesen oder schreiben. Hier gibt es eine große Bettenrevolution wegen Madame de Solas Ankunft heute nachmittag. Wir mußten alle Matratzen wechseln, Mamas Zimmer räumen und uns in dem Zimmer einrichten, wo Charles geschlafen hatte. Einmal habe ich eine Matratze getragen, die ein bißchen groß und ein bißchen schwer war; dabei bin ich gefallen, und die Matratze lag über mir. Genau in diesem Augenblick rief der Mann, der Brot verkauft: »Brot! Brot! Fünfzehn Cents!« Ich rufe ihn jeden Tag her und kaufe ein Brot. Da ich ihn heute nicht gerufen habe – oder vielmehr habe ich ihn gerufen, aber die Matratze hat den Ton geschluckt – mußte ich ihm nachlaufen. Natürlich ist alles, was ich getan habe, Ungehorsamkeit, und wenn Mama zurückkommt, wird sie erst schimpfen, danach wird sie mich küssen und mich »Mädelchen«, »mein Süßes«, »mein Liebling« nennen.
Das passiert jeden Tag, danach ist die ganze kleine Welt sehr lustig, wenn man eine Mama hat wie meine. A propos, Du solltest wissen, daß ich die Hälfte meiner Narrheiten deshalb tue, weil ich so sehr verwöhnt werde. Die andere Hälfte habe ich geerbt.
Madame de Sola bringt ein Dienstmädchen mit. Also bin ich heute kein Dienstmädchen mehr, sondern ein Fräulein. Wenn ich an die vergangene Saison in Edgemere denken werde, werde ich das vielleicht nicht vorwiegend wegen der oberflächlichen Vergnügungen tun, die mich eher gleichgültig lassen, sondern wegen der großen Lektion, die ich hier gelernt habe.
Vielleicht bin ich mir nie im Leben der großen Aufgabe Mamas und ihres Mutes bewußt geworden, nein, ich bin sicher, daß es mir nie eingefallen ist, es ihr leichter zu machen, ihr zu helfen. Ich war ganz auf mein eigenes Vergnügen konzentriert, ich war unordentlich und egoistisch in meiner Zeiteinteilung. Lake Placid war der Grund meines inneren Erwachens. Mein Charakter ist jetzt anders geworden, und das haben meine beiden Brüder bemerkt, als sie sagten, ich sei sanfter, liebenswürdiger

als zuvor. Der liebe Gott war so gut zu mir, daß er mir die Möglichkeit gegeben hat, meine Vorsätze zu verwirklichen. Durch Mamas Glück, als sie die Veränderung wahrnahm, durch die paar Worte des Dankes meiner Brüder, die vielleicht erstaunt waren, daß ich mich um ihre Wäsche oder um ihre Spiele kümmere, weiß ich, daß ich meine Schlacht gewonnen habe. Eines der schwierigsten Dinge bestand früher vielleicht darin, nicht nach meinem Tagebuch zu greifen, bevor alle Strümpfe geflickt oder alle anderen Pflichten erfüllt waren. Jetzt ist es eine Gewohnheit.

Von ganzem Herzen wünsche ich mir, so zu bleiben; meine Brüder lieben mich mehr, Mama liebt mich mehr, und wozu sollte ich leben, wenn nicht um des Glückes meiner kleinen Familie willen. Du bist kein Mensch, geliebtes Tagebuch, aber Du bist voll von Seiten eines Lebens, also mußt Du das alles verstehen. Heute morgen hat mich Joaquinito zum erstenmal seit langem geküßt, um mir einen guten Morgen zu wünschen. Ich war sehr freudig überrascht. Als er mich wieder geküßt hat, bevor er zur Schule ging, konnte ich nicht umhin, ihn zu fragen, warum: »Weil Du netter bist.«

Da entdecke ich also, daß mein Glück vom Glück der anderen abhängt. Egoismus? Das gibt es in mir nicht mehr. Von nun an gibt es zwei große Ziele in meinem Leben. Meine Familie glücklich machen. Meine Familie stolz auf mich machen. Wenn ich meine Familie glücklich und stolz gemacht habe, dann werde ich die ganze *Welt* als meine Familie betrachten und von vorn anfangen. Ich sehe soviele Wege vor mir und sie sind alle so schön; ich bin so glücklich, so verändert, daß ich die ganze Welt glücklich und verändert wie mich sehen möchte. Meine kleine Familie und meine große Familie; und ich muß sie alle lieben! Was ist nur mit mir los? Kommt es von der Sonne, vom Zauber der Stille, von den Wolken über mir und dem Wasser so nah bei mir? Ich könnte fast schwören, daß ich als Optimistin zur Welt gekommen bin, wenn ich nicht wüßte, daß es eines Tages regnen wird; da werde ich wieder pessimistisch und unangenehm werden.

Ich rede zuviel, ich meine, ich schreibe zuviel.

26. September
Ich bin völlig verändert durch Washington Irving. Sein geistreiches »Sketches«-Buch erschien mir wie das Sich-Öffnen eines Theatervorhangs auf eine andere Szene des Lebens, des Großen Dramas.
Und was für eine Szene! Da liegt ein unerhörter Zauber in der Wahl und in der Anwendung der Worte; davon wird man nie müde, und die Schönheit der Szene gibt dem Leser noch höhere Ideen ein, wunderbare Eindrücke, die vom Sonderbaren und Ausgefallenen herrühren. Dies alles erfrischt das Herz eines Dichters und beweist ganz einfach, daß ich noch nicht blasiert bin. Der Reichtum seines Wortschatzes hat mich förmlich geblendet. Das ist Zauberei, und es ist die Macht, zu der ich eines Tages gelangen will, die ich mir unterwerfen will zur Befreiung der Welt und um ihr ein wenig Freude zu schenken.
Ich habe das Lesen unterbrochen, da ich plötzlich von der Eingebung berührt wurde, und nun habe ich mein Buch angefangen. Über meinen literarischen Sinn kann ich wirklich mit Washington Irving sagen: *»I have no command of my talents, such as they are, and have to watch the varyings of my mind as I would those of a weather-cock.«* [»Ich habe keine Macht über mein Talent, das so ist wie es ist, und ich muß die Veränderungen meines Geistes beobachten, wie ich einen Wetterhahn beobachten würde.«] Der *weather-cock* hat sich auf die günstige Seite gedreht, es ist der Anfang meiner Erntezeit. Nur Mut!
Vier Uhr. Gestern abend sind Madame de Sola und ihre Tochter angekommen. Elisita hat sich die Haare modisch kurz schneiden lassen. Sie sieht so merkwürdig aus, als hätte sie nur ein paar Haarsträhnen auf dem Kopf, und ich habe mich immer wieder dabei ertappt, wie ich sie staunend und verwundert betrachtete. Vor dem Schlafengehen habe ich mir vor dem Spiegel die Haare gebürstet, und es passierte, was jeden Abend passiert: Durch die Wirkung der Bürste wurden sie ganz elektrisch, und sie fielen mir über die Schultern und auf den Rücken in schillernden Massen. Da blieb Mama einen Augenblick stehen und betrachtete mich; ich stellte ihr listig die Frage: »Soll ich mir die Haare schneiden lassen wie Elsie?« Da sah mich Mama mit jenem Blick an, den nur sie allein hat und den ich zu interpretieren gelernt habe wie eine Taubstumme! »Tête de Linotte! Dummkopf!« sagte sie. Ich mußte sie umarmen, um ihr zu zeigen, daß es nur

eine Hänselei war, und ich war froh festzustellen, daß sie sich so sicher war wie ich, daß meine Haare ganz entschieden auf meinem Dummkopf bleiben müssen, denn aus Spaß und eigenem Willen werde ich sie nie abschneiden. Ich bin wie der Mann, der nie an sein Schloß dachte bis zu dem Tag, als er feststellte, daß sein Nachbar nur in einer Holzhütte wohnte; von da an war er so stolz auf sein Schloß wie nur möglich.
Fünf Uhr. Ich warte auf Elsie, um mit ihr zum Strand zu gehen; sie ist in die Stadt gegangen. In Mamas Abwesenheit übe ich mich in meiner Rolle als Gastgeberin, aber ich wäre gern wieder allein. Deshalb sagt Mama, ich sei ein verwildertes Kind. Ich werde mein Buch schreiben, das einen sehr ausgefallenen Titel hat, hoffe ich: *Polaris.*

27. September
Rate mal, welche Beschäftigung Du gerade mit mir teilst? Fischen! Wir sind drei in einem kleinen Boot, Elsie, Thorvald und Du, und da wir beide unzertrennlich sind, heißt das, daß ich auch dabei bin.
Der Anker wurde ausgeworfen, und das Boot liegt regungslos zwischen den beiden Ufern. Da wir wissen, daß das Fischen hauptsächlich aus Schweigen und Warten besteht, haben Elsie und ich ein Buch mitgenommen, sie ein richtiges und ich ein etwas anderes, nicht wahr? Um uns herum breitet sich eine weite Wasserfläche aus, und an den Ufern sieht man kleine Häuschen und große Villen, sogar ein Schloß, viele Bäume und das hohe Gras, ein besonderes Merkmal der Bucht. Bevor wir uns aber schweigend niedergelassen haben, jeder mit der langen Schnur, an der ein armes Würmchen hängt, haben wir Proviant geholt, um die Fische zu füttern.
Ich hatte immer eine romantische Vorstellung von den Fischern und ihren Häusern; nun habe ich meine Neugierde befriedigt – eine Neugierde, über die sich Thorvald lange Zeit lustig gemacht hat und sich auch heute noch lustig macht – und diese schöne Illusion habe ich nicht verloren. An der Tür wurden wir von einem hübschen Hund empfangen, der andauernd mit dem Schwanz wedelte und uns die Hände leckte. Das Haus selbst war sehr alt und schlecht gebaut, abgesehen davon, daß es nicht sehr groß war; die Fenster hatten zwar keine Scheiben und das Haus fiel in Stücke, aber andererseits lag es mitten in weiten Feldern

mit hohem Gras, das vom Wind geschüttelt und geknickt wurde, und die winzigen Wellen breiteten sich lieblich am Fuße des Hauses aus – wodurch alles zauberhaft und malerisch wurde – mehrere alte kleine Boote lagen halb am Ufer, halb im Wasser, der Anker steckte im Sand, was die Boote aber nicht daran hinderte, sich ein wenig hin- und herzubewegen.
Innen war es so, wie ich es mir vorgestellt hatte. Aber bevor ich eintrat, bemerkte ich einen großen Krebs, der an die Tür genagelt war. Das Zimmer sah aus wie ein Dachboden, und während Thorvald einkaufte, habe ich alles um mich herum angeschaut; ich habe einen uralten Ofen mitten im Zimmer gesehen; ich weiß nicht, warum Feuer darin brannte, denn es ist noch nicht kalt. Dann gab es quer durch das Zimmer eine Wäscheleine, an der Strümpfe hingen, wie ich sie für die Soldaten gestrickt hatte, außerdem sehr, sehr große rote Taschentücher wie in Spanien und löchrige Hosen. Auf dem Tisch, der gewiß nicht sehr sauber aussah, gab es eine Flasche Milch und ein Schwarzbrot. Irgendwo standen auch ein Paar Stiefel, die mich an die Geschichte des kleinen Däumlings erinnerten, und viele große Flaschen voller Krebse, Würmer, Schlangenfische, die in Schlamm und Sand gehalten wurden. An der Wand hingen viele tote Krebse und das Bild eines Segelschiffes, wie man sie in den »ABC«-Büchern der kleinen Kinder sieht.
Aber der Fischer sah so ziemlich wie alle Menschen aus. Er hatte keinen Bart und keine langen Haare, und seine Haut war etwas brauner als die Thorvalds in diesem Sommer. Aber er trug ein grobes Wollhemd, eine braune Hose und große schwarze Stiefel, die nicht sehr sauber waren. Er hatte seine Hände immer in den Taschen, aber keine Pfeife, und dies erschien mir als ein fürchterlicher Mangel. Zum Glück waren seine Augen von der Farbe des Meeres, und sein Gesichtsausdruck war so offen und ehrlich, daß es eine wahre Freude war. Er war höflich und sprach, ohne zu fluchen, und er schien seinen Hund sehr zu mögen. Letzten Endes fiel es mir nicht schwer, ihm seinen mangelnden Bart und seine fehlende Pfeife zu verzeihen.
Von da, wo wir uns befinden, können wir noch das Haus sehen mit dem Krebs auf der Tür; der Mann sitzt vor der Tür, den Kopf seines Hundes auf dem Schoß und ... er hat eine Pfeife im Mund.
Vor wenigen Minuten hat Thorvald einen kleinen Fisch von

einer ungenießbaren Sorte gefangen, und als er ihn wieder ins Wasser werfen wollte, hat er den kleinen schweren Stein verloren. Da habe ich ihm vorgeheuchelt, ich würde sowieso ungern fischen, und habe mein Fischzeug Thorvald gegeben.
Eine Stunde später. Nach dem kleinen Fisch hat keiner mehr etwas gefangen. Elsie hat eine hysterische Angst vor den Regenwürmern, und alles, was Thorvald mit ihnen macht, ekelt mich ein bißchen. Einmal hat er einen genommen, und um meinen Mut auf die Probe zu stellen, hat er gesagt:
»Wetten, daß du es nicht wagst, daran zu ziehen?«
Da machte ich die Augen zu, packte den Wurm am »Schwanz« und zog ... es drehte mir den Magen um, aber ich lächelte mutig. Als Thorvald Elsies Geschrei hörte, war er wohl im Vergleich recht stolz auf mich. Es ist doch eine Pflicht, die Brüder stolz auf einen zu machen, auch wenn es große Selbstüberwindung kostet, oder? Wir gehen nachhause, denn wir haben keine Hoffnung mehr, etwas zu fangen. Wiedersehen!

28. September
Zwei Uhr. Unser letzter Tag hier! Damit wir vollends traurig werden, ist das Wetter schöner denn je, aber die Koffer sind gepackt ... Wir müssen gehen.
Ich sitze auf der Terrasse mit Mama und Madame de Sola, beide lesen. Ich war so erschöpft von meinem Kampf zwischen meiner Höflichkeit und meinem Ekel, daß ich mich geweigert habe, mit Elsie und Joaquinito fischen zu gehen. All meine frühere Antipathie gegen Elsie ist wieder in mir aufgestiegen trotz meiner Bemühung, mich zu überwinden. Ihr ganzes Handeln empört mich, und mein einziger Trost besteht vielleicht darin, daß Mama gesagt hat, sie möchte nicht eine Tochter wie Elsie haben.
Letzten Endes bin ich froh, daß wir gehen. In New York werde ich Cuca wiedersehen, die aus Lake Placid zurück ist, und Antolinita, die heute mit dem Auto kommen soll. Im übrigen bin ich sehr froh, daß ich so verändert nach 158 zurückkehre. Neulich dachte ich an meinen siebzehnten Geburtstag, der näher kommt, und an alle Fortschritte, die ich seit meinem sechzehnten Geburtstag gemacht habe, diese merkwürdigen physischen und seelischen Fortschritte, die mir Anlaß geben zu glauben, ich sei bis gestern ein kleines Mädchen gewesen; und da ich jeden

Tag daran denke, versuche ich immerzu, in meinen Gedanken und meinen Taten zu wachsen.
Zwei Uhr dreißig. Madame de Sola hat ein Dienstmädchen, das sofort meine Sympathie und dieses merkwürdige Mitleid erweckt hat, das ich für alle Leute empfinde. Emilia ist keine Spanierin, sondern Katalanin und so sanft, so hilfsbereit, mit traurigen Augen, die von welligen Wimpern umrahmt sind, mit feinem, dunkelblondem, immer hübsch zerzaustem Haar; sie ist sehr blaß und sehr dünn, mit Händen, die vom vielen Putzen gerötet und verbogen sind.
Wenn ich reich wäre, würde ich sie in meiner Nähe behalten, nur um sie spanisch reden zu hören mit der Anmut all jener Leute, die ich in Barcelona kannte; sie müßte nie arbeiten, und ich würde sie sehr verwöhnen. Ich wünsche mir so sehr, daß sie nicht so traurige Augen hätte und ein so schönes Lächeln, worüber ich am liebsten weinen möchte. Ich habe immer das Gefühl, daß ihr die Hände wehtun; wie mir am Tag, als ich die Wäsche gewaschen habe. Ich möchte ihr immer helfen, ich würde gern ihre Arbeit machen, während sie sich ausruht . . . wenn Mama es zulassen würde. Sie kennt Paquita Madriguera, und mit einem äußerst belustigten Lächeln habe ich ihr die Geschichte der berühmten Briefchen erzählt: »Molts records.«
Drei Uhr. Noch keine Revolution. Madame de Sola ist in ihrem Sessel eingeschlafen, und Mama liest noch immer. Gestern, als wir vom Fischen kamen, haben wir den jungen jüdischen Nachbarn getroffen: Mr. Bob Aftstein. Ich bin immer hingerissen von seinen Gesprächen, die von einer so guten Erziehung zeugen, und es tut mir ein wenig leid, daß meine Rassen-*prejudices* [Vorurteile] mich daran gehindert haben, mich mit seiner vierzehnjährigen Schwester anzufreunden, die so nett und wohlerzogen zu sein scheint wie er. Gerade unser katholischer Nachbar, der Onkel des kleinen Arthur, ist abgereist, ohne seine Miete zu zahlen. Mr. Bobs Mutter hat Mama Kaffee geliehen, und Mama macht ihr ein besonderes Dessert, weil sie krank ist, aber wir sind nie weiter gekommen als bis zum »Guten Tag« und zur »Guten Nacht«. Nur weil sie Juden sind!
Acht Uhr. Wir sind alle im Eßzimmer versammelt. Thorvald macht seine Hausaufgaben mit besorgter und aufmerksamer Miene. Mit einem Ausdruck der ruhigen Zufriedenheit wippen Madame de Sola und Mama beide auf einem Schaukelstuhl hin

und her und unterhalten sich über vergangene Tage; manchmal höre ich auf zu schreiben, um den sonderbaren Geschichten aus ihrem Leben zuzuhören, über viele Leute, die ich nicht kenne. Zum Glück spricht Mama wenig über solche Dinge, und ich bin stolz auf sie. Sie hört sogar mit belustigter Miene zu, wie ich, wenn ich mir böse Verleumdungen anhöre, an die ich nicht glaube. Aber wenn sie leiser redet, höre ich nicht mehr zu und schreibe.
Um Elsie zufriedenzustellen, habe ich alle denkbaren Beschäftigungen ausfindig gemacht und war jedesmal entmutigter beim Anblick ihres gelangweilten Gesichts; ein Gesicht, wie es die Leute haben, die unfähig sind, in sich selbst Grund zur Freude zu entdecken. Mit einer Grimasse der eigensinnigen Resignation hat sie zu guter Letzt beschlossen zu zeichnen, und ich füge hinzu, daß sie sehr gut zeichnet. Manchmal tut mir die unerbittliche Antipathie, die Elsie in mir erweckt, sehr leid, und ich frage mich manchmal, ob es nicht meine Schuld ist. Ja, ich bin nicht nett, nicht geduldig und barmherzig genug, und ich werde es noch einmal versuchen, aber zum Glück reise ich morgen früh ab; wenn ich bedenke, daß Elsies Mutter eine so gute Freundin von Mama war, kann ich ihr verzeihen und ich hoffe, daß sie mir all das, was ich gedacht und geschrieben habe, verzeihen wird. Wir verstehen uns nicht.
Neulich hat uns Mama mit dem Finale einer sonderbaren Sinfonie empört. Ich habe Dir schon einmal von der unglückseligen Madame Blois und Carreño erzählt. Ihre Fehler und ihr großes Talent, das Mitleid, das sie erweckte und das Entsetzen über ihren unerträglichen Charakter, dies alles ist zusammengeschmolzen, und es ist nur noch eine einzige Meinung übrig: Sie ist eine böse Frau, die kein Mitleid und keine Sympathie mehr verdient. Sie ist mitten in der Nacht mit ihrem ganzen Gepäck abgereist, mit den Sachen ihrer Mutter, die von Mr. Tagliapietra gestohlen waren, und Mama schuldet sie zwei Monate Miete. Diese Geschichte schien Mama keineswegs zu verwundern, aber mich hat es sehr erstaunt. Ich hatte trotz allem Mitleid und versuchte sie zu verteidigen, solange, bis Mama sagte, ich sollte nicht mehr daran denken, weil ich die Leute nicht genügend kenne und nicht verstehen könne, daß Madame Blois eine Schurkin sei. Reden wir nicht mehr davon.

29. September
Omnis.

30. September
Welche Veränderung! Noch nie hatte ich so sehr die Unterschiede, die Kontraste bemerkt. Manchmal stelle ich mir vor, daß ich es bin, die sich verändert, und nicht die Dinge und die Leute.
Gestern waren wir schon vor Sonnenaufgang auf. Am Tag zuvor war Tante Antolina nicht gekommen, da mußten wir die beiden Käfige mit den Vögeln zusätzlich zu den drei Koffern tragen. Thorvald ging früher als wir. Wir mußten auf ein Taxi warten und haben den Zug verpaßt. Nach viel Laufen, Abschiedsszenen, Pakete einladen usw. saßen wir schließlich im Zug, der uns samt unserem Traurigsein nach New York mitnahm.
Ich fand 158 so dunkel, so feierlich! Wir bewohnen unser altes Zimmer. Den ganzen Nachmittag konnte ich mich nur zerstreuen mit *Quentin Durward* von Scott, den ich zum wiederholten Mal gelesen habe. Zum Mittag- und zum Abendessen gehen wir in ein Restaurant ganz in der Nähe, das schon wegen seiner früheren Kundschaft bekannt ist: Mr. Tagliapietra, Emilia Quintero und die Familie Madriguera. Wir tun das, um zu Hause keine Revolution zu verursachen. Mama war schon wieder entsetzlich müde. Einmal habe ich Antolinita bei den Hausaufgaben geholfen, und es hat mir Freude gemacht, weil sie in meine geliebte Schule der 82. Straße geht.
Heute habe ich Einkäufe gemacht und Cuca besucht. Ich werde Mama in ihren Geschäften helfen, ich habe sogar ein Büchlein, in das ich alles eintrage, was ich tun soll. Ich werde versuchen, eine gute Geschäftsfrau zu sein, ohne jedoch meine literarischen Zukunftspläne aufzugeben.

3. Oktober
Mittwoch vormittag habe ich für Mama Einkäufe gemacht, und am Nachmittag habe ich Frances besucht. Da es elend geregnet hat, sind wir zu Hause geblieben und haben uns unterhalten. Frances hat geplant, mit mir zusammen zur ersten Tanzveranstaltung meiner Dancing School zu gehen, abends von acht bis zwölf, weil wir inzwischen ja schon größer sind. Also habe ich am Donnerstag »Vorbereitungen« getroffen mit der Sorgfalt und

der Ungeduld, die ich in solchen Fällen immer an den Tag lege. Vor meiner Reise nach Lake Placid war eine meiner »Extravaganzen« ein entzückendes rosarotes Tanzkleid mit viel Tüll und einer schönen Rose in der Taille; es ist wirklich ebenso schlicht wie schön und ausgefallen. Ich habe es gestern abend angezogen, dazu Seidenstrümpfe und schwarze Schuhe und ein duftiges Schultertuch aus rosa Tüll mit Fransen und kleinen weißen Perlen, aber nicht ein einziges Schmuckstück, denn ich hatte den Eindruck, daß die Rose ziemlich vollkommen war. Meine Haare, die ich mit Monsitas Hilfe zurechtgemacht hatte, waren kunstvoll zu einem lockigen Knoten zusammengesteckt wie am Tag von Emilias Konzert, aber noch besser. Mein Kleid war so hübsch, daß die ganze Familie und die Bewohner des Hauses in mein Zimmer gekommen sind, um es zu bewundern: sie waren alle hingerissen. Sogar Charlie, der im allgemeinen gleichgültig ist, war sehr nett und hat vorgeschlagen, mich bis zu Duryea zu begleiten. Ich war dann um halb neun da in dem kleinen Raum, wo man sich noch mehr Puder auflegt, und wartete auf Frances. Um neun Uhr war ich beim Tanzen.
Bis Mitternacht habe ich nicht aufgehört, weil ich alle Tänze versprochen hatte. Für nächste Woche habe ich auch schon die ersten neun besetzt. Alle scheinen genauso viel Spaß zu haben wie ich. Es gab Tänzer in jedem Alter, hauptsächlich jenseits von zwanzig und knapp vor hundert Jahren. Aber das macht nichts, weil sie bessere Tänzer sind als die kleinen Jungen, und wir lernen ungeheuer viel. Zum Glück kann ich tanzen, sogar den neuen Tanz aus London »The Rocker«.
Auf dem Rückweg hat uns Frances' Papa begleitet.
Heute morgen wollte ich wieder anfangen zu arbeiten, aber Mama hat mir kaum etwas zu tun gegeben. Ich habe für sie einen Dollar und fünf Cents verdient, das ist alles.
Jetzt ist es halb drei, und ich erwarte Eleanor, die mich besuchen kommt. Es ist ein sehr schöner Tag. Die Sonne flutet durch das große Fenster unseres Zimmers, und da es warm ist, scheinen alle Geräusche, die im Frühling zu mir drangen, wie ein Traum und ich habe den Eindruck, daß wir Mai oder Juni haben anstatt Oktober.
Als ich meine Käfige sauber machte, habe ich meinen kleinen Vogel ganz unten in einer Ecke entdeckt, fast tot. Wir haben ihm Rhizinusöl, Alkohol und warmes Wasser gegeben und haben ihn

in Watte gepackt. Aber es hat nichts geholfen, er ist trotzdem gestorben; Joaquinito hat ihn neben dem anderen unter dem gleichen Fliederbaum begraben. Wenn ich an das Photo denke, das ich von ihm gemacht habe, an seine Lieder, die die Stille meiner Einsamkeit in Edgemere fröhlich belebten, werde ich traurig und denke über die Vergänglichkeit der Dinge nach . . . Es ist nur ein Vogel, der in meinem Leben fehlt, aber dieses Gesetz, das uns zur Trennung zwingt, das soviel Leere und soviele gebrochene Herzen hinterläßt, nachdem seine fatale Macht für uns spürbar wurde, es ist doch recht seltsam.

4. Oktober
Tante Antolina ist in das Haus 172 W. 86. St. umgezogen, das Mama auch mieten wird. Den ganzen Morgen gab es soviel Arbeit zu erledigen! Unser Koffer ist schließlich angekommen, und wir mußten alles einräumen. Wir können da noch nicht wohnen, weil meine wunderbare Verwandtschaft ihre Mißverständnisse weiterpflegt.
Marraine ist nicht wiederzuerkennen. Aus unverständlichen Gründen ist sie sogar gegen mich verbittert, und mir ist klar, warum es Leute gibt, die die Welt so häßlich und so traurig finden: ein einziger Mensch wie Marraine genügt, um alle Märchenschlösser zu vernichten; aber obwohl ich über meine Enttäuschung sehr traurig bin, obwohl ich meinen Glauben an Marraine verloren habe, suche ich nach anderen Menschen, die ich lieben und bewundern kann. Ich mag meinen Onkel Thorvald sehr; er ist so gut, so fröhlich, er ist Mama sehr ähnlich. Ich erwarte ihn heute abend, denn er will mir das Manuskript einer Geschichte vorlesen, die er für den Film geschrieben hat.
Wir leben so sehr wie vor den Ferien, daß ich den Eindruck habe, wir hätten 158 nie verlassen. Am Tag, als Eleanor mich besucht hat, stellte ich fest, daß sie so groß ist wie ich. Aber immer gleich, genauso lieb und fleißig, mit ihrem dicken Packen Bücher unter dem Arm. Heute nachmittag war ich mit Antolinita im Theater. Wir haben die angeblichen Zauberkünste von »Thurston« gesehen, es war lustig und merkwürdig zugleich, aber Charles kann alle Tricks erklären.
Bis jetzt war der Anfang meines Buchs im Koffer; heute abend will ich weiterschreiben, aber die Ereignisse des Tages, über die ich immer noch so viel nachdenke, beeinträchtigen wirklich die

Laune meiner Feder, anders als im Bungalow, wo Friede und Glück herrschten.

Aber bevor ich Dich verlasse, will ich Dir noch die gute Nachricht mitteilen, daß ich mich schließlich für den strengen Knoten als Frisur entschieden habe. Ich bin sehr geschickt beim Frisieren, das habe ich von Mama geerbt, und Mama – die zum Glück immer so gleichgültig ist gegenüber unnötigen Dingen – freut sich über die Komplimente, die ich wegen meiner Frisur von Tante Antolina und ganz allgemein von allen Leuten bekomme. Es hat immer den gleichen Grund, warum ich ab und zu die guten Dinge einstreue, die ich geerbt habe, ohne es zu wollen: ich möchte die Eintönigkeit der Seiten unterbrechen, die voll sind von meinen Fehlern.

5. Oktober, neun Uhr

Seitdem Tante Antolina weg ist, ist das Zimmer leer, das zuvor der Familie Madriguera gehörte, und da es das hübscheste

9 heure. Oct. 5, 1919 –
Depuis que Tante Antolina est parti, la chambre qui appartenai avant à la famille Madriguera, est vide, et comme c'est la plus joli chambre de la maison, j'ai monter écrire ici, ayant en plus

Zimmer des Hauses ist, bin ich zum Schreiben hier hinauf gegangen, zumal ich hier außerdem noch die Stille habe, die ich mir beim Schreiben immer wünsche. Aber es gibt keinen Schreibtisch, und ich schreibe auf der Frisierkommode; manchmal werde ich abgelenkt von dem Bild, das in den drei kleinen Spiegeln sichtbar ist, denn ich habe meinen blauen Sweater angezogen.
Heute morgen waren wir in der Zehn-Uhr-Messe, und ich habe Monsieur J. de Alba getroffen. Während wir uns unterhielten, fragte ich ihn, ob er Nachrichten von Paquita habe. Er glaubt, sie wird im November zurückkommen, aber er sagt, daß Enric sich seit langem eingeschifft habe und daß er vermutlich schon lange wieder hier ist, ohne daß es jemand weiß. Monsieur de Alba hat eine Karte von ihm bekommen aus Paris, wie die meinen, nehme ich an.
Als ich nach Hause kam, suchte ich Papiere für Mama, und zufällig fand ich das Bild von Monsieur Madriguera. Da habe ich es auf den Kaminsims gestellt, und weil ich so viel Phantasie habe, war mir wirklich, als ob ich ihn um Verzeihung bitten müßte, weil ich es so lange in der Schublade hatte darben lassen. Nach dem Lunch ist Onkel Thorvald mit seiner Geschichte fürs Kino gekommen; er hat dieser Geschichte den Titel *»L'Artiste«* [»Der Künstler«] gegeben. Ich habe ihm versprochen, sie mit der Maschine zu schreiben und den weniger wichtigen Figuren Gestalt zu geben. Ich war dermaßen begeistert, daß ich den ganzen Nachmittag nicht von der Maschine loskam, obwohl das Wetter draußen wunderschön war. Als es Zeit wurde, das Abendessen zuzubereiten, betrübte mich Thorvalds und Joaquinitos Appetit, denn sonst hätte ich gar nichts gegessen.
Aber danach ging Mama ins Bett; sie war so müde, daß ich mich nicht mehr an die Schreibmaschine gesetzt habe, sondern ich habe lieber ein wenig geschrieben. Ich würde gern einen Brief an Papa schreiben, aber ich mag ihm nur gute Nachrichten von uns allen schicken, und heute hat mich Joaquinito mit seiner grausamen Bosheit zur Verzweiflung gebracht. Manchmal geht er so weit, daß ich das Gefühl habe, ich werde ihm nie verzeihen können, vor allem, wenn er lügt und wenn er mit Mama so hinterlistig ist. Ich glaube, Joaquinito ist das böseste Kind auf der ganzen Welt.
Ich stelle fest, daß ich bald ein neues Tagebuch kaufen muß, und

ich wundere mich, wie schnell ich die Hefte vollschreibe. Vielleicht schreibe ich zu viele Einzelheiten auf, aber ich glaube, ich werde jetzt weniger schreiben, weil ich nicht mehr so fröhlich bin wie im Sommer. Ich wollte so gern da oben leben, oh, ja, sooo gern! Aber Mama opfert alles für die Geschäfte, und ich kann nie mit ihr reden wie im Bungalow, weil sie immer beschäftigt ist. Also fühle ich mich einsam, sehr, sehr einsam in diesem großen Haus, das gar nicht unser Haus zu sein scheint. Vielleicht werde ich heute abend sehr traurige Tränen vergießen, ohne zu wissen, warum ich mich so unglücklich fühle. Es ist nur ein Anfall, aber keiner versteht es.
Mama hatte versprochen, mich arbeiten zu lassen, aber ich habe nichts zu tun. Wenn ich darüber rede, wird Mama auf sehr merkwürdige Weise ungeduldig; ich glaube, es liegt daran, daß sie krank ist. Aber meine Zukunftspläne, über die ich mich so gern beraten ließe, bei denen ich so gern hätte, daß sie mir hilft, scheinen wohl nur für mich allein wichtig. Ach, wenn Mama wüßte, wie ich selbst *neben* ihr allein bin, sie hätte mehr Mitleid, aber ich hülle alles in Schweigen und verberge es in meinem Tagebuch.
Trotz der großen Familie um mich herum werde ich meine Entscheidung absolut allein treffen müssen, ohne jeglichen Rat. Niemand weiß, daß ich erwachsen bin und daß ich ehrgeizig bin. Mama macht mir den Vorschlag, ernsthaft mit ihr zusammenzuarbeiten, und wenn ich sie frage:
»Wie kann ich dir heute helfen?«,
antwortet sie: »Hol Mäusevertilgungsmittel und räum deine Sachen auf!«
Meine »Sachen«, das ist manchmal nur ein Kleid und ein paar Haarnadeln.
Reden wir nicht mehr davon.
Gute Nacht.

6. Oktober
Es ist so komisch zu sehen, wie ich zum Schreiben dasitze, genau wie ich so oft dasaß, im Wohnzimmer neben dem Fenster. Es ist bald sechs, und ich warte, bis es Zeit ist zum Abendessen. Mama hat sich hingelegt, um sich auszuruhen, und Thorvald und Joaquinito spielen draußen auf der Straße.
Heute morgen habe ich kleine Einkäufe gemacht, und nach dem

Lunch habe ich den ganzen Tag auf der Maschine geschrieben, um Onkel Thorvalds Manuskript zu ergänzen.
Jetzt bin ich fertig, und ich bin sehr froh. Eines der Dinge, die ich heute vormittag gekauft habe, das ist ein neues Tagebuch, denn dieses hier ist bald voll. Ich habe lange von den Dingen geträumt, die nächstes Jahr passieren könnten; ich habe so viel geträumt, daß ich fast glaube, daß an dem Tag etwas Wunderbares passiert, an dem ich die »erste« Seite schreiben werde. Vielleicht wird es Papas Rückkehr sein oder mein Besuch in Kuba oder ein kleiner literarischer Erfolg. Das einzige, was ganz sicher ist, ist die Tatsache, daß ich nächstes Jahr siebzehn werde.
Ich denke auch, daß ich eine Karte von Enric bekommen möchte, um sicher zu sein, daß er zurückgekommen ist. Stell Dir vor, ich habe gestern nacht einen so lustigen Traum gehabt: Enric ist ganz, ganz arm hierhergekommen und hat um das kleine Zimmer unterm Dach gebeten, aber Mama sagte, sie könne es ihm nicht geben, weil er kein Geld hat. Da sah Enric so traurig aus, genau wie am Tag, als ich ihn zum letztenmal gesehen habe, daß ich ihm im Traum gesagt habe, er solle nur hier bleiben, alles andere würde sich schon ergeben. Dann habe ich mit Mama geredet und habe ihr gesagt, ich würde ihm das Zimmer unterm Dach bezahlen mit dem Geld, das ich mit meinen Büchern verdiene. In meinen Träumen werde ich immer Mitglied der Académie française und sehr reich, und mein ganzes Geld gebe ich dem armen Geiger, ohne daß er es weiß. Aber eines Tages wird *er* reich, Mama erzählt ihm alles, obwohl sie mir versprochen hat, es nicht zu tun: Genau im Augenblick, als ich hörte, wie Enric mich rief, um mir Dankeschön zu sagen, wurde ich von Joaquinito geweckt. Ich war sehr froh darüber, weil es sehr lustig ist, etwas Nettes zu tun, aber es ist nicht lustig, wenn sich jemand dafür bedankt.
Onkel Thorvald besucht uns sehr oft. Wir diskutieren stundenlang über das Manuskript, und der Liste meiner Bemerkungen über die Menschen habe ich etwas hinzugefügt: daß ich nie vergessen darf, ihm durch das ganze Haus auf Schritt und Tritt zu folgen mit einem Gefäß für die Asche seiner Zigaretten.
Marraine fühlt sich nicht sehr wohl heute, und ich habe versucht, so nett wie möglich zu sein, aber Marraine ist nicht nett, also weiß ich nicht, wie ich mich verhalten soll. Ich glaube, sie ist traurig, weil sie ledig geblieben ist, nicht wahr?

Das Haus in der 86. Straße soll sehr hübsch sein. Hier haben wir unsere Ruhe, aber ich gehe nie an der Tür des Zimmers im zweiten Stock vorbei, ohne einen Augenblick hineinzugehen und es zu bewundern. Ich frage mich, ob wir jemals hier oben wohnen werden!

Die »Kinder« haben aufgehört zu spielen, und ich höre, daß das Abendessen vorbereitet wird, aber ich fühle mich so wohl hier, daß ich viel mehr Dinge zu schreiben haben möchte. Ich habe mir schon einen Platz für Dich ausgedacht, wenn ich einmal meinen Bücherschrank aufräume, denn ich suche immer gute Plätzchen, damit Du Dich nicht so langweilen mußt. Magst Du die *Pensées* [Gedanken] von Pascal und ein Buch von W. Scott?

Nach dem Abendessen. Die ganze Familie hat sich darüber unterhalten, daß ich Ringe unter den Augen habe. Eine so unwichtige Sache letzten Endes! Joaquinito ist noch immer so böse. Ich wünsche mir so sehr, daß er ein kleiner Engel wird!

Acht Uhr. Mr. Mendirichega hat uns soeben kurz besucht. Er sagt, er wisse absolut nichts von der Familie Madriguera, weil er keine Postkarte und nichts bekommen hat. Da hat Mama gesagt, daß »wir« einige Postkarten bekommen haben. Mir war so zum Lachen!

7. Oktober

Meine Familie geht ins Bett, aber ich habe die Erlaubnis bekommen zu schreiben. Bis jetzt habe ich am *»Artiste«* [»Künstler«] gearbeitet. Ich bin sehr vertieft in die Erzählung, die Figuren kommen mir so echt vor. Jedesmal, wenn Onkel Thorvald kommt, macht es uns einen Riesenspaß, wenn wir die Figuren wie richtige Personen behandeln, über deren Schicksal wir entscheiden müssen. Manchmal empfinde ich Sympathie für eine der Figuren oder Mitleid, und dann plädiere ich für sie; dann spricht Onkel Thorvald ein feierliches Urteil aus und ändert ein paar Zeilen. Der Held, der Künstler, ist wunderbar, und Thelma, die Heldin, ist so edel, daß sich mein ganzes Interesse auf den Schluß konzentriert; ich bin außerordentlich zufrieden, sie glücklich zu wissen. Dann gibt es noch einen Geiger und einen Maler und eine sehr egoistische Frau, Clarine, die am Schluß auf sehr dramatische Weise stirbt. Und ein Studio mit pathetischen und kunstvollen Szenen. Ich hoffe von ganzem Herzen, daß Onkel Thorvald Erfolg hat mit dieser Sache. Sobald ich damit fertig bin, fange ich mit *meiner* Arbeit an. Bevor ich siebzehn werde, will ich Geld verdient haben, um Mama zu helfen. Vielleicht wäre ich nicht so ehrgeizig, wenn Mama reich wäre, denn Mama zu helfen ist meine fixe Idee.

8. Oktober
»Mein lieber, kleiner Papa,
seit meinem Brief im Juli bist Du sicher erstaunt, nichts mehr von mir zu hören, aber ich war so begeistert von Emilias Besuch, der Dir viel mehr bringt als alle Briefe, die ich schreiben könnte, daß ich täglich einen Brief von Dir erwartete mit allen Einzelheiten dieses Besuches. Dann habe ich Deine Ansichtskarte bekommen und noch immer gewartet; dann kam ein langer Brief von Emilia, der mir alle Illusionen raubte. Es ist so schade! Nun, ich war zwar traurig, aber auf der anderen Seite war ich auch ein bißchen belustigt über diesen neuerlichen Beweis eines charakteristischen Merkmals bei Emilia: Sie kommt einfach immer zu spät.
Da es Dir Freude macht, werde ich Dir also unermüdlich von uns dreien erzählen. Wir haben einen idealen Sommer verbracht, und ich hoffe von ganzem Herzen, daß Du auch so glücklich warst wie wir. Mama hat ein Häuschen am Strand gekauft, und Thorvald und Joaquinito waren wahnsinnig vor Freude. Vom ersten Tag an haben sie ihre Zeit draußen beim Schwimmen und Fischen verbracht und waren beschäftigt mit fröhlichen, stärkenden Spielen. Als ich von den Bergen zurückkam, hatte ich Gelegenheit, mich um ein Häuschen kümmern zu können und erlebte alle Freuden des Haushaltens.
Nach den Besorgungen des Tages waren wir alle zum Abendessen versammelt. Noch nie hatten wir das Glück so sehr genossen, ein eigenes Haus zu haben und unter uns außerhalb der Großstadt zu sein. Da hat mich das angenehme Photographierfieber gepackt. Gefallen Dir die Ergebnisse? Du wirst uns leicht erkennen, auch wenn wir gewachsen und sehr verändert sind. Wenn Du schreibst, sag uns, wem wir ähnlich sehen, denn bisher sind die Meinungen sehr geteilt; das einzige, was nicht zu verleugnen ist, ist die Tatsache, daß Joaquinito Dir wie aus dem Gesicht geschnitten ist, trotz seiner großen dunklen Augen, und ich auch, wenn ich ernst und nach innen gekehrt bin, aber nicht, wenn ich zum Tanzen gehe usw. Und noch etwas, Papa, wenn

Du willst, auch wenn Du Dich über mich lustig machst dabei, könntest Du einen Augenblick zu lesen aufhören und Deine Hände anschauen, weil ich angeblich genau die Hände der »Nin« habe. Die anderen Dinge wirst Du auf den Photos sehen. Die Saison am Strand ging vor einer Woche zu Ende, als wir in unsere gewohnte Umgebung in New York zurückkehrten. Mittlerweile gehen Thorvald und Joaquinito brav zur Schule, und ich werde wieder anfangen, an meinem Französisch zu arbeiten und tanzen zu gehen. Die übrige Zeit verbringe ich zum Teil an der Schreibmaschine, aber hauptsächlich damit, Mama zu helfen: Ihre Geschäfte blühen und gedeihen, und ich habe den Eindruck, ich sei ihre Sekretärin.
Neulich hat Thorvald seinen Unterricht in der Schule so organisiert, daß er Ingenieur wird, also ist seine Karriere jetzt schon durch die Art seines Studiums festgelegt.
Seit Emilia Quintero abgereist ist, hat Joaquinito keinen Lehrer mehr, aber sein Talent scheint mehr denn je ein Wunder. Ich möchte Dir die Vorzüge erklären können, mit denen er zur Welt gekommen ist: alle Dinge, für die andere Leute tausend Jahre arbeiten müssen, um sie zu erlernen, fliegen ihm einfach zu, er hat sie, als wäre das ganz natürlich, in seinen verzauberten Fingern. Ich kann Dir seine Technik und so nicht definieren, ich kenne mich da nicht aus, aber ich bin Künstlerin genug, um das Genie dieses elfjährigen Knaben zu erkennen – ein kleiner Teufel für seine Schule und seine Familie, aber was kann man einem guten Künstler nicht alles verzeihen! Wenn Du jedoch hoffen kannst, in Joaquinito das Erbe Deines Talents vorzufinden, so wirst Du in Thorvald durchaus nicht dasselbe entdecken. Da sein junger Geigenlehrer auf Reisen ist, hat Thorvald seine Geige beiseite geräumt wie ein antikes Möbelstück, das einfach interessant anzusehen ist. Er vertieft sich in die Mathematik, in die verabscheuenswürdige Algebra und in Baseball-Meisterschaften, ganz nach amerikanischer Art.
Selbst Madame Quintero hätte Dir nicht soviel erzählen können, wie ich Dir schreibe. Wenn Du mir mit einem Brief beweisen könntest, daß Du Dich freust, dann wäre ich nicht so betrübt, wenn ich manchmal denke, daß Du nicht sehr an uns denkst. Schreibe mir bitte, ich flehe Dich an.
Tausend zärtliche Küsse von Deiner

LINOTTE.«

Mittwoch, 8. Oktober 1919

DER HERBSTABEND

Nach den schönen Sommertagen ist es zum erstenmal kalt.
Die Bäume sind schon verdorrt, die Blätter sind alle davongeflogen, die ganze Natur welkt dahin und stirbt, um später wieder zu grünen . . .
Es gibt Leute, die älter sind, die mit den Monaten älter geworden sind – wie die verwelkten Blumen – und deren Leben ein andauernder Herbst sein wird.
Andere sind noch jung, sie weinen mit der Natur und werden im Frühling auch mit ihr lächeln. Es gibt sogar Träume, die im Herbst entstehen, weil in der Sehnsucht viel Schönheit liegt, und der Herbst ist zu schön, um traurig zu sein.
Aber wenn die Kälte an die Tür klopft, ein kleiner, blaugekleideter Geist, der mit kleinen eisigen Wassertröpfchen bedeckt ist und eine Mütze aus roten und gelben Blättern trägt, wenn der Wind freundlich pfeift wie ein Junge auf dem Schulweg, dann sind wir recht fröhlich, wenn wir alle um den großen Kamin versammelt sind, in dem ein schönes Feuer knistert.
Jeder denkt nach auf seine Art. Mama hat einen fest entschlossenen Ausdruck in ihrem wunderbaren Gesicht; wahrscheinlich träumt sie von großen Unternehmungen in der Zukunft, von ihren Geschäften, von der Pflicht, die sie sich zum Wohl ihrer Kinder auferlegt hat. Sie ist eine lebendige Studie der Tapferkeit, eine Heldin!
Thorvald grübelt noch über eine schwierige Mathematikaufgabe nach, er sieht so ernst, so perplex, so intelligent aus. *Er* ist eine Studie des Musterjungen.
Joaquinito hat die Augen voller Geheimnisse, voller List.

EINE STUDIE DER TIEFEN

Und ich, was sehe ich nicht alles in den Flammen, die den nach Tannen duftenden Scheiten zu entfliegen scheinen. Zuerst Scheite, und die großen duftenden Tannenwälder, der Fall der Bäume, die so stolz, so *erect* [gerade], so wunderschön sind!
Die Flammen um das knisternde Holz, sehr kräftig am Anfang, sehr heiß, voll des Lichtes, solange das Scheit ganz ist!
Ich sehe tanzende Feen mit bunten Schleiern. Ich sehe, wie sich

ihr langes goldenes Haar in der Luft bewegt, die durch den Kamin herunterzieht: Es ist der Wind, der redet. Und dann werden die Feen in den Flammen lebendig und tanzen aufwärts, immer weiter, immer schneller, noch schneller, sie sind toll, ihr Tanz ist die verkörperte Tollheit, die Jugend.
Das dauert lange, lange!
Dann bricht ein Scheit entzwei mit dem Ächzen von bebendem Holz. Der Tanz hört auf. Die Feen lassen ihre Schleier fallen, die durch den Kamin entfliegen, um zu den Magiern zu stoßen. Wenn die Feen nicht mehr tanzen, herrscht einen Augenblick lang Stille, die Flammen scheinen ausgehen und ihre hellen Farben verlieren zu wollen.
Die kleinen Flammen, die übriggeblieben sind, nachdem das Scheit zusammengebrochen ist, werfen allmählich ihren letzten sanften Schimmer, während die Feen sie umarmen und weinen. Allmählich, ganz sanft, stirbt das Scheit, das zu Beginn des Kampfes so stark war, und bricht zusammen zu einem kleinen Aschenhäufchen, die Flammen sterben und die Feen entschwinden im Raum. Noch ist die Asche voll Licht, es ist so wunder-, wunderschön! Vielleicht ist das der Tod der Tollheit; nach den schönen purpurroten, azurnen, goldenen Flammen: die Asche, zunächst durchsichtig und voll Licht und später nur noch Staub. Soviel Leben, soviel Schönheit, soviel Tollheit, soviel Begeisterung, und dann erlischt und stirbt alles dahin, soviel Melancholie!
Plötzlich pfeift der Wind aufs neue, die zitternde Kälte klopft wieder an die Tür, und nun nehmen wir den Verlust der hübschen Feen wahr, den Abschied von den Flammen, den Tod des Scheites, wir atmen noch einmal die nach Tannen duftende Luft und wir seufzen ein wenig traurig. Nach einigen Minuten pfeift der Wind ganz schauerlich und ruft uns, so wie er das lebendige Licht in unserem Kamin gerufen hat, aber niemand hört ihn, auch die Kälte ruft lauter und lauter, aber keiner öffnet die Tür, weil . . . wir alle schlafen, während die Sterne über uns wachen; wir träumen von dem Herbstabend und dem Zaubertanz der Flammen und Feen. Der Herbstabend ist die Wiege der phantastischen Träume, der Tollheiten, er ist die Studie der Phantasie.
In den Flammen habe ich Lächeln und Tränen gesehen, Regen und Sonnenschein, ich habe das LEBEN gesehen!

Ich habe die Menschen gesehen, die ich liebe und die Menschen, die ich lieben sollte.
Ich habe die menschliche Rasse gesehen!
Ich habe Illusionen gesehen, eine Million schöner Dinge, ein Schloß, das in den Wolken hing.
Ich habe das Land meiner Träume gesehen!
Aber ich habe in den Flammen nicht die Liebe gesehen, und nachdem ich traurig nach der Liebe gesucht habe, fand ich sie in der Asche, lange nachdem das Feuer tot war.

9. Oktober

Gestern abend war ich völlig ratlos über meine seltsame Art, ein neues Tagebuch anzufangen, aber ich hatte keinerlei Macht über meine Phantasie und über meine Feder. Ich kann Dir überhaupt nicht sagen, wie diese Ideen entstanden sind und vor allem kann ich die verblüffende Wirkung nicht beschreiben, die das Lesen dieser Seiten, das Ende vor allem, auf Mama ausübte: sie hat geweint.
Und dabei waren Männer im Wohnzimmer, die mit ihren rauhen Stimmen mit Mama über die Geschäfte sprachen; ich war umgeben von Thorvald und Joaquinito, die sich zankten, Monsita saß ganz in meiner Nähe und schrieb auf der Maschine. Ich jedoch war viel zu weit entfernt von allem, und als ich fertig war, rief ich: »Oh, Thorvald, was ich eben geschrieben habe, ist so hübsch!«, wo ich doch sonst so wenig Selbstvertrauen habe (wie Mama sagt), ist das nicht merkwürdig?
Zum Glück habe ich keinerlei Verdienst, da die Worte ja ganz allein gekommen sind.
Mit Tränen in den Augen hat Mama gesagt: »Meine kleine Philosophin!«
Vielleicht hatte ich, ohne es zu wissen, die Asche in ihrem Herzen wieder aufglühen lassen, und in diesem Augenblick war ich so seherisch, daß ich die Flammen in Mamas Herz sah. Heute habe ich alles in ein *Essay* auf Englisch umgeschrieben, und es ist noch tausendmal schöner. Jemand anderer hat für mich gehandelt, ich erkenne weder mein Französisch noch die Ideen. Und bei der heutigen englischen Fassung hätte Washington Irving geglaubt, seine eigenen Worte zu lesen.
Ich habe so sehr von den erstaunlichen und erregenden Dingen geträumt, die mir passieren, wenn ich dieses Tagebuch schreibe,

daß ich unendlich beglückt war darüber, daß ich es mit Prosieren* und Philosophieren angefangen habe. Vielleicht wird jeden Tag etwas Interessantes passieren. Überlegen wir mal: Heute war ich in der Buchhandlung und habe eine Zeitschrift entdeckt, die sich zum Ziel gesetzt hat, den Schriftstellern beim Verkauf ihrer literarischen Ware zu helfen, und ich war hingerissen von den Beschreibungen und der Einordnung der Werke. Ich verstehe, daß mein Stil nur gedruckt werden kann in einer »Zeitschrift für junge Schriftsteller ohne Erfahrung, die keine Honorare für die Manuskripte bezahlt, die aber viel verspricht für die Zukunft unseres Rufes«.
Hum! Hum!
Da habe ich verbessert und geschrieben, ich habe meine Schreibmaschine gemartert; dabei unterbrach ich mich nur, um am Telephon zu antworten oder die Tür zu öffnen. (Womöglich hat sich heute ganz New York an uns erinnert!)
Und nun werden meine armseligen Schriften der Kritik von Mademoiselle Stockbridge unterzogen, die bei uns wohnt und ein Blaustrumpf ist. Ich warte noch, bevor ich mich erhänge (erst wenn ich die *Legenden von Ingoldsby* von F. Ingoldsby fertiggelesen habe).
Cuca hat mich angerufen, wir wollen Samstag ins Theater gehen. Heute habe ich von den Zweifeln erfahren, die einen *Autoren* packen, wenn er etwas schreibt, was die Leute mit Freude lesen. Abgesehen von allen anderen Dingen werde ich in Zukunft hier eintragen, was ich jeden Tag lerne.
P.S. Ich habe vergessen zu berichten, daß Thorvald und Joaquinito heute morgen zwei tote Mäuschen in meine Pantoffel gesteckt haben . . . (?) Aber sie waren feige, und ich mußte ihnen versprechen, daß ich Mama nichts sage (ihr Gewissen war nicht rein), jetzt muß ich meine Pantoffel anziehen, als wäre nichts gewesen, weil ich keine anderen habe.

10. Oktober
Es ist erst zwei Uhr, und ich bin allein zu Hause. Ich schreibe im Wohnzimmer, denn ich warte auf die Pakete, die für mich geliefert werden sollen.

---

* Prosieren *(proser)*: eine kühne Wortschöpfung, die Anaïs vom Substantiv *»la prose«* (Prosa) ableitet. D. Ü.

Es ist das Ergebnis meiner Einkäufe von heute morgen. Die Geschäfte sind so märchenhaft: Sie scheinen voller Dinge zu sein, die wir nie werden haben können!
Da Mama mich nicht begleiten konnte, ging ich mit Monsita, und wir haben zwei Mäntel und vier Samtkleider schicken lassen, wovon sie sich ein Kleid und einen Wintermantel aussuchen wird.
Aber ich habe Gewissensbisse wegen der Preise!
Ich war in dem Anproberaum, man könnte gleich sagen, in der modernen Folterkammer, weil ich ein Kleid aussuchen sollte. Mama wollte keine Preisgrenze setzen, sie wußte, daß ich ziemlich vernünftig bin, und ich ging in dem Raum herum, von allen denkbaren hübschen Kleidern umgeben; ich habe sie alle anprobiert und hörte Monsitas begeisterte Bewunderungsrufe dazu; ich war ganz erstaunt über die schönen Bilder, die in den Spiegeln auftauchten.
Aussuchen? Ach, am liebsten wollte ich sie alle haben, sie waren ja so verschieden, auch im Preis. Zum Glück schien mir das billigste das schönste zu sein! (An zweiter Stelle eines, das hundert Dollar kostete!)
Ich habe soeben Coquito und Onkel Gilbert gesehen, der aus Jamestown zurückgekommen ist.
Nuna geht es nicht besser, scheint mir, und Tante Edelmira hat noch immer soviel Sorgen.
Ich habe gerade angerufen, um zu erfahren, ob mein Hermelin bis morgen, Samstag, fertig ist.
Wenn ich will, kann ich Dir mit dem Preis meiner neuen Kleider einen Schreck einjagen. Schau mal:

1 Hermelin	$ 40.00
1 Samtkleid	29.50
1 Mantel	49.50
	$ 119.00

Von 1. bis 10. Oktober. Pfui!
Es ist zehn Uhr, aber Thorvald und Joaquinito sind bei der Pfadfinderversammlung, und ich habe Mama um die Erlaubnis gebeten, so lange zu schreiben, bis sie zurückkommen; im Halbschlaf hat sie ja gesagt.
Heute nachmittag habe ich den Bücherschrank und Mamas

Schreibtisch aufgeräumt; dabei lief ich ziemlich oft zum Fenster, aber zu dieser Zeit kam noch nichts und es kommt auch nichts mehr. Der Hermelin wird doch nicht mehr fertig, aber das sind Mißgeschicke, an die wir gewöhnt sind durch die Tagesereignisse und das entsetzliche politische Geschehen. Das ist die Routine des Bolschewismus!
Nach dem Essen war es so schön und so warm draußen, daß ich mit Marraine auf dem Broadway spazieren ging: er war sehr belebt und hell erleuchtet.
Ich dachte, ich könnte jetzt etwas sehr Ernstes und sehr Langes schreiben, aber leider sind Thorvald und Joaquinito schon zurückgekommen!
Heute habe ich erfahren, daß sogar die Philosophen Freude an neuen Kleidern haben, wenn sie eine liebe Mama haben, die sie verwöhnt.
P.S. Nr. 1: Thorvald hat sich ein Paar Strümpfe à zwei Dollar pro Stück gekauft und er versteht nicht, warum Mama diesen Einkauf nicht befürwortet, wo doch meine Seidenstrümpfe auch zwei Dollar kosten, und dieser Preis schien ihr immer normal. Ich nehme an, das ist einer der Unterschiede zwischen den Geschlechtern: das schwächere hat (durch die alten, nicht durch die neuen Gesetze) die größeren Privilegien.
P.S. Nr. 2: Mademoiselle Stockbridge hat noch keine Zeit gehabt, die paar Seiten meines Werkes zu lesen. Während Thorvald und Joaquinito ins Bett gehen, werde ich darüber nachdenken, was sie vielleicht sagen wird.

11. Oktober

Heute morgen habe ich vor Mama die vier Kleider anprobiert und versucht, ihr einzureden, daß mir das billigste am besten gefällt, aber Mama hat einen viel besseren Geschmack und sie hat gesagt, daß ich nur das aus schwarzem Samt (fünfundfünfzig Dollar) tragen würde oder gar keins. Es war gewiß ein entzükkendes Kleid; als ich es anzog, sah ich aus wie eine Prinzessin. Die Schlichtheit war sein größter Vorzug, und außerdem war es lang und eng, und ich sah aus wie ein junges Mädchen.
Ich habe es angezogen, um mit Cuca ins Theater zu gehen; als ich zurückkam, hatte ich Mühe, mich dazu zu entschließen, es wieder auszuziehen.
Im Theater haben wir *Roly Poly Eyes* gesehen, ich bin mir über

den Titel gar nicht ganz sicher, weil ich heute so ernst war; alles kam mir idiotisch und oberflächlich vor.
Cuca hat sich so verändert, daß sich unsere Unterhaltung auf das Theater und die Kleider beschränkt hat. Nie hat es in Geschmacksfragen einen so großen Unterschied zwischen zwei Menschen gegeben, nachdem sie Freunde geworden waren: Ich weiß gar nicht, was uns trennt außer der Andersartigkeit unserer Interessen; die vertraulichen Mitteilungen von Lake Placid scheint es nie gegeben zu haben, und ihr Verhalten zwingt mich, mein Mitteilungsbedürfnis zu zügeln. Ich fürchte, daß ich mich in Cuca getäuscht habe, wie ich mich so oft, ach so oft täusche. Aber diesmal ist es wirklich schade!
Während ich im Theater war, waren Mama und Joaquinito im Kino, und Thorvald hat mit den Pfadfindern einen Ausflug gemacht, er schläft im Freien heute nacht.
Mama und ich haben uns über mein Französisch unterhalten, und ich habe ihr erklärt, daß ich bei Madame Beaulac keinen Unterricht mehr haben möchte; sie kennt zwar alle Verben aus ihrer Grammatik perfekt, aber es gibt gewisse unentbehrliche Themen, über die sie traurigerweise absolut nichts weiß; ich kann nichts Richtiges bei einer Lehrerin lernen, von der ich weiß, daß sie mir unterlegen ist und deren Meinung ich weder bewundern noch respektieren kann. Mama versteht das ganz wunderbar. Ich habe heute abend angefangen, allein zu lernen. Mama hat mir die Fabel von der Zikade und der Ameise diktiert, und ich habe nur vier Fehler gemacht. Im Wörterbuch habe ich ein Dutzend Wörter gelernt und habe meine Verben konjugiert. Ich habe beschlossen, jeden Tag auf diese Weise zu arbeiten.
Ich habe viel Spaß am Wörterbuch. Es ist wahrhaftig ein Buch voller Schlüssel, die einem die Tore zu einer Erzählung öffnen, zu einem Traum, einer Geschichte, einem Buch, das aus dem Gewebe der Phantasie entsteht. Es ist seltsam, daß keiner von meinen Bekannten mir bisher empfohlen hat, das Wörterbuch wie ein Kunstwerk zu lesen.
Heute habe ich erfahren, daß alle Leute sich mit der Zeit verändern, aber nicht immer zum besten.

12. Oktober

Gestern abend habe ich vor dem Schlafengehen lange vor dem Fenster der *pantry* [Speisekammer] gestanden, um zuzusehen,

was in einem der Häuser gegenüber vorging. Alle Läden waren offen, und ich habe die Wohnung hell erleuchtet gesehen, sie war voll von sehr elegant gekleideten Leuten. Zunächst wurde ich von der Musik angezogen, ein Klavier und eine Geige spielten denselben »Hochzeitsmarsch«, den Emilia so oft gespielt hat. Während dieser Marsch erklang, gingen die Gäste durch den Salon, und da merkte ich, daß es sich tatsächlich um eine Hochzeit handelte. Den ganzen restlichen Abend haben sie getanzt, und die Musik war so schön, daß ich hier an dieser Stelle im Nachthemd und mit meinen blauen Pantoffeln anfing zu tanzen, mit offenen Haaren und der Bürste in der Hand – denn ich war gerade dabei, mir die Haare zu bürsten; viel später bin ich dann eingeschlafen und habe beim entfernten Klang der Tanzmusik vom Heiraten geträumt.
Heute morgen war es kalt wie im Winter. Ich habe meinen Mantel angezogen und bin mit Mama und Marraine in die Zehn-Uhr-Messe gegangen. Zu meiner großen Freude ist Marraine wieder ganz die alte, die ich von ganzem Herzen liebe und die wie eine zweite Mutter für uns war, so lieb und so großzügig trotz ihres Pechs in finanziellen Angelegenheiten.
Beim Lunch waren wir nur drei: Wir haben an Thorvald gedacht und uns gefragt, ob er nicht unter der Kälte und dem Regen leidet. Im Kamin brannte ein Feuer, und die friedliche Stimmung, die uns umgab, schien uns zu schön, um wahr zu sein oder um lange anzuhalten.
Schließlich ging der eintönige Tag zu Ende, und zum Abendessen kamen Onkel Gilbert und Coquito. Auch Marraine hat mit uns gegessen.
Der Tisch sah ziemlich angenehm aus, und ich war gerade damit beschäftigt, eine duftende heiße Schokolade zu servieren, die ich mit großer Sorgfalt und Stolz zubereitet hatte, als Joaquinito sie plötzlich kostete und einen Schrei des Ekels ausstieß. Daraufhin kostete auch Marraine und zog eine Grimasse.
Statt Zucker hatte ich Salz hineingetan!
Allgemeines anhaltendes Gelächter! Meine mißratene Schokolade tat mir sehr leid, aber das Komische war stärker als das Traurige.
Nach dem Essen haben sich alle zum Plaudern ins Wohnzimmer gesetzt. Da habe ich lautlos die Tür zugemacht, damit Mama nicht merkt, was ich vorhabe, und fing an, das Geschirr zu

spülen. Lange Zeit später war alles fertig, und ich begab mich ins Wohnzimmer. Es wurde gerade über mich gesprochen. Mein Onkel, in Uniform und über und über mit Orden geschmückt, sagte mit seiner ruhigen Stimme, indem er mich mit seinen meerfarbenen Augen anschaute:
»Anaïs hat wirklich eine sehr pariserische Art. Ihr Gesicht ist ›sehr geistreich‹.«
»Anaïs scheint Komplimente zu mögen«, fügte Marraine hinzu.
»Nicht nur sie«, antwortete Mama, »aber sie wird sich bald daran gewöhnen, weil sie oft welche zu hören bekommt.«
Daraufhin habe ich alle darum gebeten, das Thema zu wechseln und von etwas Interessanterem zu reden, was sie auch taten. Während sie dann über die »Geschäfte« sprachen, bin ich verduftet, um zu schreiben.
Joaquinito macht mir schrecklich viel Sorgen in der letzten Zeit. Manchmal erinnert mich seine teuflische Bosheit an die Erzählungen, die ich gelesen habe über den Teufel, der menschliche Gestalt angenommen hat, um alle Welt oder auch die Verwandten zu schockieren. Vielleicht ist es Joaquinitos Aufgabe, selbst die Engel um ihre Geduld zu bringen!
Heute habe ich gelernt, Zucker und Salz zu kosten, bevor ich sie gebrauche.
P.S. Am Samstag nachmittag hat eine Frau gesagt: *»No matter how high prices will go, writing paper will always remain stationary.«* [»Egal wie hoch die Preise steigen werden, Briefpapier wird immer gleichbleiben.« Es handelt sich um ein Wortspiel: »stationary« (gleichbleibend) – »stationery« (Schreibwaren).] Und das Publikum hat gelacht.

13. Oktober
Joaquinito hat sich diesen wundervollen Tag zum Krankwerden ausgesucht, und ich bin hiergeblieben, um ihn zu pflegen, damit wollte ich Mama eine Freude machen. Aber jetzt, wo der Tag mit seinen ganzen Widerwärtigkeiten vorbei ist, tut es mir leid – sofern so etwas möglich ist – daß Mama mich um so schwierige Dinge bittet.
Ich war nie in Joaquinito verknallt, aber es gibt Augenblicke, in denen er mich zur Raserei bringt; dann erscheint mir das Vorhandensein eines teuflischen Wesens in all seinen Handlungen unverkennbar.

Soeben habe ich meine Französischstunde alleine gemacht. Es ist etwas schwierig, aber die Begeisterung ist ebenso groß wie die Schwierigkeit, und das eine ergänzt das andere.
Jeden Tag schreibe ich, was ich von den Geschehnissen des Tages gelernt habe, und wenn ich einmal nichts schreiben werde, dann deshalb, weil alle meine Philosophie und meine Geduld erschöpft sind durch das Betrachten des explosiven oder explodierenden Wesens meines kleinen Bruders.

14. Oktober
Joaquinito ist schon wieder gesund.
Draußen ist die Natur verdrießlich, was sie durch ständige Regenschauer ausdrückt. Also waren meine Ideen ähnlich, und ich habe mich damit beschäftigt, meinen Schrank aufzuräumen und alle kleinen Erinnerungen an vergangene Tage wegzuwerfen, die soviel Platz in Anspruch nehmen, aber eigentlich nicht sehr nützlich sind. Das war ein sehr schwieriges Unternehmen, und letzten Endes habe ich überhaupt nichts weggeworfen. Einer der Briefe, die ich wiedergelesen habe, war von Papa, und zufällig erinnerte er mich an den 13. Oktober vor sieben Jahren, denn es war der erste Tag meiner langen Krankheit, wegen des Blinddarms.
A propos Papa, Madame Quintero hat mir einen langen Brief geschrieben, weil sie ihn getroffen hat. Sie schickt zwei kleine Bilder von seinem Haus und seiner Straße. Das Haus sieht recht hübsch und die Umgebung recht französisch aus. Emilia sagt, Papa sei elegant und schön. Sie behauptet, alle meine Bewegungen seien wie seine, meine Art, zu gehen und zu reden, mein Profil usw. usw. Sie schreibt sehr ausführlich, man kann es sich besser nicht wünschen, auf eine charmante, für sie sehr typische Weise. Ein paar Tage zuvor hatte ich gerade an Papa geschrieben, und nun werde ich ihm noch einmal schreiben, trotz der tiefen Betrübnis, die sein Schweigen in mir hervorruft.
Jetzt werde ich meine Französisch-Aufgaben machen und ein Buch lesen, das mir Madame Clarke geliehen hat: *Colette Baudoche* von Maurice Barrès, Mitglied der Académie française. Heureka! Das bedeutet: Ich habe gefunden, und ich füge hinzu: Ich habe ein gutes Buch gefunden!

16. Oktober
Gestern morgen hat mich Mama ins Hotel Astor geschickt, um Madame Casteleiro zu besuchen. Was zu bedeuten hatte, daß ich nun anfange zu arbeiten, denn Madame Casteleiro hat Einkäufe gemacht. Gegen eins hat sie sich verabschiedet, dann war ich kurz bei Cuca, und anschließend habe ich in einem bescheidenen Restaurant ein klein wenig zu Mittag gegessen. Ich war überrascht, allein zu sein, denn ich mußte über alle meine Handlungen allein entscheiden; überrascht und zufrieden, denn Verantwortung ist ein Zeichen des Erwachsenseins.
Den übrigen Nachmittag habe ich Sachen eingekauft, die von einer Dame Nunez bestellt worden waren, und als ich wieder nach Hause kam, entdeckte ich, daß meine Einkäufe insgesamt $ 103.20 gekostet hatten, was zu bedeuten hat, daß ich an einem Tag $10.32 verdient habe.
Mama ist sehr zufrieden und ich auch, trotz meiner Erschöpfung, ich bin ja nicht sehr tapfer, das weißt Du ja.
Heute bin ich bis zwei Uhr zu Hause geblieben. Dann habe ich Frances besucht, und wir haben den Nachmittag zusammen verbracht. Unser Programm setzte sich folgendermaßen zusammen: eine Stunde Bootsfahrt, die restlichen Stunden Spaziergang am Riverside, aber das Wichtigste war die Unterhaltung, denn Frances und ich haben uns immer so viel zu erzählen.
Frances sagt, sie habe sehr wenig Freundinnen, weil sie sie so sorgfältig auswählt, und das Ergebnis ist, daß sie sie alle besser findet als sich selbst. Da hatte ich Gelegenheit, ihr das zu sagen, was Mama mir so oft sagt: Sie hat zu wenig Selbstvertrauen.
Sie hat mir neue Geschichten erzählt, die ich sehr gut gefunden habe, und ich habe es gewagt, ihr meinen Versuch über den »Herbstabend« vorzulesen, dem ich den Untertitel »Visionen in den Flammen« gegeben habe.
Zum Glück ist Frances erfreulich ehrlich, und ich habe sofort verstanden, daß sie es nicht sehr mag. Außerdem war es etwas Tiefgründiges, und sie fand darin etwas, was *stroke her sense of humor* [etwas, was ihren Sinn für Humor schockierte]. Als ich vorlas: »Ich habe die Gesichter der Menschen gesehen, die ich liebe, und die der Menschen, die ich lieben sollte«, rief sie: *»Yes, that you ought to love, but you can't, specially relatives!«* [Ja, die du lieben solltest, aber du kannst es nicht, insbesondere deine Verwandten!]

Ich habe mich gefragt, ob sie mit ihren Tanten und Kusinen usw. die gleichen Erfahrungen gemacht hatte wie ich.
Frances sagt, ich sei nicht mit der Gabe zur Welt gekommen, kleine Geschichten zu schreiben von der Art, wie sie sie schreibt und die man heutzutage so gut verkaufen kann; sie meint, daß die Art Literatur, die ich praktiziere, sich nicht verkauft, weil sie drei Viertel der Welt nicht amüsiert und zerstreut, dafür aber dem übrigen Viertel seelisch wohltut, denen nämlich, die Philosophie und »trockene« Literatur lesen in der Art von Washington Irving und Emerson. Wenn ich den Horizont betrachte, sehe ich also den angenehmen *prospect* [die erfreuliche Perspektive] vor mir, mit den Geschäften Geld zu verdienen und meine Bücher später, wenn ich einmal reich und ... alt bin, zu veröffentlichen.
Ich bin sehr perplex.
Aber auf lateinisch sagt man: *Vae victis,* »Wehe den Besiegten!«
Und *in petto* bin ich noch nicht wirklich besiegt!
Dixi: »Ich habe gesagt.«
(Das alles habe ich im Wörterbuch gefunden, und ich bin so angetan von diesen Ausdrücken, daß ich sie auswendig gelernt habe. Da ich sie zum erstenmal anwende, will ich Dir sagen, was diese Worte bedeuten, aber bereite Dich darauf vor, sie schweigend hinzunehmen, wenn ich sie nächstesmal gebrauche.)
Alle haben soeben ihre Beschäftigungen beiseite gelegt und sind zum Fenster gelaufen, um zu sehen, wie es sturzbachartig regnet, während tausend Blitze die Wolken zerreißen.
Wenn man vom Bravsein spricht, sind Joaquinitos Antworten ziemlich ausweichend, aber heute hat er ganz kategorisch gesagt, »er werde immer brav sein, wenn alle aufhören, sich in seine Angelegenheiten einzumischen«. Das ist ja wirklich sehr nett!
Ich verlasse Dich, um an meinem Französisch zu arbeiten.
P.S. Ich bin nicht nur von der hervorragenden Sprache in *Colette Baudoche* hingerissen, sondern von der himmlischen Schönheit des ganzen Buches. Die Vorstellung, mich von dem Buch zu trennen, tat mir so leid, daß Mama mir erlaubt hat, bei Brentano's ein eigenes Exemplar zu kaufen.

19. Oktober
Am Ende dieses schönen heutigen Tages würde ein Pessimist sagen: »Wir haben ein altes Haus gekauft.«

Aber ich sage: »Wir haben ein Schloß im Märchenland gekauft.«
Ich wußte ja, daß in diesem Tagebuch viele gute Dinge passieren würden, weil der liebe Gott, wie mir scheint, uns plötzlich sehr verwöhnen wollte, nachdem wir uns lange Zeit in vielen Dingen sehr einschränken mußten.
Lassen wir den Freitag und den Sonntag beiseite, die jetzt unwichtig sind, und reden wir von heute.
Aber ich vergesse, daß »heute« »gestern« angefangen hat, als Mama ohne ein Wort der Erklärung nach Kew gefahren ist, mit dem Feuer, das immer in ihren Augen aufleuchtet, wenn sie etwas Großes vorhat.
Am Abend kommt sie zurück, geheimnisvoll und von der Freude verwirrt; sie redet, und es verschlägt uns fast den Appetit, als sie uns von dem Haus erzählt, das sie in Kew besichtigt hat. Dieses Abendessen war zu komisch, als daß ich es vergessen könnte.
Da ich die Größte bin, fragte Mama zuerst mich, was ich in Kew nicht mag und was ich in einem Haus nicht mag.
Primo: die Nähe der Nachbarn.
Secundo: ein sehr, sehr großes Haus.
Mama lächelte und versicherte mir, ich würde zufrieden sein. Aber Thorvalds und Joaquinitos Vorstellungen waren zu zahlreich und zu verrückt, ich kann sie nicht alle aufschreiben!
Es hat mir fast den Schlaf geraubt, und Mama konnte überhaupt nicht schlafen.
Wir hatten beschlossen, das Haus heute besichtigen zu gehen, endlich kam der Morgen. Nach der Messe und dem Frühstück kam Tante Antolina und holte uns mit ihrem Auto ab: schon waren wir unterwegs nach Kew Gardens.
Nach etwa vierzig Minuten, nachdem wir auf einer schönen Straße, die mit großen Bäumen gesäumt war, an dem uns allen vertrauten Haus von Ti Coco, am Bahnhof, am Klub von Kew vorbeigefahren waren, hielten wir vor dem Haus an.
Es ist von einem großen Garten mit hohen Bäumen umgeben; der Boden ist mit dürrem Laub bedeckt, das Haus selbst werde ich Dir etwas später vorstellen.
Bevor wir wieder weggefahren sind, hat Mama einen Scheck für den Besitzer ausgestellt, die erste Anzahlung von den $ 14.000, die das Haus, unser Haus, kostet.
Wir kehrten in einem Zustand großer Heiterkeit zurück. Jedoch

nicht ich. Ich war in einem Zustand der Verzückung; während der Rückfahrt lächelte ich die Landschaft an, die Bäume, den Himmel, die Passanten, und dachte dabei über die Güte des lieben Gottes nach, und wenn ich an mich selbst dachte, fragte ich mich, was ich wohl getan hatte, um soviel Freude und Glück zu verdienen.

Um Gelegenheit zum Nachdenken zu haben, nahm ich mein Strickzeug und arbeitete den ganzen Tag über allein mit Mama; zugleich bewachten wir das Haus, während Thorvald und Joaquinito sich im Kino die Zeit vertrieben.

Der Nachmittag wurde nur durch den Besuch des Pianisten, Monsieur Martucci, unterbrochen und durch mehrere Telephonanrufe und etwa fünfzig Besuche für die anderen Hausbewohner.

20. Oktober

Ich war seit heute morgen mit Leocadia Menosal unterwegs, und da sie für $ 128.10 eingekauft hat, habe ich $ 12.81 verdient. Ich habe Kopfschmerzen, weil Mama und ich wegen des Hauses eine schlaflose Nacht verbracht haben. Mama scheint glücklich darüber zu sein, daß ich mich freue, etwas Praktisches zu arbeiten, und da es der beste Weg ist, das Problem meiner Zukunft zu lösen, habe ich bereits nach amerikanischer Manier meine literarischen Ambitionen zugunsten der Geschäfte aufgegeben.

21. Oktober

In mein kleines Büchlein, auf dem unter meinem Namen und meiner Adresse *»Assistant Secretary to Mrs. Nin«* steht, habe ich heute die Summe eingetragen, die ich verdient habe: $ 7.51. Diesmal bin ich mit Cuca weggegangen, die mich gegen acht Uhr früh angerufen hatte, damit ich ihr nicht entwische.

Manchmal tut es mir leid, daß Mama das Haus in Kew gekauft hat, weil sie so besorgt ist. Und außerdem kann das Haus unserer Träume nicht so schön sein wie in unseren Vorstellungen, denn solange der Traum von seiner Verwirklichung noch weit entfernt ist, geht alles gut, aber sobald er zeitlich näherrückt und man ihn mit Geld wahrmachen muß, ist es offenbar das Geld, das zum Traum wird. Wie könnte ich mich über meine Möbel freuen, wenn ich daran denke, daß Mama sich wegen ihres Preises Kummer macht?

Mein Hermelin ist gerade geliefert worden. Vermutlich werde ich immer ein Kind sein: wenn eine meiner Launen in Erfüllung geht, muß ich meine Umwelt mit meiner kindlichen Freude förmlich überschütten.
Mama liegt im Bett. Sie hat uns inständig darum gebeten, nicht mit ihr zu reden, weil ihr Kopf übervoll von Sorgen und Überlegungen ist. Demzufolge bin ich heute sehr verändert, wo ich doch gestern so lebensfroh war. Ich wünschte, alle unangenehmen Dinge passierten nur mir allein, wenn Mama dann nur glücklich sein könnte.
Thorvald lernt, während Joaquinito Klavier spielt.
Ich erinnere mich gerade an den Lunch im Waldorf Hotel, zu dem mich Onkel Bernabé eingeladen hatte, und dabei bin ich ein wenig traurig. Ich sage traurig, weil ich über mein Benehmen so beunruhigt war, und das lag wirklich an meinem mangelnden Selbstvertrauen, weil Mama mir gesagt hat, das gute Benehmen hätte ich ohnehin im Blut und daß ich überhaupt das Benehmen einer Prinzessin hätte, aber in diesem Augenblick war mir, als würde ich alles falsch machen. Letzten Endes wäre ich gern stolzer, weil ich viele Leute beobachte, die gewisse Vorzüge nicht haben, die aber *behaupten,* daß sie sie hätten, und alle Welt glaubt ihnen.
Heute morgen ist Bernabecito gekommen, da er Mamas Aufforderung ernst genommen hatte, sie brauche Hilfe. Und er hat gearbeitet. Jetzt, wo ich darüber nachdenke, glaube ich, daß ich von allen meinen Vettern Eduardo und Bernabé am liebsten mag. Charles ist auch sehr nett.
Ach, welch ein Leben! Marraine ist einen Augenblick hereingekommen, um mit Mama zu reden, und als Mama ihr von ihrer letzten Unterredung mit Tante Antolina erzählte, die sich sehr ungerecht und launisch zeigte, ist sie *broke down* [zusammengebrochen] und hat angefangen zu weinen. Und dabei weint Mama so selten! Wir standen alle drei ganz betrübt um ihr Bett herum, wir hatten selbst Tränen in den Augen, und wir waren unendlich glücklich, als wir merkten, daß ihr die Tränen wohltaten. Ja, der Sturm ist vorbei, Mama ist ruhig, sehr schweigsam, aber diese Szene hat uns sehr traurig gemacht.
Ich bin nicht mehr in der Stimmung, mein Französisch zu lernen, ich hasse meinen Hermelin. Oh, ich muß ins Bett gehen, um nachdenken zu können, nachdenken über die Dinge, die

vorübergehen; so oft werden unsere Herzen einfach abgetrieben, ziellos inmitten so vieler Stürme. Werden wir je das Ziel dieser langen Reise erreichen?

22. Oktober

Da mir den ganzen Tag nicht wohl war, bin ich zu Hause geblieben und habe die Zeit genutzt, um Mamas Abrechnungen mit der Maschine zu tippen. Bernabecito hat uns, Isabelle und mir, bis halb eins geholfen.

Als Mama zurückkam, war sie mit der geleisteten Arbeit sehr zufrieden. Soeben hat sie mir gesagt, daß wir uns morgen zusammen Möbel anschauen würden.

Ich habe sehr gelacht über die Artikel, die von der kubanischen Kundschaft gekauft werden, und ich kann Dir in aller Ruhe versichern, daß die Rechnungen an die kubanischen Frauen sich hauptsächlich wie folgt zusammensetzen:

24 Döschen Rouge
36 Schächtelchen Puder
12 Töpfchen Schönheitscreme
6 Négligés
12 Büstenhalter
12 Korsetts
12 Hemden
und 3 Perlenketten.

Hier muß ich aufhören, weil Mama mich bittet, ins Bett zu gehen.

P.S. Mr. Mendirichega hat Mama besucht, weil er in 172. W. 86 ein kleines Zimmer unterm Dach mieten will, und unter anderem hat er die Ankunft von Mr. Madriguera in zehn Tagen angekündigt, er kommt an Bord der *France*.

Um sich über mich lustig zu machen, hat Mama gesagt, sie sei ganz froh, daß er kommt, weil er ihr Geld schuldet. Schließlich sind wir dann ja in Kew Gardens!

Frances hat soeben angerufen, um zu sagen, daß wir am Donnerstag nicht zur Tanzschule gehen können, und ich war hocherfreut. Was soviel heißt wie: ich bin in meinem Normalzustand. Alles geht gut.

29. Oktober

Ein Berg Kopfkissen auf einem großen Bett, auf dem auch ein riesiges Federbett ausgebreitet liegt; überall Bücher, Schreibpapier und ein Spiegel. Links unter dem Bett ein Paar Pantoffeln, am Fußende des Bettes ein Morgenmantel, rechts ein Stuhl mit Watte, einer Flasche Medizin und einem Glas Wasser.

Kannst Du's erraten? Ja, ich bin es, die krank war. Krank? Oh, ich habe gelitten, mein liebes kleines Tagebuch, ich habe viel gelitten seit dem letzten Tag, an dem ich auf Deine Seiten geschrieben habe. Ich hatte einen Abszeß auf der Lippe, eine seltsame Infektion. Jeden Tag kam Dr. Murray mit seinem Köfferchen voller Instrumente, und jeden Tag habe ich in Mamas Armen geweint, kraft- und mutlos nach den Operationen. Zum Schluß, nachdem der Abszeß von der Oberlippe auf die Unterlippe gewandert war, nach vielen schlaflosen Nächten, die mir wie eine einzige Qual erschienen, hat der Schmerz aufgehört, und ich befinde mich auf dem Wege der Genesung. Ich wurde verwöhnt, obwohl ich es gar nicht verdiene. Jeden Tag bekam ich Besuch, und zu Thorvalds und Joaquinitos größter Freude brachte man mir Bonbons mit.

Heute habe ich gelesen und geschrieben – eine Genesende, die liebevolle Pflege genießt und in einem sonnigen Zimmer von lächelnden Menschen umgeben ist – während Männer unsere ganzen Sachen abholten, um sie nach Kew zu bringen. Ich habe beschlossen zu schreiben, als ich bemerkte, daß das Buch nicht mit meinem Glücksgefühl übereinstimmt. Da habe ich an Papa geschrieben.

Ich bin noch sehr schwach, zu schwach, um alles zu schreiben, was ich möchte. Ich werde Thorvald bitten, den Brief an Papa hier hinein abzuschreiben, denn Mama lachte sehr darüber.

29. Oktober 1919

»Mein geliebter kleiner Papa,

wundere Dich nicht, weder darüber, daß ich mit dem Bleistift schreibe, noch darüber, daß dieser Brief vielleicht häßlich aussieht, aber ich liege noch im Bett und erhole mich von einer Krankheit, die ungefähr acht Tage gedauert hat, die sich aber zu einer angenehmen Genesung zu verwandeln scheint. Ich habe viel gelitten, aber seit der Doktor (ein großer, gutmütiger Amerikaner irischer Abstammung, der nie vergißt, sein kleines

schwarzes Köfferchen und ein *benevolent* [wohlwollendes] Lächeln mitzubringen) jeden Morgen kommt und mir sagt, daß ich wieder gesund werde, bin ich fröhlicher als eine Lerche; also wird dieser Brief keineswegs die Spuren davon tragen, daß er unter anormalen Bedingungen geschrieben wurde.
Gestern abend habe ich Deinen Brief vom 15. Oktober bekommen, und mit was für einer Freude! In diesem Augenblick habe ich tatsächlich geglaubt, daß die Freude mich gesund machen würde, aber allmählich glaube ich, daß solche Dinge nur in den Büchern passieren ... Im Leben machen das der Große Doktor und der Kleine Doktor ... und die Geduld.
Madame Quintero hatte mir ein paar Tage vor Dir geschrieben: Ich habe mich sehr gefreut und ich bin stolz und dankbar, denn in ihrem Brief hat sie Dich und die Ereignisse sehr ausführlich geschildert. Sie hat mir zwei kleine Bilder geschickt, die sie vermutlich mit derselben kleinen Kamera aufgenommen hat, mit der sie uns so oft photographiert hat. Das eine Bild ist von Deinem Haus in Paris, das ich recht lieb finde, das andere von der Straße mit den Bäumen, einem Pferdekopf und dem Bein eines kleinen Jungen. Es sieht sehr pariserisch aus, aber das Haus gefällt mir besser ...
Es ist sehr lustig, daß Du eine *Corona* zum Schreiben hast, denn diese hübsche kleine Maschine ist legendär hierzulande, wo die Schreibmaschine für die modernen Autoren unentbehrlich geworden ist, weil sie nicht mehr fähig sind, sich der antiken Feder zu bedienen; außerdem entspricht diese kleine Maschine ihrem Portemonnaie, das sich wenigstens in seiner Bescheidenheit immer gleich bleiben wird.
Du hast sicher schon bemerkt, daß niemand im richtigen Augenblick krank wird, sondern immer dann, wenn das Gesundsein gerade am wichtigsten wäre. Diese Bemerkung habe ich meiner Erfahrung zu verdanken. Angeregt durch den Mangel an Komfort, durch das abscheuliche Leben, das man in einer Großstadt führt, durch den Ehrgeiz, einen lieben Traum endlich in die Wirklichkeit umzusetzen, hat Mama, wenige Tage bevor ich krank wurde, außerhalb von New York, in Kew Gardens, ein Haus gekauft. Als ich Dir von Tante Edelmira erzählte, habe ich Dir diese hübsche Landschaft bestimmt schon beschrieben, deren Reiz im Reichtum der Natur und im Zauber vieler von Gärten umgebener Häuser liegt. Von unserem Haus werde ich

Dir ein begeistertes Loblied singen und eine ausführliche Beschreibung machen, wenn wir es bewohnen werden; auf jeden Fall erscheint es uns als das schönste von allen; dieser Traum ist einer der wenigen Träume, die sich kristallisieren konnten, ohne zerstört zu werden: unser Haus!

Jeder wird sein eigenes Zimmer haben (meins wird mit weißen Möbeln eingerichtet, und alles andere wird hellblau sein), und mit dem Stolz, der einen erfüllt durch die Dinge, die man besitzt, werden wir aus diesem Domizil ein Nest der Familienfreuden machen. Onkel Thorvald und Tante Lolita werden mit uns zusammenleben. Ich erzählte diese Geschichte mit meiner Krankheit, weil wir mit dem Umziehen auf meine Genesung warten. Dabei war meine Ungeduld vielleicht größer als die der ganzen Familie zusammen, weil ich die schlechte Angewohnheit besitze, alles mit jener Begeisterung zu unternehmen, die ein typisches Merkmal der Verrückten oder . . . der Dichter ist (was auf dasselbe herauskommt). An der Adresse jedoch, die ich Dir später schicken werde, wirst Du erkennen, daß unser Besitz zu Richmond Hill gehört, weil er sich jenseits der Linie befindet, die Kew Gardens von Richmond Hill trennt. Vorerst werde ich tausendmal mehr verwöhnt, als ich es verdiene, was bei mir übrigens immer der Fall ist.

Eine Traumvorstellung, so scheint mir, ist etwas weit Entferntes, was sehr schwierig zu erreichen ist. Darauf läuft mein Französisch hinaus. Aber meine Willenskraft, meine Begeisterung sind zu stark, als daß ich meine Traumvorstellung aufgeben könnte, also verfolge ich sie weiter.

In der öffentlichen Bücherei gibt es *L'Illustration* und *La Revue des deux Mondes.* Ich bin immer die erste, die sie sich ergattert, sobald sie ausliegen. Sie sind ein wenig alt, aber mir noch immer voraus. Ich war auch entzückt über ein Buch von Maurice Barrès, Mitglied der Académie française, in die auch ich eines Tages aufgenommen zu werden hoffe (Pscht! Lach nicht so laut, ich würde Dich hören!). Ich habe mir eine lange Liste von Wörtern gemacht, die ich in Zukunft verwenden möchte, aber bisher kann ich mit Wörtern wie zum Beispiel »klauen« nichts anfangen. Ich hatte ungeheuere Lust, dieses Buch, das mir nicht gehörte, zu behalten, aber meine Bewunderung für Maurice Barrès ist nicht groß genug, als daß ich für ihn ins Gefängnis ginge, und im übrigen würde man mir im Gefängnis sein Buch

auch nicht geben und auch danach, wenn ich wieder frei wäre, nicht, also werde ich eines Tages ein besseres Buch als dieses schreiben, es handelt sich um *Colette Baudoche.* (Diesmal habe ich Dich lachen gehört.)
Ich habe vergessen, Dir zu sagen, daß ich mir ein Exemplar kaufen werde, es ist einfacher.
Ich bin Dir sehr dankbar, daß Du meine Briefe mit der Sonne und dem Glück vergleichst, die so wohltuend sind. Sicherlich habe ich Deinen Mut geerbt, denn während meiner ganzen Krankheit habe ich allen Leuten, die mich fragten, wie es mir geht, stur und steif geantwortet: *»all right.«*
Und je mehr ich mich krank fühlte, je mehr ich litt, desto bestimmter antwortete ich *»all right«*. Zum Glück fragt der Doktor nicht, er operiert einfach.
Man sagt, ich sei mutig, aber wohl nur, um mir eine Freude zu machen.
Dein Abschnitt über diese Art Liebe, die die Leute für Dich entwickeln, ist himmlisch. Ich kann sie mir vorstellen, die Reihe, die Prozession derer, die Dich lieben (sie muß sehr lang sein!), ich flehe Dich an, erlaube mir, allen voran an der Spitze zu gehen. Außerdem danke ich Gott, der Dein Leben mit Kunst gefüllt hat, um das andere himmlische Glück, das Dir fehlt, zu ersetzen. Schick mir Deine Bücher, ich will Deine Erfolge und Deine Mißerfolge, Dein Glück und Deine Einsamkeit teilen.
Es küßt Dich tausendmal DEINE LINOTTE.«

4. November

Richmond Hill, 620 Audley St. & Curzon Place

Oh, geliebtes Tagebuch, was für Veränderungen! Was für Ereignisse! Seitdem ich das letztemal hier hineingeschrieben habe, sind soviele Veränderungen eingetreten, daß ich nicht weiß, was ich Dir zuerst erzählen soll.
Von Mittwoch bis Samstag habe ich mich bemüht, so schnell wie möglich gesund zu werden. Ich habe andauernd in einem Spiegel den allmählichen Fortschritt auf meinen Lippen beobachtet, und als der Freitag kam, sah ich mich in der Lage, aufzustehen, aber ich war noch zu schwach, um zu gehen. Aber am Samstag morgen hat sich diese wunderbare Energie, die sich meiner bemächtigt, wenn sie nötig ist, zu meiner Leidenschaft gesellt und mir die nötige Kraft gegeben, alles zu tun.

Früh am Morgen habe ich Frances und Eleanor angerufen, und danach habe ich Mama und Monsita geholfen, die letzten Vorbereitungen für den Umzug zu treffen. Während wir diesen Beschäftigungen nachgingen, mußte Monsita mehrmals ihre Arbeit unterbrechen und weinen, sie ist über unser Wegziehen wirklich sehr betrübt. Aber als Mama sie gebeten hat, mit uns aufs Land zu ziehen, gestand sie, daß sie Veränderungen nicht mag; also wird sie dort bleiben, um Mama bei ihren Geschäften zu helfen. Ich kann mir vorstellen, daß das Haus ohne uns recht traurig sein wird, weil wir ja ziemlich laut sind, mit »wir« meine ich insbesondere Thorvald und Joaquinito und mich, wenn ich fröhlich bin (was selten vorkommt).
Um zehn Uhr kam das Auto von Tante Antolina. Da fand der komische Augenblick des Tages statt: Wir haben das Auto vollgepackt mit allerlei Schachteln und Kisten, mit Töpfen, die wir im letzten Augenblick zusammengesucht hatten, mit Koffern, kleinen Päckchen, dann kamen noch Mama, Joaquinito und ich dazu. Im letzten Augenblick mußte Monsita so sehr weinen, daß Mama ihr sagte, sie solle mit einsteigen und den Tag mit uns verbringen. Zum Glück nimmt sie wenig Platz in Anspruch. Im Auto nahm jeder etwas auf den Schoß, um sich darum zu kümmern; ich meinen kleinen Vogel, und während der ganzen Fahrt tropfte das Wasser langsam aus dem Käfig heraus, durchnäßte mein Kleid und meine Wäsche, drang durch meine Strümpfe und beendete seine sonderbare Reise unten in meinen Schuhen.
Die Fahrt war eher schweigsam, wir mußten alle über unser neues Leben nachdenken; Ausrufe über Gegenstände, die wir zu Hause vergessen hatten und die uns nach und nach einfielen, waren unsere einzige Unterhaltung. Das war vielleicht komisch! Anfangs war der Tag schön, und als das Auto vor *unserem Haus* anhielt, schien es uns schöner als je zuvor. Monsita, Joaquinito, ich und die Pakete wanderten ins Haus, während Mama mit dem Auto weiterfuhr, um noch ein paar Lebensmittel einzukaufen. Da kam ein Mann, um den Strom anzuschließen. Alles ging gut. Das Mittagessen bestand aus Schinkenbrot, Milch, Obst und Kuchen.
Das einzige, was mich betrübte, war meine Schwäche, und Mama ließ mich nichts tun.
Erst gegen Abend legte sich unsere Begeisterung ein wenig, als

wir bemerkten, daß das Licht nicht funktionierte, und draußen regnete es in Strömen; demzufolge war es um fünf stockfinster. Unser Abendessen nahmen wir schweigsam ein im Licht einiger Kerzen, das unsere Schatten an den Wänden auseinanderzog und zum Geheimnis eines großen, stillen Hauses beitrug, das uns noch so wenig vertraut war und phantastische Ängste vor Hexen erweckte.
Um sechs waren wir alle im Bett ohne Licht; wir hörten auf das Rauschen des Regens und konnten nicht einschlafen vor lauter Denken, Denken, Denken.
Am nächsten Morgen waren wir sehr früh wach. Da wir noch kein Gas hatten, machten wir das Frühstück auf kleinen Spiritusbrennern. Den Sonntag verbrachten wir mit Einrichten, und allmählich machte das Haus einen angenehmen Eindruck. Am Nachmittag haben Onkel Thorvald und Tante Lolita ihre Sachen wieder abgeholt; ein paar Tage zuvor waren sie hierher gekommen mit der Absicht, mit uns zu leben, aber die Kälte und die Tatsache, daß es kein Licht, kein Feuer und kein Dienstmädchen gab, hat sie sofort entmutigt, und als sie wieder nach New York zurückkamen, beschlossen sie, dort zu bleiben. Nach so vielen Jahren der Reisen und der Entbehrungen sind wir zum Glück gewohnt, uns durch nichts entmutigen zu lassen, und wir sind fähig, überall unter allen Umständen zu leben, ohne gleich bzw. überhaupt den Mut zu verlieren.
Monsita ist auch wiedergekommen. (Sie war am Abend zuvor weggegangen.)
An diesem Abend sind wir wieder um sechs ins Bett gegangen. Mama hatte starke Kopfschmerzen und sie schien so bekümmert, so mutlos sogar, wo doch gerade sie immer so tapfer ist, daß ich mit Tränen in den Augen eingeschlafen bin.

Am Montag morgen ging Mama sehr früh zur Arbeit und Thorvald zur Schule. Joaquinito hatte einen starken Schnupfen, und im übrigen sollte er bei mir bleiben. Monsita hatte versprochen, am Vormittag zu kommen, um uns zu pflegen.
Ich fühlte mich viel stärker und nutzte die Zeit, um viele, viele Dinge an ihren Platz zu räumen. Ich war so glücklich, als meine Möbel geliefert wurden! (Ich werde Dir später davon erzählen.) Zugleich kamen auch die Besen, auf die wir ungeduldig warteten; danach konnte ich das ganze Haus fegen. Als Monsita kam,

beeilte sie sich, den Lunch herzurichten, und gleich danach lief sie in die kleine Stadt ganz in der Nähe, um Strom und Gas anschließen zu lassen.

Der Mann kam am Nachmittag wieder, und es war eine große Freude, als wir alle Lampen ausprobierten, die diesmal ausgezeichnet funktionierten. Keine Kerzen mehr, keine Schatten, keine Traurigkeit!

Als Thorvald zurückkam, machte er sich an das Einrichten seines Zimmers, Joaquinito an seines und ich mich an meines. Wir waren alle drei stolz auf unseren Besitz und glücklich, daß wir nun genügend Platz hatten, unsere Sachen einzuräumen. Die Kämpfe, die wir früher ausfochten, genügten, um uns die Reize einer Schublade, eines Schrankes, eines eigenen Badezimmers usw. schmackhaft zu machen. Wir haben kleine dekorative Gegenstände, Bücher und Bilder ausgetauscht; mit den Gesten von Königen haben wir Ordnung in unsere Reiche gebracht. (Ich bin überzeugt, daß kein König sein Reich so pflegt, wie wir unsere pflegen werden.)

Als gegen fünf Mama zurückkam, war es schon finster. Sie fand eine fröhliche Familie vor: Sie hatte den Mut, sich unser Geschnatter anzuhören, obschon tausend Sorgen ihre schöne Stirn zerfurchten, obschon schmerzliche Gedanken Ringe unter ihre Augen zeichneten und ihrem Lächeln einen Ausdruck der unendlichen Traurigkeit verliehen, der mir das Herz brach.

Während Monsita den großen Herd anzündete und ein gepflegtes Abendessen bereitete, indem sie den Tisch im Eßzimmer deckte, versuchte ich, Mamas Kopfschmerzen zu lindern und hörte ihr zu, wie ich es in Edgemere immer getan hatte; mit einem sarkastischen Lächeln (weil die Illusionen weiterhin immer schwächer werden in Anbetracht der Realität) hörte ich mir die Auswirkungen des verbitterten Charakters von Marraine an: den Kampf um das Haus in der 86. Straße ohne Dienstmädchen, den Kampf in der 75. Straße ohne Dienstmädchen, die Sorge um die zahlreichen Einkäufe, die getätigt werden müssen. Schließlich schöpfte sie wieder ein wenig Mut und ging hinunter; sie versuchte, ein wenig zu essen. Es war ein seltsames Abendessen, Thorvald und Joaquinito verstanden nichts von Mamas Sorgen, Monsita und ich bemühten uns, die Unterhaltung so hinzubiegen, daß sie Mama Freude machte: sie bemühte sich, uns mit einem traurigen, unbestimmten Lächeln zu belohnen.

Obwohl wir nun Licht hatten, gingen wir alle gegen sieben ins Bett, um Mama nicht durch unseren Lärm zu stören.
Heute morgen sind Mama und Thorvald nicht weggegangen, weil Feiertag war. Während Thorvald und Joaquinito draußen spielten, sind Mama und ich mit der Straßenbahn nach Jamaica gefahren, um einzukaufen, und wir sind mit dem Auto, nein ich will sagen: in einem Ford zurückgekommen, weil wir an einer Expreßstelle waren, um ein Paket mit Decken und Wäsche abzuholen, das Madame de Sola aus Edgemere geschickt hatte. Es war erst mein zweiter Ausgang seit meiner Krankheit, und ich war sehr froh.
Jetzt ist es ungefähr vier. Mama und ich haben uns zum Schreiben an den Eßzimmertisch gesetzt. Thorvald ist in seinem Zimmer, und Joaquinito spielt draußen. Halb fünf. Wir haben eben ein Feuer gemacht mit all dem Papier, in das unsere neuen Möbel eingepackt waren, und danach haben wir uns eine Tasse Tee gemacht und Schnitten, die wir mit einer kleinen elektrischen Maschine getoastet haben.
Unser Garten ist sehr schön. Zur Zeit ist er mit Laub und Eicheln bedeckt. Überall ums Haus herum gibt es Spuren von Blumen und Kletterpflanzen. Vielleicht werden sie im Winter wachsen und im Frühjahr blühen. Wir sind umgeben von Bäumen, jedes Fenster ist wie ein Bild, viel schöner als das schönste Gemälde. Die Häuser stehen auf kleinen Hügeln, unser Hügel ist sehr hoch, und aus den Fenstern im zweiten Stock können wir die Landschaft sehr gut betrachten. Das Haus ist so gebaut, daß die rechte Seite oder der rechte Flügel zur Straße hinausgeht, und die Vorderseite des Hauses ist zu den Nachbarn hin gewendet, die aber ziemlich weit weg sind. Das heißt, daß sich gegenüber von uns die rechte Seite des anderen Hauses befindet, das ganz angenehm anzusehen ist und von dem wir durch unseren Garten, eine Hecke, ein unbebautes Grundstück und ihren Garten getrennt sind. Rechts vom Haus ist die Straße, auf der anderen Straßenseite stehen ein paar hübsche Häuser, und dann kommt ein großer Wald. Der hintere Teil des Hauses schließt an ein sehr breites Stück Garten an, das wiederum an eine dieser so reizenden Wege stößt, die ganz von der Natur bestimmt und absolut frei von Symmetrie und menschlicher Geradlinigkeit sind. Die linke Seite des Hauses grenzt an einen Garten und ein großes Grundstück, das zu verkaufen ist. Meine geliebte Mama

hat schon ihre Hoffnungen darauf gesetzt, und gemeinsam haben wir uns vorgestellt, wie dieses schöne Grundstück unseren Besitz erweitert.
P.S. Oh, was ich eben entdeckt habe, ist so lustig. Auf dem Dach gibt es außer den Vogelnestern auch Eichhörnchennester. Das erinnert mich daran, daß alle Bäume, die uns umgeben, voll sind von Eichhörnchen, die den ganzen Tag im Laub spielen. Ach, ich liebe das Land, ich liebe das Haus, auf das wir so viele Jahre gewartet haben. Ich denke an das Weihnachtsfest, das wir hier verbringen werden. Was habe ich getan, um mir so unendlich viel Glück zu verdienen?
Mama schreibt der ganzen Familie und überläßt mir die angenehme Aufgabe, das Haus zu beschreiben. Das werde ich jetzt tun.

Mittwoch, 5. November 1919
Heute morgen waren wir um sieben auf den Beinen; wir frühstückten in aller Eile und gingen hastig zum Bahnhof, um den Acht-Uhr-dreizehn-Zug zu erwischen, der uns nach New York brachte. Thorvald war schon lange weg.
Als ich in 158 ankam, bemerkte ich die seltsame Stille des Hauses, es sah so verlassen und unheimlich aus, obwohl es voll von fremden Leuten war. Ich half Mama, so gut ich konnte, und als alles fertig war, bat sie mich, mit Joaquinito ins Kino zu gehen.
Wir waren gerade im Begriff, das Haus zu verlassen, um den Fünf-Uhr-siebenunddreißig-Zug zu erwischen, als sich etwas ereignete, was uns den traurigen Eindruck vermittelte, daß unsere Anwesenheit notwendig ist, um das Haus zu erhalten. Beinahe wären die Warmwasserleitungen geplatzt, da das Gas den ganzen Tag brannte, ohne daß jemand daran gedacht hätte, es auszumachen. Das war früher eine der Aufgaben, die uns zufiel, wegen der Bedeutung, die wir dem Haus beigemessen haben. Ich merkte, daß dieser Zwischenfall Mama äußerst nachdenklich stimmte; vermutlich dachte sie an die Konsequenzen, falls er sich wiederholen würde: Ein Haus könnte einfach in die Luft gehen, weil keiner sich darum kümmert!
Wir haben uns lange darüber unterhalten und haben hin und her überlegt, was man tun könnte, um die Situation zu ändern; die einzige Lösung ist wohl, daß wir so lange wieder nach New York

zurückkehren, bis Mama Personal findet. Aber Mama hat schon Annoncen in die Zeitung gesetzt, und wir warten erst einmal auf das Ergebnis. Ich spüre, daß ich im Augenblick Tatsachen aufschreibe, ohne jegliche Phantasie oder Sinn für Humor mit einzubringen, aber heute habe ich alles durch diese kühle Brille gesehen; das ging sogar so weit, daß ich mich um die Kohle kümmerte, weil es kalt ist, und um die Fenster, weil der Wind weht. In meinem Normalzustand hätte ich meine ganze Begeisterung dafür aufgewendet, um Dir meine Empfindungen zu beschreiben und Dir von den Blättern zu erzählen, die von den Bäumen fallen und davonfliegen . . . aber heute habe ich keinen Sinn für Humor. Überall um mich herum sehe ich nur ernste Tatsachen, kritische Situationen, Leute, die wegen ihres verbitterten Charakters leiden und andere wie Mama, die ungerechterweise leiden, weil die Umwelt so egoistisch ist. Ich kann wirklich sagen, daß für mich die schlimmste Folter dieser Welt darin besteht, Mama unglücklich zu sehen, denn ihr Glück ist mein Glück, und wenn sie leidet, bricht es mir das Herz.
Es weht ein sehr starker Wind heute; ich habe das Gefühl, daß wir von Sturm umgeben sind, körperlich und seelisch. Wann wird die Sonne wieder scheinen wie früher?
Nur Mut, nur Mut! Ja, es stimmt, daß draußen der Sturm tobt, aber wir sind im Trockenen. Sind wir nicht glücklich? Von hier aus höre ich, wie sich Mama und Joaquinito beim Ins-Bett-Gehen unterhalten; Thorvald sitzt mir gegenüber, er macht seine Hausaufgaben auf dem Eßzimmertisch. Und ich laß mich gerade dann entmutigen, wo ich so glücklich sein sollte!
Selbst wenn wir morgen wieder in die Stadt zurück müssen, sind wir heute abend alle versammelt hier, so glücklich, wie es arme Menschen eben sein können . . .
Aus diesem Grund tut es mir gut zu schreiben, ich durchschaue das Durcheinander meiner Ideen, und so entdecke ich immer das vorherrschende Gesetz meiner Überlegungen: die Philosophie, die ich von Mama geerbt habe.

6. November
Wir sind wirklich unglaubliche Glückspilze! Das Haus in Richmond Hill ist zur Zeit still und dunkel, und wir sind für einige Tage wieder in 158 W. 75. Wer weiß wie lange!
Gegen elf heute morgen war ich gerade damit beschäftigt, mein

Zimmer zu fegen, als Monsita mit Mamas Anweisungen kam und sagte, wir sollten unsere Koffer packen. Wir haben gewartet, bis Thorvald zurückkam, und nach einem langen Spaziergang durch die prickelnde Kälte (die unsere Wangen mit unvergleichlichem Rot überzog) haben wir den Fünf-Uhr-drei-Zug erwischt. Das war der beste Weg, das Dienstmädchen-Problem zu lösen.

Wir haben zu Abend gegessen (was für ein entsetzliches, verpfeffertes Essen im Restaurant!), und da wir immer fast überall zu Hause sind, hat sich jeder wieder in seine alltäglichen Beschäftigungen vertieft: Thorvald lernt, Mama denkt in ihrem großen Bett nach, Joaquinito foltert die Familie und ich, oh, Du weißt schon, was ich tue.

Es hat mir unendlich leid getan, Richmond Hill zu verlassen, wenn auch nur für ein paar Tage. Ich liebe es schon sehr, das ruhige Haus, die friedliche Landschaft, das Leben, das wir dort führen.

Hier, während ich diese paar Zeilen schrieb, mußte ich sechs- oder siebenmal aufstehen, um zur Tür oder zum Telephon zu gehen. Aber unwillkürlich lieben wir auch dieses Haus, da wir es so lange bewohnt haben. Deshalb hat sich Mama geweigert, es zu verkaufen, auch um eine Stadtwohnung für ihre Geschäfte beizubehalten.

Eine meiner Beschäftigungen heute abend bestand darin, auf die Annoncen der Dienstmädchen zu antworten.

Ich weiß nicht, warum ich geglaubt habe, als ich dieses Tagebuch begann, daß es das lustigste von allen sein würde; bisher fand ich meinen Glauben auch bestätigt durch die Vielfalt der Dinge, die ich jeden Tag schreibe. Mamas Zukunftspläne beginnen sich zu verwirklichen, bald werden wir ein Auto haben, und dann werde ich womöglich wie Cuca. Ich frage mich, ob mein Tagebuch dann interessanter wird im Vergleich zu der Zeit, in der unser Glück und unser Wohlstand in den Wolken der Illusionen hingen.

Heute haben wir sehr gelacht über eine Geschichte mit dem Mann, der uns immer die Fenster geputzt hat. Er ist jung und schien immer sehr höflich, aber wir hätten nie gedacht, daß er etwas anderes als ein einfacher Arbeiter sei, vielleicht ein völlig ungebildeter.

Heute kam er also, und Mama wollte ihn tadeln, weil er die Fenster sehr schlecht geputzt hatte; aber er ergreift zuerst das Wort und macht ihr ein Angebot für ein Geschäft, für das er ihr eine unbegrenzte Summe anvertraut, um Dinge zu kaufen, die nach Südamerika geschickt werden sollen. Natürlich war der Gedanke komisch, aber er konnte die Sache erklären. Er ist der Sohn eines südamerikanischen Bankiers, und da er sich aus irgendeinem Grund mit seinem Vater zerstritten hatte, war er gezwungen, hierher zu kommen und trotz seiner Erziehung als reicher junger Mann seinen Lebensunterhalt selbst zu verdienen. Er hat sich für das Fensterputzen entschieden. Das ist eine recht harte Arbeit, die aber gutes Geld einbringt in einer Zeit, wo selbst die Aristokraten manchmal gezwungen sind, sich als Hauspersonal zu verdingen.
Aber die Versöhnung hat stattgefunden, und nun ist der bescheidene Arbeiter in der Lage, Mama ein Geschäft anzubieten, ein Geschäft zwischen einem Bankierssohn und einer guten Geschäftsdame. Wenn ich Dir doch immer sage, daß man sich nur umzusehen und ein bißchen nachzudenken braucht, um überall um sich herum Zerstreuung zu finden. Wie kann man sich nur langweilen in einem so ausgefüllten, so interessanten Leben, das verstehe ich nicht!

7. November
Der Tag ist zwar nicht ohne Arbeit, aber so ruhig verlaufen, daß ich den Platz hier dazu nutzen will, eine Unterhaltung zwischen Mama und mir zu schildern, die stattgefunden hat, als ich krank war und Mama sich zu mir gelegt hatte, um mir eine Freude zu machen.
Ich hatte soeben einen Brief von Papa bekommen, einen Brief voller verschlüsselter Sätze und Andeutungen, wie das so oft der Fall ist bei ihm, wenn er von der Vergangenheit spricht. Seit langem beunruhigte und schmerzte mich diese Vergangenheit, und ich wollte die Wahrheit wissen, obschon ich in meinem tiefsten Innern wußte, daß die Wahrheit noch schmerzlicher sein würde als die Zweifel. Diesmal sagte Papa, daß es viele Dinge gebe, die er uns sagen *wollte* und sagen *mußte* ...
Mama war ruhig, da habe ich mir ein Herz gefaßt und fing ganz behutsam an zu fragen; allmählich fielen mir die Fragen wieder ein, die ich schon immer hatte stellen wollen.

»Mama, warum sagt Papa, daß es Dinge gibt, die er uns sagen sollte, die er aber nicht sagen kann?«
Ich war erstaunt über die seltsame Bitterkeit, mit der Mama daraufhin mit mir sprach. Sie war ganz erregt, als sie antwortete:
»Sicherlich wollte er dir Schlechtes über Deine Mutter sagen.«
»Und Du meinst, daß ich ihm glauben würde?«
»Ach, mein kleines Mädchen, Du kennst die Macht Deines Vaters nicht, wenn er schreibt, Du weißt nicht, wie gut er die Fähigkeit beherrscht, andere Menschen von dem, was er sagt, zu überzeugen, selbst wenn es Lügen sind.«
»Könnte Papa jemals von uns verlangen, daß wir bei ihm leben?«
»Oh, nein, er hat keinerlei Anrecht mehr auf euch, er kann nichts, überhaupt nichts von euch verlangen, seitdem er euch verlassen hat.«
»Hat er uns denn verlassen? Ich glaubte, *Du* seist mit uns von Arcachon weggegangen. Erzähl mir, wie es dazu gekommen ist, willst du?«
»Es war nichts Besonderes. Dein Vater hat sein Zuhause nie gemocht, er war immer mit seinen Freunden, mit Fremden zusammen. Er machte uns das Leben recht schwer, weil er sehr brutal war. Zum Beispiel sperrte er mich in mein Zimmer ein, um euch schlagen zu können, und er kam nur nach Hause, um zu schimpfen und an allem herumzunörgeln. Eines Tages in Arcachon hat er dann einen Brief geschrieben und ist weggegangen. Daraufhin bin ich nach Brüssel zurück, habe die Möbel verkauft, um ein wenig Geld zu bekommen; das Haus habe ich zurückgelassen und bin wieder nach Arcachon gekommen, um euch abzuholen und mit euch nach Spanien zu fahren. Du erinnerst dich doch an die brutalen Szenen, oder?«
Ich nickte schwach. Ich hatte mich soeben an einen Zwischenfall erinnert, den wir mit Thorvald erlebt haben und über den ich entsetzt war, weil ich bei meinem Bruder einen steinharten Charakter und eine völlige Unbeherrschtkeit entdeckt habe, wenn er in Wut gerät und seine Wut viel stärker wird als er. Er hatte allen Respekt vor seiner Mutter verloren und war so feige, sich mit seinem kleinen Bruder und seiner Schwester zu streiten, die ja nur ein Mädchen ist.
Und trotzdem liebt uns Thorvald, er ist fast immer sehr lieb zu seiner Familie. Aber Mama und ich haben uns oft über sein geringes Interesse für sein Zuhause und sogar für seine Familie

unterhalten, und wir waren traurig darüber. Trauriges Gesetz der Vererbung, das die Früchte einer kostbaren Erziehung zunichte macht!

Aber es fehlte noch etwas.

»Mama«, sagte ich, »könntest Du Papa jemals verzeihen?«

Da machte sich Mama lustig über mich und meinte spöttisch: »Glaubst Du wirklich, Mädelchen, daß Dein Papa eines Tages zurückkommen könnte und daß wir dann glücklich wären und alles? Das sind romantische Illusionen, weißt du, die im wirklichen Leben absolut keinen Sinn haben.«

»Aber Mama«, sagte ich und wollte meine armen Illusionen verteidigen, »als du so alt warst wie ich, hättest du auch daran geglaubt. Zum Glück war ich bisher ein Kind, aber jetzt bin ich verändert, leider! Die Erfahrung, die du mit vierzig Jahren gesammelt hast, ich werde sie als meine Erfahrung nutzen!«

»Ja, siehst du, so lernt man. Aber du sollst nicht glauben, daß alle Männer wie dein Vater sind. Er wird nie hierherkommen. Er wird wegen seiner Selbstsucht einsam und alleine sterben, aber ich werde auch eines Tages gehen, und dann wirst du die gleichen Torheiten begehen wie ich.«

»Ja, das stimmt«, sagte ich nachdenklich. »Ich bin sicher, daß ich, wenn heute ein Mann wie Papa käme und mich darum bitten würde, ihn zu heiraten, seine Fehler übersehen würde und es täte. Dann würde die gleiche Geschichte von vorn anfangen. Aber trotz allem, was Papa vielleicht sagen wird, habe ich die Wahrheit verstanden, und im übrigen ist mein Glaube an dich viel stärker als die ganze Welt, nicht wahr?«

Mama küßte mich, aber ihre Stimme war noch immer ganz anders, als sie mich darum bat, nicht mehr davon zu reden. Ich hatte genügend gelitten, ich hatte meinen armen kleinen Papa so gesehen, wie er vielleicht ist, ich hatte in Mama einen Sarkasmus und eine Bitterkeit gesehen, die mir unbekannt waren und die sicher einen Grund hatten, ich hatte Thorvalds und Joaquinitos Charakter verstanden und auch meine kindlichen Illusionen; die geliebte Vorstellung der Vereinigung, die Vorstellung eines Vaters zu Hause, die Reize des Geheimnisvollen, womit meine Phantasie den Namen »Papa« umwoben hatte, das alles war nur noch eine Ruine, war tot, meine Romanze war zu einem dieser wirklichen, unendlich traurigen Dramen geworden, die uns überall umgeben.

Ach, kannst Du verstehen, warum ich in der Stille der Nacht stundenlang geweint habe mit gefalteten Händen, um Gott zu bitten, in meinem Herzen nicht alles auf einmal zu zerstören? In der Nacht bekam ich furchtbar hohes Fieber, ich hatte entsetzliche Alpträume, nur Kokain konnte mich beruhigen und das lindern, wovon Mama glaubte, es sei körperlicher und nicht seelischer Schmerz. Denn Mama weiß nicht, daß ich so sehr an meinen Illusionen hing. Vielleicht ist dies das einzige, was sie nicht verstehen kann.
Ich wollte das aufschreiben, obwohl es mir so schwerfällt, weil dieses klägliche Ereignis, das mich um meinen Vater gebracht hat, bei dem ich nur noch das Talent lieben kann, eines Tages vielleicht meine Ideen und einige meiner Handlungen beeinflussen wird.
Mama sagt, daß ich für mein Alter viel weiß, o ja, ich verstehe die Dinge zu gut. Vielleicht weine ich aus diesem Grund mehr.
Armer Papa! Arme Mama!
Während des Umzugs habe ich ganze Schachteln voller alter Briefe gefunden, und als ich Mama fragte, wo ich sie hinräumen sollte, hat sie geantwortet:
»Tu sie in mein Zimmer, eines Tages werde ich sie alle verbrennen.«
Ich hatte den Eindruck, es handelte sich um Briefe voller Versprechen, die Papa später gebrochen hat. Ich habe die Schachteln mit großer Ehrfurcht getragen, voller Sehnsucht und Angst; ich möchte, daß Mama sie *nicht* verbrennt!
Oh, reden wir nicht mehr von der Vergangenheit. Nur die Zukunft zählt, und dabei entsteht die Zukunft aus der Vergangenheit. Wird der Zukunft auch das Elend der Vergangenheit überliefert? Nein, das Gesetz der Vererbung ist zu ungerecht, um auch das Gesetz unseres Glückes zu sein!
Es ist halb elf. Ich werde jetzt ein wenig träumen trotz der Sicherheit, daß der morgige Tag den Schock des Erwachens, die Furcht vor der Wirklichkeit mit sich bringen wird.
Nur Mut, nur Mut!

8. November
Heute war ich mit Charles im *Standard*, um mir *Molière* anzusehen. Es war großartig. Sehr tiefgründig, lustig und traurig zugleich.

Marraine hatte es vorher schon gesehen und uns vorausgesagt, daß wir beim Tod des großen Mannes weinen würden; da Charles sich über das, was er »Sentimentalität« nennt, lustig macht, habe ich mich sehr zusammengerissen, um nicht zu weinen. Trotzdem entglitt mir eine verstohlene Träne, und Charles fand es komisch.
Wenn wir zusammen sind, vergeht die Zeit sehr schnell, ich weiß nicht, warum es immer so viele Dinge gibt, über die wir uns unterhalten können. Er hat mir so oft von den Büchern von Lord Lytton erzählt, daß ich demnächst versuchen werde, sie zu lesen, um *up-to-date* [auf dem laufenden] zu sein!
Ich habe ihn meinerseits sehr darum gebeten, *Ascanio* von Dumas zu lesen. Um einen amerikanischen Nachmittag zu beschließen, haben wir einen »Sundae« gegessen, und nun bin ich wieder da!
Ich wollte bei Mama bleiben, der es nicht so gut ging, aber sie hat mir befohlen, wegzugehen unter dem Vorwand, daß sie mich gern los sein wollte. Das ist die beste Art, mich loszuwerden!
Heute morgen glich Mamas Wohnzimmer dem Wartezimmer eines Arztes. Alle Sessel waren besetzt: Wegen der Annoncen, die Mama aufgegeben hatte, saßen überall Dienstmädchen. Ich war zugleich Page und Sekretärin, und diese vielen Frauentypen und Mamas Wahl fand ich lustig. Wir haben eine Frau, Mrs. Thuma, für die 86. Straße, eine Mrs. Holt für 158 W. 75 und eine ganz junge mit einem dreijährigen kleinen Mädchen für Richmond Hill.
Marraine ist auch krank. Ich bin viele Male mit Tee, Suppe und Warmwasserflaschen hinaufgegangen usw. usw. Ich möchte gerne, daß Marraine versteht, daß ich meine Einstellung zu ihr nie ändern werde trotz aller Tratschereien der Welt und trotz ihres verbitterten Charakters, von dem ich annehme, daß er deshalb entstanden ist, weil sie eine alte Jungfer geblieben ist. Ich mag sie gern so, wie sie ist.
P.S. Nr. 1: Vermutlich haben wir Glück und können am Montag wieder nach Hause zurück, da wir endlich ein Dienstmädchen haben.
P.S. Nr. 2: Heute mußte ich viel nachdenken über einen Artikel über den Nutzen der Leute in der Welt, die andere zum Lachen bringen. Mr. Frank Crane, der Autor, vertrat die Ansicht, daß jeder, so gut es geht, versuchen sollte, fröhlich zu sein. Er sagte:

»Was würde aus der Welt, wenn sie voller Ibsens und ohne Charlie Chaplin wäre?«
In seinen Zeilen gab es Stoff genug für einen Berg von Überlegungen, die mich zu der Erkenntnis gebracht haben, daß alle Leute um mich herum glücklich wären, wenn ich fröhlich wäre, weil die Melancholie egoistisch ist und unser ganzes Interesse aufbraucht (fast so schlimm sind Gleichgültigkeit, Bitterkeit ... und Leberbeschwerden!).
Seien wir fröhlich! Und wenn wir traurig sind, schreiben wir Tagebuch, anstatt die Welt mit den Berichten über unser eingebildetes Elend zu ermüden.
Seien wir fröhlich!
P.S. Nr. 3: Aus irgendeinem fadenscheinigen Grund werde ich heute abend früh ins Bett gehen, weil Mama mir einen neuen Morgenmantel gekauft hat, den ich unbedingt anziehen möchte. Ich werde immer ein Kind bleiben!
Außerdem wollte ich Dir sagen, daß meine verrückten Launen mit den Sachen zum Anziehen für einige Zeit aufhören werden, weil Cuca mir vor ihrer Abreise ein großes Paket mit Kleidern geschickt hat. Von zwei Kleidern kann ich die Perlen abtrennen und etwas damit anfangen, zwei Kleider wird ein Negermädchen tragen, zwei werde ich tragen, obwohl sie etwas groß sind, und den Rest wird niemand tragen.

9. November
Um zehn Uhr gingen Thorvald, Joaquinito und ich durch den Mittelgang der Kirche auf unsere Plätze, um die Messe zu hören. Da Mama sich noch nicht wohl fühlt, ist sie nicht mit uns gekommen.
Um eins haben wir mit Tante Lolita und Onkel Thorvald geluncht. Danach waren Thorvald und Joaquinito im Kino, und ich bin bei Mama geblieben. Der eintönige Nachmittag, vor dem ich mich jeden Sonntag fürchte, ist schließlich vorübergegangen! Wenn Mama nicht krank gewesen wäre, hätte ich Frances oder Eleanor angerufen, aber was soll's?
Heute wurde die neue Kirche eröffnet. Marraine sagte, sie sei zwar voller Leute gewesen, aber ansonsten sehr leer; da antwortete Onkel Thorvald, daß das Dach der Kirche vermutlich leer war, weil die Leute nicht hinaufklettern können.
Die Zeitungen widmen viele lange Seiten einer sehr interessanten

wissenschaftlichen Auseinandersetzung. Ein Professor ist der Meinung, daß wir zwischen dem siebzehnten und dem zwanzigsten Dezember wegen einer Revolution der Planeten und der Sonne, wegen einer Abweichung von ihrer normalen Laufbahn Vulkanausbrüche, Überschwemmungen, Stürme, Wind und eine tödliche Kälte erleben werden. Um uns zu beruhigen, verkünden die Wissenschaftler der Regierung, daß nichts von diesen angekündigten Vorfällen eintreten wird und daß die übernatürlichen Aktionen der Planeten stattfinden werden, ohne uns »größere Plagen als den Weltuntergang« einzubringen. Wir haben uns viel über den Weltuntergang, den Untergang der menschlichen Rasse, unterhalten, und ich habe entdeckt, daß

Thorvald in vielem sehr wenig Durchblick hat, so daß er nach wenigen Augenblicken die Frage beiseite schob und uns, Mama und mich, über das Thema lange Zeit allein reden ließ. Ich habe oft bemerkt, daß Thorvald ungern die Ansicht der anderen entdeckt, und Mama und ich sind immer die einzigen, denen es Spaß macht zu reden. Vielleicht liegt es daran, daß wir nur zwei Frauen sind!
Wir essen immer im Restaurant, mit Pfeffer und allem Drum und Dran. Wir freuen uns sehr, wieder zu Hause zu essen, morgen vielleicht, wenn Mama gesund wird.

10. November
Mama fühlte sich nur ein klein bißchen besser heute; also bin *ich* hingegangen, als Madame J. Menocal sie angerufen hat, um Einkäufe zu machen. Infolgedessen habe ich den Vormittag *down town* verbracht. Ich habe $ 4.73 verdient.
Jetzt bin ich in meinen Morgenmantel gehüllt und schreibe so zum Spaß, aber nicht sehr schnell, weil die »Geschäfte« offenbar meinen üblichen Fluß von Torheiten hemmen. In den Geschäften hat man keine Zeit zum Beobachten und Sich-Freuen. Während der Fahrten im erhöhten Zug (die Strecken, wo die U-Bahn über Tag fährt) habe ich enorm viel Spaß, nicht nur, wenn ich geschubst werde, sondern wenn griesgrämige Leute geschubst werden. Während der ganzen Fahrt hängt man in den Halteschlaufen bzw. man steht auf den armen Füßen der Nachbarn. Durch das Fenster des Zuges kann man in die Häuser und die Geschäfte hineinschauen. Heute hatte ich an einer Haltestelle Zeit genug, ein Plakat zu lesen, über das ich lächeln mußte, weil es mir sehr tröstlich erschien:
»Feierliche und elegante Begräbnisse für nur fünfundsiebzig Dollar. Komfortable Leichenwagen!«

Ich sage tröstlich, weil in der heutigen Zeit das Leben so teuer ist; ein Begräbnis hingegen ist verhältnismäßig billig, wenn man den Komfort und die Eleganz in Betracht zieht!!
Auf einem anderen Plakat wurden falsche Zähne für zwei Dollar das Dutzend angeboten!
Wenn alle Leute im Vorbeifahren die Plakate lesen würden, hätten sie unterwegs nicht alle so lange *desperados*-Gesichter, selbst dann nicht, wenn sie in den Schlaufen hängen müssen, weil sie ja nur Frauen sind und den Männern ihre Plätze abtreten müssen. Die Schlaufe wäre ja sehr bequem, wenn der Zug immer stehen würde, aber so ...
Genug mit dem Blödsinn!

Mama und ich haben über unsere Lebensauffassung diskutiert. Mama ist sehr zufrieden, sie ist glücklich, ihren Lebensunterhalt selbst verdienen zu können, unabhängig zu sein, Kinder zu haben, sie ist glücklich zu sehen, daß ihre Geschäfte laufen, daß die Entbehrungen der Vergangenheit den gegenwärtigen Wohlstand reizvoller machen, sie ist glücklich über ihre Energie, ihre fröhliche Verfassung, ihre Philosophie, alles, alles. Sie findet Schwierigkeiten interessant, ebenso die Probleme mit ihren Lösungen. Es ist eine erfreuliche Vorstellung: ein rosa Zimmer inmitten von Ruinen, ein Stern in der Wüste ... ein Grund zum Nachdenken für mich ...
Ich stelle fest, daß ich jeden Abend sehr ausgiebig schreibe. Vermutlich finde ich, je älter ich werde, immer neue Entwicklungen in meinen Gedanken, mehr Beobachtungen, mehr Tollheit, denn ein Mann hat gesagt:
»What an old fool Age really is!« [»Was für ein alter Narr das Alter ist!«]
Vielleicht wird dieses Tagebuch langweilig anstatt interessant, aber was soll's, ich bin ja mein eigener Kritiker.

11. November, New York
Vor einem Jahr haben wir den Waffenstillstand gefeiert! Ich erinnere mich an diesen Tag, als ob es gestern gewesen wäre, ein großartiges Fest!

Meine Rolle als Sekretärin von Mama habe ich heute sehr gut erfüllt. Ich habe Briefe, Schecks, Quittungen und Rechnungen mit der Maschine geschrieben, und wenn die Maschine zu sehr kränkelte (ich habe sie im Verdacht, daß sie an Depressionen leidet und versucht, nur in der Erinnerung an bessere Zeiten in ihrer Vergangenheit zu leben), schrieb ich »mit der Feder«.
Beim Addieren der Summen in den Rechnungen verfuhr ich nach dem amerikanischen Motto: *»Slow but sure!«* [Langsam, aber sicher].
Mama liegt im Bett; sie hat wieder Sorgen mit dem Haus, weil das Dienstmädchen, das sie für hier angestellt hatte, nur erschienen ist, um ein Beispiel eines bösen Charakters zu liefern, und sofort wieder gegangen ist.
Also bleiben wir bis auf weiteres hier mit Alfareta, dem anderen jungen Dienstmädchen, und ihrem kleinen Mädchen Anita.
Marraine ist auch wieder gesund.
Ich habe sehr ernsthaft mit mir selbst geredet, ich habe so mit mir selbst geschimpft, daß mir die Tränen kamen, ich habe mich ans Fenster gesetzt, um nachzudenken und Vorsätze zu fassen . . . dies alles wegen meiner pessimistischen Neigungen im Augenblick, wo doch das Gegenteil so notwendig wäre. Ich hatte in den letzten Tagen Gelegenheit, diesen riesigen Fehler an mir zu bemerken, aber ich werde mich bessern. Ich habe mich schon gebessert.

14. November
Welch ein Leben!
Pessimismus? Optimismus? Weder noch. Es ist das nackte

Leben, das Leben, das man nehmen muß, wie es kommt, manchmal grausam!

Heute habe ich entsetzliche Qualen gelitten: Es kann keine schrecklichere Qual geben, als Mama leiden zu sehen.

Gestern hatten wir den ganzen Tag so schön gearbeitet: von neun Uhr früh bis fünf Uhr abends Rechnungen geschrieben und Briefe weggeschickt. Danach waren wir beruhigt und stolz auf unsere Leistung und gingen nach dem Essen beide ins Kino. Dort haben wir zweieinhalb Stunden gelacht: Freude und Vergessen. Auf dem Nachhauseweg war es sehr kalt; wir haben uns beeilt und waren glücklich, diesen fröhlichen Augenblick gemeinsam zu erleben. Auf dem Hinweg waren wir vor einem Möbelgeschäft stehen geblieben, um Lampen zu bewundern, da wir gerade von unserem Haus sprachen! Dieser Abend bot uns die Illusion eines Lebens, das angenehm und lebenswert ist.

Und heute!

Heute morgen saß Mama an ihrem Schreibtisch, und ich las ihr die Post vor; dann machte Mama ihre Kommentare, und ich schrieb. In diesem Augenblick kam Marraine. Ach nein, ich weigere mich, sie noch Marraine zu nennen, in Zukunft wird sie laut Gesetz nur noch Tia Juanita sein.

Tante Jeanne hat die unglückliche Gabe, fast alles auf verletzende Weise zu sagen. Die Unterhaltung begann mit der Geschichte eines Pelzmantels, aber wegen nichts und wieder nichts, wirklich, behauptete Tante Jeanne, Mama würde sie wie den letzten Dreck behandeln, nachdem sie sich doch ihr Leben lang für Mama geopfert habe, wo sie ihr mehr als die Hälfte dessen, was sie besessen hatte, gegeben habe, wo sie den ganzen Tag draußen für sie gearbeitet habe, sogar als sie krank war, immer zu Mamas Wohl ... Sie behauptete sogar, daß Mama einmal gesagt hatte: »Ach, bist du es, meine arme Isabelle, es tut mir so leid, daß du naß geworden bist!« (es regnete), weil sie jemand kommen hörte und glaubte, es sei ihre arme alte Freundin, die nicht einmal genug Geld hat, um sich einen Regenschirm zu kaufen; aber als sie bemerkte, daß es Marraine war, hätte sie nicht mehr daran gedacht, etwas zu sagen.

Ach, diese entsetzliche Art, einem Freundlichkeiten ins Gesicht zu schmeißen, einen mit diesem infamen Bedürfnis nach Dankbarkeit zu erniedrigen ... Mama war krank vor lauter Sorgen, krank vor lauter Arbeiten und Leiden. Sie empfand diese Worte

wie einen Peitschenhieb. Ihr Zorn war bewundernswert gerecht, aber ich glaubte, ich müßte weinen, als ich sah, wie sie im Wohnzimmer hin- und herging wie ein gefangener Löwe in seinem Käfig; ihr Gesicht war völlig verändert vom beißenden Schmerz der offenen Wunde. In diesem Augenblick schienen ihre Nerven nach der Anspannung zu bersten; ihre letzten Worte waren eher wie ein Schrei, dessen Ruhe mich erschreckte: »Ich werde dir *Pfennig* für *Pfennig alles* zurückzahlen, *alles,* was du mir gegeben hast, damit du mir nie mehr ins Gesicht schmeißen kannst, was du alles für mich getan hast.«
Dann drehte sie sich zu mir, als ob die Wahrheit von meiner Antwort abhinge, und sagte: »O ja, meine Tochter, wir werden ihr *alles* zurückgeben, nicht wahr?«
Ich hatte den Mut, mit ganzem Herzen ja zu antworten. Einen Augenblick hatte ich die schreckliche Vorstellung, daß Mama den Verstand verloren hatte, so sehr war sie in ihrem Zorn verändert, und in ihren Augen konnte ich ihren ganzen Schmerz lesen. Mir wurde klar, daß Mama nicht nur an diesem Augenblick litt, sondern auch an der Vergangenheit . . .
Ich lief zu ihr und versuchte, sie durch Zärtlichkeiten zu trösten, aber das einzige, was mir gelang, war, sie in ihr Zimmer zu führen. In diesem Augenblick tat ich dann etwas, was Tante Jeanne vermutlich nie vergessen wird. Ich sah, daß ihre Gegenwart für Mama eine Folter war, daß dieser Streit beendet werden mußte, wenn ich nicht wollte, daß Mama verrückt wird; als Marraine ihr dann in ihr Zimmer folgen wollte, hinderte ich sie daran und versuchte, die Tür zu schließen. Was ich in ihren Augen sah, genügte, um mir klar zu machen, daß sie sich soeben dessen bewußt geworden war, daß ich nicht für sie Partei ergriffen hatte, und vielleicht, daß sie plötzlich alle Dankbarkeit, die sie sich von mir noch erhoffen konnte, ebenfalls verloren hatte. Als ich die Tür zumachen wollte, sagte sie: »Du erinnerst dich also nicht an all die Dinge, die ich für dich getan habe?«
»Doch, aber schau, was du Mama antust!«
Daraufhin ging Tante Jeanne weg, und Mama ließ sich wie abgestumpft auf einen Stuhl fallen, ohne eine Träne zu vergießen. Sie verweigerte unsere Zärtlichkeit und schien uns überhaupt nicht wiederzuerkennen. Die schreckliche Angst befiel mich aufs neue, aber plötzlich ließ Mama ihren Kopf in meine Arme gleiten, sie schloß die Augen und weinte . . .

Joaquinito war erschrocken und weinte auch, während ich, ebenfalls mit Tränen in den Augen, mit den Händen über Mamas glühende Stirn strich. Endlich machte sie die Augen auf und sagte mit einem schmerzlichen Lächeln:
»Mein armes Mädelchen!«
Wußte sie, daß ich womöglich genausoviel litt wie sie?
Ich führte sie zu einem Sessel, gab ihr ein Kissen als Stütze, und fast bis zum Lunch blieb ich bei ihr sitzen, um sie zu streicheln und zu beruhigen, weil sie weinte und flüsterte, es sei ihre Schuld wegen ihrer Ungeduld. Aber als ich Mama sagte, sie hätte Tante Jeanne die Wahrheit schon lange sagen sollen und daß es viel besser sei, sie nun gesagt zu haben, schien sie mir zu glauben: Sie fing an, Monsita wieder Anweisungen zu geben, und mich beauftragte sie, wegen anderer Geschäfte Telephonate zu führen.
Es verschlug mir den Appetit, Mama so schwach, so gealtert zu sehen, und ich konnte beim Lunch nichts essen.
Während Isabel und ich Abrechnungen machten, ruhte sich Mama den ganzen Tag auf dem Sofa aus, um die seelische Erschöpfung, einen dumpfen Druck im Kopf, ein Zittern der Hände und alle Anzeichen eines *nervous break-down* [Nervenzusammenbruch] zu überwinden.
Tante Jeanne kennt uns überhaupt nicht mehr – zum Glück. Mehr denn je habe ich heute nachgedacht, aber ich habe allen meinen armen Träumen, meinen zarten Illusionen entgegengedacht. Falls Mama uns je verlassen sollte, noch ehe sie alles zurückbezahlt hat, könnte ich nicht glücklich leben, dachte ich, solange, bis ich *alles, alles* zurückbezahlt habe, um diesen falschen Wohltätern zu entkommen, selbst wenn ich *betteln* müßte. *Ich* würde dann arbeiten, um Thorvald und Joaquinito zu ernähren. Ohne Mama wären wir wirklich *allein auf der Welt*, trotz allen Tanten!
Und Tante Jeanne, die so oft versucht hat, mir einzureden, daß Mama zu viele Dinge tut, um sie richtig zu machen, daß sie sehr *fuguillas* sei [immer ärgerlich], arme Mama! Mama, die die edelste Mutter auf der ganzen Welt ist, die einzige erhabene, vollkommene Frau, die sich nie irrt und die uns *das* nie gesagt hat, obwohl sie für uns alles geopfert und soviel gelitten hat! Sie wird auch viel mehr Dankbarkeit und Liebe bekommen, und wenn mein Leben ihr die heutige Szene hätte ersparen können,

so hätte ich es gerne mit einem Lächeln geopfert, stolz, es für sie hergeben zu können. Aber auf diese Weise kann man die Dinge jetzt nicht wieder zurechtrücken.
Mama liegt im Bett. Ich bemühe mich so sehr um sie, daß sie mich gerade gebeten hat, sie in Ruhe zu lassen, so zum Spaß, denn ihr Mut ist wieder erwacht trotz der Spuren, die die jüngste Verletzung auf ihrem Gesicht zurückgelassen hat. Im Augenblick denkt sie an Madame de Sola, die gerade angerufen und erklärt hat, sie würde im Bungalow förmlich erfrieren; Mama plant, sie hierher kommen zu lassen, ihr ein Dienstmädchen für den Haushalt zu zahlen, und wir könnten dann nach Richmond Hill gehen und sie hätte einen friedlichen Tag, der vielleicht ihre angegriffenen Nerven und ihre Schwäche heilen und ihre Gesundheit retten konnte, die für uns so wichtig ist!
Verzeih' mir, wenn ich mich dem Pessimismus, der Schwermut hingebe, aber ich habe dies alles geschrieben in der Hoffnung, mich zu trösten und um zu sehen, ob ich mich nicht schämen würde zu erzählen, was alles geschehen ist; aber da ich trotz meiner Mutlosigkeit stolz bin, weiß ich, daß Tante Jeanne, die arme, Schuld hat. Tausendmal hätte ich den Namen beinahe hingeschrieben, den sie zuvor für mich hatte, aber nein, nie wieder! Jene Marraine, die ich lieb hatte, ist gestorben; die Tante, der wir *Geld* schulden, wird mir immer vor Augen bleiben bis zu dem Tag, an dem die Schuld abgetragen sein wird. Das ist also das wirkliche Leben, das ich gerade erst *beginne* zu kennen. Was werde ich mit vierzig von diesem Leben halten, das ich mit sechzehn schon fürchte!
Aber die ganze Welt kann nicht voll sein von Leuten wie meine Tante, und wir haben auch nicht bei aller Welt Schulden! Da gibt es auch noch Japan, wo wir eines Tages hingehen könnten, um dort zu leben, und Thorvald wird bald ein Mann sein und Mama helfen können. Ich kann auch arbeiten, und eines Tages können wir alle Kubaner zum Teufel jagen und stolz darauf sein, daß wir zivilisierte Menschen sind, Franzosen oder Katalanen, egal. Aber *wir* werden nicht dort leben, und *ich* werde mich nicht in die Gesellschaft einführen lassen oder einen kubanischen Millionär heiraten, denn je weiter entfernt wir von der Verwandtschaft leben werden, desto mehr Glück und Frieden bedeutet das für Mama.
Für heute abend habe ich genügend Torheiten geschrieben und

dabei vergessen, daß ich impulsiv und hitzig bin. Ich habe meiner Empörung nachgegeben und ihr erlaubt, meine Feder zu führen. Aber falls ich es je bereuen sollte, dies hier geschrieben zu haben, dann bin ich keine »Nin« mehr mit all ihrem Stolz und der abgöttischen Liebe für ihre Mutter; eine Nin, die immer noch im tiefsten Innern ihres Dichterherzens ihre verwundeten Illusionen mit sich herumschleppt, um sie eines Tages, wenn sie in den Himmel kommt, wieder heil zu machen!

16. November
Gestern morgen schien Mama leidender denn je, und ich war völlig verzweifelt. Sie selbst fand aber eine Lösung, um die Situation zu bewältigen.
»Wenn ich eine Möglichkeit finde, aus diesem Haus herauszukommen, bin ich wieder gesund«, gestand mir Mama, und ich klammerte mich an ihre Worte, als ob mein eigenes Leben davon abhinge. Madame de Sola, die im Bungalow fast erfroren wäre, kam, um mit Mama zu reden, als sie gerade einen kleinen Lunch zu sich nahm, den ich ihr auf einem Tablett ans Bett gebracht hatte. Alles fand seine Ordnung wieder, denn Madame de Sola wird in Mamas Zimmer ziehen, und ihr Dienstmädchen wird Alfareta bis Montag helfen, das Haus zu versorgen.
Allein durch den Gedanken, dieses Haus zu verlassen, war Mama schon fast wieder gesund, und eine Stunde später bestellte sie ein Taxi, und wir sind hierher gefahren; Thorvald und Joaquinito waren schon seit dem Morgen hier.
Das Abendessen war ruhig und fröhlich. Wir hatten vergessen, unseren alten Freund, den Wecker, mitzubringen; demzufolge haben wir gegessen, als wir Hunger bekamen, wir sind ins Bett gegangen, als wir müde wurden, und am anderen Morgen, also heute, Sonntag, sind wir aufgestanden, als wir aufwachten; wir haben gefrühstückt und sind gerade rechtzeitig zur Zehn-Uhr-Messe gekommen.
Es ist gerade ein wunderschöner Tag, und die Kälte erweckte unsere Lebenskräfte und machte uns noch fröhlicher. Der Rückweg wurde zu einem langen Spaziergang.
Das Mittagessen bestand aus einem Hähnchen, das Mama in dem großen Herd gebraten hat, weil wir kein Gas haben, und vielen anderen guten Sachen.
Ich kann gar nicht so richtig erklären warum, aber der Tag war

wunderschön friedlich, wie es friedlicher nicht geht. Ich sah mit unendlichem Glücksgefühl zu, wie Mama ein anderes Gesicht bekam; sie vergaß ihren Kummer so weit, daß sie mit Freuden begann, ihre Haare und ihre Hände zu pflegen, während ich wie ein Papagei um sie herumhüpfte und vom Kino, von der Zukunft, von unserem Weihnachtshaus usw. plapperte.

Von der unerträglichen Situation haben wir nur zwei- oder dreimal gesprochen, aber in einem Haus voller Sonne kann man die schwarzen Wolken fast vergessen.

Wirklich, ich war so weit vom Erdboden weggeflogen, daß ich viele Mühe hatte, aufzuschreiben, was mir passiert; ich weiß, daß ich vielleicht zum erstenmal in der Art von Thorvald geschrieben habe, der bei jedem Wort und jedem Komma eine Stunde nachdenkt. Aber Du verstehst mich!

17. November 1919

»Liebe Frances,

Wenn Du nur wüßtest, wie sehr es mir leid tut, daß ich genau an dem Tag nicht zu Hause war, an dem der Briefträger Deinen Brief brachte. Er hat geglaubt, wir seien endgültig weggegangen und hat Deinen Brief bis jetzt behalten. Du warst sicherlich ebenso erstaunt über mein Schweigen wie ich über Deines, aber hier nun meine Antwort, obschon es hunderttausendmal besser gewesen wäre, wenn wir darüber hätten reden können. Ja, es lohnt sich, die menschliche Natur zu untersuchen; es sei denn, man will das *Leben* mit verbundenen Augen hinter sich bringen, um schließlich in einen Abgrund des Staunens zu fallen. Wenn man es durchforscht, entdeckt man *Silber* und *Flitter* in rauhen Mengen, aber dadurch lernt man, das Gold nach seinem richtigen Wert, seiner Seltenheit wegen zu schätzen!

Aber versprich mir, oh, bitte, versprich mir, das, was man Dir erzählt, nicht zu glauben, denn es ist eine Welt voller Vorurteile und Neid. Wenn Du Dein eigenes Suchen fortsetzst, wirst Du die Wahrheit erfahren. Ich bin ganz sicher, ich weiß es!

Fürchtest Du, Enttäuschungen zu erleben? Ja, das ist die Furcht des Träumers. Du und ich, wir haben Illusionen, Träume von unendlicher Schönheit, ein unbegrenztes Vertrauen in die Schönheit der Welt, den Glauben, aber das ist der Punkt, wo auch ich zögere. Werden wir all diese Dinge ein Leben lang bewahren können?

Warum gibt es in den Augen der älteren Leute Traurigkeit? Warum gibt es Zweifel in ihren Worten, einen Mangel an Glauben in ihren Ratschlägen? Warum? Warum?
Ich glaube manchmal, daß *wir vom Leben zu viel erwarten*, viel zu viel, und das ist der Grund, weshalb unsere Träume in sich zusammenbrechen, weshalb unser Wesen zu schwach ist, um des vollkommenen Glücks würdig oder fähig zu sein; weil wir zu wenig an uns selbst glauben, verlieren wir auch den Glauben an die andern. Ich glaube, wenn man selbst seine Ideale nicht lebt, dann tun es die anderen auch nicht.
Ich habe entdeckt, daß ich *egoistisch* bin, weil ich Egoismus bei den anderen entdecke, während Mama großherzig ist und glaubt, alle Welt sei genauso wie sie.
Deine Antwort erwarte ich mit großer Ungeduld. Sag mir, ob ich Dich verstanden habe, ob ich mich vom Thema nicht entfernt habe (ich weiß, daß ich es getan habe, aber über diese Dinge wollte ich Dir schon lange schreiben), falls Du weißt, was ich meine. Was Du mir dann sagst, wird für mich äußerst wichtig sein, weil alles, was ich gesagt habe, aus den Tiefen meines Herzens kommt, und zwar waren diese Gedanken noch nie zu Tage getreten. Ich mußte verschiedene Träume zusammenfassen, die im Unbestimmten schwebten, und sie mit einer Schnur aus Worten an die Erde binden.
Alles Liebe, ANAÏS.«

21. November
Aus verschiedenen Gründen konnte ich fast die ganze Woche nicht schreiben, obwohl die Tage, die wir eben erlebt haben, dem schönen Wetter nach einem schrecklichen Sturm glichen. Mama und Thorvald verlassen das Haus in aller Frühe. Etwas später Joaquinito, der in eine katholische Schule geht. Danach habe ich das Frühstücksgeschirr gespült, gefegt, die Betten gemacht, und dabei sang ich immer lauthals, um zu vergessen, daß ich alleine war. Es war komisch! Und vor allem habe ich immer viel Zeit verloren, weil ich zum Fenster hinausschaute und träumte . . .
Gegen elf, zu meiner allerhöchsten Befriedigung, weil die trübe Einsamkeit anfing, mir schwer zu fallen, kam Isabelle Tallet aus Brooklyn; sie blieb den ganzen Tag bei mir und machte ihre Abrechnungen.

Im Haushalt habe ich überall Hand angelegt; es machte mir Spaß, die Schränke aufzuräumen usw. Aus hellblauer Seide habe ich eine Kordel gemacht, an der eine lange Troddel hängt, und habe sie an der zu kurzen Kordel meiner Lampe befestigt, damit kann Joaquinito die Lampe leichter anmachen und außerdem verschönert es mein Zimmer.
Mama kommt um sechs nach Hause und kann sich in aller Ruhe zum Essen hinsetzen. Die angenehmsten Stunden des Tages sind die Abendstunden. Thorvald und Joaquinito machen ihre Hausaufgaben, und Mama und ich setzen uns in mein Zimmer. Ich pflege ihre Haare, während sie sich zum Schlafengehen fertig macht, ich kümmere mich um ihre Wäsche, und wenn sie im Bett liegt, lese ich ihr etwas vor.
Gestern abend war ich im Begriff, in mein Tagebuch zu schreiben, aber ich beging die Dummheit, ein Buch anzufangen und es dann zu Ende zu lesen. Aber es tut mir leid, es gelesen zu haben. Es ist ein häßliches Buch, das den Leser traurig und deprimiert macht und das ihn anwidert.
Draußen gibt es eine große, wunderschöne Schaukel. Aber ich verlasse das Haus nur, um in Richmond Hill City Einkäufe zu machen. Dort gibt es auch eine Bücherei.
Ich gehe nicht wie in New York, nein, ich habe das Gefühl, daß ich fliege, so leicht und glücklich fühle ich mich.
Während ich gehe, schaue ich mich um: Ich genieße die Schönheit der Umgebung. Allen Dingen um mich herum lächle ich zu, in diesen Augenblicken liebe ich die ganze Welt.
Heute abend hat mich Mama gefragt:
»Rate mal, wer heute gekommen ist!«
Und siehe da, mein Gesicht verfärbt sich, ich werde rosa und ich spüre, daß es der Geiger ist!
Aber als echte Frau, die ich ja bin, frage ich: »Wer?«
Mama meint, ich soll nicht so scheinheilig tun und erzählt mir, daß Mr. de Sola Enric Madriguera die Tür geöffnet habe, aber daß er so dumm sei (Mr. de Sola), daß er nicht in der Lage war, ihm zu sagen, wann er Mama sehen könne. Ich weiß nicht, warum ich so erregt bin, aber eines weiß ich: daß ich nun doch froh bin, daß der Geiger zurückgekommen ist, weil ich ihn nämlich fragen will, ob er mir böse ist, weil ich auf seine Karten nicht geantwortet habe.
Während Mama heute abend das Geschirr spülte, sprachen wir

über Thorvalds und Joaquinitos Gewohnheit, ihren Spaß anderswo, außer Haus, zu suchen, und ich habe sie gefragt, warum nur ich meinen Spaß nicht außer Haus suche und warum ich wohl die ruhigen Abende zu Hause so mag.
»Weil du eine Frau bist, mein Mädelchen, die Frauen brauchen recht wenig, um glücklich zu sein, nur sehr schlechte Frauen verbringen ihr Leben außerhalb ihres *›homes‹*.«
Gestern abend hat Thorvald die Decke vom Tisch geräumt, um uns zu helfen, und heute morgen finde ich sie wie einen alten Lappen zusammengerollt auf einem Stuhl. Ach, die Jungen!
Mama ruht sich aus. In meinem Zimmer gibt es keinen Tisch, also schreibe ich auf einem Stuhl, den ich als Schreibtisch verwende, und sitze auf einem Kissen. Ich habe einen Brief an Frances geschrieben, bevor ich angefangen habe, in mein Tagebuch zu schreiben, und ich gestehe, daß dieser sonderbare Briefwechsel mich sehr interessiert, weil ihre Briefe wunderschön sind, und auf Mamas Anraten hin schreibe ich meine hier ab.
Seitdem ich in Lake Placid war, habe ich mich in einer Hinsicht sehr verändert. Als ich heute zum Beispiel nach Richmond Hill ging, hielt ich auf meinem Weg einen Augenblick inne, um meiner Begeisterung über das wunderbare Gemälde, das die untergehende Sonne hinter den Bäumen des Waldes abgab, freien Lauf zu lassen. In diesem Augenblick neigt sich mein ganzes Wesen plötzlich zu einem einzigen, heftigen Gefühl hin, ich erschauere vor Glück und spüre, daß mein Herz mit aller Kraft nach der *Romanze* ruft. Es war so seltsam, meiner so unwürdig, daß ich einen Augenblick erstarrte, aber danach wurde mir klar, daß es im Leben so ist wie in den Büchern.
Ach, wie sehr ich auf das große Abenteuer warte; darauf, daß ich vor Erregung aufgerüttelt werde, daß ich meine wunderbare Romanze *kennenlerne*, die in allen schönen Orten zu entstehen scheint, unter einer Unendlichkeit von Wolken und Träumen!
Ich schreibe an Frances, daß ich das Gefühl habe, unsere Träume seien egoistisch, weil wir nur an uns selbst denken, an unser eigenes Glück. Und da ich zu sehr an meine Familie denke, will ich nicht egoistisch sein und träumen; aber ich träume ja gar nicht, die Wirklichkeit ist so schön wie ein Traum zur Zeit, die Wirklichkeit, die jeden Augenblick neu ist, die meine Zukunft und mein großes Abenteuer vorbereitet!!!

Mama fragt mich soeben, ohne die Augen aufzumachen, ob ich die ganze Nacht zu schreiben gedenke. Sie hört das Kratzen meiner rostigen Feder und sollte verstehen, daß ich sie entrosten muß.
Ich schreibe an Eleanor, daß mein Zimmer eine Mischung aus Weiß und Hellblau ist, was auf mich wirkt wie ein Stückchen Himmel. Mein elektrisches Licht ist ein einsamer Stern, und ich bin ein Dichter, der, wie Frances immer sagt, »mit dem Kopf solange in den Wolken schwebt, bis er eines Tages stolpert und hinfällt und sich nicht mehr aufrichten kann, zumindest nicht so hoch hinauf«. Ein Stückchen Himmel, ein Stern und ein Dichter, diese drei Dinge zusammen würden ein schönes Melodrame abgeben, das einzig und allein Monsieur Nin vertonen könnte, denn Papa ist ein unglaublicher Komponist!
Mama macht ein Auge auf, um nachzusehen, ob ich so müde aussehe wie sie, aber ich bin wacher denn je; mutlos macht sie ihr Auge wieder zu und stellt sich schlafend. Thorvald und Joaquinito waren bei einer Pfadfinderversammlung, und ich wollte auf sie warten. Aber was soll's, Mamas Schlaf ist mehr wert als der eines Königs von Frankreich zu einer Zeit, als der noch sehr viel wert war. Und ich bin nicht Bolschewikin genug, um eine Königin am Schlafen zu hindern. Also läßt die Prinzessin grüßen und geht!

22. November
Ich habe Mama allein in meinem Zimmer gelassen, wo sie sich ausruht, und ich habe mich ins Eßzimmer geschlichen, wo Thorvald Hausaufgaben macht.
Heute haben wir das Wohnzimmer eingerichtet: Teppich, Bilder, Nippsachen kamen an ihren Platz, Staub wurde aufgewirbelt und Packpapier geschwungen.
Aber das Wichtigste, wovon ich Dir erzählen wollte, das sind die paar Stunden, die ich draußen verbracht habe: Thorvald hat immer behauptet, daß alle Schwestern seiner Freunde sehr fröhlich seien, ich hingegen würde nie mit ihm »spielen«. Heute war ich gerade beim Bettenmachen, und als ich zum Lüften das Fenster öffnete, vergaß ich mich dabei und betrachtete Thorvald und Joaquinito, die Ball spielten und sich nach wildem Rennen in das abgefallene Laub fallen ließen; alles schallte von ihrem Lachen und ihrem Geschrei. Ich dachte daran, wie jung sie sind,

wie lustig und wie sehr ich Lust hatte, es ihnen gleich zu tun. Plötzlich packte mich der Gedanke, daß ich mit sechzehn Jahren noch nicht alt bin. Da machte ich die Betten in wenigen Sekunden, lief in mein Zimmer, zog einen Sweater an und setzte einen *Tam-O-Shanter* auf. Bevor ich das Haus verließ, merkte ich gerade noch, daß ich sehr blaß war. Als ich dann draußen war, machte ich bei all ihren tollen Spielen mit, noch nie war ich so viel gelaufen, noch nie habe ich so viel gelacht und so gespielt wie ein kleines Mädchen. Wenn ich müde war vom wilden Spiel, setzte ich mich auf die Schaukel und schwang mich hinauf bis in die Äste der hohen Bäume. Ich mußte ins Haus gehen, weil ich *Hunger* hatte, und wir haben alle drei Kuchen und Obst gegessen.

Als ich hinaufging, um meinen Sweater auszuziehen, blieb ich wie versteinert vor Staunen vor dem Spiegel stehen, so groß war die Veränderung. Und es war ja auch so lustig!

Außerdem ist Thorvald überaus zufrieden.

Ich fürchte mich vor Sonntag wegen der Messe in dieser unterirdischen Kirche! Zum Glück gibt es nur einen Sonntag in der Woche!

24. November, Richmond Hill

Sonntag morgen schien Mama so müde und Joaquinito so faul, daß Thorvald und ich allein in die Kirche gingen. Unglücklicherweise, trotz aller Güte, die der liebe Gott mir in der letzten Zeit zuteil werden ließ, war es mir unmöglich zu beten, unmöglich, einen einzigen Gedanken zu fassen, der mein steinernes Herz hätte erweichen können! Diese Kälte ist fast unmöglich zu vertreiben ...

Am Samstag hatten wir das Wohnzimmer eingerichtet, also kam gestern das Eßzimmer dran. Insgesamt ist der erste Stock nun ganz annehmbar.

Das Mittagessen war sehr fröhlich. Aber danach wurde das Wetter schlechter: Thorvald und Joaquinito wurden durch den Regen zur Ruhe gezwungen und fanden somit Zeit und Muße, sich nach Herzenslust zu streiten.

Am Abend vor dem Schlafengehen bereitete ich meine ganzen Sachen für heute, für die Stadt vor ...

Ich weiß nicht, warum, aber heute morgen wachte ich mit der Vorstellung auf, heute würde etwas Außerordentliches passie-

ren. Ich war nicht sehr weit von der Wahrheit entfernt, denn ich konnte mit einem Dienstmädchen zurückkommen, was in der heutigen Zeit ein ebenso seltenes wie auch fast unmögliches Ereignis darstellt. Nun ja, sie heißt Annie, ist eine alte Irin, allem Anschein nach sauber, ordentlich und respektvoll. Ich bin ganz hingerissen, wenn sie mich »Miss Anaïs« nennt und meine Anweisungen ebenso wie Mamas befolgt (ich war an Monsitas Tyrannei oder Fast-Tyrannei so gewöhnt; trotz ihrer guten Erziehung ist sie letzten Endes doch nur eine Negerin!). Aber das allerwichtigste Ereignis war natürlich der Verkauf des Hauses in der 86. Straße!
Ich hatte ein paar Minuten Zeit, um Baby zu besuchen, die krank war und am Mittwoch abreisen soll. Ich möchte gern, daß sie eines Tages weiß, daß ich sie wirklich gern mag, aber sie ist sehr gleichgültig, sogar der Liebe ihrer Mutter gegenüber. Armes Kind! Das Leben ist ihr nicht wohlgesonnen, wenn es ihr einen seiner schönsten Schönheitsstrahlen entzieht.
Etwas, was ich heute wirklich entdeckt habe, das ist der Widerwille, den ich gegen die Stadt habe! Das einzige, was mich vielleicht ein wenig an New York City bindet, das sind Erinnerungen ...
Das kleine Mädchen des früheren Dienstmädchens, Alfareta, ist wieder gesund, und beide sind heute in aller Ruhe wiedergekommen, nachdem Mama der Mutter geschrieben hatte, sie könne nicht mehr warten. Aber zum Schluß hat ihr Mama ein Geldgeschenk gemacht, und sie ist wieder gegangen, also scheint unsere häusliche Zukunft entschieden zu sein, und zwar zum Besten. Der Widerwille gegen das Geschirrspülen scheint mir angeboren zu sein, weil ich ganz ehrlich glücklich war, keine Töpfe mehr scheuern zu müssen.
Unser Glück könnte man wirklich »Fortschritt der Familie Nin zur Zivilisation« nennen.
Es gibt etwas, das Mama nie erfahren wird. Manchmal verwirrt mich die Entscheidung, die ich getroffen habe, und ich frage mich, ob ich richtig gehandelt habe. Durch die Vermittlung von Madame Clarke, einer Freundin von Mama, hätte ich die Gelegenheit, das Glück gehabt, einen Literaturkurs an der Universität Columbia zu besuchen. Aber plötzlich wurde mir bewußt, daß Mama mich braucht, meine Hilfe braucht; sie braucht es, daß ich unbedingt alle meine idealistischen Zukunfts-

pläne begrabe. Es ist entschieden! Ich bin nicht zu dem Professor gegangen, den ich hätte aufsuchen sollen, ich habe mir den Schlüssel zur Tür, die manchmal zum äußeren Elend führt, entgleiten lassen, weil es so unwichtig ist, obwohl es den Geist immer erweitert; meine Berufung also habe ich mit dem Schlüssel fallen lassen, und er ist in einen Abgrund gestürzt. Es ist schon entschieden, daß ich erst dann ein Dichter sein werde, wenn ich nicht mehr die Jugend und die Liebe werde besingen können, ohne mit meinen verschleierten Augen zu lächeln – nicht durch Tränen verschleiert, nein, durch das Alter. Die Erziehung Thorvalds muß vollkommen sein, denn schließlich bin ich eigentlich nicht so wichtig, da ich ja ein Mädchen bin; Mama setzt ihre ganzen Hoffnungen auf Thorvald. Ich bin unendlich glücklich, festzustellen, daß ich zu etwas nützlich sein kann, wenn ich es will. Also bin ich nun bereit zu arbeiten, mich ein bißchen zu vergessen, um meine egoistischen Handlungen wieder gutzumachen, die ich bisher begangen habe. Mama wird wohl sagen können, daß die Männer Egoisten sind, aber ich glaube, daß die Frauen, die mit dem Kopf in den Wolken durch die Welt spazieren, sich eines unerhörten Egoismus schuldig machen, weil man doch nur dazu lebt, um anderen Freude zu machen und nicht, um Mittel zu suchen, alles wirkliche Elend zu vergessen und es ihm somit möglich zu machen zu wachsen, indem man so tut, als gäbe es dieses Elend gar nicht. Ich selbst habe mich so verhalten, aber ich werde es nie wieder tun.

25. November

Heute abend fühle ich mich maßlos unglücklich. Was würde ich nicht alles hergeben, um Mama nicht in dem Zustand sehen zu müssen, in dem sie sich heute befindet! Manchmal fürchte ich, sie wird nie wieder gesund; dann ergreift mich eine mir bisher unbekannte Bitterkeit, und was ich leide, ist unvorstellbar.

Jetzt liegt sie im Bett, gealtert, schmerzhaft verändert durch die Kopfschmerzen und ihre kranken Nerven.

Tante Antolina hat zu meiner Verzweiflung noch beigetragen: Sie hat mich beiseite genommen und mir gesagt, daß Mama sterben könnte, wenn sie sich nicht pflegt. Sterben? O mein Gott, wenn ich nicht zusammen mit Mama sterbe, werde ich verrückt!

Wir hatten so viele Pakete zu tragen, daß ich ein Taxi kommen

ließ, als Mama es völlig entkräftet aufgab, und wir sind stillschweigend nach Hause gefahren ...
Der Weg, den wir fuhren, war auch der Weg zum Friedhof, und jeden Augenblick fuhren Leichenwagen an uns vorbei. Da habe ich für heute meinen ganzen Mut verloren; es war genug, um am liebsten sterben zu wollen!!
Ach, kannst Du Dir vorstellen, daß ich unterbrechen mußte, um den *Streitigkeiten* zwischen Thorvald und Joaquinito ein Ende zu setzen? Da hat Joaquinito, der immer der bösere von beiden ist, dermaßen geschrien, daß Mama heruntergekommen ist. Ich hatte Mühe, sie zu überreden, sich wieder ins Bett zu legen; dieser Beweis, daß meine Brüder nichts, aber auch gar nichts kapieren, nicht einmal, daß Mama wirklich krank ist, hat mir entsetzlich weh getan.
Ich weine, während ich schreibe. Schon lange weine ich. Auch gestern abend habe ich geweint. Warum gibt es Augenblicke, wo Gott uns Anlaß gibt zu glauben, daß Er uns glücklich macht, und danach leiden wir dann doch wieder, immer und immer wieder? In unserem ganzen Leben gibt es so wenige glückliche Tage, soviel Entbehrungen und Elend, und wenn das Elend überstanden ist, dann ist es aus mit der Gesundheit – ich kann durch meine Tränen hindurch nichts mehr sehen! Es ist zuviel! Ach, zuviel, viel zuviel! ...

26. November
Ich bin wirklich ratlos, wenn ich bedenke, wieviele verschiedene Seiten das Leben für uns alle bietet! Gestern war ich verzweifelt, noch nie hatte ich mich so schwach gefühlt, um gegen die schlimme Zeit anzukämpfen, noch nie hatte ich Mama derart niedergeschlagen, von den Ereignissen besiegt gesehen, und meine letzten Worte gestern waren ein Hilfeschrei: »Ach, es ist zuviel!«
Im Gegensatz dazu geschieht heute nun alles so, als ob Gott gestern abend mein Gebet erhört hätte: Mama befürchtete, daß die Dame, die das Haus oder vielmehr das Geschäft in der 86. Straße kaufen wollte, vielleicht im letzten Augenblick zurücktreten würde, aber der Vertrag wurde um eins unterschrieben, und alles steht zum besten. Danach schickte uns die Frau, Miss Lynes, der das Haus 158 W. 75 gehört, eine gewisse Miss Healy, die das Haus kauft. Noch eine Last weniger. Wir haben bis

15. Januar Zeit, um auszuziehen, dann wird Mama wahrscheinlich ein kleines *office* in der Fifth Avenue mieten und ihre ganze Kraft für ihre Arbeit als *purchasing agent* einsetzen.
Auch Monsita gehörte zu Mamas Kümmernissen, weil sie sich so sehr verändert hat – vermutlich durch den bolschewistischen Zeitgeist – daß sie uns überhaupt zu nichts mehr nützlich war. Aber heute hat Mama mit ihr geredet, und die Geschichte ging damit aus, daß Monsita am 1. Dezember weggeht. Da nun Mamas körperliche Verfassung so sehr vom Zustand ihrer Geschäfte abhängt, war sie heute fast gesund.
Als wir nach Hause zurückkamen, war das Essen fertig, das Haus hübsch aufgeräumt, und es gab für uns nichts anderes mehr zu tun, als uns auszuruhen. Mama und ich sind schließlich wieder voller Hoffnungen und Illusionen!

27. November
Onkel Thorvald und Tante Lolita haben zum *Thanksgiving Day* bei uns gegessen. Das Essen war sehr gut gekocht und auch sehr hübsch serviert von der alten Irin, die eine fabelhafte Köchin ist. Alle zusammen gingen wir dann ins Kino, wo wir eine der besten Geschichten gesehen haben, die es überhaupt gibt, *Lombardi Ltd.*, und die Hauptfigur war Mr. Bert Lytell.
Beim Abendessen waren wir allein. Jetzt sind wir zusammen in meinem Zimmer. Ich habe Joaquinito soeben eine Geschichte vorgelesen: »Mit Speck fängt man Mäuse.« Auch Thorvald liest, während sich Mama ausruht. Wenn ich soviele friedliche Stunden, soviel Ruhe betrachte im Vergleich zu den quälenden Aufregungen der vergangenen Tage, weiß ich nicht, was ich denken oder schreiben soll. Ich habe entdeckt, daß es viel einfacher ist, die Stürme des Lebens zu beschreiben, als die sehr schönen Tage. Letztere stehen über uns, außerordentlich selten und undefinierbar!
Gestern habe ich vergessen zu schreiben, daß Tante Antolina am Morgen weggegangen ist.
Mama hatte Tante Jeanne zum Essen eingeladen an diesem Feiertag, aber sie hat taktlos abgelehnt. Diesen Tag hat sie also allein in N. Y. verbracht, und das ist nun der Anfang einer ganzen Reihe solcher Tage, denn sie hat beschlossen, ein Zimmer in der Pension von Onkel Thorvald zu mieten. Arme Tante Jeanne!

Ich schimpfe gerade mit mir und rede mir Vernunft ein: Ich muß endlich an Cuca schreiben, aber unbewußt hat sie bis zu einem gewissen Punkt meiner Freundschaft für sie ein Ende gesetzt. Sie ist immer zurückhaltend gewesen, aber an gewissen Tagen in Lake Placid hatte ich geglaubt, ich könnte sie besser verstehen und ihre guten Eigenschaften entdecken unter ihrem seltsamen Äußeren. Die Tür war zu diesem Zeitpunkt einen Spalt geöffnet, aber plötzlich ist sie wieder zugefallen, und zum Dank für meine Aufgeschlossenheit – denn mein aufgeschlossenes Wesen gewinnt die Oberhand, wenn ich jemanden mag – habe ich nur ein merkwürdiges Schweigen bekommen, ein Schweigen, das einem Urteil ähnlich war, das mein mangelndes Selbstvertrauen sofort als eine Anklage aufgefaßt hat. Sie hat mir zu spüren gegeben, daß ich arm bin, als ob die Armut tadelnswert wäre, und sie weiß nicht, daß gewisse Reichtümer weit davon entfernt sind, edel zu sein. Unbewußt hat sie meinen Stolz gekränkt, den ich zu Recht von meinen Vorfahren geerbt habe, so wie ich auch ihr edles Blut und ihren geistigen Reichtum übernommen habe. Ja, das ist der Reichtum, den ich erlangen möchte, darin besteht mein ganzer Ehrgeiz. Arme Cuca, wenn sie das nur verstünde. Ich bemerke, daß sie der zweite Mensch ist, den ich heute abend bemitleide. Manchmal scheint ja die ganze Welt bemitleidenswert zu sein! Als trostlose Themen unserer Zeit könnte ich ja auch die Politik nennen, die Hungersnot in den anderen Ländern, den Preis der lebensnotwendigen Dinge, das amerikanische Publikum, das die Sitzungen des amerikanischen Kongresses hinnimmt, die alles durcheinanderbringen . . .
Eine Laufbahn, die ich mittlerweile auch bemitleidenswert finde, ist die der »alten Jungfer«. Früher sah ich zwar diesem schrecklichen *prospect* [Aussicht] mit Freuden entgegen, aber inzwischen bin ich fest entschlossen zu heiraten, um nicht *sauertöpfisch* zu werden. Ich habe auch bemerkt, daß alte Jungfern Zeit haben, sich bei allen Leuten über sämtliche Wehwehchen und Krankheiten zu beklagen; verheiratete Frauen hingegen vergessen solche Dinge unter dem Druck der häuslichen Pflichten. Schließlich werde ich aus tausenderlei Gründen jeden Abend für Mein Großes Abenteuer beten! In Zukunft werde ich Dir meinen Prinzen nicht mehr beschreiben, bis ich ihn gesehen habe, weil ich mich jeden Tag verändere. Deshalb bin ich eine Frau!

Eine Sache, von der ich mich selbst überzeugen will, ist die, ob Mama recht hat, wenn sie von den Frauen sagt: Sie haben die schwerere Rolle zu spielen, die ernstere Aufgabe zu erfüllen. Nun ja, mal seh'n!

Viele Leute leben, aber wenige scheinen zu *sehen*. Mir zumindest scheint es, daß fast alle Leute lieber reden. Dann passiert ihnen, was den Leuten passiert, die ins Kino gehen und andauernd reden: Sie sehen nichts und lernen nichts dazu.

Ich bin schon fast bei der Hälfte meines Tagebuchs, aber es ist noch nichts außerordentlich *thrilling* [Spannendes, Erregendes] passiert. Ich frage mich manchmal, ob mein Geplapper Dich langweilt. Ich habe bemerkt, daß alle sogenannten »interessanten Gespräche« sehr mit üblen Nachreden gespickt sind, mit seltsamen Märchen, die aus allen braven Nachbarn Verbrecher machen, richtige Kinodramen. Ich, ich finde nichts Derartiges, womit ich Deine Ohren erfreuen könnte. Manchmal ist die Wahrheit eintönig, aber ich gehe niemals einen Schritt weiter. Ziehe bitte auch mein Alter in Betracht. Wenn ich eines Tages sehe, wenn ich groß bin, daß das Abenteuer nicht kommt, dann werde ich mich selbst auf die Suche machen, damit Du endlich Deine Freude hast!

Wenn bis in vier Jahren die Mode, Schauspielerin zu werden, noch nicht vorüber ist, dann werde ich eine – hoffentlich machst Du Dich über mich recht lustig, wenn ich solche albernen Dinge schreibe, die in meinem Zimmer herumschweben – aus Selbstgefühl sage ich nicht: in meinem Kopf. Und solange ich noch ein bißchen Selbstgefühl habe, gehe ich nicht zum Film. Also gute Nacht!

29. November

Aus Ehrfurcht vor meinem Französisch lese ich Joaquinito jeden Abend etwas vor, und wenn Du dieser Ehrfurcht noch meine Liebe für Mamas Frieden hinzurechnest, verstehst Du, warum ich es dem Herrn Prinzchen nie verwehre, wenn er bereit ist, mir zuzuhören.

Gestern war ich auch in der Bücherei. Ich fange an, Lytton zu studieren.

Ich habe eine Strickarbeit für Mama fertig gemacht, und wenn ich schon mal dabei bin, Dir die Vielzahl meiner Beschäftigungen zu nennen, füge ich hinzu, daß wir im Wohnzimmer die

Bilder aufgehängt haben. Ich habe auch eine kleine Dose weißer Farbe gekauft und mehrere Bilder ausgebessert, die unheilbar häßlich zu sein schienen.
Ich habe entdeckt, daß ich Hüte machen kann. Letzten Samstag habe ich schwarzen Tüll von einem alten Ballkleid von Mama genommen, den oberen Teil eines alten Hutes von Tante Antolina und eine blaue Blume. Und daraus habe ich einen Hut gemacht, den ich am Sonntag in der Kirche getragen habe. Zu meinem größten Erstaunen sagten mir zuerst Mama, dann Tante Antolina, Tante Lolita, meine Nachbarin usw. usw., daß er sehr hübsch sei und sie wollten wissen, wo ich ihn gekauft habe. Haha! Übrigens habe ich über diesbezügliche Geschichten aus der guten alten Zeit, aus Mamas Jugend, sehr gelacht, die aber meine Überzeugung noch bestätigen, daß ich alle guten Eigenschaften von Mama geerbt habe!

1. Dezember
Gestern nach der Messe, einem Spaziergang und dem Lunch, habe ich ein Dutzend Briefe geschrieben, noch einen Hut gebastelt und gelesen. Ich war so vertieft in Lyttons Werk, daß die Stunden nur so verflogen sind, und als ich in meinem Bett lag, waren meine Phantasie und meine Seele irgendwo auf dem Mond, der Stätte der Romanze. Wie weit ist die Romanze von mir entfernt, wie schwer zu erreichen.
Heute bin ich mit Mama aufgestanden, um in die Stadt zu fahren. Der Vormittag wurde zu einer langen Reihe von Telephonaten, nachmittags machten wir Weihnachtseinkäufe. Ich erwischte noch den Fünf-Uhr-Zug. Zum erstenmal seit langem mußte Mama eine Einladung zum Abendessen annehmen. Als ich allein vom Bahnhof zurückkam, allein mit der Nacht, der Kälte und den Feen, wurde mir klar, wie einsam ich bin ohne Mama. Sogar jetzt, wo Thorvald und Joaquinito einen Augenblick hinausgegangen sind, habe ich schleunigst mein Zimmer verlassen, um näher bei Annie zu sein, die in der Küche das Geschirr spült; selbst der Lärm, der sonst weit davon entfernt ist, meinen merkwürdigen Aristokraten-Schwächen zu gefallen, tut im Augenblick meiner Einsamkeit gut. Sobald Mama zurückkommt, bin ich nicht mehr allein! Oh, mein geliebtes Tagebuch, wenn Du Mama kennen würdest, wie ich sie kenne, Du würdest sie für würdig befinden, abgöttisch geliebt zu werden!

Unter den heutigen Telephonanrufen fragte eine männliche Stimme nach Mrs. Nin, und sobald ich geantwortet hatte, sie sei außer Haus, noch ehe ich anbieten konnte, etwas auszurichten, hatte der Herr dieser Stimme wieder eingehängt. Ich war einige Minuten lang nachdenklich und versuchte mich zu erinnern, wem diese recht vertraute Stimme wohl gehören könnte. Und plötzlich wußte ich es. Es war Enric. Er war schon am Samstag gekommen, weil er ein Zimmer suchte. Wahrscheinlich sein kleines Zimmer unterm Dach, aber ach, liebes altes Haus, in dem wir so viele Tage verbracht haben, du wirst bald an neue Herren übergehen!

So ist das Leben, Mama muß keine *rooming-house-keeper* [Hauswirtin] mehr sein.

Cut your cloth, Sir,
*According to your calling.**
(Ibid.)
Und auch Horaz:
*a labore reclinat otium.***

Vielleicht wird sich der Geiger eines Tages kein Zimmer unter den Dächern mehr aussuchen müssen, wo es im Sommer zu heiß und im Winter eiskalt ist; aber zuvor muß jeder das Elend erleben und langsam aufsteigen, ganz langsam, um nicht zu fallen!

Vor einer Stunde habe ich das Buch *Night and Morning* fertiggelesen, das ich sehr schätze wegen der Sprache und den wunderschönen Charakterdarstellungen: lauter Leute, die menschlich und lebendig sind und die ich alle gemocht habe, vom boshaftesten bis zum Helden, Sydney am wenigsten von allen wegen seiner Selbstsucht. Vielleicht kennt Lytton auch die Frauen nicht so gut, weil seine Heldin erbärmlich ist; Fanny und Mrs. Morton hingegen sind ebenso wie Catherine viel besser beschrieben als Camilla. Ich werde aber noch ein anderes Buch lesen, ehe ich R. Lytton zu meinen Lieblingsautoren zähle. Durch Charles habe ich den Autor kennengelernt, ich bin entzückt . . .

Arme Mama! Ich kann sie mir lebhaft vorstellen, scheinbar fröhlich und gesprächsfreudig, sehnt sie sich im Grunde nach der

---

* »Herr, schneidere dein Gewand deinem Beruf entsprechend.«

** Das vollständige Zitat lautet: »Nullum a labore me reclinat otium.« [»Mich erquickt nach der Arbeit keine Ruhe.«]

Ruhe von zu Hause, nach dem Familienfrieden – das heißt, wenn Thorvald und Joaquinito es zulassen!
P.S. Nr. 1: Ich habe Frances ein Tagebuch gekauft, um sie etwas aufzumuntern.
P.S. Nr. 2: Wann werde ich endlich etwas Großartiges zu berichten haben? Ist Dir sehr langweilig? Mir auch.

3. Dezember
Am Montag abend habe ich mit Lytton wachgelegen, bis Mama zurückkam. Auf diese Weise konnte ich *Night and Morning* und *Leila* zu Ende lesen. Diesen historischen Liebesroman habe ich sehr gemocht.
Heute habe ich meinen Vormittag damit verbracht, mein Zimmer aufzuräumen, und danach hat mich Mama angerufen und mir gesagt, ich soll nach New York kommen, um mit Rita Betancourt ins Theater zu gehen. Es ist seltsam, daß ich so viele Leute mag, ohne daß sie mich überhaupt beachten, und manchmal wäre ich gern netter, damit die Leute mich ein wenig mögen. Im Augenblick schreibe ich im Bett, obwohl mich Mama gebeten hat, es nicht mehr zu tun, weil ich Flecken auf die Decke machen könnte! Aber ich tue es so gern!
Ich denke an Sonntag. Ich habe den Sonntag nie gemocht, aber ich sehe einen sehr angenehmen Tag auf mich zukommen. Mama hat M. Macaya und Enric eingeladen. Auch Rita. Und da ich fast alles lustig finde, gefällt mir nun der Gedanke, bei mir zu Hause diejenige zu empfangen, die ich für das beste Mädchen der Welt halte, und nach meinen beiden Teufelchen (meinen Brüdern) auch den nettesten Jungen. Auch Frances und M. Walker hätte ich gerne hier (den ich noch nicht vergessen habe).
Ich weiß nicht warum, aber plötzlich bin ich traurig geworden. In der letzten Zeit habe ich Romanzen gelesen, im Kino, im Theater, auf der Straße, überall habe ich welche gesehen. Ich möchte so gern, ach so gern dessen würdig sein, die goldenen Strahlen einer Romanze zu erleben. Werde ich immer erfolglos träumen müssen? Was soll ich tun, damit aus meinem Traum Wirklichkeit wird?
Wahrscheinlich: schön sein!

4. Dezember
Mama wartet mit dem Einschlafen, bis ich fertig bin mit Lesen und Schreiben. Aber sie hat mir noch einen Augenblick zugebilligt, da sie weiß, daß ich mich nicht überanstrenge, weil ich ja zu Hause bleibe, und daß ich um acht oder sogar um elf noch nicht müde bin.
Ich habe in den vergangenen Tagen so viel gelesen, ich bin so viel alleine gewesen und hatte die Muße zu denken, daß ich wieder die entsetzliche »Ernste« aus vergangenen Tagen geworden bin. Ich dachte, ich hätte mich für immer geändert, aber ich merke, daß es nicht stimmt, und es tut mir leid. Wenn ich zum Einkaufen gehe, kann ich mich nie daran hindern, auch in die Bücherei zu gehen. Dort zieht sich mein Besuch in die Länge, ich bleibe stundenlang mit schlechtem Gewissen und blicke ab und zu nur verstohlen auf die Uhr, aber ohne mich zu zwingen, mein Buch wegzulegen. Ich habe nacheinander *Leila, Pausanias,* das Leben von Lytton in mehreren Enzyklopädien gelesen; dann *Le Grand Meaulnes* von Alain-Fournier und ein kleines Bändchen über die Probleme der Philosophie. Die übrige Zeit kümmere ich mich um meine Zimmereinrichtung und bin zerstreut, meine Phantasie schwebt in den Wolken ...
Was mich im *Grand-Meaulnes* ebenso wie in *Colette Baudoche* erstaunt, berauscht, entzückt, das ist die Sprache ... Ausdrücke wie zum Beispiel »verschrumpelt wie ein Apfel« oder »gefälteltes Häubchen« sauge ich in mich ein und lasse sie in mein Gedächtnis dringen wie wertvolle Schätze. Ich habe auch das Wort gefunden, nach dem ich so lange gesucht hatte, um Dir meine Stellung zu erklären, wenn ich lese oder auf einem Stuhl schreibe: vor einem Stuhl *»kauernd«!*
Die ganze Familie schläft!
Ich mag sie so, diese Stille, die allen meinen kleinen Feen die Tore öffnet; Schwärme von kleinen Geistern umgeben mich, wenn sie nichts erschreckt. Wenn ich es nur könnte, würde ich nachts am meisten schreiben, denn ich denke soviel nach vor dem Einschlafen! Joaquinito glaubt nicht an Feen, *ich schon.* Ich sehe sie überall. Es gibt kleine Amors, die im Kreis tanzen um meine blaue Puderdose herum, es gibt Prinzen, Bettler, Diebe, Philosophen, Engel, Schauspieler und viele andere, die meinen Büchern auf dem Kaminsims entsteigen; ich sehe kleine Zwerge, die meine Strümpfe stopfen und mir die Schuhe putzen, dann

gibt es auch Feen, die auf meinem Bett, auf meinem Kissen, um meine Feder herumtanzen, sie bürsten mir die Haare, ohne daran zu ziehen, sie halten Mamas Augen ganz fest zu, damit ihr niemand ihre Geheimnisse entlocken kann. Aber ich sehe sie immer, sie sind meine kleinen Freundinnen!
Und das ganze Haus schläft. Man kann so gut in wachem Zustand träumen. Ich will nicht schlafen . . . Alles ist Schweigen in meiner Ideenwelt! Und ich erkenne alle Zeichen einer großen Idee, die mich verfolgt und die ich nicht loswerde; wenn ich nachts schreiben könnte, würde mein Buch sehr schnell zustandekommen, und heute abend habe ich eine Idee für ein Buch, die mir bis morgen vielleicht davonfliegt!
Aber Mama ist wach geworden, die Feen verschwinden, ich muß schlafen. Schlafen, wo die Nacht doch so schön ist!

6. Dezember
Gestern abend war ich ganz in den *Grand Meaulnes* versunken und habe es zu Ende gelesen. Ich hatte mir in den Kopf gesetzt, nur den Stil zu bewundern, jetzt bin ich aber dazu verurteilt, immer mehr den *Autor* zu bewundern. Genau diese märchenhafte, leichte und doch so richtige, reizende Art, die einfachsten Dinge zu beschreiben, habe ich so oft gesucht in meiner Bücherwelt. Gegrüßet seist Du, Alain-Fournier! Weil alle Autoren uns ihre Charaktere erahnen lassen durch die goldene Wolke eines sanften Hauchs, einer noch sanfteren Feder, und auf diese Weise erkennen wir die Wahrheit, Tröpfchen für Tröpfchen . . . Zuckerwassertröpfchen!
Wenn ich für meinen heutigen Tag einen Titel finden müßte, würde ich ihn bestimmt »Mein musikalischer Tag« nennen.
Er hat früh angefangen mit dem Rasseln eines Weckers, der auf dem Stuhl tanzte. Der Grund für dieses frühe Aufstehen war ein weiterer Umzug. Die Möbel unseres alten Hauses kamen hierher, und kurz danach kam auch Mama mit der guten Nachricht, daß Rita mich für heute in die Oper eingeladen hatte. Ich zog mich an wie damals, als ich noch zur Schule ging, diesmal aber, um rechtzeitig einen richtigen Zug zu erwischen. Es war *Il Trovatore* von Verdi mit Madame Muisa als Eleonore und Amato in der Rolle des Grafen. Es war sehr schön! Mama sagte nachher, daß es ihr nicht gefallen habe, aber ich habe noch zu wenig Opern gesehen, um vergleichen zu können. Ich mag es

vor allem, wenn alle zusammen singen! (Amatos Stimme jedoch gefiel mir nicht.) Im übrigen war ich fast von allem begeistert, und ich war mit allem ganz allgemein sehr zufrieden.
Als wir das Opernhaus verließen, erwartete uns eine andere Art von Musik: das eintönige Geräusch der Regentropfen auf dem Pflaster. Es begann in Strömen zu gießen, und ich war sehr froh, als wir wieder zu Hause waren. Ein langer Weg vom Bahnhof, ohne Licht wegen des Nebels; unterwegs stießen wir gegen jeden Stein und fürchteten uns vor den streunenden Hunden; danach war es mir eine Freude, durch die Bäume die Lichter unseres Hauses zu sehen.
Nach dem Essen hat Mama für uns gesungen, um die Ankunft des Klaviers zu feiern. Jetzt liest sie in meinem Zimmer, und ich schreibe im Eßzimmer mit Thorvald in meiner Nähe.
Annie arbeitet in der Küche, und das zwingt mich, an alle Wohltaten zu denken, die uns in der letzten Zeit zuteil wurden. Kein Geschirrspülen mehr nach dem Essen, wo ich doch vor dem Geschirrspülen solche Angst hatte! Und noch so viele andere Dinge. Eines Tages werde ich Dir von meinem Zimmer erzählen, von Mamas Zimmer, vom ganzen Haus schließlich, damit Du verstehen kannst, warum ich sage, daß ich viel mehr Glück habe, als ich verdiene.
Annie behandelt mich wie eine Prinzessin. Sie kennt mich nicht sehr gut und glaubt, daß ich *nett* bin. Ich hoffe, daß sie das lange Zeit glauben wird, es ist sehr lustig festzustellen, daß andere Leute mir so viel Güte zutrauen! . . .
Eines der Bilder, die ich auf die ganz zartblaue Tapete meines Zimmers gehängt habe, ist die Darstellung eines Kindes, das ganz verzweifelt vor einer schweren, verschlossenen Tür zu warten scheint. Ich mag diese Zeichnung sehr, aber der Künstler hat sie *»Love locked out«* [»Ausgesperrte Liebe«] genannt. Ich mag den Titel nicht. Mir gefiele die Interpretation viel besser, daß diese Tür noch nicht geöffnet worden war und daß Amor traurig draußen wartet, bis sie sich öffnet. Ich mag das schwere Tor, die Verzweiflung des Besuchers, der so schlecht empfangen wird, und beim Einschlafen vergesse ich nie, meine Blicke über das Bild schweifen zu lassen, das jeden Abend von einem kleinen Lichtstrahl beleuchtet wird, halb Mond, halb Straßenlaterne.
Morgen ist Sonntag, aber keiner der erwarteten Besucher wird kommen. Rita hat etwas anderes vor, Enric muß sich von M. de

Alva und M. Macaya verabschieden, die nach Spanien abreisen. Ich habe mich wieder mit meiner Furcht vor dem Sonntag abgefunden. Wenn ich einmal groß bin, werde ich vielleicht nicht mehr zur Kirche gehen; es sei denn, ich bessere mich, je älter ich werde. Aber ich bin noch recht jung und recht böse! Rita mag Browning. Schade, ich überhaupt nicht, fast nicht, wenn ich an Shelley denke. Eines Tages werde ich Dir erzählen, welche Gedichte ich mag. Sie sind noch nicht alle geschrieben. Ich sehe noch viele um mich herum: die unveröffentlichten Gedichte des Lebens. Mein Lieblingsdichter ist die Natur.
Bobby Foster, die verrückte kleine Freundin, die ich nicht vergessen kann, hat mir heute geschrieben. Auch sie werde ich eines Tages in einem Buch verewigen, aber bei ihrem Geschlecht werde ich zögern; sie hätte als Junge zur Welt kommen sollen, so wie ich gerne als Wolke oder als Fee oder vielleicht auch als braves kleines Mädchen hätte zur Welt kommen wollen. Aber es gibt unzählige Dinge, die unmöglich sind!
Was man nicht ändern kann, das ist die Uhrzeit. Obschon ich große Lust hätte, mir meinen Anfall von Melancholie heute abend damit zu vertreiben, daß ich verrückte Dinge schreibe, kann ich es nicht, siehst Du, denn es ist neun Uhr. Oh, böse Uhr, die mich immer verrät, die kalt und gefühllos die Minuten verurteilt, die ich Frau Vernunft, Herrn Verstand und Fräulein Nützlichkeit stehle. Zum Glück kann niemand meine Phantasie einsperren; als »Talisman« hat sie die Gabe, sich andauernd in den Wolken zu bewegen, das ist zu weit oben für diese Pedantenfamilie.

9. Dezember
»Geliebter Papa,
offenbar bin ich unter dem Zeichen eines bösen Geschicks geboren: Ich schreibe unendlich lange Episteln an alle Menschen, die ich liebe, und bekomme nur kurze Antworten. So ist es mit Dir, auch mit Mama, wenn sie sich mal von uns entfernt, und mit anderen. Dann bin ich nicht weit davon entfernt zu glauben, daß alle Erwachsenen immer beschäftigt sind, ich fange an (denn ich bin schon bald erwachsen), es euch gleichtun zu wollen, und ich finde nur noch sehr wenig Zeit zum Schreiben. Aber Du hast einmal gesagt, daß Du Dich über meine Briefe freust, also kann ich nur an dies eine denken . . . und wenn Du

manchmal den Zweifel verjagen willst, der mir sagt, daß mein Papa ja nur ein schöner Traum ist, dann schreibe mir hin und wieder ein paar Worte.

Du weißt, daß Shakespeare gesagt hat, daß wir Schauspieler seien und das Leben ein großes Theater. Dann ordne ich halt die vergangenen Jahre als den ersten Akt ein. Der Vorhang öffnet sich, um Deinen Blicken ein Lustschlößchen darzubieten. Im Hintergrund Bäume usw. usw.; trotz der kalten Jahreszeit, des eintönigen Regens, des Winters, der über sein Gebiet herrscht, bewahrt die Szene einen friedlichen, unaussprechlichen Reiz.

Das Haus ist groß, von vollkommener Harmonie, ebenso anziehend durch seine Schönheit als durch seinen Komfort.

Ich will Dich nicht mit der vollständigen Beschreibung ermüden. Das Zimmer, das Dich vermutlich am meisten interessieren wird, ist der Raum neben dem Wohnzimmer. Da stehen das Klavier, die Bücher und die Künstlerporträts, darunter auch Deins. Erinnerst Du Dich an das große, sehr große Bild von Dir, das früher, soviel ich weiß, im Kinderzimmer war? Ich habe es in einen sehr schönen Rahmen getan, und Du scheinst der König unter allen Künstlern zu sein, Granados, Carreño, das Trio von Barcelona und andere Geiger und Sänger.

In Thorvalds Zimmer sind die Spuren einer anderen Art von Studien: Algebrabücher, Globus, Mathematikhefte.

Joaquinito hat Büsten von Mozart und Wagner, die er von Madame Quintero geerbt hat, Märchenbücher (obwohl er bereits ein erstaunliches Gedächtnis zu haben scheint und eine sehr starke Neigung zu den Büchern, die auch ich liebe, die nicht schöner, aber schwerer zu verstehen sind als Märchen) und Künstlerporträts.

Wenn Du willst, kannst Du den folgenden Abschnitt überspringen, nicht lesen, aber ich kann der Versuchung nicht widerstehen, Dir von meinem Zimmer zu erzählen. Mein Reich ist groß, voller Sonne (außer wenn es regnet) und Licht.

Die Möbel sind elfenbeinfarben. Die Wände, von einem ganz zarten Blau, sind sparsamst mit meinen Lieblingszeichnungen geschmückt, mit den Bildern der Menschen, die ich zu meinem Glück brauche, und derer, die zu meiner geistigen Ausbildung nötig sind (welche auch wiederum zu meinem Glück erforderlich ist).

Einige Philosophie- und Gedichtbücher auf dem Kaminsims

(keine Algebra) zwei oder drei Kleinigkeiten, die mich an Brüssel erinnern . . . ein elfenbeinernes Spiel mit meinen Initialen in Hellblau. Und da ich die Prinzessin meines Reiches bin, habe ich mir auch einen kleinen Pagen ausgesucht, ein kleiner Kanarienvogel, der ständig herumhüpft und die kurzen Augenblicke meiner Einsamkeit verzaubert.

Also ist alles blau, weiß und golden, der Himmel, die Wolken, die Sonne! Verurteilst Du mich, weil ich an Feen glaube, an alles, was wie mein Reich ist? Weil ich an Träume glaube, die Wirklichkeit werden?

Jeden Tag bekomme ich Briefe von meinen kleinen Freundinnen; manchmal fahre ich nach New York und gehe mit ihnen ins Theater oder in die Oper.

Eine alte liebevolle Irin, ein echter Küchenchef, kümmert sich um den Haushalt.

Weihnachten steht vor der Tür. Ich kann Dir schon einmal meine zärtlichsten Gedanken schicken, die Hoffnungen, die ich ausspreche für Dein Glück. Wenn Du Dich an diesem Tag ein bißchen alleine fühlst, erinnere Dich daran, daß drei Kinder mitten in ihrem Glück an Dich denken, daß drei Kinder in der Weihnachtsnacht von Dir, den sie sehnlichst unter dem Baum erwartet haben, träumen werden; auch am Morgen noch und den ganzen übrigen Tag werden sie an Dich denken, mehr als sonst unterm Jahr, denn das Glück ist es, was man vor allem teilen muß, es gibt nie genug davon . . .

Der Vorhang wird für Dich immer oben bleiben, weil ich Dir oft schreiben werde.

Manchmal frage ich mich, ob Du nachvollziehen kannst, wie sehr wir uns alle verändert haben. Joaquinito ist schon so groß, es ist unmöglich, ihn wie das kleine Baby der Familie zu behandeln. Thorvald ist trotz seiner fünfzehn Jahre ein Mann, so groß wie ich, eher fröhlich und neckisch. Und ich bin ein junges Mädchen. Ich mache mir schon einen Knoten, weil ich mich so ernst fühle. Als ich hier ankam, war ich anämisch, schüchtern und von einer Unwissenheit, die mich jetzt erschreckt, wenn ich die Seiten meines Tagebuches von vor fünf Jahren wiederlese. Jetzt bin ich nicht mehr mager, sondern schlank, noch ein bißchen schüchtern fremden Leuten und Männern gegenüber, aber sonst sehr offen, wenn jemand meine Begeisterung zu erwecken weiß.

Und meine Gesichtszüge sind eine seltsame Mischung aus Deinen und denen Mamas; das Ergebnis ist eher künstlerisch, das heißt, ich sollte eine Frau Malerin sein, weil ich geboren bin, um ein schwarzes Samthemd und eine Künstlerkrawatte zu tragen; diese Vorliebe hat bei meinen Sanchez-Vettern und -Kusinen viel Fröhlichkeit und Gelächter hervorgerufen den ganzen Sommer lang. Eines Tages wirst Du erstaunt sein, wenn Du von einer Reise nach Havanna hörst, wo es darum geht, daß ich in die kubanische Gesellschaft eingeführt werden soll. Aber Du kannst Dir wohl vorstellen, daß ich mich damit über mich selbst lustig mache.

Aber genug jetzt mit dem albernen Geschwätz. Alles in allem besteht der wertvollste Inhalt dieses langen Briefes ganz einfach aus meinen besten Weihnachtswünschen und aller Zärtlichkeit von Deiner LINOTTE.«

10. Dezember

Ich war krank und habe mich jeden Tag so sehr beim Lesen angestrengt, daß ich den Mut und die Kraft nicht mehr hatte zum Schreiben. Ich war sehr vertieft in meine Lytton-Studien und fühlte mich lange Zeit ratlos, bis ich mir ein Urteil bilden konnte; und schließlich gebe ich ihn auf, ohne ihm nachzutrauern. Er wirkt auf mich wie ein Feuerwerk, denn äußerlich, in seinem Stil zum Beispiel, ist er sehr brillant und zunächst einmal sehr anziehend. Danach, wenn die Funken zu Asche werden, kommen seine wirklichen Ideen zum Ausdruck. Was an Vorzügen übrigbleibt: er kennt die Welt, sonst nichts. Adieu, Lytton! Gute Reise! Möge der Staub der Bibliotheken nicht allzusehr auf deinen mittelmäßigen Büchern lasten!

Es ist echter Wahnsinn, der mich ergreift: Wenn ich ein Buch lese, lechze ich schon nach dem nächsten, usw. . . . Ich vergesse mich, ich vergesse meine Familie, ich bin jene Anaïs aus vergangenen Tagen, vollkommen eingenommen von einem anderen Leben . . . es ist reiner Egoismus!

Gestern abend haben mich die stummen Vorwürfe meiner Brüder, die kein einziges Paar gestopfte Socken mehr fanden, aufgefordert, von der Reise zurückzukehren.

Ich habe meine Bücher geküßt, sie auf den Kaminsims gestellt und mir geschworen, mich nicht mehr derart in Versuchung führen zu lassen. Aber ich habe sie den ganzen Tag andauernd

angeschaut, als ob ich sie lesen könnte, ohne sie aufzuschlagen!
Morgen fahre ich nach New York.
Die winterliche Kälte ist bereits eingebrochen, der Wind jammert draußen, manchmal wird er wütend und tobt und schüttelt das ganze Haus. Ich mag den Wind . . .
Heute abend nehme ich mir die Zeit zu schreiben, mit Mamas Erlaubnis, denn jetzt hat sie ihr eigenes Zimmer; es ist so schön wie meines. Ich bin immer die letzte, die einschläft . . . das ist lustig!
Es gibt Augenblicke, in denen ich befürchte, daß soviel Lesen mir seelisch schadet. Ich habe das seltsame Gefühl, daß ich eingeschlafen bin, aber daß ich im Schlaf rede und gehe, so sehr umschließt meine Phantasie die Seiten, die ich gerade lese . . . Ich erlebe die Bücher, die ich lese. Zum Beispiel* leide ich oder ich bin glücklich, meine ganzen Sinne gehorchen den Befehlen des Autors. Dieser Trancezustand hält noch lange an, nachdem ich zu lesen aufgehört habe, wenn ich stundenlang nachdenke . . . Die Rückkehr ins wirkliche Leben bedeutet immer eine Erschütterung, die oft schmerzlich ist . . . Ich würde sehr gern mit Thorvalds Unbekümmertheit lesen, der nicht nachdenkt und sich nie beeindrucken läßt.
Aber auf der anderen Seite entwickelt sich auch etwas in mir, vor lauter Nachdenken, ich weiß nicht genau, wie ich es nennen soll, aber jeden Tag spüre ich, wie diese Macht in mir wächst, diese *Sache,* die mein Denken, mein Handeln und mein Reden lenkt, es wird jedoch immer klarer, es ist eine Erhöhung, die Entdekkung der positiven Seiten meines Wesens. Ach, die Bücher sind schöne Lehrmeister!
Siehst Du, heute abend zum Beispiel werde ich mit einem Gedanken von Pascal über die Religion und das Herz einschlafen, und morgen werde ich ein ganz klein wenig besser sein, ein wenig verändert.
Aber ich kann nicht immer lesen, man muß auch für die *andern* leben, mit der Phantasie *und* dem Herzen leben.
Pascal sagt: »Wünschen Sie, daß man Gutes von Ihnen spricht? Sagen Sie es nie selbst!«
Ich frage mich, ob ich Schlechtes sagen soll, damit man es glaubt.

---

* Vermutlich ein Anglizismus: »Actuellement« (jetzt, zur Zeit) wird hier wörtlich vom englischen »actually« (zum Beispiel) übernommen. D. Ü.

14. Dezember
Der erste Schnee! Und die weißen Flocken haben uns auch, es ist kaum zu glauben, Marraine wiedergebracht: plötzlich ist das Wunder geschehen, sie hat uns besucht; denn wir hatten uns ja so lange bemüht, sie wieder so zu mögen wie früher, und nun kam sie wieder. Es hat allerseits eine stumme Versöhnung stattgefunden. Sie verbrachte den Nachmittag mit uns und unterhielt sich ganz ruhig mit Mama, am Abend hat sie mit uns gegessen, und um sieben haben Thorvald und ich sie zur *Estacion* begleitet.
Da Mama so leicht vergessen kann, kann ich es auch, o ja, ich auch, liebe Marraine; Mama hat gesagt, daß jeder seine Fehler hat, und als sie mich fragte, ob ich aufhören würde, sie zu lieben, falls sie, Mama, jemals etwas falsch machen sollte, konnte ich von ganzem Herzen antworten: »Niemals!« Ich bin so glücklich!
Gestern abend waren wir bei einem Wohltätigkeitsbazar zugunsten unserer Kirche, und da habe ich ein schönes großes Bild der heiligen Theresia, der Kleinen Blume, gekauft. Ich habe es selbst in einen schönen Rahmen getan, und seitdem sie da oben in meinem Zimmer hängt, spüre ich ihren besänftigenden Einfluß, ich spüre, daß dieses schöne, von himmlischer Anmut geprägte Gesicht mich zu besseren Gefühlen, besseren Taten antreiben wird. O ja, ich werde netter sein, davon bin ich überzeugt, denn sobald ich dieses Bild betrachte, vergeht mir diese Gleichgültigkeit, diese Kälte, dieser Mangel an Glauben, lauter Zeichen meiner Hartherzigkeit. Ich werde ein besserer Mensch werden, um ihr Freude zu machen, Kleine Blume!
Es scheint, daß dieser Tage alle Welt Enric Madriguera getroffen hat, nur ich nicht. Aber die Geschichte von Marraine ist lustig! Angeblich hat die ganze »Bande« dort im Wohnzimmer Abschied von M. de Alva gefeiert (der nach Spanien geht und ein Geschenk für Großmama mitnimmt).
Marraine ging gerade an der Wohnzimmertür vorbei und wollte grüßen, als sie hörte, wie Enric ein ganz häßliches Wort sagte; da ging sie schleunigst weiter, ohne ein Wort zu sagen. Dieser kleine Zwischenfall, der Marraine schockiert hat, gefiel mir sehr, denn genau diese kindische Art, diese Narrheit finde ich so lustig bei Enric! Er hat soviel Ähnlichkeit mit Joaquinito!
Ich denke oft an Tante Lolitas Worte über die »Idealisierung der Menschen in ihrer Abwesenheit«. Denn manchmal vergleiche

ich meine Meinung über ihn mit der anderer Leute, und ich fürchte, Enric ist überhaupt nicht so, wie ich *glaube.* Aber trotzdem verstehe ich nicht, warum ich soviel über ihn reden muß. Diese ganzen Gedanken sind so unvernünftig, er muß ein Magier sein, um mich derart verzaubert zu haben! (Ich habe nur eine sehr vage Idee über die Bedeutung von »verzaubert«, aber ich glaube, Du weißt schon . . .)
Und nun betrachte ich meine himmlische Prinzessin und beginne zu glauben, daß ich sehr verrückt bin. Also höre ich auf, denke nach, höre, daß es zehn schlägt und erinnere mich an Mamas Befehle. Beginnen wir also mit dem Gehorsam und beten wir für Enric, daß er *brav* sein möge. Hihi!

14. Dezember
Ich schreibe an Großmama.

19. Dezember
Ich bin in der allerkomischsten Lage! In einer Ecke des Arbeitszimmers habe ich eine riesige Chaiselongue in die Nähe des elektrischen Ofens gerückt; meine Füße, die in seidenen Strümpfen stecken, habe ich auf den Ofen gestellt und habe mehrere Sweaters und meinen Mantel angezogen. Und warum? Weil es kalt ist!
Ein paar Schritte von mir entfernt befindet sich ein Fenster. Wenn ich durch die vereisten Scheiben schaue, sehe ich dicke Schneeflocken, die vom Himmel fallen und die reizende Landschaft tapezieren. Mehr denn je glaube ich an das Märchen meiner Amme, die immer sagte, Schnee sei wie Weihwasser, weil er vom Himmel kommt.
Seit dem 17. Dezember schneit es, seit jener berüchtigten Nacht, als die halbe Menschheit keinen Schlaf finden konnte auf Grund jener wissenschaftlichen Prophezeihungen wegen des Weltuntergangs. Ich brauche wohl nicht zu erzählen, daß wir seelenruhig geschlafen haben, und zum Dank für unsere Unbekümmertheit entdeckten wir beim Aufwachen die schöne Veränderung, das Kunstwerk des Großen Malers.
Gewiß, Schönheit ist teuer, und wegen der mittelmäßigen Heizung, die von der ehemaligen Besitzerin nicht erneuert wurde, ist das Haus wie ein großer Eisschrank.
Gestern abend sind die Wasserleitungen gefroren und geplatzt.

Es war ein ziemlich merkwürdiger Anblick, jedes kleine Loch sah aus wie eine Fontäne, und ich war so hingerissen von der Wirkung des »Ganzen«, daß ich vergaß, daß Fontänen in einem Haus zu Überschwemmungen führen. Aber Thorvald hat die Gefahr sofort beseitigt, während ich selbst das Wasser im Bad aufwischte.
Den ganzen Tag war ich erfolglos auf der Suche gewesen nach einem Mittel, mir die Hände zu wärmen; durch diesen unglückseligen Zwischenfall fand ich die Lösung, indem ich mit eiskaltem Wasser hantieren mußte.
Ich habe recht wenig geschrieben in den letzten Tagen, weil ich die Weihnachtsgeschenke für Mama vorbereite. Sie wird sechs von mir selbst gemachte Sachen bekommen, ungerechnet die anderen Sachen, die mir inzwischen noch einfallen werden!
Außerdem habe ich Abrechnungen gemacht, ich gehe regelmäßig auf den Markt, ich schreibe an Cuca, ich denke nach und erschauere, während ich den hübschen Schnee betrachte; ich habe ein sehr ausgefülltes Leben.
Einmal war ich beim Schlittschuhlaufen, und danach habe ich geweint, weil meine Füße förmlich erfroren waren. Da entdeckte ich, daß man nicht mit zu schmalen Schuhen Schlittschuh laufen sollte.
Mama macht Einkäufe mit der Präsidentin von Kuba, versucht, ihre Möbel zu verkaufen, verkauft auch einige, macht Pläne, läuft herum, telephoniert, schreibt, redet ganz begeistert und liest hin und wieder noch ein paar Bücher.
Da noch nicht alle Bettdecken eingetroffen sind, haben Joaquinito und ich unsere Kräfte vereint, um den Feind zu bekämpfen: Wir schlafen beide in meinem Bett. Aus diesem Grund kann ich abends nicht schreiben, und ich brauche die Wärme in einer Ecke des Arbeitszimmers, um tagsüber schreiben zu können. Aber letzten Endes habe ich gar nicht soviel zu erzählen, denn es ist zu kalt zum Denken und vor allem zum Schreiben . . .
Ich erschauere wieder, ach wie schön ist der Schnee!

24. Dezember 1919

Heiligabend! Ich habe so viel genäht, gestickt, gestrickt, gehäkelt und gekauft, daß ich keine Zeit hatte zu denken, geschweige denn zu schreiben.
Währenddessen ist der Schnee geschmolzen, und das Wetter ist

lau und nebelig. Egal, das macht nichts. Im ganzen Haus hängt *holly* [Stechpalmen] an roten Bändern, und zwischen dem Wohnzimmer und der Diele habe ich ein wenig *mistletoe* [Mistelzweige] aufgehängt, und dank der netten Legende wird es vermutlich Küsse und Umarmungen geben. Es herrscht schönes Wetter im Haus!
Ich habe drei Bücher von Papa bekommen! Armer Papa! Ganz allein, ohne seine Familie am Weihnachtstag! Wie traurig! ...
Es gibt vieles, was ich den Kubanern nicht verzeihen kann. Sie machen Mama so oft Kummer, die bösen Leute! Am Vorabend vor Weihnachten haben sie nun den Mut, Mama nach New York zu bestellen, um sie mit ihren Launen und Forderungen zu beanspruchen.
Ich habe entdeckt, daß man Kälte auf zwei verschiedene Arten erfahren kann: wenn man im Sessel in der Nähe des elektrischen Ofens sitzt und trotzdem halb erfriert, weil man nichts tut, oder wenn man an wilden Schlittenfahrten unter dem glitzernden Sternenhimmel teilnimmt. Letzteres ist köstlich!
Mitten in diesen vielen Umwälzungen und Vorbereitungen habe ich den denkwürdigen 22. Dezember übersehen, als die Schlüssel von 158 W. 75 in andere Hände übergegangen sind. Ich habe jedoch sehr oft daran gedacht, denn wenn man so viele Jahre in einem Haus verbringt, wächst es einem ans Herz, wegen der Erinnerungen ... In wenigen Augenblicken zogen alle Ereignisse in meinem Gedächtnis vorüber, manchen trauere ich nach, andere schiebe ich mit Freuden von mir weg.
Adieu, altes Haus, du hast uns treu gedient, dein Dach und deine Mauern haben uns vor Wind, Kälte und Regen geschützt ...
Obwohl die Riesenschublade schon voller Päckchen ist, muß ich noch ein paar Kleinigkeiten erledigen, und somit kann ich mir nicht allzuviel Zeit zum Ausruhen gönnen. Es ist erst zwei Uhr, und ich wäre so froh, wenn Mama käme!
Drei Uhr. Manchmal schneit es, manchmal regnet es. Schade, daß es nicht andauernd schneit, nichts ist so schön wie die Mischung aus Weiß, Grün und Rot, die Farben, die Weihnachten versinnbildlichen!
Der Duft der Tannen liegt in der Luft und morgen wird er sich mit dem Duft der Kerzen vermischen!
Bisher habe ich zwei Geschenke bekommen, wobei ich noch nicht weiß, was es ist. In meiner Neugierde und meiner Begeiste-

rung bin ich wie ein kleines Kind, in der letzten Zeit; ich bin fast fröhlich!
Die de Solas werden den Weihnachtstag mit uns verbringen. Sie sind in ihr kleines Haus in der Audley Street Nr. 8 umgezogen, obwohl noch sehr viel fehlt, bis man sagen kann, daß es wirklich fertig ist. Ich bemühe mich so sehr, Elsie zu mögen, daß es mir manchmal tatsächlich gelingt, vor allem dann, wenn ich mir denke, daß sie ebensoviele Fehler bei mir ertragen muß wie ich bei ihr. Es ist doch richtig, ihre Fehler zu vergessen und meine zu überwinden, nicht wahr?
Ich möchte, daß Mama kommt!
Morgen werde ich zum ersten Mal Schuhe mit Louis XV-Absätzen anziehen. Stell Dir meinen Knoten vor, mein schmales Kleid, meine ernsten Gedanken, und Du weißt, daß ich ... bereits ein junges Mädchen bin ... Im übrigen werde ich bald siebzehn!
Wenn Mama nur käme!
Ich habe zweimal an Cuca geschrieben und keine Antwort bekommen. Vielleicht hat sie weniger Zeit, weil sie gesellschaftliche Verpflichtungen hat.
P.S. Nr. 1: Inzwischen bleibt der Schnee liegen und je mehr es schneit, desto schöner wird die weiße Landschaft!
P.S. Nr. 2: Man könnte glauben, daß dieser Nachmittag nie vorübergehen wird! Mein einziger Zeitvertreib besteht darin, nach dem Briefträger Ausschau zu halten, denn ich habe nichts mehr zu tun und ich bin zu *excited* [aufgeregt] um zu lesen. Ich erkenne mich nicht wieder, vermutlich ist das die Wirkung von Weihnachten.

26. Dezember
Nachdem ich Heiligabend ungeduldig auf Mama gewartet hatte, habe ich mich sehr gefreut, als ich sie mit einem Dutzend kleiner Päckchen nach Hause kommen sah, mit lauter winzigen Kleinigkeiten, um den Baum zu verzieren. Nach dem Essen fingen wir an, ihn zu schmücken; es war ein großer Tannenbaum, dessen Spitze feierlich die Decke küßte, als ob der Baum ihr auch schöne Weihnachten wünschen wollte. Wir waren alle vier recht fröhlich und beschäftigten uns damit, die kleinen Kerzen, die bunten Kugeln, den Schneeregen, die Sterne, die Püppchen, die kleinen Bonbonsäckchen aufzuhängen, all diese niedlichen Kleinigkei-

ten mit denen die wunderbare Tradition ein Stück des strengen Waldes verkleidet, um ihn menschlicher zu machen, d. h. anziehender für den Blick und die Sinne des Menschen.
Es ging ganz schnell. Dann war es an der Zeit, die Geschenke, die in Seidenpapier hübsch eingewickelten Päckchen mit ihren roten Bändchen unter dem Baum aufzuteilen und anzuordnen; auf jedes einzelne Geschenktürmchen steckten wir ein kleines Kärtchen mit dem entsprechenden Namen. Ach diese Heimlichkeiten, dies viele Lächeln! Joaquinitos Augen waren einer Studie würdig, Thorvalds waren nicht ganz so weit aufgerissen, aber nicht minder ausdrucksvoll. Auch meine Neugierde, die sich so lange schlafend gestellt hatte, war erweckt, sie kam nur nicht so laut zum Ausdruck, bei Mama übrigens auch nicht. Ich hatte wieder einmal den Eindruck, daß ich in meiner Art zu denken sehr alt bin, sehr weit entfernt von Thorvald und Joaquinito; ihre Unbekümmertheit konnte ich nicht teilen und demzufolge fühlte ich mich Mama und den ernsteren Dingen unseres Lebens viel näher.
Es wurde Zeit, schlafen zu gehen. Ich ließ meine Blicke noch einmal über den *holly* schweifen, womit ich Kamin, Fenster und Treppengeländer geschmückt hatte, und über den *mistletoe*, der an roten Bändern hing. Der Baum glänzte ganz hinten im dunklen Wohnzimmer. Glaubst Du vielleicht, daß ich nur an die Schönheit dieser Szene dachte? Nein, in meine eher poetischen Eindrücke mischten sich Überlegungen, die aus meinem Sinn für Verantwortung hervorgingen: Ich überlegte auch, ob alles *sauber* und *ordentlich* war. Eine Frau muß ein *praktischer* Dichter sein, wenn schon!
Die Nacht wurde von unruhigen Träumen gestört. Die Türen waren offen und ich hörte meine ganzen lieben Angehörigen, die sich in ihren Betten wälzten. Es lag nicht nur an der Aufregung der Weihnachtsnacht, sondern auch an der Kälte und dem Wind. Am Morgen wurde ich von einem seltsamen Gefühl von Regen auf meinem Gesicht geweckt; es war der Schnee, den der Wind durch das offene Fenster in mein Zimmer eingeladen hatte! Dann stand ich auf, um das Fenster zu schließen und entdeckte das Ergebnis des stummen Werkes, das der Große Maler in der Nacht vollbracht hatte. Die Landschaft war grandios! Ich war hingerissen und konnte nicht mehr einschlafen, also dachte ich nach. Sicherlich gab ich ein komisches Bild ab, halb in meinem

Bett sitzend, die Augen ins Leere, jenseits der Scheibe gerichtet, wie ich über die verschiedensten Dinge nachdachte, während das noch sehr schüchterne Tageslicht nach und nach in mein Zimmer drang.

Natürlich war ich als erste angezogen. Aber der Schneesturm tobte so stark, daß ich nicht in die Kirche ging. Bevor Thorvald und Joaquinito weggingen, wurden die Kerzen am Baum angezündet; wir sangen *Venite adoremus,* und Joaquinito begleitete uns am Klavier. Die Päckchen wurden geöffnet und sogleich begann das Freudengeschrei.

Das Frühstück verlief etwas ruhiger, weil Mama sich nicht besonders wohl fühlte. Danach, während die Kinder draußen waren, haben Mama und ich uns sonntäglich angezogen.

Ich habe eine große Tüllschlaufe für mein schwarzes Samtkleid erfunden. Manchmal macht es mir viel Spaß, auf mein Aussehen und meine Kleidung zu achten, nicht immer, aber *niemals* so sehr wie Germaine Sarlabous.

Kurz vor dem Lunch kamen die Besucher. Madame de Sola und eine Kusine von Elsie de Sola, Elsie Lopez. Dann Isabel und Belica. Alle brachten Päckchen mit und bekamen welche!

Das Essen war ein Erfolg, wie fast jedes Essen bei uns. Es ist ja nicht so schwierig zu reden, essen, lachen, reden, essen, lachen, bis zum Schluß. Manche Leute reden wenig und essen viel. Andere tun nichts als reden und lachen; einige essen sehr gut, reden mit Anmut und lachen gleichzeitig. Letzteres ist wohl ein äußeres Zeichen der »Frau von Welt«. Sicherlich eine Tugend! Ich habe mich so bemüht, viel zu reden, daß es mir schließlich gelungen ist, angenehm zu wirken. Ich bin nicht mehr so verwildert! Dazu muß man Lügen erzählen oder sich wie ein Clown gebärden; für die Lügner (oder die Schmeichler, das ist dasselbe) und für die Clowns ist das wohl sehr einfach!

Nach dem Essen wird geredet. Diese alte Gewohnheit muß ihre Gründe haben. Ich nehme an, es liegt daran, daß ein hungriger Mensch nicht sehr angenehm ist, während man nach dem Essen die Möglichkeit hat, sich freundlich zu zeigen, damit einem die früheren Unarten verziehen werden!

Später sind dann die übrigen Besucher gekommen. Nun waren also Marraine, Onkel Thorvald, Tante Lolita, ein Neffe von Tante Lolita (ein junger Mann) und ein anderer kleiner Junge namens »Tomin« (Kubaner) hier.

Ohne es zu bemerken, habe ich mich unter den *mistletoe* gesetzt und Onkel Thorvald hat mich geküßt. Sobald er kommt, gibt es immer etwas zu lachen, und das hält an, bis er wieder geht.
Gegen sechs sind alle wieder gegangen. Da hat sich Mama ins Bett gelegt und ich habe mein Kleid wieder in den Schrank gehängt, Thorvald und Joaquinito haben angefangen, die Bücher zu lesen, die sie bekommen haben, und so ging es weiter, bis es Zeit wurde zum Abendessen.
Ich habe meine Geschenke aufgeräumt, ein Armband von Marraine, eine hübsche Puppe, die man auf die Kommode stellt, von Mama, ein schönes Buch von Frances, ein Muttergottesbild von Ti Coco, Taschentücher von Tante Lolita, eine selbstgemachte indische Halskette von Eleanor, ein kleines Bild von Gertrude, einen gemalten Kalender von Belica und eine Schachtel Schreibpapier *anonymous*.
Thorvald hat Mama einen alten Photoapparat geschenkt, damit sie »ihn verkauft und sich mit dem Geld ein Geschenk kauft«. Er hat einen schönen wollenen Schlafrock bekommen, Pantoffeln, fünf Dollar, einen Dollar von Ti Coco, einen kleinen Bleistift, einen Kasten mit bunten Stiften, usw., usw. Annie hat Nachthemden und eine Schachtel Schreibpapier bekommen (Sie kann nicht schreiben!).
Auch Mama ist verwöhnt worden, aber ich würde die ganze Tinte aus meinem Füllfederhalter verbrauchen, wenn ich anfange, über sie zu schreiben.
Um den Abschluß dieses schönen Tages zu feiern, bin ich mit Thorvald und Joaquinito Rodeln gegangen. Es kommen immer viele Kinder zusammen, und es ist ein wahres Fest. Sogar jetzt, von hier aus, kann ich den Hügel sehen mit den vollbesetzten Schlitten, die vorbeisausen. Das Geschrei dringt bis hierher, in Mamas Zimmer, in deren Nähe ich sitze, denn sie liegt in ihrem Bett.
Man hat mir den Spitznamen *»White Cap«* gegeben, wegen meiner weißen Baskenmütze, und da Joaquinito all ihre Fragen beantwortet hat, seitdem ich zum erstenmal dort hingegangen bin, haben mir gestern ein paar Jungen auf Französisch zugerufen: *»Au revoir!«*, und noch andere Worte, die aber von einem amerikanischen Akzent der schlimmsten Sorte bis zur Unverständlichkeit verstümmelt waren. Ich weiß nicht wieso, aber die paar Mädchen, die da sind, können mich nicht leiden, und als ich

mir gerade überlegte, warum sie mich alle mit so wenig Wohlwollen betrachten, hörte ich, wie drei Mädchen in meiner Nähe miteinander redeten; ein Schlitten voller Jungs sauste gerade über den Schnee und schrie (nein, nicht der Schlitten, die Jungs schrien):
»Hello, White Cap!
Want to ride in our sleigh?«
[»He, Weißkäppchen! Willst du nicht mit uns auf unseren Schlitten kommen?«]
Da sagte eines der Mädchen:
»See that girl with a white Tam-O-Shanter! Well, she is the biggest flirt!« [»Schaut euch dieses Mädchen mit der weißen Baskenmütze an. Sie ist der tollste Flirt im Augenblick!«]
Und die andere fügte hinzu:
»Most of the boys behave like fools, since she comes here.« [»Die meisten Jungs benehmen sich wie die Idioten, seitdem sie hierherkommt.«]
Nun ja, ich muß mir wohl wirklich eine andere Kopfbedeckung ausdenken! Joaquinito behauptet, sie seien neidisch, aber diese Vorstellung ist so komisch, so unmöglich, daß ich lachen mußte, lachen, sag' ich!
Heute war ich in der Bücherei, auf dem Markt, für die nette Nachbarin beim Blumenhändler, und als ich zurückkam, habe ich erfahren, daß Thorvald zu Jack Cosgrove gefahren ist, um ihn abzuholen; er wird ein paar Tage bei uns verbringen.
Ich habe am Nachmittag geschrieben, weil es soviel zu schreiben gab, aber auch deshalb, weil ich mir ein bißchen einsam vorkomme, wenn Mama krank ist.
Vielleicht werde ich heute abend noch ein bißchen schreiben. Adieu!

28. Dezember
Mama liegt noch immer krank im Bett. Ich lasse sie nicht eine Minute allein, und auf diese Weise habe ich zwei Bücher gelesen. Aber die Stille belastet mich furchtbar, mich hat wieder einmal diese seltsame Melancholie ergriffen, die mich dadurch verrät, daß ich fünf Worte sehr, sehr oft wiederhole: »Ich bin ja so allein!«
Mama hat mich gezwungen, nach dem Essen ein bißchen 'raus zu gehen an die frische Luft. In der letzten Zeit tun mir die

Augen weh, wenn ich innerhalb von wenigen Stunden ein Buch lese, und gestern abend hatte ich Kopfschmerzen. Also hätte ich froh sein können, Schlitten zu fahren . . . aber nein, ich denke andauernd an Mama, Mama, immer nur Mama, da bin ich ganz schnell zurückgekommen.
Kürzlich habe ich den kleinen Jungen kennengelernt, der neben uns wohnt. Er heißt Raymond, ist sechzehn Jahre alt und scheint sehr nett zu sein.
Jack ist schon mehrere Tage hier. Ich kenne ihn seit langem, man könnte fast sagen, daß wir zusammen aufgewachsen sind, weil uns beide Mütter, seine und meine, jedesmal wenn wir zusammen waren, einer Prüfung unterzogen, indem sie uns zum Vergleich nebeneinander stellten. Zuerst waren wir gleich groß, aber plötzlich ist Jack gewachsen und gewachsen, wie Alice im Wunderland, und nun trägt er schon lange Hosen. Er hat noch immer rote Haare, aber er hat keine Angst mehr vor mir. Er kann jedoch nicht tanzen und wirkt auf mich ziemlich komisch, als sei er nur körperlich gewachsen, denn innerlich ist er noch sehr, sehr jung. Das beweist, daß Jungen nicht erwachsen werden können, und deshalb empfinde ich sie alle wie große Kinder . . . selbst wenn ich ein wenig Angst vor ihnen habe, weil sie soviel Lärm machen!
Übrigens fällt mir ein, wenn ich von Kindern spreche, daß ich schon lange nicht mehr an Monsieur Madriguera denke. Man könnte glauben, ich sei im Lauf des Sommers eine andere geworden, seit Lake Placid, aber sobald der Winter gekommen ist, habe ich diese ganzen entsetzlichen Albernheiten vergessen und bin wieder die »Ernste« geworden.
Es ist sehr schwierig zu erklären, ohne meinen Brüdern übel nachzureden, aber nun habe ich wirklich meinen Glauben in . . . die Männer verloren! Merkwürdig, nicht wahr? Ganz plötzlich, einfach so. Aber ich habe Mama die Wahrheit gesagt, als ich ihr erklärt habe, daß ich nie heiraten werde, weil die Männer alle nicht so gut sind wie die Mädchen. Ich nahm das Beispiel meiner Freundinnen und lächelte bei dem Vergleich auf eine Weise, die Mama ganz unvernünftig fröhlich stimmte.
Aber vielleicht geht mir das alles nur deshalb durch den Kopf, weil ich mich so einsam, so schrecklich einsam fühle . . . Vor allem, wenn ich zum Fenster hinausschaue und die Leute beobachte, die sich amüsieren . . .

Gestern abend brachten mich Thorvald und Joaquin mit ihrem Egoismus zum Weinen. Mama war traurig, weil keiner von beiden auch nur eine Sekunde in ihr Zimmer gekommen war, obwohl sie wußten, daß sie krank ist. Lärmend und unbekümmert gingen sie ihrem Vergnügen nach; ihre Kindlichkeit war nur eine Tarnung für ihre angeborene Selbstsucht.
Danach zeigten sie sich auch mir gegenüber egoistisch. Ich falle zwar nicht sehr ins Gewicht, gewiß, aber manchmal vergleiche ich die rauhen, ehrlichen Äußerungen der Jungs, die ich überall treffe, mit Thorvalds uncharmanter Art, wenn er mir notgedrungen eine Schlittenfahrt anbieten muß, nachdem er den Schlitten sowieso schon den ganzen Tag für sich hatte. Abgesehen von diesen Dingen, die an und für sich sehr unwesentlich sind, gibt es bei mir eine unvernünftige Empfindlichkeit – einer meiner größten Fehler – und die Tatsache, daß die geringste Nichtigkeit einen starken Eindruck auf mich hinterläßt. Ich sollte mich bessern. Vielleicht ist es meine Schuld ...
Ich empöre mich deshalb gegen die Gleichgültigkeit, weil ich spüre, daß ich recht große Teile meines Herzens umsonst hergebe und aufzehren lasse; nicht wegen mir selbst empöre ich mich, sondern wegen Mutter, die ich abgöttisch liebe mit meinem ganzen, großen, bösen Herzen. Der eine Knabe ist zehn Jahre alt, der andere fast fünfzehn, aber die Fehler des jungen Bäumchens wachsen mit dem Baum, wenn er sie nicht von sich weist. Ich habe sicherlich mehr Fehler, als ich es mir vorstellen kann, aber ich *weiß*, daß ich diejenigen wirklich liebe, die mich lieben, und ich *weiß*, daß ich seit langem nicht immer nur an mich denke; und dies zu erreichen erforderte größte Mühe, weil ja auch ich meinen Erbteil an Egoismus bekommen habe. Dagegen muß man kämpfen, man kann es nicht einfach hinnehmen.
Mama will reden. Bis bald ...
Sechs Uhr. Nun bin ich sehr fröhlich. Weißt Du warum? Ganz einfach: Ich habe mich im Spiegel betrachtet und bemerkt, daß ich wegen solchem Unsinn so traurig aussah, daß ich lachen mußte – und ich habe in aller Ruhe gelacht. Nun habe ich gerade gesungen und getanzt. Um mich zu kurieren, brauche ich also nur mein Gesicht im Spiegel anzuschauen!

29. Dezember
Ich habe eine Einladung von Dorothy Eddins bekommen, heute abend zum Tanzen zu gehen. Es ist schon alles bereit, und nun brauche ich nur noch ein Mittel zu finden, um die Stunden zwischen elf a.m. und sechs oder sieben p.m. hinter mich zu bringen. Ich habe schon ein Buch gelesen und meine Augen sind sehr müde.
Elsie hat uns besucht. Ich messe den Meinungen der Leute wenig Bedeutung bei, aber ich mache mir trotzdem noch immer Sorgen, weil ich fürchte, ich habe sie verletzt, und darüber bin ich traurig. Sobald sie das Haus verlassen hatte, habe ich Thorvald ein wenig gerügt, weil er sich immer über sie lustig macht, und ich sagte gerade: »*If you threat Elsie so badly* . . .« [»Wenn du Elsie so schlecht behandelst . . .«], als ich merkte, daß sie fast neben mir stand; sie war wieder hereingekommen, weil sie etwas vergessen hatte . . .
Ich habe einen kurzen Brief von meiner früheren Freundin Nathalie Lederer bekommen. Ich habe Dir manchmal mit Begeisterung von ihr erzählt; nur die lange Trennung ohne Antwort auf ein paar Briefe ist schuld daran, daß mehrere von meinen kleinen Freundinnen in Vergessenheit geraten sind. Ich bin trotzdem glücklich, von ihr zu hören. Ich muß mich enorm verändert haben, denn früher konnte ich mich leicht begeistern; ich bewunderte viele Leute ganz aufrichtig, aber mit soviel Hingabe, daß die kleine Flamme inzwischen erloschen ist und sich nur selten wieder entzündet. Es ist unglaublich, wie oft ich mich in meinen Urteilen über Leute irre, immer sehe ich sie zunächst als Engel . . . und danach geht die Sache dann ganz traurig aus. Es ist, als ob ich mich in einer endlos langen Galerie vorwärts bewegen würde. Rechts und links stehen kleine Idole, jedes auf einem Sockel. Vor jedem mache ich halt und beim ersten Hinsehen rufe ich: »Welch ein schönes Idol!« Wenn ich es dann betrachte, denke ich, es sei aus Gold ziseliert. Plötzlich aber fällt es herunter und zerbricht, und wenn ich mich bücke, um genauer hinzusehen, entdecke ich nur lauter Gipsbröckchen. Dann wende ich mich ab und betrachte eine andere Statue. Auch sie fällt mir zu Füßen – ein kleines Häufchen Ton. Und so weiter. Alle Idole gehen in die Brüche. Hinter mir bietet die Galerie eine jämmerliche Ansicht, lauter Ruinen; vor mir aber gibt es noch viele glänzende Statuen, die mich magisch anziehen.

Ganz am Ende der Galerie steht eine riesig große, wunderbare Statue aus echtem Gold. Je weiter ich vordringe und je mehr ich falsche Schätze herabstürzen sehe, desto mehr nähere ich mich dieser großen Statue und erkenne ihren Wert.
Ach, ich habe kaum Zeit, sie zu nennen, diese Idole, es gibt so viele! Vor gar nicht allzu langer Zeit war eines der schönsten Miss Storms, nach ihr kamen viele unwichtige Leute, und andere, die ich Dir kaum aufzuzählen wage, Du errätst es natürlich sofort: der Geiger, Marraine, viele, viele andere . . .
Vermutlich hat jeder seine Galerie. Mama ist sicherlich viel weiter als ich, sie kennt wahrscheinlich schon den Namen des großen Idols.

30. Dezember
»Lieber kleiner Papa,
glaubst Du, daß ich mich zuerst für die Bücher bedanken werde? Mitnichten! Für Deinen Brief. Er war wie ein Weihnachtsgeschenk, das ein bißchen verspätet eintrifft, das aber den besonderen Reiz der Überraschung bietet. Tausend Dank auch für die Bücher, ich war erstaunt über den Kontrast, den sie zu jenen Büchern abgeben, die ich gewöhnlich lese. Sie haben alle so »ein gewisses Etwas«, etwas Pariserisches, sehr Modernes. Ich war zu sehr verzaubert von der Sprache, um das einzige, was mir sonst zu verzeihen schwer fällt, wirklich zu bemerken: den Realismus.
Dein Artikel für den *Kurrier* gefällt mir gut. Es ist die Umsetzung in Sprache jener Situation, die derzeit überall herrscht, ich weiß es wohl. Ich nehme ein ganz kleines Beispiel; Du hast gar keine Ahnung von der Enttäuschung, die ich neulich in der Oper erlebt habe, von der ich doch eine so hohe Meinung hatte. Überall findet man das, was Du den Verrat an der Kunst nennst, obwohl die Oper niemals *die* wahre Kunst war. Aber nicht nur der Konzertsaal ist »voll von Menschen und leer an Idealen«, das ganze Leben ist so. Aber ich bin noch nicht zynisch, ganz im Gegenteil. Ich bin nur voller Widersprüche, weil ich nie aufhöre, alle Leute um mich herum zu vergöttern, und zugleich aber betrachte ich mein Werk mit der Überzeugung, daß es vergeblich ist . . .
Glaubst Du jedoch nicht, geliebter Papa, daß Du eine Spur zuviel Pessimismus verbreitest mit Deinen Auffassungen? Hat es

sie nicht immer gegeben, die Menge der Banausen, die die Kunst erniedrigen, und die kleine Gruppe derer, die sie erheben und fördern? Haben sie nicht immer gegeneinander gekämpft? Glaubst Du nicht, daß diese Mischung aus verächtlichen Ideen und etwas zarten, gebrechlichen, aber unschätzbar wertvollen Idealen durch nichts verändert werden kann? Die Mischung wird vermutlich so lange bestehen, wie der *Anlaß* selbst. Im übrigen steht dieser Anlaß über allem, nichts kann ihn verunglimpfen, auch wenn er im Vergleich zu seinem brutalen Feind eher schwach und machtlos ist.
Aber geliebter Papa, bedenke, daß ich erst sechzehn bin und noch wenig, sehr wenig weiß; verzeih mir also die Vorstellungen, die ich im Laufe der Zeit und des Lebens berichtigen kann, wenn es nötig ist. Du kannst ja lächeln über das, was ich schreibe ... Du kannst Dich sogar lustig machen ... Du bist einer jener Menschen, die die anderen Leute zum Nachdenken zwingen und manchmal sogar dazu, zu schreiben, was sie denken, aber es gibt noch so viele andere Dinge, die ich Dir sagen will. Einfachere Dinge, denn letzten Endes ist das Leben verhältnismäßig einfach, und ich will Dir über unser Leben berichten.
Wir hatten reizende Weihnachten. Stell Dir doch mal vor, daß wir »im eigenen Heim« leben. Du kannst Dir sicher denken, daß wir einen Baum hatten, der die Decke berührte, und den wir alle zusammen geschmückt hatten; und dann gab es eine Unzahl von Päckchen und so hübschen Geschenken für alle! Wir hatten Besuch von Onkel Thorvald, Tante Lolita, Marraine und einigen Freunden. Die Natur hatte sich in einen weißen Mantel gehüllt und war zur Feier des Tages von unbeschreiblicher Schönheit. Ich hatte das Haus mit *holly* geschmückt usw. usw. ... »Essen« (Weihnachtstag), usw. ...
Sich lustig machen, das ist also noch einer meiner Fehler.
Einer der größten Reize von Richmond Hill, das sind die schneebedeckten Hügel, die sich so gut zum Schlitten fahren eignen. Ich kann die wunderbaren Empfindungen kaum beschreiben; obwohl ich im allgemeinen wenig Begeisterung für Spiele aufbringe – was Thorvald ja Sport nennt – gehe ich jeden Abend rodeln; da gibt es viele Kinder, und seit dem ersten Abend hat Joaquin alle Fragen der anderen Jungen beantwortet und sie somit auf die Idee gebracht, sie könnten ein paar Worte Französisch radebrechen, offenbar um mir Freude zu machen.

Und die Mädchen sagen, bzw. flüstern, daß ich ein »Flirt« sei, was überhaupt nicht stimmt, überhaupt nicht! Vielleicht haben die Weisen aus *diesem* Grund gesagt, daß es schwierig ist, *nur* Freunde zu haben ...
Ich mag das Leben auf dem Land so sehr, daß ich nur hin und wieder nach New York fahre. Gestern abend war ich beim Tanzen, und wieder einmal habe ich in einer Riesenmenge von Jungen nur einen gefunden, mit dem ich mich auch gerne unterhalten habe. Ich kann Dir versichern, lieber Papa, es ist komisch, wie leicht man den Unterschied erkennt! Aber ich irre mich so oft, daß ich vor meinem Urteil Angst habe, also warte ich lieber, bis die Leute sich von selbst entlarven. Man muß lange warten!
Ich habe Deinen Brief wieder gelesen und Deine Frage über meine Gesundheit bemerkt. Letztes Mal hatte ich einen kleinen, völlig belanglosen Abszeß auf der Lippe, das hatte wohl etwas mit der Anaemie zu tun, aber ich habe doch ein bißchen gelitten, weil ich Angst hatte, mein Gesicht würde entstellt. Zu diesem Zeitpunkt glaubte ich sehr zu leiden, so ist das immer, aber inzwischen habe ich das längst vergessen. Ich versichere Dir, daß meine Gesundheit hervorragend ist, vor allem das Landleben hat mich verändert. Du mußt nicht glauben, daß es uns gesundheitlich nicht gut geht, nur weil wir alle drei nicht zur Beleibtheit neigen, außer vielleicht Thorvald, der mit seinem Onkel Thorvald sehr, sehr viel Ähnlichkeit hat. Seit langem brauche ich kein Rouge mehr aufzutragen, nicht einmal, wenn ich tanzen gehe. Es ist jedoch schade, daß meine übermäßige Blässe von allen als ein Zeichen schlechter Gesundheit verurteilt wird. Dasselbe bei Joaquin.
Ich habe sehr gelacht über ein paar Sätze in Deinem Brief, der für eine Halbfranzösin zu pariserisch ist; aber ich bitte Dich, schreib mir immer so, denn Mama kann mir alles sehr gut erklären und auf diese Weise lerne ich es ...
Ich bin so glücklich, daß Du die Photos magst! Ich war nicht traurig auf der Bank, dieser etwas nachdenkliche Gesichtsausdruck kam daher, daß ich mich gerade mit philosophischen Überlegungen beschäftigt hatte. Ich bin oft nachdenklich, weißt Du ... Ich bin ja erst sechzehn!
Anbei ein Photo von unserem Haus, an dem man einiges aussetzen kann (am Photo, nicht am Haus), aber ich mag es

trotzdem. Es ist nur der rechte Flügel des Hauses. In einem späteren Brief werde ich Dir mehrere andere Bilder schicken, wenn es Dir Freude macht.
Es war ein merkwürdiges Zusammentreffen des Zufalls, daß Du mir gerade von Robert Imandt erzählt hast, denn ich hatte selbst vor wenigen Tagen sein Porträt im Wohnzimmer aufgestellt und mich nach allen möglichen Details aus seinem Leben erkundigt, weil ich von dieser hochinteressanten Figur ganz hingerissen war. Aber ich erinnere mich überhaupt nicht an ihn.
Schick mir keine Bücher, ich werde zu sehr verwöhnt.

LINOTTE.

P.S. Man hat mir geraten, Dir mehrere Dutzend grammatikalische Endungen zu schicken, damit Du sie dahin verteilst, wo sie hingehören. Ich hoffe, Du hast genügend davon, schick mir den Rest für den nächsten Brief zurück!
Der Briefträger kennt uns (wegen des Weihnachtsgeschenks).«

31. Dezember
Es ist elf Uhr. Mama liest in ihrem Bett, ebenso Thorvald und Joaquinito. Ich schreibe . . . Wir warten auf das neue Jahr!
Es gibt so viele Dinge, die niemand schreiben kann, die niemand verstehen kann! Heute abend bin ich von den verschiedenartigsten Gefühlen ergriffen, denn als ich an den Anfang des neuen Jahres dachte, ist mir das alte durch den Kopf gegangen . . . Im allgemeinen benutzen viele Menschen diese wenigen Stunden vor Mitternacht dazu, Vorsätze zu fassen und Versprechen zu machen . . . Ich verspreche nichts, ich bin zu schwach, charakterlich zu schwach, um *versprechen* zu können, daß ich mich bessere, aber weiß Gott, was ich alles wünsche, mit welcher Begeisterung und welcher Willenskraft. Ich will all das Beste in mir *leben* und sich entwickeln lassen. Aber nun sehe ich, daß es recht wenige Dinge gibt, die ich *verlangen,* mir *wünschen* kann, im Vergleich zu den zahllosen Dingen, wofür ich *danken* muß. Was fehlt uns denn?
Über diese Dankbarkeit, die zu erhaben, zu seltsam, zu unbestimmt ist, kann ich nicht schreiben. Die Wahrhaftigkeit ist zu real, man kann sie nicht in einfache Worte fassen.
Ich kann Dir wohl meine Wünsche mitteilen – Du weißt, daß ich ein besserer Mensch werden will, immer besser, Du weißt, daß

in meinen Augen vor allen Dingen Mamas Glück das Allerwichtigste ist, Du weißt, daß das Glück meiner kleinen Brüder mir ebenso wertvoll ist wie mein eigenes, Du kennst meine Liebe zu unserem Heim, das für mich tadellos sein muß, Du kennst meine Suche nach schönen Büchern, Du kennst meine schlimmsten Launen, meine ehrgeizigen Zukunftspläne und meine einfachsten Wünsche, Du weißt, was ich bereue – das alles weißt Du ... und noch viel mehr!!!
Das Kleinlichste, das Kindischste in den Augen der *Welt*, was *ich* jedoch wie ein Kleinod behandle, das ist das kleine Stückchen meines Herzens und die unübersehbare Weite meiner Phantasie, die auf das Unbekannte warten ... Werde ich in diesem Jahr das sanfte Licht entdecken, das die Welt ... ich schäme mich fast zu sagen, wie die Welt es nennt, es ist mein Geheimnis ... – ich meine die Liebe ...
Wenn ich nicht soviel träumen würde, hätte ich nie an diese Sache gedacht, aber in meinen Träumen taucht alles auf, was schön ist, und die Liebe ist so schön!
Dir habe ich ja gar nichts vom Tanzabend erzählt. Aber manchmal fürchte ich den riesigen Einfluß meiner leicht erregbaren Phantasie. Ich weiß, daß ich mich zu schnell beeindrucken lasse, und manchmal leide ich, weil meine Phantasie wie eine Geige ist, sie eignet sich sehr gut dazu, Töne von sich zu geben, aber manchmal ist eine Saite zu stark gespannt und springt ...
Ich habe dort einen Jungen kennengelernt, dessen Namen ich nicht weiß. Es war genau wie mit Monsieur Walker: Obwohl wir uns inmitten vieler anderer Leute aufhielten, zogen wir uns gegenseitig an, wegen der großen Ähnlichkeit unseres Geschmacks, unserer Meinungen und Ideen. Und alles ging sehr gut, ich war sehr glücklich, mit ihm zu reden, mit ihm zu tanzen, aber einmal hat mich ein anderer Junge aufgefordert und von ihm weggeholt, und da hat er mich so merkwürdig angesehen, es schien ihm so leid zu tun, ich weiß nicht, was alles in seinem Blick war, jedenfalls wurde ich ganz nachdenklich. Danach konnte ich nicht mehr mit ihm tanzen, aber er hatte andauernd die Augen auf mich gerichtet, und ich war ebenso verwirrt wie ratlos.
Beim Weggehen schaute er noch einmal ganz traurig und lächelte mir zu auf eine Weise, die mich gleich an alle Künstler erinnerte, die ich kenne; die Künstler lächeln nämlich völlig anders als

die anderen Menschen – Edouard Sanchez, Henri Walker, Enric ...

Ich erinnere mich so oft an sein intelligentes Gesicht, an seinen verträumten Ausdruck, daß ich gar nicht darüber schreiben wollte, weil ich glaubte, meine Geige sei von einem schlechten Virtuosen berührt worden ...

Wenn ich nur so wäre wie die andern, dann wäre ich nicht so albern!

Mein kleiner Nachbar, dessen Familiennamen ich erfahren habe, weil er mir Bücher leiht, Raymond McCornick, sagt, er mag die Bücher von Scott nicht: *»because they are too slow, too dry, I like books like The River Boys, with excitement all over and easy to read.«* [»weil sie zu schleppend, zu trocken sind; ich mag Bücher wie *The River Boys,* die durch und durch spannend sind und leicht zu lesen.«]

Ich habe im Stillen gelacht, aber ich war gar nicht böse.

Aber siehe da, ich warte auf das neue Jahr und erzähle dabei von kleinen Jungen, von Kindern! Wo ich doch immer so ernst bin. Nein, nicht ernst, ich meine ruhig, und den Herren gegenüber gleichgültig.

Das Jahr 1919 hatte die Ehre, Anaïs Nin von ihrer verwilderten Art zu kurieren, ihr das Tanzen beizubringen. 1919 hat sie gelehrt, Komplimente zu empfangen, ohne allzusehr verwirrt zu sein, sich freundlich und gesellig zu geben; kurz: Anaïs Nin wurde eine »Frau von Welt«!

Man wird weise, wenn man alt wird!

Wenn alle Leute innerhalb eines Jahres soviel lernen würden wie ich, würden wir noch in Höhlen leben und uns mit Tierfellen kleiden.

Es ist bald Mitternacht.

Schon lange jammert mein kleiner »Amor« vor der Tür und kann nicht herein; ich betrachte das Bild und lächle. Wenn er dieses Jahr nicht eintritt, kann ich sein Trauern nicht mehr ertragen, dann muß ich ihn an jemand anderen verschenken ...

Ich sehe auch Schwester Theresia, meinen Schutzengel ... Sie scheint mir nie böse zu sein, ihre innere Heiterkeit tut mir unendlich wohl!

Ich sehe den kleinen Kalender von Belica. Dieses kleine Päckchen Papier stellt ein ganzes Jahr dar ... aber wenige Dinge außer der Zeit sind so voll merkwürdiger Vergleiche, ein Jahr,

ein Leben, viele Jahre, ein Leben, ein Leben ist immer lang, nach dem Leben die Ewigkeit. Immer die Zeit, die Stunden, die vergehen und die durch nichts aufgehalten oder zurückgerufen werden können, die Stunden, die man zählt, wenn man lebt und die man nach dem Tod zu zählen aufhört, deren Wert im Jenseits vermutlich sinnlos ist, machtlos, etwas zu verändern, während sie das Leben eines Menschen überwachen ... im Diesseits.
Ach, wie ruhig und gemütlich ich das Eintreffen eines neuen Jahres betrachte! Sicherlich gibt es eine Reihe von viel wirklicheren Dingen zu betrachten, als den Lauf der Zeit, denn viele andere Dinge wecken unsere Begeisterung und unseren Tatendrang. Das beweist, daß die Zeit lediglich *durch die Macht des Unvermeidlichen* regiert, und daß das Unvermeidliche nicht das Leben ist.

Ich höre die Glocken, das Pfeifen.
Ein glückliches Neues Jahr! Ein glückliches Neues Jahr!

Sonntag, 4. Januar 1920
Ich erinnere mich ganz deutlich an das, was ich tat, als ich die Glocken läuten und das Pfeifen hörte, welche Mitternacht verkündeten. Zuerst lief ich zu Mama, die bereits von Thorvald und Joaquinito umgeben war; ich umarmte sie und wünschte ihr ein schönes Jahr. Dann, als Mama uns wieder in unsere Zimmer schickte, weil es Zeit war zu schlafen, blieb ich noch lange vor dem Fenster stehen und murmelte vor mich hin, ohne dabei an etwas zu denken: *O God, make me good!* [O Gott, mache mich gut!]
Als ich im Bett lag, schlief ich sofort ein; die ersten Stunden des Jahres 1920 bestanden aus lauter Träumen ...
Im Laufe des Tages waren wir im Kino, und obgleich Thorvald und Joaquinito nicht ganz brav waren, ganz im Gegenteil, verlief der Tag ziemlich ruhig.
Die ganzen letzten Tage haben Mama und ich mit Abrechnungen verbracht und unsere Köpfe waren voll von Zahlen und den verschiedensten Namen. Als Sekretärin gebe ich ein komisches Bild ab, denn trotz aller Vorhaltungen habe ich noch immer die lächerliche Angewohnheit, zum Rechnen meine Finger zu benutzen. *Practice makes perfect* [Übung macht den Meister], und es ist mir gelungen, beim Umgang mit meinen beweglichen Zahlen eine überraschende Fertigkeit zu entwickeln – über die Echtheit der Mittel will ich lieber kein Wort verlieren.
In der wenigen Zeit, die mir noch blieb, las ich die Bücher, die mir Raymond McCormick immer leiht. Eines Tages hat er zu Thorvald gesagt, daß er gern eine Schwester hätte, damit sie ihm so eine »Erfindung« stricke, wie ich sie gerade für Thorvald gemacht hatte zum Schlittschuhlaufen. Also habe ich ihm auch ein Paar gestrickt. Schade, daß er mir gegenüber recht zurückhaltend ist, obwohl er sich mit Thorvald andauernd unterhält; ich habe jedoch nie ein so ausdrucksvolles Lächeln gesehen, das ansteckender und netter gewesen wäre, und die meiste Zeit »reden« wir auf diese Weise miteinander, was für mich nicht ohne Reiz ist.
Morgen fahre ich nach New York, um Mama zu helfen und – es ist kaum zu glauben – aber ich denke schon mit Freude an das

Kleid, das mir Mama zu meinem Geburtstag kaufen wird. Man stelle sich doch einmal vor, daß ich am 21. Februar siebzehn werde! Es ist ein Jahr her, daß mich jemand durch einen verrückten Kuß *kokett* gemacht hat!

Annie ist abgehauen. Heute früh hat Mama den Kaffee nicht gemocht, der immer entsetzlich schmeckt; daraufhin hat uns die alte Irin ein Beispiel des für ihre Rasse typischen Zorns geliefert. Adieu, Madame Annie! Die Familie Nin ist heikel geworden, denn das sind Aristokraten, deren Vermögen zwar stets bescheiden war, deren Geschmack jedoch fürstlich ist, selbst wenn es sich nur um guten Kaffee handelt.
Mama hat an Robert Imandt geschrieben, von dem sie mir so oft erzählt hat. Und auch an M. Madriguera (wegen des Geldes!).
Meine arme Kusine! Nur Dir und Mama wage ich den Niedergang eines weiteren Idols anzuvertrauen. Ich kann Hunderte von Briefen schreiben, wenn sie dem, der sie erhält, Freude machen; aber es ist recht traurig zu schreiben, was für mich jenen ausführlichen Gesprächen gleichkommt, zu denen ich so sehr neige, und nichts zu erhalten, nicht einmal eine Antwort zu bekommen, wo die ganze Familie weiß, daß Cuca bei bester Gesundheit ist und sich Tag und Nacht amüsiert. Ich habe zweimal an Cuca geschrieben, mit Freude, ganz ehrlich, so wie ich nur Leuten schreibe, die ich mag; dann habe ich die schönste meiner Weihnachtskarten ausgesucht und sie ihr geschickt, kurz danach noch ein Buch von Maeterlinck, das ich zwei- oder dreimal küßte, bevor ich es wegschickte.
Dann, eine Woche nach Weihnachten, erhalte ich eine förmliche und nichtssagende kleine Karte mit Cucas Namen. Da hat das seltsame »Reich der Sensibilität«, das einen großen Raum in Mir Selbst einnimmt, gelitten, als ob ich etwas Wertvolles verloren hätte: diese wahre Freundschaft, die ich mit Recht meist in den unsichtbaren Helden bis zur Neige auskoste, dieses feinfühlige Vertrauen, das schmerzt, wenn man es so zurückstößt . . . Ich weiß wirklich nicht, warum und wie, aber Cuca hat mich verletzt.
Über solche Dinge zuckt Mama nur mit den Schultern, sie kümmert sich gar nicht darum. Aber ich bin noch immer nur *Schülerin,* und mein Herr und Meister ist sehr streng . . . manchmal . . .

Heute früh war ich zur Kommunion und habe dabei entdeckt, daß ich mich nicht geändert habe. Der feierliche Ablauf der Messe berührt mein Herz nicht im geringsten. Sehr viel besser verstehe ich den Schöpfer und die Wunder seiner Schöpfung, wenn ich Musik höre oder wenn ich zusehe, wie die Sonne hinter dem Wald untergeht, dessen Bäume noch mit eisigem Schnee bedeckt sind . . .

Wir sind zu Fuß zusammen mit Raymond nach Hause gegangen, und ich mußte lachen, als er sagte, daß das Zimmer, in dem stets Licht brannte, mein Zimmer sei und daß er nur nach diesem Licht sehen müsse, um zu wissen, ob wir da sind. Joaquinito hatte in diesem Augenblick gerade über etwas anderes gesprochen, aber ich mußte ihm erklären, es habe damit zu tun, daß mein Zimmer das schönste von allen sei.

Joaquinito hat bereits ein Lieblingsplätzchen zum Lesen, in meinem kleinen Sessel, Mama auf meinem Bett, Thorvald am Fußende des Bettes.

Und ich? Auf einem anderen Sessel, aber meistens lese ich dann, wenn alles schläft außer meinem Vogel, der, solange das Licht brennt, seine netten kleinen Äuglein fest auf mich richtet und zu fragen scheint: »Wie lange denn noch?« Vermutlich stört ihn das Licht, und ihm zuliebe lese ich nicht sehr lange, aber auch deshalb, weil Mama mich alle fünf Minuten daran erinnert, wie spät es ist.

Es ist sehr kalt in den letzten Tagen, mein kleiner Page jedoch führt ein fürstliches Dasein, da ich nie vergesse, seinen Käfig mit einem wollenen Tuch abzudecken und ihn am Morgen in die Sonne zu stellen, denn in seiner Vorliebe für bestimmte Dinge ist mir mein kleiner Vogel sehr ähnlich.

In einem sehr hübschen Buch, das mir Raymond geliehen hat, fand ich den weisen Ausspruch eines jungen Franzosen, dessen »Beruf« es war, zu stehlen; als er starb, sagte er: *»O time, thou art the best thief of all!«* [»O Zeit, du bist der beste Dieb von allen!«]

Aber genug der Plauderei für heute. Du mißfällst mir nie, geliebtes Tagebuch, Du verletzt niemals diese dumme Empfindsamkeit, und deshalb kann ich mit Dir ganz offen reden und Dir alle Geheimnisse anvertrauen, die meine Phantasie belasten, denn ein Herz habe ich nicht mehr, nur noch »Phantasie«; mein Kopf ist voller Wolken, ein bißchen leer, aber gerade deshalb ist er leicht und schwebt über den schweren Wolken, die die Köpfe der Leute mit einem gesunden Menschenverstand umgeben. Das Herz aber habe ich verloren, ich fühle es nicht mehr ...

5. Januar

Der heutige Tag war anstrengend. Wir waren in New York und kamen erst um vier Uhr sechs zurück; den ganzen Tag haben wir in Geschäften verbracht. Einmal hatte ich Mama verloren, und trotz meiner sechzehneinhalb Jahre war mir zum Weinen zumute, und als ich sie dann wiederfand, freute ich mich wie ein kleines Kind. O sechzehnjähriges kleines *Mädchen*, wie weit entfernt du bist von der Würde oder der Weisheit des Alters! Mit siebzehn werde ich mich ändern.

Ich habe von Natalie Lederer den komischsten Brief erhalten. Ihr Französisch ist auf eine entzückende Weise entsetzlich!

Während ich mit Mama Geschirr spülte, sprachen wir über die kleine Einladung mit Tanz, die ich am 21. Februar geben werde. Wofür ich mich neben den Namen der Gäste und der Musik am meisten interessiere, ist das Kleid, das ich tragen werde. Welches von all den Kleidern, die in den riesigen Schränken der Geschäfte hängen, wird meins sein? Aus soviel Seide, Farben, Blumen, Spitzen, Tüll und Bändern muß ich für meinen siebzehnten Geburtstag ein kleines Wunderwerk* aussuchen, wobei ich mir nur über die Farbe im klaren bin: blau soll es sein.

Bei Franklin Simon waren die Schaufenster heute sehr merkwürdig, denn um die Neuauflage von Maeterlincks *L'Oiseau bleu* zu feiern, hat man ein neues Blau auf den Markt gebracht, das Blau des *blauen Vogels*, wunderbar anzusehen und zu besitzen!

Welch komische Gesichter ich heute gesehen habe, meins war vermutlich nicht minder komisch. Die Eiseskälte verfärbte die hübschesten Gesichter und verlieh ihnen ein possenhaftes Aussehen, die Farben vermischten sich auf merkwürdige Weise: das künstliche Rouge der Wangen, der weiße Puder, die geröteten Ohren, die roten Nasen, die unvermittelt über den Pelzkragen auftauchten und erschreckt und erfroren wirkten (fünf Grad Fahrenheit über Null).

---

* »Une fabrique féérique«, hier mit »ein kleines Wunderwerk« übersetzt, mag von Anaïs eine Fehlübertragung aus dem Englischen sein und etwa »ein zauberhafter Stoff« bedeuten. D. Ü.

An der 5th Avenue haben wir den bekannten Filmschauspieler Jack Pickford gesehen; Mama und ich haben uns sehr darüber gefreut. Diese Schauspieler sind ja sehr verändert, wenn man sie auf der Straße sieht, im Film sind sie immer geschönt!
Gerade habe ich auf einem Gummiband Geige gespielt, wobei mir einfällt, daß ich vollkommen vergessen hatte, E. Madriguera einzuladen; Mama mußte mich erst an ihn erinnern, als ich meine Gäste zählte.
»Frauen sind oft wechselhaft . . .«
Meine Phantasie ist derart teuflisch – genau wie bei Joaquinito – daß ich glaubte, ich sei *in love* mit Enric, die absurdeste, die lächerlichste Sache der Welt; sie ist so unmöglich, daß ich ihn nach einem Sommer bereits vergessen habe, und heute betrachte ich sein Bild mit ebenso viel Gleichgültigkeit wie z. B. das Bild Robert Imandts, der auch Geige spielt und den ich kannte, als ich ein Baby war. Aber ich schämte mich so sehr über die bösen Streiche, die mir meine Phantasie spielt, daß ich mich bei der Beichte zögernd beim Pfarrer erkundigte.
»Is it a sin to think a great deal about one boy?«
»No«, said the priest, »if the boy is kind, good in every respect you must not worry if you think about him.« [»Ist es eine Sünde, wenn man sehr viel an einen Jungen denkt?« »Nein«, sagte der Pfarrer, »wenn der Junge nett und in jeder Hinsicht einwandfrei ist, brauchen Sie sich keine Sorgen zu machen, wenn Sie an ihn denken.«]
Glücklicherweise bin ich bald siebzehn, und in diesem Alter denkt man nicht mehr so viel Unsinn. Ich schreibe all das, um mich zu bestrafen, denn ich habe einen ziemlich roten Kopf, während ich schreibe; ich werde mich nicht mehr so verhalten können, damit ich es nicht mehr schreiben muß.

8. Januar
Geliebtes Tagebuch, wie soll ich nur mit dem Bericht meines Abenteuers anfangen?
Da ich weiß, wie unbeherrscht ich bin, habe ich nicht geschrieben, damit ich erst einmal darüber nachdenken kann, was passiert ist. Das Komischste an der Geschichte ist, daß sie in Mamas Augen und ebenso in denen der anderen ganz einfach und belanglos ist, ich aber bin ganz verwirrt, genau so verwirrt wie gestern.

Gestern am späten Nachmittag kam ich mit Mama aus New York zurück, wo wir sehr viel gearbeitet hatten. Ich war gerade dabei, einen Stapel Briefe durchzusehen und bemerkte, daß einer davon in mir unbekannter Schrift an mich adressiert war. Ich öffnete ihn hastig und spürte schon bei den ersten Worten, wie meine Wangen ganz warm wurden; ich spürte den *blush,* der so oft und so leicht in mir aufsteigt.
Der Brief war von dem Jungen, von dem ich Dir erzählt habe, den ich bei Dorothy beim Tanzen kennengelernt hatte. Noch nie habe ich einen so eigenartigen Brief bekommen! Ich habe so wenig, so entsetzlich wenig Stolz, daß ich nicht einen Augenblick geglaubt habe, daß Marcus Anderson an mich denken würde, daß er sich daran erinnern würde, was ich gern mag, und daran, was ich ihm erzählt hatte. Er fleht mich an, ihm nicht böse zu sein, denn es gäbe keinen anderen Weg, mich nicht aus den Augen zu verlieren, er findet mich interessant, hübsch, anmutig. O mein Gott! Ich bin schon wieder ganz rot!
Wie soll ich Dir also erklären, in welchem Ton der Brief geschrieben ist, noch nie hat ein Mensch meine Freundschaft für so *valuable* [wertvoll] gehalten ... Ich war ganz verwirrt, überrascht, glücklich, in irgendeiner Weise gerührt, und meine Phantasie schlug Purzelbäume, sie überschlug sich ... während ich den Tisch deckte und zu Abend aß, und danach beim Geschirrabtrocknen ...
Siehst Du, ich wußte sehr wohl, daß ich wie gewöhnlich beim Erzählen übertreiben würde, wenn ich nicht einen Monat darüber vergehen lasse. Ach, wie verrückt ich nur die Dinge sehe!
Jetzt aber ernsthaft und ganz schlicht! Mama hat mir erlaubt, auf einen Brief zu antworten, der offen und aufrichtig war. Und heute morgen habe ich einen ebenso aufrichtigen, aber etwas längeren Brief in den Kasten geworfen. Ich habe mich beeilt damit, weil er schrieb, er würde meiner Antwort mit tausend Ängsten entgegensehen.
Mama macht sich über uns beide lustig; sie versucht, mir klarzumachen, daß »alle Leute das gleiche tun«, und ich versuche zu lachen, aber immer sehe ich vor mir das etwas ernste Gesicht, die verträumten Augen, das Künstler-Lächeln von Marcus Anderson, und ich warte mit mehr Ungeduld auf seine Antwort, als ich es Mama ... und mir selbst einzugestehen

wage. Sei nachsichtig mit mir, mein liebes Tagebuch, bedenke, daß es der erste Junge ist, der die Rolle eines Prinzen spielt, denn Enric hat es nie ernst gemeint ... Und, noch bin ich nicht siebzehn! Und Mr. Anderson liebt Bücher, schreibt Gedichte, scheint die *Kunst*, die *Träume* zu verstehen ... das genügt, um mein Interesse an diesem Briefwechsel zu wecken.
Ich bin wirklich das egoistischste Mädchen, das ich kenne! Ist es denn möglich, daß ich mich dazu hinreißen lasse, als erstes über eine momentane Laune zu berichten anstatt über das wahrhaftig Wichtigste auf der Welt? Mama! Ich ging mit ihr gestern einen Geschäftsmann besuchen, der ihr eine Reise nach Kuba anbietet, um dort Waren des Hauses Bonwitt Teller auszustellen im Wert von zwanzig- bis dreißigtausend Dollar. Für Anfang Februar hat Mama bereits einen Plan aufgestellt. Ich habe mir den Herrn genau angesehen und konnte erraten, wieviel Bewunderung und Sympathie er Mama entgegenbringt, und ich war stolz, daß ich sie lieben darf, die wunderbare Königin aller Mamas!
Meine Augen sind müde, denn ich habe ziemlich viel gerechnet, und deshalb schreibe ich nicht weiter. Es ist besser so, sonst bin ich imstande, noch viel verrücktes Zeug zu schreiben. Der treffendste Name für mich ist:

LINOTTE

10. Januar
Gestern habe ich den ganzen Tag mit Mama Abrechnungen gemacht; wir haben die Arbeit nur zum Kochen und zum Geschirrspülen ein paar Mal kurz unterbrochen. Die Hände tun uns sehr weh, und Mama hat selbst zugegeben, daß auch sie nicht gern Geschirr spült. Ach, diese Töpfe! Am Abend waren wir dann seelisch so erschöpft, daß wir ins Kino gingen und uns den Film *The Country Cousin* angesehen haben.
Heute war der Hausputz an der Reihe. Ich habe meinen Kanarienvogel gebadet und ging nach dem Lunch zusammen mit Mama auf den Markt.
Im Augenblick liegt Mama mit furchtbaren Kopfschmerzen im Bett. Ich habe ihr auf einem kleinen Tablett ein kleines Abendessen gebracht.
Ich finde es sehr traurig, ganz allein und leise das Geschirr abzuwaschen. Im allgemeinen unterhalte ich mich dabei mit Mama, dann geht die Arbeit wie von selbst.

Heute ist ein dicker Mann mit einer dicken Frau gekommen, um unser Haus anzusehen. Zweifellos ahnst Du bereits, daß Mama schon wieder ein neues Geschäft im Sinn hat. Man hat ihr achtzehntausend Dollar geboten für ein Haus, das vierzehntausendvierhundert wert ist.
Bald wirst Du uns mit Koffern und Möbeln von dannen ziehen sehen, denn wir sind Christen auf Wanderschaft. Der Himmel allein ist unser Haus, und um es zu finden, muß Mama uns den Weg weisen. Ich hoffe nur, daß es da oben Gärten gibt! Nein, ich spotte nicht, ich sage immer nur unsinnige Dinge.
Bevor ich heute abend zu schreiben begann, habe ich dieses Tagebuch noch einmal gelesen – warum, weiß ich nicht. Glaub' mir, die Zukunft ist etwas Wunderbares! Die Dinge, die mir nicht im Traum eingefallen wären, die Art und Weise, wie die Ereignisse ineinander übergehen, wie die Menschen vorübergehen, wiederkommen, weggehen und deren Existenz ich so schnell vergesse. Ich bin fasziniert von dem, was ich beobachte, manchmal bin ich darüber betrübt, manchmal davon begeistert. Und mit jedem Tag weiß ich ein bißchen mehr und noch ein bißchen mehr. Weißt Du, daß sich auch meine Augen verändern, je mehr ich lerne? Sie sind trauriger, ich weiß. Wenn ich in den Spiegel lächle, lächeln meine Augen nicht . . . Oft habe ich versucht, im Spiegel den Ausdruck meiner Augen zu erforschen, und ich frage mich manchmal, warum sie so aussehen, als wollten sie eine Frage stellen. Nicht wahr, es ist doch seltsam, daß ich nicht verstehen kann, was meine Augen aussagen?
Neun Uhr. Cuca hat mir einen Brief geschrieben. Ich bin zwar schnell beleidigt, aber ich bin ebenso schnell bereit zu verzeihen. Kaum hatte ich ihn gelesen, ihren Brief, habe ich ihn schon beantwortet. Arme Cuca! Ich versteh' sie überhaupt nicht.
Jetzt werde ich Frances schreiben; an Antolinita, Eleanor, Natalie usw. habe ich schon geschrieben. Noch kein Brief von Mr. Anderson. Ich denke oft an seine Antwort.

11. Januar

Marraine hat den Nachmittag bei uns verbracht; als es dann draußen zu schneien begann, ergriff sie schnell die Flucht. Nach dem Essen war ich mit Thorvald, Joaquinito, Elsie und Laura Lopez und Raymond Schlitten fahren. Es war herrlich; die klirrende Kälte, das freudige Geschrei, der *thrill* der Abfahrt

haben mich von einer unsinnigen und unerträglichen Melancholie geheilt, die sich meiner bemächtigt hatte, weil ich mich nicht über die Schmerzen in der Seite beklagen wollte und Mama mich zum Schlittschuhlaufen schicken wollte. Zum Glück ging es mir zum Abendessen wieder gut und ich konnte Schlittenfahren gehen, was ich doch so gerne tue! Morgen muß ich mit Mama nach New York fahren. Schade, denn ich bliebe gern hier.
Kürzlich haben wir uns über Patriotismus unterhalten. Wie sich das für echte Künstlerkinder gehört, fühlen wir uns an *kein Land* wirklich gebunden. Mir wurde bewußt, daß diese Liebe für Frankreich einzig und allein in meiner Phantasie existiert, nicht aber in meinem Herzen. Ich möchte Dir gern das Durcheinander erklären, das zwischen diesen beiden Bereichen herrscht, denn jeder glaubt allmächtig zu sein, die Phantasie und das Herz, in Wirklichkeit jedoch ist der wahre Sieger tausendmal öfter meine Phantasie.
Ihr habe ich es zu verdanken, daß ich mich so oft irre, daß ich mitunter leide, denn in ihrer Pracht und in ihrer Unabhängigkeit ist ihre Herrschaft nahezu tyrannisch; trotzdem liebe ich sie – in Ermangelung von etwas Besserem – und Du, liebes Tagebuch? Du redest nicht sehr oft, das ist der Beweis Deiner Weisheit! Ich frage mich oft, ob es Dich gibt, ob Du ein Lebewesen bist? Nicht selten habe ich den Eindruck, Dir überall, wo ich hingehe, zu begegnen, einem kleinen, etwas spöttischen Genius – denn ich bin sicher, daß Du Dich oft über mich lustig machst. Man hat das Gefühl, daß Du alles schon weißt, was ich zu schreiben gedenke ... aber auch wenn ich nicht ganz genau weiß, wer Du bist, habe ich Dich lieben gelernt, so daß ich nicht mehr auf Dich verzichten kann, daß ich versuche, mir ein Bild von Deiner Meinung in dieser oder jener Sache zu machen. Siehst Du, das ist so ein Streich meiner Phantasie, denn im wirklichen Leben verlassen die Seiten niemals ihr Zuhause in ihrem Umschlag, um in der Gegend herumzuspazieren; in dem anderen Leben aber ist jede Seite ein Bild, ein sehr leuchtendes Bild manchmal, nicht wahr?
Nicht immer, ich weiß, aber Du wirst sehen, daß dieses Tagebuch das lustigste von allen sein wird, denn ich werde älter und ich beobachte ein bißchen mehr, ein ganz klein bißchen!
Ich weiß nicht, was Du von mir denkst; ich fürchte mich davor, es zu wissen. Bleib' stets der »große Unbekannte«, um mir

niemals Kummer zu machen, indem Du das hübsche Bild zerstörst, das ich mir von Dir wie von allen andern gemacht habe. Viele dieser Bilder sehe ich verkehrt herum, aber das ist die Schuld der Vorbilder!
Gute Nacht, mein kleiner Schatten!

13. Januar
Ich habe wieder einen Brief von Mr. Anderson bekommen, einen langen und interessanten. Er beherrscht die Kunst, sich auszudrücken, er ist intelligent und hat einen ausgesprochen guten Sinn für Poesie. Manchmal versuche ich mir vorzustellen, wie er ist, denn seine Gesichtszüge sind mir kaum noch in Erinnerung. Durch ihn habe ich Alfred de Musset kennengelernt. Daß ich die Gedichte dieses wunderbaren Dichters niemals gelesen habe, erscheint unglaublich, aber bedenke, daß ich bei der Wahl meiner Bücher allein bin und daß ich in letzter Zeit in der englischen Literatur herumstöbere, weil ich keine französischen Bücher finde. Ich habe auf den lieben Brief geantwortet und ihm dies erklärt; ich habe ihm von W. Scott erzählt und ihn schließlich darum gebeten, mir einige *seiner* Gedichte zu schicken.
Ach, wie sehr habe ich die Gedichte gemocht, die auch er so gern mag, *»Rappelle-toi«* [»Erinnere Dich«], *»La Nuit de Décembre«* [»Die Dezembernacht«] und die Antwort auf *»Qu'est-ce que la poésie?«* [»Was ist Lyrik?«]. Mussets Werke sind von einer unendlichen Traurigkeit ...
Ich hätte nie gedacht, daß ein Junge so zarte Gefühle haben kann, und ich bin sicher, daß er ein Dichter ist ... Ach, es ist wunderbar, jemanden zu finden, mit dem ich mich über Dinge unterhalten kann, die mich so sehr beeindrucken. Bei Frances wurde ich den Verdacht nicht los, daß sie eine Vorliebe für allzu Modernes hat, auch wenn ihr Geschmack in dieser Richtung gut ist. Vermutlich sind Mr. Anderson und ich *old-fashioned!*
Gestern abend, nach dem Essen und dem Aufräumen, war ich mit Thorvald und Raymond Schlittschuhlaufen. Während ich die sehr einfache Sprache Raymonds hörte, trug ich den Brief von Mr. Anderson in meiner Tasche; ich fragte mich, warum ich fast ebenso viel Freude an dem gebildeten Geist, den gewählten Umgangsformen des einen empfand wie an der sehr einfachen Sprache des anderen, an seinen kindlichen Einfällen, dem offe-

nen und ehrlichen Handeln, an einer Art Offenherzigkeit, an der Bildung des Herzens und des Geistes, die allein auf Güte beruht. Du siehst, daß ich beides fast für gleichwertig hielt, die Bildung des Geistes . . . und die des Herzens. Aber sehr viel lieber mag ich Mr. Anderson, das ist ganz selbstverständlich, denn es gibt so viele Dinge, die uns beiden Freude bereiten und die Raymond nicht versteht; das ist mir auch mit Enric oft passiert, Eduardo hingegen war eher wie Mr. Anderson.
Einmal liefen wir gerade zusammen Schlittschuh, Raymond und ich, und er sagte zu mir, dies sei genau die gleiche Haltung, in der Thorvald mit seiner »Verlobten« Schlittschuh laufe.
»Zeigen Sie sie mir«, sagte ich sehr gespannt.
»Sie ist nicht da.«
»Und Ihre Verlobte?« fragte ich lachend.
»Ich habe keine«, sagte er und schaute mich ganz ernst an; ich war sehr verwirrt, da mir einfiel, daß Cuca einmal gesagt hatte, ich sei »kokett«. Stell' Dir vor, was für ein schreckliches Wesen ich angeblich bin, *ohne es je zu wissen!*
Ich glaube, jetzt verstehe ich, warum Tante Lolita gesagt hat, daß ich bald aufhören würde, Tagebuch zu führen. Es ist entsetzlich schwierig, Dir zu erzählen, was die Jungen sagen und tun. Ich denke immer, daß Du Dich über mich lustig machen wirst und daß Du glaubst, ich wäre kokett! Gute Nacht!

16. Januar
Gestern war mir sehr übel; ich habe eine schlaflose Nacht hinter mir; zu jeder vollen Stunde hörte ich die Uhr schlagen, mein Kopf war voll wirrer Gedanken und krank, ich war unruhig und meine Nerven waren schmerzlich überreizt ohne erkennbaren Grund. Ich wollte nicht einsehen, daß ich in einem Zustand war, in dem ich besser im Bett geblieben wäre, und zog den ganzen Tag hinter Mama her, wie ich es in letzter Zeit immer tue, aber normalerweise hüpfe ich wie mein Kanarienvogel und hänge nicht herum wie eine lahme Ente. Ich habe sogar ganz ausführlich den Brief von Mr. Anderson beantwortet, außerdem habe ich an Frances, an Eleanor, an Natalie, an Ti Coco – ich glaube, das ist alles – geschrieben. Gegen fünf steckte mich Mama ins Bett, gab mir ein Buch und setzte sich zum Lesen neben mich. Der *prospect* entsprach zu sehr meinem Geschmack, als daß ich dagegen protestiert hätte, wenn auch das Klappern des

Geschirrs, das Mama ganz allein spülen mußte, mein Wohlbefinden und ... mein Gewissen furchtbar belastete.
Heute war ich noch etwas mitgenommen, aber wieder gesund. Als Mama in den Ort ging, um Einkäufe zu erledigen, hatte sie mir nachdrücklich verboten, irgend etwas anzurühren oder etwas zu tun. Inzwischen schrieb ich aus lauter Langeweile meinen Namen auf die verstaubten Möbel und zerbrach mir den Kopf über die Nachteile der Eitelkeit des heutigen Hauspersonals, über den Horror, den ich vor Politik und Staub habe, und über andere Dinge. Die anderen Dinge betrafen hauptsächlich die Schönheit des Ballkleides, das für mich angekommen ist und das Mama heimlich für mich ausgesucht hatte. Ach, es ist einfach ... himmlisch! Es ist aus Tüll und ganz luftig, mit einigen altrosa Bändchen und mit kleinen Röschen, die Grundfarbe ist türkis wie der Himmel im Licht der aufgehenden Sonne oder wie ein schöner Herbsttag. Es steht mir wunderbar, und um seiner würdig zu sein, möchte ich gern so hübsch sein wie Emilia behauptet. Ich bin überzeugt davon, daß ein Kleid wie dieses von der gleichen Art ist, wie es die Königin der Feen trägt, oder die Wolken an dem Tag, an dem sie sich mit dem Horizont vermählen, mitten in der Wüste vielleicht, auf der anderen Seite des Ozeans, hinter dem Wald ...
Mama hat Antwort von Enric bekommen. Der Arme war krank, aber sein Brief ist heiter. Sein einziges P.S. lautet folgendermaßen:
»Diga a Anaïs que me escriba!!!!!!« [»Sagen Sie Anaïs, sie solle mir schreiben!!!!!!«]
Beachte bitte die Vielzahl der Ausrufezeichen!
Acht Uhr. Mama und ich haben es uns vor einem schönen kleinen Kaminfeuer gemütlich gemacht und wir wünschen uns gerade, daß kein einziger Besuch unseren friedlichen Abend stört. Während ich auf dem Teppich sitze und schreibe, sitzt Mama in ihrem kleinen Sessel und liest die schönen Märchen der Zeitungen: Verbrechen und Politik, Klatsch und Tratsch aus der Gesellschaft. Mama sitzt immer so da, wie sich das gehört. Du wirst sie nie anders sehen, mich hingegen kannst Du auf einer Sessellehne suchen, auf Kissen, auf dem Teppich, auf einem Tisch thronend, vor dem Kamin kniend oder vor einem Buch der Länge nach auf dem Bauch ausgestreckt und den Kopf auf die Ellbogen gestützt. Was das Sitzen auf einem Stuhl betrifft, *erect*

und still, so hebe ich mir diese Folter für Besuche, für Bälle und für die Kirche auf. Beim Essen finde ich Mittel und Wege, auf einem oder zwei Beinen meines Stuhles zu schaukeln. Das ist *more thrilling.*

»Anaïs, Anaïs, was machst du aus *Dem Leben?*« scheinen Mama und mein optimistischer Kanarienvogel manchmal zu fragen und lassen mich nicht aus den Augen. Was soll ich darauf antworten? Jeder macht aus seinem Leben, was ihm paßt, wie ich es mit den Stühlen mache, und bis jetzt benutze ich sie nicht zu dem Zweck, wofür sie gedacht sind. Gewiß, ich weiß, welchen Zweck ein Stuhl erfüllt, aber das Leben ... das weiß ich noch nicht!

Ich mag das Feuer, es ist so warm wie Sympathie, so glänzend, so schön wie schöne Worte, es gleicht dem Leuchten des Himmels bei aufgehender oder untergehender Sonne und es ist ebenso kurz wie ein Traum! Und je mehr Wärme es ausstrahlt, desto kürzer nur währt es!

Du erinnerst Dich doch, daß ich Mr. Anderson nur einmal gesehen habe, ganz kurz, in einigen Tanzpausen und unter vielen Menschen; ich kann mich also kaum an ihn erinnern! Du kennst mich gut genug, um zu verstehen, daß ich nach jedem seiner Briefe fünf oder sechs Minuten dazu *devote* [widme], mir ein Bild von ihm zu malen in einem geheimnisvollen Rahmen. Das Bild ist erst halb fertig, aber die leuchtendsten Farben sind bereits vorhanden: ich stelle mir vor, daß er ein wahrer Dichter ist, ehrlich, intelligent, gebildet und kein bißchen realistisch, wobei diese letzte Farbe jedoch nicht zu trennen ist von dem unnachahmlichen Reichtum der Farben der Dichter, davon bin ich überzeugt.

Heute habe ich auch mein Prinzessinnen-Gewand anprobiert, und ich hatte eine Riesenfreude daran, mir den Salon vorzustellen, voll von der heiteren Gesellschaft: von meinen Freundinnen, meinen Freunden . . . und etwas habe ich getan, um mich daran zu gewöhnen, ich habe geübt, auf Mr. Anderson zuzugehen und mich mit ihm zu unterhalten, wie sich Mama mit ihren Gästen unterhält, mühelos und ohne Überwindung, mit Fröhlichkeit und Anmut. Ach, es fällt mir nicht schwer, so zu reden, wenn ich allein bin!

Ich habe mir auch Enric vorgestellt, wie er (wie üblich) mit allen flirtet, aber ich weiß, daß ich mich darüber überhaupt nicht ärgern werde, ganz im Gegenteil.

Vor einigen Monaten hatte ich eine starke Abneigung oder Antipathie gegen Germaine Sarlabous, weil sie Enric so weit gebracht hatte, sie zu küssen, nachdem sie lange genug mit ihm herumkokettiert hatte, *ganz bewußt.* Jetzt hab' ich mich getröstet, denn ich glaube, daß ich ihn nicht dazu habe zwingen müssen! Oh weh, wie kann man nur so gemein sein, so gemein! Nie habe ich an solchen Unsinn gedacht, aber ich hab' ein Buch gelesen, das mir den Kopf verdreht hat. Zum Glück brauche ich nur das fast niedergebrannte Feuer zu betrachten, um wieder ganz Philosoph zu werden und meine oberflächlichen Spielereien durch tiefgründige Überlegungen zu vergessen.
Fast habe ich das nächste Heft auch vollgeschrieben. Aber mit wie wenig interessanten Ereignissen werde ich es gefüllt haben, wenn nicht vor der letzten Seite noch etwas geschieht! Gewiß, Mama fährt nun doch nach Kuba, das ist aber eher traurig, und es macht mich mißmutig, wenn Mama wegfährt. Und wenn ich weiterhin jeden Tag so viel schreibe, werde ich in diesem Heft nichts mehr von meinem siebzehnten Geburtstag erzählen können. Ich werde mich wohl etwas kürzer fassen müssen, denn anstatt mit einer langen Zunge bin ich mit einer furchtbar langen Feder geboren worden, und die vielen Dutzend Briefe, die ich schreibe, sind für mich nur kleine Wassertropfen, ich habe immer Lust zu schreiben!
Ich frage mich, ob Du manchmal *lonely* bist? Sag! Obwohl Du all die netten Leute, die ich kenne, kaum kennst, werde ich Dich nun mit meinen Gedichten von Musset konfrontieren, damit Du lernst, sie zu lieben. Ich frage mich, ob Dir der Geist der anderen Bücher, die meinen Kamin schmücken, niemals etwas erzählt? Wenn Du doch nur sprechen könntest, liebes kleines Tagebuch! Du weißt, daß es Bildhauer gibt, die eine Statue geschaffen haben, die lebendig wurde; daß es Menschen gibt, die aus Schnee ein Kind geformt haben, das zu leben begann. Jeden Augenblick warte ich auf eine kleine Bewegung, auf ein Lächeln, ich habe Dich erschaffen. Ach bitte, liebes Tagebuch, werde doch jemand!
Vielleicht habe ich Dir ein zu trauriges Bild von den Lebewesen vermittelt, und Du bist lieber dieser geheimnisvolle Schweigende, der die Privilegien eines Menschen genießt, ohne seine Fehler zu besitzen; jenes Privileg, Geheimnisse zu erfahren, ohne sie verraten zu können.

Aber ich mag Dich sehr. Möchtest Du einen Gute-Nacht-Kuß von mir? Da, ich tu's ganz vorsichtig, damit ich Dir nicht weh tue ...
Du bist eine kleine Fee! Gute Nacht!

18. Januar
Gestern wurde die Landschaft wieder in Schnee gehüllt. Im Augenblick leuchtet sie in einem prachtvollen Weiß. Der Nordwind wirbelt diesen kalten Staub auf und bläst ihn zum glühenden Horizont. Die Silhouetten der großen Bäume zeichnen sich klar und deutlich gegen den klaren Himmel ab. Die Szene ist überwältigend.
Den Tag haben wir schön ruhig verbracht. Onkel Thorvald und Tante Lolita haben uns einen letzten Besuch abgestattet, denn sie reisen am zwanzigsten ab.
Onkel Thorvald hat hier im Haus Aufnahmen gemacht und versprochen, uns die Bilder von Kuba aus zu schicken; sie sind dann sehr bald wieder gegangen, und Mama und ich konnten den ganzen Nachmittag Briefe schreiben.
Als ich einen Brief von Frances beantwortete, in dem sie »hoffte, daß es noch Dichter und Schwärmer gäbe«, erzählte ich ihr von Mr. Anderson, dabei war ich so verwirrt, als wenn ich ein Verbrechen begangen hätte. Ich bin eben noch immer erst zur Hälfte zivilisiert, das merkt man!
Gestern abend waren wir rodeln. Es war sehr kalt und der Wind peitschte unsere Gesichter, aber gerade deshalb schien alles in einem Zustand wunderbarer *exhilaration* [Ausgelassenheit] zu sein. Ich gehe immer als erste wieder nach Hause, denn ich werde schnell müde, aber deshalb hab' ich nicht weniger Spaß!

19. Januar
Wieder Schnee. Es ist so schön, daß ich am liebsten den ganzen Tag zum Fenster rausschauen möchte. Eine schreckliche Sache, wo doch soviel im Haushalt zu tun ist.
Gestern abend waren wir rodeln von sieben bis halb zehn. Thorvald und Raymond haben sich über die arme Elsie furchtbar lustig gemacht; einmal haben sie auch mich ausgelacht, weil ich Lippenstift aufgetragen hatte. Ich spielte die Beleidigte und lachte schon im nächsten Augenblick aus vollem Halse, als ich bemerkte, wie betroffen Raymond war.

Gerade verläßt Thorvald das Haus; er geht Schlittschuh laufen. Ich kann ihn von hier aus sehen; er läuft wie ein Mann, und dabei fallen mir seine langen Hosen wieder ein.
Mama hat heute angefangen, die Sachen auszusuchen, die sie nach Kuba mitnehmen wird. Zum Spaß wäre ich gern mitgegangen, aber mir kam der lächerliche und pathetische Gedanke, daß die Geschäfte und die hübschen Sachen der Grund für meine frivolen Anfälle waren, und das will ich nicht mehr!

20. Januar
»Meine liebe Frances,
ich werfe Dir etwas sehr Schlimmes vor! Du akzeptierst ganz einfach einen meiner schlimmsten Fehler: die Humorlosigkeit; und Du verbirgst ihn so gut, daß ich jetzt versucht bin, mich damit abzufinden und mir nicht im mindesten mehr den Kopf darüber zu zerbrechen, anstatt sehr energisch dagegen anzukämpfen, um mich davon frei zu machen. Was soll aus mir werden, wenn Du nicht von Zeit zu Zeit strenge Kritik an mir übst?
Aber es gibt Wichtigeres, als über meine zahlreichen Fehler zu diskutieren, liebe Frances, nein, Dick wollte ich sagen; was weißt Du über das, was man als ›Klassenunterschiede bei den Menschen‹ bezeichnet? (Der Unterschied zwischen einem gut erzogenen, kultivierten Jungen und einem Jungen mit Herz).
Ich habe oft und lange überlegt, worin der Unterschied besteht, ohne daß ich mich dabei auf eine bestimmte Person bezog; ich versuchte, es ganz allgemein zu sehen, denn der Gegensatz ist mir so oft aufgefallen, und da blicke ich nicht ganz durch. Ich möchte gern wissen, was Du von der ganzen Sache hältst und was Du darüber weißt. Wenn dies auch ziemlich unwichtig und unnütz erscheint, so gibt es doch zu denken, Dick: Es ist angenehm, die Schiffe zu betrachten, die in der Nacht vorüberziehen, nicht nur, um ihnen zuzuwinken, sondern um den Zweck ihrer Reise zu verstehen.

Mit lieben Grüßen

LINOTTE.«

22. Januar 1920
»Liebe Natalie,
wenn ich in diesem Augenblick bei Dir wäre, würde ich Dich nur mit weit aufgerissenen Augen angucken: Deine Po-ehme sind

blöd! Bist Du mir nun bös? Nein, denk' an die Fabel vom Fuchs und von den Trauben.

Usw., usw., usw.

Ich frage mich, ob Du nicht ein Gedicht machen könntest mit dem Material, das Du zur Hand hast (ich habe es nie getan und werde es auch nie tun, weil ›mir jeglicher Sinn für Humor fehlt‹, wie Frances behauptet).

Ich habe einen Kanarienvogel. Er singt unaufhörlich von den Ereignissen des Lebens, und dies auf eine Weise, wie es unbekümmerter nicht geht. Wenn er jede meiner Bewegungen verfolgt, scheint er mich für ein sehr lustiges Wesen zu halten: genau gesagt ist mein Kanarienvogel wirklich ein ›Optimist‹.

Ich besitze auch eine Katze. Sie ist sehr ernst, ziemlich stolz und rachsüchtig, all ihre schaurigen Absichten gegen meinen Caruso en miniature werden geschickt vereitelt; die Folge davon ist natürlich ein wenig umgängliches Wesen. Sie scheint sich den lieben langen Tag nur zu sagen: ›Nie werde ich diesen verflixten Vogel erwischen!‹ Ich glaube, sie ist ein Pessimist.

Wer ist nun der Glücklichere? Welchem der beiden Vorbilder sollte man folgen, wenn man bestrebt ist, seinen Charakter danach zu bilden? Möchtest Du mein Kanarienvogel sein oder lieber meine Katze?

Ich frage mich, wer wohl in unserer heutigen Gesellschaft am nützlichsten ist.

Ich fände es hinreißend, wenn Du mir mit einem Po-ehm antworten würdest. Die Person (oder die Sache), der Du es widmest, wird berechtigt sein, es zu lesen. Ein ›piep-piep‹ wird die Zufriedenheit des Erstgenannten zum Ausdruck bringen, aber mit den typischen Merkmalen der Ausdrucksweise einer Katze muß ich mich erst noch beschäftigen.

Hoffentlich ist diese konfuse ›Geschichte zweier Tiere‹ (von denen eines ein Vogel ist) nicht dazu angetan, Dich in irgendeiner Weise zu verwirren.

Mit den allerliebsten Grüßen bin ich Deine

ANAÏS.«

Ich schreibe an Dorothy, an Eleanor.

Gestern habe ich einen Brief von Mr. Anderson bekommen, oder besser gesagt, von Marcus, denn so hat er mich gebeten, ihn zu nennen. Meine Freude war riesig, als ich ihn las; ich war

thrilled über mehrere besonders liebe Sätze: »*It remains with you to smite my lips into fuller music, Anaïs.*« [»Ihnen obliegt es, Anaïs, auf meinen Lippen eine klangvollere Musik reifen zu lassen.«]
Nur ein Dichter drückt sich so aus!
Ich habe vier Gedichte von ihm bekommen, drei davon mochte ich besonders gern. Heute habe ich ihm geantwortet, und Thorvald hat den Brief in den Kasten geworfen. Noch nie hat mir ein Junge solche Briefe geschrieben wie Marcus, denke daran, wenn Du über meine Begeisterung urteilst!
Thorvald ist ein Gauner. Kam er doch auf die teuflische Idee, meinen Brief Raymond zu zeigen und sich dabei in gemeinster Weise über mich lustig zu machen. Ich weiß zwar nicht, warum, aber Raymond hat sich darüber geärgert.
Heute abend waren wir rodeln. Raymond war nicht mehr böse, aber er regte sich ständig auf, wenn mir andere Jungs dummes Zeug zuriefen. Ich bin wirklich *bewildered* [sprachlos] von diesem ganzen Geplänkel; all diese Dinge, die andere Mädchen schon lange kennen, habe ich gerade erst entdeckt, und es ist ja ganz klar, daß ich sie zunächst einmal vollkommen ernst und philosophisch nehme, daß ich nicht unbekümmert und übermütig darauf reagiere, wie man es eigentlich tun sollte.
Ach, geliebtes Tagebuch, wie soll ich Dir nur erklären, welche Entdeckung ich gemacht habe? Ich werde schon wieder rot, aber wenn ich denke, wie wunderbar Du meine Geheimnisse bewahrst, kann ich Dir auch dieses sagen.
Geliebtes Tagebuch, ich bin sicher, ich weiß es, es gibt Millionen von Anzeichen dafür: Ich bin nicht mehr häßlich! Ich habe diese Zeit hinter mir, die Zeit mit dem strengen Zopf, den Strähnen, der glänzenden Nase, der gelblichen Gesichtsfarbe, kurzum, all die fürchterlichen Dinge und das Abstoßende im Aussehen einer Schülerin, all das ist nun vorüber. Es war in Lake Placid, als ich beschloß, daß ich nicht mehr länger häßlich sein wollte bzw. kurz zuvor; Enric hatte mich geweckt und danach, im Sommer, was weiß ich!
Auf dem Ball bei Dorothy hat es mir Martha Boynton gesagt, auch Dorothy Sanders und Dorothy Eddins; sie sagten es mit Worten, Marcus mit den Augen! Ein wenig später dann, *roughly* [rauh], aber ehrlich, die Jungen beim Schlittenfahren und Raymond, wenn ich mit ihm zum Eislaufen gehe, und was weiß ich,

wer noch alles? Ich bin eine andere geworden, ohne es zu bemerken. Von frühester Kindheit an habe ich Papa sagen hören, ich sei häßlich, und von diesem Gedanken konnte ich mich nie befreien; bisher hatte ich nicht einmal versucht, es nachzuprüfen.
Es ist ein Wunder der Natur, es ist die Luft und die Sonne, das Glück! Ich verstehe das nicht als einen zusätzlichen Grund, stolz zu sein, im Gegenteil, es ist einfach nur ein weiteres Geschenk Gottes, das ich nicht verdiene.
Möchtest Du wissen, was ich im Spiegel sehe, wenn ich meine Haare bürste? Das ist ein Geheimnis.
Meine Augen sind mandelförmig, groß und braun mit langen, ganz schwarzen Wimpern. Ich habe ein schmales, ovales Gesicht, regelmäßige Züge und jenes gewisse Etwas, das in der Malerei auf allen Gesichtern zu finden ist. Meine Lippen sind sehr *sensitive* [sensibel], aber etwas blaß, wenn ich mich nicht ganz wohl fühle. Das einzige, was mir persönlich ein bißchen gefällt, ist mein Haar, denn es ist sehr, sehr fein und fällt weich und seidig glänzend bis zur Taille herab. Über die Haarfarbe kann ich nie etwas Genaues sagen. Ich würde sagen, sie sind braun mit einem rötlichen und goldblonden Schimmer oder so etwas Ähnliches. Mein Gesicht ist ein bißchen zu blaß, und die Wangen sind nur gerötet, solange ich an der Luft bin.
Es ist die reine Wahrheit, wenn ich zu Mama sage, daß ich mich nicht hübsch finde, und ich verstehe nicht, was die Leute an mir finden. Woher kommt aber diese eigenartige Güte, die mir alle Welt entgegenbringt und die mich sehr verlegen macht? Wofür halten mich die Leute? Es wäre mir lieber, sie würden nicht so gut von mir denken und sie könnten mein Tagebuch lesen und erkennen, wie viele Fehler ich habe. Ich möchte, daß sie mich sehen, wenn ich geweint habe und die Tränen über das künstliche Rot meiner Wangen laufen, damit sie verstehen, daß ich nicht schön bin. Und doch, wie reizvoll erscheinen mir doch – mir, einer kleinen Philosophin – die stummen und die lautstarken Komplimente! Das ist mir unbegreiflich!
Ich hoffe von ganzem Herzen, daß diese Flut von *wordly thoughts* [weltlichen Gedanken] vorübergeht, und zwar schnell, ohne Schaden anzurichten. Wäre ich jedoch häßlich, würde ich das große Abenteuer, meine Romanze und meine Träume, nie erleben können. Ich muß also so tun, als ob ich schön wäre,

damit mein kleines *Love* Einzug halten kann; es scheint sich so unglücklich zu fühlen draußen vor der verschlossenen Tür der Gleichgültigkeit und der Kälte.
Ich schreibe in meinem Bett, und ich bin mehr als müde. Ich habe Dir mein Geheimnis anvertraut, um etwas ruhiger zu sein, denn letzte Nacht habe ich furchtbare Dinge geträumt, und das alles wegen meiner verwirrten Gedanken und meiner übergeschnappten Phantasie. Gute Nacht!

23. Januar
»Mein kleiner Papa,
Ich habe einen Brief von Madame Quintero bekommen. Sie verpaßt keine Gelegenheit, um den Besuch zu erwähnen, den sie ›die Ehre‹ hatte, Dir abzustatten, diesmal aber machen mich ihre Nachrichten traurig: Sie hat eine Postkarte von Dir erhalten und erfahren, daß Du krank warst. So vergeht Dein Leben, bald bist Du krank, bald stürzst Du Dich in Deine Arbeit, die wie eine Lawine über Dich hereinbricht – daran ist ja nichts auszusetzen – dann ziehst Du von Ort zu Ort und führst ein Künstlerleben, Du bist immer allein und, ohne es zu wollen, ohne Dir dessen bewußt zu sein, läßt Du diejenigen, die Dich lieben, meist im ungewissen und ohne eine Nachricht; Du läßt sie allein mit ihren unbestimmten und dunklen Befürchtungen vor gewissen Dingen und unerwarteten Ereignissen! Indessen führen wir ein ganz anderes Leben, ein Leben, das uns erlaubt, viele Stunden dem Schreiben zu widmen: denjenigen, die sich über solche Briefe freuen.
Ich lege Dir wieder einige Photos bei; eines davon wird Dir eine Vorstellung geben, wieviel Schönes uns umgibt, der Rest eine Vorstellung von den Spielen von Thorvald und Joaquinito. In meinem nächsten Brief werde ich Dir weitere Bilder schicken von mir selbst, aber sie sind noch nicht entwickelt.
Eines Tages, sehr bald schon, wirst Du eine lustige Nachricht erhalten: Im März vielleicht wird Thorvald sein erstes Paar lange Hosen anziehen! Er ist schon *so* stark, genauso groß wie ich und von seiner Statur her durchaus fähig, wie ein Mann auszusehen. Sein Gemüt allerdings ist noch recht kindlich; es liegt nicht in Thorvalds Charakter, jemals auf seine Spielereien und seine Streiche zu verzichten; er wird nicht aufhören, das Leben in der ihm eigenen Weise leicht und eher fröhlich zu bejahen und es so

zu leben. Ich muß lächeln, wenn ich an Deine ersten langen Hosen denke, an Deine erste Zigarette, an Deine Kindheit; wenn Großmama davon erzählte, hörte ich mit der gleichen Begeisterung zu, wie ich sie in dieser Zeit für Märchen und andere Geschichten empfand. Thorvald kann schon rauchen, ganz sicher hat er es öfter heimlich versucht und war davon ebenso hingerissen wie alle kleinen Jungen auf dieser Welt. Schon zeigt sich bei ihm ein gewisses Interesse am Tanzen, worüber er sich früher nur entsetzlich lustig machte; er versucht mit einem Ausdruck der Nachsicht über die Schwestern seiner Freunde zu sprechen, ohne daß ihm dies gelingt. Das ist die Metamorphose, sie ist zwar noch nicht abgeschlossen, aber sie hat gewiß begonnen und ist notwendig. Und ich kann Dir versichern, daß meine Beobachtungen an Thorvald eigentlich recht lustig sind. Manchmal nenne ich ihn ›Geck‹, eigentlich nur, um ihn augenblicklich im Wörterbuch nach der Bedeutung dieses Wortes suchen zu sehen, aber von all dem ist er weit entfernt. Sein Kopf ist voll von präzisen Argumenten, von ganz normalen Auffassungen, genau wie seine Algebra-Lehrbücher. Er hat nicht wie Joaquinito eine wunderbare Phantasie, er ist eher praktisch veranlagt und steht mit beiden Beinen auf dem Boden. Das Ergebnis, was seinen Charakter betrifft, ist sein Ehrgeiz. Du weißt es ja.

Joaquinito hat es geschafft, eine seiner Kompositionen niederzuschreiben. Er kann noch nicht mit großer Regelmäßigkeit üben, aber sein überragendes Talent entwickelt sich von Tag zu Tag weiter.

Bei dem Versuch, Dir all das zu erklären, merke ich, daß mein Französisch meinen Gedanken nicht folgen kann, es hinkt eher holprig hinterher. Ich bin zu der Ansicht gelangt, daß ich in letzter Zeit das Englische weit besser beherrsche als das Französische. Daran sind wohl ein bißchen meine Forschungsreisen durch diese wunderbare Literatur schuld. Es ist viel einfacher, englische Bücher nach meinen Wünschen zu bekommen als französische; es geht sogar so weit, daß ich meine Bekanntschaft mit Alfred de Musset einem jungen amerikanischen Schriftsteller zu verdanken habe. In meinem letzten Brief habe ich Dir – soweit ich mich erinnere – etwas über einen jungen Mann erzählt, der anders ist als die anderen. Erinnerst Du Dich daran? Zur Zeit schreibt er mir schöne Briefe, schickt mir seine

Gedichte ... und dank dieses reizenden Briefwechsels unternehmen wir gemeinsam die wunderbarsten Reisen in das unvergleichliche Reich der Dichter, der idealistischen Träumer und der Schriftsteller, der Schriftsteller verschiedenster Art und unterschiedlichster Talente. Dieser Gedankenaustausch ist sehr reizvoll und, ohne es zu wissen, hilft er mir, neue Herrlichkeiten wie z. B. Alfred de Musset zu entdecken, und ich, ich mache ihn mit Rostand bekannt.
Einen Großteil des Tages verbringe ich damit, Briefe zu beantworten! Mit einem Blaustrumpf diskutiere ich über philosophische Probleme, mit einer Schülerin über die Schrecken der Schulzeit, mit meinen anderen Freundinnen spreche ich über das Tanzen, das männliche Geschlecht ... die letzte Art von Briefwechsel macht mir keinen Spaß, verstehst Du, aber ich muß mich entscheiden zwischen einer ›Dame von Welt‹ und dem, was ich früher war, ein kleines verwildertes, menschenscheues Kind.
Hoffentlich haben Dich meine Kommentare nicht zu sehr ermüdet. Ich verwende keine einzige typisch pariserische Redewendung, weil ich so etwas in keinem Wörterbuch finde. Wenn Du, lieber Papa, einmal Zeit hast, schreib mir doch wieder einen jener Briefe, bei denen ich Dich fragen muß: ›Warum macht man Dich nicht zum Mitglied der Académie française?‹
Es gibt Menschen, deren Kindheitstraum es war, Bonbonverkäufer, Kutscher, Napoleon oder Turenne zu werden, ich aber wollte immer Mitglied der Académie werden! Über Vergangenes sollte man nicht traurig sein!
Sag mir auch, ob ich Dir seit meinem letzten Brief genügend grammatikalische Endungsbuchstaben geschickt habe, um die Fehler in diesem Brief damit auszubessern.*
Bevor ich mich von Dir verabschiede, schließ' ich Dich ganz fest in meine Arme und flüstere Dir ganz leise ein Geheimnis ins Ohr: ›Schreibe keine Karte mehr an Madame Quintero, ohne mir ein Dutzend zu schicken, denn Leute mit braunen Augen sind furchtbar eifersüchtig, weißt Du?‹

Nochmals tausend Küsse und alle Liebe

DEINER LINOTTE.«

---

* Diese Bemerkung bezieht sich auf den Nachsatz des Briefes vom 30. Dezember 1919. D. Ü.

Jetzt bin ich in meinem Bett. Ich leide sehr . . . Nach dem Brief an Papa habe ich mich in die Prosa und in die Gedichte von Francis Thompson gestürzt, die ich durch Marcus kennengelernt habe; dann habe ich mich mit der Lebensgeschichte Shelleys beschäftigt und seine Gedichte wieder gelesen. Als es Zeit war zum Abendessen, befand ich mich in diesem merkwürdigen Trancezustand; es ist wie eine Beklemmung; ich war zerstreut und in einer anderen Welt. Später ging ich, ohne mir dessen bewußt zu sein, zu einem der Fenster, und ich sah die vielen sorglosen Kinder auf ihren Schlitten. Sie schrien vor Freude, und ich konnte sie bis hierher lachen hören. Der Gegensatz zwischen ihrer Fröhlichkeit und meiner unvernünftigen Schwermut verletzte mich zutiefst . . . ich schloß mich in mein Zimmer ein, übrigens ohne Gewissensbisse, denn Mama hatte darum gebeten, daß man sie schlafen lasse.

Marcus hat einmal den poetischen Satz geschrieben: *»Oh! for a life of emotions instead of thoughts!«* [»Ach! für ein Leben voll Emotionen anstatt Gedanken!«] Heute abend jedoch fürchte ich mich vor meinen Gefühlen mehr als vor meinen Gedanken. Ich bin so traurig, daß ich den Tränen nahe bin, vielleicht habe ich meine Phantasie überbeansprucht, denn heute morgen habe ich mich in Tuppers Philosophie vertieft.

Aber wie kostbar sind mir doch diese Stunden der Einsamkeit! Wie sehr liebe ich diese Augenblicke der Meditation und der Träume!

Wenn es manchmal so aussieht, als sei ich frivol und gut gelaunt, so nur deshalb, weil ich eine Frau bin; im Grunde meiner Seele jedoch bin ich recht ernst und keineswegs oberflächlich. Mein wahres Wesen zeigt sich in meinen Eindrücken von heute abend, in meiner Fähigkeit, mich mit Shelleys Idealismus ohne Schwierigkeiten zu identifizieren; in meiner Melancholie, denn meine Gedanken haben sich tief in unendlich traurige Gedichte hineinversenkt, so daß sie mit ihnen verschmolzen sind, was weiß ich! Im Augenblick könnte ich keinesfalls zum Rodeln gehen und mich so oberflächlich und normal verhalten wie vor kurzem, als meine leidenschaftlichen Gefühle schlummerten, gewiegt von den trügerischen Weisen eines scheinbaren Glücks. Ich bin voller Widersprüche; meine Träume, meine Phantasie haben die gleiche Macht wie meine Philosophie, meine Gedanken und meine Ideale.

»My mind is my kingdom« [»Mein Geist ist mein Königreich.«], heißt es bei Tupper, und mein Königreich ist so groß, daß es Gegensätze und Meinungsverschiedenheiten gibt wie in allen Königreichen. Heute abend haben sich alle meine Empfindungen und Gedanken zu einer einzigen tiefen, undefinierbaren Traurigkeit zusammengeschlossen.
Indessen spüre ich bereits den Einfluß der Einsamkeit und der Stille. Nach und nach wird dieses seelische und *sensitive* Leiden sanft und schön in seiner Bitterkeit. Ich kann den Band mit den Werken Shelleys betrachten, ohne daß Tränen meinen Blick verschleiern; ja, dieser wunderbare Dichter lebt nicht mehr, er leidet nicht mehr, was aber die *chords* [Saiten] meiner Seele berührt, ist, daß ich in seiner Seele das Echo meiner liebsten und geheimsten Gedanken wiederfinde. Und genau da, in diesem Echo, liegt die größte Bitterkeit.
Ach Marcus, ohne es zu wissen, haben Sie mich auf dem Weg, den ich befolgen und auf dem ich alles kennenlernen möchte, mit zwei wunderbaren Dingen vertraut gemacht; ich danke Ihnen, danke!
Ich habe mit Alfred de Musset und mit Shelley geweint, und wenn ich meine Tränen trockne, spüre ich, daß ich etwas gelernt habe, und ein paar erhabene Gedanken sind doch wohl ein paar Tränen wert!

Neun Uhr. Ach, mein schönes, ruhiges Zimmer. Das ist mein kleines Nest, das bin ich selbst. Alles läßt meinen Geschmack und meine Vorliebe für bestimmte Dinge erkennen. Meine Fenster waren die ersten, die Gardinen bekamen. Sie sind ganz einfach und recht hübsch, diese blauen Blümchen, die in dem zarten und makellosen weißen Stoff* zu leben scheinen. Und da ist auch mein kleiner optimistischer Kanarienvogel, sein goldener Käfig steht auf einer geschnitzten Bank aus schönem Eichenholz. Mein Bett steht zwischen zwei kleinen Lampen, auf die ich hübsche blaue Lampenschirme getan habe. Was willst Du mehr, um den Kummer eines sechzehnjährigen Mädchens zu vertreiben?
Ich könnte hier noch lange schreiben und vielleicht auch traurig

* Anglizismus: Anaïs übersetzt *»fabric«* (engl. Stoff) mit *»fabrique«* (französisch Fabrik). D. Ü.

bleiben, aber der unwiderstehliche, unvergleichliche Reiz meines kleinen blauen Nests vertreibt meine Tränen durch das zarte Wesen einer blauen und weißen Wolke mitten im Sturm. Da ist er nun, der Regenbogen nach dem Gewitter ... auf meinem Gesicht erscheint der Anflug eines Lächelns ... wie bei den Künstlern.

In meinem Schrank, dessen Türen offenstehen, sehe ich ganz hinten den zarten, duftigen Tüll meines »Zaubergewandes«, und ich lächle noch immer. Und nun schaukelt mein Kanarienvogel auf einem Bein hin und her und beobachtet mich kritisch, als ob er sagen wollte:

»Wie lange noch?«

Sei es durch die friedliche Milde, die mir die bereits tiefe, dunkle Nacht gebracht hat, sei es durch den wunderbaren Einfluß meiner noch kaum verwelkten Illusionen, spüre ich, wie kräftig mein Blut in den Adern pulsiert, und keinerlei Traurigkeit kann mich mehr derart niederschlagen, daß ich vergesse, daß auch unter Tränen ein Lächeln möglich ist!

Das unwiderrufliche »heute« wird bald in einem tiefen Schlaf sein Ende finden, und morgen früh werde ich wieder anfangen zu leben. Was werde ich mit diesem herrlichen Tag anfangen? Ich weiß es nicht. Aber wenn ich viel leiden und danach meinen Kummer vertreiben kann, wenn ich träumen und meine Emotionen noch einmal erleben kann, wenn ich aus einem Taumel der Begeisterung heraus in Zweifel und Bestürzung fallen kann, wenn ich wie heute lernen kann, einen weiteren Dichter zu lieben ... dann bedauere ich es nicht, diesen Tag gelebt zu haben.

Gute Nacht, geliebtes Tagebuch ... schon umhüllen mich die phantastischen Schatten der Träume, und ich möchte mit ihnen tanzen im silbrigen Schein des Mondes auf eisig glitzerndem Schnee, unter großen stillen Bäumen, die wie prachtvolle Silhouetten in den sternenübersäten Himmel emporragen.

Oh! Phantasie! *Phantasie!* Wie schön ist Deine Gewalt! Wie gewaltig Dein Reich! Und wie treu ergeben ... Deine Untertanen.

24. Januar

Du wirst es nicht glauben, aber heute habe ich zwei Gedichte geschrieben: *»To Fancy«* [»An die Phantasie«].

Schon lange wollte ich etwas schreiben, ich wollte erklären, wie ungeheuer reizvoll es ist, diese erlesene Macht, die schönsten Träume und die zartesten Vorspiegelungen der Phantasie in höchster Vollendung zu genießen!

Die Äste der Bäume wogen schwer unter der Last angefrorener Regentropfen, heute war alles verschneit und vereist, der Regen hatte sich mit Schnee und Graupel vermischt, eine nicht enden wollende feuchte Lawine stürzte aus einem perlgrauen Himmel herab. Ich war *ecstatic* geblendet von so viel Schönheit, wenn ich auch froh war, das Haus nicht verlassen und gegen Wind und Kälte kämpfen zu müssen.

Damit ich aus meinen Träumen leichter in die Wirklichkeit zurückfinde, hat Mama mir nahegelegt, Abrechnungen zu machen, Adressen zu schreiben und Strümpfe zu stopfen. Ja, ich bin wieder auf dem Boden der Tatsachen, leider, und der kleine Einfall, der mir einen Augenblick lang kam – ein flüchtiger Traum, zart wie Tüll – wurde durch Nadelstiche und Tintenkleckse verwischt!

Bei Gelegenheit sollte ich einmal ein Gedicht über meine heftigen Gefühle schreiben, wenn der Briefträger kommt. Welch ein Warten hinter dem Vorhang, welche Ungeduld, welche Enttäuschungen. Um es meinem Walter Scott gleichzutun, hatte ich mir etwas Merkwürdiges angewöhnt: übertrieben schnell beantworte ich die Briefe, die ich erhalte. Meine Freunde lassen sich damit mehr Zeit . . . und so habe ich jeden Tag Grund zu seufzen: ich warte sehnsüchtig auf etwas . . . was nicht kommt. Ehrlich gesagt, macht es mir überraschend viel Freude, Briefe zu schreiben. Ich sage überraschend, denn mir ist aufgefallen, daß für recht viele Leute das Briefeschreiben eine mühevolle Aufgabe zu sein scheint. Welch ein Bedauern klingt doch stets aus den Worten: »Mein Gott, ich muß einen Brief schreiben!«

Alle meine Briefe, fast alle, setzen sich aus unendlich vielen kleinen Teilen aus mir selbst zusammen, und mir ist diese Art Entfernung zu den Menschen, die ich mag, sehr viel angenehmer, denn so bin ich berechtigt, sie zu idealisieren und sie ganz nach meinem Geschmack zu gestalten.

Mit Freude habe ich bemerkt, daß Marcus meine Briefe am Tag, an dem er sie erhält, beantwortet, aber diesmal weiß ich nicht so recht, was ich tun soll; ich werde ein paar Tage mit meiner

Antwort warten müssen, andernfalls würde sich unser Briefwechsel zu einer Sache von zwei oder drei Tagen entwickeln. Ich befürchte immer, ihn vom Lernen abzulenken, denn er geht in die Schule, aber andererseits würde ich es sehr bedauern, wenn unser Briefwechsel aufhören würde. Aber weshalb sollte er aufhören? Wir werden uns lange schreiben, vielleicht werde ich ihn hier und da beim Tanzen wiedersehen, schreiben aber kann man sich immer, und aus unserer Freundschaft wird etwas sehr Sanftes und Ehrliches werden wie ein ganz besonderer kleiner Stern am unendlichen Firmament ... voller unbekannter Sterne.

Ich habe mir angewöhnt, im Bett zu schreiben, wenn alle schlafen. Zunächst einmal deshalb, weil ich nicht immer sehr müde bin, aber auch, weil ich jede Minute ausnützen möchte, bevor mir meine kleine Mama schläfrig und verträumt zuflüstert: »Mach das Licht aus, Mädelchen.«

Und das gehorsame Mädelchen macht das Licht aus, aber mit Bedauern.

Manchmal höre ich auf zu schreiben, um ein bißchen zu trödeln und mein kleines Nest zu bewundern. Heute abend, soeben, während ich meine Haare bürstete, stellte ich tiefschürfende Überlegungen darüber an mit welcher Selbstverständlichkeit wir all diesen bisher nicht gekannten Komfort einfach hinnehmen. Ich habe vergessen, Dir zu sagen, daß wir ein neues Dienstmädchen haben – sie heißt Marguerite –, und wir führen ein Leben, wie sich das für zivilisierte Menschen gehört. Gewiß, das fürstliche Leben liegt uns im Blut, und dennoch hatten die vergangenen Tage, so glaubte ich, die kleine Flamme unserer Wünsche zum Erlöschen gebracht, und wir mußten erkennen, daß diese Wünsche nur Träume sein durften!

Es ist noch gar nicht lange her, daß wir nur einen kleinen Spiegel besaßen, um uns zu frisieren. Jetzt habe ich vier recht große. Früher frisierten wir uns im Stehen, nun gibt es eine kleine Bank. Ich hatte nie mehr besessen als einen Kamm und eine Bürste; hier vor mir ausgebreitet liegen nun die hübschesten Sächelchen für den weiblichen Putz. Ach, ich weiß nicht wieso, aber ich schätze diese Dinge doch sehr! Hier ist der ganze Unterschied, die Freude, Dinge zu haben, die man nie besaß. Das ist der Reichtum der Armen.

Gute Nacht: »Mach das Licht aus, Mädelchen.«

25. Januar
Es ist schon ein bißchen spät, und ich erwarte jeden Augenblick die Mahnung meines kleinen Gewissens und meiner kleinen Mama, aber wie soll ich die Veränderung, die in mir vorgeht, länger für mich behalten?
Bisher hat etwas, haben verschiedene Dinge bewirkt, daß das goldene Tor zu meiner Seele verschlossen blieb und daß alle Gedichte dahinter gefangen waren. Wahrscheinlich lag das an den Sorgen, an der Art, wie ich lebte, an der Ruhelosigkeit. Dann, ganz plötzlich, um mich herum unsagbare und friedvolle Schönheit, wahres Glück: das Tor öffnet sich . . . und die Welt wird zu einem unaufhörlichen Thema für die natürlichste Art, in der ich mich auszudrücken imstande bin: Poesie. Poesie? Ja, gestern habe ich ein Gedicht geschrieben: *»A Fancy«*, heute ein weiteres, das keinen Titel hat. Die sonderbaren Emotionen, die tollsten Einfälle überschlagen sich im Reich meiner Phantasie und warten auf die Befehle meiner Feder.
Heute las ich gerade bei F. Thompson, was ein Kind ist: *»Little enough so that elfs can whisper in his ears.«* [»Klein genug, damit Elfen ihm Geheimnisse ins Ohr flüstern können.«]
Liebes Tagebuch, ich bin sicher, ganz sicher, daß, wenn es auch fast so aussieht, als wäre ich eine Frau, ich doch immer noch ein Kind bin. Ich glaube an so viele Dinge, einen Augenblick mache ich zur Ewigkeit und vor allem, wenn man mich auch für erwachsen hält, oh ja, ich höre immer noch die flüsternden Stimmen der Feen aus der Welt der Märchen, alles spricht zu mir, alles ist lebendig . . . und ungeheuer einfach und schön! Mehr denn je ist in solchen Augenblicken mein Herz wie ein schönes Lied . . . Ich bin eine Seherin, beeindruckbar, anders als die anderen vielleicht, aber so bin ich glücklich . . . als Kind in meinen Träumen und meinen Idealen . . . wie lange wird das noch so sein?
Die ganze Kraft meiner erweckten Gefühle wird sich in kleinen, klaren Bächlein ergießen, von denen ein jedes mit seinem Lied durch die feierlichen Wälder meiner tiefsten Gedanken dahinplätschert, um Freude zu spenden, zu liebkosen, benetzen und erfrischen.
Es ist ein recht kostbarer Fluß, der so lange zu Tal strömt, bis irgend etwas auf seinem Weg ihn anhält . . .
Wie still ist doch die Nacht. Man könnte glauben, die ganze Erde

schliefe, während ich allein wache in Erwartung des Wunderbaren! Die Erde schläft? Nein, bedauerlicherweise gibt es Unselige, die die Nacht dazu benutzen, verwerfliche Dinge zu tun, denn sie, diese Menschen, haben nichts zu erwarten; was wissen sie schon über das zarte Entstehen eines schönen Traumes? Und doch, auch sie würden es verstehen ... wenn man es ihnen erklären würde ... diese armen Menschen!
Nun aber ist wieder ein Tag zu Ende ... es ist Zeit zur Ruhe.

26. Januar
Heute abend habe ich wieder einmal einen Anfall von Schwermut und wie immer ohne ersichtlichen Grund. Ich bitte Dich deshalb, über keinen meiner Gedanken erstaunt zu sein ... es ist Deine Art, mich zu trösten. Ich hatte große Lust, ein unwiderstehliches Bedürfnis, hinauszugehen ... und auf einem Schlitten der Kälte und dem Wind die Stirn zu bieten. Ich sagte es Thorvald und dachte nicht daran, daß mir seine Gleichgültigkeit immer weh tut; er zuckte nur mit den Schultern. Als mir bewußt wurde, wie einsam und verlassen ich war – der Grund hierfür liegt in meinem nicht sehr geselligen Charakter – da befiel mich ganz plötzlich eine tiefe Traurigkeit. Wie neulich am Abend flüchtete ich mich auch diesmal wieder in mein Zimmer. Es ist voll von Büchern, mein Zimmer, ganz voll. Den ganzen Nachmittag war ich auf Reisen ... ich habe mich mit dem Leben von Coleridge, Burns, De Quincey, Tennyson und Lamb vertraut gemacht; wieder einmal habe ich bei Tupper, Shelley und Thompson herumgeschnuppert. Dann bei Keats. Ich weiß, daß ich heute abend unvernünftig traurig bin, aber die Gnade, die mir durch so viele friedliche Stunden nur für mich allein zuteil wird, weiß ich sehr zu schätzen. Nie habe ich soviel lesen, soviel schreiben, soviel träumen können. Eigentlich scheinen mir diese Stunden die glücklichsten im Leben zu sein ... und ich konnte mir ein Lächeln nicht verkneifen, das den Vorstellungen der heutigen Gesellschaft galt. Mama hat Madame Sarlabous getroffen, ihr von unserem Umzug erzählt, und siehe da, was ruft sie aus: »Ach, die arme kleine Anaïs, das ist ja recht traurig für sie, dort draußen zu wohnen!«
Fast die gleichen Worte wiederholte Madame Madriguera, mit der Mama am Abend telephonierte. Das ist die oberflächliche Meinung, daß ich mich hier einsam und verlassen fühlen muß.

Sicher war ich im wahrsten Sinne des Wortes mein ganzes Leben lang einsam durch eigene Schuld und weil ich es so wollte ... und es ist mir noch nicht gelungen, die wahre, die vollkommene Freundschaft zu finden mit Ausnahme der Deinen, mein geliebtes Tagebuch. Hier auf dem Land wie auch in New York geh' ich der Welt manchmal aus dem Weg, wenn ich nicht den Mut habe, sie zu ertragen; wieso aber können die Leute nicht verstehen, daß ich hier tausendmal glücklicher bin? Ich weiß es nicht.
Je näher der Tag kommt, an dem Mama abreist, um so trübsinniger ist mir zumute. In allen Gründen, mit Ausnahme jedoch des echten, sieht Mama mögliche Erklärungen für meinen Zustand, und ich sage auch nichts, denn kein Mensch ist imstande, meine sonderbaren Gefühle und Stimmungen nachzuvollziehen. Ich selbst bin soweit, sie nicht mehr zu verstehen. Nein, mir ist nicht zum Lachen, ich kenne alle meine Fehler zu gut, um mich darüber lustig zu machen.
Ich sehe, daß die Seiten immer weniger werden und stelle fest, daß nichts *thrilling* [Spannendes] in Sicht ist. Ich sollte Dich ganz einfach als »Vorwort« bezeichnen, ein Vorwort zum wunderbaren Inhalt des anderen kleinen Buches.
Ich habe bei Heller gelesen, daß »die wahren Künstler alle ein bißchen heidnisch« sind. Darüber freue ich mich sehr. Nicht, daß ich mich zu den Künstlern zähle, aber Papa ist einer, und fast alle seine Fehler ... habe ich geerbt.
Ach, möge mir doch der morgige Tag irgend etwas bringen, das den Nebel vertreibt, der meine Sonne verdeckt! Ich werde mich schlafend stellen und dann so tun, als würde ich bald aufwachen ... denn je länger ich nachdenke und Freudengeschrei und Glöckchen höre, die die Vorzüge einer guten Gesundheit und eines frohen Herzens verkünden, um so einsamer fühle ich mich ... unendlich einsam und tadelnswert. Von ganzem Herzen rufe ich nach meinen Träumen, hier sind sie.
An Dorothy Eddins geschrieben.

27. Januar
»Meine sehr verehrte Françoise,*
Ein recht dummes kleines Mädchen hielt sich hinter einer blauen

---

* Die Anrede ist aus dem Französischen übersetzt, der Rest des Briefes aus dem Englischen. D. Ü.

Gardine versteckt und beobachtete die langsamen Bewegungen eines Briefträgers, wie er den steilen und glatten Weg in Richtung Hausnummer 620 erklomm.
Würde er den so sehnlich erwarteten Brief bringen? Die Frage, die persönlich betrachtet alle pragmatische Politik der Welt an Wichtigkeit übertraf, erhielt durch die Ankunft eines recht schweren blauen Briefes eine fröhliche Antwort ... Das ziemlich dumme kleine Mädchen war glücklich und außer sich vor Begeisterung, warum auch nicht, warum nicht?
Jeden Tag einen Brief wie Deinen zu erhalten, was gäbe ich nicht dafür?
Ich erinnere mich, daß Du einmal gesagt hast, die ›lustigsten Dinge‹ würdest Du dann schreiben, wenn Du am traurigsten bist. Die Beschreibung Deines Buches ist perfekt. Wunderbar. Du hast meine ganze Neugier und meine unverbesserliche Begeisterung erweckt! Es wäre schön, wenn Du mir etwas mehr darüber erzählen könntest mit dieser unnachahmlichen Spontaneität, die nur Dir zu eigen ist, damit auch ja an Geist und Witz nichts verlorengeht. Die Illustrationen sind hinreißend!
Als Antwort auf Deine umwerfend irrwitzigen Worte beiliegend einiges Material mit unbegrenztem Spielraum für Verbesserungen. Bitte setz zum Lesen meiner Gedichte Deine Brille auf und mach' ein ernstes Gesicht, soweit Dir das möglich ist; übe keine Nachsicht, ich bitte Dich darum, und mach' Gebrauch von all den unmenschlichen Eigenschaften jenes englischen Kritikers, der einst alle großen Dichter aller denkbaren Fehler bezichtigte. Nein, im Ernst, liebe Dick, sag' mir, was ich falsch mache, und ich bin glücklich. Einen meiner Fehler brauchst Du mir natürlich nicht zu nennen, die Prosodie ist schaurig, aber das war bei mir nie anders.
Irgend etwas in meinem Leben, in meiner Umgebung, hat die verborgenen Emotionen in mir geweckt. Im sonnigen Spanien hab' ich ständig geschrieben, aber seitdem ich in New York bin, hat sich aus irgendeinem Grund das goldene Tor wieder geschlossen, und meine täglichen Eindrücke waren das Ergebnis meiner Phantasie und in keiner Weise die meiner Empfindungen. Jetzt aber, wo ich geblendet bin von dem einfachen und malerischen Leben auf dem Land, von den vielen Stunden der Ruhe, über die ich nach Belieben verfügen kann, jetzt lese ich unaufhörlich, und demzufolge fülle ich Seite um Seite mit einer

Flut von Gedanken und Einfällen, die sich in der Einsamkeit so leicht entwickeln. Und doch ist die Welt so beschaffen, daß vor einigen Tagen, als Mama einer ihrer netten Freundinnen von den Veränderungen in unserem Leben erzählte, diese sogleich ausrief: ›Arme Anaïs! Wie muß sie sich einsam fühlen!‹ Daraufhin schrieb ich in mein Tagebuch ›Einsamkeit von gestern‹.
Du aber schreibst auch über Melancholie, und so stelle ich mir die Frage, ob diese seltsame Gefühlsregung vielleicht nichts anderes ist als eine Krise unseres Alters – eine Krise, die vorübergeht.
Aber ich rede schon wieder über Traurigkeit, wo ich doch meinen Brief im Geist eines optimistischen Kanarienvogels zu schreiben angefangen hatte, der seinen Tag mit fröhlichem Gezwitscher verbringt.
Über meinen Dichter-Freund kann ich Dir nicht sehr viel mehr berichten; er existiert tatsächlich, und vor einigen Tagen habe ich Gedichte von ihm gelesen, die mir sehr gut gefallen haben. Er hat mich mit Musset vertraut gemacht, und ich habe ihm zum Ausgleich Rostand geboten. Später habe ich mich für Francis Thompson begeistert, und dafür werde ich ihm Alfred Noyes vorstellen.
Du würdest hier mehr als genug Material und Rahmenausstattung für ein Buch finden. Es ist eine wahre Siedlung von jungen Leuten, die sportbesessen sind. Wenn man es für ein einsames Gefängnis hält, müßten uns eigentlich gewisse Leute einmal besuchen kommen zu der Zeit, in der wir immer zum Rodeln gehen, wenn wir im Mondschein mit unseren Schlitten zu Tal sausen; und es ließe sich eine unendlich lange Liste von Jungen zwischen fünfzehn und zwanzig Jahren aufstellen, ganze Schwärme von Jungen gibt es!

Jetzt muß ich Dir ein Geständnis machen. Kannst Du mir sagen, ob die Tatsache (mein Gott, welche Schande!), daß mein jüngster Bruder wegen Frechheit von der Schule verwiesen wurde, unsere Freundschaft gefährdet? Aus seinen Augen spricht tiefe Unsicherheit, so tief wie ein See; jetzt überrascht er die ganze Familie mit unglaublich schönen Gedichten! Durch welche Laune des Schicksals scheint Genie stets mit dem unerträglichen Wunsch verbunden zu sein, unrecht zu tun? Ich weiß es nicht. Abgesehen davon denken wir ernsthaft daran, Thorvald zu verkleiden und ihn in lange Hosen zu stecken! Eine so wichtige Entscheidung muß natürlich gefeiert werden, und sobald Mama aus Kuba zurück ist, werden wir aus diesem ehrenvollen Anlaß ein Fest geben und gleichzeitig auch meinen siebzehnten Geburtstag feiern!

Da hast Du dann Gelegenheit, verschiedene Leute persönlich kennenzulernen: den jungen Dichter, die Kusine, die anhand Deiner Schrift Deinen Charakter erraten hat und den Jungen, der über soviel Herzensbildung verfügt; und Du wirst die Verwandlung oder Metamorphose eines Bruders erleben!

In innigster Verbundenheit grüßt Dich

Deine alberne, wirre und zerstreute

LINOTTE.«

P. S. Und vergiß die mikroskopisch genaue Kritik meines Gedichtes nicht, mit einer Spur von Strenge, einer Spur von Wahrheit, aber ohne auch nur den geringsten Hauch von Nachsicht oder Mitleid.

Liebes Tagebuch! Liebes Tagebuch!

Meine erste Romanze hat begonnen! Siehst Du, wie mein kleiner Amor betrübt vor der verschlossenen Tür steht, jemand hat ihn mir mit einer kostbaren Nachricht geschickt, und ich selbst bin es, die ihm den Eintritt verwehrt. Aber ich kann, wenn ich es wünsche, die Tür öffnen.

Ich hatte Frances geschrieben, gelesen und Strümpfe gestopft, und mich auch um Thorvald und Joaquin gekümmert, die den Schnupfen haben, als gegen drei Uhr der Briefträger kam und mir den Brief brachte, auf den ich seit Montag gewartet habe, einen Brief von Marcus. Er sagt, daß er mich liebt, ach, mein kleines Tagebuch, sein Brief ist so schön, so schön wie ein Gedicht . . . Noch nie in meinem Leben war ich so verwirrt, so tief betroffen und so gerührt. In meinen Gefühlen bin ich immer noch ein Kind. Aber er fragt mich, ob ich ihn liebe. Mein Gott, ich weiß es nicht. Ich glaube es nicht, ich weiß nicht, was die Liebe ist, von der er spricht, und in meiner Antwort biete ich ihm alles, was ich ihm zu geben imstande bin, *meine* Liebe, die eine ehrliche und tiefe Freundschaft ist. Er sagt, ich sei wie eine kleine Fee, dem Märchenbuch entsprungen, und deshalb nenne ich ihn meinen Prinzen – mein Prinz Marcus. Mama hat meinen

Brief sehr gemocht und – ich weiß nicht warum – in ihren Augen bildeten sich plötzlich, kaum sichtbar, so etwas wie zwei kleine Tränen ...
Marcus wird einmal Dichter werden später, das sagt er, und noch viele andere Sachen, aber die letzte Seite, auf der er mir in goldenen Lettern seine Liebe erklärt, das ist die Seite, die ich mehr als hundertmal gelesen habe. Ein Kind, mag sein, aber wieviel Zärtlichkeit liegt doch in diesen Worten: *»I love you, Anaïs!«*
Das ist *my first love*, ach, verstehst Du denn, mein Tagebuch, warum mein Herz so heftig klopft? Siehst Du, es war wirklich nicht möglich, Dein Heft bis zur letzten Seite vollzuschreiben, ohne daß mein Abenteuer beginnt, das Abenteuer, das ich mit den Sternen träume, mit den Wolken, den Blumen, dem Wind und mit der Nacht, mit allem und immer ... Prinz Marcus!

28. Januar 1920, Richmond Hill
Ich trenne mich immer mit Bedauern von einem alten Heft, jedes Wort und jede Seite ist ein Teil meiner selbst! Doch hier ist nun die erste Seite des neuen Heftes, das gleiche wie das letzte. Mein Tagebuch, es ist mir gelungen, Dir ganz frei all meine Gedanken anzuvertrauen, Du bist mein schönster Freund auf dieser Erde und auch der zuverlässigste, der ehrlichste!
Auf der letzten Seite des anderen Heftes hatte meine Romanze begonnen! Wahrscheinlich wirst Du erfahren, wie sie ausgeht, obgleich im Augenblick die Zukunft völlig im Dunkeln liegt. In mir gehen die merkwürdigsten Dinge vor, und sie verwirren mich; ich habe das Gefühl, als hätte ich von dem Augenblick an, in dem mich das *Unbekannte* auf so wunderbare Weise *thrilled* [berauscht] hat, die Schwelle zu einer neuen Welt überschritten. Du liebes Tagebuch, wenn es mir in diesem Moment erlaubt wäre, ein weiteres Mal auf den Brief des Prinzen Marcus zu antworten, ich wüßte nicht, was ich schreiben sollte ... Der Ton, die Aufrichtigkeit, die Schönheit seines Briefes, all das hat nicht nur meine Phantasie beflügelt, es hat auch ein wenig mein Herz getroffen! Nie habe ich so deutlich gefühlt, daß dieses Herz, von dem ich glaubte, es sei aus Schnee und Eis, auch wirklich vorhanden ist. Ja, dank meines wenig umgänglichen Wesens, der Art, über gewisse Dinge einfach hinwegzusehen, glaubte ich mich weit davon entfernt, von den Gefühlsverwir-

rungen, unter denen ich die Leute um mich herum leiden sah, auch nur im geringsten berührt zu werden. Ich hielt mich für gleichgültig und ... für eine kleine Philosophin, die schon weise ist und deren Beschäftigung allein darin besteht, die Leidenschaften und die Träume der anderen zu beobachten.

Und siehe da, schon bei der kleinsten Brise, die so viele Herzen erzittern läßt, ist meine Festung fast am Einstürzen! Wie habe ich gestern abend nur schreiben können: *»I do not love you«*, ich weiß es nicht, denn heute wurde mir ganz plötzlich bewußt, daß mein Prinz all die Eigenschaften in sich vereint, mit denen ich mein *Ideal* verbinde, und daran hatte ich nie gedacht, niemals. Trotzdem aber werden meine Träume immer von irgend etwas zerstört. Mama lacht mich aus, Mama sagt, daß ich ein Kind sei und Marcus ein Verrückter. Wenn ich dann tiefsinnigen Gedanken nachhänge, höre ich im Geist Mamas Lachen ... und, um mich von meinen Gedanken loszureißen, um nicht die Stunden zu zählen zwischen meinem Brief, den ich heute wegschickte, und der Antwort, stürze ich mich in die Werke Platons und lese hundert Seiten, ohne auch nur ein einziges Wort zu verstehen. Ich bin nicht wiederzuerkennen, aber ich würde viel darum geben, wenn ich nicht so empfindlich wäre und nicht so leicht zu beeindrucken.

Aber es ist ja so schön, den Schlüssel zur Märchenwelt so zu finden! Ich brauche nur ganz leise zu flüstern: »Prinz Marcus ...« und schon sehe ich vor mir die wunderbaren Märchen, die paradiesischen Landschaften, die geheimnisvollen Geschehnisse, den unbeschreiblichen Reiz von Tausendundeiner Nacht. Eine wunderbare, eine himmlische Prozession.

Heute war es wärmer als gestern, und der ganze Schnee wurde zu Wassertropfen. Die Sonne erstrahlte in hellem Glanz, und die Schönheit des Tages erweckte ein wenig den Anschein, als ginge der Winter seinem Ende zu. Ich war im Dorf, um Einkäufe zu machen; in der gemütlichen kleinen Land-Bücherei erbarmte ich mich der Bücher Platons, die dort untätig dahinschlummerten, und staubte sie ein wenig ab! Die übrige Zeit habe ich viel für Mama auf der Maschine geschrieben. Zu Mamas Geschäften sei gesagt, daß sie Vicente de Sola als Sekretär eingestellt hat. Eine Zeitlang habe ich Vicente de Sola für »dumm« gehalten, und als ich ihn ein bißchen besser kannte, mußte ich daraus die strenge

Lehre ziehen, wie ungerecht doch schnell gefaßte Meinungen sein können. Wenn ich nicht mehr täglich über die Dinge schreibe, die ich lerne, so liegt es wahrscheinlich daran, daß ich zuviel lerne. Im übrigen wirst Du sowieso erfahren, was ich dazugelernt habe, je älter ich werde und je mehr ich diese Erfahrungen nutze . . . vielleicht.
Heute abend habe ich geschrieben, um mich ein wenig zu beruhigen, aber es ist erst halb acht, und weil ich Mitleid mit Deiner Geduld habe, kehre ich zu Platon zurück. Bis morgen.
Ich fange gleich damit an, fünf Seiten vollzuschreiben. Wie wird das enden bei einem solchen Schritt? Ohne auch nur die geringste Ahnung von Arithmetik zu haben, ist mir jedoch klar, daß sich inzwischen meine Beobachtungen vervielfachen.

30. Januar 1920
Welche Kraft steckt doch in einem einfachen und schönen Buch! Mir ist, als sei ich durstig gewesen und hätte ganz plötzlich an einem kleinen, herrlich erfrischenden Bächlein gestanden, das heiter vor sich hinplätscherte und an dem ich meinen Durst stillen konnte. So geht es mir, wenn ich *John Halifax, Gentleman,* lese. Es ist ein einfaches Buch, ich sag's noch einmal, aber es ist durch und durch ehrlich. Es ist weder eine Darstellung, die zu schön ist, um wahr zu sein, noch ist es ein furchtbarer Realismus und Positivismus. Es erzählt von der Welt und dem Wesen des Menschen im allgemeinen, von warmen und unbeschwerten Herzen, von gesunden Gefühlen, *healthy ideals, healthy joy* [gesunden Idealen, gesunder Freude], es hat etwas Natürliches und Schönes!
Ein solches Buch kann mich zu einem gewissen Optimismus, zur Vernunft bekehren, selbst in der Poesie. Zugleich lese ich auch in dem Buch, das mir Marcus geschickt hat, Prinz Marcus: *Poems* by Alan Seeger . . . diese Mischung aus beiden läßt ein Bild entstehen, das mich mit aller Kraft anzieht: die Jugend, die Schönheit, die Herrlichkeiten dieser kleinen Welt . . . die Liebe zum Leben!
Kürzlich hat mir Thorvald einen Vortrag darüber gehalten, wie wenig ich mich bewege – einmal ins Dorf und wieder zurück –, und ich habe ihm gesagt, daß ich der Meinung bin, mein Gesundheitszustand sei sowieso nicht so wichtig, und mir sei es egal, ob ich stark oder schwach bin. Seine Antwort werde ich nie

vergessen, sie war unerwartet, weil er sonst recht oberflächlich ist.
»Wenn das so ist«, sagte er mit großem Ernst, »dann solltest du niemals heiraten und Kinder haben.«
Ich war bestürzt. Ein solcher Gedanke war mir noch nie gekommen, und es war mein Bruder, ausgerechnet der unkompliziertere meiner beiden Brüder, der den Vorhang geöffnet hat vor einer Welt, die mir unbekannt war ... das Leben als Aufgabe ... Gesundheit als Freude und das Glück der anderen! Ach, wie sehr fürchte ich doch noch immer die »Nin'schen« Charakterzüge! Wie sehr kämpfe ich doch gegen meine Neigungen! Von welch übermächtiger Kontrolle werden meine Handlungen gelenkt, und wie habe ich der schlimmsten Fehler meines Wesens Herr werden können! Indessen macht sich ein weiterer Fehler am Horizont bemerkbar, eine dunkle, schwere Wolke: eine weitere Form von Egoismus!
So bin ich gezwungen, an die Jugend zu glauben, an die Gesundheit des Körpers und des Geistes, an das Leben als eine erhabene Aufgabe, die nur mit einer Bedingung verknüpft ist, nämlich dieses Leben zu verstehen und zu lieben. Ich habe einen sehr stark ausgeprägten Hang zur Schwermut, zum Beobachten und zum Philosophieren ... Ich habe mich in mein Schneckenhaus zurückgezogen und lebe abgeschlossen von der übrigen Welt, körperlich kraftlos und seelisch krank. Denn mein Geist ist krank, wenn er mürrisch ist, er ist stets auf der Suche nach einer heftigen Empfindung, die ihn zum Leben erweckt.
Oh, sieh Dir diese makellose, schneebedeckte Welt an, die sich an den Strahlen der Sonne erfreut! Sieh Dir meine siebzehn Jahre an, wie sie in der Zukunft leuchten, ein junger, frischer Stern! Sieh Dir das Leben an, es ist so schön, wie ich es mir einrichten will! Alles singt, alles flüstert, alles scheint glücklich zu leben! Man muß lachen oder, wenn man nicht lachen kann, muß man wenigstens lächeln!
Von hier aus höre ich Raymonds Lachen; er hat zum erstenmal lange Hosen an, ich höre Thorvalds Geschrei ... Sie sind so jung und so fröhlich.
Auch ich bin jung, und eines Tages werde ich fröhlich sein, wenn ich es gelernt habe. Überleg doch mal, ich bin eine kleine Philosophin; eine, die Gedichte schreibt und die nur Stroh im Kopf hat, wer soll mir das Lachen beibringen?

Es ist fünf. Gerade bin ich zum Fenster gelaufen, um mir den Sonnenuntergang anzusehen, diese rote Feuerkugel, die hinter den Bäumen versinkt ... und über mir dieser opalfarbene Himmel. Ich habe zwei neue Freunde ... Unter den vielen Bäumen, von denen unser Haus umgeben ist, sind mir zwei besonders aufgefallen. Sie sind sehr hoch, sehr, sehr hoch, *erect* zu den Wolken hin und zum Himmel, majestätisch und doch voller Anmut. Ich erzähle ihnen etwas, und sie antworten mir. Ich liebe sie, denn sie sind stark, und ich bin überzeugt, daß sie mich auch lieben, weil ich so klein bin im Vergleich zu ihnen, zu ihrem langen, schlanken Wuchs. Als das Eis Tropfen für Tropfen dahinschmolz, schien es mir, als würden sie weinen und als würden sich ihre Tränen wie im Märchen in kostbare Diamanten verwandeln. Und dann zittern sie auch, wenn der Wind über sie hinwegbläst, sie zittern ein klein wenig, anmutig, wenn nur eine leichte Brise weht. Wenn ich die Sterne genau betrachte, kommt es mir vor, als würden einige von ihnen an den Zweigen hängen. Manchmal glaube ich, daß es nicht die Liebe ist, sondern die Schönheit, die mich von allen Dingen am stärksten berührt; sie ist es, die mein ganzes Wesen zu Musik werden läßt, und sie wird immer ihren festen Platz in meinen Gedanken und in meinem Herzen haben. Deshalb glaube ich auch, daß Marcus – wie es wahren Dichtern eigen ist – an mir die Liebe und die Romanze liebt ... und weiter nichts. Vielleicht hat er bereits ein anderes Wesen gefunden, weil ich ihm gesagt habe, daß ich ihn nicht liebe, und vielleicht ist auch die andere »Sie« genauso in die Schönheit jenes Gefühls verliebt, das man *Love* nenne.
Aber was weiß ich schon? Ich kann an solche Sachen nicht denken, ich kann sie nur spüren.

Sechs Uhr. Gestern abend habe ich Mama gefragt, halb zum Spaß, halb, weil ich es nicht wußte, was wohl Prinz Marcus gemacht hätte, wenn ich »ja« gesagt hätte. Mama antwortete mir, daß er mich gebeten hätte, auf ihn zu warten. Das Warten! Das hat mich so zerstreut und nachdenklich gemacht, daß Mama lachen mußte ... und damit war der Bann gebrochen.
Wir haben über Papa gesprochen. Ich wollte wissen, ob Mama ihn noch liebte. Ach Gott, nein. Die Gleichgültigkeit, mit der sie das sagte, tat mir weh. Ich stellte mir die Frage, wie ich mich an Mamas Stelle verhalten hätte. Und mit der Ehrlichkeit, die ich –

hoffentlich – von Mama geerbt habe, sagte ich ihr, daß ich versucht hätte zu sterben.
»O nein, mein Kleines, und was wäre aus meinen lieben Kinderchen geworden?«
Schon wieder die Pflicht. Darüber habe ich, weiß Gott, noch nie nachgedacht. Alles auf der Erde scheint sich um einen Mittelpunkt zu drehen, um den Mittelpunkt des Kreises. Offensichtlich verliert derjenige sein Gleichgewicht, der vom Weg abkommt.
Was auch immer die Dichter sagen, das Leben wäre also eine reine Wissenschaft? Ein Kreis: ein Mittelpunkt, die Pflicht. Darum dreht sich für uns alles, bis zum Ende. Und dann, am Ende, verlassen wir still unsere Kreisbahn und überlassen es anderen, sich zu drehen und zu drehen.
Mir ist schwindlig!
Ja, so ist es! Und dabei gibt es über uns noch ein unendliches All, den Himmel und die Gestirne, die Sonne (die vielleicht auch ein Gestirn ist) und den Mond. Um uns herum die Natur, das Wasser, einfach alles, was schön ist, überwältigend und unvergleichlich!
Halb sieben. Ich bin noch nicht »reif« für meinen Platon. Ich muß auf einen philosophischen Anfall warten, denn in diesen Tagen bin ich oberflächlich und fröhlich. Keine Entschuldigung, weder für das eine noch für das andere . . . ich schäme mich.
Wenn ich mein Schneckenhaus verlasse, dann nur deshalb, weil ich die schönen Dinge verwirklichen möchte, die ich gelesen und beobachtet habe. Gewiß, das aktive Leben sagt mehr aus als schwärmerische Gedichte . . . So heißt es . . . Ja, das ist wahr, für mich aber ist es eine neue Doktrin.

Welch ein Himmel! Wie kann ein so schöner Himmel jemals grau werden und weinen! Welche Ähnlichkeit zwischen den Dingen Gottes und den Menschen!

Halb zehn. Ich kann vor Müdigkeit nicht einschlafen, denn ich war rodeln. Ich habe mir Mühe gegeben, die ganze Zeit über lustig zu sein und mit einer kleinen Freundin von Thorvald und Raymond namens Lucile gut auszukommen . . . und ich habe es geschafft.
Aber Raymond hat mich ein gutes dutzendmal schockiert und

hat somit innerhalb von fünf Minuten das kleine Wölkchen zerstört, mit dem ich ihn umgeben hatte: Ich hatte ihm Adel des Herzens zugeschrieben, keinen von Geburt, aber es war eine reine Schöpfung meiner Phantasie. Nachdem ich einige Male gefahren war, wurde mir das Spielchen zu dumm, ich war den Tränen nahe, ohne Grund. Daraufhin habe ich Zuflucht in meinem Zimmerchen gesucht, während Thorvald und Joaquin noch draußen sind, herumschreien und ihren Spaß haben.
Vor ein paar Stunden hatte ich *healthy spirits* [ausgezeichnete Laune], ein solcher Zustand aber hält bei mir nicht lange an, und schon stecke ich wieder mitten in einer Krise. Hilf mir, sie zu überwinden, geliebtes Tagebuch, so wie Du es oft tust. Dabei weiß ich nicht einmal, was ich Dir erzählen soll, um Dich nicht zu langweilen.
Ah, ja! Diese Lucile da, das ist vielleicht eine »ulkige Nummer«! Die Sprache: umwerfend. Ihre Umgangsformen: keine, absolut null. Ihre blauen Augen. Viel Rouge und zuviel Puder, aufgedonnert wie ein weiblicher Gockel; aus ihrem Verhalten schloß ich, daß sie Raymond von Kindheit an kannte, plötzlich aber fragte sie mich: *»What is the name of that handsome boy?«* [»Wie heißt denn dieser hübsche Junge?«]
Ich hätte antworten können: Thorvald, aber Thorvald ist nicht hübsch. Also sagte ich: Raymond.
»Oh! You know him well I suppose, like him?« [»Ach, du kennst ihn scheinbar gut, gefällt er dir?«]
»Do you?« [»Und dir?«]
»Yes, a lot . . . his eyelashes are so curly, ain't they?« [»Ja, sehr, er hat schöne lange, gebogene Wimpern, nicht wahr?«]
Wo ich Raymonds Wimpern doch noch nie aus der Nähe betrachtet habe, nicht einmal die Farbe seiner Augen; so konnte ich darauf nur antworten: *»I hope so!«* [»Ich nehme an!«]
Nein, ich bin nicht zynisch. So in etwa verläuft in diesem merkwürdigen Zeitalter im allgemeinen eine Unterhaltung zwischen zwei Mädchen.
Oder folgendermaßen:
»It's lonely up here, there ain't many boys around!« [»Es ist ziemlich einsam hier, zu wenig Jungs!«]
»Really?« [»Wirklich?«] Das bin ich, sarkastisch!
»One boy in the house in the corner there, awful handsome, richlike, but he's in love with that girl with the red Tam. She's dopy,

though.« [»In dem Haus da an der Ecke gibt es einen verflixt hübschen Jungen, reich ist er auch, aber er liebt das Mädchen mit der roten Baskenmütze, sie ist ausgesprochen doof.«]
»Too bad!« [»Zu schade!«]
»What do you think about boys? Do you like my brother? He's a nice sort of a fellow, you know . . .« [»Was hältst du von Jungs? Gefällt dir mein Bruder? Er ist wirklich ein toller Bursche, weißt du . . .«]
»Yes. I think so, too.« [»Ja, das finde ich auch.«]
»I'll tell him you said so, he'll be awfull glad!« [»Das werd' ich ihm erzählen, er wird sich unheimlich freuen!«]
Aber ich möchte die hübschen Seiten meines Tagebuchs nicht verunstalten mit einem solchen Unsinn. Es war nur ein Beispiel. Ich möchte gern . . . ich glaube, daß ich gern möchte, daß Marcus, mein Prinz, hier wäre. Wir würden von ganz anderen Dingen reden!
Meine kleine Lampe würde ich gern die ganze Nacht über brennen lassen, denn ich habe das Gefühl, daß ich krank bin, und ich habe keine Lust zu schlafen. Es macht mir Spaß, so wachzuliegen und mich ein bißchen über die Welt lustig zu machen; es ist um so lustiger, wenn man eigentlich über sich selbst lachen sollte!
Die Müdigkeit, die mir fehlt, hat Mama doppelt. Gute Nacht!

1. Februar 1920
Es ist nicht das erste und auch nicht das letzte Mal, daß ich in meinem Bett schreibe, aber Thorvald und Joaquin sind noch nicht schlafen gegangen, es ist erst acht Uhr. Diesmal, das muß ja so sein, bin ich krank; ich leide wieder einmal unter einem jener allgemeinen Schwächezustände, die mich von Zeit zu Zeit befallen, die aber nur kurze Zeit anhalten.
Heute morgen habe ich mein Prinzessinnen-Kleid angezogen, nicht das Märchenköniginnen-Kleid, das ist nur zum Tanzen, sondern das aus schwarzem Samt. Oh, ich sah so hübsch aus in diesem Kleid, daß ich es erst am Abend mit Bedauern wieder ausgezogen habe. Auch Mama war ganz elegant und so schön! Und all das wegen des Besuches von Mrs. Thayer, Jacks Mutter. Ich hatte sie seit jenen traurigen, häßlichen Tagen nicht mehr gesehen, und mir ist sofort ihr Blick aufgefallen, den ich in letzter Zeit so häufig bemerke . . . ich habe nur philosophisch

gelächelt, denn über meine »Schönheit« mache ich mich immer ein bißchen lustig, ich glaube nur ein ganz klein wenig daran. Mrs. Thayer wird Mama in ihrer Abwesenheit vertreten; während sie sich über verschiedene Dinge, die den Haushalt und Joaquinito betrafen, unterhielten, habe ich mich wieder einmal einer recht trübsinnigen Träumerei hingegeben . . . Ach, Mamas Abwesenheiten!
Den ganzen Tag über habe ich nicht lachen können; erst als die unverbesserliche kleine Mama von Prinz Marcus erzählte und Mrs. Thayer mich fast inständig bat, Jack doch nicht ganz »aufzugeben«, diesen langen jungen Mann, der erst heute gewagt hat, mich anzuschauen, und das auch nur, weil seine Mama ihm befohlen hatte, mir die Schachtel Pralinen zu geben, die er für mich gekauft hatte und die er versucht hatte, auf den Tisch zu legen, ohne ein Wort dazu zu sagen; ja, da hab' ich dann lange gelacht. Den Nachmittag verbrachten wir vor dem Kamin, in dem ein munteres Feuerchen brannte, die Unterhaltung wurde durch ein Glas von, ich weiß nicht was, und Gebäck zeitweilig unterbrochen. Dann haben wir ein Taxi gerufen, denn die Wege waren vereist, und Mrs. Thayer meinte, daß sie *»on her head«* laufen müsse, und daraufhin ist unser Besuch gegangen.

Gestern abend und heute abend hat sich Mama ans Klavier gesetzt und *waltzes* komponiert, damit Thorvald und ich dazu tanzen konnten. Thorvald ist sehr kräftig und tanzt sehr gut, er hebt mich hoch wie eine Feder, und so erfinden wir neue Tänze, die ebenso verrückt wie komisch sind. Thorvald ist zu sehr Nin, um einer Schwester ein angenehmer und liebenswürdiger Gefährte zu sein, in einigen Dingen jedoch verbinden uns Alter und gemeinsame Interessen.

Mit großem Vergnügen las ich in meinem Tagebuch die seltsamen Abschnitte, in denen ich zu erklären versuchte, wie sehr mich die Erwartung einer Romanze beschäftigte; es war ein Zeitpunkt, zu dem ich glaubte, daß all die Dinge, die in den Büchern stehen, mir wohl niemals passieren würden! Oh, wie seltsam sind doch die unerwarteten Dinge, die die Zukunft zu bieten hat – vielleicht ist die Zukunft das größte aller Geheimnisse, denn sie birgt in sich die winzigsten Details der Ereignisse einer jeden Minute, eines jeden Augenblicks. Mitunter betrachte

ich sinnend eine der weißen Seiten hier drin und denke träumend darüber nach, womit ich sie eines Tages wohl füllen werde in dieser kleinen und verrückten Schrift.
Oh, herrliche Zukunft, du bist so undurchschaubar, so geheimnisvoll!

2. Februar 1920
Welch ein ausgefüllter Tag!
Ich muß am Ende anfangen, um eine kleine Entschuldigung für meinen Pessimismus zu finden. Ich liege im Bett und bin krank. Es ist so komisch, dieses Gefühl, das ich manchmal habe, so müde zu sein, derartig müde, daß ich am liebsten sterben möchte. Diese große Müdigkeit ist wirklich immer der Anfang und auch das Ende meiner Erkrankungen. Trotzdem bin ich heute früh aufgestanden, denn es muß mir schon sehr schlecht gehen, ehe ich zugebe, daß ich krank bin (ein weiterer Fehler von mir); dann bin ich mit Mama mit dem Zug nach New York gefahren. Dort angekommen haben wir uns getrennt, um Zeit zu gewinnen und um eine lange Liste von Einkäufen rechtzeitig zu erledigen. Dann, um elf, habe ich mich mit Madame José Marti, einer Freundin von Madame Madriguera, getroffen, die in englisch nur *»very well«* sagen kann und natürlich einen Dolmetscher brauchte. Diesmal war ich es, und nicht Mama, die eine nicht enden wollende Kleideranprobe über sich ergehen lassen mußte. Schließlich, als ich hoffte, frei zu sein, um mich mit Mama treffen zu können, lädt mich doch die nette Dame zum Lunch ins Hotel Estrella ein. Ich ging also mit ihr, wenn auch schweren Herzens, denn ich kam mir richtig flegelhaft und undankbar vor und hatte große Lust, nach Japan zu flüchten. Vor allem wußte ich ganz genau, daß ich die Madrigueras dort treffen würde. Um halb zwei waren wir in unmittelbarer Nähe des Restaurants, und schon begann mein Herz wie wild zu schlagen, wie die Flügel eines verschreckten Vogels; bevor ich eintrat, wußte ich, daß ich dort Enric vorfinden würde. (Siehst Du, all das schreibe ich, um mich zu bestrafen.)
Genauso war es, die ersten Blicke, die ich umherschweifen ließ, begegneten Enrics Augen und blieben auf ihm haften. Er war so überrascht, und ich erst! Wie oft hatte ich mich schon gefragt, wo und auf welche Weise ich demjenigen, den ich in seiner Abwesenheit so idealisiert hatte, das erste Mal wiederbegegnen

würde; welch eine Ernüchterung im Speisesaal eines schäbigen Hotels, voll von Spaniern der gewöhnlichsten Sorte und umgeben von einer Familie, die ich eben erst kennengelernt hatte! Ach, wenn Du den armen Enric hättest sehen können! Er sah so traurig aus, er schien in so schlechter Verfassung, ganz verändert! Ich weiß nicht genau weshalb, aber wir waren alle beide verwirrt und uns offensichtlich unserer Umgebung nicht bewußt; er vergaß, meine Hand wieder loszulassen, und ich vergaß, sie zurückzuziehen. Ich wollte, er hätte mich nicht so angesehen, mir wäre seine gleichgültige und unbekümmerte Art von früher lieber gewesen als die Wiederholung dieses ungemein *softened* [zärtlichen] Blickes, der mir noch von der Abreise nach Lake Placid in Erinnerung geblieben war.
Zum Essen wurden wir getrennt: Wir saßen an einem anderen Tisch; Kopfschmerzen hatten mir bereits den Appetit genommen, und ich verspürte mehr denn je das Bedürfnis, wegzulaufen.
Als wir gegessen hatten, kam Enric und unterhielt sich noch mit uns. Ich hoffe, er hat nicht bemerkt, daß ich ihn ganz spontan und ehrlich bedauerte, als er von einer ihm bevorstehenden Kehlkopfoperation erzählte, und daß er sich beinahe den Arm gebrochen hätte, als er *»boxing«* spielte. Noch nie hat, glaub' ich, ein Junge so viel Mitleid in mir geweckt, am liebsten wollte ich seine Schwester sein, um ihn zu pflegen, ihn zu beschützen, denn er machte den Eindruck eines völlig verlassenen Kindes, ohne Familie und ohne Zuhause. Armer junger Verrückter, den so viele Menschen um sein Künstlerleben beneiden! Ganz plötzlich und ohne daß wir es bemerkten, wurden wir getrennt, denn ich wurde von Familie Marti in deren Zimmer geschleppt. Auf der Treppe nach oben fiel mir Enric wieder ein, ich drehte mich um und winkte ihm ein *»good-bye«* zu. Enric winkte zurück: *»Good-bye!«* Es war vorüber, eine prosaische Begegnung, nichts Besonderes, eine Begegnung wie jede andere.
Danach verließ ich die Familie Marti, um mich mit Mama zu treffen, und bis fünf Uhr haben wir gearbeitet. Wir kamen zu Hause an, als es Zeit zum Abendessen war; und ich legte mich sofort ins Bett. Mama versucht, Madame Madriguera anzurufen, Thorvald liest, Joaquin spielt Klavier, mein Kanarienvogel schaut zu mir herüber, ich höre den Wind, der wahrscheinlich meine Bäume in den Schlaf wiegt; nach und nach scheint sich

auch die schwarze Wolke mit dem Horizont zu verschmelzen, und ich kann von meinen Gedanken das gleiche sagen, was man heute über das Wetter sagt: *»Fair and warmer«* [»Schön und wärmer«].

Ich habe die Antwort auf einen Brief von Prinz Marcus zum Briefkasten gebracht. Er sagt, daß er mir nur noch eine Frage stellen möchte, bevor er dieses Thema (Love) endgültig abschließt: Gibt es einen anderen, den ich liebe?

Der Gedanke war so abwegig, daß ich bei der Antwort, ich sei in die Schönheit verliebt, lächeln mußte. Und daß uns diese Tatsache miteinander verbindet, anstatt uns zu trennen, hab' ich nicht recht?

Ich bin recht glücklich darüber, daß mein Prinz nicht mehr über Liebe sprechen möchte, denn neulich habe ich gelesen: *Love creates love* [Liebe erweckt Liebe]! Und ich bin ganz fest entschlossen, Jungen nur wie kleine Brüder zu lieben!

Dienstag, den 3. Februar 1920

»Meine liebe Dick,*

Aus der Tatsache, daß ich Deinen Brief umgehend beantworte, kannst Du schließen, mit welcher Ungeduld ich ihn erwartete. Wie leid Du mir tust, daß Du in die Schule gehen mußt! Für manche aber ist die Schulzeit nur ein Alptraum, der vorübergeht, und wenn Du, anstatt eine gute Schülerin zu sein, das netteste Mädchen bist, das es gibt, sollte es Dir ziemlich gleichgültig sein, diese unnützen oder fürchterlichen Dinge zu wissen oder nicht zu wissen, die in diesen sogenannten Tempeln der Kultur unterrichtet werden. Die Prüfungen sind mit Sicherheit das am wenigsten Nützliche auf dieser Welt!

Wahrscheinlich wirst Du entsetzt sein über meine Thesen, aber ich sage Dir: ›Es lebe das Schuleschwänzen!‹ Erfährt man denn in der Schule etwas über die Schönheiten der Natur? Über die wunderbare, unbeschreibliche Lehre von der Natur des Menschen? Lernt man zu fühlen, zu beobachten, zu denken, lernt man, Kontakte zu knüpfen, zu lieben . . . und zu träumen? Alles andere kann man vergessen! Ach, Dick! Wie böse sind doch meine Worte, aber meine Bosheit gibt es, sie ist unabänderlich,

---

* Dieser Brief wurde aus dem Englischen übersetzt. *Dick:* Spitzname für die Freundin Frances.

und ich möchte, daß Du über alles Bescheid weißt, worüber ich mich wirklich schämen muß. Demgegenüber bilden Dein Mut, Dein Ehrgeiz, die Art, in der Du Deine Liebe zur Freiheit im Zaum hältst, einen um so wirkungsvolleren Kontrast! Sie ragen in ihrer ganzen Macht empor. Ich bin so stolz auf Dich! Versprich mir, Dich nicht mehr zu schämen; einmal hättest Du es fast getan, einmal, wo doch so viele gute Taten auf Dein Konto gehen . . .

Wir sollten einen Bummel am Riverside machen, dort können wir reden, reden, reden, und auch der Wind würde reden und die sich kräuselnden kleinen Wellen des großen, dunklen Flusses würden unter den Strahlen der Sonne glänzen.

Nie würde ich Dir verzeihen, wenn Du Dich in die ›Ecken‹ Deines Buches verkriechen würdest und damit eine Deiner bemerkenswertesten Gaben zum Verstummen bringen würdest, Deinen Sinn für Humor.

Ein Pseudonym zu finden, bereitet mir allerdings einiges Kopfzerbrechen. Gib mir ein bißchen Zeit zum Überlegen, inzwischen tust Du aber sicher gut daran, Dir selbst etwas einfallen zu lassen, denn oft hat meine Phantasie Schwierigkeiten, meinen guten Vorsätzen zu folgen.

Wenn ich bloß mit Mama nach Kuba davonfliegen könnte, dann würde ich dem Reformieren unserer Gewohnheiten entgehen, das Mrs. Thayer in Angriff zu nehmen beabsichtigt, denn die gute Frau ist der Meinung: ›Kinder, ein Mädchen wie Anaïs braucht Bälle, Einladungen, Theaterabende und Bewegung draußen im Freien!‹ Und Mama ist einverstanden. Bedaure mich, Dick, mich, die ich mein Einsiedlerdasein liebe, meine Philosophie und meine Poesie und nichts anderes. Wird mir diese unternehmungslustige Dame ein bißchen Zeit zum Schreiben lassen? Ich weiß es nicht, aber sicher ist, daß sehr viel mehr Zeit nötig ist als nur drei oder vier Wochen, um mich aus dem Taumel der Begeisterung herauszureißen, in den ich durch mein stilles Beobachten und durch meine Lektüren versetzt werde. Erinnerst Du Dich, wie weit ich mit meinem Buch bin? Erinnerst Du Dich an die Schwierigkeiten, die ich damit hatte? Jetzt aber, und dessen bin ich sicher, haben sich meine ganzen literarischen Ambitionen im Gefühl der Liebe aufgelöst! Oh, Dick! Es ist ein Geheimnis, ein schöner Traum vielleicht, aber

Du kennst mich gut genug, um zu wissen, daß es für mich *wahr* ist und daß ich es ernst nehme. Zwei Jungen, beide in jeder Hinsicht so, wie ich mir einen Jungen wünsche, haben mir gesagt, daß sie mich lieben. Und obgleich beide meine Phantasie angeregt haben und Bestandteil meiner phantastischsten Träume sind, so besteht mein Kopf doch nur aus lauter Schnee, woraus Mama wiederum schließt, ich sei unbeständig in meinen Gefühlen! Somit glaube ich also, entdeckt zu haben, daß Liebe nicht das ›Große Abenteuer‹ ist. Dick, antworte mir schnell, ich bitte Dich, und hüte mein Geheimnis so lange, bis Du dahinterkommst, worin dieses Abenteuer besteht.
Deine leidenschaftliche und nicht
zu verändernde LINOTTE.«

4. Februar 1920
In einem Augenblick wie diesem quelle ich förmlich über vor Gedanken und Begeisterung. Ich möchte mit jemandem sprechen, all das ausdrücken, was mir durch den Kopf geht. Ich habe das Bedürfnis, mich zu öffnen. Aber Thorvald macht seine Schularbeiten, Joaquinito schläft und Mama hat ihren Kopf voll von geschäftlichen und von anderen Dingen. Und trotzdem kann ich mit einiger Gewißheit sagen, daß diese Tage möglicherweise die glücklichsten meines Lebens sein werden! Auch wenn niemand mit mir gemeinsam in ein solches Labyrinth von Herrlichkeiten, wie sie die italienische Romantik bietet, eintauchen kann, und wenn ich auch allein bin beim Betrachten dieses *pageant* [Umzugs] von schwärmerischer Romanze, von Leidenschaft, von Begeisterung, *throbbing life* [von pulsierendem Leben], *picturesqueness* [von Malerischem] und von dem Heldentum der Geschichte, ich widme diese kostbaren Stunden solchen Reisen, und dann, dann kann sich mein übervolles Herz in Deinen treuen Seiten ergießen.
Es ist nicht nur meiner literarischen Einfälle wegen, daß ich ein Gefühl aufrichtiger Dankbarkeit für Himmel und Gott habe, in deren Hand mein Schicksal liegt, aber auch das Schicksal meines Hauses! Daran mußte ich heute abend denken, denn draußen pfeift der Wind, das Schneetreiben wird immer dichter, und dann diese Kälte! Ich dachte an die Unglücklichen, die kein Dach über dem Kopf haben, kein Feuer und keine warme Kleidung, denen die Kälte vielleicht zum Verhängnis wird und die womög-

lich erfrieren. O Gott, wie schrecklich! Ich hingegen, so schwach, so egoistisch, und der Güte, die mir zuteil wird, so wenig würdig, ich saß inzwischen da und las Manzoni und Nievo, vor mir das Buch der Schätze; vor Angst, daß mir ein Wort oder ein besonders wertvoller Einfall, eine Perle sozusagen, entgehen könnte, hielt ich den Atem an, um mich herum Behaglichkeit und Ruhe.

Was soll ich Dir von meiner Reise durch die italienische Literatur erzählen? Meine Überraschung war, glaub' ich, ebenso groß wie meine Begeisterung. Ich entdeckte plötzlich, daß in mir nur das Echo von Gedanken verschiedenster Art vorhanden war. Ich lerne, meine Empfindungen und die Empfindungen anderer zu *analysieren,* ich lerne zu denken, zu meditieren, zu versuchen, mir selbst ein Urteil zu bilden, und ich lerne die *Namen* von allerhand bisher unklaren und merkwürdigen Sachen, die mich früher nur verwirrten. Nach einem langen Gespräch oder einer Diskussion, vor allem mit Charlie, fragte ich mich immer, was es denn war, was mir *fehlte.* Und nun hat plötzlich A. Manzoni das Wort und bringt Licht in eine Sache, die mir früher geheimnisvoll erschien und unverständlich:

»Der Phantast und der Unentschlossene sind unnütze Teilnehmer an einem Gespräch, dessen Ziel es ist, zu praktischen Lösungen zu kommen. Das, was möglich ist, mißfällt mir im allgemeinen; das, was mir gefällt, würden andere für überspitzt oder unpassend halten, und ich wäre bestürzt, wenn aus einem schönen Traum Wirklichkeit würde, die durch ihre Folgen mein Gewissen belasten würde. Zu der Rolle, die ich in vielen wichtigen Gesprächen spiele, läßt sich zusammenfassend sagen: Ich übe an allem Kritik und biete keine Lösungen an.«*

Mit Charlie unterhielt ich mich über die Kriminellen, über die Gefangenen. Ich war der Meinung, sie sollten anders behandelt werden. Aber wie? Das wußte ich nicht. Hier kommt mein impulsives Wesen zum Durchbruch, und ich möchte am liebsten Charlie schreiben und ihm erzählen, was ich entdeckt habe. Ich frage mich, ob auch er versucht, Licht in die winzigen Probleme zu bringen, mit denen der Mensch zu kämpfen hat. Dadurch, daß ich entschlüssele und analysiere, lerne ich mich selbst besser zu verstehen, und infolgedessen verstehe ich auch andere Men-

* Aus dem Englischen

schen besser. Im gleichen Augenblick, in dem mir bewußt wird, daß ich ein »Seher« bin, genau in diesem Augenblick wird mir auch klar, daß Charlie es nicht ist. Es ist wie ein Bild, das zwei Seiten hat.

Ich habe mir angewöhnt, über solche Dinge zu *soliloquize* [Selbstgespräche zu führen], und so ungefähr verbringe ich auch meine Abende, ohne indessen ein schlechtes Gewissen zu haben, denn den übrigen Tag erfülle ich – unangenehm genug – die Aufgaben eines Mädchens, einer Schwester und einer Sekretärin.

Eine weitere Entdeckung: »Wie es bei jenen Menschen häufig der Fall ist, die ein vorwiegend intellektuell geprägtes Leben führen, so war auch Manzoni in praktischen Dingen unglaublich wenig begabt.«*

Bezüglich meines Mangels an übermäßiger Ausgelassenheit: »Nievos Vorstellung von Größe ist zu hoch, seine Liebe zur Schönheit zu echt und seine Gefühle zu wahrhaftig, als daß er sich erlauben könnte zu spaßen . . .«*

So könnte ich den ganzen Abend lang weiterschreiben. Es gibt Augenblicke, in denen ich mir ehrlich wünsche, daß Marcus hier wäre, dann könnte ich mit ihm die Entzückungen teilen, die in all den geschlossenen Büchern schlummern und die bei der ersten Berührung mit dem Licht und dem Blick zum Leben erwachen, zu einem herrlichen, strahlenden, kristallklaren Leben. Briefe sind so träge, so schwerfällig und so lang! Wenn man von gewissen Menschen sagen kann: »sie reden zuviel«, warum hat noch nie jemand gesagt: »er schreibt zuviel«! Vielleicht ist es ein ebenso großer Fehler, aber er ist doch so wunderbar! Ich bin überzeugt, daß diese »Geständnisse« eine Art Ventil darstellen für einen Gefühlsstrom, der zu mächtig ist, um eingesperrt oder gebändigt zu werden.

Nachher, wenn ich das Licht ausmache, wirst Du Dich mit meinen *»Writers of Italian Romance«* zu mir ans Bett begeben. Ein würdigerer Begleiter für ein Heft, das das Wesen eines *worshipper of romanticism* [eines Anbeters der Romantik] verkörpert, wäre kaum zu finden!

Oh, ich fürchte, daß ich über Mamas Abreise schrecklich verzweifelt sein werde! Was immer ich gerade tue, stets bin ich

* Aus dem Englischen

beherrscht vom Gedanken an ihre Abwesenheit. Ohne Mama werde ich ärmer dran sein als der Bettler, der in der Winternacht verhungert und erfriert, ärmer noch als der Unglücklichste, der Elendste, dem die Sonne und das Licht, die Luft und das Leben genommen wurden! Falls sich aus irgendeinem Grund ihre Abwesenheit über vier Wochen hinaus verlängern sollte auf vier Monate, vier Jahre, dann, oh, das weiß ich bestimmt, dann würde ich sterben, das Herz würde mir für immer brechen! ... Schon kommen mir die Tränen! Allein in meinem kleinen Nest, mit Tränen in den Augen. Warum nur bin ich so weich? So schwach? Theresia, die kleine Blume, scheint mich zu verstehen ... mich zu trösten ...

Ich frage mich, ob es meinen Bäumen sehr kalt ist, ob sie sehr frieren. »Was mir gefällt, würden andere Leute für überspitzt halten ...« Ich möchte die Bäume gern in mein warmes Zimmer holen! Ich selbst würde mich aber gern von dem himmlisch jungfräulichen Schnee bedecken lassen und dann für immer einschlafen, umschlungen von den wundersamen Armen der kalten Nacht, hier möchte ich einschlafen, unter den Sternen und vom Wind gewiegt ...

5. Februar 1920

Zum zweitenmal schon schreibe ich ein Gedicht über einen Gedanken aus meinem Tagebuch. Und ich bin wirklich der Meinung, daß *»Your Life and Mine«* [»Dein Leben und meines«] das beste aus meiner kleinen Sammlung ist.

Der Schneesturm, der nun schon zwei Tage und zwei Nächte andauert, ist heute abend noch heftiger geworden. Es schneit und graupelt ununterbrochen; der unverbesserlich schlaue Wind hat die Eigenart, mit den Menschen seine Späßchen zu treiben; vor allem auf die »alten Jungfern« hat er es abgesehen, die wegen der sonderbaren Bewegungen ihrer Hüte und Röcke schrecklich in Verlegenheit geraten. Man kommt nur langsam vorwärts und versinkt bis zu den Knien im Schnee. Ein einzigartiges Schauspiel!

Zu meiner großen Verzweiflung kam der Briefträger nicht bis hierher durch, und der Tag verging recht schleppend. Wir waren im Kino, und das Programm war gräßlich! Daraufhin hab' ich mich zum Trost wieder in meine italienische Romantik versenkt und später einen Brief an Charlie geschrieben.

Mama hat zu meiner Freude ihre Reise auf Sonntagabend verschoben. Sie hat den Kopf voll von Zahlen, meine kleine Mama! Heute habe ich erfahren, daß sie achtundvierzig ist, und ich hatte sie allenfalls für achtunddreißig gehalten! So viel Vitalität, so viel Energie, Mut und Schönheit habe ich noch nie in dieser Weise vereint gesehen!
Was ich an Mama besonders mag, vielleicht am allermeisten, ist die Tatsache, daß sie sich über mich lustig macht, immer. So sagte ich heute morgen zu ihr, daß ich immer nur sarkastisch werde, wenn ich versuche, komisch zu sein. Und was sagt Mama: daß ich ein Leben führe wie eine Tragödin! Mehr wollte sie zu dieser Anschuldigung nicht sagen, und es bleibt mir nichts anderes übrig, als den Versuch zu machen, nicht mehr daran zu denken ... aber ich hätte doch gern gewußt, was ich bin. Irgendwann einmal habe ich geschrieben, daß meiner Meinung nach die Romanze auf dem Mond zu Hause ist, woraus zu ersehen ist, für wie weit entfernt ich sie hielt. Ich bin noch nicht von diesem Gedanken abgekommen. Für mich ist es einfach, bis zum Mond zu fliegen und meinen geliebten Traum zu betrachten, manchmal jedoch ... Ach, mein liebes Tagebuch, manchmal glaube ich, ich bin es nicht wert, geliebt zu werden und zu lieben! Prinz Marcus irrt sich, aber wie kann ich seinen verherrlichenden Traum zerstören, wo ich doch weiß, wie sehr ein Dichter an seinen Träumen hängt! Oh, wie sehr ich leiden würde, wenn er nicht der wäre, für den ich ihn halte!
Eine Tragödin, ja, eine Schauspielerin. Ich tue so, als sei ich gut. Wie kann ich mich ohne Verkleidung dem Publikum zeigen, es würde mich so doch gar nicht wiedererkennen!

Freitag, 6. Februar 1920
»Liebe Dick,*
Joaquin und ich, wir beide liegen der Länge nach auf dem Teppich, vor uns flackert ein Holzfeuer, und beide tun wir dasselbe. Wir sind überhaupt in einer ganz besonders unsinnigen Weise völlig gleich, weißt Du, in unserer Vorliebe für innere Ruhe. Aber es wird Dir nicht schwerfallen zu verstehen, warum wir so gern das Spiel der Flammen betrachten! Feuer ist so warm,

* Aus dem Englischen

ganz so wie manche Freundschaften! Es blendet ebenso wie schöne Worte und es ist ebenso kurzlebig wie ein Traum! Je mehr Wärme es ausstrahlt, um so mehr sind seine Stunden gezählt! So ähnlich dem Tod einer Seele, die sich erschöpft hat in Sympathien, die kein Echo fanden, und in Leidenschaften, die vergeblich waren!

Ich wäre ziemlich unglücklich, wenn Du mir nicht mehr sagen würdest, was Du empfindest, unter dem Vorwand, Du würdest Dich ja doch immer nur beklagen. Ach Dick, wenn Du mir immer nur schreiben würdest, daß Du ewig glücklich bist und über den Dingen stehst, dann wüßte ich, daß ein solches Leben für ... einen Dichter nicht natürlich ist. Und ich würde mich kaum mehr damit abmühen, Dir zu erzählen, welch großes Echo oftmals Deine Gefühle in meinem Herzen finden; ich frage mich, was mit uns beiden los ist. An meinem armseligen kleinen Gedicht kannst Du es sehen ... das ist mein Leben ...

Ich möchte aber, daß Du meinen Trost teilen kannst. Es kommt vor, daß ich mich frage, was es denn mit diesem Trost auf sich hat. Ein Beispiel: ein Tag, der sich durch völlige Lustlosigkeit auszeichnet, geht vorüber, und obwohl, wie Du Dich wahrscheinlich erinnerst, Van Dyke erklärt, daß ein solcher Gemütszustand von einer Hoffnungslosigkeit, von enttäuschten Illusionen herrührt, so bin ich doch manchmal überzeugt davon, daß wir uns diese Enttäuschungen selbst schaffen, habe ich nicht recht, Dick?

So, im Augenblick schläft meine kleine Familie in aller Ruhe; ich sitze viele Stunden eingekeilt zwischen meinen Kopfkissen und lasse meinen Gefühlen in meinem kleinen Tagebuch freien Lauf, wobei ich unbewußt Vergleiche ziehe zwischen dem Glück meines physischen Lebens und der Intensität der eingebildeten Seelenschmerzen meiner Geisteswelt. Dick, ich habe oft versucht zu verstehen, wie es möglich ist, daß sich dadurch meine Handlungen und die Gedanken, die ich mir über ihre wahre Bedeutung mache, zu reproduzieren scheinen; ich kann es mir nur so vorstellen, daß ich mich durch diese Analyse, in der ich mich über mich selbst lustig mache, von aller kindlichen Verzweiflung und allen Fehlern losreiße. Wenn Dir Tränen in die Augen steigen, stell' Dich vor den Spiegel ... Dann flüstere ich mir zu: ›Warum denn weinen, warum nur? So viele so dicke Tränen wegen solch einer Lappalie!‹ Und wenn ich dann so komisch aussehe, wenn die Tränen über die Seiten des Buches laufen, das diese Tränen verursacht hat, dann sehe ich für einen so nichtigen Grund so viel Pathos in meinen Augen, daß ich zu lächeln beginne – ein halbes Lächeln nur, ein ganz kleines – so wie ein armer Teufel lächelt, wenn man ihm einen Cent schenkt; wie ein ausgehungerter Künstler lächelt, den man zum Essen einlädt . . . oder eben wie ein albernes kleines Mädchen, das sich redlich bemüht, vernünftig zu sein (ohne Erfolg).

Oh, Dick, ich liebe Dein ›Im Schnee‹! Du kannst Dir gar nicht vorstellen, wie vertraut mir Deine Gedanken sind, die Emotionen, die Deine Lieder ausstrahlen. Wenn ich, wie Du glaubst, der Ausdruck eines Gedankens bin, dann bist Du, ach Du, ich kann gar nicht sagen, was Du bist, aber Du erinnerst mich immer an die Tat, an Aufrichtigkeit, an etwas, was man nicht in Worte fassen kann . . . Als wäre ich auf der Suche nach einem Autor, nach einem Dichter, und als würde ich ihn mit einem Mädchen vereint finden, das sympathisch ist und mit beiden Beinen auf dem Erdboden steht. Auch in Deinen Hoffnungen bist Du anders als ich, ja selbst in einer so kleinen Sache, Du rufst mitten aus der traurigsten Einsamkeit heraus. Ich wiege mich im augenblicklichen Schmerz, dessen Ursache ich nicht kenne, genauso:

Dein Leben und meines.

Immer ein sonderbarer Rhythmus, aber die Harmonie zwischen meinen Gedanken und der Art, sie richtig auszudrücken, ist immer noch schwächer als die schlichte Notwendigkeit, die sie verbindet.
Mit aller zärtlichen Zuneigung Deiner treuen

LINOTTE.«

Morgen kommt Mrs. Thayer. Ich bin verzweifelt und möchte am liebsten weglaufen. Weglaufen? Das ist nicht so einfach, denn der Schneesturm ist gefährlich geworden, man befürchtet sogar eine Hungersnot!
Ich bin krank, was mich aber nicht daran gehindert hat, ein Gedicht zu schreiben, vielleicht bis jetzt das beste von allen. Joaquinito fand eine Melodie dazu und begleitete mich auf dem Klavier. Es war so schön, daß ich Mühe hatte, mein bescheidenes Gedicht in der bezaubernden Melodie wiederzuerkennen!

Ich war sehr traurig, denn Prinz Marcus läßt nichts von sich hören, obgleich der Briefträger heute gekommen ist, und ich habe lange Zeit über den Unsinn meditiert, Briefe so schnell zu beantworten. Der Brief an Frances ist schon auf der Reise, zusammen mit dem an Charly. Ich habe Mama noch nie so müde gesehen und doch so fröhlich. Trotzdem war ihr »Gute Nacht« sehr viel zärtlicher, falls so etwas überhaupt möglich ist; es war, als ob uns beiden die Trennung, die Abwesenheit eben erst bewußt geworden wäre.

Um auf andere Gedanken zu kommen, habe ich eine Zeitlang gelesen. Entsetzlich!

Joaquin spielt meine »Elegie«. Mir ist, als hätte ich nie etwas Schöneres gehört. Wenn ich ihm sage, daß ich seine Musik sehr schön finde, antwortet er: »Ich finde dein Gedicht sehr schön!« Thorvald und Raymond machen sich lustig über uns.

7. Februar 1920

Ach, ich bin todunglücklich! Mama fährt erst morgen, aber Mrs. Thayers Anwesenheit läßt mich keinen Augenblick vergessen, was ich eigentlich gerne vergessen würde. Der Schnee draußen ist so schön, daß ich nichts sehnlicher wünsche, als darauf einzuschlafen . . .

Der Briefträger hat noch ein bißchen mehr zu meiner Verzweiflung beigetragen, und Mama meinte, Prinz Marcus sei vielleicht krank!

Joaquinito spielt die »Elegie«, und Mama singt dazu:

All my lovely dreams are dead
Ask the strange, strange world today
Just how or why . . .

[All meine schönen Träume sind tot
Frag' diese sonderbare, so sonderbare Welt von heute
Wie denn dies geschah und warum . . .]

Und wenn meine Träume aufhören zu leben, dann ist auch mein Leben zu Ende, denn ich bestehe nur aus Träumen.

Nein, ich schreibe nicht in meinem Bett, denn Mama hat ihr Zimmer Mrs. Thayer überlassen und schläft bei mir. Und Du kennst Mama!

Halb neun. Wir haben einen so netten und heiteren Abend

verbracht, daß ich meinen Kummer ein wenig vergessen habe, und nun, während Thorvald seine Geige auferstehen läßt, um für meine kleine Familie ein Konzert zu geben, habe ich mich ganz leise davongeschlichen und den »Ort der Versammlung« verlassen, weil ich Dir berichten möchte, welchen Spaß wir mit Mrs. Thayer hatten, die uns die Karten legt: Mama sagte sie stets eine glückliche Hand in all ihren Geschäften voraus, sie würde Nachrichten bekommen, einen Brief von Papa mit schlechten Nachrichten, aber auch aus Übersee wird sie etwas Neues erfahren, ein Geheimnis, das ihr eine sehr gute alte Freundin anvertrauen wird, vielleicht Emilia, die über ihre Unterhaltung mit Papa berichten wollte und einen vertraulichen Brief an Mama angekündigt hat. Auch Joaquinito wird glücklich und reich; sein Wunsch, Pianist zu werden, geht in Erfüllung; zweimal erfuhren wir vom Tod eines unserer alten Familienmitglieder (möglicherweise die arme Großmama). Thorvalds Zukunft wurde nicht vorausgesagt, denn Mrs. Thayer fand, daß er ein rechter Lausbub sei.
Als die Reihe an mir war, wünschte ich mir heimlich, den ersehnten Brief von Prinz Marcus zu erhalten. Dann begann Mrs. Thayer von einem jungen Mann zu sprechen, der mich sehr gern habe und der mich, ohne es zu wollen, traurig stimme, weil er sehr krank sei, obendrein befinde er sich gerade in einer unangenehmen Situation in Zusammenhang mit seinem Studium oder so etwas Ähnlichem (vermutlich seine Prüfungen). Ich erfuhr, daß sich mein Wunsch noch nicht so bald erfüllen werde, daß ich noch einen *love letter* erhalten werde, daß ich eine Einladung zu einem Ball bekomme, der sehr weit von hier entfernt stattfinde, und auch, daß ich schlechte Nachricht von Papa bekomme sowie den Brief einer alten Freundin aus Übersee.
Ich bin nicht abergläubisch, aber meine Phantasie fällt immer wieder auf extravagante Dinge herein, auf Verrücktes, auf unglaubliche Erfindungen wie diese Karten zum Beispiel, dann wird mein *Geist,* nicht ich, nachdenklich, und er beschäftigt sich damit. Ein wenig war dies der Grund, daß ich nach oben ging, ein wenig auch die Tatsache, daß ich mit Freuden Unterhaltungen und Gelächter aus dem Weg gehe, ich wollte mit meinen armseligen Eindrücken, mit meinen Emotionen und meinen Träumen allein sein. Und wenn ich all diesen Figuren aus

meinem Reich der Träume gegenüberstehe, bin ich erstaunt darüber, sie so krank zu sehen ... störe Dich nicht daran, immer nur Klagen von mir zu hören, eines Tages werde ich davon geheilt sein ... wenn Mama wieder zurück sein wird. Im Augenblick schießen mir bei der geringsten Kleinigkeit die Tränen in die Augen, sogar durch die Teufeleien meiner kleinen Brüder ... auch als ich versuchte, mich vor dem Spiegel auszuschimpfen, und mich bemühte, etwas Komisches zu sehen in der sonderbaren Tiefe meiner Augen, die so groß waren, groß und mit feuchten Wimpern rundherum, hatte ich eine Träne in der hohlen Hand ... Oh, ich weiß, daß Du mich verstehen wirst, und deshalb schreibe ich auch und enthülle mein armes kleines Herz, das Herz einer Tragödin und Dichterin!
Und noch immer schwebt meine »Elegie« durch den Raum, manchmal gefolgt von Gounods *Ave Maria,* dem Lied, das einem Gebet am nächsten steht – mein einziges Gebet. Ich muß irgendwie anders sein als die anderen, wenn ich einem Lied gegenüber einem Gebet den Vorzug gebe, Tränen einem Lächeln ...
Man kommt herauf, ich kann nicht mehr denken, jetzt heißt es reden ... und lachen.
»Was suchst Du, mein Kleines?«
»Ich schreibe.«
»Du schreibst zu viel, mein Liebes.«
»Nein, Mama, ich bin schon fertig.«
Gute Nacht!

8. Februar 1920
Mama ist weg! Als ich sie zum letztenmal sah, war sie schon draußen auf der Straße, ich stand am Fenster, sie war gutgelaunt, schön und selbstbewußt ... ich lächelte, weil sie so fröhlich war, nur der unsichere Klang meiner Stimme verriet meine wahren Gefühle. Mama hatte uns soeben eine Überraschung angekündigt, ein Grammophon zum Tanzen. Ihre letzten Worte waren: »Tanzt fleißig«, wobei ihre Hände einen Kreis in der Luft beschrieben.
Meine tapfere kleine Mama! Joaquin hat geweint, der arme Kleine. Nachdem Mama nachmittags um fünf weggegangen war, haben wir allein und still zu Abend gegessen, als plötzlich das Telephon läutete und Mama sich noch einmal von uns verabschiedete:

»Auf Wiedersehen, auf Wiedersehen.«
Aber Mrs. Thayer ist ganz nett. Um uns zu trösten, kam sie auf die Idee, mit uns ins Kino zu gehen. Jetzt sind wir alle im Bett, und nichts scheint sich geändert zu haben außer, daß in Mamas Bett jetzt Mrs. Thayer liegt. Joaquin ist recht lieb, sehr betroffen und ruhig; er ist mir ähnlich in seiner Art, bestimmte Dinge sehr tief zu empfinden, während Thorvald immer wieder lachend sagte, daß Mama »zum Vergnügen« verreist sei.

Vier Wochen muß ich auf Mamas Rückkehr warten. Ich frage mich, ob ich mich wohl jeden Tag so traurig und so einsam fühlen werde ... wo ich Mama doch gerade versprochen habe, tapfer zu sein. Mrs. Thayer wird Photos von mir machen, um sie ihr nachzuschicken, und ich höre schon die Kommentare meiner riesigen Familie zu der schrecklichen Frage: *»Es bonita? No es bonita ...«*
Ich mache mich über niemanden lustig, allenfalls über mich selbst.
Ich erinnere mich, daß ich einmal zu Mama gesagt habe, ich möchte lieber arm sein, als sie soviel arbeiten zu sehen; heute hat sie sich daran erinnert und sagte, sie würde in Kuba Millionen für ihre Kinder verdienen, ohne recht viel dafür arbeiten zu müssen, im Gegenteil. Ich wäre so gern mitgefahren.
Thorvald möchte seinen Füllfederhalter. Er soll ihn zurückhaben, denn er taugt sowieso nichts ... aber ich würde ihn auch zurückgeben, wenn er zu gebrauchen wäre.

11. Februar 1920
Seit Mama weg ist, habe ich die Eintragungen in mein Tagebuch in etwa durch tägliche Briefe ersetzt. Heute abend jedoch habe ich noch ein paar Minuten Zeit für mich selbst, und so kann ich zusätzlich noch etwas schreiben. Neulich kam ein Brief von Marcus. Die Karten hatten unrecht, denn er ist nicht krank, sondern nur mit seinen Prüfungsarbeiten in Algebra schwer beschäftigt. Er hat vierundzwanzig Prozent. Oh, wie ähnlich wir uns doch sind! Aber er weiß viel mehr als ich, und ich kann einfach nicht anders, gerade was ihn betrifft, als meine Freundschaft auch mit etwas Hochachtung und Bewunderung zu vermischen.
Ich sehe so komisch aus! Ich muß eine Brille tragen, ebenso wie

Thorvald und Joaquin, nicht weil ich kurzsichtig bin, sondern wegen eines ganz kleinen Augenfehlers, den ich von Papa geerbt habe. Ich war jedoch recht überrascht, festzustellen, daß mich diese große Brille gar nicht häßlich macht; lachen mußte ich vor allem über den Augenarzt, der zu mir sagte, es sei schade, daß so schöne Augen nicht gesund seien!!!!!!
Wir waren alle in der Stadt, um Einkäufe zu machen; ich habe unter anderem ein entzückendes Kleidchen gekauft: es ist aus Seide und hat die Farbe meiner Haare. Mrs. Thayer hat gesagt, sie hätte gern ein Mädchen gehabt, aber sie würde sich bei dem Gedanken trösten, daß ich ja bald ihr Kind sein könnte! Daraufhin habe ich sie gefragt, was Jack wohl dazu sagen würde, und wir haben beide darüber gelacht. Ich mag Jack sehr, so sehr, daß ich gern eine Schwester hätte, die ihn heiraten würde, und so wären wir alle miteinander Freunde; ich selbst jedoch werde die Frau meines Schattens sein, meines Ideals und keines anderen. Inmitten von soviel Fürsorge und Güte fühlte ich mich nicht ganz so einsam.
Bald ist Valentinstag. Es ist ein sehr fröhliches Fest, sehr amerikanisch, sehr nett. Ich schicke Karten an Mama, Frances, Prinz Marcus, E. Madriguera und . . . nein, sonst an niemanden. Ich möchte wissen, nur so aus Spaß, ob jemand an mich denken wird.
Heute tut mir zum erstenmal die Brille ein bißchen weh, und anstatt zu schreiben, schreiben, schreiben, werde ich denken, denken und schlafen. Morgen ist ein Feiertag, Lincoln, der große Mann, an den man ein wenig denken wird, man versucht dadurch zu vertuschen, daß die Helden unter den zahllosen und vielfältigen Beschäftigungen des Geschäftslebens in Vergessenheit geraten sind.

OHNE BRILLE

Mrs. Thayer sagt auch, daß meine Augen durch ihren auffallend weiten Abstand den Augen von Marien-Statuen gleichen. Wenn ich die guten Dinge ebenso wie die schlechten aufschreibe, dann muß ich sagen, daß Thorvald gesagt hat, mit meiner Brille sehe ich entsetzlich aus! Und, daß mir all meine *sweethearts* [Liebhaber] davonlaufen werden! Und, daß meine Haare rot sind! Ach, Thorvald nimmt nie ein Blatt vor den Mund, nie!

In bezug auf Komplimente, mein liebes Tagebuch, bin ich ein schreckliches kleines Mädchen, ich schäme mich so wegen meiner Gefühle, daß ich nicht begreife, wie mich jemand lieben kann. Meine Freude ist ehrlich und aufrichtig, wenn Prinz Marcus über Joaquin schreibt: *»I am sure he is only less beautiful than his sister!«* [»Ich bin sicher, er ist nur weniger schön als seine Schwester!«]
Ich fühle mich, als wäre ich eine Blume, und solche Worte sind für mich die Sonne, die mich wärmt, mich wachsen, leben und lächeln läßt! Es ist so schön, etwas Gutes über sich sagen zu hören, das Gefühl zu haben, anderen etwas zu bedeuten . . . und ich schäme mich, ich schäme mich so sehr darüber, daß ich deshalb glücklich bin, daß ich mich beim Aufschreiben meiner »Beichte« wirklich recht verwirrt fühle. Anstatt daß ich mich immer nur in mich verkrieche, gibt es Momente, in denen ich herausgekrochen komme aus meinem Schneckenhaus, in denen ich durch schöne Worte, Komplimente und Zuneigung aufblühe. Und außerhalb meines Schneckenhauses bin ich glücklicher, und ich wünschte, es gäbe immer genug Sonne, damit ich oft rauskommen . . . und lange draußen bleiben kann.
Frances hat auch geschrieben. Sie hat die Schule gewechselt und geht jetzt in meine berühmte Wadleigh. Ach, wie gern möchte ich doch jetzt dort sein, um sie hin und wieder ein bißchen zu sehen.
Mein Geburtstag rückt näher. Der siebzehnte, auf den ich so lange gewartet habe! In tausend Dingen wirst Du mich immer noch als Kind erkennen, ernst bin ich nur deshalb, weil mein Schneckenhaus so tief ist, aber ich bin bereit zu tanzen, wie die Atome, im winzigsten Sonnenstrahl, der durchschlüpft.

13. Februar 1920
Ich habe niemanden, mit dem ich meine Erregung und meine Freude teilen könnte, weil beides übermäßig unvernünftig ist. Aber hier nun, mein geliebtes Tagebuch, in kurzen Worten die Geschichte des heutigen Tages. Es wurden Photos gemacht von meiner verrückten kleinen Person, ja, von *mir!* Man hat mich so gut zurechtgemacht, frisiert, in Pose gebracht usw., daß ich sehr schön war. Nun frag' ich mich, ob die Aufnahmen gut gelungen sind: Bedenk' doch mal, daß diese Bilder Papa, Großmama, allen meinen Freunden, meinen Vettern, meinen Tanten die

Antwort geben werden auf die berühmte Frage. Und sie werden sehen, wie groß ich geworden bin, eine richtige junge Dame. Schon Prinz Marcus hat mir mit den Augen, mit seiner Feder das sonderbare Geheimnis bestätigt, er und auch andere. Heute aber war ich verwirrter denn je. Man hat mich hin- und hergedreht, um die Länge meiner Wimpern, meine Augen zu betrachten, um mein Profil, die Farbe meiner Haare zu beurteilen . . . und was weiß ich, was noch alles. Zu meiner großen Bestürzung sagte man immer wieder vor mir, laut und vernehmlich, und das die ganze Zeit über: *»That I was beautiful?!!!«* Vor allem, wo ich doch ganz ich selbst war in dem Volantkleidchen, das ich so oft anhatte und mit meinem gelockten, aufgesteckten Haar. Einmal gab man mir einen Fächer in die Hand, einmal einen Strauß Rosen, einmal steckte man mir eine Rose und ein Stück Tüll ins Haar, ein andermal wurde ich stehend photographiert mit den Händen hinter dem Kopf. Am schwersten fiel mir, zu lächeln und einen munteren Eindruck zu erwecken. Es würde mir leichterfallen, traurig und nachdenklich zu wirken. Am meisten habe ich mich wohl gefreut, als Miss Levins sagte, am Ausdruck meines Gesichts könne man sehen, daß ich gern lese und schreibe, und, als jemand fand, daß ich ein bißchen Ähnlichkeit mit dem Dichter habe, den ich so liebe: mit Shelley.

Miss Levins ist eine richtige Künstlerin, schwärmerisch und lieb. Sie ist eine Freundin von Mrs. Murray, die mich auch in das Photoatelier begleitet hat. Natürlich habe ich Mama, die uns vom Zug und vom Schiff aus Postkarten schreibt, ausführlich Bericht erstattet.

Jack ist die Feiertage über bei uns, und Joaquin schläft bei mir in meinem Zimmer. Ihm habe ich zu verdanken, daß ich kaum dazu komme, nachzudenken; so schlafe ich ein, ohne zu weinen, was ich sonst immer tue, wenn ich Zeit habe, über meine Einsamkeit nachzudenken. Ich habe den Brief von Frances beantwortet, an Marcus aber kann ich nicht schreiben, weil mein Briefpapier noch nicht angekommen ist, das ich in den Tagen bestellt hatte, als es unaufhörlich stürmte und schneite.

Ich bin immer sehr verwirrt, wenn irgend jemand etwas Nettes zu mir sagt, als ob ich es nicht verdienen würde, daß man etwas Gutes an mir findet, wo ich doch selber so gut weiß, daß ich ein bißchen spinne und mich immer noch wie ein kleines Kind benehme, daß in meinem Kopf nur Stroh ist und daß ich eitel,

frivol, böse, verwöhnt und extravagant bin usw. usw. Was Mrs. Thayer heute zu mir gesagt hat, kann ich nicht schreiben, es kam so unerwartet und hat mich ganz aus der Fassung gebracht! Ich bin mir aber darüber im klaren, daß ich, wie ich nach außen hin auch erscheinen mag und trotz meiner Bemühungen, wie eine »Dame von Welt« zu wirken, noch recht wenig über den Dingen stehe, leider! Und sehr *old-fashioned* bin ich auch, gerade als ob die ganzen Bücher, die ich gelesen habe, bewirkt hätten, daß sich in mir all die guten und schlechten Eigenschaften kleiner Mädchen aus vergangenen Jahrhunderten miteinander vermischt haben und zu einem Teil meiner selbst geworden sind. Diesen Zwiespalt habe ich ziemlich oft gespürt, der meistens der Grund dafür ist, daß ich mich so überstürzt in mein Schneckenhaus zurückziehe . . . auch die Natur hat dabei ihre Hände im Spiel, die meinem Strohkopf die Züge jener Mädchen verliehen hat, die man auf den Gemälden sieht.
Was wird Papa dazu sagen? Wird er mich immer noch für sein kleines »häßliches Entlein« halten?

Frances sagt, daß sie mit ihrem Tagebuch nicht zurechtkommt, denn sie ist der Meinung, daß man nur über Dinge lachen kann, die sich wirklich zugetragen haben, nicht über das, was man denkt, und ich, die ich mich so oft über mich selbst lustig mache und darüber, was ich denke, sofern ein Strohkopf, eine Linotte, überhaupt denken kann, ich habe soviel Spaß daran, soviel Spaß . . . Oh! ich lächle ganz für mich allein, ich bin fröhlich, aber so einsam, so allein, dabei würde ich immer gern meine Sorgen und meine Freuden mit jemandem teilen, und da es diesen »Jemand« nicht gibt, nehme ich vorlieb mit der Gesellschaft eines »Etwas«, mit Dir.
Morgen ist Valentinstag. Ich möchte wissen, wie viele Leute dabei an Mademoiselle Linotte denken werden. Ich glaube, daß ich deshalb so viel rede und so viel über mich selbst nachdenke, weil ich niemanden finde, der das für mich tut, während ich dann an jemand anders denken könnte. Ach, das Leben ist doch so lustig, wenn man so wenig über den Dingen steht, wenn man so schüchtern ist, wenn mit siebzehn Jahren Kopf und Herz voller Fragen stecken und mit vierzig voller Antworten . . . Jetzt habe ich die *Hoffnung,* später die Gewißheit; es wird eher eine traurige Gewißheit sein, fürchte ich.

All dies in schlechter Schrift, weil ich vergessen habe, meine Brille aufzusetzen. Ich vergesse fast alles heute abend außer meinem Namen, und ... Mama, und auch ... den Photos.

14. Februar 1920
Heute abend leide ich. Und wie ich leide, und wie! Schon wieder dieses Gefühl absoluter trauriger Einsamkeit, und dies ohne Grund. Ich kann nicht schlafen und ziehe es vor zu schreiben. Ich habe Marcus' Brief beantwortet. Ich hatte ein großes Bedürfnis, mich mit ihm zu unterhalten, so wie ich mich mit Dir unterhalte, oh, ich bin sicher, daß er Verständnis dafür haben würde, aber ich konnte nicht, und so schickte ich ihm nur meine beiden Gedichte.
Meine Photos sind fertig! Sie haben ein Gefühl in mir hervorgerufen, das unerklärlich ist. All diese Bilder da, das bin nicht ich. Ich sehe da immer nur jemanden, der hübsch ist, anmutig, und der auf seltsame Weise den anderen Menschen ähnlich ist, ein junges Mädchen einfach. Mein Profil ist klar und ebenmäßig ... Mrs. Thayer sagt das, und siehe da, plötzlich denke ich, daß ich für meine Umwelt so aussehe ... Alle Welt sieht mich so, wie ich auf den Photos bin; keiner sieht meine Phantastereien, meine Träume und meine Beobachtungen. An einem anderen Tag hätte ich nicht an so etwas gedacht, heute abend jedoch bin ich böse, und ich sehe alles von der falschen Seite, also kommt mich fast ein Lächeln an, ein spöttisches. Dabei habe ich noch vor wenigen Augenblicken ganz fröhlich an Mama geschrieben, damit sie sich die Bilder aussuchen kann, und ich betrachtete mit einem mir bisher unbekannten Wohlgefallen das sonderbare »Ich«, das ich nicht selbst bin. Aber so ist es zur Zeit immer, die Beschäftigungen des Tages verändern mich, aber wenn es Abend wird, dann fange ich an zu denken, und wenn ich denke ... dann weine ich.

Ich habe eine sehr hübsche Valentinskarte bekommen, blau und ganz niedlich. Mrs. Thayer sagt, daß sie von Jack sei. Aber es war die einzige, wo ich mich doch gerade heute, mehr als an irgendeinem anderen Tag, so darüber gefreut hätte, wenn ein anderer an mich gedacht hätte, als ob dies mein wundes Herz hätte heilen können! Ich möchte sterben, ja, denn ich schäme mich vor mir selbst, vor meinen Gedanken, die immer so unnütz und so egoistisch sind ... und ich fühle mich so klein und so schwach, so allein ohne Mama. Und dabei ist jeder nett und fröhlich ... und gerade das ist der Grund, weshalb ich mich nirgendwo richtig zugehörig fühle, ich in meinem Schneckenhaus.

Joaquin schläft friedlich an meiner Seite. Ich sollte es ihm gleichtun, anstatt kindlichen Unsinn zu schreiben.

15. Februar 1920

Ich schreibe an Bobby, an Nathalie. P. S. Die Kürze dieser Mitteilung spricht für sich selbst. Mama ist nicht da, und solange ich auf ihre Rückkehr warte, bin ich allein und ohne Freunde; deshalb vermeide ich, zuviel zu schreiben aus Angst, daß ich mich gehenlasse und daß nur Traurigkeit aus meinen Zeilen spricht.*

Anaïs. An Ti Coco. An Marcus.

17. Februar 1920

Gestern abend hatte ich mich zum Schreiben hingesetzt, aber meine Augen standen voller Tränen, und so dachte ich lieber nach. Heute abend war es nicht anders ... ich war so allein und *friendless* [ohne Freunde]. Dann lief ich zu Mrs. Thayer und fragte sie, ob ich ihr einen Gutenachtkuß geben dürfe, weil ich ohne Mama so traurig sei. Mrs. Thayer umarmte mich so herzlich, daß ich fast getröstet war. Sie war es auch, die mich auf den Gedanken gebracht hat, zu meinem Geburtstag für Mama ein Gedicht zu schreiben, und ich habe eines der besten Gedichte geschrieben, die ich je geschrieben habe und je schreiben werde. Mrs. Thayer hat geweint, und wieder einmal wurde mir die sonderbare Wirkung dessen, was ich schreibe, bewußt: Es rührt zu Tränen. Ich frage mich, warum.

Vielleicht hast Du bemerkt, wieviel Zeit ich habe vergehen lassen, ehe ich Marcus' Brief beantwortete, und heute, während mein Brief an ihn unterwegs ist, erhielt ich einen von ihm, in dem er sich erkundigt, warum seine Prinzessin schweigt ... mit meiner natürlichen Offenheit und dem Vertrauen, das ich einigen Menschen entgegenbringe, habe ich das Mrs. Thayer erzählt. Sie sagte, diese Briefe, die ich erhalte, machten ihr

---

* Dieses P. S. ist aus dem Englischen übersetzt.

Sorgen, denn sie würden mir Kummer bereiten, und es sei alles nur leeres Geschwätz. Ja, genau das ist der Unterschied zwischen Erwachsenen und Kindern. Sie glaubt nicht daran, ich aber glaube.
Ich habe ihr aber auch gesagt, daß keiner von Marcus' Briefen imstande sei, mich zu ändern. Ich werde immer so bleiben, wie sie mich nennt: *»a little old lady«*, und eine kleine alte Dame kann nicht romantisch sein, hab' ich nicht recht? Darüber hat sie sehr gelacht, denn was sie meint, ist, daß ich alt bin in den Dingen, mit denen ich mich beschäftige, und in meinen Ansichten ... in meinen kleinen Verantwortlichkeiten, die ich trage, und in meinem kindlichen Unverstand. Dazu ein Beispiel: Thorvald wollte nicht baden; er behauptete, er habe Schnupfen. Daraufhin sagte ich zu ihm mit größtem Ernst: »Huste mal!« Und da fängt Mrs. Thayer an zu lachen, während ich überzeugt war, am Husten könnte ich feststellen, ob Thorvald krank ist oder nicht (was wahrscheinlicher wäre).
Es gibt zwei Neuheiten in unserer Familie, ein Grammophon und Jack. (Erinnere Dich an meine Vögel und an Enric, dann wirst Du verstehen, daß solche Verbindungen bei mir nichts Ungewöhnliches sind!) Das Grammophon ist ein Geschenk von Mama. Es ist herrlich zum Tanzen, obgleich es, liebes Tagebuch, viel, viel zu modern ist, um einen künstlerischen Wert zu besitzen ... Aber der Tanz hat die wunderbare Fähigkeit, mich menschlich zu machen, das heißt fröhlich! Jack ist für einige Zeit bei uns ... inzwischen wagt er es oft, mich anzusehen; wir tanzen auch zusammen, aber ich kann mich noch immer nicht an die Farbe seiner Haare gewöhnen!
Ich habe Mrs. Thayer soviel von Eddie Sanchez und Charles erzählt, daß sie mich fragte, ob ich nicht etwa einen meiner Vettern zu heiraten gedenke. *Good heavens!* Nein, aber ich bin sehr froh, daß vor allem Eddie mein Vetter ist, denn so kann ich ihn sehr gern haben und muß ihn deshalb noch lange nicht heiraten. *Oh! Lord!* Wo ich doch so ungern heiraten würde!!!
Ich schreibe Unsinn, mein geliebtes Tagebuch, weil ich versuche, fröhlich zu sein; in Wirklichkeit aber fühle ich mich ja so furchtbar elend! Ich hoffe, Mama wird verstehen, daß ich mein ganzes Herz in die Worte *»Mother Darling«* hineingelegt habe, aber ich möchte nicht, daß sie weint, ich habe dies so ganz einfach von selbst hingeschrieben, es gab so wenig zu korrigie-

ren, so wenig zu überlegen, daß es sehr natürlich und spontan ist. Wenn es ein anderer geschrieben hätte, würde es mir noch besser gefallen . . . zum Glück bin ich sehr streng mit mir selbst!
Ich bin sehr bestürzt über die Meinung, die Mrs. Thayer von mir hat. Wenn ich ihr sage, daß ich zu meinem Geburtstag keine Geschenke haben möchte, weil ich sie nicht verdiene, dann antwortet sie mir, daß ich mich in meinem ewigen Bestreben, bescheiden zu sein, von der Wahrheit entferne!
Wenn nun jemand mein Tagebuch lesen würde, hm? Was wäre dann? Würde ich aufgehängt oder geköpft werden?
Glaubst Du, liebes Tagebuch, daß Prinz Marcus aufhören würde, mich zu lieben (oder zu glauben, daß er mich liebt), wenn er mich besser kennen würde?
Für heute abend *exit* Prinzessin, die niemand zum Lachen bringen kann. Derjenige soll sie zur Frau haben und den Thron mit ihr teilen, der ihr Heilung bringt.
Triumphaler Einzug des Helden: *Anonymous!!!*

18. Februar 1920
Zum Lachen aufgelegt? Ganz und gar nicht. Ich habe den ganzen Tag über geschrieben und mir dann gewünscht, jemanden bei mir zu haben, der liest, was ich geschrieben habe. Ich möchte gern ein Dickens sein, um Dir Mrs. Thayer zu beschreiben. Ich mag sie gern, aber ich fürchte sie auch ein wenig. Ihr Humor ist ein bißchen zynisch, und sie findet keinen Gefallen an Dingen, die ich gern habe. In meinen Augen ist sie die typische »Frau von Welt«. Kopfzerbrechen bereitet mir nur die Tatsache, daß sie früher einmal so wie ich war, ein kleines Mädchen, das an fast alles glaubte. Sie sagt, daß auch ich älter und damit erfahrener werde.
»Ist denn die Welt so voll von schlechten Menschen?« habe ich gefragt.
»Bedauerlicherweise, ja. Aber bewahre Dir Deine Träume so lange wie irgend möglich.«
»Haben Sie keine Träume mehr?«
»Oh, doch! Aber in meinem Alter hat man andere Träume, Träume, die zu Handlungen führen.«
Wir haben uns lange unterhalten. Ich habe erfahren, daß sich die Menschen »nach außen hin« gleichgültig und zynisch geben, um ihre Empfindsamkeit und ihre *impulses* zu schützen.

Mrs. Thayer ist noch jung, sie neigt ein bißchen zur Korpulenz und hat eine *florid* Hautfarbe [rötlich]; ihr Haar ist rot und sehr schön, ihre mandelförmigen, bald grünen, bald braunen Augen sind lebhaft und sprühend. Sie ist liebevoll und großzügig und hat ein erstaunliches Beobachtungs- und Urteilsvermögen; sie ist hartnäckig und vertraut auf sich selbst, sie kann alles und weiß viel. Aber ich weiß nie, ob sie mich auslachen wird, denn sie hat so eine Begabung, so ähnlich wie Frances ... und ich habe immer Angst, mich mit ihr auf eine Diskussion einzulassen, denn sie zerlegt und zerpflückt alles mit einer Dosis an Logik und Verstand, die sie mir portionsweise, aber unerbittlich serviert; die Folge davon ist eine ständige Ratlosigkeit meinerseits, wie damals, als ich mich noch mit Algebra herumschlug.
Also habe ich heute Briefe an Marcus geschrieben, die ich nie wagen würde abzuschicken, die mich aber beruhigen, so als ob er tatsächlich meine sonderbare Verlassenheit, meine seelische Einsamkeit verstehen könnte und als ob er mich davon heilen könnte. Ich glaube, ich habe noch nie einen Jungen so geschätzt wie ihn, ausgenommen vielleicht Enric; Mrs. Thayer indessen versucht zwanzigmal am Tag, ihn mir zu verleiden. Sie mag die Dichter nicht, die er liebt, und erklärt auch weshalb; das Gedicht, das ich ihr einmal voller Stolz gezeigt habe, *God's Handiwork* [Gottes Werk], mochte sie auch nicht.
Aber ich bin nur ein kleines Mädchen, und sie ist eine Frau. Ach, muß das traurig sein, wenn man an nichts mehr glaubt! Und dabei leide ich so sehr, Tag für Tag, immer, wenn einer meiner Helden fällt. Aber solange noch welche übrig bleiben, bete ich sie an.
Ich habe wahres und großes Glück in dieser *fellowship of those who feel* [in dieser Wahlverwandtschaft sensibler Menschen] gefunden, und warum soll ich überlegen und nachdenken, wo doch eine Empfindung nur durch ihre vollkommene Zerstörung verändert werden kann.
Mama hat ein paar eilige, erschöpfte Zeilen geschrieben. Ich habe den Eindruck, als sei sie schon ein Jahr lang weg!

19. Februar 1920
Gerade habe ich an meine kleine Mama geschrieben, aber ich bin noch nicht im Bett, denn es ist erst acht. Aber es sind alle beschäftigt, und wenn ich allein bin, schreibe ich.

Für meinen Geburtstag werden kleine Überraschungen vorbereitet, und ich habe viel Spaß daran. Ich war das zweite Mal in meinem Leben in der Stadt beim Friseur; er hat mich verschönert, und ich sehe aus wie eine Märchenfee; danach waren wir bei Macy's zum Mittagessen. Dort habe ich Eleanors Mutter in der Einheitskleidung der *waitresses* [Bedienungen] gesehen. Sie wirkte recht traurig und ziemlich müde, am liebsten hätte ich sie umarmt und ihr irgend etwas Nettes gesagt, aber ich fürchte meine *impulses* zu sehr, um mich von ihnen beherrschen zu lassen; ich weiß nie, ob ich verrückt bin oder nur eine dumme Linotte.
Ich bin dahintergekommen, daß Joaquin sein Taschengeld für mich ausgegeben hat, man konnte es ihm ansehen: eine herrliche Mischung aus Freude, Geheimnis und . . . Bedauern. Ich habe gehört, wie er zu Mrs. Thayer sagte, daß sie mir ein kleines Theater aus Pappe kaufen sollte, daran hätte auch er seine Freude!!!
Ich schreibe vor meinen drei Spiegeln, denn alle Schreibtische sind besetzt, und bei jedem zweiten Wort betrachte ich mich und staune. Diesmal sehe ich tatsächlich aus wie auf meinen Bildern, nicht wie ich selbst: verträumt, ein wenig abwesend, ziemlich überflüssig, melancholisch, ganz einfach Fräulein Siebzehn-Jahre, nichtssagend nett, modisch frisiert, mit den Zügen eines *little old-fashioned girl* und dem Aussehen jener Linotte, die jeder für so brav hält!!!
Genug der Eitelkeit! Allmählich werde ich unerträglich und wirklich eitel!!! Daran ist der Friseur schuld!
Ich hätte Dich gern zum Spaß dorthin mitgenommen. Hör Dir das an:

1. Akt

Eine Frau tritt ein: dick, klein, schlecht frisiert, kein bißchen Puder, weiße Haare usw. Große Manöver mit der Brennschere, mit Fläschchen, Creme-Töpfen, elektrischen Geräten usw. usw.

Pause

Hinaus geht: eine junge Frau, hochgewachsen und schlank, rotes Haar, gelockt, gepudert und geschminkt.

ENDE

So etwas nennt man *beauty parlor* [Schönheitssalon]. Und wenn je einer behauptet hat, Schönheit gehe gerade so weit, wie die Haut dick sei, so hätte er ebensogut sagen können, daß manche Schönheit gerade so tief geht wie die Schicht von Puder und Creme. Ich mach' mich über niemand lustig, o nein!
Ich leg' mich ein bißchen hin, bis später!
Später: alles ist unverändert, abgesehen von der Dekoration! Ach ja, ich habe mich an meine Brille erinnert (ein Wunder). Ein Glück, daß ich mich nicht mehr im Spiegel sehen kann!!!
Joaquin verwandelt das Bett in ein Schlachtfeld; wenn ich also mitten in einer Tragödie unvermittelt abbreche, dann weißt Du warum. Es wird nicht daran liegen, daß ich keine Tinte mehr habe, denn ich benutze ein antikes Tintenfaß anstelle eines Füllfederhalters, dessen unvermutete Lähmungserscheinungen mich in meinen wunderbarsten *ecstasies* stören!
An all dem erkennst Du, daß es nicht viel Neues zu berichten gibt . . . aber ich rede nun mal gern, und im übrigen, wenn ich will, finde ich leicht etwas, worüber ich erzählen kann. Versuchen wir's.
Ach, liebes Tagebuch, ich weiß schon was! Ich könnte wirklich ein Buch über die Leute schreiben, die ich auf meinen kleinen Reisen beobachte. Aber ich bin nicht Dickens; ich bin nicht einmal ich selbst. Wenn ich sie beobachte, habe ich oft den Eindruck, einsam und verlassen auf einem Hügel zu stehen, abseits von den anderen. Oft mache ich mich über mich selbst lustig, auch dann, wenn ich mich so jung fühle und glaube, daß sich alle Welt über mich lustig macht!
Stell' Dir eine alte Dame vor, deren ausgeblichene alte Mütze in einem Wirbel von Wind und Schnee davonfliegt. Sie schreit, läuft . . . bleibt stehen, rennt fast in ein Auto, läuft zurück, schreit wieder, stampft mit dem Fuß auf. Ein junger Mann beschließt, ihr zu helfen, angelt tapfer – eine Handbreit von einem Auto entfernt – nach der Mütze und bringt sie ihr lächelnd

zurück. Nun erwartest Du folgendes: »Vielen Dank, mein Herr!« Keineswegs. *»Good gracious, man, couldn't you pick it up when it first fell down – Look at it now, mucked up and muddy – Oh! dear, oh! dear . . .«* [»Um Gottes willen, Mann, hätten Sie sie nicht gleich aufheben können? Schauen Sie sich doch an, in welchem Zustand sie jetzt ist und wie schmutzig. O Gott, o Gott ...«]
Schimpfend geht sie weiter, während sich der junge Held am Kopf kratzt, dann setzt er seinen Hut wieder auf und geht in einen Laden, um sich bei einem *ice-cream-soda* zu trösten.
Stell' Dir eine Frau vor, die sich nach Perlen erkundigt:
»Welche Farbe, Madame?«
»Egal, die Hauptsache, sie sind hübsch und preiswert.«
Man zeigt ihr grüne, die mag sie nicht; rote auch nicht; blaue, unmöglich; und so geht es dann eine halbe Stunde lang weiter. Letzten Endes gefallen ihr die malvenfarbenen und grünen Perlen.
»Was kosten sie?«
Der Preis wird genannt.
»Das ist zu teuer, viel zu teuer.« Und die Frau verläßt majestätisch das Geschäft und läßt nicht etwa eine überraschte Verkäuferin (denn an so etwas sind sie gewöhnt) zurück, sondern eine empörte.
Stell' Dir eine Dame vor beim Kauf von Krawatten und Hemden! Oder einen jungen Mann, der ein *boudoir cap* und seidene Strümpfe sucht und dabei ganz verlegen wird. Und ein kleines Mädchen, das mitten im Laden plötzlich ausruft: *»Mummy, do you want a doll for yourself too?«* [»Mami, willst du nicht auch für dich eine Puppe kaufen?«]
Immer gibt es Leute, die ärgerlich sind und die andere ärgern; es gibt die Leute, die anderen die Tür aufhalten, und diejenigen, die sie ihren Nachbarn vor den Kopf schlagen auf die Gefahr hin, deren Gesichtserker breitzudrücken und ihnen ein Mondgesicht hinzuzaubern. Und dann gibt es die Verkäuferinnen, die nichts verkaufen, weil sie unbedingt und um jeden Preis verkaufen wollen, und die Leute, die nichts kaufen, aber alles anfassen müssen. Mir ist aufgefallen, daß ein Lächeln ebenso selten ist wie ein Stück Zucker während des Krieges und eine unhöfliche Anrede so weit verbreitet wie *hand grenades* [Handgranaten]. Am Bahnhof gibt es einen kleinen Mann, bei dem jeder seine

Fahrkarte kaufen möchte, denn er macht einen so glücklichen und heiteren Eindruck. Man stellt ihm eine dumme Frage: er lächelt. Man wiederholt diese dumme Frage: er lächelt. Man beschimpft ihn, man regt sich auf: er lächelt. Den ganzen Tag über sagt er: *»Good morning«*, und dabei ist er so bestimmt, daß jeder davon überzeugt ist, daß es sich tatsächlich um »einen schönen Morgen« handelt, selbst um neun Uhr abends.
In einer Menschenmenge gibt es auch diejenigen, deren Blick ich fürchte, Studenten, die andere betrachten, als wären sie Clowns, die sich umdrehen, wenn man an ihnen vorbeigeht, die einem hinterherlaufen und einen anlächeln. Dann hefte ich meine Blicke lange Zeit auf das Pflaster. Ich blicke wieder auf, und manchmal, häufig sogar, ist er immer noch da, zum Davonlaufen, so dumm! Was ich nicht begreife und was mir sehr unangenehm ist, das ist die Art, wie sie einen ansehen . . . auch wenn ich meinen Hut gerade erst zurechtgerückt habe und schnell noch einmal einen prüfenden Blick in meinen kleinen Spiegel werfe und feststelle, daß alles in Ordnung ist, in bester Ordnung. Die armen Menschen! Sie möchten gern so *friendly* sein und so liebenswürdig, daß ich sie fürchte wie die Pest.
Ein Beispiel: Ich gehe in ein Geschäft; ein merkwürdiges Wesen, wie aus einem Katalog für die neueste Herrenmode ausgeschnitten, hält mir die Tür auf, ich gehe an ihm vorbei.
»Danke sehr!«
»Nichts zu danken, mein Fräulein, kann ich sonst noch irgend etwas für Sie tun?«
»Nein, danke.«
Ich gehe weiter, er macht eine tiefe Verbeugung.
»Auf Wiedersehen, gnädiges Fräulein.«
»Auf Wiedersehen.«
Und all das, nur um durch eine Türe zu gehen!
Jetzt muß ich schlafen: *»Early to bed and early to rise, makes a man healthy, wealthy and wise!«* [»Früh schlafen gehen und früh aufstehen macht den Menschen gesund, reich und weise«]

20. Februar 1920
Heute wurde ich durch einen Brief von Marcus überrascht, er korrigiert darin meine Gedichte, wie mich das freut! Ja, ich hätte es bedauert, wenn seine Nachsicht ihm die Fähigkeit zur Kritik genommen und ihn blind gemacht hätte, aber seine Briefe

bedeuten für mich immer eine Überraschung, jeder ist anders, und stets von neuem stell' ich mir die Frage, was für ein Mensch Marcus eigentlich ist.
Ich habe mein Schneckenhaus verlassen, um mit Raymond, Jack und Thorvald zu tanzen; aber gleich darauf bin ich wieder hineingeschlüpft, um mich dort mit Tennyson, Pope, Coleridge, Cowper und Milton zu beschäftigen. Du kennst mich gut genug, um zu verstehen, daß mir die Stunden, in denen ich lesen und lernen kann, lieber sind.
Man verbietet mir bis auf weiteres, zum Essen hinunterzugehen ... jeder tut sehr geheimnisvoll ... und einige Male am Tag muß ich lächeln.
Eigentlich wollte ich weiterschreiben, aber plötzlich liegt ein Gedicht in der Luft! Schnell!

25. Februar 1920
Diese Tage der Stille bedeuten, daß sich meine Fröhlichkeit in den täglichen Briefen an Mama erschöpft hat und mein Mut in einem plötzlichen Anfall von Zerstreuungen und den entsprechenden Folgen. Ja, jetzt bin ich siebzehn (zur Feier des Tages haben wir in der Stadt gegessen, dann Theater, *Mamma's Affairs,* herrliche Geschenke und Freude); ich hatte jedoch geglaubt, daß mein Alter etwas ändern würde, aber ach, welche Enttäuschung! Ich war recht unglücklich.
Gestern, von einem Scheck über vierzig Dollar ... verliere ich die Hälfte. Du kannst Dir vorstellen, wie ich mich geschämt habe! Ich habe mich irgendwie undeutlich daran erinnert, daß ich im Ort war und von einem Geschäft zum anderen lief, meine Gedanken waren woanders, weit weg, ich träumte vor mich hin. Mein Kopf war voll von dem Gedicht von Marcus, das ich gerade auswendig gelernt hatte, »*Ode to Tennyson*«, ich überlegte ... Und ich verliere zwanzig Dollar, einfach so, wie man ein Taschentuch verliert. Ich wurde fast krank, so sehr schämte ich mich, meine Wangen brannten den ganzen Tag, und ich wagte keinen Augenblick untätig zu sein, aus Angst, wieder daran zu denken. Mein Gott! Mit siebzehn Jahren, so eine Dummheit! An diesem Tag habe ich gearbeitet wie verrückt, reumütig, betrübt, einfach nicht wiederzuerkennen ...
Heute morgen bekam ich dann fünf Dollar und ging damit zum Einkaufen, dabei hielt ich mein Portemonnaie mit beiden Hän-

den fest umklammert. Ich gehe zum Metzger. Ich beschimpfe ihn auf meine Art (ich machte ihm lächerliche und sanfte Vorhaltungen), weil er mir kürzlich Hammel anstatt ich weiß nicht was gegeben hatte, und er gibt mir zur Antwort, daß er so etwas nicht tun würde, denn *»I was too nice«* [»Ich wäre zu nett«] . . . Ein Bild für Götter! Ich verliere meine Fassung. Als ich gerade dabei bin, den Laden zu verlassen, sagt er noch zu Joaquin (und ich kann es hören!): *»Some kid, your sister!«* [»Nettes Ding, deine Schwester!«] Ich gerate noch mehr außer Fassung, gehe hinaus (das Portemonnaie noch immer fest umklammert), und als ich später irgend etwas bezahlen will, siehe da, das Portemonnaie ist nicht zu übersehen, das Geld jedoch ist verschwunden! Zweimal! Fünfundzwanzig Dollar! Mit siebzehn Jahren! Ich dachte, jetzt werde ich wirklich verrückt. Joaquin, der ein Herz hat wie ein kleiner Engel und eine unglaubliche Phantasie, bot an, sich als den Verlierer des Geldes auszugeben. In meiner Verwirrung und Verzweiflung finde ich den teuflischen Gedanken, mir vorübergehend bei dem Mann mit den *vegetables* etwas auszuleihen, zunächst durchaus akzeptabel. Dann aber erhebt sich das Gespenst der »Nin'schen« Lüge vor meinen Augen, in denen schon wieder die Tränen stehen: und ich ziehe mit Joaquin nach Hause, er läuft vorneweg und beginnt, seine Geschichte zu erzählen, ich reiß' mich zusammen, und die Wahrheit schießt wie der Blitz über meine Lippen! Ich hab' die fünf Dollar verloren! Überraschung! Mein Gott! Jetzt mußte ich *wirklich weinen,* und Mrs. Thayer gibt daraufhin ihr Vorhaben auf, mich zu rügen: Sie gesteht mir, daß mir das Geld heruntergefallen war, als ich das Haus verlassen wollte.

Auch heute habe ich mit großer Verbissenheit im Haus gearbeitet und dachte dabei oft an mein Glück, die Wahrheit gesagt zu haben, und an die Worte von Mrs. Thayer, die so lieb und verständnisvoll war . . . Sie sagt, die Welt sei prosaisch, und Träume führten zu nichts! Das einzige, was ich ihr vielleicht nicht verzeihe, ist, daß sie behauptet, Marcus und seine Briefe würden mir nur schaden und mir den Kopf verdrehen! Man macht sich lustig über ihn, Thorvald mit seinem dummen Mondgesicht, Joaquin, Jack . . . und, weil ich mich noch nicht daran gewöhnt habe, vielleicht auch, weil ich alles wirklich ernst nehme, schadet mir dieses Lächerlichmachen sehr, sehr viel.

Die Abende verbringe ich schreibend in meinem Zimmerchen, um mein ewiges Gebet um Liebe und Zuneigung im Rhythmus eines Gedichtes zu versenken, um mein Bitten um Gehör für meine armseligen Gedichte, um Ratschläge, die ich so wenig verdiene, aber so dringend benötige, zu vergessen. In den Büchern habe ich alles gefunden, um meine Einsamkeit zu verzaubern, aber wie man das Leben meistern kann, das lehren die Bücher nicht, sie tragen eher dazu bei, mir ein weiteres Feld zu eröffnen für mein anderes Leben, das Leben der Träume und der vollkommenen Schönheit, und sie haben es gar nicht so gern, daß *ich* sie liebe . . . und in meinem Alter muß ich immer wieder feststellen, daß mein Herz mehr denn je einer *Tornasol* [Sonnenblume] gleicht, die sich stets zum Licht und zur Wärme hinwendet, um mehr Kraft und Mut zu schöpfen, mehr Schönheit und mehr Weisheit zu erlangen.
Ich habe unter dem *impulse*, mich jemandem oder etwas anzuvertrauen, zwei Gedichte geschrieben über . . . die *Liebe* . . . aber ich werde nie den Mut haben, sie jemandem zu zeigen, aus Angst, mich lächerlich zu machen.
Heute abend bin ich zum Umfallen müde. Gute Nacht!

26. Februar 1920
Ein heftiger Schneesturm wurde angekündigt, und ich stand lange Zeit am Fenster und war hingerissen vom Anblick, den der Himmel bot. Oh, welch ein großartiges Schauspiel! Über einen rosafarbenen Hintergrund gleiten silberne Wolken, und ein sanfter, türkisfarbener Schimmer vereint sich mit den letzten feurig roten Strahlen der untergehenden Sonne!
Es ist noch sehr früh, aber man hat mich meinen Beschäftigungen überlassen, weil ich sehr fleißig gearbeitet habe, und nun hocke ich also auf meinem Bett und schreibe. Mein Bett ist ein richtiges Königreich, in dem ich sehr gern Zuflucht suche. Es ist so weiß und so blau, so duftig und dient mir als Beobachtungsposten, denn von hier aus habe ich einen Überblick über alles, was mich umgibt.
Gestern habe ich vergessen, von Charles' Brief zu berichten. Mir fehlen die Worte, um auszudrücken, was ich von diesem Jungen halte. Wieder ein Idol, das unter lautem Getöse zerbricht! Ich wußte, daß er materialistisch ist, nicht einen Funken Phantasie besitzt, aber nicht, daß er gleichgültig und verbittert ist. Er

ordnet also die Dichter in Gruppen ein, die Idealisten mit den Bolschewiken und den Sozialisten, Radikalen und anderen Schreckgespenstern.

Nach dem Abendessen

Heute abend ist Papas Geist in mich gefahren; mein Gefühl sagt mir, daß Papa mitunter sarkastisch, skeptisch, pessimistisch und grundlos mißgelaunt ist ... kurz gesagt, ich stecke wieder mitten in einer Krise.
Versuchen wir gemeinsam, sie zu überwinden. Ich habe mich im Spiegel betrachtet, aber nichts feststellen können, worüber ich hätte lachen können. Man sieht nur meine Augen, riesengroß und düster, geheimnisvoll und ernst. Dann habe ich mit mir geschimpft: »Was soll das, Anaïs, wo ist der Grund für diesen Zustand? Also, seh'n wir mal nach: man macht sich über Marcus lustig, na und? das ist das Los all meiner armen Freunde! Und was weiter? Mama ist so weit weg! Ja, aber das ist notwendig, und sie wird bald zurückkommen. Und was noch? Nichts. Das ist alles.«
Also schreibe ich in mein Tagebuch, um mich wieder zu heilen. Wie stark Thorvald wird! Zum Spaß hat er mich aus seinem Zimmer in meins getragen wie eine Feder. Tanzen kann er auch genauso gut wie Eddy, Enric und Marcus, und wir zwei geben ein sehr gutes »Paar« zusammen ab. Jack lernt gerade tanzen, und ich tanze oft mit ihm und mit Joaquin. Der Tanz hat die magische Fähigkeit, mich fröhlich zu stimmen, und heute abend ging es mir sehr gut bis zu dem Augenblick, wo wir uns, um uns zu unterhalten, um Mrs. Thayers Bett herum gesetzt haben; ganz plötzlich wollte ich am liebsten davonlaufen. Ich sehnte mich nach *»Ein bißchen Liebe«*.
Ich las gerade *True Love* von Shakespeare und *True Love* von Cowper, und nachdem ich sehr lange und gründlich über diese schönen Zeiten nachgedacht habe, fühle ich mich nun einsam auf meinem Beobachtungsposten. Vor langer Zeit glaubte ich, daß Beobachten und Urteilen mein ein und alles sei, meine Lieblingsbeschäftigung. Im Augenblick aber fühle ich mich einsam und egoistisch auf meinem Posten, und es ist mir lieber, mich unter das Volk zu mischen und mit ihm zu leben, zu leiden, zu weinen, zu lachen, zu lieben, zu sterben und vor allem, vor allem die Not

der anderen zu lindern und zu ihrem Glück beizutragen. Ach, wenn ich einmal mein Ideal heirate, das ich bisher noch nicht gefunden habe, dann möchte ich, daß es über meine schönen Träume von der Barmherzigkeit genauso denkt wie ich . . . und daß auch nicht die kleinste Spur von Egoismus an ihm zu finden ist. Oh, mein Traum! Wie ich ihn ausschmücke und ihm zusehe, wie er wächst, aber er entfernt sich immer weiter von mir, die ihn geschaffen hat, je mehr ich die prosaischen Dinge entdecke, von denen es scheinbar recht viele gibt; je mehr ich die prosaischen Menschen erkenne, von denen es allem Anschein nach zu viele gibt. Vom praktischen Standpunkt aus gesehen ist Schreiben unnötig. Man friert so dabei, und mit jedem Mal werde ich ein bißchen sonderbarer und trauriger. Arme Linotte! Was wird das für ein Omelett werden, das ich mir da aus all den Eiern zusammenrühre, die ich zerbreche?

27. Februar
»Mein geliebter Papa,
Es gibt eine abscheuliche Erfindung, die durch ihre Profanierung der Kunst sehr gut in unsere Zeit paßt, für die Fröhlichkeit einer jungen Familie jedoch ist sie unentbehrlich; sie quietscht, und ihr Sinn für Harmonie ist mehr als beschränkt, trotzdem erfreut sie sich allgemein großer Beliebtheit; genaugenommen ist es eine Erfindung, die Mama von jeher gehaßt hat, aber die wir schließlich doch als ein, wenn auch unschönes, so doch amüsantes Spielzeug in unserer Familie eingeführt haben. Es ist von einem Grammophon die Rede!!! Jetzt geb' ich Dir ein bißchen Zeit, damit Du Dich von Deinem Schreck erholen kannst.

Glaub' mir, es macht wirklich Spaß zu beobachten, wie wir uns alle im Laufe der Jahre verändern. Thorvald, Jack und ich gingen vor fünf Jahren alle in dieselbe Schule, immer miteinander, wir saßen immer auf derselben Bank vor demselben Pult, wir wurden von derselben Lehrerin in einem Atemzug ausgeschimpft oder beglückwünscht und gelobt. Zu diesem Zeitpunkt war ich bleichsüchtig und häßlich, Jack war schüchtern und linkisch, Thorvald unbeholfen und dumm. Das war ein Bild!
Fünf Jahre später! Thorvald und Jack verteilen Komplimente, ohne rot zu werden, tanzen, ohne meine hübschen Schuhe zu ruinieren, unterhalten sich mit Kennermiene über Mädchen, als

hätten sie nie etwas anderes getan: Das allein genügt, um lange darüber zu lachen, sehr lange!

Wir sind jedoch nicht immer so verrückt. Hin und wieder nur tanzen wir ein bißchen, danach . . . (wir sitzen am Kamin und lesen und lernen) schreibe ich Gedichte in Englisch, und mein Dichterfreund korrigiert sie, denn sein Talent, so scheint mir, kommt dem Talent eines Genies sehr nahe, Du weißt ja, daß er noch so jung ist! Wenn Du Englisch könntest, würde ich Dir meine kleine Sammlung schicken, aber weißt Du, sie ist kläglich, und mir ist lieber, daß ich in Deinen Augen ganz einfach eine kleine Frau bin und keine Dichterin . . . eine kleine Frau ohne Talent, die zwischen die Zeilen ihres ›Küchenzettels‹ Gedichte schreibt. Und das mit siebzehn Jahren!

Am Abend vor dem Schlafengehen schreibe ich immer noch etwas in mein berühmtes kleines Tagebuch, um Betrachtungen über die Welt anzustellen . . . ganz bestimmt aber tue ich dies nicht, wie Charles behauptet, von der Warte eines Zuschauers aus, o nein, ich mag meine kleine Welt und ihre kleinen Menschen viel zu gern, als daß ich mich über sie lustig machen würde, ohne an ihren Nöten Anteil zu nehmen mit aller Kraft meines schwachen Willens, mit all meiner Sympathie und meiner Zärtlichkeit; mit siebzehn Jahren gibt es noch keinen Zynismus und keinen Zweifel! Ich glaube an fast alles, also schreibe ich, was ich glaube, ich schreibe das, was meinen Glauben zerstört, so ist das Leben.

Papa, mein Lieber, Du bist wie ein ferner Traum usw. Manchmal träume ich, daß Du recht einsam bist in Deinem Häuschen, ohne Heiterkeit, ganz still, ohne einen Menschen, mit dem Du Deine Sorgen und Deine Freuden teilen kannst, niemand, der sich um Dich kümmert, wenn Dir etwas fehlt, mein kleiner Papa; und dann kommen die Zweifel und die traurige Feststellung, daß ich Dich recht, recht wenig kenne!

Dies und viele andere Dinge verstehe ich nicht, und ich werde noch lange brauchen, bis ich sie verstehe. Manchmal denke ich, wenn ich heiraten würde und solch ein Unglück über mich käme, dann möchte ich lieber sterben. Aber ich weiß, daß ich nicht sehr tapfer bin, niemals, und daß solche Dinge unvermeidbar und unerklärlich sind. Aber wenn uns auch ein Ozean trennt, ein Brief hat Flügel und kann Dir sagen, daß ich Dich liebe, Dich, mein kleiner Papa, und diejenige, die jetzt fest ihre

Arme um Dich schlingt, ist ebenso Dein Mädelchen wie auch Deine LINOTTE.

P. S. Schreib mir hin und wieder, denn es ist der einzige Beweis dafür, daß Du Wirklichkeit bist, und das ist doch so wichtig für mich. A.«

29. Februar 1920

Ein Tag, an dem ich nicht schreibe, ist immer ein Zeichen für eine »Krise«. Ich ging schnell zu Bett mit der Absicht, gleich zu schlafen, anstatt nachzudenken. Tagsüber habe ich sehr viel gearbeitet, damit ich nicht zum Nachdenken komme. Wie sehr Mama mir fehlt, ist nicht zu beschreiben! Und Joaquin, ach! Joaquin ist so gemein zu mir! Wenn Mrs. Thayer dabei ist, ist er immer brav, aber kaum ist sie weg, ärgert er mich so lange, bis mir die Tränen kommen, er und auch Thorvald. Wenn es dann Abend wird, bin ich nervös und aufgeregt, ich fühle mich elend und unglücklich. Mama läßt nichts von sich hören, ich kann mir vorstellen, wieviel Arbeit sie hat, und zwanzigmal am Tage hoffe ich, daß alles wunschgemäß abläuft.

Gestern abend waren wir mit einer jungen Freundin von Mrs. Thayer und mit Jack beim Schlittenfahren; da auf dem Schlitten nicht genug Platz war, mußte immer einer von uns oben auf dem Hügel warten. Ich war so wenig bei der Sache, daß ich lieber da oben stehenblieb, als mit runterzufahren. Später haben wir noch getanzt.

Im Laufe des Abends sagte Mrs. Thayer mehrmals zu ihrem Patenkind, daß ich sehr eitel sei, sie sagte es aber nicht zum Spaß, und das hat mich sehr, sehr gekränkt! Mir fiel wieder ein, wie die Sanchez und Marraine über mich dachten, ja, mit Bitterkeit dachte ich daran. Vor einigen Jahren noch war mir mein Äußeres vollkommen gleichgültig, zum Glück, denn Mama hätte mir nicht ständig hübsche Kleider kaufen können. Und da störte sich jeder daran, daß ich so häßlich sei und so bäuerlich! In dieser ganzen Zeit hatte ich Freude daran, die »schicken« und eitlen, gefallsüchtigen Frauen zu beobachten. Eines Tages jedoch, wann das war, weiß ich nicht mehr, begann es mir plötzlich Freude zu machen, mich nett anzuziehen; ich entdeckte, daß ich mich so frisieren konnte, daß ich aussah wie aus einem Mode-journal. Mama, das ist wahr, verwöhnt mich mit Kleidern und

Hüten, und ganz plötzlich komme ich dahinter, daß ich gar nicht mehr häßlich bin. Und jetzt ärgert man sich darüber, als wenn das ein Fehler wäre, und man wirft mir meine »Eitelkeit« vor. Vielleicht ist mein augenblicklicher Gemütszustand schuld daran, daß mir diese Anschuldigung derart ungerecht erschien, aber ich weiß, o ja, ich weiß, daß es nichts Tadelnswertes ist, wenn ich mir ab und zu ein paar Minuten Zeit nehme, um einen Hut aufzusetzen, wenn ich von Zeit zu Zeit einen Blick in meinen kleinen Spiegel werfe und wenn ich der Überzeugung bin, daß es eine Freude ist, auf sein Äußeres zu achten und nett auszusehen, um zu gefallen. Weshalb soll das ein Fehler sein? Alle Mädchen, die ich kenne, alle, sind in dieser Hinsicht viel schlimmer als ich, tausendmal schlimmer ... und niemand macht ihnen deshalb Vorwürfe ... Und im übrigen, wenn ich mich jetzt nicht ein bißchen freuen darf, siebzehn werde ich nie wieder sein, nie wieder. Ich glaube, die Erwachsenen werden für diese kleinen Dinge nie Verständnis haben; dabei bin ich sicher, daß sie in meinem Alter genauso waren, jetzt aber möchten sie, daß wir ihre Tugenden besitzen, ihren Zynismus und ihre Gleichgültigkeit. Ach, es ist mir egal, was alle anderen denken. Man nennt mich eitel? Na gut! Also bin ich eben eitel. Das muß ich ... Marcus erzählen. Das ist ein weiterer Fehler von mir, und ich fürchte, daß er es nicht weiß, und vielleicht wird er mich deshalb nicht mehr lieben, gar nicht mehr. Aber prüde werde ich nie sein, nein, nein, nein, und solange ich *den Anschein* erwekken kann, daß ich hübsch bin, solange werde ich mich bemühen, so zu erscheinen; ich werde mich immer freuen, wenn ich einen neuen Hut oder ein neues Kleid bekomme. Oh, mein Gott! Wie böse ich heute bin! Und das ist noch nicht alles. Vielleicht ist das, was Marcus schreibt, *rot* [Unfug], vielleicht ist er ein Schuft, ein Gauner usw. usw., ich aber, Mademoiselle Linotte, ich glaube kein Wort davon und zähle die Tage, die vergehen zwischen dem Augenblick, wo ich meinen Brief abschicke und seine Antwort erhalte. Ja, ich zähle die Tage und ich schäme mich kein bißchen, und wenn ich wüßte, daß ich ihm in einer Minute gegenüberstehen würde, liefe ich schleunigst in mein Zimmer, um ein wenig Puder aufzutragen und die Haarlocke, die an meiner Wange herabfällt, zurechtzurücken; ich würde mich mit meinem Lieblingsparfüm besprühen, auch wenn alle Welt es abscheulich findet! Wie bös! O ja, in Zukunft werde ich so gemein wie nur

möglich sein, *what's the use of trying to be good?* [Warum versuchen, gut zu sein?] Man nennt euch »eitel« usw. usw.!!! Und weißt Du, was ich heute gemacht habe? Ich bin zur Messe gegangen und habe überhaupt nicht gebetet, weil Raymond mir gegenüber saß und immer nur zu mir hersah, um mir zuzulächeln. Aber lassen wir das. Ach ja, auf dem Nachhauseweg hab' ich mich dann mit einem sehr kessen »Auf Wiedersehen« von ihm verabschiedet. Und dann, und dann . . . ach ja, dann hab' ich eine schreckliche Lüge erzählt. Ich habe gesagt . . . daß Jack ein ausgezeichneter Tänzer sei.
Ich glaube, das ist alles. Von nun an werde ich alle Schandtaten, die ich begehe, zu Papier bringen, und Du wirst Dir dadurch ein Bild machen können, was für ein kleines Luder ich bin. Arme Linotte! Im Moment ist mir wirklich zum Weinen zumute, aber vielleicht ist es auch nur Eitelkeit . . . und das Komischste an der ganzen Geschichte ist, daß ich nicht die geringste Ahnung habe, was Eitelkeit eigentlich ist!
Ich erinnere mich ganz undeutlich daran, daß Germaine ihren Fächer küßte und damit eine Insektenart ganz leicht antippte, die man die »Verliebten« nennt. Ich weiß, daß sie immer ihr Taschentuch und ihren Fächer herunterfallen ließ und daß sie mit den Wimpern klimperte und während des ganzen Balls mit einer Stimme sprach, die ganz anders war als gewöhnlich. Ich hingegen habe solche Sachen nie gemacht, und ich finde die ganze Geschichte ermüdend.
Gute Nacht. (Vier Uhr!)

Die »Kinder« sitzen auf ihrem Schlitten und scheinen sich köstlich zu amüsieren, aber das will nichts heißen, denn auch ich scheine mich köstlich zu amüsieren, und Du weißt, daß das nicht der Fall ist. Und so kann ich nicht sagen, ob sie tatsächlich Spaß daran haben. Ich hoffe, ja.
Wir haben eine schauderhafte Zeitung angefangen, um uns die Zeit zu vertreiben; sie heißt: *Snowbound;* und anstatt mir Sorgen zu machen, werde ich mich jetzt damit beschäftigen. Schließlich ist die Welt doch witzig, oder nicht? Vor allem, wenn man eine eitle Puppe ist!

3. März 1920
Gerade hab' ich diese letzten Zeilen noch einmal gelesen und bin erstaunt über meinen Zynismus. Ich bin jedoch der Meinung, daß ich manchmal mürrisch werde, ohne es zu wissen, wenn ich krank bin. Mrs. Thayer mußte auch bekennen, daß ich in den letzten Tagen nicht ich selbst war, daß dies aber kein Wunder sei, und daß viele Menschen ihr ganzes Leben lang Tag für Tag gereizt seien, während es bei mir doch nur recht selten einmal vorkommt. Jetzt komme ich mir etwas umgänglicher vor. Gestern habe ich ein paar Zeilen von Marcus bekommen. Ich bin ihm ein kleines bißchen böse, denn dadurch, daß er so lange nicht geschrieben hat, ist es dazu gekommen, daß ich etwas getan habe, was mir jetzt peinlich ist. Ach, wenn Mama dagewesen wäre, hätte ich sie gefragt und hätte gelernt, meine *impulses* zu zügeln. Aber am Montag, als ich aus New York zurückkam, stellte ich fest, daß keine Post für mich da war, und nachdem ich die Tage zähle, dachte ich, Marcus sei vielleicht krank; in meinem Übereifer setzte ich mich hin und schrieb ihm ein paar Zeilen; ohne auch nur eine Minute zu zögern, schickte ich Joaquin damit zum Briefkasten. Erst danach wagte ich es, Mrs. Thayer zu fragen, ob ich mich richtig verhalten hatte, und zu meiner Bestürzung erklärte sie mir, daß Marcus sich *über mich lustig machen* wollte und daß ich seine Achtung verlieren würde. Das hat mir in der Nacht darauf großen Kummer bereitet, und ich überlegte, wie ich den Brief abfangen könnte. Am anderen Morgen aber wehte mir ein Brief ins Haus – meiner war bereits unterwegs. So bedauere ich immer meine albernen »Linottereien«! O Mama, wie sehr ich Dich doch immer noch brauche!
Der gestrige Tag war sehr ausgefüllt. Wir haben Einkäufe gemacht, ein Soda getrunken, wir waren im Rivoli, haben im Riggs gegessen, uns die Vorstellung des Daly's angesehen; dann ein weiteres Soda, und auf zum Zug!
Mrs. Thayer hat mir die Geschichte des Daly-Theaters erzählt, wie seinerzeit die reichsten Leute dorthin gingen und in ihren kostbaren Abendkleidern auf den Galerien flanierten, die jetzt alt und ungepflegt sind. Das ganze Theater soll nun abgerissen werden, weil es überflüssig ist.
Heute war es ein bißchen ruhiger bei uns. Wir machten lediglich einen Besuch im Ort, gingen kurz zum Rodeln, machten einige Aufnahmen, weil ein so wunderbarer Tag war, ein Tag wie im

Frühling; ich beantwortete einen Brief von Frances, schrieb einen an Mama, Marraine, Tante Anaïs und bestellte zu meinem großen Bedauern nur sechs Photos.
Heute abend ist es wider Erwarten ziemlich kalt, und deshalb schreibe ich auch nicht in meinem Bett. Damit uns etwas wärmer wird, haben wir kleine Kerosinöfen angezündet, denn wir haben kaum noch Kohle.
Zum Lesen komme ich überhaupt nicht mehr. Den lieben langen Tag nähe ich Vorhänge, und es macht mir große Freude zu sehen, wie hübsch das Haus wird. Tante Hélène (Mrs. Thayer) bat mich darum, daß ich ihr den Brief von Marcus vorlese, und sie hat ganz ernst ihr Urteil dazu abgegeben. Er ist ein *gentleman,* schreibt sehr gut, aber aus dem Ton seines Briefes kann man schließen, daß er mit sich selbst sehr zufrieden ist. Das jedoch ist eines von den Dingen, die ich – im Gegensatz zu den Zweifeln, die ich an mir selbst habe – bei anderen Menschen bewundere. Dann sagte Mrs. Thayer, es würde ihr sehr viel Kummer machen, wenn ich Marcus' Verlobte würde, bevor ich andere Jungen kennenlerne, auf Reisen gehe, bevor ich Zeit habe, erwachsen zu werden und zu lernen. Was dies betrifft, habe ich versucht, sie zu beruhigen. Oh, ich bin viel zu romantisch, um nicht durch jedes Wort *thrilled* zu sein und um mir nicht von ganzem Herzen zu wünschen, Marcus wiederzusehen . . . ja, ich glaube, ich ziehe ihn sogar Enric vor, aber lieben tu' ich ihn nicht . . . Schluß! Indessen fühle ich in mir ein immer größeres Verlangen, zu lieben und geliebt zu werden, wie im Märchen, wie in den Büchern! Und noch immer träume ich von diesem Ideal, von diesem namenlosen Geist, den ich geschaffen habe. Ich warte weiter, aber das hilft mir auch nicht viel, und ich stelle mir oft die Frage, weshalb ich mich denn so sehr danach sehne, irgendwas, irgendwen zu lieben und geliebt zu werden. Ich habe Mama, meine kleine Mama; was jedoch andere betrifft, habe ich stets den Eindruck, daß meine Liebe zu ihnen tiefer ist als ihre Liebe zu mir und daß ich mehr darunter leide, wenn sie sich ändern und mir den Rücken kehren.
Ach, wie sehr ich dieses Geständnis bedauere, wodurch Marcus erfahren hat, daß ich die Tage zähle und daß mir seine Briefe gefallen. Er wird über mich lachen, und trotzdem, glaub' ich, ist er nicht wie die anderen Jungen, und vielleicht nimmt er die Dinge ebenso ernst wie ich. Gebe Gott, daß es so ist!

Thorvald und Joaquin streiten sich; es ist aus mit der Ruhe. Gute Nacht!

7. März 1920

Merkwürdig, daß ich in diesem Monat einige Tage nichts geschrieben habe, ich war doch sonst sehr sorgfältig; aber ich schreibe so viel an Mama, und dann bin ich auch wirklich müde, wenn der Abend kommt. Manchmal schlaf' ich ein, ohne auch nur zwei Zeilen gelesen zu haben, eine Schande!

Der Brief von Marcus, auf den ich gewartet habe, ist angekommen und dazu ein Buch zu meinem Geburtstag ... Das Buch, das ich unbedingt haben wollte und das ich in allen meinen Träumen in diesem alten kleinen Bücherladen für zehn Cents erstanden hatte. Ich glaube nicht, daß er meine Ungeduld lächerlich fand, aber sie hat ihn überrascht. Ich habe ihm schon geantwortet. Mein Gedicht für Mama hat er sehr sorgfältig korrigiert, und ich bin sehr stolz.

Wir haben die zweite Nummer unserer Zeitung *Icicle Chronicle* herausgegeben, eine großartige Nummer!

Ein Telegramm von Mama hat uns ein wenig Kopfzerbrechen bereitet, sie hat keine Nachricht von uns, und dabei schreibe ich ebenso wie Tante Hélène jeden Tag. Wahrscheinlich braucht die Post wegen der Schneestürme länger denn je. Es ist weiterhin kalt, wir gehen rodeln und fahren von Zeit zu Zeit einmal nach New York. Ich war bei Strand, bei Daly's, im Rivoli und im Rialto. Bonbons und einige andere Dinge nehme ich fast immer an, und ich entwickle mich tatsächlich nach und nach zu einem zivilisierten Menschen.

Und dann, weißt Du, was Tante Hélène gesagt hat? Sie sagt, sie sei überzeugt, daß Marcus uns während der Osterferien besuchen werde, das sei ganz normal, so würden sie's alle machen. Und darüber freue ich mich sehr!

Trotzdem machen sie sich seinetwegen weiterhin über mich lustig, aber ich bin dahintergekommen, daß ihr Interesse nachläßt, da ich ihre Spötteleien so bereitwillig hinnehme, und letzten Endes bin ich es, die lacht!

Heute abend hätte ich gern viel geschrieben, aber wir haben fast keine Kohle mehr, und im Haus ist es eher kalt. Also gehen wir früh schlafen, und wir sind wirklich eine glückliche kleine Familie, so innig verbunden und literarisch! Gute Nacht!

14. März 1920

Diese ganzen letzten Tage bestanden aus einer Reihe von Vorbereitungen kulinarischer und anderer Art für das gestrige Fest. Ja, ein kleiner Tanzabend, um Thorvalds fünfzehnten Geburtstag zu feiern. Marguerite, das Dienstmädchen, hat kürzlich das Feld geräumt, und Du kannst Dir vorstellen, daß es an Arbeit nicht fehlte! Heute habe ich einige ruhige Stunden vor dem Abendessen genutzt, um ausführlich über die Ereignisse der letzten Tage zu berichten, aber ich fühle mich so vergnügt und frivol, daß ich kaum noch an die ganze Arbeit, die Ärgernisse, die Entmutigungen und die Erschöpfung denke und statt dessen nur noch ein schillerndes Bild der Freude vor mir sehe. Gestern nachmittag um vier hatte ich so viel gearbeitet, daß ich glaubte, nicht mehr die Kraft zum Tanzen zu haben. Tante Hélène war auch ziemlich erschöpft, Thorvald und Jack hatten Holz für den Kamin gesägt, und da wir keine Kohle mehr besaßen, mußten sie zur Nachbarin, der Ameise, gehen und von ihr den rettenden Sack Kohle erbitten; als sie dann fix und fertig angezogen waren, gingen sie in den Keller, um das Feuer anzuzünden. Joaquin, glaube ich, fand Mittel und Wege, sich mehr mit den Grammophonplatten und der Tanzmusik zu beschäftigen, um zu den Vorbereitungen für den Abend beizutragen.

Die Teppiche wurden zusammengerollt, die Möbel an die Wand geschoben und der Boden *waxed* [gewachst].

Gegen halb sieben, nach einem leichten Abendessen, begannen wir uns umzuziehen, jeder in seinem Zimmer. Wir hatten zwei Freundinnen von Tante Hélène bei uns zu Gast, ein junges Mädchen, Miss Casey, deren Patentante sie ist, und eine nette dicke Dame, Mrs. Gray.

Wie Tante Hélène sich angezogen hat, weiß ich nicht, denn ich war nicht in ihrem Zimmer; also führe ich Dich in mein »Nest«. Ich bin dabei, mich zu frisieren, und stecke mir einen lockigen Knoten, wie Mama ihn mag. Dir allein, liebes kleines Tagebuch, wage ich zu gestehen, daß ich gestern abend hübsch aussah. Komisch, nicht? Aber es ist wahr. Ich trug ein ganz leichtes Kleidchen aus dunkelblauem Crêpe-Georgette und Taft mit durchsichtigen Ärmeln; dann schwarze Seidenstrümpfe mit Stickereien und meine »Jungmädchenschuhe«. Eine kleine Blume im Haar, ein Hauch Parfüm, einmal hin- und herdrehen vor dem Spiegel, und Mademoiselle Linotte ist fertig. Tante

Hélène legte mir ein kleines Korallenhalsband um. Joaquin hatte einen dunkelblauen Anzug an und einen schelmischen Ausdruck in den Augen. Thorvald und Jack waren wie zwei kleine Herren, was ihre Eleganz betraf! Tante Hélène hatte ihr schönes rotes Haar wunderschön frisiert. Das wäre alles!
Es gab viel Grund, sich Sorgen zu machen, aber das Feuer im Keller, das kurz vor dem Eintreffen der Gäste angezündet wurde, war ein voller Erfolg, und fast alles schien besser zu laufen. Halb acht. Wir warteten im Wohnzimmer und unterhielten uns. Joaquin hatte unsere Nachbarn eingeladen, die wir noch nicht kannten, und wir sprachen sehr fröhlich von ihnen.
Gegen acht läutete es. Unsere Nachbarn! Es sind zwei Mädchen, ungefähr in meinem Alter und sehr nett, sowie deren Bruder, der zunächst keinen großen Eindruck auf mich machte. Nach und nach treffen alle unsere Gäste ein: zwei von Thorvalds Freunden, Elsie de Sola und Vicente. Das Haus ist voll Musik, und es stellt sich eine fröhliche Stimmung ein. Jack tanzt sehr gut, gleichgültig mit welchem Partner, und ich stelle stolz und zufrieden fest, daß Thorvald wunschlos glücklich ist und Joaquin sich einigermaßen anständig benimmt. Eigentlich hatte ich vor, Dir über alles, was auf dem Fest geschah, genau zu berichten, aber es ist etwas recht Merkwürdiges passiert: Ich war mit ganzem Herzen und mit soviel echter Begeisterung bei der Sache, daß ich keine Zeit hatte, die anderen zu beobachten, wie ich es früher bei ähnlichen Verantstaltungen immer tat und ich ein ewiges *wall-flower* [Mauerblümchen] war.
Aber jetzt muß ich Dir von meinem Nachbarn erzählen, denn er hat gestern abend eine sehr wichtige Rolle* gespielt. Er heißt Jim, ein Allerweltsname, er ist praktisch und *business-like* [gewandt]. Er ist sechzehn Jahre alt, sehr groß, weder hübsch noch häßlich. Das ist Jim. Man spürt sofort, daß er schrecklich galant ist, daß er furchtbar flirtet, ein junger Mann unserer Zeit eben. Aber da ich so sehr fürchte, für »kokett« gehalten zu werden, gehe ich ihm aus dem Weg. Ich werfe hilfesuchende Blicke zu Jack, und er tanzt mit mir, dann zu Joaquinito und zu Vicente. Aber Mr. Jim beobachtet mich und stürzt dann so plötzlich auf mich zu, daß ich mit ihm tanzen muß. So ging es

* Anglizismus: französ. »une part« = ein Teil, engl. = eine Rolle. D. Ü.

los; er hat eine sehr eigene Art zu tanzen, aber ich komme gut mit ihm zurecht. Wir reden ein paar Worte miteinander, aber der Tanz nimmt uns zu sehr in Anspruch. Als die Musik einmal verstummt, begann Mr. Jim zu pfeifen und tanzte einfach weiter, so lange, bis die Musik wieder einsetzte; alle fanden das sehr lustig. Einmal habe ich mit Elsie getanzt. Sie sagte, daß sie gern mit Jim tanzen möchte, also hab' ich sie miteinander bekannt gemacht; er tanzte einmal mit ihr und wandte sich dann wieder Mademoiselle Linotte zu. Aber er preßt mich zu fest an sich, und ich bin fast ärgerlich; daraufhin pfeift er in allen Variationen: »Ich liebe Sie, ich bete Sie an« und sagt, er hätte das Fest längst verlassen, aber meinetwegen sei er geblieben, nur um . . . mit Mademoiselle Linotte zu tanzen!
Einmal, es war reiner Zufall, standen all die kleinen Herren um mich herum; da kam Elsie, zog mich von ihnen weg und sagte fast verärgert, daß der größte Flirt dieses Festes . . . Mademoiselle Linotte sei!
Kurzum, ich wurde den ganzen Abend von Mr. Jim mit Beschlag belegt, selbst bei Tisch! Und ich gebe mir doch wirklich die allergrößte Mühe, nicht zu kokett zu wirken! Ich habe den Eindruck, als würde ich für jede Geste und für jeden Blick bestraft werden! Die arme Elsie ist verärgert, glaube ich, während Mr. Jim weiter tanzt, plaudert und ständig Komplimente verteilt . . . an Mademoiselle Linotte!
Gegen elf wurden wir müde, und die ersten Gäste beginnen, sich zu verabschieden; nachdem ich meinen Nachbarn darüber aufgeklärt hatte, wie mein Name auszusprechen sei, gab ich vor, seinen Namen noch nicht zu kennen. Beim Weggehen sah er mich an wie . . . Enric, glaube ich; und ich atmete erleichtert auf, als das Fest vorüber war. War es wirklich zu Ende? O nein, die Hälfte fehlt ja noch, das Lustigste vom Ganzen; wir räumten die Küche auf, stapelten einen Haufen Teller aufeinander, brachten einen Haufen übriggebliebener Sandwiches in Sicherheit, und als wir schließlich zu Bett gingen, erzählten wir noch einen Haufen Blödsinn. Natürlich war Jim bzw. sein Auftreten Thema Nummer eins. Ich muß den anderen gegenüber einen Teil seiner Komplimente gestehen, und im übrigen habe ich eine Entscheidung zu treffen, die mir nicht schwerfallen wird: gebe ich ihm Marcus gegenüber den Vorzug? NEIN, nie und nimmer!
Also ist alles in bester Ordnung, man erzählt schreckliche

Sachen über ihn und über ... Mademoiselle Linotte! Weißt Du, was man mir nachsagt? Ich sei die Eitelkeit in Person, ich könne dagegen ebensowenig tun wie gegen den natürlichen Reflex der Atmung. Das haben sie gesagt! Und weil Tante Hélène mich gern mag und mich trösten wollte, fügte sie hinzu:

»Aber das ist doch kein Fehler und es paßt gut zu dir. Genieße dein Leben, solange du jung bist!«

»Aber ich möchte nicht, daß meine Freundinnen bös auf mich sind«, antwortete Mademoiselle Linotte, »in ihren Augen scheint es etwas ganz Schlimmes zu sein, wenn man kokett ist und den Männern gefällt.« (Dabei dachte ich an Elsie.)

»Die meisten Frauen sind wie Katzen, Ninis'chen«, antwortete Tante Hélène, »und solange du bei den Jungen Erfolg hast, solange beneiden dich die Mädchen und lassen kein gutes Haar an dir.«

Gegen Mitternacht schliefen alle ... außer Mademoiselle Linotte! Ich dachte über diesen schrecklichen Fehler nach, mit dem ich geboren wurde und von dem ich mich nicht freimachen kann; ich dachte an Jim und seine Art, mich beim Tanzen so fest an sich heranzupressen und an sein ewiges »ich liebe Sie«; ich dachte an Marcus, der so ganz anders tanzt, der seine Augen sprechen läßt, der mich so sanft hielt, als hätte er Angst, er könnte mir weh tun; und ich dachte auch daran, was Tante Hélène gesagt hat, die meinen Nachbarn gar nicht mag; sie findet ihn unausstehlich, lediglich als Unterhalter sei er zu ertragen. Heute morgen beim Frühstück haben wir noch einmal über all dies gesprochen, gestern abend jedoch, als ich ins Bett ging, waren meine Gedanken bei Mama; ich überlegte, was sie wohl zu der ganzen Geschichte gesagt hätte.

Heute haben wir den Tag mit der Arbeit an unserer Zeitung verbracht; diesmal wird sie *»Frolic Weekly«* heißen; ich habe ein im Schein von zwei Laternen tanzendes Paar gezeichnet, man sieht nur ihre Silhouetten. Jack hat über jeden unserer Gäste seine Witze gemacht (vor allem über Jim); kurz gesagt, wir haben den Erzählern mit großem Vergnügen zugehört. Joaquin jedoch ist sehr unartig. Das Abendessen ist vorbei, und ich schreibe diese letzte Seite in meinem Bett, denn mir tun vom vielen Tanzen meine *ankles* [Fußgelenke] weh. Es besteht nicht der geringste Anlaß, mich zu bemitleiden, denn ich bin des Feierns überdrüssig. Tante Hélène ist wesentlich erschöpfter

noch als ich, sie ist völlig überarbeitet und hat überdies auch noch einen Schnupfen; aber sie duldet nicht, daß ich sie pflege. Vielleicht kommt morgen ein Brief von meiner kleinen Mama! Ich denke so viel, so oft an sie! Und ich wünsche mir so sehr, sie wiederzusehen, zu erfahren, ob sie auch nicht zu viel arbeitet, und sie fest zu umarmen.
Es ist wahr, daß die Zeit ihrer Abwesenheit sehr schnell verging, aber es gab auch sehr viel zu tun. Das ganze Haus ist so hübsch geworden! Alle Gardinen sind aufgehängt, Tante Hélène hat das Bad neu angestrichen, das Treppenhaus und den Flur. Wir haben Schubkästen für einen *book-holder* anfertigen lassen, wo Mama ihren Papierkram unterbringen kann. Sie wird staunen, wenn sie nach Hause kommt, und ich hoffe, sie wird sich freuen.
Nach dem Trubel des gestrigen Abends war es heute sehr ruhig bei uns; wir schwärmen noch immer von diesen Stunden der Freude und des Tanzens. Eigentlich wollte ich mit dem Schreiben noch etwas warten, weil ich nach so einem Tanzabend immer ein bißchen frivol und nicht ganz ich selbst bin und weil ich Angst hatte, Unsinn zu schreiben; trotzdem ist es mir nun doch lieber so, denn vielleicht komme ich jetzt auf andere Gedanken.
Morgen werde ich an Marcus schreiben; sein Bild, das ich in Gedanken vor mir sehe, empfinde ich als wohltuend mitten in dieser Verwirrung, die der erste Abend in Gesellschaft eines jungen Mannes mit moderner Lebensauffassung in mir hervorgerufen hat. Ja, ich bin verwirrt; es ist ein sonderbares Gefühl, eine Art Scham, wenn ich bedenke, daß Jim es wagen konnte, mich so zu behandeln, als wäre ich ... Germaine Sarlabous, aber ich bin auch überrascht, denn es ist noch gar nicht lange her, da war ich beim Tanzen sehr einsam und verlassen, und plötzlich werde ich mit Komplimenten überhäuft und bin eine begehrte Tanzpartnerin, ich, Mademoiselle Linotte!
Ach, mein geliebtes Tagebuch, in diesen Seiten ist nirgendwo die Rede von einem großartigen, wunderbaren Erlebnis; es sind nur die ganz kleinen Begebenheiten aus dem Leben eines jungen Mädchens, die ich vermutlich eines Tages verbrennen werde. (Die Begebenheiten meine ich, im Augenblick jedoch finde ich, daß das Schwarz und Weiß der Gedanken, die durch meinen Strohkopf ziehen, mir eine Spur Vernunft geben, die ich dringend brauche.)

In Zukunft werde ich wieder versuchen, täglich zu schreiben. Ich möchte gern wissen, ob Du Mr. Jim nett findest! Ich werde ihn mir ein bißchen genauer ansehen und mich zum Zeitvertreib über ihn lustig machen. *All right?* Ja, ja, Du findest immer alles richtig und hilfst mir nicht, mich zu »entkokettisieren«!! Ach, welch unheilbare Krankheit, meine liebe eingebildete Kranke! Oh, Jim! Oh, Linotte! Oh! Gute Nacht!

16. März 1920

Oh, mein kleines Tagebuch: schon wieder ein Abenteuer! Heute früh bekam ich einen Brief von Marcus: er hat Osterferien, zwei Wochen, und am Samstag gehen wir nachmittags zusammen in die Oper; es ist der Anfang einer Reihe von Tagen, die wir gemeinsam verbringen werden.

Ich habe mich oft gefragt, wann ich Marcus wieder sehen werde, und plötzlich ist es soweit . . . ich werde ihn sehen, den Jungen, dem ich so vielen anderen gegenüber den Vorzug gebe!

Tante Hélène wollte mein Glück noch vollkommener machen, und so wird Marcus nach der Oper mit uns zu Abend essen, danach wird ein bißchen getanzt mit unseren Nachbarn und unter uns. Ach, wie oft ich heute an all dies gedacht habe! Jetzt ist mir meine Begeisterung peinlich . . . Ach, wie kommt das nur, warum bin ich ein solches Kind? . . . Heute abend fühle ich mich betrübt und traurig und allein. Wenn Mama da wäre, würde sie sagen, daß ich nicht so schlecht bin, wie ich glaube, und schon könnte ich wieder lächeln; augenblicklich aber denke ich über alles nach, was ich tue und was ich denke . . . ja, so verrückt ist Deine arme kleine Linotte! Es erleichtert mich, daß ich Dir meine Bosheiten mitteilen kann; irgend jemand muß wissen, daß ich eitel und kokett bin und . . . usw. usw.

Ich habe zehn Seiten an Marcus geschrieben und ihm alles erzählt; heute früh war ein kurzer Brief von ihm gekommen. Ach, mir liegt soviel daran, daß Du weißt, wie ich bin! So viel! Heute habe ich mir von ganzem Herzen einen neuen Hut gewünscht . . . bei all den Hüten, die in meinem Schrank sind, all den ausgefallenen Ideen, die ich mir erlaube! Und danach habe ich mich fünf oder zehn Minuten lang im Spiegel betrachtet! Noch was: *Mr. Jim throws kisses at me* [Mr. Jim wirft mir Küßchen zu], und das fand ich sehr lustig.

Was noch? Das ist genug, glaub' ich, mit siebzehn Jahren!!!

Dies hier habe ich zwei- oder dreimal unterbrechen müssen, um meinen Kopf im Kissen zu vergraben und ... zu weinen. Lächerlich? O ja, arme Linotte, wie sehr sie doch ihre kleine Mama braucht ... und wenn ich daran denke, wie wenig ich eine so tapfere kleine Mama verdiene, dann muß ich weinen. So einfach ist das.
Ich möchte vernünftig sein und nicht unbedingt hübsch sein wollen ... am Samstag, und nicht Marcus wiedersehen wollen und nicht immer an die Freude denken, die mir durch diese Freundschaft zuteil wird; das ist alles so furchtbar, und die Tränen fließen!
Ach, *Mummy, Mummy! Your little daughter needs you so!* [Mama, Mama, deine kleine Tochter braucht dich so sehr!] Nur Mut! So viele Leute glauben, daß ich gut bin. Und die Tränen, die herunterkullern!
Merkwürdig, wie *fickle* [oberflächlich] ich bin, sobald mir die Namen meiner Prinzen im Kopf herumgehen; wenn Marcus mich einmal besser kennt, so fürchte ich, wird das Idealbild abbröckeln, das er sich von mir geschaffen hat!
Ach, aber am Samstag, am Samstag, meine kleine Verrückte, geben wir uns, Du und ich, unseren Träumen hin!

17. März 1920
Mrs. Thayer ist böse auf mich ... und ich auf sie. Ich war frech zu ihr: ausnahmsweise hat mich der Stolz, den ich bisher recht gut unter Kontrolle hatte, so weit getrieben, daß ich mich gegen eine Demütigung aufgelehnt habe. Manchmal, fürchte ich, bin ich zu fügsam; wenn jemand sagt, ich sei kokett, dann werde ich traurig und ich versuche, mich zu bessern; heißt es, ich habe einen Hang zu Ausgefallenem, bin ich verzweifelt und versuche, den allerkleinsten Wunsch nach der allerkleinsten hübschen Sache im Keim zu ersticken, und so geht es weiter, denn mein Vertrauen in Mademoiselle Linotte ist nicht allzu groß, ich weiß, daß Mademoiselle Linotte einfältig und dumm ist und all so was. Ich weiß, daß ich beim Schreiben in Französisch Tausende von Fehlern mache; soweit es aber das Sprechen betrifft, weiß ich, daß ich besser sprechen kann als ... Mrs. Thayer. Ich habe immer gesagt, daß Mrs. Thayer sehr gut französisch kann, aber ich habe auch gesagt, daß ich nicht gern französisch mit ihr rede, denn in fünfzig Prozent aller Fälle ... *she misunderstood me*

[hat sie mich mißverstanden]. Aber wozu erkläre ich das? Es ist ganz einfach: sie sagt, ich sei unfreundlich; ich bin überrascht, daß Mrs. Thayer schlechte Laune hat, ich bin ihr böse, und Mrs. Thayer ist böse auf mich. Aus!
Wahnsinnig gern möchte ich jetzt weinen, aber diesmal läßt es mein Stolz nicht zu, und kein Mensch, nicht einmal Mama – denn an sie habe ich heute abend geschrieben –, kann sich ein Bild von *my wretchedness* machen [ermessen, wie unglücklich ich bin]. Nein, niemand hat das Recht, mir auf diese Weise weh zu tun; anscheinend ist alle Welt berechtigt, bösartig und schlecht gelaunt zu sein, ich ausgenommen; von mir erwartet man, daß ich mich wie ein Engel verhalte, und sobald ich mich auch nur ein bißchen menschlich benehme, sind alle entsetzt. Oh, und wie ich Lust habe, böse zu sein, mich zu schminken und mich wie eine Schauspielerin anzuziehen, eitel zu sein und jedem die Wahrheit über seine »Freundlichkeit« ins Gesicht zu sagen, mich nicht mehr um die Wäsche meiner kleinen Brüder zu kümmern, nicht mehr zu nähen, zu putzen und auch keine Betten mehr zu machen, wenn jemand böse auf mich ist.
Oh, welch eine Komödie! Soeben hat Mrs. Thayer mit mir gesprochen, als ob gar nichts gewesen wäre, dabei hatte ich die Absicht, hundert oder zweihundert Seiten lang mein Elend zu schildern. Ich werde weiterhin lieb sein wahrscheinlich, und das hier ist mir eine Lehre; ich mache aus einer Mücke einen Elefanten.
Ich habe erfahren, daß ich am Samstag Amato und den berühmten Caruso hören werde. Caruso zum erstenmal! Bin ich nun wieder fröhlich? Nein, Mama fehlt mir zu sehr, als daß ich fröhlich sein könnte, ich bin einfach traurig.

18. März 1920
Es gibt Tage, an denen bin ich wirklich unausstehlich, zum Beispiel gestern. Heute jedoch war ich eigentlich recht lieb; ich habe Bad und Gästezimmer gestrichen, Vorhänge genäht und Geschirr gespült, überall ein bißchen sauber gemacht und auch das Treppenhaus gestrichen; das war's wohl. Und an wen habe ich die ganze Zeit gedacht? An Mama. Heute kam ein Brief von ihr; die Art, wie dieser Brief geschrieben war, weckte in mir den Verdacht, daß es mit Mamas Gesundheit nicht zum besten steht, daß sie allein ist ohne ihre Linotte, die sie umsorgt!

Als alle Arbeit im Haus getan war, leistete ich mir die einzige Unverschämtheit des heutigen Tages: Ich setzte meinen neuen Hut auf und zog meinen Hermelin an, um mir ein Bild zu machen, wie das aussieht! Ich habe auch zehn Cents für eine *powder-puff* [Puderquaste] ausgegeben. Ach nein, das ist nicht alles, ich unterhielt mich gerade mit Jack, als Tante Hélène plötzlich zu mir sagt: »Anaïs, du flirtest schon wieder!«

Immerhin . . . als Tante Hélène am Abend Jack die Frage stellte, ob er mir vielleicht einen Gutenachtkuß geben möchte, antwortete er: *»I would do it if she lets me«* [»Ja, ich würde es gern tun, wenn sie mich läßt«]!!! und ich lachte.

Joaquin ist von den Murrays zurückgekommen, aber er ist nicht sehr brav. Thorvald wie auch der Rest der Familie liegt im Bett und liest, also könnte ich wirklich lange schreiben, aber ich bin ein bißchen müde und ziehe es vor, zu träumen.

21. März 1920

Welch himmlische Ruhe nach dem Wirbel des gestrigen Tages! Ich hatte etwas Zeit zum Nachdenken, und nun bleiben mir noch ein paar Minuten zum Schreiben. Es ist das erstemal, daß ich eigentlich nicht schreiben möchte, ich würde gern meine Gefühle von gestern wie einen geheimen Schatz hüten; ich spüre sie übrigens heute noch, während ich Dir davon erzähle. Ich werde *versuchen,* Dir alles zu sagen, der Reihe nach.

Gegen eins warf ich einen letzten Blick in den Spiegel, und die ganze Familie betrachtete mich mit sichtlichem Wohlgefallen, ich war entzückt. Denkst Du, ich habe mir Rouge aufgetragen? Nein, mein Gesicht war vor lauter Aufregung rosig genug. Ich rannte los zu meinem Zug, war zu früh da und sah mich gezwungen, einen anderen zu nehmen, der wiederum zu früh in New York ankam. Als ich schließlich am *Pennsylvania*-Bahnhof war, ging ich erst einmal eine Viertelstunde lang einen langen Gang auf und ab, der den Bahnsteig mit der Straße verbindet; ich stellte mir dabei hundertmal die Frage, ob ich Marcus Anderson denn wiedererkennen würde und wie er denn ausgesehen hatte. Als die Zeit gekommen war, nahm ich ein Taxi und fuhr zur Oper. Ich stieg aus, zahlte, drehte mich um und wollte mir gerade einen Weg durch die Menge bahnen, als sich plötzlich unsere Blicke trafen, und was wir dann sagten, habe ich vergessen. Ich war glücklich, ihn zu sehen, mein kleines Tagebuch.

Wir suchten unsere Plätze auf, und die Oper begann. In der Pause nach dem ersten Akt schlugen wir uns bis zum Büfett durch, um einen Kaffee zu trinken und ein Stück Kuchen zu essen. Jetzt kann ich sagen, daß mir die Pausen tausendmal lieber sind als die Arien des berümten Caruso und der Rosa Poncelle und die Arien Amatos, denn Marcus redete, und ich hörte ihm zu; manchmal sprachen wir über die Dichter, dann über Lake Placid und über tausend andere Dinge. Der Marcus, den ich gestern kennengelernt habe, ist ein ganz anderer als der, den ich durch seine Briefe kannte. Den wirklichen Marcus mag ich noch lieber.
Danach haben wir versucht, im McAlpin Tee zu trinken, aber es war überfüllt; so fuhren wir mit dem Taxi direkt zum Bahnhof, wo ich feststellte, daß ich eine halbe Stunde Wartezeit hatte. Marcus konnte nicht mit zu mir nach Hause fahren, da er sehr früh schon zu seiner Tante nach Greenwich, Connecticut, zurückkehren mußte. Aber er wollte mit mir warten. So sind wir in Pennsylvania Station herumgelaufen, Marcus hatte mir seinen Arm angeboten, und diese halbe Stunde verging viel zu schnell. Er sprach mit mir über seine beruflichen Zukunftspläne, über seine Schule, über Dichter, so lange, bis wir unsere Unterhaltung unvermittelt abbrachen – wir waren beide sehr verwirrt. Was dann geschah, habe ich fast vollständig vergessen; ich weiß nur noch, daß Marcus von Liebe sprach und daß ich nicht den Mut hatte, ihn zu unterbrechen. Nie zuvor war ich in einem solchen Zustand, so befangen, so verwirrt. Ich erinnere mich, daß ich gesagt habe: *»Please, please«*, immer wieder, daß ich ihm erklärt habe, daß wir nichts anderes als Freunde sein können. Was ging uns der prosaische Bahnhof an, die Leute, einfach alles, wo wir doch miteinander sprachen. Ich nahm mir gerade noch die Zeit, einen flüchtigen Blick auf die Uhr zu werfen, und stellte fest, daß ich gehen mußte, und als ich ihm *»good-bye«* sagte und ihm meine Hand entgegenstreckte, zog Marcus diese Hand an seine Lippen und küßte sie wie ein Prinz; dann rannte ich weg! Während der Fahrt habe ich sehr wenig nachgedacht, ich war zu *thrilled* [aufgeregt], meine Augen waren starr auf meine behandschuhte Rechte geheftet, und ich erinnerte mich an den Blick, mit dem *my first Love* mich angesehen hatte.
Zu Hause angekommen, mußte ich neben einem leeren Platz zu Abend essen, denn wir hatten Marcus zum Essen erwartet. Der

Tisch war wunderschön gedeckt, nichts fehlte, und ich war Tante Hélène unendlich dankbar für die vergebliche Mühe, die sie sich zu Ehren unseres Gastes gemacht hatte. Anschließend kamen unsere Nachbarn, die wir zu einem kleinen Tänzchen eingeladen hatten. Es dauerte bis Mitternacht. Thorvald verliebte sich bei dieser Gelegenheit in Jimmys Schwester Christine, und Mr. Jimmy flirtete auf schamloseste Weise mit Mademoiselle Linotte, obgleich ich nicht viel Lust hatte zu tanzen und den Jungen den Kopf zu verdrehen.
Ein Telegramm brachte uns die frohe Botschaft, daß sich Mama heute einschifft. Oh, welche Freude, welch ein Glück!

22. März 1920
Alles im Haus ist für Mamas Rückkehr vorbereitet, in ihrem Zimmer stehen Rosen, ihr Bett ist gemacht, und wir sind so fröhlich!
Tante Hélène und ich haben uns zunächst wieder als Maler betätigt und wir haben geputzt. Mitten im schlimmsten Durcheinander mit den Farbtöpfen kam ein Anruf von Marcus, und ich mußte ablehnen, mich am Mittwoch mit ihm zu treffen, denn wir rechnen von einem Tag zum anderen mit Mamas Rückkehr: am Samstag aber gehen wir zusammen in *Hamlet*. Dabei fällt mir wieder ein, daß ich kürzlich, als Marcus zum erstenmal anrief, gerade *toasts* machte. Ich hatte damals unser Gespräch schleunigst beenden müssen, trotzdem waren mir, als ich zu meiner Arbeit zurückkehrte, acht Scheiben wertvolles Brot verbrannt. Eine Katastrophe!
Hast Du's schon gesehen? Der Frühling hält seinen Einzug! Heute war ich den ganzen Tag überaus glücklich, warum, weiß ich nicht. Ich freute mich über die ersten Sonnenstrahlen, die ersten Knospen, ich war einfach glücklich, ohne zu wissen, aus welchem Grund.
Als wir mit unserer Arbeit im Haus fertig waren, kauften wir im Dorf Samen und ein paar Pflanzen, dann arbeiteten wir fast den ganzen Nachmittag in »meinem« Garten. Mr. Jimmy tat das gleiche in seinem, ach ja, apropos Mr. Jimmy, beim Tanzen hatte ich ihm Komplimente über seine *pussy-willows* [Weidenkätzchen] gemacht. Und prompt stand am Sonntag der glorreiche Held vor mir, den ich von meinem Fenster aus beobachtet hatte, wie er mit einer Schere bewaffnet seinem Strauch zu Leibe

rückte; er überreichte Mademoiselle Linotte einen herrlichen Strauß *pussy-willows*. Mir erschien der Moment günstig, meine Rolle als junge Dame zu spielen, also erzählte und erzählte und erzählte ich wie eine wirkliche »Dame von Welt«, hahaha, hahaha.
Am Sonntag nachmittag kam seine Schwester und holte mich zu einem Spaziergang ab, vorher hatte ich eine Weile am Fenster gestanden, und Mr. Jimmy ergoß sich in Komplimenten. Es war zum Totlachen.
Am Samstag abend haben wir unsere Zeitung verfaßt, eine Art Abschiedsgruß für Tante Hélène. Auch Jack hat uns wieder verlassen, zu unser aller Bedauern.
Das wäre, glaub' ich, alles; ich wünschte, ich hätte eine Feder, die über soviel magische Kraft verfügt, daß sie Dir die Schönheit eines Frühlingstages bildlich vermitteln könnte ... jenes sonderbare Gefühl der Hoffnung, das sich mit der Geburt einer neuen Jahreszeit in unserem Herzen einstellt, jenes stille Glück, das wächst und wächst, je länger die Tage werden. Oh, es gibt keine Worte, um dieses göttliche Geheimnis auszudrücken!
Und mit dem Frühling und den Blumen kommt auch Mama zurück. Oh, wie schön ist doch manchmal das Leben, so schön, daß man sich fragt, warum es nicht so bleiben kann, warum es sich ändern muß wie die Jahreszeiten!

27. März 1920

Seit Dienstag ist Mama wieder zu Hause. Es war gegen acht Uhr, wir schliefen noch; welch frohes Erwachen!
Mama kann nicht als Millionärin zurück, natürlich nicht. Sie hat gleich wieder angefangen zu arbeiten. Tante Hélène bleibt noch bis Ostern bei uns. Ich habe ein Fläschchen von meinem Lieblingsparfüm bekommen, Royal Begonia von Houbigant, und zwei Kanarienvögel. Durch ein Mißgeschick jedoch wurde der Käfig mit einem meiner kleinen Sänger und dem von Tante Edelmira auf den elektrischen Ofen gestellt, und die beiden Vögel sind zu meiner größten Verzweiflung erstickt. An einem anderen Tag hätte ich über den Tod meiner Lieblinge geweint, aber heute nicht.
Um zwei war ich mit Marcus am Eingang des Lyric, und wir haben uns *Hamlet* angesehen. Anschließend trafen wir uns mit Mama und Mrs. Thayer im Hotel Pennsylvania gegenüber vom

Bahnhof. Mama und Mrs. Thayer wollten Marcus unbedingt kennenlernen; die »Prüfung« ergab, daß Marcus ein *little gentleman* ist, mir aber fiel mehr denn je auf, wie jung er ist, so jung. Ich habe Dir von Marcus, dem Dichter, erzählt, dem Verfasser jenes Bündels von Briefen in meiner Schublade, aber ich sprach nie darüber, wie er aussieht usw. Du kennst mich gut genug, um zu wissen, daß Äußerlichkeiten und Schönheit für mich keine große Bedeutung haben und daß ich sie für die Beurteilung eines Menschen kaum in Betracht ziehe.
Meine kleine Freundin sagte von einem Jungen: *»He is handsome«* oder *»He is not handsome«* [»Er ist hübsch« oder »Er ist nicht hübsch«]. Für mich aber, die verrückte Linotte, ist alles andere wichtig, nur das nicht. Es ist mir nicht möglich, Marcus so zu beschreiben, wie man irgendwelche anderen Leute beschreibt. Hier ist meine Version. Er ist ein *gentleman.* Ich *glaube,* er hat blaue Augen, aber ich weiß, daß diese Augen gut und sanft sind. Stark ist er ganz und gar nicht und auch nicht größer als ich, aber er ist in allem wie ein Prinz. Sein einziger Fehler (und auch das liegt einzig und allein daran, daß ich eine *little old lady* bin) besteht darin, daß er noch ein Kind ist.
Diese Tage – zwei nur –, die ich mit Marcus verbracht habe, waren Abenteuer wie im Märchen, denn alles, was er sagt, alles, was er tut, überrascht mich, alles *thrills me.* Wenn ich sage, daß dies hier mein *first love* ist, dann protestiert Tante Hélène in Jacks Namen. Jack? Ach, es ist so lustig, aber es stimmt, daß auch Jack anfängt, mir Komplimente zu machen, genau wie die anderen kleinen Herren! Mama hat übrigens gesagt, ich sei sehr *fickle* [oberflächlich, unbeständig], also habe ich das Recht, viele Menschen auf einmal zu lieben und meinen Prinzen öfters zu wechseln. Du erinnerst Dich sicher an den armen Enric, an Eduardo und Jack und Jim, vorher der kleine Henri aus Brüssel und andere. Jetzt ist mir Prinz Marcus jedoch der liebste. Du lachst mich aus? Macht nichts, ich lache auch Dich aus, denn ich habe noch nie etwas so Dummes gesehen wie mein Tagebuch; wenn es nach Dir ginge, würdest Du mich bis morgen früh solchen Unsinn schreiben lassen, ohne Dich deshalb zu schämen und ohne ein schlechtes Gewissen zu haben. Pfui! Ich selbst bin es, die damit Schluß machen muß; ich bin entsetzt über meine eigenen Schandtaten und muß mich bestrafen, indem ich ihnen ein Ende setze.

Oh, beinahe hätte ich's vergessen, Prinz Marcus hat lockiges Haar . . . wie ein Künstler eben!
Ich bin überzeugt davon, daß Du Prinz Marcus sehr gern hast. Aber das bleibt unter uns, pst, pst! Mademoiselle Linotte hat ihn auch sehr gern, pst!

2. April 1920
Am Mittwoch abend habe ich mir mit Marcus *Monsieur Beaucaire* angesehen. Es war der letzte Tag, den wir bis Juni gemeinsam verbringen werden, und alle beide fanden wir ihn wundervoll, reizender denn je. Oh, mein kleines Tagebuch, er hat mich um ein Photo gebeten, angefleht hat er mich; er nennt mich *»Sweet Princess«* und er hat mir ein Gedicht gegeben, das so hübsch geschrieben ist, eigens für mich geschrieben! Unsere Gespräche lassen die Zeit wie im Traum vergehen; das prosaische Ende des Traums ist dann immer der Bahnhof und der Zug.
Ich habe diese Trennung wirklich bedauert, und man kann sagen, daß mir erst heute, als ich wieder nach Hause gekommen war, auffiel, daß uns am Montag eine *große* Tanzveranstaltung bevorsteht.
Beim Abwaschen der Teller und Töpfe muß ich unwillkürlich lächeln, denn mir fällt ein, daß Marcus behauptet, meine Hände seien weißer als der frische Schnee und ich hätte Ähnlichkeit mit Kaiserin Eugénie. Aber ich denke nicht immer nur an die Dinge, die mein Prinz gesagt hat, denn schließlich muß man ja auch praktisch sein, nicht wahr? Und da gab es so viele Strümpfe zu stopfen!
Morgen werden wir in die Stadt gehen und ein paar Kleinigkeiten einkaufen. Türkisfarbenen Tüll, der zu meinem Kleid paßt. Oh, ich will nicht über Tüll und Kleider sprechen, Marcus hat gesagt, daß . . . Aber was ist nur heute abend mit mir los? Ab jetzt versuche ich, vernünftig zu sein.
Am Samstag war ich bei Frances. Wir haben uns lange unterhalten, Joaquins Briefe machen sie ganz verrückt, am Montag abend kommt sie zu uns.
Tante Hélène hilft jetzt Mama bei ihrer Arbeit. Sie macht sich noch immer furchtbar über mich lustig, denn sie mag Marcus nicht, aber das verzeih' ich ihr, denn gerade aus diesem Grund erscheint er mir vollkommener denn je!
Wahrscheinlich ist es der Frühling, aber es gibt Augenblicke, in

denen mich eine wahnsinnige Lust packt, über die Wiesen zu laufen und zu lachen! Ich bin richtig glücklich und erstaunlich vernünftig, das heißt, ich lese nie und schreibe nur Geschäftsbriefe und einige Zeilen in mein Tagebuch vor dem Schlafengehen. Der Wecker wird jedoch um halb acht klingeln, und wenn ich jetzt nicht ins Bett gehe, werde ich nicht genug Zeit haben, meinen Traum zu Ende zu träumen. Und ich kann nur nachts träumen, denn der Tag ist zum Arbeiten da! Gute Nacht!

4. April 1920
Ostersonntag! Es regnet, und ich bin mißgelaunt.
Wir sind tagsüber in Edgemere gewesen, denn wir hatten eine Annonce in die Zeitung gesetzt, um unser Häuschen zu verkaufen, aber es ist niemand gekommen. Mrs. Thayer sucht ebenfalls einen Käufer für ihr Haus in Far Rockaway. Wenn ich sage, daß ich heute mißgelaunt bin, so hat das seine Gründe. Gestern kam ein kurzer Brief von Marcus, ein sehr trauriger Brief, und nachdem ich ihn Mama gezeigt hatte, schien Mrs. Thayer so aufgebracht, daß ich ihn ihr zu lesen gab, und dann sagte sie so viele schreckliche Sachen, daß mir von diesem Augenblick an klar wurde – obgleich mich ihre Spötteleien nicht im geringsten ärgern –, wie böse doch alles ist, was Mrs. Thayer von *allen anderen* sagt, von allen, mit Ausnahme von Jack.
Vielleicht liegt der Fehler auch bei mir, an diesem Haß, den ich auf Leute habe, die Kritik üben, die verurteilen und selbst mit unzähligen Fehlern behaftet sind. Vielleicht ist es ein Fehler von mir, daß ich glaube, ich sei alt genug, um es abzulehnen, daß irgendwelche Menschen über mich bestimmen, es sei denn Mama . . . und mein Mann. Nie habe ich Mrs. Thayer lieben können, schon von klein an nicht. Wenn ich auch während Mamas Abwesenheit hin und wieder glaubte, es könnte mir gelingen, ihre Fehler nicht als Fehler zu bezeichnen, sondern ihnen andere Namen zu geben, zum Beispiel guter Wille oder gute Absichten. Aber mein früherer *dislike* [Abneigung] ist heute so heftig wieder zum Ausbruch gekommen, daß dies nicht mehr möglich ist. Bei Tisch hatte ich furchtbare Kopfschmerzen, ich war still und traurig. Und Mrs. Thayer sagt Dinge, die wie Nadelstiche unter die Haut gehen. Ich werde sie nie mehr lieben können, und ich bereue nicht, daß ich es Dir, mein liebes Tagebuch, erzählt habe, denn ich möchte, daß Du meine Fehler

kennst. Ich hätte nie den Mut, dies hier je einem Menschen zu lesen zu geben, der lediglich die Schultern zucken würde mit der vielsagenden Bemerkung: »Sie ist verrückt.« Übrigens bin ich mir im klaren darüber, daß ich nicht ganz vernünftig bin. Aber weißt Du, womit Mrs. Thayer Ähnlichkeit hat? Mit dem eher traurigen, aber *typical* Bild einer Schwiegermutter. Sie *herrscht*, sie mischt sich in alles ein, sie verurteilt und kritisiert und sie ist zynisch.

Oh, welche Schande, daß ich auf solche Gedanken komme bei einer Frau, die sich während Mamas Abwesenheit so rührend um uns gekümmert hat, aber was soll ich tun? Soll ich Dir erzählen, daß ich alle Welt liebe? Oder die Wahrheit sagen? Hüte mein Geheimnis. Es gibt übrigens auch freudige Sachen, an die man denken kann, unser morgiger Tanzabend zum Beispiel, usw.

Nun hab' ich genug davon, immer nur Bösartiges zu schreiben. Gute Nacht!

9. April 1920

Es gibt so viel zu berichten! Wo fang' ich an? Bei dem Fest! Wann beginnt eigentlich ein Fest? Beim ersten Klingeln an der Tür? Nein, nein, es beginnt beim Ankleiden. Von der Arbeit will ich nicht reden und von den Vorbereitungen, um schön zu sein; nachdem man das Schlimmste hinter sich gebracht hat, schläft man ein paar Minuten, und das Wunder ist vollbracht!

Mama sah sehr schön aus in ihrem schwarzen Kleid. Thorvald war hinreißend in seiner ersten langen Hose, ein stolzer kleiner Mann, dieser prächtige kleine Bursche. Über Joaquins Schönheit gibt es nichts zu sagen, nur soviel, daß er glücklicherweise noch zu jung ist, um mit seinen Schmeicheleien die Herzen aller meiner Freundinnen zu brechen. Wie galant ist er doch! Mein Gott! Mrs. Thayer, die arme Mrs. Thayer, hat lange gebraucht, um sich anzuziehen, aber die Haare schaden ihrer Aufmachung, sie sind nach meinem Geschmack zu rot! Ich habe mein Feen-Kleid angezogen, dazu trug ich einen Kranz aus kleinen Blümchen auf einem goldfarbenen Band und meine Schuhe mit den Louis-XV-Absätzen. Und wie ich mich frisieren kann, ist ein wahres Wunder. Nur glaube ich, das Geheimnis, das alle Anwesenden zu der Behauptung animierte, ich sei schön wie ein Gemälde, ist wohl ganz einfach darin zu sehen, daß ich glücklich

war, so glücklich! Denn ich bin noch nicht übersättigt, und ein Tanzabend ist für mich die Verwirklichung eines meiner schönsten Träume. Wenn ein Traum Wirklichkeit wird, muß man sich daran freuen!
Die Königin-Mutter, rote Haare, lange Hose, listige Blicke und türkisfarbener Tüll, die Treppe herunterschreitend! Es klingelt, der erste Gast, dann, nach und nach, treffen alle ein. Edward Rising, Robert Winters, Frances Schiff, Jack Cosgrove, Dorothy Eddins, Homer Eddins, Lucy Krupps, Elsie de Sola, Elsie's *friend,* Elsie Lopez, Laura Lopez, Paquita Madriguera, Macaya, Wilemina Forgie, Martha Forgie, Christine Forgie, Jimmy Forgie, *Jimmy's friends (two of them),* Raymond McCormack, William Cormack, Alfonso Bermudez *and* Mr. Munoz, Nella Casey und Mr. Casey.
An dieser Stelle muß ich gestehen, daß mir mein Benehmen an diesem Tag peinlich ist, denn mir hat das Tanzen soviel Spaß gemacht, daß ich nicht bemerkt habe, was um mich herum vorging. Es heißt, Elsie sei fast ohnmächtig geworden, und der Salat sei schlecht gewesen, was weiß ich?
Ich erinnere mich nur noch daran, daß Jimmy Anstalten traf, Mademoiselle Linotte für sich allein beanspruchen zu wollen, daß es aber Macaya und Homer Eddins gelang, ihm den Rang abzulaufen und er daraufhin kehrt machte und sich wahnsinnig in Dorothy verliebte. Jack war nicht schnell genug, und ich habe mit ihm nur einen Viertel Tanz getanzt. Alfonso hat Tanzen gelernt, und meine Komplimente haben ihn sehr gefreut. Auch Edward Rising hat es gerade erst gelernt. Elsie hatte mir verboten, mit ihrem Lieblingsfreund zu flirten, aber *I couldn't help it* [ich konnte nicht anders]. Dann hat er einmal mit mir getanzt, und bei dieser Gelegenheit, glaube ich, wurde Elsie ohnmächtig.
Was den Salat betraf, den habe ich in Begleitung von Jimmy gegessen, und wie man in Spanisch so schön sagt: *»El es muy salao«,* und so entging mir, daß er zu wenig gesalzen war.
Wenn sich alle so amüsiert haben wie ich, war das Fest ein voller Erfolg. Paquita jedoch ist ein wenig blasiert, und ich fürchte, daß Frances kein Kleid anhatte, das sie hübsch macht.
Um Mitternacht gingen die ersten nach Hause, der Rest folgte um zwei. Einige jedoch gingen überhaupt nicht nach Hause. Dorothy und ihr Bruder Homer und Frances wollten mit Mr.

Casey im Auto nach New York fahren. Aber das Auto streikte. Bitten und Draufhauen waren erfolglos. Ein Auto ist störrischer als ein katalanischer Maulesel. Also kamen unsere Gäste für den Rest der Nacht wieder herein. Dorothy und Frances schliefen in einem Zimmer, Homer unter dem Dach im kleinen Gästezimmer. Mr. und Miss Casey erwischten gerade noch den Zwei-Uhr-Zug. Interessant, nicht wahr? Obendrein haben wir kein Dienstmädchen, keine Butter zum Frühstück, kein Obst, aber sehen wir nicht zu schwarz! Aladins Geist wachte über meinen gestörten Schlaf, und glücklicherweise wachte ich um sieben Uhr auf. Ich schlich mich in die Küche ... Ich spielte das Dienstmädchen. Später ging ich mit Frances, die nun ebenfalls aufgewacht war, ins Dorf und kaufte Butter und Obst. Alles läuft wie geschmiert ... (Oh, wenn ich doch nur auf geschmierten Rädern hätte laufen können, anstatt meine Gelenke weiter zu strapazieren ... die Folge von zu vielem Tanzen!)
Außerdem war herrliches Wetter! Ich begleitete meine Gäste bis zum Bahnhof, diesmal fuhren sie ab!
Dann ging ich wieder nach Hause und traf gerade noch Mrs. Thayer und Jack, die ebenfalls weggingen. Nach all diesen schmerzlichen Trennungen fiel ich auf mein Bett und ... schlief friedlich ein. Oh, wie undankbar! Nach einigen Stunden wachte ich auf und stellte fest, daß der Tag noch nicht zu Ende war. Es mußte zu Abend gegessen und das Geschirr gespült werden, und dann war es Zeit, ins Bett zu gehen.
Danach vergingen einige Tage mit Arbeit. Heute bot sich die Gelegenheit, die Briefe von Frances und Marcus zu beantworten. Wir haben im Garten gearbeitet, und Jimmy kam, um uns zu helfen, ebenso Raymond. Und nun wundere ich mich, daß ich noch so viel habe schreiben können mit meinem Arm, der mir vom Harken weh tut. Heute abend jedoch mußte ich erzählen, denn ich quoll über vor Optimismus, und die ganze Familie ist beim Lesen. Ich hingegen kann nicht mehr lesen, wenn ich den ganzen Tag für Mama Zahlen addiert habe; und eine Mischung aus Swinburns Gedichten und \$ 9 + \$ 200 + \$ 10 – \$ 95, das geht einfach nicht, wirklich nicht.
Ich glaube, ich gehe morgen zur Beichte. Ich hätte es wirklich dringend nötig!!! Ach, wäre ich doch nur ein bißchen netter!
Siehst Du, ich benutze meine Frisierkommode als Schreibtisch, und unwillkürlich sehe ich mich im Spiegel, jedesmal, wenn ich

aufblicke. Mit meiner Brille sehe ich aus wie eine Lehrerin. Dabei fällt mir ein, daß die Geschwindigkeit, in der ich sie absetze, wenn jemand an der Tür klingelt, zu einem richtigen Witz geworden ist. Solche Sachen erinnern mich immer wieder – und dabei werde ich ganz melancholisch – an die Notwendigkeit, daß ich sie ändern muß.
Kürzlich war einmal von Puder die Rede (ein sehr aktueller Gesprächsstoff!), und Mama erzählte, daß ich erst mit sechzehn Jahren angefangen hätte, ihn zu benutzen. Ich erinnere mich, daß ich von diesem Zeitpunkt an jeden Sonntag Puder auftrug als eine Art Belohnung. Prompt schrie Thorvald lauthals, daß *»I was making up for it now«* [»daß ich jetzt aufhole«]. Verheerend, die Meinung Thorvalds über Mademoiselle Linotte!
Meiner kleinen Uhr nach ist es noch früh, aber es ist kalt. Ich geh' ins Bett. Gute Nacht!

11. April 1920
Welch ein schöner, ruhiger Tag! Ein richtiger Sonntag, schönes Wetter, ein ruhiges Gewissen, nichts zu tun. Meine letzte Feststellung ist eine Halbwahrheit, das heißt, daß die meisten von uns nichts zu tun haben. Aber gehen wir mal hübsch der Reihe nach vor, mit Methode. Systematisch vorzugehen ist eine der Eigenschaften praktisch denkender Menschen, und ich versuche, praktisch zu sein. Also, der Reihe nach. Gestern bin ich zur Beichte gegangen und heute früh zur Kommunion. Das hat mich »brav« gemacht, aber genau das Gegenteil ist mit Joaquin passiert. Und solange ich mich über Joaquins Verhalten auslasse, werde ich die Reihenfolge nicht einhalten. Erst einmal sind wir mit Raymond zusammen von der Kirche nach Hause gegangen. Nach dem Essen habe ich mich um den Haushalt gekümmert, und genau da begann es: Joaquin kam auf keine bessere Idee, als unartig zu sein. Gerade jetzt, wo Mama krank im Bett liegt. Wir waren den ganzen Tag um sie besorgt, und jetzt liest meine kleine Mama. Für die Dauer des Abendessens hat Joaquin vorübergehend umgeschaltet, wegen der Nachspeise! So hat im Moment jeder seine Ruhe. Was für ein ruhiger Tag! Hab' ich nicht vom schönen Wetter gesprochen? Eine Flut von Sonnenstrahlen und eine Woge lauer Frühlingsluft! Während ich Briefe an Cuca, Tante Anaïs, Marraine und Bobby Foerster schrieb, legte ich öfter kleine Pausen ein und sah zum

Fenster hinaus. In Richmond Hill gibt es tausend schöne Vögel, jene kleinen Freunde, die Stadtkinder kaum zu sehen bekommen. Thorvald, dem Pfadfinder, habe ich es zu verdanken, daß ich ihre Namen kenne in englisch; es sind: *blue-birds, robin redbreasts, chickadees, blue jays, purple qrackles, downy woodpekkers, field sparrows, sang sparrows, starlings, crows* und *cat-birds.* Geschirrspülen, so wie wir es machen, ist keine Tragödie. Thorvald und ich, wir singen und laufen zum Fenster, um den reizenden Vögeln, deren Namen ich Dir oben nannte, zuzusehen, wie sie die kleinen Brotstückchen aufpicken, die ich ihnen öfters zuwerfe. Und dadurch, daß wir singen und den Vögeln zuschauen, sind die Teller im Nu abgespült.
Oh, fast hätte ich's vergessen, noch ein Abenteuer! Am Dienstag abend gehen Mama und ich zum Abendessen zu Madame Sarlabous. Erinnerst Du Dich an diese Dame? Vor langer Zeit hatte sie einmal geglaubt, ich hätte Talent zum Schreiben, und sie versuchte, an meinen Gedichten ein gutes Werk zu tun; dann, eines Tages, vermutlich, als sie ihren Fehler bemerkte, ließ sie mich sitzen, ließ mich auf meinem Floß treiben, einfach so! Sie hat eine Tochter, Germaine, jene berühmte Germaine, die den Männern so gern den Kopf verdreht; wir hatten uns zu einer Zeit gekannt, als ich noch häßlich, linkisch und wenig umgänglich war. Es ist lange her, seit wir uns das letzte Mal sahen, und inzwischen habe ich mich merklich verändert. Also werde ich einmal an Germaine ausprobieren, was ich gelernt habe, und an dem Ergebnis werde ich sehen, wie es um meine Metamorphose steht! Allein der Gedanke daran hat mich *»tickled to death«* [»schrecklich erheitert«].
Neun! Sonntags gehen wir immer um neun schlafen, und daran muß ich mich halten. Adieu! Gute Nacht! Welch ein schöner, ruhiger Tag!

12. April 1920

Mama liegt noch immer im Bett, sie ist ziemlich krank und macht sich Sorgen. Aber das konnte sie nicht daran hindern, im Bett zu schreiben und sich am Telephon mit jemandem herumzustreiten; im Augenblick liest sie. Bis jetzt habe ich wohl einen recht fröhlichen Eindruck gemacht, aber Dir, mein kleines Tagebuch, kann ich gestehen, daß ich ziemlich traurig und mutlos bin. Das ist immer so, wenn Mama krank ist und tausend kleine Verant-

wortungen auf mich einstürmen und mich belasten, lauter Dinge, die *praktisches* Denken erfordern. Praktisch? Ach, wie viele nützliche Eigenschaften fehlen mir doch!
Heute morgen habe ich zwei Stunden lang im Garten das Laub zusammengerecht, köstlich! Es war warm, und ich hätte gern noch lange, lange so weitergemacht. Während ich die Blätter alle zum Verbrennen auf einen Haufen kehrte, dachte ich nach, sang und träumte. Von Zeit zu Zeit stellte ich meinen Rechen ab und verfolgte mit den Augen den Flug eines Vogels oder einer vorbeiziehenden Wolke. Das kann nicht normal sein, weiß Gott nicht, aber da draußen zu sein, hat mir mehr Spaß gemacht als die herrlichsten Filme. Und welch ein überraschender Anblick, wenn ich in den Spiegel schaue, rote Bäckchen und strahlende Augen. Mein Appetit war auch geweckt worden, und ich machte mich mit großer Freude daran, für mein liebes krankes Mamalein und für Joaquin, der zur Zeit in die Schule geht, eine kleine Mahlzeit herzurichten.
Es ist die gleiche Schule, die auch Jimmy besucht, die Privatschule Kew Forest; offensichtlich geht es dort *außerordentlich lustig* zu, nach Joaquin zu urteilen, der am Unterricht nicht allzusehr interessiert ist.
Während ich im Garten arbeitete, kam der Postbote und brachte mir einen Brief von Marcus, der mich unendlich traurig gemacht hat. Da er meinen Brief noch nicht erhalten hatte, erkundigte er sich, warum ich ihm solchen Kummer bereite, indem ich nichts von mir hören lasse. Mit jedem Zeichen von Liebe, das ich von meinem Prinzen erhalte, werde ich verwirrter und schäme mich. Ich schäme mich, weil ich um keinen Preis der Welt irgendeinen Menschen absichtlich unglücklich machen möchte, und wenn ich nicht lernen kann, Marcus zu lieben, wird er unglücklich sein, wenn ich es ihm werde sagen müssen. Ich will nicht mehr nachdenken.
Mama ruft nach mir. Gute Nacht.

16. April 1920
Mama hat diese traurigen Tage größtenteils im Bett verbracht; sie ist noch nicht wieder bei Kräften und macht sich Sorgen. Sie hat sich Tinte und Papier ans Bett bringen lassen und hat schrecklich viel gearbeitet. Morgens fahre ich immer nach New York und hole in ihrem *office*, einem kleinen Raum am Broad-

way Nr. 1929, die Post ab. Und auch, um Einkäufe zu tätigen. In diesen Tagen, als ich gerade in die Stadt fahren wollte, erhielt ich einen Brief von Marcus, den ich heute beantwortet habe.
Heute abend schreibe ich vor meinen drei Spiegeln, das ist die Erklärung für meine holprige, zusammenhanglose Art zu schreiben, denn ich sehe mein Spiegelbild an, um mit mir zu schimpfen, weil ich heute so unausstehlich war. Es hat geregnet, also war ich griesgrämig, dann nahm ich ein Buch zur Hand, es war wie ein kleines Fest, das ich da in meinem Sessel feierte. Ich war mit ganzem Herzen bei der Sache, war glücklich und der Wirklichkeit weit entrückt. Plötzlich fielen mir die Strümpfe wieder ein, die noch zu stopfen waren; ich sah auf die Uhr, fünf Minuten noch, ich hab' ja Zeit . . . und ich las und las. Ich sah ein zweites Mal auf die Uhr, ach, noch fünf Minuten, und ich las und las und las. Noch einmal fünf Minuten, danach noch mal das gleiche, immer wieder fünf Minuten . . . eine Stunde lang. Welche Versuchung! Glaubst Du, daß ich die Strümpfe noch gestopft habe? Rate mal! *Ja,* ich habe es getan; als die Stunde vorbei war, stand ich auf und holte mir die gräßlichen, dummen, alten Strümpfe. Und während ich sie ausbesserte, habe ich soviel geträumt, daß ich völlig vergaß, womit ich gerade beschäftigt war. Ja, es gehört schon eine Begabung dazu, träumen zu können, während man sich die Finger wund sticht! Aber schließlich ist man dann doch schrecklich froh, wenn die Arbeit getan ist. Die Kapitel meines Buches erschienen mir daraufhin sogar noch interessanter, wenn auch diese Stunde der Schwäche mein Gewissen etwas belastet und ich mich schäme, feststellen zu müssen, daß ich eine ganze Stunde brauche, bis ich mich entschließen kann, so zu sein, wie ich sein sollte!
Mama hat mich soeben mit einem Vortrag über »soziale Gewohnheiten« zum Lachen gebracht. Cuca, die zwei Jahre älter ist als ich, hat nun beschlossen, daß es bei diesem Alter bleibt. Also wird sie bis in alle Ewigkeit achtzehn sein. Cuca und auch noch andere (vor allem Germaine). So bin ich der Meinung, daß auch ich anfangen sollte, mich jünger zu machen. Von nun an werde ich einige Jahre lang bei meinen siebzehn bleiben. Zum Glück ist eine Zunahme an geistigen Fähigkeiten zumindest äußerlich nicht erkennbar, und so kommt kein Mensch auf die Idee, mir meine Absicht auszureden. Man muß alles in Betracht ziehen!

Ich glaube, ich habe Verse im Kopf. Die muß ich schnell zu Papier bringen. Gute Nacht!

21. April 1920
Heute habe ich mir zwei Dinge ganz fest vorgenommen: so lange zu schreiben, bis ich wieder vernünftig bin, denn ich bin traurig und verzweifelt; und dann möchte ich Dir auch erzählen, was los ist. Wenn ich den letzten Vorsatz einmal in die Tat umgesetzt habe, wird sich das andere von allein ergeben.
Ti Coco kam vor einigen Tagen mit Gilbert und Nunita aus New Orleans zu uns. Mama war bei Dr. Murray und hat nun beschlossen, sich auf seinen Rat hin eine Woche lang auszuruhen, denn ihre eigentliche Krankheit ist der *Mangel an Erholung*, jeden Tag der gleiche Trott von acht Uhr früh bis in die Abendstunden; dann ihre Sorgen, der *»nerve-racking strain«* [die nervliche Anspannung], die ihre Arbeit mit sich bringt. Und so verbringt meine kleine Mama ein paar Tage im Bett, in meinem Bett, und die Nächte auch, denn in ihrem Zimmer schläft Ti Coco.
Selbst jetzt sind wir alle um ihr Bett geschart, wir spielen Karten und unterhalten uns. Sie verbrachte den Tag teils mit Lachen, teils mit Weinen. Joaquin brachte sie zum Lachen; die Ursache für ihre Trauer war jedoch in dem Gedanken zu suchen, sie in die Schule zu schicken.
Vielleicht bin ich krank, vielleicht nur müde, aber im Augenblick ist mir so ein Tag eine rechte Last, und ich gäbe viel darum, einmal ganz allein sein zu können. Aber meine Angst vor der Kälte ist immer noch größer als die Angst vor Radau, und in allen Zimmern ist es ziemlich kalt; so werde ich also versuchen, mich in mein Tagebuch zu vertiefen, wo mich der Trubel um mich herum kaum noch erreichen wird . . . Ach, was ist nur los mit mir?! Ich weiß, daß ich nichts Richtiges schreibe und nur so zufällig, aber ich werde schon wieder gesund und überwinde meine Traurigkeit.
Ich bin oft nach New York gefahren, um in Mamas *office* die Post zu holen und um Einkäufe zu machen. Dann mußte ich mich um das Abendessen kümmern, um das Frühstück, und das kleine Tablett für Mama herrichten, das unter all den auf dem Bett verstreuten Papieren einen beherrschenden Platz einnimmt. Während ich die Küche wieder in Ordnung brachte, ließ Thor-

vald das Grammophon laufen. So habe ich ganz für mich allein getanzt und dabei aufgeräumt. Es war halb-komisch, ich sage halb, weil ich von einem Augenblick zum anderen damit aufhörte, denn ganz plötzlich überkam mich meine alte Manie, Oberflächlichkeiten den Kampf anzusagen; das war jene Anaïs aus vergangenen Tagen, nachdenklich, fern von allem Irdischen, aus einer Welt irgendwo zwischen dem Mond und den Wolken. Heute abend ziehe ich meine Genesung aber wirklich lange hinaus. Ich wollte Dir nur noch von einem winzigen Lichtblick erzählen, den ich vor ein paar Tagen entdeckt habe. Es war an einem sonnigen Morgen auf der Fifth Avenue. Ich trieb in der Menge am Hotel Waldorf vorbei, ganz langsam. Und weil ich neugierig bin, warf ich einen Blick durch die großen Fensterscheiben und sah die reichen Leute beim Frühstück sitzen. Sie kamen mir gelangweilt vor, angewidert und so interessant wie ein Bogen Löschpapier. Da mußte ich an das Frühstück bei uns zu Hause denken. An diesem Morgen war es kalt gewesen, und so hatte jeder seinen Teller genommen und sich an den Kamin gesetzt. Das hättest Du sehen sollen! Und hören! Es war so gemütlich, ein wunderbares Frühstück, jeder war glücklich und zufrieden, wenn wir auch danach die Teller und Töpfe abspülen mußten.

Dieser Kontrast fiel mir besonders stark auf, und mit diesem Gedanken im Kopf erschien mir der Tag sonniger als je zuvor. Ein Anflug von Optimismus mit ungeahnten Folgen!

Kürzlich sagte ich zu Mama, daß ich gelernt habe, New York zu lieben. Es ist schon eine recht sonderbare Liebe, die man zu dieser Stadt entwickelt. Man flieht vor ihrem Schmutz, man beklagt den Mangel an Licht, an Sonne, an Raum, ganz besonders aber den Mangel an Poesie, und dennoch, im Grunde seines Herzens wird man von einer kleinen Rührung erfaßt und von einem *thrill,* wenn man sich die Zeit nimmt und einmal stehenbleibt, um die Schönheit und den merkwürdigen Reiz von New York auf sich einwirken zu lassen. Da gibt es den Leierkastenmann, die Gassenjungen, die Menschenmenge, die vorwärts drängt, zugegeben, ja, aber es ist die Menschlichkeit, die man liebt trotz allem, die großen und die kleinen Geschäfte, die Fahrzeuge, die Autos, die großen, großen Häuser . . . Das ist das pulsierende, faszinierende Leben, das sich da im größten Theater abspielt, das man sich vorstellen kann, in einer großarti-

gen, hinreißenden Stadt. Indessen erstrahlt New York nicht immer im Licht der Sonne, die Frühlingstage sind nicht zahlreich, aber vermutlich gehen die schwärzesten Tage auch in New York vorüber; man liebt diese Stadt so sehr, denn wo gedeiht Sympathie besser, als wenn sie aus Traurigkeit und Elend geboren wurde? Ich liebe die Stadt New York, ich, die kleine Pariserin ... aber wahrscheinlich liegt es hauptsächlich daran, daß ich ... Paris ... nicht kenne!!!
Alles geht schlafen. In meinem Zimmer ist es ruhiger geworden, und wenn Thorvald und Joaquin mit ihrer Diskussion über ein Baseballspiel fertig sind, dann kann auch ich ins Bett gehen und schlafen.
Von Marcus kam ein Brief ... in *französisch!* Ich werde ihn bald beantworten. Aber es ist kaum möglich, am selben Tag die Kunden über ihre Ausgaben zu informieren und einen Brief an einen Dichter zu schreiben. Das ist seelische Gymnastik. Und: *business before pleasure* [zuerst die Arbeit, dann das Vergnügen]! Gute Nacht!

25. April
Es fällt mir nicht leicht, die Tage vorüberziehen zu lassen, ohne zu schreiben, aber wenn Mama in meinem Zimmer schläft, wird das Licht ein bißchen früher ausgemacht. Außerdem ist das Haus sehr laut. Ich weiß gar nicht, wie es mir gelungen ist, den Brief von Marcus zu beantworten, er hat *»Rappelle-toi«* [»Erinnere Dich«] von Musset übersetzt, und es ist sehr gut geworden. Im übrigen ist ein großer Wunsch, ein riesiges *craving*, in mir wach geworden, ein wenig zu lesen, und ich habe mich oft in mehrere Bücher so vertieft, daß ich zusammengezuckt bin, wenn es Zeit wurde, das Essen vorzubereiten oder die Betten zu machen, wie jemand, der aus einem Traum erwacht und aus einer Geisterwelt zurückkommt. Es ist ja so schwierig, sich auf praktische Gedanken zu konzentrieren, nachdem man sich ins Lesen vertieft hat!
Ich bin unendlich traurig darüber, daß Frances meine Briefe nicht beantwortet, aber ansonsten scheint alles beim besten zu sein. Die Magie des Frühlings hat Mama nahezu geheilt, heute hat sie ihren ersten Spaziergang unternommen. Und morgen fahren wir zusammen nach New York mit Ti Coco, die nach Jamestown will.

Vor dem Haus blühen vier Sträucher, lange, zarte Zweige voller goldener Blümchen. Meine Tulpen schlafen noch, und das Gras wird langsam grün, einzig und allein durch die Pflege der Natur, denn »Thorvald legt nicht Hand an«.
Ein Brief von Emilia hat uns viel Freude gemacht. Interessant, *plentiful* [ergiebig], großherzig, lieb, ja sie erinnert sich an alle und an alles, sie ist einfach wunderbar! Ich glaube – und ich habe schon immer daran geglaubt – daß Emilias Briefe einen großen historischen Wert besitzen, wenn man bedenkt, wieviele Jahrhunderte ihr Leben gebildet haben; aber vor allem sind diese Briefe Zeugnisse eines Künstlerlebens, eines ausgefüllten, bis ins winzigste Detail unendlich interessanten Lebens.
Neun Uhr! Schade. Gute Nacht.

26. April 1920
Von meiner Kopfkissenpyramide aus, nachdem ich meine Feder mit Entschlossenheit in ein Tintenfaß getaucht habe, greif' ich nun die Welt an! Ich neige zu dieser Beschäftigung und habe eine Stunde Zeit dazu. Also, los geht's.
Die Welt wehrt sich nicht, wahrscheinlich wurde sie schon fast vom H. C. L. erobert, dem *High Cost of Living* [den hohen Lebenskosten] und sie hat keine Widerstandskraft mehr, sie tut mir leid. Im übrigen finde ich sie ja gar nicht so schlecht letzten Endes, schließen wir also Frieden.
Ich bin ja sooo müde! Deshalb liege ich schon im Bett und finde Gefallen daran, die Decke gründlich zu betrachten, und dabei vergesse ich zu schreiben. Aber ich muß Dir vom Eintreffen eines neuen Schatzes unter meinen Büchern auf dem Kaminsims erzählen. Mama (die heute ihre erste Fahrt in die Stadt gemacht hat) und ich (die immer überall dorthin geht, wo Mama hingeht), wir sind – auf meine Bitte hin – in ein kleines Antiquariat gegangen, und ich habe (unter anderen Büchern) die Gedichte von Tennyson entdeckt, die Mama für fünfunddreißig Cents gekauft hat (ich habe so darum gebeten).
Ti Coco ist heute nachmittag abgereist.
Nach so vielen Ereignissen habe ich mehr Lust zu schlafen als zu reflektionieren.*

---

* Eine Wortschöpfung von Anaïs: »reflexionner«.

»Honni soit qui mal y pense«
[»Ein Schelm, der Schlechtes dabei denkt«].

27. April 1920
»Meine allerliebste Dick,*
jetzt verstehe ich Dein Gedicht recht gut, und ich bin durch DeinenBrief nicht im geringsten beunruhigt. Ich wünsche mir so sehr, daß Du aufhörst, Dich und Deine *impulses* ständig zu analysieren. Würde es Dich sehr verstimmen, wenn ich Dir sage, was ich von Deinen beiden Ichs halte? Dann überspringe den folgenden Absatz, denn ich *muß* es Dir einfach sagen.
Ich glaube nicht, daß es zwei Ichs geben kann, wie Du behauptest. Der *Geist* soll angeblich ein großes Universum sein. Und in jedem Reich gibt es Zwistigkeiten, Auseinandersetzungen, Krieg und Frieden: Kriege, die von denjenigen hervorgerufen werden, die sich dafür einsetzen, Streitigkeiten zu schaffen, und Frieden, damit sich die Menschen zwischen den Kriegen ausruhen können. Höre auf zu lachen! Ich höre Dich von hier aus, aber ich bin so ernst, wie ich ernster nicht sein kann, auch wenn dies alles pädagogisch und besserwisserisch klingt.
Du bist nur ein einziges Ich: das Ich, das Deine Umwelt so gut kennt. Nur Dein *Geist* ist gespalten. Deine *impulses* sind alle gut, aber wenn Du anfängst, sie zu analysieren und zu zweifeln, dann zweifelst Du an Deinen Gedanken, Deinen Handlungen, Deinen Träumen. Du gehst sogar so weit, daß Du an der Existenz Deiner Seele zweifelst; Du denkst, daß die Routine eine Maschine aus Dir machen kann. Eine Maschine hat keine Seele; Du bist keine Maschine, weil Du früher eine Seele hattest, Du hast sie noch immer. Es gibt keine Routine, oder wenn Du willst, kein maschinelles Leben, das eine Seele töten könnte. Ich hoffe, Du verstehst mich. Ich verstehe es selbst nicht so ganz, weil ich sehr befürchte, dies alles hat mit Logik und gesundem Menschenverstand zu tun, und wie Du weißt, sind dies zwei Tugenden, die mir beide ganz schrecklich abgehen.
Ach Dick, Deine armen Träume sind nicht tot! Weißt Du, was mit ihnen passiert ist? Sie sind geflüchtet: wie die Vögel, die Angst vor der Kälte haben und bis zum Frühling davonfliegen in

---

* Aus dem Englischen.

mildere Gegenden. Du kannst sie nicht ergreifen und auch nicht hoffen, sie einzufangen, solange sie zum Beispiel mit dem Lernen in der Schule ein gemeinsames Dasein führen müssen. Aber warte nur, der Sommer wird Dir die Ruhe, die Freiheit wiederschenken, neue Träume zu schaffen, nur ein paar Wolken werden als Dach über Deinem Kopf schweben; dann wirst Du Dich nicht mehr um so lästige Fragen kümmern müssen wie zum Beispiel: ›Wie gebe ich mein Geld aus, was ziehe ich an, wie verschaffe ich meinem Körper genügend Bewegung?‹
Oh, ich könnte unaufhörlich schreiben, um Dein ›inneres Ich‹ daran zu hindern unterzutauchen. Es ist das Wertvollste, was Du hast, Dick, selbst wenn es stimmt, daß man in unserer Zeit gezwungen zu sein scheint, nur den greifbaren Dingen Wichtigkeit beizumessen, ganz einfach deshalb, weil die Leute die Farbe des Himmels, den Geruch von Holz und Feldern vergessen, weil sie in Großstädten wohnen, weil sie nur über Politik lesen und diskutieren, weil das Leben so teuer ist; indessen liegen die Gedichte von Tennyson, von Shelley, Tausende von Gedichten, unter den dicken Staubschichten der alten Bibliotheken begraben.

Dein Brief ist nicht überspannt, nein, Du kannst eben nur schreiben, wie Du denkst und nicht der Zeit entsprechend, über die Du verfügst. Bitte, Dick, schreib' mir immer, soviel Du willst, anstatt in Dein Tagebuch zu schreiben. Wir können gemeinsam unübersehbar weite, wunderbare Labyrinthe durchforschen. Aber hör' auf mit Deiner Selbstbeobachtung; nichts ist unerforschlicher als unser Herz oder unser Geist, und das Beobachten des ›Äußeren‹ der anderen Leute macht unendlich viel Spaß. Wenn Du willst, können wir uns gegenseitig Beschreibungen von allen komischen oder merkwürdigen Leuten, die wir kennen, schicken, wir könnten versuchen, ihre verborgensten Gedanken zu erraten, obwohl die meisten, wenn man sie nach ihrem Gesichtsausdruck beurteilen sollte, im allgemeinen wohl gar nichts denken.

ANAÏS.«

Ich schreibe lange Briefe an Emilia, Eleanor und Bobby Foerster.

30. April 1920

Neulich war ich mit Mama in der Stadt, ich bin nahezu eine Geschäftsfrau – nach etlichen schmerzhaften Erfahrungen. In den ruhigen Augenblicken führe ich Selbstgespräche über meine Schüchternheit, mein mangelndes *self-reliance* [Selbstvertrauen] und über andere unangenehme Themen, so lange, bis es mir mit viel Willenseinsatz ausgezeichnet gelingt, meine Einkäufe mit Selbstsicherheit zu tätigen; ich zögere nicht, ich zweifle nicht an meiner Meinung, ich bleibe ruhig und *lady-like.* Das einzige, was ich nicht unter Kontrolle bekomme, das ist meine Art, sehr schnell zu erröten, und außerdem bin ich unfähig, zu schimpfen und wirklich ärgerlich auszusehen. Es gibt noch immer Leute, die glauben, ich sei ein kleines Mädchen, kaum daß man mich hin und wieder *Little Lady* nennt.

Nach einem ganzen Tag mit all meinem gesunden Menschenverstand an der Oberfläche, nachdem ich unerbittlich den geringsten ausgefallenen Gedanken, jede überflüssige Überlegung von mir gewiesen habe, belohne ich mich selbst, indem ich in meinem hübschen Zimmerchen Shelley und Keats und vor allem Tennyson lese. Zugleich öffne ich all meinen armen Gedanken sperrangelweit die Tore, und mein gesunder Menschenverstand macht sich schleunigst auf und davon mit unbeschreiblicher Empörung.

Seelisch bin ich von diesen ganzen Geschichten immer etwas erschöpft, und körperlich bin ich nahezu tot. Es gelingt mir jedoch, ich weiß nicht woher, von irgendwo noch ein ganz kleines bißchen *pep* [Energie] hervorzuholen, um jeden Abend mit Thorvald ein wenig zu tanzen. Demnächst werden wir ein Loch in den Teppich tanzen!

Aus mit der Ruhe! Joaquin »spielt« mit meinen Kopfkissen. Wir schlafen in einem Bett, weil es kalt ist. Das ist sehr lustig, wenn man bedenkt, daß dadurch ein Bett weniger zu machen ist! Denn all meinen Fehlern muß ich noch mein unwiderstehliches Bedürfnis hinzufügen, meinen Tag im Garten zu verbringen, und während ich die Betten mache, laufe ich hundertmal Gefahr, mich zum Fenster hinaus in den Garten zu stürzen. Es ist so schön draußen! (Wenn es nicht regnet.)

3. Mai 1920

Der Mann, der sich im Winter um das Feuer und die Heizung

kümmert, ist im Sommer unser Gärtner. Er hat unseren Garten so schön hergerichtet! Das Gras ist gesät, die Wege geharkt usw. Ich bin toll vor Freude. Joaquin und ich haben wilde Veilchen aus einem großen Feld ganz in der Nähe in unseren Garten umgepflanzt. Mama hat mir außerdem erlaubt, vier Kästen Stiefmütterchen zu kaufen. Immer diese Zauberhand, die unserer Umgebung jeden Tag neue Reize verleiht! Wir leben im Land der Märchen, aber die Feen sind ausgezogen!

Am Samstag abend war ich mit Thorvald und seinem Freund Gerald in einer Vorstellung, wo Laiendarsteller die *Komödie der Irrungen (The Comedy of Errors)* von Shakespeare verstümmelt haben. Es hat in Thorvalds Schule, in De Witt Clinton, stattgefunden, einem riesigen Gebäude aus rotem Ziegelstein. Es wäre weniger schwierig gewesen, die Ziegelsteine zu zählen als die Juden, »erlebte Tatsachen«.

Ich werde jedoch die Grimassen der beiden Dromios und die Perücken der beiden Antipholus' nie vergessen, ebensowenig wie die Merkmale mehrerer anderer Figuren, die sehr gut dargestellt waren.

Wenn ich ein wenig zurückblättere, stelle ich fest, daß ich Dir auch nichts von einer anderen Laienvorstellung erzählt habe, von *Pygmalion and Galathea,* die wir in der Schule unserer Nachbarinnen gesehen haben. Das war, während Ti Coco hier war, und ich nehme an, daß ich in der Zeit wenig geschrieben habe.

Mama und ich gehen fast jeden Tag in die Stadt. Und heute hat mir meine kleine Mama ein blaues *Gringham*-Kleid gekauft! Zur Mittagszeit war ich so fröhlich, daß ich überhaupt keinen Hunger hatte. Bedenke doch, mein kleines Tagebuch, wie lustig es ist, wenn man ein neues Kleid hat, einen *Plaid*-Rock *und,* Du wirst es nicht glauben, ein Paar Pariser Schuhe, ganz klein, mit Louis-XV-Absatz und einer Schleife!

Manchmal glaube ich, daß ich anders werde, daß ich oberflächlich werde, so wie die anderen Mädchen, und dann bin ich glücklich; aber gleich danach geschieht immer irgend etwas, ein kleines Ereignis, das mir beweist, daß ich immer noch die Ernste bin. Sonntag hatte ich große Lust, einen kleinen Augenblick hinauszugehen, einen Spaziergang zu machen. Ich fürchte mich immer noch so sehr vor den langen, schweren Sonntagsstunden, ich weiß nicht, wieso. Wenn ich Joaquin darum bitte, mit mir zu

kommen, gibt er mir zur Antwort: »Ich spiele gerade, jetzt nicht.«
Thorvald hat auch keine Lust, meine kleine Mama ist müde. Anstatt daß ich dann in aller Ruhe anfange zu lesen, bleibe ich am Fenster stehen und weine, weil ich unendlich traurig bin, grundlos.
Ich hätte ja auch Lucy oder Martha oder Wilemina abholen können, irgend jemand. Und das ist die Frage, die mich zur Verzweiflung bringt: Warum schiebe ich den Gedanken, mit Mädchen meines Alters spazierenzugehen, mit soviel *dislike* [Unlust] von mir? Weil sie mir etwas über *handsome boys,* über das letzte Musical oder einen der modernen Romane erzählen werden, wobei ich mich lächerlich mache, weil ich mich so wenig auskenne. Warum gelingt es mir noch immer nicht, diese »Dinge« zu mögen wie die anderen Leute auch?
Es ist doch wohl absolut mein Fehler, wenn ich so oft feststelle, daß ich sehr einsam, sehr allein, sehr *lonesome* bin. Aber ich verstehe nicht, warum ich traurig werde, weil ich zu einsam bin, wenn ich allein doch glücklich bin. Ich bin ein wenig so wie jener Herr, »der den Lärm haßt, sich aber vor der Stille fürchtet«. Ich ziehe den Frühling vor! (Bewundere bitte die *Logik!*) Aber es ist ja wahr, daß es während dieser himmlischen Tage, wenn ich über soviel Schönheit staune, Momente gibt, in denen ich mich dabei ertappe, daß ich *einzig und allein aus diesem Grund* so überglücklich bin!
Und dabei predige ich Frances, sie solle aufhören, ihr eigenes Wesen zu erforschen! Welch seltsame Lehre einer Linotte, die sich den Kopf zerbricht über die Alltagsprobleme einer »verfehlten« Dichterin!
Heute abend habe ich nur über meine Fehler nachgedacht. Wahrscheinlich bin ich aus diesem Grund so entsetzlich morbid. Mit Recht! Ich bin entmutigt nach so viel, so unendlich viel Bemühungen ständiger Selbstkontrolle und *will-power* [Willenskraft], entsetzt über so zahlreiche Verfehlungen. Ich möchte so sehr nett und umgänglich sein, sanft und fröhlich. Was hältst Du davon? Oh, mein liebes kleines Tagebuch, ich frage mich, wie Du wärst, wenn Du wie Pygmalions Statue zum Leben erweckt würdest. Ich glaube, ich würde Dich so sehr lieben, weil ich beim Wiederlesen Deiner Seiten immer feststelle, daß Du trotz aller Geständnisse immer mein besseres *self* [Ich] wider-

zuspiegeln scheinst: eine ganz seltsame Person, trotz meiner Anstrengungen, immer nur die reine Wahrheit zu schreiben!

11. Mai 1920

Welch wunderbarer Tag! Er ist so schnell vergangen, daß ich beim Zubettgehen erstaunt war über die Anzahl der Dinge, die noch nicht erledigt sind. Unter anderem habe ich Dich ein wenig vernachlässigt, aber ich lebe förmlich im Mond, seit der Frühling da ist. Mama verläßt um neun das Haus und geht nach New York, Joaquin und Thorvald gehen in die Schule, und anstelle des Mondes habe ich ganz einfach das große Haus für mich allein. Stell' Dir doch einmal vor, wieviel Spaß wir zusammen haben, der kleine Mann, dem der Mond gehört, und ich!!! Eines Tages wird Mama nach Hause kommen, und das Haus wird leer sein und ich in einem Irrenhaus, denn um ein wenig die Stille, die auf so vielen leeren Zimmern lastet, zu vertreiben, singe ich hin und wieder aus voller Kehle auf die schändlichste Weise, und wenn mein Repertoire zu Ende ist, setzte ich das Grammophon in Bewegung.

Aber ein wenig Methode ist erforderlich, selbst um das Leben eines Dichters zu schildern, und ich werde versuchen, die Dinge der Reihe nach zu erzählen. Das Dienstmädchen taucht nicht auf, aber was soll's?

Um sieben tanzt der Wecker auf dem Stuhl neben dem Bett. Ich fahre auf und verlasse die köstlichen Gegenden, wo ich in meinen Träumen immer verweile (Gärten und Schlösser usw.). Dann bereite ich Thorvald das Frühstück. Er verläßt das Haus, und dann kommt Joaquin dran. Selbstverständlich können sich zwei Jungen nie anziehen, ohne die Türen zuzuknallen, ohne laut zu fluchen, während sie sich den Kragen umbinden, und Mama wacht dann immer auf.

Gegen neun bin ich allein, und da beginnt mein geliebter Tag mit dem sehr anstrengenden, beunruhigenden, halb tragischen Warten auf den Briefträger. Manchmal ist es komisch wie zum Beispiel an jenem Tag, als ich einen Brief von Eduardo bekam (er will seine Manuskripte verkaufen!); und wenige Tage später von Marcus. An diesen Tagen verrechne ich mich ein wenig in meinen Abrechnungen, aber ansonsten bin ich nicht sehr bösartig, ich habe keine Zeit dazu!

Den Vormittag verbringe ich mit Arbeiten im Haushalt; ich

reiße alle Fenster (und Türen) auf, um die Sonne hereinfluten und das *twittering* [Gezwitscher] der Vögel eindringen zu lassen. Da ich ständig mit Dichten beschäftigt bin, mache ich ziemlich viele Dummheiten, während ich die Töpfe spüle.
Machst Du Dich lustig über mich? Das ist nämlich durchaus möglich! Das einzige Risiko besteht darin, daß man womöglich die Hände ins kochende Wasser taucht und daß die Töpfe nicht sauber werden. So einfach ist das.
Joaquin kommt um halb eins zum Lunch nach Hause. Nachmittags mache ich Abrechnungen und Einkäufe. Danach ist es plötzlich Zeit zum Abendessen.
Ich glaube nicht, daß man im Himmel auch essen muß, denn wer sollte sich dort um den Abwasch kümmern? Ach ja, vermutlich gibt es einen *dumb-waiter* [eine Durchreiche] vom Himmel zur Hölle; nach dem Essen schicken die Engel die schmutzigen Teller in die Hölle.
Aus irgendeinem Anlaß ist am Sonntag Adele Clarke zum Lunch zu uns gekommen. Kennst Du diesen Spruch »Nach dem Regen kommt Sonnenschein«? Diesmal war es umgekehrt, nach dem Sonnenschein kam der Regen. Madame Clarke war so nett, so lieb, so interessant. Und danach kam Miss Devlin – o Graus! Ich finde das passende Adjektiv nicht. Die arme alte Jungfer!
Eines der unerklärlichsten Dinge manchmal ist der Grund für unsere Fröhlichkeit, unser Glück. So war das in dieser Woche, wir wagten es gar nicht, darüber nachzudenken, da wir eigentlich leider wußten, daß es eher Grund gab, traurig zu sein. Trotz meiner scheinbaren Oberflächlichkeit verstehe ich von Mamas Geschäften sehr viel. Es hat einen Moment gegeben, wo sie sich mit der schrecklichen Angst konfrontiert sah, daß all ihre Mühe, ihre Opfer, ihr Mut vergeblich sein könnten, daß ihre Pläne vernichtet würden ... Das liegt am mangelnden Grundkapital; Mama hat nicht genügend Geld, um die Rechnungen zu zahlen, die die Kubaner erst Monate oder Jahre später an Mama bezahlen, manchmal auch überhaupt nicht ... Teils wegen dieser notwendigen und unvermeidlichen Verzögerung, teils vielleicht auch wegen der Zweifel und Ängste, die über den Finanzen als natürliche Auslöser des Krieges lasten, hat die Firma McCreery, eines der größten New Yorker Geschäfte, die 10% Provision gestrichen. So wie ich das hier schreibe, stellt das nicht wirklich ein Unglück dar, aber man muß bedenken, was

diese Entscheidung für die Zukunft bedeutet. Wenn alle Geschäfte die Provisionen streichen, sind Mamas ganze Pläne zerschlagen: Dann muß man wieder von vorn anfangen. Dann müssen Thorvald und ich womöglich arbeiten gehen, um Mama zu helfen, und wir werden aufs neue arm sein. Aber dies ist nur die Schattenseite.

Immer werden durch den Krieg die Finanzen eines Landes angegriffen, wie unter der Regierung des amerikanischen Präsidenten Van Buren, als die Banken keinen Cent mehr hatten, um die Unglückseligen auszuzahlen, die ihr ganzes Geld angelegt hatten; es gibt *swindlers* [Schwindler, Betrüger], *forgers* [Falschmünzer], an einem Tag ist man reich, und am anderen Morgen hat man nichts mehr. Aber damals war die Regierung schwächer; scheint mir. Heute können solche Katastrophen nicht so leicht passieren; es gibt zwar Ängste und Zweifel, aber das wird vorübergehen, wenn die Geschäfte des Landes wieder normal werden. Vielleicht hat McCreery auch vorübergehend Schulden und steckt in Geldschwierigkeiten; also ergreift er extrem harte Maßnahmen, um wieder zu Geld zu kommen, und die anderen Firmen werden womöglich gar nichts ändern.

Trotzdem muß ich sagen: Zum Glück sind wir schon größer und können Mama helfen, dazu wären wir vor fünf Jahren, als ihr mutiger Kampf begann, nicht imstande gewesen.

12. Mai 1920

Schau Dir mal an, was Thorvald und ich aufgesetzt haben für eine seiner heutigen Hausaufgaben. Ich habe das Thema erfunden, da ich gerade die bezaubernden Sachen von Mathew Arnold gelesen hatte.

Erörterung über die Kritik

Beschlossen (von Thorvald), daß die Kritik der Welt mehr nutzt als schadet.

I. – Ohne Kritik wird der Mensch selbstzufrieden, denn:

a) er glaubt, sein Werk sei vollkommen;

b) er glaubt, er könne es nicht besser machen.

II. – Ohne Kritik wird man bei keinem Werk zur Vollkommenheit gelangen, weil es kein Mittel gibt, die Fehler zu erkennen.
Gegenargument: Man wird mir erwidern,

I. – daß die Kritik im allgemeinen ungerecht und streng ist; (Das ist vollkommen falsch; wenn sie ungerecht und streng erscheint, so liegt es daran, daß die meisten Werke eine strenge Kritik verdienen.)
II. – daß die Kritik gewöhnlich den Menschen entmutigt. (Das ist falsch, denn derjenige, der die Wichtigkeit seiner Aufgabe erkennt und von der Notwendigkeit, sie zu erfüllen, überzeugt ist, dürfte sich nicht so *leicht* entmutigen lassen.*

Ich habe an dieser Diskussion nur von meiner Phantasie ausgehend teilgenommen, denn ich habe noch absolut keine feste Meinung zu diesem Thema.
P. S. Wieder einen Brief von Eduardo bekommen. Er ist ein echter Dichter, ich bin entzückt, aber keineswegs erstaunt.

14. Mai 1920, 11 Uhr
Morgen reist Paquita Madriguera nach Kuba ab und nimmt für Mama einen ganzen Koffer voller Waren mit. Es ist völlig unvorstellbar, was meine kleine Mama in den letzten Tagen gearbeitet hat!
Sie kommt abends zurück, wenn es Zeit ist zum Essen, und schreibt dann den ganzen Abend wichtige Briefe. Fast jeden Tag trotte ich hinter ihr her, weil Jenny, das Dienstmädchen, wieder aufgetaucht ist. Gestern abend habe ich Abrechnungen auf der Maschine geschrieben, und heute hat Mama die letzten Vorbereitungen getroffen; sie hat mir befohlen, zu Hause zu bleiben, weil ich heute abend mit Thorvald zum Tanzen gehe. Ich habe alles mögliche gemacht, und nun habe ich noch einen langen Nachmittag Zeit für mich. Nein, mein Kleid baumelt nicht am Bügel wie früher, ich weiß nicht, was mit mir los ist. Ich bin nicht blasiert, oh, nein, aber ich bin weder aufgeregt noch ungeduldig. Ich fürchte, ich bin wieder in meinen normalen Zustand zurückgefallen: Die mondänen Angelegenheiten lassen mich kühl. Ich habe Anfälle von höchster Begeisterung und vergesse meine Umwelt, wenn ich zum Beispiel am Fenster stehe; ich lache, wenn ich sehe, wie die Eichhörnchen herumspringen, aber sobald Jimmy, Gerald oder Edward usw. . . .

---

* Diese »Erörterung« ist aus dem Englischen übersetzt.

auftauchen, möchte ich mich am liebsten in Luft auflösen. Sie interessieren mich soviel wie Streichhölzer!
Von allen Gedanken sind diese hier vor einer Tanzveranstaltung am schwierigsten aufrechtzuerhalten. Man tanzt ja schließlich nicht mit Streichhölzern! Ich glaube, es hat damit zu tun, daß es in Strömen gießt. Ach, irgendwie werde ich schon wieder geheilt davon.

Marcus' Schweigen beunruhigt mich. Ich habe ihm am gleichen Tag wie Eduardo geschrieben, Eduardo hat schon geantwortet, und ich bin im Begriff, ihm wieder zu schreiben. Es stimmt ja, daß ich Marcus gestehen mußte, daß ich ihn nicht liebe, und ich kann mir nicht vorstellen, was dies für Folgen für unseren Briefwechsel haben könnte. Ach, ich glaube langsam, daß die Liebe eher traurig als glücklich macht, obwohl ich es nicht weiß, aber nie denke ich an Marcus, ohne eine Art Trostlosigkeit zu empfinden! Ich war tausendmal unbesorgter, als kein Mensch an mich dachte, als der Besuch des Briefträgers den gemütlichen Ablauf meiner Tage nicht im geringsten veränderte. Ich will nicht mehr daran denken.
Gestern mußte ich wegen Mama lachen. Sie hat Germaine Sarlabous bei Paquita getroffen, und Germaine hat ihr gesagt, sie hätte von den Madrigueras erfahren, daß ich sehr hübsch geworden sei und daß ich im Augenblick wohl sehr viel ausgehen würde. Sie wollte außerdem wissen, ob es wahr ist, daß ich einen reichen Kubaner heiraten wolle!!!
Madame Madriguera hat Mama gesagt, sie sei froh, daß Mama mich nicht mehr so eingesperrt hält wie letztes Jahr, stell Dir vor! Ach wie falsch doch die Leute die Dinge sehen! Zum Glück fand Mama diese Äußerung sehr komisch, und als ich an die Veränderungen dachte, die innerhalb eines Jahres in mir vorgegangen waren, fühlte ich mich *tickled to death*.
Hübsch! Ich hab' doch genau das gleiche Gesicht, oder? Also sind die Leute blöd – nur weil ich einfach musterhaft frisiert und modisch gekleidet bin! Darin liegt das Wunder. Glaub mir, es gibt komische Dinge in diesem Leben! Und eines dieser komischen Dinge, das sind die bemerkenswerten Meinungen der Welt über die Geschehnisse dieser Welt.
Vier Uhr dreißig. Ich war gerade ganz ruhig beim Lesen, als ich in einer Zeitung plötzlich auf folgenden Artikel stieß:

Wir sprachen neulich mit einem Bibliothekar, der die Meinung vertrat, es sei besser, wenn Kinder ein Buch lesen, in dem die Figuren eine grammatikalisch perfekte Sprache sprechen, als ein Buch, in welchem die Figuren so sprechen, wie die Menschen in Wirklichkeit reden, und so handeln, wie die Leute in Wirklichkeit handeln. Dies ist schulmeisterliche Besserwisserei, und Besserwisserei ist bekanntlich das Dümmste, was es gibt. Sehen Sie im Wörterbuch nach und versprechen Sie, sich dessen nie schuldig zu machen.*

Ja, aber was ist denn, wenn diese Leute sich so schlecht ausdrücken, daß man sie nicht versteht? Ich möchte gern wissen, welchen Nutzen Thorvald aus den Büchern zieht, die voll Umgangssprache und *slang* sind. Gewiß, die Perfektion der Sprache kann pedantisch wirken, wenn sie übertrieben ist; aber wenn man schreiben will, wie die Leute reden, dann muß man den Leuten das Reden erst beibringen. Das ist meine Meinung, und da sonst niemand darauf achten wird, vertraue ich sie Dir an, liebes kleines Tagebuch!
Es regnet noch immer; der Briefträger ist wiedergekommen ... mit einer Rechnung. Ich bin untröstlich.
Mein Kleid baumelt am Schrank. Alles ist soweit, außer mir.

17. Mai 1920
Die kleine Veranstaltung zugunsten einer Kirche, am Freitag, war, wie alles, was zugunsten einer Kirche geschieht, etwas mißlungen (wie Mama beschloß, nachdem ich ihr darüber berichtet hatte). Das Theaterstück war jedoch ganz nett und die Tanzmusik danach sehr gut. Thorvald hat sehr viel mit Christine und mit mir getanzt. Ich war an diesem Abend ein bißchen zum Philosophieren aufgelegt, aber es machte mir Spaß, mit Edward Rising zu tanzen, der mir wegen seiner Schüchternheit gefällt, und auch mit Gerald, der sehr höflich und galant ist, ein echter Kavalier. Jimmy, so habe ich erfahren, hat sich unsterblich in eine alte Jungfer im lila Kleid verliebt, aber wegen Gerald, dem ich außerordentlich zu gefallen scheine, hatte ich keine Zeit, ihm

* Aus dem Englischen.

nachzutrauern. Das Glück, das von Christines und Thorvalds Gesichtern abzulesen war, wenn sie miteinander tanzten, war bemerkenswert genug, um den Abend als denkwürdig abzustempeln. Vor dem Einschlafen habe ich dann auch zehn Minuten an diesen Abend gedacht, aber am anderen Morgen hatte ich ihn vergessen, und ich hätte ihn auch gar nicht erwähnt, wenn ich nicht zufällig die vorhergehenden Seiten wieder gelesen hätte.

Am Sonntag haben wir den Nachmittag im Bungalow in Edgemere verbracht. Das Wetter war sehr schön, aber es hat sich kein Käufer gemeldet. Letty und seine ganze Familie waren dabei, und das hat mich an all das erinnert, was wir letzten Sommer in diesem kleinen Edgemere gemacht haben. Nichts hat sich da verändert, außer vielleicht, daß es noch voller ist, und es leuchtet ein, daß sich dieser Strand zu einer richtigen Stadt entwickeln wird.

Am Samstag habe ich an Marcus geschrieben, der mir schließlich geantwortet hat. Ach, mein kleines Tagebuch, er hat mir ein so schönes Gedicht geschickt! Ich versuche, ihm zu erklären, welchen besonderen Wert ich seinen drei Gedichten *»Tennyson«, »Easter«* und seinem letzten *»Madonna mia«* beimesse. Ich bin ganz ratlos, wenn ich feststellen muß, daß es kein Kind sein kann, das diese schönen Zeilen geschrieben hat; es ist ein Dichter, der Visionen hat und sie in einer goldenen Sprache auszudrücken vermag. Und trotzdem ist Marcus ein Kind, jener Marcus, mit dem ich im Theater war, mit dem ich *rede;* ich verstehe das nicht.

Der Ton seines letzten Briefes hat mich darauf aufmerksam gemacht, daß ich zu kalt bin, wenn ich ihm schreibe; ich weiß, daß ich mit Wärme und Begeisterung reden kann, ich habe weiß Gott wie oft gesehen, wie die gleichgültigsten Gesichter ein wenig aufleuchten bei meiner Art zu reden. Das habe ich an Cuca tausendmal erprobt. Als ich dies bemerkte, habe ich Marcus ganz einfach geschrieben: »Sie gefallen mir besser als jeder andere Junge.«* Und es ist ja auch wahr. Ich kann – und ich tue es auch, ohne daß ich es eigentlich will – alle Jungen meiner Umgebung mit Marcus vergleichen, er ist und bleibt derjenige, der meinem Ideal am nächsten kommt. Zum Glück ist Eduardo

---

* Englisch im Original.

mein Vetter, ich kann ihn sehr lieben, und das zählt nicht, und zum Glück beginne ich, Enric zu vergessen, ich denke nur an ihn, wenn ich eine Geige höre. Seien wir nicht *fickle* [oberflächlich, unbeständig]!

Jimmy ist jemand, über den ich mich sehr amüsiere. Zuerst verliebt er sich ernsthaft in mich, vier oder fünf Tage lang, für die Dauer von zwei oder drei Tänzen. Ohne daß ich es weiß, findet er mich zu stolz und gleichgültig (das hat er Thorvald gesagt), und beschließt, den absolut »Gleichgültigen« zu spielen. Am Freitag tanzt er nicht mit mir, ich bemerke es nicht einmal. Daraufhin ist seine Neugierde angestachelt, er beobachtet mich stundenlang, als ob ich ein besonders anormales Subjekt wäre, und siehe da, er ist von neuem verliebt. Vom ersten Tag an habe ich Dir gesagt, daß ich Mr. Jim untersuchen würde. Deshalb vergeude ich heute eine ganze Seite mit der Analyse der Verwandlungen meines Nachbarn.

Heute war ich sehr traurig und habe deshalb versucht, mich über jemanden lustig zu machen. Es ist mir aber wohl eher gelungen, Dich davon zu überzeugen, daß diese Herren mich außerordentlich interessieren, und ich weiß nicht, wie ich Dir erklären soll, daß genau das Gegenteil wahr ist. Ich hätte große Lust, Dir von Browning zu erzählen, aber das würde bedeuten, daß ich mich einem Anfall von tiefschürfenden Gedanken hingebe, wo ich doch versuche, mich davon zu befreien, indem ich unaufhörlich solche Albernheiten von mir gebe.

Weder der Mangel an Sonne, an sanfter Wärme noch an Liebesromanen versetzen mich in eine so krankhafte Stimmung. Wenn ich doch nur wüßte, woran es liegt!

23. Mai 1920

Neulich wurde ich durch ein *special delivery* [Eilboten] von Marcus um sechs Uhr früh geweckt. In seiner Schule gibt es am 4. Juni einen Deklamationswettbewerb, am Abend dann eine kleine Tanzveranstaltung, am Samstagmorgen die Preisverleihung und am Samstagabend einen großen Ball. Er bittet mich hinzukommen. Mein erster *impulse* war: ablehnen. Mama macht in diesen Tagen eine ihrer schwierigsten Geschäftskrisen durch, ich sehe täglich an ihren Augen, an den Falten auf ihrer Stirn und an den grauen Haaren, die ich nicht mehr zählen kann, die Anzeichen ihrer Sorgen, und meine Angst wird fast zur Ver-

zweiflung. Ach, mir ist gar nicht zum Lustigsein; was ich dieser Tage am allerwenigsten möchte ist Tanzen!
Ich habe geantwortet, daß Mama krank sei, und als ich den Brief schon weggeschickt hatte, spürte ich, daß ich trotz dieses »Nein« Marcus sehr bald wiedersehen würde. Zwei Tage später bekam ich wieder ein *special delivery*, ein Brief voller Argumente, Bitten und Betteln, denn er »kann meine Absage nicht annehmen«.
Meine Gründe erschienen mir dann doch sehr schwach, und ich hatte nicht den Mut, noch einmal »nein« zu sagen. Nun ist es entschieden. Mama hat für Marcus Partei ergriffen, und unbewußt ließ ich mich davon überzeugen, etwas zu machen, was ich in meinem tiefsten Innern sowieso wollte; eigentlich möchte ich ja Marcus fast genauso gern wiedersehen wie er mich, das ist der einzige Grund.
Ich denke nie an diese beiden Tage, ohne außerordentlich verwirrt zu sein, und ich muß gestehen, daß ich von früh bis spät daran denke. Ich bewege mich Tag und Nacht, als wäre ich auf dem Mond: Ich lasse das Toastbrot anbrennen, beim Tischdekken lege ich die Bestecke falsch herum, ich streue Salz in die heiße Schokolade und Zucker in die Suppe, ich stopfe schwarze Strümpfe mit gelber Wolle, ach es ist schrecklich, ich schäme mich!
Indessen ist Mama immer davon überzeugt, daß ich »komisch« bin, aber sie sagt es nicht böse, im Gegenteil, eher mit Stolz, und seit langem verbinde ich das Wort »komisch« mit einer meiner spärlichen Tugenden. Es ging um meine *dance-card*, die anscheinend schon voll ist, seitdem die Freunde von Marcus mein Bild auf seinem Schreibtisch gesehen haben. Mama hat mich gefragt, ob ich nicht glücklich darüber sei. Der Gedanke beeindruckt mich keineswegs, und ich zuckte gleichgültig die Schultern: »Ach, weißt Du, das ist mir völlig egal!«
»Du warst ja immer schon komisch, Linotte«, sagte Mama. »Andere Mädchen wären *tickled to death.*«
Neulich war ich mit Martha, Wilemina und Christine spazieren. Wir sind über die Felder gelaufen und haben lauthals gesungen, solange, bis sich plötzlich mein hochgestecktes Haar löste und auf meine Schultern herabfiel.
»Oh, what exquisite Hair!« [»Oh, welch wunderschönes Haar!«], rief Martha.

Ich errötete wie eine Erdbeere.
»Ach, zu blöd!«
»What did you say?« [»Was hast du gesagt?«]
»Nothing, Martha, I was just embarrassed, that's all.« [»Nichts, Martha, ich war nur verlegen, das ist alles.«]
Wir verbrachten zwei oder drei Stunden auf diese Weise, und ich werde diesen Spaziergang nie vergessen, in einer lauen, köstlichen, ruhigen Mainacht.
Heute war ich zum Tee bei ihnen eingeladen, während Mama und Joaquin in Edgemere waren, um den Bungalow den Käufern, die es nicht gibt, vorzuführen. Keiner will ihn haben. Thorvald und ich haben zum Abendessen Kuchen gebacken. Thorvald behauptet, über kulinarische Fragen wisse er besser Bescheid als ich, weil er sich in Naturwissenschaften ein bißchen auskennt. Du solltest ihn hören. Er redet den größten Unsinn und weiß nicht, was er sagt, noch weniger, was er sagen sollte. Ich mache mich lustig über ihn, er macht sich lustig über mich, aber zwei Nin lassen sich nie von den Dummheiten des anderen Nin überzeugen, also kommt man nicht weiter.

Ich glaube, das ist alles, oder fast alles, was ich Dir heute erzählen könnte, abgesehen davon, daß Wilemina und Martha sich über die *romances* unserer Nachbarn unterhalten haben, und ich hatte wahnsinnige Lust, darüber zu lachen, lachen, lachen. *Romance indeed!* Nur mache ich mich doch noch nicht allzusehr darüber lustig, ich glaube blindlings daran, ich hätte auch nicht den Mut, Marcus' Namen aus dem Mund aller meiner Freundinnen zu hören, so wie ich von Jack, Ralph, Jimmy, Billy, Jerry usw., usw. höre.
Und ich wäre nicht wenig erstaunt, wenn ich Jungens über mich reden hören würde, so wie sie über Mary, Peggy, Marguerite usw., usw., usw. reden. Thorvald sagt, die Jungen trauen sich nicht, über mich zu spotten, er weiß nicht warum . . . Wahrscheinlich mache ich ihnen Angst, weil ich so ernst aussehe; oder vielmehr erinnere ich sie vermutlich an ihre Lehrerin.
Heute war ich gerade auf der Schaukel mit Thorvald, als ich von weitem das Trio Jimmy – Jerry – Edward sah. Ich machte mich auf und davon, und natürlich bemerkten sie das. Dann sagten sie zu Thorvald:
»Your sister is the only girl around who doesn't care at all about

speaking to us. That's why we like her.« [»Deine Schwester ist das einzige Mädchen in der Umgebung, das überhaupt keinen Wert darauf legt, mit uns zu reden. Deshalb mögen wir sie.«] Ich war *tickled to death* [ich fand es zum Totlachen]. Thorvald ist mehr oder weniger in der gleichen Lage. Er hat verkündet, er sei ein *regular girl-hater* [ein echter Mädchen-Hasser]. Du solltest sie hören, die Mädchen, wie sie über ihn reden!!!

Montag, 24. Mai 1920
Lieber kleiner Papa,
Sicher hast Du meinen letzten Brief und die Bilder schon bekommen, nicht wahr? Obwohl Du nicht schreibst, vergesse ich nicht, was Du mir gesagt hast, und es gibt ja auch so viel zu erzählen.
Seit meinem letzten Brief hat sich der Rahmen in Richmond Hill sehr verändert. Es ist kein großes Schnee- und Eisfeld mehr. Nach und nach hat der Frühling die bekannten Wunder bewirkt. Die Felder sind voll von Veilchen, die Wälder ein paar Schritte von hier sehen aus wie ein wahres Gemälde. Durch die Äste der hohen Bäume hindurch können wir kaum zu unseren Nachbarn hinübersehen. Das Landleben ist noch immer so ruhig und angenehm, daß wir uns nie freuen, wenn wir nach New York müssen. Aber unsere allergrößte Freude ist der Garten. Das Haus ist sehr groß, und der Garten, der das Haus umgibt, ist wunderschön. Da gibt es vielerlei Blumen und Sträucher, und sobald es richtig heiß wird, können wir draußen auf der großen Veranda essen, lesen und schreiben. Hinter dem Haus gibt es ein Feld, das nicht uns gehört, aber da können wir spielen, soviel wir wollen. Wir haben eine Schaukel, und immer kommen die ganzen Kinder der Nachbarschaft zu uns zum Ballspielen usw. An den letzten lauen Maiabenden sind die Spiele immer mit langen Spaziergängen durch die Felder zu Ende gegangen, und wir haben alle gesungen.
Im April haben wir einen großen Tanzabend hier gegeben, von acht bis eins. Es war ein wahres Gemälde, so viele junge Männer und junge Mädchen zwischen fünfzehn und zwanzig Jahren auf einem Haufen. Ich glaube, ich habe Dir oft von Paquita Madriguera erzählt, nicht wahr? Sie war hier mit ihren Freunden, ebenso alle meine kleinen Schulfreundinnen und Thorvalds Freunde. Ich bin dem Himmel immer sehr dankbar, daß Joaqui-

nito erst elf Jahre ist, denn sonst würde er die Herzen aller Mädchen auf einmal brechen, denn er ist ein Kavalier, wie's im Buche steht – beängstigend! Komplimente zu machen, fällt ihm so leicht wie ja oder nein sagen. Und stell' Dir vor, er tanzt schon wie ein kleiner Gott.

Nach einem Tanzabend folgen immer ein paar ruhige Tage, und es macht mir dann Spaß, über die Bemerkungen nachzudenken, die die Leute über meine »Veränderung« Mama gegenüber äußern. Man wundert sich über alles; daß ich tanzen kann, daß ich ohne Anzeichen von Schüchternheit rede, daß ich mich zu amüsieren scheine, daß ich insgesamt viel geselliger bin. Ich habe Dir schon gesagt, daß man mich für eitel hält, nicht wahr? Du sollst Dich aber nicht lustig machen, es ist eine schreckliche Unsitte, ich weiß, und es tut mir furchtbar leid. Soviel ich weiß, ist das unheilbar! Was soll ich nur tun?

Ein paar Tage später gingen wir in Thorvalds Schule, um uns ein Theaterstück anzusehen, wieder eine kleine Tanzveranstaltung, danach ein Fest zugunsten der Kirche.

All diesen Dingen ziehe ich die friedlichen Momente im Garten oder das Lesen tausendmal vor. Ich habe sogar all meinen Mut zusammengenommen, um ein Gedicht, das ich auf französisch geschrieben habe, an die Zeitschrift *»La France«* zu schicken. Natürlich wurde mir das Gedicht zurückgeschickt; ich bin jedoch nicht entmutigt, denn der Verleger, Monsieur Claude Rivière, war so nett und hat mir meine Fehler genannt, hauptsächlich den »Mangel an Erfahrung«; aber sein Brief endete folgendermaßen: »Aber die Gefühle sind *reizend.*« Daß ich versuche, daß ich es wage, Gedichte auf französisch zu schreiben, mag fast lächerlich klingen, aber die Ideen sind immer da in meinem Kopf, und ich muß versuchen, sie loszuwerden. Was jedoch das Thema meiner ehrgeizigen Zukunftspläne betrifft, habe ich mich sehr verändert, Papa. Vielleicht wirst Du glauben, daß das amerikanische Leben die künstlerische Hand der Welt ist; Du wirst glauben, daß ich ganz anders geworden wäre, wenn ich das Glück gehabt hätte, mein Leben in Europa zu verbringen. Was weiß ich? Aber ich bin überzeugt, Papa, von dem, was ich denke. Es ist sehr schön, alles Praktische, Banale, den gesunden Menschenverstand, die platonischen und prosaischen Arten, das Leben aufzufassen, von sich zu weisen, es ist sehr schön, zu versuchen, sich über das Mittelmaß hinwegzuheben, die lächerlichen materiellen Bedürfnisse zu mißachten, wenn man es nur könnte. Ich bin die erste (und Du weißt es), die die sogenannte »Überspanntheit« der Dichter bewundert. Himmlische Überspanntheit, die goldene Flügel verleiht, um vor der Wirklichkeit zu flüchten!

Es ist lange her, glaube ich, daß ich romantisch war. Ich träumte davon, in einem Zimmerchen unter dem Dach wie in einem Schloß zu leben, vielleicht hungern zu müssen, egal, aber mit Tinte, Papier, Phantasie, Talent und mit meiner Feder zu leben. Vor ein paar Jahren sah ich dieses Bild noch ganz klar und ungebrochen vor mir. Inzwischen glaube ich nicht mehr ganz daran, womöglich weil ich eine Frau bin. Zunächst einmal habe ich kein Talent, und außerdem weiß ich mit absoluter Sicherheit, daß das literarische Leben Opfer und vollkommene Selbstvergessenheit verlangt, was bis zu einem gewissen Grad reiner Egoismus ist, wenn man eine Familie und kein überragendes Talent hat. Im übrigen ist die Welt voller Dichter, voller Träumer und Narren, voller Prosaschreiber; deren Freude und deren Leid sind für sie selbst bestimmt. Unbewußt habe ich nach und nach gelernt, daß es für bestimmte Leute eine Pflicht ist, praktisch zu sein und nur Aufgaben zu übernehmen, mit denen man dem Glück seiner Familie nicht schadet. Wenn ich beschließen würde zu schreiben, wäre ich nur ein Schmuckstück, ein Aushängeschild für diejenigen, die ich liebe. Wer würde Kuchen backen? (Dichter können so was nicht!) Wer würde zum Einkaufen gehen? Wer würde flicken und stopfen? Ich helfe Mama bei ihrer Arbeit, und nur wenn ich nichts zu tun habe, schreibe ich und verschlinge Bücher, in den leeren Augenblikken, die den nutzvoll ausgefüllten Stunden folgen. Denn alles, was nur mir allein Freude macht, ist unnütz, nicht wahr, Papa? Und ich bin nicht mehr romantisch ... Ich urteile so kühl und ernst wie nur möglich über die Jungen, Du solltest sehen, wie heikel ich da bin! Ich brauche nur Thorvald nachzuahmen, um das absolute Gegenteil von romantisch zu sein. Das einzige, was ich nicht unter Kontrolle halten kann, das ist meine Phantasie; selbst wenn ich versuche, nachts nicht zu träumen, verbringe ich mein halbes Leben auf dem Mond, das ist nun mal so. Teile siebzehn Jahre durch zwei. Natürlich täusche ich mich über den Charakter der Leute genauso, als ob ich achteinhalb wäre. Das ist fast unglaublich. (Siehe auch mein P S.)

Wenn Thorvald seine Schulaufgaben macht, kommt er oft in mein Zimmer mit einem Gedichtband in der Hand. Es gibt nichts, was ihn so wütend macht wie Gedichte, er sagt, das seien ein Haufen Worte aus dem Wörterbuch, wahllos nebeneinandergereiht, er versteht nichts, absolut nichts davon. Ich helfe ihm aus der Klemme und sage ihm immer, daß es schade ist, daß er so wenig Phantasie hat. Er zuckt die Achseln; er glaubt, Phantasie sei mehr oder weniger ein anderes Wort für »Lügen«. Aber Du solltest ihn sehen, wie er kaputte Uhren im Haus wieder herrichtet, oder die Klingel. Er sägt die dürren Äste von den Bäumen ab, er diskutiert mit mir übers Kuchenbacken und erteilt mir Naturkunde-Lektionen, worauf er sehr stolz ist.
Mama möchte, daß Joaquin studiert. Er geht in eine Privatschule in Kew-Gardens. Joaquin ist ein Kind, das viel zu empfindlich ist für seine Umwelt und eher schwach; Thorvald und ich, wir haben von allem Positiven, der grandiosen und unvergleichlichen Erziehung der öffentlichen Schule profitiert; das heißt, wir haben uns unsere Freunde sehr wohl auszusuchen vermocht und wurden in keiner Weise von der Umgebung in der öffentlichen Schule verändert. Aber Joaquin ist anders, er ist so jung! Also ist jedes Opfer unbedingt notwendig, wenn es um seine Erziehung geht, wo doch sein Lebensglück davon abhängig sein wird. Diese Privatschule wird nur von den Kindern der besten Familien in Kew-Gardens besucht, und Joaquin erhält sich sein ganzes Selbstbewußtsein an der Oberfläche: Er ist ein guter Schüler, und sein Betragen ist nahezu musterhaft. Auf jeden Fall benimmt er sich in der letzten Zeit viel besser, er ist nicht mehr ein so schlimmes Teufelchen, aber er ist noch immer streitsüchtig, herrisch, und eigentlich liebt er nur seine Mutter. Natürlich mag er auch seinen Bruder und seine Schwester, aber da zeigt er schon den egoistischen Zug, den er in seiner Art zu lieben hat. Ich verstehe nur nicht, daß er nahezu ein Heiliger ist, wenn er sich anständig benimmt.
Demnächst fahre ich für zwei oder drei Tage nach Massachusetts; wenn es Dir Spaß macht, werde ich Dir davon erzählen. Sicher hast Du nur sehr wenig Zeit, um meine ganzen Geschichten zu lesen, aber ich bitte Dich, Papa, schreib mir, schreib mir bald.
Ich liebe Dich und umarme Dich,

ANAÏS.

P S. Immerhin, ich habe meinen literarischen Ehrgeiz aufgegeben und schreibe nur zum Spaß. Mein Ziel ist, eine kleine Frau zu sein, auf die Mama stolz sein kann, vielleicht eine Geschäftsfrau, wer weiß? Aber solange ich jung bin, werde ich mit meinen Gedanken weiterhin auf einem anderen Stern leben.

29. Mai 1920, 8.30 Uhr
Wenn ich in den nächsten Tagen nicht verrückt werde, dann bestimmt nicht, weil ich nicht so aussehe. Marcus hat mich gerade angerufen, um sich zu versichern, daß ich auch wirklich komme. Und das kam genau dann, als ich zur Ansicht gelangt war, nichts, keine Unterhaltung könne mich mehr einschüchtern: Zur Übung hatte ich den halben Tag lang mit mir selbst, mit meinem Spiegel, mit den Stühlen des Wohnzimmers, den Bäumen und den Wänden geredet. Aber ach! traurige Wahnvorstellung! Kaum hörte ich Marcus' Stimme am Telephon, schon glaubte ich, ich würde ohnmächtig. Hübsche Vorstellung, nicht wahr?
Zum Glück hatte er mir viel zu erzählen, und indessen konnte ich mich erholen. Und Mama mußte von ganzem Herzen lachen!

In den letzten Tagen habe ich sehr wenig, beziehungsweise gar nichts geschrieben, aber das hat damit zu tun, daß ich mehrmals sehr, sehr böse war! Innerhalb kürzester Zeit haben wir sehr abscheuliche Entdeckungen gemacht über Mrs. Thayers Charakter: Dinge, die uns die Erkenntnis gebracht haben, daß wir noch über lange Zeit große Opfer werden bringen müssen. Mamas Reise nach Kuba war mehr oder weniger eine *failure* [ein Mißerfolg]. Die paar Cents, die Mama dort verdient hat, die hat Mrs. Thayer hier zum Fenster hinausgeworfen. Wir haben uns schon vorgenommen, in unserem Haus wieder Zimmer zu vermieten. Diese Tatsachen, diese Wahrheiten, im Zusammenhang mit dem Bewußtsein, daß wir, soweit ich mich zurückerinnern kann, immer kämpfen mußten, um Geld zu verdienen zum Leben, das alles hat mir meinen ganzen Mut genommen, und ich habe eine ganze Nacht lang geweint – ein Leben lang werde ich mich darüber schämen. Ein Satz meiner lieben kleinen Mama hat mich wieder aufgerüttelt: »Ich bin fünfzig Jahre alt, Mädelchen, und ich habe den Kampf noch nicht aufgegeben«, sagte sie.
Ich fragte Mama, ob sie das wohl gerecht findet, daß man nur ein

Leben hat, und daß man während dieses einen Lebens andauernd für so etwas Dummes, Abscheuliches kämpfen muß, für Geld! Mama antwortete, daß man womöglich für seine Gesundheit oder für sein Glück kämpfen muß, wenn man nicht für Geld kämpft, und daß es im übrigen nicht eine Frage der Gerechtigkeit oder der Ungerechtigkeit sei, sondern, daß man sich nicht allzusehr beklagen und ... das Leben nehmen sollte, wie es kommt.

Der ganze Sturm hat sich bald gelegt, und diese widerliche Bitterkeit, die ich stundenlang in mir geschürt hatte, flog davon. Ich habe schnell angefangen, an die Zukunft zu denken, und diese Zukunft besteht hauptsächlich oder sogar ganz aus den zwei Tagen, die ich demnächst in Massachusetts verbringen werde. Da ich ein Mädchen bin, lege ich in meinen Träumen sehr viel Wert auf meine Kleidung. Im Traum zauberte mir meine Patentante, die gute Fee, mit ihrem Zauberstab einen Fächer aus Federn herbei, einen neuen, mit Blumen geschmückten Hut und schöne Handschuhe (das übrige befindet sich sowieso schon in meinem Schrank). Als ich jedoch erwachte, hörte ich, daß Mama mir am Dienstag Handschuhe kaufen würde, vielleicht auch einen Hut, aber der Fächer sei zuviel, meinte sie. Mama wird mir auch eines ihrer Taftkleider abändern, in mein Cape hat sie mir schon ein Futter genäht, und mein Ballkleid ist noch wie neu. Mrs. Fain, die Tante von Marcus, wird mich dort in ihre Obhut nehmen. Ich habe entdeckt, daß diese Leute reich sind, leider, ich mag die reichen Leute nicht so sehr, und ein reicher Dichter, das klingt so modern! Vor Marcus' Tante habe ich furchtbar Angst. Ich stelle sie mir groß, stolz und überheblich vor. Ob sie wohl etwas sagen wird, wenn sie erfährt, daß ich arm bin? Ach was, ich schäme mich nicht, kein bißchen, was soll's? Ich bin stolz, eine Mutter zu haben, die fähig ist, uns zu ernähren, und wenn ich, was das Geld betrifft, nicht auf der gleichen Ebene stehe wie Marcus' Familie, so reise ich doch nach Massachusetts mit dem ganzen Regiment meiner spanischen Vorfahren und ihren Wappen im Rücken, mit dem guten Benehmen, das mir Mama beigebracht hat, und mit dem seltsamen *thrill* in meinem Herzen, daß ich die Tochter eines *Künstlers* bin. Wenn ich doch nur vor den Leuten, die ich kennenlernen werde, so wenig schüchtern wäre, wie ich es jetzt bin, so ruhig und zuversichtlich! Aber ich weiß jetzt schon, daß ich verwirrt sein werde, daß mich das Bedürfnis packen wird, vor allen, außer vor Marcus, die Flucht zu ergreifen. Das ist so dumm, so entsetzlich dumm!

5. Juni 1920
Ach, liebes kleines Tagebuch, welch ein Abenteuer! Du hast mit mir die dreistündige Reise von New York nach Sheffield/Massachusetts unternommen, Du warst in einem Koffer mit meinem Märchenkleid usw. verpackt. Jetzt ist es neun Uhr früh, und ich schreibe in einem allerliebsten Zimmerchen in einem *cottage,* so ähnlich wie die Häuschen in Lake Placid. Aber ich will der Reihe nach erzählen. Gegen Mittag hielt der Zug in Sheffield. In Stanford hatte ich bereits Marcus' Tante getroffen, eine freundliche, nette Dame.
Marcus wartete am Bahnhof. Man brachte uns im Auto hierher, dann haben wir zu Mittag gegessen, ein wenig geredet, dann zog sich Marcus zurück und die »Damen« zogen sich an und bereiteten sich für die Deklamation vor. Berkshire-School ist weit weg von hier, es liegt wunderschön, mitten im Gebirge.
Mein kleines Tagebuch, ich weiß nicht, was Liebe ist, und außerdem will ich es gar nicht wissen; demzufolge kann ich meinem Glück, das ich gestern, solange Marcus bei mir war, erlebt habe, keinen Namen geben; aber alles andere war mir ziemlich gleichgültig, und die anderen Jungen, wie immer, nett und unbedeutend. Mir tat es sehr leid, als Marcus mitten in seiner schönen, ausdrucksvollen Rede einen Augenblick aussetzen mußte, weil er so aufgeregt war, denn somit ist ihm wahrscheinlich der zweite Preis entgangen. Danach wurde Tee getrunken, dann gab es einen Spaziergang, ein Abendessen und eine Tanzveranstaltung im *gymnasium* [in der Sporthalle]. Der Sohn von Madame Homer, der berühmten Sängerin, tanzte oft mit mir, und viele andere auch. Aber wenn ich mit Marcus tanzte, war ich so *thrilled,* daß es mir die Sprache verschlug. Tagsüber hatte ihn seine Tante aus Anstandsgründen gebeten, mir nicht den Arm zu reichen, und ich habe mich so geschämt! Um elf sind wir, ähnlich wie in Lake Placid, über dunkle, dunkle Wege nach Hause gegangen, ein feiner Regen schlug uns ins Gesicht, schnell, ganz schnell, so schnell, daß ich die Augen schließen mußte, und wieder einmal packte mich dieser himmlische Schauer. In solchen Augenblicken fragt man sich, wie man manchmal jahrelang leben kann, ohne dieses entzückende *ting-*

ling [Prickeln] im Blut zu verspüren, ohne diese heftige Empfindung im Herzen, die die letzte vor dem Sterben zu sein scheint; man fragt sich, wie man leben kann, ohne glücklich zu sein.
Um Mitternacht lag ich im Bett, aber zum Einschlafen brauchte ich einen richtigen *sandman;* abgesehen von der Reise hätte ich so gern noch einmal alles von vorn erlebt – und in meinen Träumen habe ich auch alles noch einmal erlebt!
Auf dem Dach tanzte der Regen die ganze Nacht, um fünf schrie ein Hahn und erinnerte mich daran, daß ich in einem der *New England States* war; welch eine Freude, ein Hahn! Und gestern habe ich Kühe gesehen, stell' Dir vor, wie bezaubernd, richtige Kühe!
Ich habe gefrühstückt. Das ist nichts Ausgefallenes, aber das Bemerkenswerte war, daß ich keinen Hunger hatte. Du lachst? Das ist ganz einfach, ich bin nicht in Sheffield, sondern auf einem anderen Stern, auf dem Mond. Und auf dem Mond – zumindest hoffe ich es – verliert man keine Zeit mit solchen Dingen. Essen ist eine so blöde Beschäftigung! Mrs. Fain macht sich fertig, wir gehen bald zu den *commencement exercises.*
Ich könnte seitenlang so weiterschreiben, aber mir ist ein bißchen eisig, denn es herrscht eine ganz hübsche kleine Gebirgskälte. Ich hoffe, daß mein Herz ebenso eisig ist wie meine Hände. Das ist besser, als wenn es plötzlich dahinschmilzt und wie ein Bächlein bis zum großen Ozean der Liebe hinfließt! Ich bin nicht romantisch, aber wie Mama sagt, nehme ich die Dinge so dramatisch, so tragisch . . . Nun ja, ich bin zu alt, um mich zu ändern; versuchen wir also ganz einfach, weise zu sein – das ist einfacher. Gestern abend war ich nicht eitel, das war schon einmal ein gewonnener Kampf gegen mich selbst!

6. Juni 1920
Mit viel Beifall bekam Marcus gestern morgen den ersten Preis für sein Tennyson-Gedicht und den zweiten für seine Deklamation. Er schien so (Unterbrechung, Rückkehr nach Hause. Ich glaube, ich wollte sagen: so glücklich wie ein König. Nicht wie ein moderner König.)

At home, 9. Juni 1920
Ich bin buchstäblich vom Mond gefallen, und der Sturz hat mir weh getan. Seit meiner Rückkehr war ich unvernünftig trübsin-

nig, ich wollte nicht einmal schreiben, was selten vorkommt. Ich ging immer mit Freude ins Bett, weil ich dachte, ich könnte weiterträumen wie in den drei Tagen meiner Abwesenheit. Ich habe Marcus geschrieben, um mich zu bedanken. Am Sonntag morgen, glaube ich, dachte ich, ich könnte schreiben, weil es regnete, aber wir sind mittags mit dem Auto von Sheffield weggefahren, mit einer Familie Lewis aus Greenwich, Connecticut. Der Samstag war sehr ausgefüllt, und ich werde kein einziges Detail dieses Tages vergessen, es ist mir jedoch lieber, daran zu denken, als darüber zu schreiben, weil ich völlig unfähig bin, die Stunden dieses Tages zu beschreiben, die ich wie in einem Traum durchwanderte. Ich weiß, daß ich mit Marcus nach der Preisverleihung die Schule besichtigt habe, während seine Tante uns überall suchte; daß wir dann mit dem Auto nach Great-Barrington gefahren sind, in großer Festaufmachung haben wir zu Abend gegessen, denn wir waren schon bereit für den Ball.

Mein kleines Programmheft bewahre ich hier in meinem Tagebuch auf, aber die unauslöschliche Erinnerung an diesen Abend behalte ich in meinem Herzen. Ich sage unauslöschlich, weil ich so *thrilled* war, und es ist so köstlich, *thrilled* zu sein. Ich war allerdings nicht die ganze Zeit glücklich; wie ich es Marraine schon geschrieben habe, saß ich in Gegenwart einiger dieser kleinen Herren auf Nadeln!

Am Samstag war ich sogar betrübt und enttäuscht über eine Kleinigkeit in Marcus' Verhalten. Vielleicht habe ich ihm auch Kummer gemacht, wir sind beide so dumm, daß wir uns gegenseitig so vergöttern!

Und dann glaube ich, daß ich ihm weniger gesagt habe, als ich es eigentlich wollte, aber es waren immer so viele Leute dabei, daß unsere Unterhaltung äußerst *commonplace* war [aus Gemeinplätzen bestand]. Gestern abend habe ich dann lange mit Mama geredet und sie gefragt, warum Marcus sich plötzlich ein bißchen, ein ganz klein bißchen kühler gezeigt hat. Seine Briefe sind so offen und ehrlich, aber wenn er spricht, scheint er irgendwie stolz zu sein. Seine Tante, sein Lehrer, seine Freunde sind alle davon überzeugt, daß man ihn von seinem *egotism* [Geltungsbedürfnis] und seiner Unbescheidenheit heilen sollte. Als ein Lehrer ihm den Preis überreichte, sagte er:

»I would give it to you more gladly if I knew it would make you

modest.« [»Ich wäre glücklicher, wenn ich Ihnen diesen Preis überreichen könnte mit der Gewißheit, daß er Sie bescheiden machen wird.«]
Und trotz allem ist Marcus immer noch der Junge, der in meinen Augen am meisten wert ist, wobei ich glaube, daß diese ungünstige Meinung sowieso daran liegt, daß man ihn nicht richtig versteht.
Ich werde nie vergessen, wie er mir einmal gesagt hat, wie er meine Augen sieht. Oh, kleines Tagebuch, das will so viel bedeuten, vor allem daß es mir unendlich leid täte, wenn ich erfahren würde, daß meine Züge, mein Gesicht *ich* sind. Aber ist das denn wichtig? Wenn Marcus nichts anderes äußert, als seine Begeisterung für meine Augen, dann nähert er sich schon meinem wahren Ich, meinen Gefühlen, meinen Träumen, den Dingen, die nicht sterben und in meinen Augen wie in einem Spiegel liegen. Ich will nicht mehr schreiben, solange ich nicht ich selbst bin. Ich erzählte Mama den Zwischenfall mit jener Dame, die redete, redete, redete, und da ich Spaß am Zuhören hatte, fand sie mich *»such an interesting child«* [ein so interessantes Kind]!!!
Ich habe vergessen, Dir zu erzählen, wie wir mit dem Auto nach Greenwich zurückgefahren sind; unterwegs haben wir zum Mittagessen und zu einem *punch* angehalten, so ähnlich wie in Lake Placid. Ich habe die Nacht bei Mrs. Fain verbracht und hatte große Lust, weit weg vom Luxus dieses wunderschönen Hauses zu flüchten, aber ich war froh, die kleinen Cousins von Marcus kennenzulernen, Virginia, William jr. und vor allem Betty. Am Morgen bin ich mit Mr. Fain zurückgekommen. Sie haben mir so viele Fragen gestellt, daß ich fast unsere Lebensgeschichte in Kurzfassung erzählen mußte, und dabei war ich sehr ruhig.

11. Juni 1920
An Eduardo.
Ich habe soeben an Cuca geschrieben und ihr ein Gedicht zu Ehren ihres Geburtstages geschickt. Ich habe mich bemüht, einen Rhythmus zu finden, der meine Überzeugung zum Ausdruck bringt, daß Großherzigkeit und Sonne schöner sind als das wertvollste Geschmeide, daß Freunde seltener sind als Blumen, daß die Musik, die aus einem sich abmühenden Herzen

kommt, schöner ist als jede andere Musik, daß das schönste Schloß der Welt in einem Herzen zu finden ist, das vor Leben und Glück pulsiert. Ich wünsche ihr Leben, Jugend, Glück und Liebe. Was könnte sie mehr besitzen, was könnte sie sich mehr noch wünschen?*

16. Juni 1920

Es ist ganz schön lange her, seitdem ich nicht mehr in mein Tagebuch geschrieben habe. Und ich mußte lange im Kalender herumsuchen, um herauszufinden, an welchem Tag, in welchem Monat und in welchem Jahr ich lebe. Ich war wirklich unausstehlich. Du weißt schon, daß wir wieder in einen Abgrund gefallen sind, und daß es viele Dinge gibt, auf die wir verzichten müssen. Das alles ist nicht so wichtig, aber ich war wieder einmal im Begriff, mir die dümmste Idealisierung unseres Hauses vorzunehmen. Nun hat Mama aber mit einer ihrer Schulfreundinnen, Rosetta Riley, inzwischen Mrs. Norman, etwas vereinbart: Sie hat ihr Thorvalds Zimmer, ihr eigenes und das Arbeitszimmer vermietet. Mama hat Joaquins Zimmer übernommen, und meine beiden Brüder sind ins Dachgeschoß umgezogen.
Auf diese Weise hilft uns Madame Norman, das Haus zu bezahlen. Sie ist eine interessante, liebenswürdige, unendlich gesellige Frau, die sehr wenig stört – aber ach! diese Vorstellung, daß wir wieder einmal fremde Leute im Haus haben, wo ich doch den sonderbaren Alptraum von 158 W. 75 St. so weit von uns entfernt glaubte! Ich hatte eine Zeitlang den Eindruck, daß wir uns nie mehr so ums Geld kümmern müßten, und nun ... geht's von vorn los. Und ich albernes Geschöpf bin traurig darüber, einfach so!
Inzwischen ist es wieder heiß, und ansonsten verlaufen die Tage recht ruhig. Marcus und ich, wir schreiben uns sehr ernsthafte Briefe. Ich glaube, es ermüdet ihn inzwischen, mir immer wieder zu sagen, daß er mich liebt, aber mir ist alles egal, ich bin in eine tiefe, philosophische Meditation verfallen, eine Art geistige Lethargie. Eduardo und ich, wir schreiben uns sehr lustige Briefe, und am 25. oder 26. Juni werde ich ihn vielleicht sehen. Zu diesem Zeitpunkt wird er mit Billin nach Havanna fahren, und ich nehme an, daß Eduardo sich dort verlieben wird; dann

---

* Dieser Abschnitt ist aus dem Englischen übersetzt.

wird er aufhören zu schreiben, so ist das eben im Leben; das ist mir auch egal, *»ships that pass at night«* [»Schiffe, die in der Nacht vorüberziehen«].

Neulich hat Mama ein Telegramm von Bernabecito bekommen: Sie sollte zwei Dutzend rote Rosen für Ana Maria Marcia kaufen, die gerade nach New York gekommen ist. Alles redet über die beiden.

Ach! Wie ich von den zwei Dutzend Rosen geträumt habe! Ich sah sie vor mir, so schön, so duftend, und dachte an die Verse von Burns: *»My love is like a red, red rose!«* [»Meine Liebe ist wie eine rote, rote Rose!«] Ich habe mir eine Frage gestellt, die zu frivol ist, um der ernsten Mademoiselle Linotte würdig zu sein: Wird jemals der Tag kommen, an dem jemand daran denkt, mir rote Rosen zu schicken?

Mama hat Ana Maria Marcia gesehen. Sie erzählt, daß sie klein und dünn sei, mit schönen Augen und schwarzen Haaren, sehr lieb.

Und ich bin so groß, so blaß, so *homely* [alltäglich] und so weit davon entfernt, lieb zu sein. Aber was soll's? Nächstes Jahr gehe ich nach Columbia, ich werde studieren, die ganze Zeit meine Brille tragen, dann werde ich eine alte Jungfer und eine Geschäftsfrau. Die Romantik sei verbannt! Keine Oberflächlichkeiten und keine Eitelkeit mehr! Reißen Sie sich zusammen, Mademoiselle Linotte, das sind doch Torheiten, diese Lust, Dutzende von Gingham-Kleidchen, hübsche Wäsche und vor allem Bücher zu besitzen! Und wie unwichtig, Mademoiselle Linotte, sind doch die Rosen, die Liebhaber, die Träume und die Wünsche. Man muß an die Strümpfe, ans Geld, an die Ersparnisse denken; man muß über den Dingen stehen, den Kopf nicht verlieren, selbst wenn der Mond in mein Zimmerchen scheint, und ich in meinem Bett leise vor mich hinflüstere: »Ich möchte gern Rosen, Rosen, Rosen . . .«

Oh, mein kleines Tagebuch, warum bin ich so schwach? Die Enttäuschungen beginnen, man darf den Mut nicht so schnell verlieren. Wenn Mama das wüßte, dann würde sie mich nicht mehr lieben, Mama, die für so erhabene Dinge kämpft und *nie an sich selbst denkt.*

Aber nein, ich bin nicht immer böse. Tagsüber schreibe ich viel auf der Maschine, ich addiere Zahlen und arbeite. Wenn ich alleine bin, wenn Thorvald und Joaquin sich weigern, mit mir

spazierenzugehen, und wenn Mama liest, dann verschanze ich mich in meinem Bett wie eine Wahnsinnige, ich betrachte die Decke und rühre keinen Finger – ich denke nur . . .
Monsita ist wieder bei uns. Einmal hat sie uns besucht, und dann hat sie ihren Koffer gepackt und ist wieder gekommen. Wir sind glücklich, daß sie uns wieder hilft. Sie wollte von Enric hören und hat mich dabei sehr an »meine große Leidenschaft« erinnert; letztes Jahr dachte ich, ich würde vor Kummer sterben, als er nach Spanien abreiste, und in Lake Placid war er der Held aller meiner Träume. Wie *fickle* ich bin!!! Ich habe ihn nicht etwa vergessen, oh, nein, aber ich lebe sehr glücklich, manchmal, ohne ihn, und um die Wahrheit zu sagen, überhaupt ohne einen Herrn – wie es sich gehört für eine zukünftige alte Jungfer! Jede Art von Berufung will vorbereitet sein!
Ich höre auf zu schreiben für heute abend, es ist zu heiß. Im übrigen habe ich genügend Dummheiten verzapft, oder?
Ach, fast hätte ich es vergessen: Demnächst werde ich Marcus wiedersehen. Es ist mir egal, aber immerhin . . . vielleicht interessiert es Dich. »Frauen sind oft flatterhaft . . .« usw. Hm, hm!!!

20. Juni 1920
Oh, diese Sonntage! Die ganze Welt sieht so engelhaft und friedlich aus . . . Ich stelle mir immer vor, daß das große Schloß, in welchem die Prinzessin für hundert Jahre einschlief, genauso gewesen sein muß wie die Sonntage im zwanzigsten Jahrhundert. (Sind wir auch wirklich im zwanzigsten Jahrhundert?)
Da gibt es noch nicht einmal den erschütternden Auftritt des Briefträgers noch den Besuch des *vegetable-man* [des Gemüsemanns] mit seiner maßlos teuren Ware. Nichts, absolut nichts, außer einer lauen Temperatur, einer lauen Sonne, einem blassen Himmel, ruhigen Bäumen, ruhigen Leuten! Kurz: es herrscht eine stille, feierliche Stimmung. Hin und wieder läuten die Glocken und beunruhigen zutiefst mein Gewissen: »Du mußt zur Messe gehen, Du mußt zur Messe gehen . . .«
Ich will nicht zur Messe!
Oh, diese Sonntage! Thorvald und Joaquin sind seit Freitag in einem Pfadfinderlager; Mama und ich machen es uns mit winzigen Mahlzeiten und Kinobesuchen gemütlich. Am Freitag abend habe ich eine Geschichte gesehen, die ich nie vergessen

werde: *The Stolen Kiss* [»Der gestohlene Kuß«]. Jedes Bild hinterließ ein Gefühl, das sich tief in der Erinnerung einprägte, eine Mischung aus Entzücken und Melancholie.

Gestern auf dem Weg in den Ort bin ich über den Briefträger hergefallen, und er rückte einen Brief von Marcus heraus. Am Abend verbrachte ich dann mehrere Stunden in meinem Zimmer und starrte die Decke an.

Alle fünf Minuten fragte mich Mama von ihrem Bett aus:

»Was liest du, Mädelchen?«

»Nichts, *Mummy dear.*«

»Was machst du, Mädelchen?«

»Ich denke, *Mummy dear!*«

»Was tust du, Mädelchen?«

»Ich denke noch immer, *Mummy dear.*«

(Langes Schweigen)

»Das passiert aber nicht oft, daß du gar nichts tust, mein Kleines, was ist denn mit dir los?«

»Meine Enttäuschungen haben begonnen, *Mummy.*«

Da hat Mama gelacht, und es klang wie lauter kleine Silberglöckchen, dann fing ich wieder an nachzudenken.

Langes Schweigen.

»*Mummy,* glaubst du, daß ich nie einen anderen Liebhaber finden werde?«

Die kleinen Silberglöckchen klingelten wieder.

»Diesmal möchte ich einen Ingenieur, ach *Mummy,* die Dichter sind nicht, wie ich dachte . . .«

Mama unterbrach den ersten Akt meiner Tragödie mit ihrem silbernen Wasserfall. Ich redete lange mit ihr, und wir beschlossen, alte Jungfern zu bleiben: Wir werden uns Papageien, Katzen, Kanarienvögel, Hunde anschaffen . . .

Mama zog eine Grimasse. Daraufhin erklärte ich ihr, wie Mademoiselle Anaïs, Jeanne Nin, jene junge Dame, die wegen einer kleinen Liebesgeschichte verdurstet war, Monsieur Marcus Taylor Anderson liebt; wie aber *Mademoiselle Linotte* hingegen besagter Monsieur Anderson nicht allzusehr gefällt, da die Dame ruhig und gelassen, den männlichen Reizen gegenüber (die sie nicht aufhört zu entdecken) kühl und vollkommen gleichgültig ist. Und Mama hat es verstanden, was mich ungeheuer erstaunt hat, denn ich selbst kapiere überhaupt nichts. So ist die Welt nun mal!

»Gehen wir in die Kirche! Gehen wir in die Kirche!« Die Glocken bestehen darauf.
Ich will nicht in die Kirche. Ich fürchte, ich bin mit meiner Zahnbürste als Gepäck auf den Mond gezogen; ich könnte ein paar Tage dort bleiben. Ein paar Tage! Nein, ich muß in ein paar Tagen hier sein, um Marcus zu empfangen und Eduardo und Billin wiederzusehen.
Verstehst Du wenigstens, warum ich nicht in die Kirche will? Mein Kopf steckt voller Dummheiten, und mein Herz ist mit der Butter und den Eiern im Eisschrank verwahrt. Ach, wie realistisch ich werde! In ein paar Jahren bin ich nicht wiederzuerkennen, wenn ich jetzt schon damit anfange!
Hältst Du mich zum Beispiel einer solchen Bemerkung für fähig?
Neulich hat man uns etwas gebracht, was man einen *married loaf of bread* nennt. Es sind zwei aneinandergebackene Brote. Joaquin wollte wissen, warum man sie *married* nennt. Da habe ich die beiden Brote genommen und habe sie voneinander getrennt. »Siehst du, es *fehlt* ihnen etwas, die Kruste auf der Seite, deshalb nennt man sie ›verheiratet‹.«
Dann drehte ich mich zu Mama und sagte:
»Das ist doch wie bei den Menschen, wenn sie heiraten, dann fehlt ihnen etwas, nicht wahr?«
»Das stimmt«, antwortete Mama, »die Vernunft!«
Ein solcher Zynismus mag unverzeihlich erscheinen, aber was willst Du, ich bin schon siebzehn, und das Herz, das ich im Eisschrank aufbewahre, beginnt mir weh zu tun.
Oh, aber selbst wenn ich um die Welt reisen muß, ich werde meinen Schatten finden ... er wird groß und stark, edel, großmütig und treu sein! Bisher gibt es noch keinen Menschen, der die geringste Ähnlichkeit mit diesem Idealbild hat, das ich mir seit den gestirnten Abenden in 158 W. 75 ausgemalt habe. Er wird arm sein, ganz arm, und er wird mich brauchen. Wenn ich ihn nicht finde, bleibe ich eben eine alte Jungfer.

27. Juni 1920
Ich war mit Mama und Joaquin in der Messe in einer hübschen kleinen Kirche in Forest Hills. Gewohnheitshalber ist Thorvald in die alte Kirche gegangen.
Selbst wenn ich nicht gebetet habe, so bin ich doch zufriedener,

oder wie man das auch immer nennen mag, ich habe zumindest die beruhigende Vorstellung, daß ich meine Pflicht getan habe. In Zukunft werde ich trotz allem jeden Sonntag in die Kirche gehen, weil ich es versprochen habe. Als ich neulich ein *sty* [ein Gerstenkorn] hatte, das eines meiner Augen entstellte, und als ich Eduardo und Marcus besuchen wollte, habe ich dieses Gelübde abgelegt. Und das *sty* wurde auch rechtzeitig geheilt. Ich hatte überhaupt eine Menge kleiner Abenteuer in der letzten Zeit. Fangen wir von vorn an. An einem Tag bekam ich einen Brief von Eduardo, der mich wie üblich beglückt hat. Aber hinzu kam, daß er seinen Besuch für den 25. Juni ankündigte. Zur selben Zeit rief Marcus an und lud mich für Samstag ins Theater ein.
Endlich! Der 25. kam! Mama hatte Einkäufe für die Kinder gemacht (denn Thorvald sollte auch mitkommen, aber das ist nicht so wichtig) und wartete den ganzen Tag verzweifelt auf ihren Anruf. Kein Wort. Als der Abend kam, war ich zu der Gewißheit gelangt, daß Eduardo nicht wegbleiben würde, ohne ein Wort zu sagen, Thorvald schon eher, aber ich war überzeugt, daß etwas passiert war. Dann haben wir in der Schule angerufen und erfahren, daß Eduardo auf Krankenstation lag mit *measles* [Röteln]. Wir erfuhren auch, in welchem Hotel Thorvald war; als wir dann mit ihm sprachen, sagte er, er hätte unsere Nummer nicht gehabt, und sein Koffer sei sowieso zu schwer. Dann nannte er Eduardo ein »Wehwehchen«, woraufhin ich dachte, daß er allein der Dummkopf ist, und Eduardo gefiel mir mehr denn je. Ach, Geist des Widerspruchs! Du bist in Gestalt eines Weibes zur Welt gekommen!
An jenem Abend zog ich mit Bedauern das neue Kleid aus, das mich so hübsch macht, aber als ich mir dachte, daß meine Abenteuer noch nicht zu Ende sind, war ich wieder getröstet. Geist des Optimismus . . .???
Endlich war der Samstag da. Marcus kam nach Richmond Hill zum Mittagessen. Zum ersten Mal packte mich in der kritischen Minute eine unübertreffliche Ruhe . . . und in diesem Augenblick verlor Marcus die Nerven und machte mehrere Dummheiten hintereinander; er aß seinen Salat mit einem kleinen Löffel, und beim Schneiden flutschte ihm das Kotelett auf den Tisch. Nach dem Lunch fing Mama an zu singen, Joaquin gab ein Konzert, das Taxi kam, und wir fuhren ab.

Die Vorstellung war großartig. Es war dieses berühmte Stück von Drinkwater, *Abraham Lincoln,* nahezu himmlisch, manchmal tragisch und sehr gefühlvoll.
Nach dem Theater gingen wir ins Astor; dort haben wir ein Eis gegessen und eine Limonade getrunken. Ich erfuhr, weshalb Marcus mir einmal gesagt hatte, warum er nie ein richtiges Zuhause gehabt hätte. Seine Eltern sind geschieden, und somit kam mir wieder schmerzlich zum Bewußtsein, daß ja auch meine Eltern, in einem gewissen Sinne, geschieden sind.
Als ich zum Bahnhof kam, stieg ich in den falschen Zug. Es war nicht ganz meine Schuld, aber fast. Ich fuhr also nach Hamel bei Far Rockaway ohne einen Cent in der Tasche! Ich war begeistert, stell' Dir vor, zum Schluß doch noch ein Abenteuer! Nicht sonderlich romantisch, aber immerhin! Fast lachend bat ich einen jungen, stolzen Polizisten um Geld und bot ihm mein Armband als Pfand, meinen Namen und meine Adresse. Seine Augen fingen an wie meine zu tanzen, er schien sehr viel Spaß zu haben an der Sache, ich war entzückt, ich betone es noch einmal.
»Hier haben Sie einen Dollar«, sagte er. »Sie brauchen ihn mir nicht wiederzugeben.«
Und ich mußte darauf bestehen, daß er mir seine Adresse gab. Ich kaufte meine Fahrkarte und wartete auf den Zug. Der Herr Polizist kam mehrmals zu mir und bot mir noch mehr Geld an, falls ich welches brauche. Schließlich fuhr ich dann nach East New York, von da nach Jamaica und von da nach Kew-Gardens; von sechs bis acht hatte ich auf diese Weise meinen Spaß und kam sehr zufrieden wieder nach Hause.
Heute war Mama mit Thorvald und Joaquin in Edgemere, aber ich wollte lieber zu Hause bleiben. Ich habe *The Fortunate Youth* [»Die glückliche Jugend«] zu Ende gelesen, an Eduardo geschrieben, und jetzt ist Mama gerade zurückgekommen.
Plötzlich ist meine Fröhlichkeit verflogen. Wo ist sie? Nichts hat sich verändert, außer mir selbst, und ich habe keine Lust mehr zu schreiben.
Auf Wiedersehen!

29. Juni 1920
Heute habe ich am Telephon mit Marcus gesprochen. Morgen werde ich ihn besuchen, und wir werden ins Theater gehen. Ich habe wirklich große Lust, mit ihm zusammenzusein, und

manchmal, wenn mir bewußt wird, wie sehr er noch ein Kind ist, dann frage ich mich, wie und warum uns soviel Sympathie verbindet, warum wir uns gegenseitig so anziehen.
Am Samstag sagte er mir in seiner so *gentle* Art zu reden, daß er schrecklich unglücklich sein werde, wenn ich nach Kuba reisen würde (Mama hat ihm von meinem »Debüt« erzählt!), weil ich mich da selbstverständlich in einen schönen Kubaner verlieben und ihn vergessen werde. In diesem Augenblick fielen mir die Worte ein:
»Faint heart never won fair lady . . .« [»Nie eroberte ein geschlagenes Herz eine edle Dame . . .«], und ich mußte vor mich hin lächeln.
Dabei dachte ich, daß diesmal *»faint heart« was almost winning fair lady* [Geschlagenes Herz eroberte nahezu die edle Dame]!!! Was ich nie werde verstehen können, das ist der *thrill,* den Marcus für mich empfindet, nein, Verzeihung, ich meine für Anaïs Nin – denn Linotte ist unerbittlich!

Ich blättere oft in meinem Tagebuch und lese einzelne Eintragungen wieder, denn manchmal zweifle ich, ob die Narrheiten, die ich schreibe, auch zu etwas nützen können. Wenn ich die früheren Narrheiten dann wieder lese, fällt mir auf, daß sie mir sehr komisch vorkommen, und ich lache und spotte . . . Hahaha! Ein Journalist jedoch sagte in seiner gemeinen Sprache: »Einem Vierzigjährigen dürfte klar sein, was für ein Dummkopf er mit zwanzig war, aber er merkt nicht, was für ein Dummkopf er jetzt ist!«*
Obwohl mir schon manchmal auffällt, was für eine Albernheit ich gerade begehe! Auf diese Weise bedeutet Tagebuchschreiben manchmal eine Strafe, eine Sühne mit siebzehn Jahren. Nicht als ich noch im unbekümmerten Alter war, aber jetzt: wenn ich gezwungen bin, die Abscheulichkeiten aufzuschreiben, die mir unter dem gefährlichen Einfluß des Frühlings, der Jugend und der Romanze durch den Kopf gehen. Nun ja, ein bißchen schämen muß ich mich halt!
Oh, mein kleines Tagebuch, ich wünsche mir so sehr ein Abenteuer! Etwas Großes, Erhabenes. Ich glaube nicht, daß es

* Aus dem Englischen.

die Liebe ist, nein. Vielleicht werde ich es erfahren, wenn ich nach Columbia gehe. Vielleicht wird es *fame* [die Berühmtheit] sein.
Derjenige, der dieses große Bedürfnis am besten verstanden hat, zum Zeitpunkt als es mich am heftigsten packte, das war Eduardo, weil auch er den *thrill* mochte. Ich habe große Lust, ihn zu fragen, ob er ihn gefunden hat, wenn ich ihn wiedersehen werde.
Oh, kleines Tagebuch, was für eine Tragödin ich bin! Weil Frances meine Briefe nicht beantwortet, sprach ich von zerbrochener Freundschaft, von meinem Stolz, und ich war sehr nachdenklich und ernst. Und heute antwortet sie nun in aller Ruhe, sie hätte soviel zu tun und keine Zeit gehabt zu schreiben ... Ich war vollkommen wütend. Mama fand das komisch, ich war von mir selbst angewidert.
Es regnet, blitzt und donnert. Der Himmel ist schwarz wie Tinte. Heute abend paßt sich alles meiner momentanen Laune an. Ich bin feierlich und verwirrt, ich möchte am liebsten weinen, ich bin zynisch.
Von Zeit zu Zeit geht durch die Macht der Elemente das Licht aus – genau wie das kleine Licht am Horizont meines Schicksals, das kleine Licht, das ich immer beobachte, außer wenn der Sturm tobt.
Plötzlich denke ich an Enric. Was macht er wohl? An wen denkt er? Mama sagt zu Recht, ich sei *fickle,* aber ... was weiß ich? Ich habe den ehemaligen Helden meiner schönsten Träume nicht vergessen, den fröhlichen Prinzen, für den ich meinen Zopf vom Turmfenster heruntergelassen habe ... vielleicht habe ich für ihn auch meine Philosophie aufgegeben. Denn aus dieser Zeit stammt meine verhängnisvolle Veränderung ... die Entstehung meiner Eitelkeit.

Ehrgeizige Leute schauen niemals nach hinten, aber welch ein Zauber liegt doch in der Erinnerung! Heute abend war ich im Begriff, mich traurig und trübsinnig ins Bett zu legen, aber wenn ich an die vielen guten Dinge, an die Freuden denke, die jetzt zu unserem Leben gehören, im Gegensatz zu früher, dann kann ich nicht anders: ich *muß* dankbar und glücklich sein ... Leute, die sich beklagen, sind unnütz auf dieser Welt. Und die Pessimisten sind Ungeheuer!

Seien wir fröhlich! Das ist so einfach, wenn das Herz leicht ist, aber was ist, wenn man gar kein Herz hat? . . .
Oh, ich habe einen himmlischen Einfall! Wieso habe ich nicht schon früher daran gedacht?
O Gott! Hör zu: Ich nehme an, daß ich den Kopf verloren habe, wie alle Leute, wenn es um die Frage der Liebe geht. Ich gestehe, daß ich nicht an Browning denke, wenn ich die Sterne und die Wolken betrachte und die laue, nach Blumen duftende Abendluft einatme, sondern an einen Prinzen! Ich gestehe (voller Scham und Verzweiflung), daß meine schönsten Träume wie alle Jungmädchenträume sind und ganz und gar nicht wie die Träume eines *Wise Man* [eines Weisen]. Und das Schlimmste von allem ist, daß ich meinen Prinzen nicht finde, daß ich nach einem Tröpfchen Romanze, einem bißchen *thrill* lechze. Also ernenne ich Dich, mein Herr Tagebuch, zum Prinzen aller Prinzen.
Du bist mein einziger König auf dieser Welt. Ich bin ganz wahnsinnig verliebt in Dich . . . Willst Du Schwüre hören, zärtliche Worte.?
Von nun an ist es Deine Aufgabe, alle übriggebliebenen Hohlräume meines Herzens, meine Augenblicke der *loneliness* auszufüllen. Ich vertraue Dir mein Herz an. Unser gemeinsames Ziel ist, die Welt sorgfältig und geduldig zu erforschen; unsere Meinungen und Überlegungen auszutauschen. Wenn wir uns dann eines Tages gegenseitig ermüden (ich wollte fast sagen: »anwidern«), dann schließen wir uns in unser Schloß ein, Du und ich, zusammen mit vielen kleinen Adoptivkindern und Mama. So. Und nun mußt Du so tun, als würdest Du vor Leidenschaft für mich zerfließen; meinem Mangel an Schönheit und Anmut mußt Du mit unübertrefflicher Mißachtung gegenüberstehen; und ich, ich muß Dir treu sein und Henri, Enric, John, Jack, Jimmy, Eduardo und Marcus vergessen. Es ist wunderbar! Phantastisch!

1. Juli 1920
Heute abend tun wir so, als ob Du mich besucht hättest. Ich sitze in einem kleinen Sessel auf der Veranda, ganz allein, und Du bist bei mir, da, auf dem großen Sessel. Ich stelle fest, daß Du sehr schön bist, ich frage mich, ob Du mein Kleid und meine Frisur magst, aber ich habe zuviel Respekt vor Dir, um Dich danach zu

fragen; ich begnüge mich damit, über ernsthafte Dinge mit Dir zu reden.
Heute habe ich mit Mama Ana Maria Marcia besucht. Aufgrund meiner Erinnerung an die zwei Dutzend rote Rosen war ich darauf gefaßt, einer Schönheit zu begegnen, ähnlich wie die Heldin im *Brigand* [Der Räuber] von Dumas, etwas Unnahbares und Vollkommenes. Aber nein, Ana Maria hat schöne Augen, aber von ihrer sonstigen Schönheit wurde ich keineswegs geblendet; sie ist freundlich, einfach, äußerst liebenswürdig; aber Rita Allie ist noch immer mein Vorbild, und ich vergleiche alle Mädchen mit ihr: Ana Maria hat kaum Ähnlichkeit mit ihr.
Gestern (Sei nicht eifersüchtig, mein kleines Tagebuch!) bin ich mit Marcus ausgegangen. Wir haben zusammen *Lightning* gesehen, eine Komödie, die vor guter Laune nur so überquillt, *cleverly acted.* Danach sind wir vom Theater zum Bahnhof zu Fuß gegangen und haben uns unterhalten. Marcus sagte mir: *»You are the prettiest girl in New York«* [»Du bist das hübscheste Mädchen von ganz New York«] und war entsetzlich ernst dabei.
»And you are the greatest flatterer in New York« [»Und du bist der größte Schmeichler von ganz New York«], antwortete Mademoiselle Linotte, deren Wangen glühten.
Aber wir spinnen nicht die ganze Zeit, wenn wir zusammen reden. Ich habe versucht, ihm zu erklären, daß ich auf das große Abenteuer warte, aber er hat es nicht verstanden – zu meiner größten Verzweiflung. Zum ersten Mal ist Marcus unfähig, dem Höhenflug meiner Phantasie zu folgen. Dann haben wir über Greenwich Village gesprochen, das ich wahnsinnig gern sehen möchte, und Marcus hat mir von seinem Besuch dort und von seiner Enttäuschung erzählt. Es hat mich sehr getroffen. Ich hatte Greenwich Village so sehr idealisiert!
Es ist ganz schön heiß! Morgen fahren wir für drei Tage nach Edgemere. Ich habe mir einen hübschen Badeanzug gekauft, und wenn ich an die köstlichen Stunden denke, die ich letzten Sommer in den Wellen verbracht habe, ertappe ich mich dabei, daß ich allein vor mich hin lächle. O Verzeihung, nicht allein, Du bist ja da!
Ich hoffe, Du liebst mich sehr, es macht mich sehr glücklich, geliebt zu werden. Ich frage mich, ob Du *sense of humor* [Sinn für Humor] hast? Wenn ich nur ein wenig davon haben könnte!

Ich schreibe in meinem Zimmer und habe große Lust, dieses Heft hier vollzuschreiben, weil mein neues Tagebuch so hübsch ist! Eitelkeit! Eitelkeit! Ach, wie sehr habe ich mich verändert! Hm, hm!
Heute abend hat Mr. Riley, Mrs. Normans Bruder, Geburtstag. Nachher werden wir Eis und Kuchen essen.

2. Juli 1920
Ich alter Strohkopf! Heute morgen packten wir unsere Koffer, um nach Edgemere zu fahren, und ich habe im letzten Augenblick mein Tagebuch in Thorvalds Koffer eingepackt – beziehungsweise, was ich für mein Tagebuch hielt, in Wirklichkeit war es nur ein altes Heft. Und außerdem habe ich ein ganz neues eingepackt, da ich wußte, daß ich nur noch ein paar Seiten im alten habe. Ich habe meine Dummheit soeben entdeckt, also schreibe ich (während wir auf das Auto warten), um Dir zu sagen, daß ich trotzdem bald anfangen werde, ins andere Heft zu schreiben.
Es ist schwer zu erklären, aber *Du* bist es doch immer, den ich mitnehme, nicht wahr?
Mama fühlt sich nicht wohl, sie hat gerade genügend Mut, um nach Edgemere zu fahren, wo sie sich ganz sicher erholen wird, meint sie. Ich bin unerträglich traurig, was ist nur mit mir los? Aber schließlich nehme ich Dich mit, Dich, Du bist ein alter Freund. Und vielleicht wird ein kleines Abenteuer passieren, bevor ich die letzte Seite vollschreibe, und dann wirst Du etwas zu lachen haben, davon bin ich überzeugt. (Du wirst Dich über mich lustig machen.)

4. Juli 1920
Mach Dich darauf gefaßt, ich bin nicht sehr nett; ich glaube, meine arme Familie mußte einen meiner Anfälle von Zynismus ertragen. Oberflächlich gesehen, waren diese Tage recht lustig. Seit wir hier angekommen sind, waren wir jeden Tag baden. Am Freitagabend war ich mit Thorvald und Joaquin im Kino, Mama war zu müde, um mitzukommen. Am Samstagabend haben Mama und ich uns gemeinsam Olive Tell in *Love Without Question* angeschaut, im Theater von Far Rockaway.
Die kleinen Schlemmermahlzeiten hier sind sehr aufregend. Es fehlt ungefähr an allem, auch an Gas, also kochen wir mit

Spiritus. Aber das wahre Geheimnis unserer kleinen Familienfestessen und deren Erfolg liegt im ungeheuren Ausmaß unseres Appetits.
Mama und ich sitzen auf dem *porch* [der Veranda] und haben soeben festgestellt, »wie kindlich doch die Männer sind!«

Zum 4. Juli, dem großen Fest der amerikanischen Unabhängigkeit, gehen diese großen »Kinder« im Badeanzug spazieren und tragen Trillerpfeifen und Leuchtraketen mit sich herum, die sie bald dutzendweise in die Luft schießen werden.

In Gedanken bin ich noch am Strand, es war so laut, daß man nicht zum Denken kam. Zum Zeitvertreib schrieb ich auf den Sand und erinnerte mich daran, wie ich letztes Jahr Enrics Name in den Sand gemalt hatte. (Nach jedem Wort betrachte ich die Leute, die sich am Strand amüsieren, und meine Tinte trocknet aus . . . meine Gedanken auch!)
Aber ich muß schreiben, denn Mama liest das einzige Buch, das ich mitgebracht habe, und sonst habe ich nichts zu tun! Ich langweile mich ein bißchen.
Ich höre drei Grammophone, sechs schreiende Säuglinge, neun spielende Kinder, zwölf tratschende Damen und sechzehn singende und plappernde Männer in unserer Umgebung. Ich kann mir wirklich nicht beim Denken zuhören!
Gute Nacht!
Acht Uhr. Ich hätte Lust, in mein ruhiges, kleines Zimmerchen in Richmond Hill zurückzukehren. *»My kingdom for a quiet, dreamy little room!«* [»Mein Königreich für ein ruhiges, kleines Zimmerchen zum Träumen!«]
Am liebsten möchte ich schreien, aber ich habe kein Königreich. Morgen abend gehen wir wieder nach Hause.

5. Juli
Ich schreibe am Strand. Es ist ungefähr fünf Uhr.

9. Juli
An dieser Stelle hatte ich beschlossen, glaube ich, ins Wasser zu gehen und habe mein Tagebuch beiseite gelegt.
Diese Zeilen schreibe ich ein paar Tage später, zu Hause. Eduardo ist aus der Schule zurückgekommen, er ist wieder

gesund und verbringt ein paar Tage bei uns. Ich habe ihm einen der beiden Bände des Neuen Tagebuchs geschenkt, und wir haben beschlossen, daß wir beide gemeinsam damit anfangen werden, in Englisch. Wir werden vergleichen, welches von beiden interessanter und ehrlicher sein wird, und sehen, wem von uns das Große Abenteuer zuerst widerfahren wird. Also verlasse ich Dich jetzt. Vielleicht werde ich die übrigen Seiten vollschreiben, wenn Eduardo wieder weg ist, vielleicht werde ich dann meine Eindrücke über ihn aufschreiben. Danke, mein liebes Tagebuch, für Deine aufrichtige Geduld, Deine zärtliche Sympathie, für alles Gute, was Du für mich getan hast.

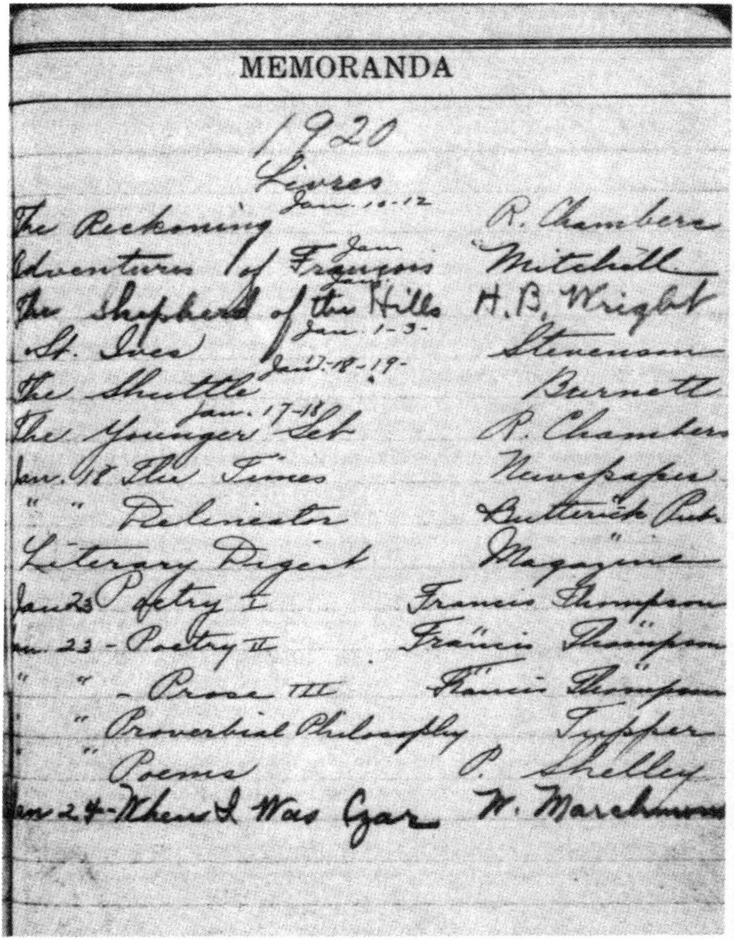
MEMORANDA

1920
Livres

Jan. 10-12	The Reckoning	R. Chambers
Jan	Adventures of François	Mitchell
Jan	The Shepherd of the Hills	H. B. Wright
Jan 1-3	St. Ives	Stevenson
Jan 17-18-19	The Shuttle	Burnett
Jan. 17-18	The Younger Set	R. Chambers
Jan. 18	The Times	Newspaper
" "	Delineator	Butterick Pub.
	Literary Digest	" Magazine
Jan 23	Poetry I	Francis Thompson
Jan 23	Poetry II	Francis Thompson
" "	Prose III	Francis Thompson
" "	Proverbial Philosophy	Tupper
" "	Poems	P. Shelley
Jan 24	When I Was Czar	W. Marchmont

Ausschnitt aus Anaïs Nins Bücherliste aus dem Jahr 1920

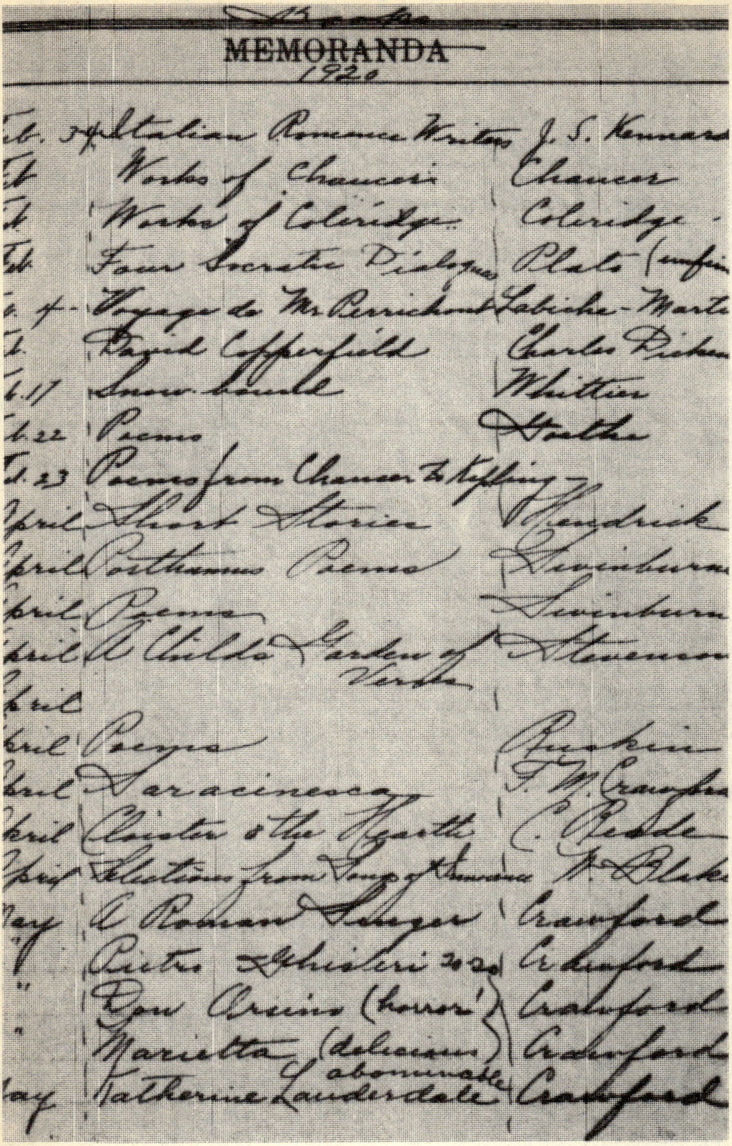

Books

~~MEMORANDA~~

1920

Feb. 3	Italian Romance Writers	J. S. Kennard
Feb	Works of Chaucer	Chaucer
Feb	Works of Coleridge	Coleridge
Feb	Four Socratic Dialogues	Plato (unfin
Feb. 4	Voyage de Mr. Perrichon	Labiche-Martin
Feb.	David Copperfield	Charles Dickens
Feb. 11	Snow-bound	Whittier
Feb. 22	Poems	Goethe
Feb. 23	Poems from Chaucer to Kipling	—
April	Short Stories	Hendrick
April	Posthumous Poems	Swinburne
April	Poems	Swinburne
April	A Child's Garden of Verses	Stevenson
April		
April	Poems	Ruskin
April	Saracinesca	F. M. Crawford
April	Cloister & the Hearth	C. Reade
April	Selections from Songs of Innocence	W. Blake
May	A Roman Singer	Crawford
"	Pietro Ghisleri 20	Crawford
"	Don Orsino (horror)	Crawford
"	Marietta (delicious)	Crawford
May	Katherine Lauderdale (abominable)	Crawford

Register der Familienangehörigen

Ana: Ana Maria Sanchez; Kusine, Tochter von Bernabé Sanchez und Anaïs Culmell.
Anaïs: Anaïs Sanchez; Kusine, Tochter von Bernabé Sanchez und Anaïs Culmell.
Antolina (Tante): Antolina Culmell de Cardenas; Schwester von Rosa Culmell, der Mutter.
Antolinita: Antolina de Cardenas; Kusine, Tochter von Rafael de Cardenas und Antolina Culmell.
Bernabecito: Bernabé Sanchez; Vetter, Sohn von Bernabé Sanchez und Anaïs Culmell.
Billin: Thorvald Sanchez; Vetter, Sohn von Bernabé Sanchez und Anaïs Culmell.
Carlos: Carlos de Cardenas; Vetter, Sohn von Rafael de Cardenas und Antolina Culmell.
Coco, Ti(a), Tante: Tante Edelmira.
Coquito: Gilbert Chase; Vetter, Sohn von Gilbert Chase und Edelmira Culmell.
Cuca: Caridad Sanchez; Kusine, Tochter von Bernabé Sanchez und Anaïs Culmell.
Edelmira (Tante): Edelmira Culmell de Chase; Schwester von Rosa Culmell.
Felo: Rafael de Cardenas; Vetter, Sohn von Rafael de Cardenas und Antolina Culmell.
Gilbert (Onkel): Gilbert P. Chase.
Großmama: Angela Castellanos de Nin; Großmutter väterlicherseits.
Großpapa: Joaquin Maria Nin y Tudo; Großvater väterlicherseits.
Graziella: Graziella Sanchez; Kusine, Tochter von Bernabé Sanchez und Anaïs Culmell.
Henry (Onkel): Enrique Culmell; Bruder von Rosa Culmell.
Joaquin Nin: der Vater.
Joaquinito, Joaquin: Joaquin Nin-Culmell; Anaïs' jüngster Bruder.
Juana (Tante), auch Tante Jeanne: Juana Culmell, Anaïs' Patentante, Schwester von Rosa Culmell.
Kiki: Joaquin Nin-Culmell, Bruder.
Lolita (Tante): Dolores Culmell; Thorvald Culmells erste Frau.

Maria Louisa: Maria Luisa Rodriguez; Joaquin Nins zweite Frau.
Marraine: Juana Culmell.
Nuna, Nunita: Maria Theresa Chase; Kusine, Tochter von Gilbert Chase und Edelmira Culmell.
Rosa Culmell de Nin: Anaïs' Mutter.
Thorvald: Thorvald Nin; Anaïs' Bruder.
Thorvald (Onkel): Thorvald Culmell; Bruder von Rosa Culmell.
Tina: Constantina Xuclà; Kusine, Tochter der einzigen Schwester von Joaquin Nin, Angelina.
Vaurigaud (Monsieur und Madame): Théodore und Catherine Vaurigaud, Rosa Culmells Großeltern.